U0639499

清代別集叢刊

白香樓詩文集

〔清〕舒夢蘭◎著
陸 坤◎點校

華東師範大學出版社
·上海·

圖書在版編目(CIP)數據

白香樓詩文集/(清)舒夢蘭著;陸坤點校.—上海:華東師範大學出版社,2021
(清代別集叢刊)
ISBN 978-7-5760-2129-5

Ⅰ.①白… Ⅱ.①舒…②陸… Ⅲ.①古典詩歌-詩集-中國-清代②古典散文-散文集-中國-清代
Ⅳ.①I214.92

中國版本圖書館CIP數據核字(2021)第185911號

清代別集叢刊
白香樓詩文集

著　　者　(清)舒夢蘭
點　　校　陸　坤
特約編輯　段曉華
責任編輯　時潤民
責任校對　龐　堅
封面題簽　曾慶雨
裝幀設計　盧曉紅

出版發行　華東師範大學出版社
社　　址　上海市中山北路3663號　郵編200062
網　　址　www.ecnupress.com.cn
電　　話　021-60821666　行政傳真021-62572105
客服電話　021-62865537　門市(郵購)電話021-62869887
地　　址　上海市中山北路3663號華東師範大學校内先鋒路口
網　　店　http://hdsdcbs.tmall.com

印　　刷　上海商務聯西印刷有限公司
開　　本　890×1240　32開
印　　張　20.5
插　　頁　1
字　　數　398千字
版　　次　2021年12月第1版
印　　次　2021年12月第1次
書　　號　ISBN 978-7-5760-2129-5
定　　價　79.00元

出版人　王　焰

目録

南征集

香詞百選

花仙小志

緱山集

湘舟漫録

驂鸞集

古南餘話

婺舲餘稿

秋心集

附録二　諸集序跋

附録三　傳記及年譜

前言

陸坤

舒夢蘭的名字，是因爲《白香詞譜》的广泛流行而爲人知曉。但後人的研究也基本局限於《白香詞譜》本身，而對舒夢蘭的生平以及《白香詞譜》以外的詩文著述，都缺乏必要的了解。事實上，舒夢蘭一生「究文學之淵源，絶詞章之仕進」（《生辰自述文》），興多才高，詩文創作豐富。但由於他疏遠仕途，交遊有限，因此詩文在當時以至後世几乎都被忽视。可以说，《白香詞譜》的盛行與舒夢蘭本人的湮没，形成了较大的反差。因此，舒夢蘭詩文集的整理面世，是文史文獻工作者一項頗有意義的工作。

舒夢蘭（一七五九—一八三七），字白香，一字香叔，號天香居士，又號夢莊老人。江西靖安人。因所生之夕，其母夢觀音大士贈蘭，故名夢蘭。舒氏爲靖安大族，家世儒學，詩書爲業。其祖舒亮衮，字龍章，號補亭。曾任四川永川及威遠等地知縣，政聲清廉。兼善文辭，撰有《補亭詩》。父舒采頎，字守中，號保齋。曾在甘肅、新疆等地任職，頗有政績，封中憲大夫。亦雅好文章，撰有《西園雜詠》。長兄舒慶雲，字興虞，號鼕亭，曾官浙江衢州知府等。

舒夢蘭幼年隨父母遠宦邊疆，生長塞外，其間從學於宋昱。《（同治）靖安縣志》云：「夢蘭長於邊塞，自幼有星心月口之思，父母絶鍾愛之。塞外罕師，有北平名進士宋曜寰，緣事謫口，因請受業。師見其英慧絶倫，大器異之。爲講貫經傳，過目即識大意。課以文，千言立就，瀾翻花燦，不主故常。性嗜《莊》、《騷》、《史記》，兼通内典。旁及詩歌、側艷諸體，彌不工妙。」十七歲時才隨父兄回到靖安。

自塞外歸來後，舒夢蘭奉父母之命，曾於乾隆四十二年丁酉（一七七七）及乾隆四十九年甲辰（一七八四）兩次應舉，但均以落選告終。後父母相繼逝世，其五十歲時所撰的《生辰自述文》云：「夢蘭廿一而孤，三十失恃。人生過此，皆屬餘年。」於是心灰意冷，遂絶意仕進。除了偶爾協助長兄舒慶雲處理政務以外，一直過着湖山悠遊的生活。

乾隆五十七年（一七九二）前後，舒夢蘭應好友胡克家邀請赴京，受知於怡恭親王永琅（號訥齋），被怡府禮爲上賓，進而結識弘豐、永邁、綿標等宗室名流，以及法式善、王芑孫、樂鈞等在京文士，尤其與弘豐（雙丰將軍）最爲相契。此後，舒夢蘭以布衣之身，長期作客王邸，平時「論史賦詩，殆無虚會」（《哭雙丰將軍十首》其二）。直至嘉慶四年（一七九九）永琅去世，近八年的時間裏，舒夢蘭始終與怡府保持深厚的友誼。龔鉽《湘舟漫録序》云：「師雄於文，聞道之後，絶不干禄。所日與二三從學言者，皆玄也。所日著於楮墨間者，皆法言也。

雖亦十載遊梁，然祇戀楚元設醴之情，實非有郭隗黃金之慕。諸貴介與之遊者，靡不增孝謹之譽，正所謂不素餐矣。脱帽友王公，敝屣視功利。不肯暫折腰而拾青紫，惟知秉直道以扶綱常。當其抵掌華屋，妙諦環生。覺六經翻爲注脚，而百家盡作衙官。氣象巖巖，令人自失，殆所謂善養其浩然者歟。」雖爲學生推挹之詞，但可見其學行、心迹之一斑。《和陶詩》也是在這段時間所作，頗受友朋推重。曾煜《和陶詩跋》云：「八年藩邸客，一卷和陶詩。欲識羲皇面，梁園卧雪時。」將其事迹比作漢代枚乘、鄒陽的梁園之遊，這是舒夢蘭人生中較爲重要的一個階段。其最爲世人所重、流傳最廣的詞學著作《白香詞譜》也是在這段時間重刻的，成爲該書目前能見到的最早版本。

永琅去世後，舒夢蘭在怡邸失去了依託，故於嘉慶五年（一八〇〇）春出都南下，途中著有《南征集》。此後的絶大部分時間都是閒居南昌，與朋友學生論學講藝，偶到各地旅行。如嘉慶七年（一八〇二）有杭州之遊，嘉慶九年（一八〇四）有廬山之遊，嘉慶十二年（一八〇七）有衢州之遊，嘉慶十三年（一八〇八）有婺源之遊，嘉慶十四年（一八〇九）有都昌之遊，嘉慶十五年（一八一〇）有桂林之遊，等等。晚年則深居簡出，課教子姪，於道光十七年（一八三七）冬去世，年七十九歲。

舒夢蘭性情豪逸，待人以誠。但由於終身布衣，自安處士之分，交遊範圍有限。平日過從甚厚者有龔鉽、曾煜、詹堅、弘豐、惲敬、楊獛、彭淑、魯邦詹、胡克家、黄有華、吴嵩梁等。或文字相知,或素心相許;或有師生之誼,或爲姻親之戚。其中不乏名公勝流,但更多的只是江西地方文士。四十歲以後,即有交遊散落、索居寡歡之歎。《遊山日記》卷三云:「吾比在家,雖亦孤陋,然日夕窮經考古則有晴川塾師,講求時務則有樸園外甥。莊谿相過,則研理析疑,風趣横生。修常若來,則商榷齊家,和平精實。至若語文字用筆之妙,論詩歌聲態之精,則如龔漚舸、黄仲實二三同學。偶一過從,或緘書質難,發函啟口,動足移情。諸戚友皆賢才也,故能益我知,能消我鄙吝。」其中,龔鉽字適甫,一字歐可(亦作漚舸),有《歐可詩鈔》、《歐可文鈔》等,是其學生中詩文成就最高的一位。又舒夢蘭曾與戈模、龔鉽、詹堅、黄有华、舒懋勳、胡功謍等人結有蓮根詩社,其著作多賴社中門人搜輯、整理與刊刻。

終其一生,舒夢蘭以道義結師友,以山水怡情性,以文章抒志趣,於詩、詞、隨筆均有較高的造詣。虽然他常在詩文中稱平生著述隨作隨棄,不自收拾,自道「吾生太平日,不樂詩名著」(《和詠二疏寄兄子長德》),又道「即偶自娱,那堪持贈。了不求同世之稱,當必免後賢之誚」(《生辰自述文》)。但这不過是一種謙辭,因爲他的詩文在生前都基本刊行,流傳下來的集子也較爲豐富。目前所能見到的有《和陶詩》一卷、《南征集》一卷、《遊山日記》十二卷、《緱山集》一卷、《歸舟雜詠》一卷、《花仙小志》一卷、《香詞百選》一卷、《湘舟漫録》三卷、《驂鸞集》三卷、《古南餘話》五卷、《秋心集》一卷、《娶舲餘稿》一卷。

蓮根詩社曾於嘉慶十八年(一八一三)將各單行本匯刻爲《天香全集》,依次收録《遊山日記》、《和陶詩》、《南征集》、《香詞百選》、《花仙小志》、《緱山集》、《湘舟漫録》、《驂鸞集》、《古南餘話》、《娶舲餘稿》、《秋心集》以及《聯璧詩鈔》等十二種詩文集。由於這些詩文集大都先以單行本流通,《天香全集》只是據各集的單行本加以翻刻或重印,因此各集之間的版式不盡相同,卷目仍然獨立,屬於彙編性質的叢書。而且值得注意的是,古人編刻叢書往往間有斷續,費時較久。因此嚴格來講,《天香全集》的彙編,其實是創始於嘉慶十八年,完成於嘉慶二十五年(一八二〇)前後。因此有些單行本,如《秋心集》和《娶舲餘稿》兩種,都是在嘉慶十八年之後刊刻。至於《天香全集》的版本,則不妨依據創始的時間,著録爲嘉慶十八年蓮根詩社刻本。

《天香全集》止有嘉慶十八年蓮根詩社刻本,因其收録舒夢蘭的作品最爲完整,價值較高。考柯愈春《清人詩文集總目提要》,所著録《天香全集》僅收録詩文集六種,並非全帙。上海圖書館藏有《白香樓叢書》,係王體仁九峰舊廬藏書,收録《花仙小志》、《湘舟漫録》、《驂鸞集》、《聯璧詩鈔》、《和陶詩》、《歸舟雜詠》、《秋心集》、《娶舲餘稿》、《南征集》、《遊山日記》、《古南餘話》共十一種詩文集,其中有十種與《天香全集》所載完全相同。國家圖書館藏有

《舒夢蘭雜著》，係鄭振鐸西諦藏書，收録《和陶詩》、《歸舟唱和集》、《南征集》、《花仙小志》、《秋心集》、《湘舟漫録》、《驂鸞集》共七種詩文集，版本與《天香全集》相同。可知《白香樓叢書》與《舒夢蘭雜著》其實同出一源，即嘉慶十八年蓮根詩社刻本《天香全集》。至於具有編著性質的《白香詞譜》與《香巖詞約》等，則始終以單行本的形式流通。尤其以《白香詞譜》最爲著名，流傳甚廣，整理較多。而舒氏詩文著述，除《遊山日記》曾有過點校本（周黎庵標點、宇宙風社一九三六年刊印，林語堂、周作人分别作序）以外，鮮有人關注或整理。

鑒此，筆者對舒夢蘭詩文著述進行系統整理，以江西省圖書館所藏嘉慶十八年蓮根詩社所刻《天香全集》爲主要底本，以各集可見之單行本爲參校本。對《天香全集》已收而非舒夢蘭所著者進行删汰，對《天香全集》未收而確爲舒夢蘭所著者加以補遺，旨在釐清舒夢蘭詩文的存世情況，題爲《白香樓詩文集》，以餉讀者。整理時，對所收内容作出以下處理：

一、《天香全集》原載十二種詩文集，但《聯璧詩鈔》並非舒氏所著，故此次整理不予採録，僅採録舒氏所著十一種，另增入《歸舟雜詠》一集，合計收録十二種。

二、各集羼雜他人作品頗多，其中以《花仙小志》與《秋心集》爲最。此次整理《花仙小志》與《秋心集》，除重要序跋外，非舒氏本人所撰者，一概不録。

三、《歸舟雜詠》據嘉慶十二年（一八〇七）龔鉽刻本録入，而所附他人和作亦不録。

四、各集原無目録，爲閲讀及檢索之便，今增置目録，題名及篇次一仍其舊。

五、集中詩文往往夾雜圈點與批注，滿紙爛然，淆亂耳目。除舒氏自注外，今悉删除。原書爲雙行夾注者，一例改爲單行小字。

六、各集所載序跋及題詞蕪雜，少則兩三篇，多至十餘篇。然文章工拙，見者自知。友朋之序跋圈點，不過木蘭之櫝。故此次整理，止擇要採録其中關乎成書版本或確有見地之序跋，並統一整理，作爲全書附録。

七、底本字句有漫漶不清者，據校本徑改。若底本與校本均難辨認者，則以「□」替代。底本有誤，據他書改定者，出校記。校本存在異文且有參考價值者，出校記。

八、個别異體字和俗體字，依文意徑改爲通行繁體字，不出校記。部分人名及地名所用異體字，一般沿用。避諱字一般徑改，個别酌加校記。

在整理過程中，始終得到業師段曉華先生及華東師範大學出版社龐堅先生、時潤民先生的支持與幫助，析疑解惑，啟益良多，在此表示由衷的感謝。此外，限於筆者的學識與精力，本書難免有不足之處，還望讀者不吝指教。

二〇二一年十月

遊山日記

卷一　天香隨筆

嘉靖九年六月一日戊午

偶攜胡生西輔、倉頭宗慧爲匡廬之遊。亭午登舟，則盧修常、詹樸園、涂甥人烈已立船頭遲我，一笑而別。水急帆駛，岸上人顧我樂甚，謂天香自此遠矣。不逾時已過樵舍，西輔誦予《婁妃》舊作，結四語云：「樵舍江頭陣雲黑，汨羅溪水同嗚咽。燕王若果移南昌，龍子龍孫亦魚鱉。」予不禁相視而笑。日晡泊雷州，榜人家也。南風，雨濛濛著面涼適。遂繞堤而遊，所見有樹杪樓窗與篙櫓接者，江漲如此。日未夕已抵吴鎮，蓋百八十里也。

晚飯脱粟至三碗，下菜僅鹽豉乾菜而已。因語西輔：「東坡謂顔蠋晚食當肉爲善於處貧，然則食前方丈無下筯處，是不可以處樂之驗也。」

始慮多蚊，以風雨，蚊竟不至。入夜小霽，望雲中遠樹若蕪湖鐵花，盤空競秀。花間一炬，生綺芒，有光燭地，則長庚星也。俄復晦而雨，遂闔篷滅燭。通夕嗽而汗不乾，達旦始寐。

己未

陰雨而風，舟師不敢渡鄱湖，與鄰船結隊而濟。泊東岸湖神廟前，蓋所謂鼉將軍乎？入夜風聲如潮，轉能寐，則動生靜也。

庚申

風漸息，巳前解纜，日方中已達南康。長湖張帆，有千騎紛馳之勢，亦壯觀也。艤舟廢堞下，遂由堞入城，主於觀察第逆旅。主人羊叟者，鞹其腦，一目突出，幾與鼻爭高，以爲疾也。俄見其兩子皆然，始信賦形之異，不僅在天，爲之一笑。

薄暮驟雨，入夜晴。

辛酉

入山，至三峽橋僧舍止焉。橋下百尺，兩壁如削成。匯衆泉猛注狂奔，激濤翻雪，聲，洶洶如疾風震霆。坐危樓，屏息駭顧，若將墜壓飛騰者。數日塵勞，至此一洗而空矣。

橋畔小泉淨而洌，山僧以竹筒引之入厨，煮茶甚甘芳。問其名，則招隱泉也。飯罷，攜西輔徐行里許，得一寺，榜曰「棲賢」，愛其樓北兩窗瞰五老、太乙諸奇峰，遂假居焉。即夕仍歸三峽之樓。夜靜燭滅，目塞耳通，乃若暴雨翻盆，雄風拔木，百千震雷直擊松濤海波中。一息不停，都入兩耳。其聲有亘古不休之勢，何時可寐。暗卧輾轉，嗽益數。但覺樓岌岌動搖，不知是嗽撼其榻，抑是急湍喧觸使然也。中夜呼燈起坐，聊復記此。

吾謂居此樓三日，必當耳聾。或曰：「寺僧奈何？」殊不知寺僧三日不聞此聲，反必疑聞根已斷，身將入滅，其憂過於聾也。思之絶倒。

壬戌

晴。移寓棲賢之北樓。文海大和尚竟不以敝絺草笠爲賤客，接以儒禮。予觀其神智可談，方今佛法中衰，不嬰世網，必受禪縛，遂爲説西來直指及心死土現之義。謂苟無出世慧定，不若死心念佛，遠紹蓮宗爲得主有常，不墮邪道障。諸弟子昏昏欲睡，和尚獨欣然聽受，貌益恭。既而語西輔：「老僧參訪南北數十年，所見士大夫道友夥矣，未有若蕭居士者，得非維摩居士乎？」西輔笑頷之。蓋予自避喧入山，畏人物色，老妻戲書十餘字授予，得蕭姓，尚名，字志君。義頗相承，故偶姓蕭耳。

王逸少卜筑廬山，適西天僧持佛舍利來。逸少禮之，遂捨宅爲寺，即今之棲賢寺也。佛堂鑄生鐵爲塔七層，下貯舍利。更有舍利藏樓上，不知是何代古德所遺，尚未借觀。

硯池汲有招隱泉一滴，攜至寓樓，用以書日記數行並識。

癸亥

晴。夜嗽甚，頭岑岑作痛，巳正方起。

寺中藏書頗富，半殘蝕。聊爲理《資治通鑑》、《釋氏通鑑》、王鳳洲《綱鑒》、《淨土資糧》諸書，皆有缺失，爲悵然者久之。西輔力諫，謂予以避喧來此，乃復耘無主之田，自損遊興，非計也，予笑從之。

西輔獨行詣天池、黃龍、五老諸峰，爲予先容，作避蚊之計，日午行矣。

日晡觀《鐔津集》，小倦，尋老僧話於丈室。聞梵唄聲，迹之，遂復繞鐵塔一遊。巡簷覽《戒壇律儀》，尚存家法，但偶有別字耳。暮蟬羣嘶，與潺湲玉淵聲相亂，殊可聽也。

甲子

晴。熱亦多蚊，幸其愚而不詐，頗易撲。然亦煩勞苦嗽，若深山上蘭都復如此，亦何異章門熱惱耶，則不惟不望吾漚舸至矣。晡食，西輔自五老峰歸，欣然相告有天池、黄龍兩寺，高出雲表，老僧著絮衲度夏，蚊與蛇皆絶迹焉。且彼距李青蓮、白香山草堂不遠，又有所謂佛手崖，一老婦、一僧居之。虎迹縱横，都無怖畏。僧言年年遊獵人射虎其上，輒有獲。僧猶厭其射，謂虎受僧戒，不傷人，何故使之血肉狼藉，穢我蘭若。然則天池、黄龍真仙境矣。予聞之大悦，加飯一盂。已決計遷居絶頂，禁足坐夏，庶幾不虚此行耳。惟漚舸不可復來，蓋慮其登高臨深，且我雲蹤靡定，焉知不更上一層，何從物色？冀樸園語漚舸也。

五老峰常在雲中，不輕識面。峰半僧廬爲博徒所據，不可居。西輔至峰，雲亦下垂至寺門，一無所見，但聞呼盧聲。亦不知五峰絶頂，尚離寺幾千丈也。

天香館壁間一蕉扇，棄捐多年。來時樸園粘恕堂詩箋，隨意取置行篋，遂同入山。西輔攜遊五老峰，懸崖一跌，蕉扇已飛入雲中，翱翔于萬古無塵之地，如此清緣，真足爲天香館增重。因笑語西輔：「君若爲扇，則君極樂而我苦矣。」

痰嗽益劇，達旦不眠。西輔甚憂之，屬人購蜂蜜於郡城，三日始得。僧言此物雖郡城亦不常有，然則齋鉢不識蜜亦不足怪矣。齋鉢，館童名，吾愛其愚而用之。漚舸嘗笑言齋鉢所至，人聚觀之，正若南康軍人觀白鹿也。

乙丑

晴。苦熱悶，輿者適欲予出遊，遂詣白鹿洞觀《朱子學規》，歎其能躬行修道之教。石洞若梁，則喜事者所鑿，李渤當日無此也。山川回合，環顧有情，景自外觀不翅洞耳。繼遊萬杉寺，並至開先觀瀑布所注所謂龍潭者。掬水洗目，始周視古今磨崖文字，亦鮮佳者。主僧延予至禪室，瀹茗品泉，風味近招隱。蓋此山川之泉無弗甘芳，數日來舌根不枯，賴有此耳。既而復敬觀所藏皇帝御書《心經》，金章石質，寶氣佛光溢於宸翰。予往在怡邸所見聖祖墨寶數十軸，筆法與此卷無異，信真迹也。又一軸乃宋牧仲所施閻立本《地獄變相圖》，寫生殊妙，惜《陀羅尼經贊》書法不佳耳。歸途值釣者得魚盈尺，西輔就買之，攜行松徑，見者皆驚詫垂涎，以爲希有。予自入山，凡得噉豆腐者三，皆酸澀不可入口，並山蔬亦無買處。今日竟居然烹鮮，雖覺過分，聊且自娱，知不免山僧妒也。

愚謂廬山品絶高，與淵明絶相似。其不產一物，則淵明之貧也。無日不在雲中，則淵明之北窗高卧醉醺醺也。拔地干霄，絶無倚傍，肖淵明之孤節。水立嵐駛，泉吟石嘯，類淵明之逸才。未嘗有靈祇淫祀以召祈禱，亦奚異息交絶遊？永不生仙棗玉芝，以啟封禪，正有若埋名不仕。恐後賢未甘淡泊，厭薄此山，並著其品望如此。

丙寅

晴熱。西輔以蜜和雞子汁飲我，嗽少瘥。飯後至不可著衣，白日蚊翃翃螫人。脱天池、黄龍亦復如此，則不若還家避暑矣，豈不絶倒。

丁卯

晴。亦熱。西輔買黄精一斤，謂可益壽。與長老約觀舍利子。作書寄樸園。西輔欲遂録浹旬所記，寄莊谿、修常、漚舸、武承，代問訊也。

既封家書，沙彌見予弄筆研，疑其識字，乞作一楹帖，隨筆題云：「劇憐山色經旬住，喜聽泉聲徹夜醒。」蓋比以嗽不眠耳。

日落攜西輔出遊三峽橋，坐石上，弄淺水，澣手至潔。復以巨石擲峽口，水勢則驅之入潭，殷殷若雷起地下。因悟古之人以水喻民，方其平時，任人濯足，其弱將不勝一羽。迨夫衆泉怒合，乘勢興波，旱蛟赴壑，陣馬摧鋒，雖賁育爲之辟易。亦何異陳涉首難，三户亡秦，其始皆可欺可辱之民耳。凡諸學佀，誰不以將相自期，尚其深念此言也。

戊辰

朝微雨，辰霽。盥沐，與長老啟銅塔鑰，出所藏舍利觀之。凡二種，琉璃瓶所貯十三粒，大如黄豆，有若寶石者，若瑪瑙珠者，紫色者，玻璃色者，玉色者，都不甚圓，有光氣。僧言嘗夜自塔中放光，觀者疑爲野燒云。其小者略與碎珍珠同，亦兼數色，計二千二百五十七粒，則所謂堅固子也。宋牧仲中丞施一赤金盤、金匙，爲盛觀舍利之用。金盤乃被無賴僧易以鍍金，可嗤也。吾觀其相傳載記言舍利十二粒，問之僧，則曾於堅固子中遴一巨者入舍利，然終不相類。於是命揀出，仍舊分藏，以存真傳信，不亦可乎？舍利蓋得之三峽橋硅石，函二，重一石，鉢貯之，蓋晉唐時敕藏者也。飯後西輔率宗慧入郡市物，爲遷寓計，兼寄樸園之書。

小僧爲予呼待詔薙髮，洞洞屬屬，手持刀欲墮，予畏其或傷首也，得半而止。僧有慚色，予曰：「無害。」彼蓋剃僧頭，任意馳騁，圓通罔礙。今見我首與僧異，故不能游刃有餘，曷足怪也。隔宿，浸卧簟於玉淵潭，曝之既干，有香氣，竟可名「玉淵香簟」。

己巳

晨起命奴取被囊食箱同詣玉淵石瀨上，徐徐澣濯，如去心垢。仰首見五峰諸老對面談也。俄不復見，不知是峰起入雲，抑是雲下接峰。泥者以爲山川出雲，則齒冷矣。

飯後西輔詣近村覓輿，將爲遷計。午未間小雨，晡風發，差涼，重櫛髮。

庚午

朝，風起雲湧，差不熱，遂欲登廬山絶頂。卯發棲賢，面壁而登數十里，俯視人家塔廟，皆陸沉矣。山萬仞，多懸崖，窺之目眩。雲中風若水澆背，輿者震掉。吾步行導之，漸逾絶壁，始得少平闊可履之徑。然山上之山，又復層起數里。過蘆林至黃龍，萬木蓊蔚，多千章之材。繞林數百武，山犬迎吠，則主僧茂禪師已立俟矣。此寺高過棲賢七千三百五十丈，天池則更高於此。風涼彌甚，夏已入伏，僧衲皆棉。入寺即屏扇，夜著氈半臂，擁絮而眠。風聲瑟瑟，酷似人間對菊花飲酒時也。昏暮亦微有數蚊，可不帷而卧，得此二善而嚏嗽復發，增唾涕之擾。始悟人間無十全快事，趨避正徒勞耳，不若耐煩任運，反得便宜。爲之一噱。

黃龍多虎，月初吼數夕，木石俱動。予至稍遲，不及聆山君謦欬，爲可惜也。寺門一犬頗狡狠，一日忽爲虎攫去，羣僧逐之，得不死，而腹項裂矣。頗亦多蛇，巡山行者言密林往往相值，長老則謂蘭若中無之，不知其言信否，予於是有復還意。

辛未

因嗽，罷朝餐，服藥少瘥。雲水僧閒話寰中所見勝迹，如峨嵋、五臺、補陀、落伽皆有靈異可觀也。此僧識徹公，並知啟元和尚遷寂時預定行期，坐而逝。予在都下，與啟元爲鄰，意頗輕其人不達禪觀，不料其死日乃能如此，人固不可皮相哉！

壬申望

晴涼，登藏經樓觀所藏梵筴七百二十牘。復同主僧詣後山御碑亭下，讀其文，則勝國萬曆十四年爲母后修福，頒大藏於黄龍敕也。石白色，殊堅。亭亦石構，寫經紙又都不惡，故未隨明社墟耳。

癸酉

晴。茂禪師治具款我，求作像讚。飯罷，同西輔出遊天池。宗慧荷鍤挈筆研以從。踰修嶺，入巨壑，迤邐北上七八里。所見多石室廢址，絶無人煙，廬山之興廢可想。惟天池一寺，孤立雲表，亦祇疊亂石作墉，禪房朴陋無可觀。惟正殿鐵瓦僅存，是明初舊物，蓋已遭數劫火矣。天池澄泓居院中，深可二尺。潦不溢，旱不涸，亦從無一滴出山下，流至人間。予笑語西輔，此水若燃燈古佛，聲臭皆無。其俯視三峽奔流，正如金剛怒目，不足齒也。瀑布天資雖絶高，未免受才氣之累，矜奇自衒，聲名震天下，駭人視聽。時士忽天池而驚瀑布，不翅謂子貢賢於仲尼，何可不辨？於是汲天池煮茗，清美亦甲於諸泉，不知陸鴻漸品第若何？池中金鯽數十則，闍黎所豢，不足爲池水重也。寺後臨崖，望九江彭蠡，清波可掬。遥岑幾千疊，俯視亦僅如湖濤起伏，未覺其高於水也。舉目萬里，襟懷亦與之相際。司馬子長登廬山，必曾至天池，流連度夏。何由知此，吾讀其文而知之。

崖上爲聚仙亭，蓋明祖敕祀周顛仙人及以金丹愈帝疾諸禪客。比一窮民賈失利，室人交謫，遂登山自經祠中。寺僧坐是受胥役之累，亦幾自經。予笑謂此縊鬼焉知非五老峰庵聚博人，故死亦好高如此。

廬山聖母祠危踞層嵒，範以石檻。倘坐其旁索新句，必當險怪。遂與僧約信宿間移居此山，且以近岫皆童，無密箐，不礙遊矚。蛇亦少，其寡蚊與涼又無異黄龍，故可居也。日晡歸黄龍，比入寺，虎嘯者三，聞之甚快。此虎殆欲嗣虎溪三笑之風，遇我不薄。既卧，更留意聽之，輾轉不寐。至漏深燈滅，怪風滿林，始復遥聞其吼，大慰岑寂。西輔謂予不畏虎而畏犬，不畏龍而畏蛇，不畏王公君子，而畏駔儈小人，可謂知音。

甲戌

晴。小熱，僅可著袷衣。午餐微汗，然終不用扇。有自山下來者，云人間方酷暑，不可復耐。未由分此風惠我閻浮，吾唯獨享，滋愧甚。

萬樹鳴蟬，良與三峽澗濤聲無别。静境至深山止矣，猶復厭物外之喧。清曠宜人，天池爲最。

補薙七日前未浄之髮，僅事也。日晡，題茂林像，其辭云：「三衣瓦鉢，外無長物。萬劫離塵，一心念佛。任他千偈如翻水，不及老僧伸一指。山中頑石點頭時，坐右枯藤獨無語。」讚非詩也，故附記於此。

乙亥

凌晨起沐，趁早齋，蓋不肯使僧再炊，破常住會食之例。否則僅能及午餐，未免餒耳。

書扇四，障壁五。西輔掘黄龍竹根爲予製遊山之杖，頗輕潔。不欲其端類蛇首，授意刻作佛手，當銘識之。嗽尚不愈，奈何！

晴。小熱，著絲葛三重而已，仍不須扇。不審章門毒熱作何狀，想必人人念深山爲樂國矣。

丙子

大士生日也。曉起焚香，瀹龍井爲供，回向先慈淨土九叩首焉。至主僧丈室言别，欲明旦遷居天池，並以家問若來，幸頣指爲託。

沙門妙華，瑞州人。行脚四方，即曾識徹公及啟和尚者。獨惓惓有别離色，以峨眉所得張三丰草帖洎萬年松一葉見貽。受松反帖，遂横書大幅，勸勿忘徹公念佛百偈。蓋知圓頓甚難，憑木而渡，庶乎不溺。妙華亦極可此言，故以爲報。因語西輔，任爾神通蓋世，不敵一誠。予自入山，未嘗著一論贈人，乃不謂妙華得之，足信誠能動物耳。妙華欲重詣都下，住西山戒壇之太陽洞。謂此洞一虎守門，門中惟瓦鉢客作糜。心偶妄動，則虎有怒色，若嚴師之督弟子者。果志真修，居此最善。予因力勸其倘必住此，則唯有死心念佛，無事盲參瞎證，犯虎威也。此虎數十年守洞，未嘗食僧。戊申春，一道士謂能伏虎，乞居此洞。僧亦憚是役之險，樂讓道士。居才五日，戒壇巡山僧過之，不見虎守洞，以爲道力所驅也。入室相訪，則道衣與一足存焉。予笑謂此虎既喜護法，仍舊茹葷，殆亦若蕭居士乎？一坐噴飯。黄龍之虎窟寺後，齒高於僧，大如牛。獵者事一神，剪紙作傘，割雉祀之。喃喃誦虎咒數千百言，然後藥弩而機之。矢不虛發，鄰近諸山皆有獲。獨黄龍虎不入彀，足見其高蹤遠慮，不嬰外患。惜予流連信宿，但聞聲相慕而已。主僧又盛設齋予於堂，叮嚀後會。因憶妙華倘入都，重參徹公，質予所著論手迹，應悟蕭居士即舒白香，得無破妄語戒乎？其實如虎食道士，特偶然耳。

丁丑

晴。小熱，移寓天池。杖一筇，戴笠，與山僧拱别。緩步行數里，凡三息寶樹之下。所謂寶樹者，來自西天，廬山絶高處可種，往往長至一由旬。團圞若蓋，無醜枝，碧葉高秀，茂於柏，千秋不凋。著子可種，尋當攜一粒歸植人間，恐穢土不能生耳。

至天池才一炊許，而樸園之信使已到。讀其書，欣然知所蒔罌粟僅得八實，然雙丰華胄已不絶於人間矣。莊谿在遠寄藥物，適與啾宜。即夕當服之以爲報也。漚舸遂已見所寄日記，且欲得八册。收衆人之所棄，是一世之所非，寧不畏通人笑耶！傳營、人烈及普兒亦皆有清慕之思，閲其書殊慰。

卷二　天香隨筆

戊寅

晴。飯罷，西輔率宗慧下山三十里，僅買得少許豆腐，仍不可食。記隔旬與樸園書，引蘇公「歸去蓬萊却無喫」一詩取笑，不謂爲今日讖也。西輔憤發欲往還百里，赴九江市之，並欲買鮮魚啖我。予曰：「休矣，人間毒熱，魚必餒。」毅然竟行，高義不讓蔡明遠，惜我不能書鄱陽一帖報其勤耳。

晡大風，撼屋欲動，斯其所以作石墉鐵瓦之意乎？十方之風總聚於此無？難效列子御風而行，輒又愧無仙骨耳。

宗慧言：「主人大繆，不求官乃已奇，乃復捨膏粱之奉，入鹿豕之羣。乞食於僧，瘦同野鶴。使我攀藤攧蔬，足跕跕如飛鳶欲墮，何爲也哉？」予亦第匿笑引愧而已。

山僧頗疑我狀貌似曾爲大官者也，時時作周旋問詢。竊厭其擾，遂指天誓水，自明非官。且謂：「彼官者上應天星，即使微服來遊，夜必放光。予實欲依法座下聽講修心，種來世放光之福。師第以行脚沙彌畜之可耳。」於是乎僧有傲色，我得以自在嬉遊，久居避夏，不亦樂乎！

沙彌則疑予或是大賈，因謂：「曾作小負販，折本而逃。樂此山有虎無蚊，可避熱債。」沙彌亦望望而去，以是信富貴多憂貧賤樂也。

夜深風益厲，幾欲拔山而去。令我時時作飛昇之想，夢醒風息，翻爲悵然。

諸寺多蓄一雄雞，雛而入山，當不知有牝雞之晨。天池獨蓄一牝犬，老矣，亦不知有牡。是境可修心之驗也。

蟬嘶至絶頂，遂變而號如巨鳥。迫而察之，則小於常蟬。鶴鳴九皋，聲聞益遠，豈不然乎？

曾以巨爆竹擲捨身崖下，山中人驚爲旱雷，百谷皆應。順風之呼，聲非加厲，所到遠。然則居顯位，握利權，仍不能令行禁止，大畏民志，其聲光魄力，反不逮爆竹明矣。

己卯

朝風息而陰，是雲又高於我矣。行者三人來掛褡，人肩一擔，擔以二木盤，盛衣鉢拜具。其盤合之殆可卧，且以隔泥塗，爲計良得。一楚産，其二自峨眉山，並有飢色。主僧囔囔告齋糧已絶，但啜粥耳。因黯然歎此輩亦誰解佛法，實無業之窮民耳。昌黎《原道》謂耕者一而食者六，爲二氏詬病。殊不知世日積而生齒蕃，雖使一夫授一畝，猶恐不遍。坐是勝國末游惰之民，邪僻之行，百出不窮，爲士大夫患，亦豈皆二氏之教耶？唐季苾蒭果悉能大振宗風，化游惰皆成佛子，當必無人滿之患，轉易足食，亦豈非四民之福哉！儒生動欲治天下，而不知所以爲治，以教化爲先，雖法古而不須泥古。法古者，道之經；不須泥古者，道之權也。熟讀《傷寒論》而泥其方，又不審脈理虛實而妄投之，疾鮮不殆。王荆公豈非名士，其獲罪於蒼生在此，昌黎文公未必不以不作相全其名耳。

或問：「東坡、山谷何人也？」曰：「通儒也。不辟佛，亦不妄佛。」「然則辟佛者非乎？」曰：「苟其人一生言行皆合乎孔子之道，亦不非也，則程朱大儒之謂矣。彼蓋深究乎心性體用之全，佛氏言用處少，專於出世，與中庸相反，故不能不拒。其説亦慈悲救世之心也，若未嘗深究其旨，第攻其貌，存我見以竊儒名，且必爲真儒所笑。故古德不畏昌黎而畏程朱，爲其抉心性源流、辨是非也。至於鬼神生死之義，聖人亦嘗爲仲子微示其旨，從可悟生也死也、人也鬼也，即佛氏之所謂色也空也、心也佛也，馬大寂若居孔門，道力不在孟子下，何以知之？於司馬温公論五祖六祖而知之。上智人必領是説，則庶幾蘇黄之徒矣。」

或問：「因果報應之説果可信乎？」予曰：「聖賢不必信，愚人不肯信，機詐小人不敢信，中人則不可不信。聖賢慾淨理明，言行但求其心之所安，苟念念不離因果，則反以禍福之心範仁義之性，非不思不勉之能矣，故不必信也。夫婦之愚，若夏蟲朝菌，何知朔臘，其不信固宜矣。若夫機詐小人，習爲不義，苟例以因果報應，則十八層地獄皆其傳舍，其敢信乎？唯中人質可爲善，失教乃遷，倘能動以慈悲，開以罪福，俾不犯教傷生，肆行無忌，雖欲期刑措可也。殷人以神道設教，《易》亦稱『不善餘殃』，《書》曰『從逆凶』，非果報乎？吾故曰不可不信。」

庚辰

朝晴，午熱，暮風。西輔昨日自九江還，言農家望雨，低田則仍在水中，奈何！

晡食，至四仙祠，趺坐望平陸江湖，目空萬里。西輔言人間仰面瞻此祠，岌岌然如適自九霄下墜，賴雲霧擁之而遊，其勢將壓。然則坐此祠中，呼吸可通帝座矣。

辛巳

晴，微風。午亦熱，衣重帛而已，不須扇也。以是欲遊佛手崖，不果。隱隱聞山下雷聲，其殆將雨乎？

偶憶黄龍佛殿左龕奉一舊木主，大若卓椟。色黯黝，深刻處微白。審視之，則中年婦人影也，面慈而目秀。右方一巨印文云「某某皇太后之寶」，蓋即藏經寺中之萬曆太后遺像也。御碑之敕頒於十四年，時帝始廿四歲耳。明社墟百餘祀矣，僧之不識考訂者，輒呼爲觀音大士，朝暮頂禮，未嘗非奉佛之報。同時頒一萬歲碑，上盤九龍，駢首而吐水，合注一佛子之頂。佛座舁以四金剛，下爲巖壑，以六鰲戴之，皆銅所鑄。又有大金銅香鑪，圍長十數尺。二花瓶高與僧齊，色澤淳古，皆萬曆太后所賜也。補記於此。

暴雨，一茶時已復見日。蓋龍將行雨去人間，過此山也。

予三五歲時最愚，夜中見星斗闌干，去人不遠，輒欲以竹竿擊落一星代燈燭。於是乘屋而疊几，手長竿，撞星不得，則反仆於屋，折二齒焉。幸猶未齔，不致終廢嘯歌也。又嘗隨先太恭人出城飲某淑人園亭，始得見郊外平遠處天與地合，不覺大喜而譁，誠御者鞭馬疾馳至天盡頭處，試捫之，當異常石，然後旋車飯某氏未遲。太恭人怒且笑曰：「癡兒，攜汝未周歲自江西來，行萬里矣，猶不知天盡何處，乃欲捫天赴席耶！」予今者僅居此峰，去人間不及萬丈，顧已沾沾焉自衒其高，其愚亦正與孩時等耳。隨筆自廣，以博一笑。

壬午

風竟日，夜彌甚，以服宗慧所擷蒽得寐。即鹿蒽之已放花者，果益睡乎？

薄暮至寺後之聚仙亭，觀周顛像有顛意。復觀明太祖所記顛事，亦拙樸無誑語。一代之興，必有深識前知者默啟其兆。吕公之擇婿，虬髯之望氣，陳希夷之大笑墮驢，無心而發之，皆有驗，豈篝火狐鳴之類哉！

癸未

朝風，已飯晴熱，著絺衣兩重而已。西輔始輯録予詩，因自書宿天池二絶爲卧室壁障，西輔欲刻諸石也。

薄暮至廬山聖母祠前，觀其崖孤懸無著，俛窺之若乘雲凌虚，此身正與虚空等耳，殆所謂捨生崖乎。舊志謂此崖險絶，無敢窺，陽明王公嘗窺之耳。「吾有大患，惟吾有身。」予不得遊崖下，一賞其孤懸奇絶之勢，實此身之累也。老子之言有味哉！

甲申

晴無風，遂熱。竟亦衫絺綌，但不須扇。飯時雖不免微汗，然静爽之氣，終覺宜人，不似城市喧濁，令人叵耐。枯淡中所得如此，亦差不負耳。

飯後，西輔攜宗慧詣黄龍市茶筍香油，皆彼土所産也。

黃龍既爲明太后藏經道場，檀施於勝國爲最，故至今林木之盛，甲於匡廬。至鮮有盜伐之患，則虎守之也。其法嗣散處諸山，皆得而有其林木，無敢專伐。故木離斧斤之患，得終天年。以是悟封建之制，洵久安長治之源也。五霸之伐叛尊王，則虎耳，故聖人亦多其功。或曰：「唐末藩鎮專征伐，與封建正同，乃唐鼎卒移於此，果可恃乎？」予曰：「此不揣其本而齊末語也。殷周之際，版圖不過萬餘里，輒分千國，諸侯之地，猶不逮唐時一宰。豈嘗若藩鎮節度，帶甲動欲數十萬，奢淫恣睢，不識先王之道，不習周公之禮。天子又用非其人，馭非其法，惡得不纂。豈得因噎廢食，訾封建耶！」

今日獨有十餘僧絡繹相過，一少者价人求書，予漫應之。不欲識其面，但於窗隙中見其年耳。猶以爲此輩雖庸，亦耽登矚。既而西輔自黃龍來歸，則言是方丈六年一代，今屆退院。諸山數十輩咸集黃龍，作多鬮，百失一得。羣拈之，得者受賀，遂謂爲有道之僧，尊爲和尚。予不禁捧腹大笑，是何異糊名遴德以治民，而衆僧之觸熱來會，則走馬應不求聞達科也。不己之俗，而俗彼在家之人，得無愧乎！

自以天池水瀞白羅汗衫，至八易其器，可謂潔矣。欲題襟作「無垢天衣」，與「玉淵香篁」爲偶也。

「女矜治容，意豈思貞。士苟聞道，寧慕寵榮。僧不達法，斯多俗情。吾觀天池，無臭無聲。汲之不竭，注之不盈。淆之不濁，澄之不清。海不揚波，地賴以寧。譬諸聖心，慾淨理明。譬諸虞廷，垂拱治平。譬諸學佛，永證無心。譬諸仙道，大丹已成。豈復有意，爲世所營。或復尸位，以競浮名。是猶淫女，樂人相輕。嗚呼大夢，何時可醒。」隨筆作偈，曉黄龍諸僧。書罷視之，則通首用韻，非偈子體，其病在好作詩耳。結習之難除若是哉！

乙酉

溽熱，僅著一層羅，似人間端午時節。忽見諸僧頂上齊放光，知薙髮人至，亦遂沐櫛從衆也。

剃工終不善櫛髮，蓋廬山之上無非僧者。至若遠客，不過一信宿便歸人間，何至用彼櫛沐乎？故此技終未嫺也。剃工言渠以二寸鐵周遊諸寺，一月再至，則圓頂皆光，十口之家賴此不匱。予詰以「爲利若此，若曹無踵至者乎」？工曰：「噫，所在多虎，日小昃則羣遊澗壑，礪其齒於泉石上，錚錚有聲，誰敢以性命博此微利。」「然則汝能搏虎乎？」工曰：「惡，惡敢。特以短視，故不能見虎，無怖容。又以薙僧髮於佛有功，定可緣僧例，免充食料，遂無疑懼。恃此二術，故敢虎狼穴中空手行耳。」舒子曰：「旨哉，剃工之言。不聞不見，則心無疑怖，心無疑怖，則外物之機無自而起。雖鬼蜮可以相忘，虎狼可以同卧。郭汾陽單騎見敵，及赴魚軍容之召而不設備，皆不疑不怖之誠也。吾聞此言，得養心涉世之方焉。」

戲以天池水濯纓，至潔，一樂也。吾自入山，所戴惟箬笠爾。纓帽置行篋計時，亂如飛蓬，故濯之，當又非滄浪之水所敢望矣。

夜卧竟令人思簟，乍熱可想。竊又自笑不知足，此簟自玉淵一辮之後，遂不復施之寢榻，畏寒故也。六月向盡，乃始思及之。其所獲清涼之福，蓋已久矣。

今夜有數蚊飛鳴帳外，是熱可生蚊之驗也。職是又小嗽不眠。

丙戌

山上晴，俯視聚仙亭前幾百里，則濃雲如冒絮，團團密布於屐齒之下，若龍涎之聚煙，若海波微動而不知其際。其上則日華烘染，異彩晶瑩。我立雲上，懸崖古松翼我如蓋，朝暾則反浴天池之中，幻成靈境，奇觀哉！俄而下界雲翔出天池，猶能作簷聲，片刻而散。想農田已沾沃矣，是猶李鄴侯帷幄定難後歸衡山也。

日晡，室中溽熱不可坐，遂出聚仙之亭。望江湖岡阜起伏於晴雲濕霧中，頃刻萬狀，實觀之不足，人生安得此境長娱目前。環顧四仙翁笑容可掬，亦樂此清緣也。

峨眉僧言：「登峨眉者，三宿而後造其顛，去地蓋百二十里。絶頂乃普賢道場，僧廬則層繞而下，不勝數。謁山者亦無虛日，僧賴以豐。普賢院後有小池，豢小龍十餘，長尺有咫。蛇首而四足，鱗燦燦，游與魚同。觀者咸易之，謂非龍也。亦往往漉藏鉢中，攜入院，覆以巨石。及旦啟視，則惟水而已。僧疑而迹之於池，則游泳如故。亦有强置瓶水中，攜下山者，半途輒逸，而識封儼然，於是乎神而龍之。然從古至今，止豢此數龍於池，亦不見茁壯老死。」予謂：「天龍者，變化不測，豈僅若是而已耶？抑龍之爲技不難於伸，難於屈。屈之又屈至尺咫，復能歷千古不變，而後爲龍之絶德乎？彼老聃，一柱下吏耳，形若槁木，沐髮則晞而待乾，其不修儀觀可知也。心若死灰，遯世則終古無悶，其屏棄才智可知也。周之士大夫過者見之，見者亦過之而已。獨吾孔子以生知之聖，目懸朝曦，無隱不燭，歎之曰『彼老子其猶龍乎！』然則龍之爲物，未專貴乎行雨也。得雲而駕，亦不惜爲蒼生一勞，卒於彼行藏屈伸之妙用，無加損焉。以是悟龍貴能屈，屈至於扶寸，以養拙無爲，斯其爲老子之龍乎？」僧曰：「誠如是，則彼之忽變而逸，爲自衒其才矣。」予曰：「惡，此正其遁世之能也。關尹不望氣而物色之，雖道德五千言亦可不作。猶龍之聖，豈樂以語言文字垂修聲哉！峨眉之龍，洵堪媲德老聃矣。」

僧又言峨眉一異，謂寺巖一洞曰「雷洞坪」，平時無異，獨將雨時，洞下殷殷作聲，徐徐而上。遊客競觀之，見朵雲出自洞口，雲中轟轟一黑物，乘之而駛至九霄，風雨之會，始大奔騰叱咤，金蛇滿空。千峰萬壑，震蕩辟易，觀者胥閉目塞耳，股顫顫屏息而匿，此一異也。其一呼爲「萬盞神燈供普賢」，則於每夜方午，遥遥見四方平陸，熠耀若熒光數千百點，圓明飄忽，離合隱顯，一一至佛堂迴旋乃出。觀者目眩神奪，瞻之在前，一瞬則僊僊遠颺，俄復徑詣普賢座。若蜻蜓之映水而飛，憑虚而立者。攬之以手，又空無一物，圓光如故。夕夕而至，轉轉不窮。從古大智，咸不能測其理，輒歎爲佛光而已。予笑迂儒不信佛，並不信鬼。或見磷火，則謂爲碧血所化，若腐草之螢。脱使登峨眉見彼光怪，必且疑古人之血聚於此山，豈不絶倒。

丁亥朔

晴，晨爇爐薰供佛。蓋以先二人忌辰皆同在此月，觸序驚心，不免翹勤淨域，祈冥福耳。卦氣消長，於七月爲否。追惟少壯，凡十載之間，兩遭屠割，不孝私衷敢目爲否月也。

戊子

晴。晨沐未竟，西輔報巖下雲凝如玉脂，於是握髪而觀之。千丈雪芝萬萬朵，映日耀目，山立而不移。脱使有一物塞空常住，我定筑菟裘其上，老是鄉也。

日午有梓人來遊，遂令整寺中户牖之不可閉者，故釘之脱者咸新之，晡食始去。西輔斫細竹一枝，安六合帳以搭衣，殊便。遂並書牀整理之，屏除衣笥，專置吾行篋之書，僅得半牀耳。其半鋪玉淵香簟，爲「卧看南華坐看雲」計也。

己丑

卯睡方熟，沙彌叩窗而報曰：「文殊崖雲又起矣。」於是帶殘夢披衣往觀，則將欲行雨之雲耳。非凝脂玉葉、雪峰堆絮之屬。然亦濃酣飛布，巖壑皆隱，使我與沙彌對面相失，但相聞笑語聲耳。予既深悉之，嘗欲作《雲譜》，分疏其妙。輒又終日爲雲忙，無暇及也。

飯後果大雨，檐聲如瀑。徐察天池得雨水，反有濁意。是雲自地起，賦氣未能極其清，故天池不受耶？下士謂韓、樊之封爵等耳，乃不與噲等伍，所以取禍。殊不知信即終窮，亦羞與噲爲友也。此志惟蕭何知之，故亦惟蕭何惜之而已。

晡又大雨，雲勢甚寬。不識南州得雨未，室人曾約計晴雨日事，以待歸時相對驗。謂天時百里不同，然此雨或當同耳。

山寺曉鐘清越，靜數之，得三十六聲。如是者三，則百八聲也。暮鐘則以十八扣爲率，緩急各三度，亦一百八聲。旦夕都無敢懈，即此是收心入定之法。彼沙彌者，既見棄於親，又絶無婚宦之想，年尚弱，豈知慕道？祇以師傳若是，不敢不然。久久則習而安之，身心俱寂。雖不能禪，亦庶乎其寡過矣。恐老妻姑息兒女，不使勤學，並記此以爲之勸。

天池在明初香火極盛，供器多頒自上方，叔季檀施因之益廣。故《志》言殿宇宏麗甲廬山，王陽明先生大書「廬山最高處」五字揭諸山門，皆毁於火。今則破屋數十椽，諸僧一鉢瓦煨粥而已。對之黯然，故予亦甘藜藿也。然愚謂果修禪定，則寧爲今日天池之僧，不可爲明季天池之僧。習儒業豈不然耶？世禄之家鮮克有禮，其子弟未始不賢，實爲境累。安樂之累德，百倍於貧，勿徒以貧爲子孫憂也。予每禁兒女不得近鮮衣美食，老妻則惘惘有不平之色。又見予貧不事事，不無隱憂，故復以天池諸僧譬而曉之。

卷三　天香隨筆

四日庚寅

先母吴太恭人忌也。齋沐回向，謁觀音勢，至九叩首焉。先二人隱德慈恩，夢蘭即畢生述之，亦何能罄其萬一。曩不幸於《行狀》、《墓志》中約略陳敢，家有藏本，子姪外甥輩尚不難讀而知之。至若予兄弟本四人也，仲兄小名地官，譜名克敘，與季弟寧安保，一下殤，一不成殤，又皆隨任歿瘞長城外，故鄉族戚鮮有知其名次者。及見先二人塞外歸來，膝下唯長兄慶雲及不孝夢蘭而已。輒疑其所以行三，殆以涂氏姊比肩排第，未知長兄之上有長姊，小字銘姑，七歲殤。脱共男女相次第，則長兄尚居其二，何況夢蘭。然則此一兄一弟之孝友絶倫，早慧之異，祇緣凶短折，遂並其兄弟子孫無一知者，豈非夢蘭之罪哉！《禮》云：「下殤之祭，終於父母之身。」吾永感十六年矣，春秋薦亡長姊與仲兄弟，楮鏹之獻，未敢或闕。非過禮也，其敬德懷恩之情不能自已，終我之身，惡忍廢。竊謂吾子姪外甥既未聞幼德之詳，浸久或並其名字忘失。幻泡澌滅，庸非恨事？緣於古寺齋居追慕先親之際，敬記長姊、仲兄及季弟一二端德慧遺事，示兒曹焉。

長姊銘姑生乾隆庚午，有宿慧。先王母、外王母咸愛之，其承歡好學之異，姑不具論。歲丙子，家從兄玉書受室，張筵招客。姻婭集者以百數，一族姊與銘姊嬉戲，推而仆之湯壺上，湯壺方沸，盡傾入吾姊衣裈。舉體潰裂，族姊則懼而引避，婢有見者奔告於諸尊，始羣救之。醫至，欲解裈敷藥，姊呻吟力拒曰：「死則死耳，禮不可以下體示人。」竟不能敷藥而止。父母不無憾推仆之者，詰曰：「是某子推仆汝乎？」銘姊力辯曰：「吾自仆耳，非彼也。」豈可以定數中事誣賀客哉！」本日夜午，疾已革，父母坐牀前垂涕守視。姊忽背誦其所讀《孝經》、《小學》，琅琅焉不遺一字。歎曰：「此父母口授兒者，謹誦之爲别，以志見兒未敢忘也。」父母悲益甚，則力諫曰：「兒謫仙也，以父母心慈德厚，樂爲其子。其所以爲女及死於湯火，皆宿業也。故吾愿父母勿懟某姊，即所以懺兒之罪。」既而白父：「牀后似可怖，爹試往偵。」父起不旋踵，銘姊復琅琅語曰：「積陰德遺子孫，積陰德遺子孫。」如是者再，氣遂絶。噫欷怪哉，曾未聞七歲女郎重傷瀕危，轉爲致死者深諱，其力解而復以積善貽謀報親之德，去來了了，重禮輕生，有若吾長姊銘姑者也。無怪先二人歲時生忌，言及則相對流涕。夢蘭生也晚，雖不及見姊，而熟聞姊之所以死，其異如此，具録不敢有一言虚也。

家長兄[illegible]亭，辛未生。歸西橋涂氏二姊，癸酉生。仲兄地官則生於丙子，殁於甲申。是時先考官寧夏，舉室無老少皆患大疫。獨仲兄無恙，纔九歲耳，晝夜皇皇奉父母湯藥，按摩呻慰靡弗至。稍間即審視兄姊兩弟，以下及僕嫗之疾。一一分方合藥，次第而療。醫至輒迎而拜之，垂涕求救。夜則好言召胥吏之老成者，坐户外唱籌守視。每夕以錢酒犒之，隸不忍惰。漏凡數十刻，一城皆寐，輒呼老厨役籠燭相導，詣北門無量佛殿，叩首而慟哭。禱云：「吾家江西人，父母兄弟斷不可疫殁於此，愿求身代，雖死如生。」復叩首痛哭而去。應門老僧見仲兄夜深必來，所禱只此語，亦感動流涕，不忍夜眠以待之。禱至兩句不復至，料病者舉得生矣。忽一夕僧寐方覺，聞仲兄哭於殿上，聲益悲於初禱時，旋而復大笑，若有衆擊節和者。僧大疑，起而察之，則濕螢羣飛重扃上，落葉可掃。詰旦門啟，則聞途之人歎息相謂舒二郎孝子也，九歲兒月餘侍疾，無少懈，父母兄弟疾初愈，二郎遂積勞卧病，數日死矣。僧不覺驚怖失聲，執途人而告其求代及夜來所聞，行路之人皆爲泣下。獨吾母尚未知也，母病最後愈，猶失音，彌月不能言。

方仲兄初病，人無知者。所卧帷爲鼠所覆，壓其面，而通夕不呼。乳媪往視之，以爲寐也。寤帷則聞呻吟曰：「勿令吾父母聞吾病也，帷夜三鼓時已墮吾面。」嗚呼痛哉，吾仲兄之至性純孝，將死猶用心酸苦若是。其病其死其所以不令母知，固皆已曲成其志。然是時家事之敗壞，久病者之昏沉瞀亂，九死一生，不復知生之可幸而死之可悲，至於此極，奈何可思。仲兄不服一藥，求仁得仁，默默以死。試思其求代之誠，以病爲藥，既病之日，以死爲安。惟恐傷病母之心，但囑云「死便埋我」。其人其事，夢蘭更何能擬諸形容，亦何忍曲爲摹畫，第追思哽塞而已。

寧夏有畢貢士者，富於財所居宅旁鬪鄰舍數十百楹，筑爲典肆多年矣。一夕，空中飛落一碌碡，裂其階石。舉室震驚，典架即烈烈火起。水軍羣集，激以水，則非火也。其妻妾聚謀，相謂明日當避於某莊，或言衣某繡，戴某珠，則見其所謂珠鈿者紛擲於前，眷屬惶怖，持兵相衛。忽聞兒啼樹上，梯而接之，則抱中兒也。竈下婢尋復奔白，大甑曉炊將熟矣，忽聞雞角角聲出甑中，急啟視之，雞飛去，飯猶米也。白未竟，貢士適延一符籙道士來驅邪，爲户限所仆。婢即摇首瞪目，披髮掌批道士頰，作秦聲，咤曰：「若何來，吾豈妖耶？畢叟毀吾屋而作爲質庫，與汝何涉，來驅我？」復掌批道士。畢遮護，遂批畢頰。畢怒，嗾羣僕捉婢。欲笞，則見樓上相風竿倒地，即橫撞諸僕之踝，罔弗屈體，呦呦言「不敢不敢」。婢乃鼓掌狂笑，顧畢曰：「叟尚疑我是汝家婢耶？」畢至是始信有憑之語者，長跪婢前，惴惴言：「我屋皆契買於鄰，無强鬪者，神何故遷怒相責？」畢容忽慘舒，呼婢起，徑入其帷。妻妾皆俯首匿窺於帷，則見婢揮臂指北院老楓曰：「吾夫手植也。崇正間夫死於寇，吾恐不能全其節，自縊於此。吾既以烈死，不忍求替，又無生期，遂依蘭州聖母，得五通之術。仍不祟人求血食，以是陰德，應託生固原副將爲女。路經瓦亭，適神役來迎舒二郎復位。吾因念家在此邑，附之同來。見此楓樹在汝家，悽感怒發，遂至紛擾。汝雖購之鄰，然能爲我作佛事，我且德汝。」畢諾諾首肯。婢遂直趨一炭室偃卧，衆人莫敢窺。次日，此婢忽大譁奔告主母：「奴不知何時熟寐炭上，頃覺，旁坐黑毛人掩奴口囑云：『主人既許我追薦，我不擾矣。主母又觴我於堂，我醉卧碪上。主人見之俱驚仆，彌令我慚。爲我謝主人，都莫懼避。第速作醮，汝能傳我語，亦不汝祟。』」並以錢一掌予婢，婢待毛人去，即棄錢而譁。畢方偃卧，聞婢語，呼曰：「有是哉！吾頃謁祖，見搗衣石上兩巨目爛爛開闔，怖幾死。」畢妻則言其早間盛饌禱祠堂，求祟不擾。皆婢魔寐炭室後所未知者，衆益畏服。趣招僧，瑜珈競作，國人皆傳而異之。

當是時，畢謁吾父，父詰以傳誦之言，畢縷縷自陳如此。然則吾仲兄孝德所感，仍作瓦亭山上二郎神矣。時母已知仲兄歿，捫心大慟，淚雨下，不聞哭聲。熱雖退而音未復，勢尚可虞，吾父竊憂之，遂屬畢卜病於祟。翌旦，畢欣欣傳語，謂以病狀命其婢往叩吉凶，婢畏縮，迫之，始逡巡入於炭室，則毛女已迎，立告曰：「舒二郎母病本不可爲，肺氣絶而語音全失。二郎曾語我，音在東方日出處，縣君第力疾登樓，東向跪，作艾七，壯燃瓦上，對日向咽喉吸之，音可立開。速令汝主人往白。」畢聞之駭異，欲驗其術，故早來。吾父雖未信，然不妨姑示所語。誡婢嫗扶掖吾母登西樓，試燃七艾，向朝日跪而乞音。時夢蘭已六歲矣，隨母跪樓上，眼見此事。猶記艾煙未燼，吾母已呼夢蘭曰：「崽，汝亦病瘠作如此狀乎？」遂放聲大哭，樓下悉聞而驚曰：「太太生矣。」

嗚呼痛哉，仲兄孝德，竟能於代死之後，復起沉痾。百歲人所在不乏，其於事父母，生死力竭有若此九歲童子者乎？有之，則吾兄之壽不翅百歲；無之，則吾兄之壽轉可千秋。此仲兄之夭，正仲兄之所以壽也。或乃僅惜其髫齡入塾，已通六經，設假之年，何求不得。此則世俗功利之見，不足爲孝子重者。聖人師項槖，正不必以貴壽之期明矣。吾家小宗，單傳數氏，至曾祖王父下，始生從兄弟一十五人，其十二即仲兄也。一下殤之子，兄若弟不忍割棄，齒而序之，實以有成人之德，則成人之非偏愛也。

夢蘭己卯生。四弟寧安保生壬午正月，亦與仲兄同年歿。其歿也，得餅餌，輒獻諸仲氏之靈，曰：「哥哥可憐。」然後食。嬉戲則自爲將軍，令我作衙官，執戟旁侍。予時已六歲，絶愛此弟，樂爲之執役不辭。父母而下亦罔弗愛其慧者。一旦痘發，症甚險，所延痘醫殷翁者示之攢眉。予心大恐，長跪殷翁前請曰：「救吾弟。」繼之以哭，殷驚拽之，且誑曰：「無礙，老夫當必爲三郎愈之。」予始大喜。

署東有新屋三重，其中爲客堂，左右闢複室各二。鏤窗絲飾過於密，故内室不恒有光。客堂亦常扃，几榻上塵可書字。明日向晡，涂氏姊忽召予曰：「弟來，婢言猫産四子在東院左室，盍隨我背人往觀，各取其一。」予聞之踴躍，前導至東院兩層，啟扉入左室，不聞猫聲。呼之則應於複室，於是覓得其巢，欲攫猫子就窗看。猫母繞足號，姊曰：「休矣，姑令其乳哺彌月再來取。」予遂捨猫，隨姊出外室。聞堂前怪聲甚厲，詣户窺之，則見西壁第二椅坐一黑物，黯黯如霧中有人形，不能辨雌雄面目。劃劃作聲，其物又時立椅上，頂摩承壓，旋復坐，起伏不定。予觀之目眩，遂閉目趺坐於地。姊大怖，力弱，欲牽予起，不可動，亦都不敢啼，畏黑物也。署中有獵犬甚獰惡，聞怪聲迹至東堂，則奔吼直登其椅，怪忽不見。吾始仗犬勢，扶二姊，憑之而歸。聞吾母哭於内寢，則四弟頃已痘殤矣。舉家號慟，悲忘其恐。涂姊復誡我切不可言見鬼事，致攖父怒。至今每與姊言及所見，歷歷如在目，究不可審所見爲何物。

或曰即四弟之魂魄也。人小鬼大，且彼慧，愛戀兄姊，故向之啼踴。既爲異物，則聲態迥異乎人，轉爲所怖。或又以爲即畢氏之祟，二郎命之迎四弟，亦未可知。蓋四弟痘障兩目，猶時見二哥來云。涂姊嘗兩是其説，質於予，予莫敢決，總之皆鬼也。迂儒謂無鬼，信乎？四弟即袝瘞仲兄之墓，墓在中衛寧安堡西木廠，則有雙碣焉。夢蘭至不肖，年四十餘，不聞道，又曾無一事之知，一技之長，僅仰賴父祖遺蔭，不耕而飽。又幸有長兄賢勞，卅年遊宦，以終二親養，俾夢蘭不必干禄而得免不孝之名。又得遊山澤，觀魚鳥，久居天池，蕭然度夏，皆父母長兄之賜也。惡敢不於先君忌日，追慕記述吾長姊、仲兄、四弟之孝友逸事，以慰親泉下之心，永承孝義門内之傳，稍減不肖子慵惰之罪。尚冀吾子姪外甥熟觀之，以勉爲善哉！

陰涼，同老僧齋於丈室，三衣無汗。自晦日卧簟，達曉輒寒不可寐。忽忽欲病，撤簟敷褥，即安寢矣。

辛卯

大雨終日，昨所謂涼者變而寒矣。西輔客衣皆著之，猶有懼色。不免避熱來，復避寒歸。歸仍大熱，則又復追慕天池，人生亦安有兩面便宜之境，可深思也。

晚晴。峭壁下泉聲漉漉，使我忘天池之高，恍似棲賢北樓聽玉淵索句時也。銀河歷歷，在天池魚藻之中。泉亦時沸涌作泡，寺僧曰：「地雲起矣，」蓋山下雲起則池中泡作，例驗不爽。山澤通氣，不其然乎？

壬辰

朝寒，覺綿被尚薄。盥漱始畢，老僧復邀予看雲，往坐凌虛臺偃蓋松下。諸培塿上冒絮紛起，綿綿藹藹，連屬作片，則緣崖漫谷，彌望四塞，浮遊蕩瀁，浩如瀛海，莫窺其際。俄頃四散消滅，山河大地仍到目前，此造化之奇文，山川之壯觀。人顧以習見忽之，暴殄天物，莫此爲甚。是猶作試官，浪擲佳篇，不免受才人白眼，不可不戒。

哺晴，漸暖。宗慧見巖下百合爭花，荷鋤掘之，得百合一筐。西輔狂喜，以謂倘絕糧，此可恃也。予笑命煮食少許，味正苦。但西山之薇，亦未必甘耳。

竊謂旦暮如呼吸，雲如夢思，朝雲之變化，則閒情妄想也；夜雲之變化，則香衾好夢也。然則天香《雲譜》，仍是造綺語之業。

癸巳

陰涼，服秋季丸藥三日矣。睡起覺口苦，因憶四旬來以嗽止藥，不復有口苦之異。以爲在家貪夜坐，少寐，故口苦耳。今則戌卧辰起，仍覺此異，其丸藥之弊乎？薛公望當代名醫，爲予切脈至數旬，始贈此方，故莊谿力勸之服，未嘗無效，似不可以口苦輟也。隨筆記之，以俟歸時質之莊谿。

山蜂釀蜜巖穴間，每亭午雲遊入窗，則風聲隨之翃翃滿室。雲散亦散，殆必採雲作蜜也。故予《天池雜詩》謂「山中蜜有煙霞氣，世外雲無富貴心」，記此異耳。

星河夜朗，低頭見牛女會於天池，始憶今宵七夕也。假使廿年時客中睹此，必有小詞。四十老夫，不作此曹狡獪矣。

甲午

晴，早涼，卧聞知客僧與樵子鬨於門外，遂不欲起。久之聲息，蓋倦矣。徐徐盥漱，臨天池觀魚，鬚眉可數。夜來所謂牛女者，不復見。人間事何莫不然，愚者兢兢守妻子貨財於石火電光之内，不轉眼都成幻泡，得不與僧樵之鬨同一哂耶。

辰正刻復陰，想人間秋雨不乏。去此數十餘里，有金竹坪，泉石可玩，欲晴霽一往遊也。書至此，檐聲潺湲，雲又入吾新竹簾，若篩玉屑。停筆嗅之，作燒筍氣，豈適自僧庖來乎？惜雲不能語，第見我默默枯坐，握管對虛空談耳。

朝飯，雲中一彩蝶乘雲遊戲至檐下，爲蛛網所縛，吐哺救之。適有行者至，知客見其襤褸也，傲而詰之以曾謁何山，行者曰：「五臺、南海、補陀，今至曹溪度庾嶺，特朝廬嶽。」知客曰：「所朝諸山，皆乞有硃印爲憑否？」行者曰：「何須此物，所參在心印，不在紙印。」知客怒叱之，以爲謁山皆妄語，遂大譁笑，自許能駁倒行者。嗾沙彌以數餅，揮而去之。行者作吴音，噥噥自語，似笑知客瘋狂者。知客復岸然示衆，謂行者瘋狂，宗慧亦從而和之。予窺簾匿笑，以謂兩僧孰瘋，姑不具論。此行者妄遭白眼，殆亦如彩蝶雲遊，忽攖蛛網。清淨禪林，殺風景惡緣屢見，不離五濁而免簾中匿笑，何可得哉！

乙未

朝晴。涼，適可著小棉。瓶中米尚可支數日，而菜已竭，所謂饉也。西輔戲採南瓜葉及野莧煮食，甚甘。予仍飯兩碗，且笑謂與南瓜相識半生矣，不知其葉中乃有至味，孰謂貧無可樂哉！昔嘗侍食於怡恭親王，膳羞數十器，王猶顰蹙問予：「近頗有新物可口者乎？」予笑對曰：「盡徹諸肴，隨意留一物，至日昃乃始食，皆可口矣。」王亦大笑，今日食匏葉而甘，即此義也。

丙申

晝陰晴不定，頗涼快。夜忽風雷怒作，卧聞闢户掀瓦聲，轉不聞雷，但飛電滿窗而已。殆以萬木羣吼，掩雷霆叱咤之險耶！

丁酉

朝風息，遂晴。碧天如洗，池水蔚藍可染。赤鯉游之，又恍若金梭織素，良可玩也。祇以夜來不寐，頭目岑岑，不欲遊。命宗慧詣黃龍，乞炭烹泉而已。

宗慧在吾家執役於庖，吾非祀竈不入庖，一歲之中相見無幾。但識其狀，似乎短小精悍者，故此遊命之荷擔，渠甚樂從。始聞其名曰宗慧，則又喜其名近釋，遂樂呼之，亦更無他僕可呼。於是乎朝朝暮暮，耳目之所接無非宗慧，一若天下於我未有親密如宗慧者也。天下之僕夫，亦未有勞如宗慧者也。宗慧頗亦伐其功，恒謂主人食無菜，奴登某山入某壑，掘蕨採薇，屢傷其足。又嘗見一人息厭厭坐陰崖下，見奴而避。問之不能言，但頤指山北，俯仰之間忽不見，得非鬼耶？予必慰而勞之。未寢必先命之寢，既食則速命之食。擷蔬來歸，則揮使晝眠以憩。天下之可信可親，又未有過於宗慧者也。

既而思之，夫人情蔽于近習，而難於達聰。漢唐愚闇之主，深居簡出，不恒與忠賢卿士咨謀治安，耳目所交，總不外宦官宫妾。久久亦漸若天下之可親，未有若宦官宫妾者也；天下之賢勞，亦無若宦官宫妾者也。宦官宫妾又誰不自衒其能，自伐其功？以謂外廷人人有家室，誰不欲竊君之柄，惟奴婢死亦從君，何須權利。於是乎闇主信之，假以威福，鮮有不塗炭生靈，肝腦將士。幸而不至於更姓改物，子若孫尚仍舊習，牢不可破，甚至身受其害猶不悟，若唐德宗之念盧杞者。明英宗北狩歸來，尚思王振；至懷宗國事已去，猶祀杜勳。近習小人之毒，中君心深錮如此，可不深思切戒乎？唐明皇才識英偉，開元之治，日與姚、宋、張、盧諸君子訏謨講貫，遠近之人無不愛也，遐邇之言無不察也，宦官宫妾亦何能蔽其聰明。逮夫諸賢徂喪，艷嬖諂佞始從而借其聰明，充其嗜慾。豪傑作僞，百倍中人，遂釀成天寶之禍，流血萬里。才識若彼，寧不悟婦人爲殃，顧乃雨鈴傷聽，只念楊妃，不復念祖宗創業之艱，與億兆蒼生之命，以及劫遷西内，但慼力士，曾不悔寵任小人之失，及修身教子之無方，抑何闇耶！

一人之身，明闇各半，其效皆由於耳目所近之智與愚，心思所任之賢不肖。習與之化，自性乃遷，又不獨笑明皇矣。且如吾比在家，雖亦孤陋，然日夕窮經考古，則有晴川塾師。講求時務，則有樸園外甥。莊谿相過，則研理析疑，風趣橫生。修常若來，則商榷齊家，和平精實。至若語文字用筆之妙，論詩歌聲態之精，則如龔漚舸、黃仲實二三同學，偶一過從，或緘書質難，發函啟口，動足移情。諸戚友皆賢才也，故能益我知，能消我鄙吝。宗慧之徒，又惡識我之面。且如宗慧之才之智之狀貌，雖一年一見不爲疏，終身不見亦無足思慕。今竟能使我但覺其可親可信至於如此，豈有他哉，亦只以離羣索居，日蔽于近習之聞見而已。

由是觀之，士大夫之寵任門僕吏胥，魚肉其民，以上負國恩。子弟之溺愛牀笫，而孝衰於親，悌衰於長，及癡憨紈綺，比匪狎妓，反怨薄良友令妻而不知顧者，亦豈皆不智人哉？之其所親近而癖焉，則慾長道消，不至於敗德遺誚，五倫離叛而不止，兼至死又都不悟，良可矜也。故聊以遊戲弄筆之頃，一微諷焉。

西輔比乞得少許乾醬，適主僧以數十秦椒見饋，和醬食之，贊不絕口。因憶丙辰秋日，偶與鎮國公永珊同齋於覺生方丈。徹和尚苦行糲食，所供惟菜羹椒醬。永公稱美，顧予曰：「不喫長齋人，當不賞此味。」予笑曰：「誠然。但公已絕葷久矣，亦尚偶思肉味否？」公正色答曰：「凡事之所貴，必貴其難。苟不知肉味之美，而絕不茹葷，亦奚足尚。」予今食椒醬而美，始信永公不妄言，爲能受十足具戒，真居士也。

閟坐，偶獨詣捨身崖巔，俯窺其下。所立石忽動，瞿然而退。因歎憶伯昏無人之射，不易學也。

天池僧蠢蠢然木訥而靜，故可久處。惜爲知客僧教壞，下山必告，還山必面，禮意如此，惡可不報。不免著吾蔽葛袍，束帶往答，能無憾於知客哉！

吾蔽葛著九年矣，非無輕紗，終不棄此。西輔頃疑吾而詰之，予歎曰：「此怡太王綿王之贈也。王偶服此相過從，予美其樸且適體，王遂解授典衣官，縫合岐衩以衣予。綿王薨已六年矣，其筆札玩好饋貽之物雖多品，無一棄者。念故之情，賴茲不匱。至不恒宣之以口，形之於筆，則畏鯫生俗子或疑我喜誇貴遊，故默默耳。」

西輔見後山月色極佳，呼予出觀。遂緣崖徐步，淒涼明淨，寂若太古。因憶范德機「雨止修竹間，流螢夜深至」，妙得鬼趣，合天籟，真不刊之句也。印香王子昔語予：「比夜忽得『天地惟山靜，中天只月明』十字，自謂不俗。」予極歎宿根有悟。樂蓮裳書作楹帖，囑予旁注貽印香，猶懸齋壁，而王子已化緱山之鶴亦六年矣。頃因蔽葛思綿王，逮其賢叔，尤覺愴懷，並記其好句如此。

卷四　天香隨筆　七月十二日起

戊戌

晴暖，印香王子生日也。己未今日，僖太妃遣監賚内子緋桃，印香手植也，予受拜之。頃賦七言長篇追悼王子，結語云：「桃花一紅人一春，食桃不見看花人。」人誰不死，果得如印香孝友清介，慧若仙雲，烈同寳日，能令其深山老友觸時悲慕，雖絶嗣而夭，直謂之不死可也。雙丰將軍既讀予哭印香詩，至「忌在屈原前九日，壽方顔子短三年」，啜泣歎曰：「吾姪一生不偶，惟死年月日，合成此一偶痛切之句，差足慰耳。」

西輔凌晨下山，詣沙河買錢，往還亦五六十里。傳聞此地居然有鍛鐵鬻漿者家，大市鎮也。宗慧不樂與我談，但嗜偃卧。獨坐岑寂，漫記兩日中可念可嗤之事，遂歷多紙。自笑西輔在山，則文字化爲語言；西輔下山，則語言化爲文字。然則西輔之腹韓、王，特不幸早達而已。

日將落，西輔登山，流汗喘息，言山下毒熱不可耐。予笑謂言：「前日乍寒，子已覺人間暑退，似可歸者。逆之歸且必悔，果何如哉！」荷擔人旁睨而笑。然則西輔之怨熱，過於擔夫，非西輔之懦，實天池一月清涼貽之戚也。富貴人一旦貧賤，更易失節，竊欲以嚴寒方貧，酷暑方賤，果能耐寒暑而不怨不避，亦美德也。予有失德，當知自警。

天池崖下一里許，有竹影寺，本石洞也。老樵曾於少年時猱升而入，兩壁磨崖字高於其身。最上石室可坐十許人，几榻皆石。洞外則有王陽明《廬山高》、「竹影寺」、「白雲天際」諸石劖。不謂卅年來兩壁漸合，僅能於洞口側身望尺咫未合之處，斜光射入，石上字隱隱可讀。設使非曩開今合，安有鬼工能入石罅，刻等身大字者乎？以是悟古人往往於木石或水晶之中，見有書畫及竹葉桃花，咤爲奇絶，皆此類耳。山河大地與天地同氣，本無時不生，無時不變。一息之暫，可喻滄桑。寧俟有力者負之而趨，始歎化機難測耶！

天池之芳冽固矣，不謂能以彼之清，澣物之垢，無濁不淨，予居兩旬，巾服皆潔如新製，竊歎其有體有用，真聖水也。行當破大竹汲貯數甌歸，飲蓮根詩社人，以表潛德。

爲西輔荷擔劉樵者，旦旦爲人斫香薪，寸寸截之，負至南澗水碓中舂爲香末，諸蘭若供佛之香胥賴焉。廬山深處水碓，皆呼爲香碓，本此。予比《山居雜詠》有「深谿轉水舂香碓，幾樹蟬聲挂夕陽」，蓋偶眺南澗時作，山上不甚聞舂聲，但聞蟬耳。

劉樵言，斫香薪者往往懸崖失足，輒無生理。有一樵爲崖石所壓，救至，羣舉石，則足已糜爛如醢矣。壓者接踵，至者仍繹絡不絶，則信矣山民生計之艱也。

劉樵問宗慧工食多少，曰：「七八千耳。」樵歎羨曰：「子何修得此清福？吾日荷香陟危巖，跕跕流汗。家復蚊而熱，睫不敢交，則又裹糇上山去，終歲若此，所得幾半於子耳。」西輔詰之以「如子之勞勤，亦何之不可」，樵曰：「吾寧不思逸？然父母老矣。吾兄弟六人同力荷香，僅能不凍餒父母，更何忍蓄妻養子，自累吾職。」舒白香聞之，肅然起敬而歎曰：「是真盛世良民也。昔賢任宰衡，司教養，脱使天下人人若是，雖欲致君於堯舜不難，而顧疑三代直道不在斯乎？自信不能識時務，然讀歷代之史，所見古時卿相以下及郡邑有司之不若樵者，食君厚禄至千石以至萬鍾，猶尚貪婪酷虐，不恤其民。以致獲戾王章，藉没臟産，動輒逾數十百萬。其甚者婢僕優伶，履珠炊玉，而堂北封君，蹙額艱窘，不獲名一錢濟他三黨，而翻爲其子之僕妾寵嬖所輕笑者，比比皆是。無怪蕭居士深惡其人，而肅然起敬劉樵也。」吾自聞劉樵之言，不復念宗慧私勤，第景慕劉樵公義。因憶明皇幸蜀時，田間父老面陳其過，不唯不怒，猶嘉歎焉。明皇之天資故高，亦實其德慧生於疢疾之驗。倘使安不忘危，能於開元方盛時殷殷察邇言，訪良弼於芻蕘側陋之下，蒙塵之役，吾知必免。事固有數，惟君相不可言數，是《春秋》責備之義，即臣子責難之忠也。

己亥

晴暖，亭午雷，殆將雨乎？陰涼適意，遂題兩絶句於四仙祠外粉壁上。書畢數之，得七行。就上首横讀，竟成「天仙一人枝上飛」七字，居然可句。豈周顛方遊戲古松之杪，微示乩意於天香筆端爲笑樂耶？無心巧合，良亦可喜，並記之。

庚子

晴。薙髮人昨晡過此，以畏虎留宿。僧亦慮其虎食也，故往往留宿與餐。今晨遂爲我煎香沐髮，至三澥天池之水，可謂潔矣。午頗熱，於是暖天池之泉浴吾塵垢，盡香皂三丸，然後振衣而起。則風雷大作，山無一寸不出雲，雲亦無一寸不出雨。天忽變寒，呼湯稍遲，則不復敢浴。可謂千古一時，生平快意之遭莫勝於此，吾體作青蓮香矣。

辛巳望

世尊佛以今日入胎，至明年四月八日始出胎，故後世七月十五作盂蘭之會，報母苦也。

晨起爲先慈禮佛，遂以黄精餉老僧。竟日晴明涼爽，氣若高秋，但不審人間熱否。日將落，度南澗，緣崖而上，至文殊塔。望東林、西林二寺，乃在平疇岡阜間，無甚清景，想真以高僧名士重於古耳。九江郡一掌，介彼瀰漫秋漲間，允稱澤國。人亦何苦欲久視，爭雄於滾滾黄塵之内，不畏熱耶？

步月還寺，見老僧負手歎息，天池上一半尺金鯽已豢廿年矣，適以産子不落，斃而浮，人皆惜之。予謂小魚壽若是，亦足抵人中老婦見七世孫者，猶尚産子，惡得無厄。且彼幸生天池，享盡清甘之福，又久叨佛茈，殁於中元，緣命不小。以因果測之，當有莊姜、鈎弋之流生此江右，乙丑四月生也，隨筆一笑。

壬寅

晴。涼，命宗慧澣蔽葛袍。

西輔鈔輯予少時詞曲殘稿，得一卷釘之。

癸卯

晴。涼甚，著絲葛四重，行日中無汗，可謂爽矣。檢行篋，得漚舸所選毛澤民小詞，讀而善之，爲點識精神所在，裝作一卷。

甲辰

涼爽如昨旦，但微陰耳。澣枕衣於天池，甚潔，遂曝之矮松之上。枕此高卧，可夢見陶貞白、張志和一流人也。

乙巳

冷雨竟日。晨餐時菜羹亦竭，惟炒烏豆下飯。宗慧仍以湯匙進，問：「安用此？」曰：「勺豆入口，逸於筯。」予不禁噴飯而笑，謂此匙自賦形受役以來，但知其才以不漏汁水爲長耳，孰謂其遭際之窮至於如此。何異蘇老泉本將才也，世主既以廷臣薦，召而用之，乃竟官之爲邑簿。老泉亦拜受不辭，主臣皆失。一失知人之不明，一失於自信不確，聊以惜湯匙及之。

丙午

晨起開户，則白雲衝簾入室，塞棟披帷，枕衾皆濕。因悟曉鐘時擁絮如冰，殆誤擁濃雲而卧耶？高唐之觀，宋玉之情，只如此耳。乃後人唐突神女，譏刺襄王，疑議蜂起，癡人之前固未應説夢也。

宗慧試採蕎麥葉煮作菜羹，竟可食。柔美過匏葉，但微苦耳。以是歎肉食人辜負玉蔬，乘輿人辜負巖壑，生長富貴人辜負民間疾苦，果有志清修進道，尚其念哉！

入夜塔鈴相語，涼月在窗，蟋蟀哀吟，淒清欲絶。敬憶丑刻乃先子大事之時，不孝如我，怏然食息廿餘年，尚忝人類，能復寢哉！

二十一日丁未

先父守中甫保齋圖六府君忌辰也。平旦盥沐，奉香楮敬詣佛殿，九叩首，回向資佛。終日齋。

先二人同生己酉，府君終己亥，年僅五十一耳。時以長兄牧永寧，迎養入粤。而伯父亦牧賓州，七月初，伯父適有事桂林，卧疾。府君冒暑往視，手調藥，呻應按摩坐牀前，通夕不寐。伯父疾良愈，則長兄奉檄襄事棘闈，當交割州事，府君復觸熱還署。桂林多山，輿者夜行躓險隘，府君驚焉。府君性樂善，宦轍所止無久暫，輒喜造橋、濬溝洫，及興復有功之祀。雖貧乏，必拮据蕆事。

永寧多同鄉賈，欲創許仙祠，多年未果。府君既就養州治，捐貲倡焉。七月，祠落成，待府君歸而主祭。府君既入城，則先謁真君。諸首事肅逆於門，且曰：「大夫捐金樂義，吾屬無以酬令德，敬立生主於許仙之旁，永祈翁壽。」府君遜謝者再，衆不從，然後執爵祀神。衆將兼酹府君生主，樂作於庭，府君意欣欣然感之。滿飲數爵，然後歸。時正秋暑，急解衣，呼湯而浴，浴起，即頭眩潮熱，遂病。長兄意皇皇求醫禱神，巫覡雜進。府君卧中聞祝咒之聲，怒曰：「安用此，吾試誦吾咒，以曉若曹。」於是衣冠起坐，喃喃誦數千百言。一僧竊聽，則《楞嚴咒》也。然府君生平不惟不習咒，並不信咒。既而大呼長兄名，兄跪膝下，拳拳捧州印若辟祟者。府君曰：「癡兒，人誰不死。吾已受命爲接引，行在今宵。同事者周元理及某某，諸公皆善士，殊不寂寞。騶從如許人迎候竟日，汝曾不勞以錢酒，而作此態乎？」長兄垂涕出，焚楮於庭，府君曰：「婢嫗皆避，不可近室門。」太夫人泣於帷後，府君遥語曰：「勿泣，第還匿。」於是起立牀前整巾服，知未束帶，則索帶束之。且喟然語長兄曰：「生爲正人，死爲正神，夫復何憾。惟不應命夢蘭歸應鄉舉，致彼抱終天永恨，爲可憐耳。」言次復趺坐，誦咒而瞑。

嗚呼痛哉！此數端言行稍近神怪，又非時俗所敬信。是以《墓志》、《行述》中曩未悉載。然不肖聞之母兄，藏諸胸腑廿餘年，未忘一字。亦恐子姪外甥輩或未聞也，謹於先忌致齋之次,補記如此。至夢蘭不孝之罪,靡磔難逭,終身之喪慟深。此日猶記是科試卷以錢坤一先生搜遺得薦,時餘額俱足,惟領解尚闕其名。是用搜遺,頗蒙繆賞其四股義法,欲使充解。既見五策太冗長,有迂闊之論,乃復大索,得陳君解焉。孰知數千里外已遭慘變十餘日,夢蘭尚懵然爲此,悔恨何窮。故從此絶意省闈,不敢以不孝之軀儕多士矣。

戊申

夜來風欲捲屋去,達旦不眠。山僧言窗外虎迹縱横,蓋虎亦從風而遊耳。竟日陰晴不定,我時在雲上,雲時在我上。或復暴雨翻盆,不能見雨。則一室之内,兩目之外,皆雲也。晚飯罷,隨喜至凌虚之臺,反照射石崖,金翠耀目。俯視平疇,錯錯然濃雲四起,若錦茵之鋪絮未勻者。湖上亦然,則似河冰積雪爲山耳。朝暮爲此事,不遑暇食,惡得閒情更思及塵中事耳。

己酉

涼。老僧招予至後山看雲。雲已挾雨出山門,俄而大注。晝如晦,西輔坐雲中鈔詩,襟袖寒濕。急閉窗,謂恐有龍攫新詩去也。

知客師忽請赴齋，意在化緣。予笑謂古昔一僧攜經及二鈸入山，忽遇虎，以鈸投之，爲所食。復投以經，虎大懼而逃，僧以爲得佛力。雌虎見其雄倉皇來歸，亟問何故，雄曰：「遇僧。」曰：「何不當一齋啖之？」雄吐舌曰：「纔喫他兩張薄脆，便取出緣簿來矣，敢赴齋耶？」知客亦爲之絶倒，予實金盡，無可施也。

庭户濃雲，至夜不散，將復大風雨變爲怪乎？久居絶頂，始知山中之靈者，其晴雨温涼竟未可時推理測，譬諸美人才子，性情行事必有異於庸流耳。

庚戌

曉鐘時夢覺，遂不復寐。以牀下不見物，久卧未起。寺僧朝鐘又鳴，然後啟户。則濃雲四塞，不審連日何故作此，劇欲逐客耶？然雖旦暮無光，終不似塵中昏悶，損人性靈，故樂居耳。

西輔憐予久絶蔬，春香入市，得雞子及小魚二物。庖中居然有釜聲。頃予方漱，微聞宗慧白西輔，謂：「應食魚乎？食蛋乎？」西輔問：「尚餘幾許？」對曰：「蛋止一枚，二寸魚則三隻。」予不禁吐水匿笑，如此大事，尚須請命，則甚矣天香之窮，而宗慧之近於古也。

予比年交游散落，索居寡歡。惟莊谿近在比鄰，常枉顧。今春則值其兒子瘵没，愛女産亡，每相見殆無歡語，不能笑。晴川塾課專，不輕與東家言笑。漚舸新春歸，尚喜來會。或偶以莊谿相值，始聞聚笑之聲。上元胡黄海自嶺外歸，舟過我，笑啞啞不絶。又攜得李繡子見懷之詩，此兩日笑聲屢作。吴白廣棄官來訪，飲之酒。彭秋潭不期而至，莊谿、漚舸、王省堂、黄仲實又適在座，於是縱酒狂笑。秋潭之笑清聲而中節，白廣之笑則如蒲牢大吼，聲振屋瓦。因憶昨秋胡果泉北上過我，極口稱白廣快人，生平於痛飲狂笑之外，别無所求，信不誣也。黎湛溪南昌任滿，始過天香館談笑半日，笑聲泠泠而媚，三尺之外，幾欲不聞，與白廣相反，而風趣過之，故亦可樂。劉恕堂往還兩載，未嘗真笑。一日送其辛弋陽之行，風雨驟集，久不止，於是乎略迹深談。始知其胸中大有所見，爲之一快，幾交臂失此笑矣。唐詩歎「一月主人笑幾回」，或以爲過愚，意則此猶是廣交人語。因記半年來快心之笑，只此數回，乃欲得之旬月耶？雲霧中悶坐無聊，隨筆一笑。

午未間雲散日出，居然辨髡者爲僧，髪者爲西輔、宗慧。先是主僧自外入，犬迎吠，僧怒叱之。予笑曰：「公與犬皆在雲中，惡得不疑而相謗。」因記《笑林》有耳聾一人，訪其友，其友外出，犬迎吠於門，則罔聞也。既而遇友於途，詰之曰：「君家何事夜不眠？」其友急摇首而辯，聾人不信，謂：「苟非徹夜不眠，何故君家犬頻頻呵欠。」

一沙彌朝暮撞鐘，輒曼聲朗誦諸佛號，如老嫗夜哭，極爲感聽。風雨際尤覺悽慘，其貌亦劬劬可憐。終日荷鋤執爨，無厭倦之色。師若弟皆輕侮之，予心識焉。來生當作一多男命婦，享福壽。或做官，則必以年老超擢，白首無禍，但録録少奇節耳。一沙彌眉目頗姣，其師愛之，延知客教之誦，經夏楚詬詈聲旦暮不絶，甚至握鐸鈴擊鼓而誘，可謂勤矣。竊聽所教，則皆世俗中祈福薦亡之語，與佛之所以立教，僧之所以爲僧，未嘗講也。其意蓋在博齋襯以爲利耳。此沙彌曉暮擊鼓，輒多躁妄之聲，聞之生厭。固由質劣，亦未嘗非教失也。三代人才之盛，自童稚父母之前，以及就傅交友所聞善教，無非修言行以學盡子臣弟友之職，利欲之戒，又深入其心而不敢犯。逮其學識充明，朝廷始相德以官，量才而使，故所事皆有可觀。非風教得其本根，何克臻此。漚舸今年在一家教讀，每爲學子説讀書切要切定身心求解，始真受益。其徒甚驚疑其説，以謂此聖人所製題目，留與後人干禄者，與身心何涉？漚舸偶笑述於予，予曰：「真可痛哭傷心之語，何忍發笑。第自勉之，勿令真正讀書人以此童所志薄我可耳。」今見知客教沙彌，勞而無益，反不若荷鋤執爨之僧清真寡欲，不失人道。從可悟以慾利爲教，不如不教爲愈也。

龔漚舸，本字適甫。立志修言行，文學益進。予往在漢江舟中寄一偈云：「靈關有密鑰，閱世常一啟。中有窈窕人，顰眉出於世。或爲大豪傑，甚至爲聖賢。棲遯則爲仙，救度則爲佛。是皆通宿命，福慧靡不有。其或厄於遇，降爲奇絶人。綽約若處子，倩盼獨娟好。

所事都不屑，岸然遨虛空。嗅彼曼殊花，吐爲五色繭。抽絲作文綱，萬物無所遯。胥受此人役，世法半𪓔迹。但使百姓由，日用而不知。道妙惡可説，脱謂聖無秘。性外無至道，至道若麴糵。無論作何酒，不可須臾離。又如春在花，無論結何實。一花偷一春，人但謂花好，不知花即春。人但謂才美，不知爲道靈。易載道之根，禮載道之幹。書載道之實，詩載道之葩。聲節道之香，辭華道之色。其實本一物，幻爲種種形。舍本而逐末，如捉隙中影。到死無所得，是名爲俗學。近古鮮通才，多爲學所誤。甘爲一世士，無怪爲俗學。苟爲百世計，必先窮道源。心與天爲徒，一若我已死，豈復可富貴。一若我未生，豈復有嗜欲。隨俗辨人是，心斷不可俗。是爲奇絶人，斯文可托命。拚此數十祀，與彼神聖人。作一牛馬走，百二靈關中，適甫必能到。」漚舸之所志，迥非俗學之言，故如此也。偶以證沙彌釋學之誤，歎憶漚舸，遂牽連書之。

格物窮理以致其心之所知，無時或息，若天運之健行焉。守身素位，安靜無爲，則效地體之鎮而有常，此儒者居易俟命之學也。心妄動則慾念搖之，身妄動則人事擾之。皆由自取，畢竟無益。蓋理明而德進，益也；殉慾而趨利，損也。

觀人在居平無事時，能不從衆逐嗜慾，則授之以事，可以有守。聞人言可樂可榮之遇，而不爲動色馳情，則假之以權，可以有爲。然要在居平無意中觀而察之，偶然矯飾，可暫而不可長，僞物必敗，亦終於不可欺人也。

理明則心開，氣正則心平，方可望學問變化氣質。苟不能窮理養氣，則讀書雖多，氣質如故，竟謂之不學可也。

胡子問「顏聖所好何學」，二程子對「作何等語」，此最耐人尋味。「心苗仗理培」，頃得此五字，並識之。

心不妄動，不惟是明德功夫。便欲學二氏葆光煉神，長生久視，出生死，亦不外乎此。果能永不妄動，漸如止水，影過鑑空，毫無計度，亦最是安樂法。吾極羡此境，深愧未能。始悟英雄才子，不過鞭此妄心，以作爲奇文創事，媚世驚人。自信本心，因而全失初意，亦只是慧中有劍，或可降魔，殊不審妄心狂慧即魔也。譬諸澆油救火，更無熄時；折屋斷火路，令火自滅，却又非矜才好勝所能猝辦。故往謂造道有存養，無捷徑，先除妄念，庶幾誠意有下手處。不自欺以充其智勇之量，則妄日除而誠日著矣。漚舸試庠序此理，以爲當否。

或問：「人品高下之别，何爲定評？」予曰：「善哉問。自後世以石隱忘世者爲高尚其志，而蒼生社稷幾成貪濁者漁利之藪，是誠學道者所當辨也。蓋學以成己之德行爲高，士以求不愧所學爲高，工賈以食力營什一、不作僞不欺爲高，農爲本業，其迹近高。但能作苦有恒，以養父母則品高矣。此四民高下之迹也。至於學士用心義利誠僞之間，高下之分，何翅天壤。夫一念在義而出於誠，雖爲人牧豕作傭，無害於梁鴻之高。一念在利而作僞，則雖謙恭盡瘁，取法金縢，適足重王莽之罪。人品高下，實在乎人所不知，己所獨知之地。近道斯高，近慾斯下。出處顯晦與執業同異，則所謂迹而已矣。高下之真，不在此也。伊吕夷齊同一高品，桀跖莽操同一下流。」

卷五　天香隨筆

辛亥

晴。平旦即起，命人至黄龍求寶樹種子及大竹，截筒爲汲天池、招隱、聰明、瀑布諸泉，歸飲入山來猶念我者。一念之德，深於一飯，故彼以兼金，我以泉報。脱笑吾迂，則此泉無分矣。偶至前山，見烏翠蝶二，大於掌。又有大粉蝶一雙，栩栩然穿花對舞。或兩兩接翅翻身，媚於歌女，良久不散。疾呼西輔出，則已僅存一蝶矣。仙師南華先生，乃千古第一高明才子。其載道之言，發羲易敦化之妙，却無一語落陰陽卦氣之障。其諷喻紀事，格物抒情，無義不精。動筆啟口，則令我死心拜服，至老而不衰。於戲，不知天地何故以一石全才付之吾師，而又使長窮不死，著爲此經，以娱樂二千年後南華弟子，厥恩甚巨。故吾每尸而祝之，願先生永不落劫入塵世，長爲蝴蝶戲花間，足香豔之清娱，食才情之福報。傾見此蜨，不覺歎先生之文何其妙也。

日來已衣袷，頃默計之，凡絲布六層。想人間必有裸者，是天時不如地利也。桂林有汪秀才者，聾其耳，性喜刻印，終日兀坐如朽株，聞見都絶，心如凝冰。故盛暑亦能衣絮，是地利不如人和也。汪又能彈琴，使客聽之，居然成操。蔣香雪極賞其印，价於予。予得友汪之枯寂以祛熱惱，意甚樂，遂留之度夏。爲予作五十餘印。汪字道幾，貧而傲，又最怕冷。某學者憐其才，招至京師作謄録爲仕進計。已入館矣，及冬惡寒，遂棄之而去。比語予曰：「僕往謂都下士夫亦無甚大過人處，及身歷嚴寒，立時舍去，始歎服羣公不可及也。」此丁未年事，己未，伍甫田公車至京，則言道幾已窮死。予實念之，補記其言貌如此。

食時西輔忽問予：「同此字，同此章句，何故有妙有不妙，傳與不傳，殆亦有幸與不幸乎？」予曰：「姑舍是。汝知刻印，姑與言《説文》。『妙』爲少目，試思少女之目與老嫗之目，妙不妙在目眶乎？目神乎？」西輔曰：「眶，肉所爲，奚足愛？」予曰：「然則汝無難辨傳文矣，又奚疑幸不幸哉！」

天池一雄雞距長三寸，行則弛其股而後能步。日出則負暄矗立，人擾之不驚。朝立殿西廊，暮徙而東，有恒度。予居彌月，絶未嘗聞其啼聲。始心異而問其年，僧曰：「此乾隆四十八年所畜也。一生無匹，故能壽。年高德進，悟虛聲之無益於世，故不鳴。」昔人謂雞有五德，其家之館師則謂七德。蓋自謂吃得，笑東家捨不得也。此雞則更有耆德、口德，九德咸備，竟可以爲紀官矣。

黄龍竹萬竿，西輔選一絶大者截作八筒。予命宗慧穿節，浸天池一月，然後以次鎸字，作天池、竹影、黄龍潭、棲賢三峽、招隱、瀑布、聰明泉、佛手露，凡八目，總名之「八功德水」。歸裝若此，差可自豪。但恐老妻見予一身外惟八大竹筒，疑其作「叫化總管」，爲絶倒耳。

千年寶樹下竟有孫枝，茂禪師許贈一本。和山土盛以竹器，必能移植天香館。生根發幹，由扶寸而尺，尺而丈，丈而尋常，尋常而百仞。入雲參天，至爾時，吾在何處？

壬子

晴暖。宗慧本不稱其名，久飲天池，漸欲通慧。憂予乏蔬，乃埋豆池旁，既雨而芽，朝食乃烹之以進。飢腸得此，不翅江瑶柱，入齒香脆，頌不容口。欲旌以錢，錢又竭，但賦詩自喜而已。予往作《觀音土》詩，有「昔賢憂民有菜色，欲求菜色安可得」之句，今而後予庶幾有菜色矣。

茂林遣弟子來問予疾，並言比嘗過棲賢，文海禪師時時念問蕭居士，又不知流寓何處，疾已瘥未？不禁感歎，信古道之存於鄉也。西輔、宗慧詣黃龍，茂林必設齋款曲。予亦欲款其弟子，則豆芽又竭，似未便齋以白飯。於是大索行厨，得炒米、蔗霜各少許。命宗慧瀹之以奉，爲兩甌，知客師亦同餉焉。都復感謝，予不但愧且樂矣。又索得莊谿所寄寸金丹數裹，遂以之報問其師。自此行厨中食物都盡，惟存茶具及八大竹筒而已。

茂林弟子茶話間，予偶問黃龍老虎無恙否？弟子答言：「自居士爾日入山門三嘯之後，遂久寂然。」予不覺爲之泣下，賞音難遇，虎尚知矜惜其聲，而謂鍾期既没，伯牙忍彈琴媚世乎？

晴暖。薙髮。至天池已三剃沐，所落髮悉以天池水灌入文殊巖中，其迂潔可笑類如此。往見一疏狂後生憫不佞無知無求，每慨然曰：「大丈夫在世，要當立不朽之業。故某每舉，必與誓，不作第二人想。不似公少壯酣眠，甘心自棄。君子疾没世而名不稱，非聖人語耶？」予唯唯引愧而已。夫立德立功立言，所謂三不朽也。予至不才，何足語此。傾偶失笑，人身唯髮不易朽，吾髮既入文殊巖前，則高爽堅固，濁穢不侵，其不朽當倍於常髮，惜乎疏狂後生不及見吾髮不朽時耳。

文人之事，所以差勝於百工技藝，豈有它哉？以其有我真性情，稱心而談，絶無矯飾。後世才子，可以想見陳死人生前面目。如聆謦欬，如握手促膝，燕笑一堂，不能不愛則稱之，稱則傳，傳斯不朽。至其中所載之道，所紀之事，所傳之情，又各有苦心熱淚，奇趣妙裁，深人讀之，則有歎其羽翼經訓，有關乎世道人心。微諷曲喻以風世勵俗，未始非文人之功。而又因其語言，考其出處，窺其志趣，以定其生平孝友忠信諸大端。爲誠爲僞，爲厚爲薄，爲憂世，爲亡情，爲儒爲墨，皆不難以遺言論定，則亦可以見文人之德。是一端不朽，未嘗不兼三不朽，故其事爲士大夫所尚。顧乃僅僅爲一身光耀，或甚至衒己驕人，殃民縱慾，爲身世詬病，則淺俗無賴，不可復言文事矣。

夫蘭亭一帖，絶世書也。至今所以能臨摹，仿佛其當時筆意，未嘗不賴勒石者模擬刻畫，以存其不朽之形。聖賢遺言，治世之經也。至今所以能家喻户曉，兒童皆知我聖人姓孔，賢人姓曾，私淑之賢人姓孟，未嘗不賴舉子業摹擬刻畫，以明其功德之大。此二事雖至不倫，理可相喻。吾嘗二十年愛蘭亭矣，臨摹無少間，然卒未考唐以來勒石誰工，無足憾也。蘭亭有性情，蘭亭無矯飾模擬之態，蘭亭有右軍風流面目，清言妙理，咳唾成珠。吾敬之，吾愛之，每臨摹必先拜之。舉世毀蘭亭，吾不怒也；舉世譽蘭亭，吾不喜也。至勒石之善病，未嘗不知。惟某某工人所勒，則絶不暇考。豈不因石工之意在乎利，專事摹刻，無性情真面，不足傳耶！然則佳子弟果有才識，足以與一代之文章之林，其亦本吾真性情，以好學深思，載道紀事，聚吾之熱血冷淚，以興起後之豪傑。庶幾人種不絶，世賴以康，不賢於寄人廡下，斧鑿登登，終老於勒石者哉！

世俗往往謂某人名利兼收，此毁也，非譽也。蓋没世之稱，小人無分，何得兼？試思石崇之錦障五十里，元載之胡椒八百斛，當時俗子未嘗不美羨爲名利兼收，適足供後世君子一笑耳。

甲子

晴涼，天籟又作，此山不聞風聲日蓋少。泉聲則雨霽便止，不易得。晝間蟬聲、松聲，遠林際畫眉聲，朝暮則老僧梵唄聲和吾書聲，比來靜夜風止，則惟聞蟋蟀聲耳。

秋聲感懷，荏苒代謝，百年如旦暮耳。一身之中，刻刻明抽暗換，以至於骨化形銷，而後是本來面目，彼昏不知，動謂官骸足恃也。山中無鏡，兩月來麋鹿之姿，白黑消長，無從辨識。惟於作字時自見其手有風日色，且漸露筋骨，其瘦可知。髮辮僅存三四尺，杪細於指，不覺黯然悟老之將至。因憶家兄受室在烏魯木齊，予年十二，追隨父兄醼姚氏嫂家。姚伯握予手遍示諸客，曰：「未見此郎手乃竟無骨。」紀曉嵐丈亦在坐，奪予手就目觀之，予始覺紀丈近視。此會倏忽卅餘年，屈指坐中賓主尚存者，愚兄弟外，僅紀丈一人而已。曩疑無骨者，今且露骨，見予手之不足恃也。

少時髮最盛，卅歲漸脱，猶及踝。一日方櫛沐於芳陰別業，怡恭親王適相過，坐而觀之。俟髮解，訝曰：「吾始竊惡公亦喜作僞，今乃竟無假髮耶？此即貴徵。」予笑對曰：「夢蘭昔亦疑可貴，及見王髮僅三尺而貴極人臣，則臣髮爲賤徵明矣。」王大笑而去。今則委地者僅存其半，見吾髮之不足恃也。反不若文殊巖中諸短髮，或可藉名山不朽。顧謂官骸足恃，如秦皇、漢武，絶世聰明，猶妄億童顔可駐，薄天子而求之，適以殃民召亂耳，何爲也哉！

乙卯

晴暖。宗慧詣黄龍，報問長老，兼乞米。日昃，偶出山門，立崖巔寶樹之下。風吹涼旭，空翠盈襟，遠岫層巒，淨如新沐。澗聲潺潺，數百仞猶能入耳，人鳥都絶，清淨處殆不可摹。喟然語西輔：「吾恨不能辟穀耳，如此勝境，久必當歸，亦無奈飢寒何也。」

老僧言此山九秋變寒，輒雨雪地凍，春深始解。幸多薪，鍵户圍爐，僅能不僵，旦暮任狂風撼屋而已。

丙辰

晴無風。日出而作，西輔報後巖雲起，距地纔百餘丈耳，欣然往觀。宗慧烹龍井新茶，挾小几筆硯至聚仙之亭，予遂藉桐葉而坐。西輔曰：「先生入山五旬矣，詩文日增，尚無賦，何不戲著《天池賦》，志此清興。」遂以十數幅長箋相難，且戲曰：「必滿之乃快。」予笑諾，任意揮毫。紙方盡，雲已登山，賦亦遂結，對顛仙朗誦一通，相視而笑。文章本戲技耳，《三都賦》作至十載，工矣，而太勞。吾此賦成於俄頃，雖極不工，然甚逸。所謂聊以自娱，不足爲解人道也。

蔡眉山嘗言：「創文稿以紙盡爲限，吾服白香。」予曰：「此不難，真正才人一字煉終日不就，所以十年一賦，僅堪千古，亦寧貴速且多乎？」

丁巳秋八月朔也

晴涼。西輔録得予舊詩二十二卷，分釘之。

劉樵兄弟來春香，果爲市米一囊至，孝友人未有不忠信者。吾頃已食粥兩餐，猶記白樂天一詩結二語云：「莫怪氣粗言語大，新編十五卷詩成。」想必朋酒歡會，爲新編落成，故其語甚有醉態。予兹編尚多七卷，乃竟落之以粥，古今人之不相及如此。因笑語西輔：「汝若生唐時，爲白公録詩，今日不但不食粥，當必有小蠻擎觴，清歌謝客。」西輔曰：「樂天果甘心啜粥，亦必無此粗率語，某豈樂爲彼抄耶？」因憶宋元間一士愛白詩成癖，口沫手胝，歌之哭之，猶未厭。乃至倩人書白詩遍於其體，密刺以針，漬以墨，俾其文終身不滅。士有白癖，其體反因之而黑。豈料西輔竟敢作此唐突語，宜乎乏朋酒之樂，受歠粥之苦，古傳人豈易及哉！

戊午

晴暖，日出即起，詣凌虚看雲。則濃者猶聚，薄者已散漫成霧，不足觀矣。殆亦若人間富貴，得之於勤儉艱難，或能久享，壟斷弋獲，雖多易散。故聖人譬諸浮雲，徒障清遊遠矚耳。

宗慧行數里，乞得一倭瓜，一雞子。瓜食數日。昨始烹雞子享我，我又讓西輔，腸痛筋落，終不能獨享，遂分噉焉。今日既得噉菜飯，遂復思肉，人心不足，何異得隴望蜀耶？予庚申歸自燕臺，始漸貧窘，仍未嘗問及家事。內人姊妹見兒女日多，慮其寒餓，遂自刻苦，往往兼旬不食肉，託言持齋。長甥婦亦甘淡泊，同齋而不怨。第以少許肉餉我於外，偶過後堂，見伊只食一蔬，意惻然不寧。恒喻之曰：「貧則貧耳，何必遠慮。且我亦豈思肉者哉？庸必內外異膳，使我抱獨享之愧？」乃頃者居然思肉，得無遺內子笑耶！

古人謂望梅可以止渴，對屠門而大嚼可以解饞。杜少陵亦不恥殘杯冷炙，故其仙還之日，尚得啖牛肉白酒。予才既萬萬不逮杜公，不惟不敢望炙與牛肉，雖欲尋一屠沽家對之大嚼，廬山之上無有也。故竊取望梅之義，得思肉一法以解饞。夫遠年之肉既都不可追憶矣，處約以來，肉日少，又不耐乞諸墦間。時人既見我窮，無貴志，亦誰肯召之飲者？故此三年之久，醉飽之日，可屈指而數也。前年雙丰將軍忽迂道來訪，相邀作西湖之遊。予謂遊固所樂，但不樂暑中騎馬。將軍遂假輿於黎侯，載我同去。予私計此行雖熱，或可飽食肉。乃不意沿路禁屠，將軍又茹蔬禱雨。予既同案食，雖有肉，未便索也。宰之賢者往往割雞烹燕窩，凌晨而饋，必兩器，似可獨享。又苦胃寒，晨起惡葷膩，兼性不嗜此，輒以犒諸僕。行至得雨有肉處，可飽噉矣，則將軍瘧作，甚委頓，何忍饕餮。迨居節署，事其事，憂其憂。陪醫製藥，以逮夫經紀其喪，凡數月不知肉味，則又未嘗無肉也。食必專席，都如嚼蠟，今日追思諸肉，反欲垂涎。舉此一端，足見予實無口祿，徒增意孽。觸熱而遊，既與肉無緣；避熱而遊，復思肉不得。無怪乎「四筋紛爭半雞子，五餐同飽一倭瓜」，不覺其苦，猶以爲樂。甚矣，其無恥而不知悔也。

己未

朝晴，微風。飯後雨，數點即止，午始大注。窗暗不能窺書，小憩於榻。忽夢試馬尾泉水，風味與瀑布無異，謂其源同也。朦朧中又作一詩，有「戲爇南柯淪新茗，夢中猶爲品泉忙」之句，殆自以爲述夢乎，實皆夢也。今者雨止窗開，執筆而書於紙，曉然決然，自以爲此大覺矣，又焉知非夢。人生處貪嗔癡妄之事，何必認真，亦當作如是觀耳。

舟在彭蠡，即望見白水二條。及遊秀峰觀瀑布，訪諸山，僧云此瀑布之左，更有一瀑。不甚直，跳珠散落，有似馬尾，故此布而彼尾之，皆象形耳。實未聞同源之説，乃夢中臆斷如此，會須以山志證之。

予比曉鐘，即不復寐，輾轉待日出始起，亦不爲晏。然平生有堅卧不醒之名，竟有薄暮過我，猶問曾否朝餐者，予亦唯唯不敢辨。嘗戲語白廣：「吾屬當不睡則醉，不醉則睡。睡與醉雖有罪，不加刑焉。」白廣翻盞大笑，歎爲典切。其實白廣未嘗醉，予未嘗睡也。拙性喜晝夜不寢而長談，惜世人多忙，誰肯過我。或問曾見某人，則云彼長睡，何由得見。其不相識者，惡得不信？今試舉一二長談之人，以證吾枉。

往初入都，因吳茗香、蘭雪而識樂蓮裳。三子者或同來，或一二人來，談則達旦。往往一人病，則二人引以爲戒，不復來。然予必往問其疾，則又談達旦。病者或因談而愈，輒又悔其相戒也。蓮裳比戲語蘭雪「與白香叔談，可以令人死」，蘭雪則謂「子猶未嘗讀白香小詞，乃真令人欲死耳」。三子皆奇才宿慧，聲入心通。雖不談，亦忍俊不禁。即此可信予不睡非難，不談難；談亦非難，能使我敢於妄談者難，難其人也。未出遊時，蔣藕船猶未作令，信宿必一聚，吾愛其驚才雄辯，談必漏深。所幸同寓城南，無夜行之禁。是時，戴蓮士大空嘗笑言：「吾素性不喜更張，今乃忽望進賢門，何幸改筑塔寺外。」予不禁大笑，故李將軍得無憚霸陵尉耶！大空敏絶有鑒裁，以沖度掩其機鋒，鮮有知其善談者。每觴佳客，輒相約一談，否則雖適在坐，必私語曰：「某某客且至，君可去矣。」其風趣如此。

至親中曾連榻長談而不厭，自少至老，未嘗笑我渴睡者，則有西橋姊丈、果泉廉使及樸園外甥、家從子長德、建侯諸人可證。然則相識朋舊之不屑過我，不肯過我，不暇過我長談者，相遇雖疏，其過亦不專在我。顧疑我無時不睡，以致傳聞異辭，一若區區在世，猶未始下牀也者，此睡名之所以重乎？抑果衆人皆醒而我獨夢乎？冤之久者不易白，故歷舉同鄉諸公之曾久處而長談者，以證吾夢亦常醒，蓋談非夢中事也。脱諸子都復不承，謂予妄證，則予且自疑是夢，正好酣眠，亦不暇嘵嘵辯矣。

庚申

風雨變寒，茂禪師冒雨來訪，令我欣感，承迎過於交舊，以其貌誠也。欲留一齋，則無菜，仍即以所貽鹽筍，屬主僧會食款之。

茂林當退院，有惜别之色，吾爲之黯然。昔東林惠遠之弟住西林，一旦飄然入蜀，不肯爲惠遠一留，即慮此情根不斷，難證無生，吾與茂林交失也。

叢林迎方丈，例有一四六啟事。茂林以啟稿相質，曰：「此囊一才子所創，諸山用之，蕭居士以爲可否？」蓋欲煩西輔録正，以新迎大和尚者。予讀之不能斷句，因謂言：「既言是才子之文，何敢輕議。但有數别字，似須改正録之耳。」

入暮大風雨，陰雲滿屋，頭目爲之作眩。遂早眠，腹至曉脹滿不快。

辛酉

寺鐘鳴即起，雨仍不息，呼僮煎建麯飲之。

唐詩人劉挺卿昚虚，靖安之桃源鄉人。桃源有清溪及白雲嶺，故其詩有「道由白雲盡，春與清溪長」之句。王漁洋《唐賢三昧集》謂此篇闕題，蓋未悉其鄉貫耳。吾少讀邑志，即心折此篇中四語，既而稍知風格，始歎「幽映每白日，清輝照衣裳」一結尤妙，非初盛高手不能。然《全唐詩話》、《唐詩紀事》皆不載其何處人，唐史亦不爲立傳。殆以挺卿隱不仕，又無文集，第以十餘詩孤行宇内，歷千年但知其名，無從考其邑里也。往見《南州新志》，挺卿忽編入奉新人物。比曾語纂修者云：「靖安、奉新皆唐初建昌地也，南唐始分地，增置靖安。逮宋又分置奉新。若以其時定挺卿所生之地，則當載入《建昌志》，若以其所居之地、所賦之詩、所遺之書堂古迹，考定邑里，則皆在桃源。桃源屬奉，則奉之桃源屬靖，則靖之無可疑也。亦奚必奪彼與此，以啟爭端？」纂修者不聽，吾惟歎鄙邑山水乏清緣，一古昔高名之士，亦不得獨據而有。每讀其「落花流水，深柳閒門」之句，輒爲悵惜。今日見挺卿《登廬山峰頂寺》一篇，結語云：「方首金門路，未遑參道情。」不覺啞然失笑，劉先生胸次亦如此耶？靖安雖不得而有，不足憾矣。

禪室户亦可驗此山之靈，將雨則力推不闔，久雨將晴則風動即開，其受氣專也。

卷六　天香隨筆

壬戌

晴爽，先衆僧而起，以比來早睡，夢醒便不可復寐。西輔飯罷詣九江，以表測晷，才辰初耳。

茂林阻雨，留三日始還。尚餘藕粉少許，紙數幅，貽之，雨後並紙亦竭。去年貧，無立錐之地；今年貧，錐也無。行篋惟紙頗富，今可謂錐也無矣。

所性俱足者，天之道也。故人皆可爲堯舜，狗子有佛性，不貳不測，亦天之道也。

故堯之後無堯，舜之後無舜，世尊之後亦更無世尊。予竊以四時之序擬聖人之德及常人之稟，不偏不倚，無過不及者，中之至也。譬諸時節，惟春秋二分之中一刻足以擬之。從古以來一元會，猶四時也。舜之德合春分之中，孔子之德合秋分之中。其中庸之至，正如權衡，稱物銖黍不爽。然舜自釐降，徵庸在位，以及於陟方之終，德福兼隆，垂拱慶洽，正若昌昌春令，無物不生。堯德近春分之朝，禹德近春分之暮，故福德不甚相遠也。至若孔子之德，追配大舜，乃身外之遭際，無數不奇，與大舜事事相反。則所謂秋分之際，一物不生，晝夜之晷刻雖同，剥復之氣機迴别。天地既不能逃數，聖德亦惡可回天。故孔子之功專歸後世，有似卉木落實爲來年種子，正秋分事也。顔子一間未達，則秋分之朝，曾子聞道稍遲，則秋分之暮。或窮或夭，數理當奇。孟子則丹楓黄菊之秋也，風景殊佳，氣節過於中矣。原憲清寒，居然十月。坤卦也，夷齊之方寸似之。遞降而至於秦皇、漢武、晉祖、唐宗，以及李斯、王莽、劉曜、朱温之徒，苟非酷暑，即是嚴寒。未嘗不生物成物，而爐篕皇皇，宇宙間無寧日矣。反不若庸主具臣，雖無異政，亦只似春霖秋暑，爲害無多，故庸人有似乎聖。

癸亥

晴暖，夜來行脚僧皆散，西輔又復如九江，萬山之上才三四人耳。忽夢觀劇而無聲，有數花面過吾目前。既覺，思吾夢罔弗驗者。嘗夢觀劇，晝必見紛拏擾攘之事。深山之中，當不爾。輾轉間，窗外似有行人聲，疑而起坐，殘釭尚一點如豆，遂挑燈展卷以自娱。宗慧既萬無醒時，所居稍遠，呼亦無益。且予卧室乃石墉大牖，可容二人，僅以疏欞障楮避風耳。外臨絶壑，無藩籬，虎欲入吾室，直如歸洞，不但賊易生心也。天將明，始復就寢。故今日辰初方醒，則聞知客僧撞鐘鳴鼓，求韋陀擊賊。數數稱寺貧如此，僅賴數畦包粟煮粥度命，乃夜竟剥去，賊絶僧糧，佛寧無怒。初尚惡僧喧，既聞所訴，則惻然自疚，此予之過也。予不夢花面，則雖覺不思其兆，當可復寐，賊審吾寐，必入吾窗，竊篋去亦不過蔽衣數襲，於我何傷？今則一寺絶糧，實由於我，豈非過耶？賊既恨我不善睡，始遷怒竊僧包粟，至兩石之多，足見非一賊明矣。會當以兩石穀直酬寺僧，以補吾過。

包粟秦中呼「玉米」，因戲屬句「本欲偷香反偷玉，人嫌我睡賊嫌醒」，爲之絶倒。杜陵云「是非何處是，高枕笑平生」，則先生亦睡而不寐者也。

日落，西輔自九江還山，劉樵荷擔行，徐徐有儒者氣。予迎而勞之，謙退而不自伐其功。

此孝悌不犯上、不作亂之明驗也。卜子所謂「事父母能竭其力，及與朋友交，言而有信」，劉樵有焉。何必讀書能文章，乃謂之士哉！

西輔言山下棉花大熟，不禁爲山民之老而寒者慰幸焉。

西輔六月如九江，所主一旅館方將納婦，欣然告西輔：「婦美無度，直甚廉，若能留一夕觀其盛乎？」西輔諾以當復來。歸而語予，予笑謂：「此苦李也，何可食，旅館當敗。」頃詰西輔，則婦好奢而館不給，主人逃矣，竟不見其粲者。予曰：「何如？道旁之李而實累累，必苦李也。駔儈之徒，動輒曰某事便宜，幸其所謂便宜者專屬乎利，其得喪無足重輕。倘不免食君之禄，司民之命，爲人謀，與人交，或爲其祖宗孫子圖久遠無絶之祀，顧亦詹詹焉求得其便宜，鮮有不僨事失德，爲世僇笑，皆逆旅主人之流也。」

和尚亦歸自九江，攜楮素便面數十事，謂行者見予仙祠題壁詩，謬賞其書，以白諸山胥，浼相价求居士作字。予不禁默然，自歎其道術之淺，欲求如舍者相輕，與人爭席，何異瀑布之水學天池耶？真正讀書窮理人必破此叅，然後可以明才德之辨，學經世之務，蓋庸德庸言，化民厚俗之方也。衒才尚智，則民之黠者競趨其世風所尚，而機械紛起，俗日偷而貪吝相軋，雖父子兄弟可以不親，而況於人乎？況於其所治之民乎？言寡尤，謹庸言也；行寡悔，修庸德也。禄在其中，不可干也。衒則近干，學乃不固。非才之難，能深晦其才而不衕，難耳。

甲子

晴暖。遣宗慧報謝黄龍和尚，以西輔所市大月餅貽之。

曝行篋書，纔數函耳，尚有不能記誦者。少時乃自矜日記萬言，實自欺耳。書不貴强記，閱時輒與不誦等。博而不精，徒博也。洪詞麗賦，不衷乎道，無補於人心風俗，虚車也，故壯夫不爲。

髫齔入塾，讀所謂《三字經》者，至「文中子」句，疑是酒器而不敢問，稍長乃知爲河汾著述，當唐初，開國將相多出其門。諸弟子推崇河汾，幾欲比隆洙泗，其實難同日語也。構九層之臺，似難而實易，以衆力可同施也。定時之表，規纔徑寸，其中樞軸之巧，運用之微，直欲啟兩儀之秘，合四時之序。作者固難，即述者亦僅能一心一手，默識而獨成之，此其技可喻聖學。蓋自謹獨以及於天下之平皆寸心一誠，健行力任，毫無借箸可謀者。窮則求志，求此也；達則兼善，推此也。操之有要，推之後世而皆準。氣數之命，只能困厄其身家，於吾道毫無加損，是以七十之徒，多三代之佐，豈但如房、杜、李、魏諸君子貞觀論贊，僅僅爲救時賢相而已哉！聖賢本領，乃性道中事；作君作相，乃福命中事。二者恒不能相兼，三代兼之者，舜、禹、湯、武、稷、契、伊周君相外亦不多有，舉賴洙泗門人修明講貫，相與策勵，甘窮而固守之，以誘啟後之明良。故其功大於房杜，遠於房杜。至深求克己爲仁之道，參贊彌綸，與天無盡，直可以終古配天，又豈百年玉食、數世寵榮所能報德而酬庸者哉！洙泗之窮，非洙泗之不幸，實萬世君相之福也。河汾弟子之顯榮開國，則其君其師及貞觀士民之福耳。譬諸合萬夫之力，造九層之臺，謀之者非一朝，構之者非一手，而落其成者且多非造謀創始之人，厥功雖鉅，未可以定時之表同語，其匠心之妙，亦明甚矣。

頗憶隋大業中，文中子以布衣上策，煬帝不用，始退而講學，聚天下英才而教之。故唐初創業功臣，才能器識，遠過前代。以是知河汾之學術有體有用，雖不能繼美洙泗，固已超越近古矣。但微有審時見機，不明不早之病。古今豪傑真儒，未有不知己知彼，豫決其出處之宜，而第漫然輕其身當世主者。夫煬帝之不孝不友，無禮無義。秉鈞元老如楊素之徒，驕奢偃蹇，豈復有求賢輔政之志。有識者當曉然知隋社不可久屋，而顧以命世之才、絶人之學，尚懵然以策干之，辱身降志，枉道輕儒，又畢竟徒勞無益，得非仁有餘而智不足乎？故吾自讀《三字經》，懷疑欲白，即不欲以老、莊高品列其後也。惟是踵門獻策一事，又似在隋文帝時，深山無史籍可考，隨筆臆斷，妄訾前賢，未嘗非夢蘭之過。此與前日測挺卿胸次略同，然苟其人品、學識不逮王、劉，又何暇訾議及之。兩公有知，當諒予愛才敬德之誠耳。

諸葛公王佐才也，志業亦豈無遺憾。後世雖冬烘學子，亦未敢以成就大小，降其才於房杜之下。豈冬烘能見其道哉？彼蓋讀《三國演義》，親見劉皇叔造廬三請，而後肯以身許人，則其人非功名利禄之人可知也。親見隆中一對，時事之大局，預測之如觀卦影，亦可知事有前定，數無可逃，志業不終，無足爲武侯病者。蓋亦深諒其不得已，而後應明知其不可而不忍不爲之苦心，斯其人學識彌高，反以能屈節不衒才，憂勤至死而不悔不變，爲足配三代之英，立臣道之極，萬世真儒僞學皆不敢訾議而心服者也。脱使武侯亦曾以策干昭烈，求其相委以匡復之任，而卒又廿年盡瘁，六出無功，冬烘學子亦必輕且笑之，蓋知其勞績雖同，學識異也。真正讀書人聞道之後，出處大節，可以不甚乎哉！

乙丑

陰寒竟日，雲時時入吾卧室，四山皆滿。昨擬今日浴，不能果矣。悉索鄙賦，得五金，以施諸寺僧，佐以月餅，藉償其玉米之失也。自今以往，吾橐中無一金矣。西輔甚憂飢乏，吾則以不負宿心爲樂耳。

忽憶漚舸今日當必作破題之類，不識尚有閒情念山中人否。

主僧出所藏之烏金太子像一尊，言是勝國某帝子以烏金自鑄其像，須供天池，希世之寶也。明中葉寺毀於火，太子自火中躍入天池，爲砌石撞折一臂，補以白金，故烏像一手獨白。予取而觀之，笑語僧曰：「公等讀内典，亦頗如時士讀書，不求甚解。夫世尊降生王宮，於四方各行八步，一手指天，一手指地，言上天下地，惟我獨尊，此釋典也。故此像命名鑄金，實仿經義。顧訛爲明帝太子指天指地，何其謬耶？像實赤金所鑄，質甚重。慮其誨盜，以皂漆涂之，則又訛爲烏金耳。一手之折，實毁於貧，而貪者以銀易金，而出離入坎之訛言，又熒羣聽。吾豈衒博者哉？聊欲白太子之誣，護世尊之法。望禪師勿負緇衣，求進趣耳。」僧唯唯而退，自此呼爲世尊矣。

天池雄雞忽無疾而斃，老僧爲誦往生咒，荼毗而瘗之後山。予戲作輓辭送之云：「伏惟雞公，蒙淨土之恩，享名山之壽。幸免牛刀之割，得正狐首之邱。伊六畜之榮施，於斯爲盛；食五德之福報，惟公獨全。懸知卵育之後生，舉羨考終之先輩。噫，一鳴驚人，大名士方能後死；九德咸事，小英雄足慰平生。」

丙寅

陰晴不定而變寒，加袷衣、紗領小帽矣。以夜來衾薄不眠，忽忽不樂。天池之水彌清澈，如對聰明妙目。雖復無言，亦依依難捨去也。

聞佛手巖老僧卧病，命宗慧以錢餅饋之。此僧猶未面，比曾以斗米借我，情可念也。

山農有欲以伏雌餉我者，素性不喜爲口腹殺生。比曾笑言，如不可却，則蓄作雞公雛妾，不謂雞公立時死。西輔遂疑其命犯孤鸞，予則以爲此殆如柳翠前身，虞紅蓮毁戒體耳。

劉樵饋緑豆一升，欣然受之。頃並命煮粥食焉，謂不欲孤樵意也。西輔曰：「某自識先生，從遊南北十年矣。所見王公大人兼金之饋，先生往往却之，不肯受也。今乃於苾蒭樵子一雞一黍，斤斤焉計其投報，喜形於色，得非矯廉潔於貴人之前，市私譽於藜藿之口？」予曰：「善哉問，汝既久從而親歷，其疑易剖，姑爲子約略言之。夫與受之際，無貴無賤，無輕無重，以誠爲主，以義爲衡，未可以行迹泥也。昔在怡邸，恭王之始不過以文士遇我，故我於館餐則受，金璧則辭。蓋我固不文，而王亦非以文爲重者。無補於人而受厚惠，義不安也。明年知漸深，有加禮。不唯設醴，雖廁牏之褻，亦命其世子親視，世子又賢兄事我，我何敢與朋友之父論布衣之交，故至是我益敬畏。雖金璧之重，苟有爲而賜，禮不敢以少賤辭也。無爲而饋，義不可以傷廉受也。子蓋見我之辭，而未深悉其所以辭，遂矯耳。至某某、某某諸貴人，本不屑與不佞友，特以王之所敬也，下交及之。王性既廉不受饋，則因而饋其所敬。故我皆斷斷不受，非矯也，正所以成王之廉，而報王之知也。其最下而至於有所請託，雖一言片紙，許我萬金，亦惟有正色力辭，不徇其私，亦不洩其語。其人皆未必不笑我迂，不疑我矯，此又都不直一辯矣。大抵君子小人之辨，不外乎公私義利之間，而尤以寸心之誠僞爲辨。誠於爲義者，君子也。誠於爲義而不妨蒙不義之名，以曲成其義，大君子也。專心漁利者，小人也。專心漁利而復欲假廉潔之名，以陰竊其利，濫小人也。僕雖未敢妄廁君子之林，實深以小人爲戒。顧亦嘗奉教君子，誦聖賢之遺言，守先人之庭訓，不敢不於出處之際、得喪之間，以及夫取予投報之細，悉深思焉。合乎義而出於誠，則一雞一黍，再拜而受，欣感之情，如受人萬鍾，可也。不合乎義，而釣我以僞，則所饋愈多，所辱愈甚，却之固，却之不爲矯也。彼僧與樵特貧賤耳，其天爵之靈善，愛敬之肫誠，與王公貴人不甚相遠。且彼之一雞，雖王家之太牢不逮，彼之一黍，王家之指囷不逮也。苟略乎貧富貴賤之迹，以深觀愛敬誠僞之心，而衡以所處約樂之境，則兼金之却，非吾矯廉；雞黍之感，非吾釣譽，亦奚足疑哉！」

西輔憮然自勵曰：「行年四十，始確信人之可貴不在乎身外之遭，窮無憾矣。敢問『誠於爲義而不妨蒙不義之名，以曲成其義』，其比似可得聞乎？」

予曰：「善哉問。即如吴泰伯，本世子也，傳季及文，雖其父傳賢之隱，實倍宗法，且泰伯非不賢者，顧甘遠寢膳之職，没身長往。故當時無得而稱，蚩蚩之氓，未必不疑其潛逃非義。使泰伯自白其曲成大義之隱，則蚩蚩之氓又且以背宗不義訾議其親，故泰伯樂自污也。脱非我孔子如天之目，燭隱闡微，毅然長喟，以至德歸之，三代而後，疇復敢賢泰伯者？此所謂大君子也。其次如孟子，亞聖之資也。國之人耳而目之，而甘與皆稱不孝者遊。及門士疑而請問，而後大聲明辨，闡孽子之孤懷，定不孝之實罪，正人倫而輔教化，以曲成交際之義焉。又其次如狄梁公，大君子也，然當武后篡竊時，見幾之君子去之若浼，未必不疑狄仁傑不能討賊，已似非才，又依違戀棧不去，大臣之義，固如是乎？然梁公是時甘受此不義之名，不忍辭也。苦心孤詣，以曲成其反周爲唐之義，天下後世始曉然共知。君子之用心在天下人民樂利之實，不暇顧一身榮辱毀譽之名也。他如伊尹放太甲，周公被流言，當其時小人測度之心，讒人譏謗之口，如潮如霧，殆無時無地，不嘵嘵昏昏，亂人耳目。舉朝上下，其能深信二公者，想必無幾。使二公惡居其名，則太甲、成王終不能立德，中興宰衡，匡救之謂，何反非義矣。凡此之類，或鉅或細，或隱或顯，君子之心迹，古今來指不勝屈。姑就子曾讀之書，曾聞之説，舉數事引申發明『大君子誠於爲義而不妨蒙不義之名，以曲成其義』，其實非白香創説，不必疑也。」

西輔欣然自慰曰：「吾始謂聖人之經，先王之史，皆不過文章典實，以資人進取之用。今乃信先生之學未可非也，某雖不文，亦可學爲君子矣。」

丁卯

晴涼。以夜卧稍暖，風嚏復發，無怪薛公望責其肺熱。肺屬金，本秋令也。秋始涼而過於暖，則肺金必燥，燥則風火動，嚏涕紛來。毛竅又因之而開，外風易入，故每秋則傷風之疾久不瘥，未可以外感治也。夫人脈與國脈等耳，堯之水，湯之旱，堯與湯不應有此，聖心亦深以爲病。其實如兒童痘疹，元氣愈厚，則發之愈盛，發之既盛，則血氣日新，期頤無復患，此不足爲兒童病也。故治理之世，以培養元氣爲主，不尚文飾，不務虛聲，孜孜焉求民之瘼而療焉。養之以田蠶布粟，而勤其四體，則不逸不淫，而其民易教。教之以忠信孝友，以發其固有之良。其理易明，無愚智皆可學道，故其民易使。作人君師，而能使人民不飢不寒，易教而使，雖不欲久享其治，不可辭也。此國脈之元氣所宜講者。

秦始皇好喫熱藥，以助火縱慾，其始也亦殊快意，浸假而遂生陳涉之痰，動項羽之火，痰火熾而中風亡矣。唐太宗好喫陰藥，故體貌潤澤，未嘗有疾，浸假而釀成高宗之痿，明皇之瀉，賴有狄、徐之參耆挽回元氣，郭、李之附桂扶助真陽，雖危不殆。蓋不比强陽之症難急救耳。至若東晉之老年痰火，南宋之半身不遂，元氣將竭，攻補難施。由是而歷觀往古，朝朝有病，百出不窮。雖曰定數，亦實鮮國手良醫治病於未萌，虛懷良主防患於未病，而甘心瞑眩求醫也。然苟非上智之士，經濟之才，絶一己名利之念，讀千古聖賢之書，察百王興廢之脈，而辨其元氣之虛實，兵力之强弱，受病之深淺，切脈既精，斯投劑不妄，雖沉疴不難立起。藉非然者，以小智自滿，好利而矜名，方且幸人之病，以試其古方；飾己之陋，以售其私術。適滋病耳，無怪其世主不信，而斯民之瘼亦終不瘵也。吾蓋繹古史而有會於病，因肺熱而思及其醫，戲墨如此。

卷七　天香隨筆

戊辰

聞曉鐘梵唄而起，徑詣文殊崖看雲。意方適而薙髮人至，不直爲此捨妙雲歸也。遂呼使剃沐崖上，和雲櫛髮，黑白分明，香光則一，可謂與雲爲徒矣。盥漱已，雲始登山，則命宗慧爇巨爆抛入雲中，轟然一聲，萬峰齊應，不禁與顛仙相視而笑，此至樂也。

西輔尋紫竹至天池崖下，春香人淪茗款曲，指竹所在。且言夜來一虎卧竹間，斑斕可愛。香人不忍驚其睡，但相與對之而笑，虎覺亦不怪其笑，皆見慣也。西輔又言：「崖下怪石相壓，森森若奇鬼，望之心悸。泉亦聒耳，澗中石巨者可屋。然今自崖上觀之，都若拳，聲色亦泯。人耳目因境而遷，固甚捷耶？」予曰：「汝不聞京師一甲，臚唱之日，門校尉相問頃何作，曰『似是揀狀頭。』復問揀幾何？則云『或謂只一人，殆人少乎？』汝昔聞此言，笑其憒憒。殊不知少所見則多所怪，多所見則無足怪。彼校尉者雖愚柔，然執役禁門之旁，所見朝廷大典禮出入於門，蓋常有之，若香人之觀睡虎也。王公大人之朝覲趨直入禁門者，鞠躬如也，校尉且漸忘其貴，未必暇審其官閥，計其多寡，又何況次焉者乎？亦猶立天池之上，觀澗中之石，我謂如拳，汝謂如屋，無足怪也。昔劉秉仁來刺江州，到官放所蓄駱駝入山，山民大驚，因聚衆射而殺之。具狀白刺史請賞，以爲獵得廬山精。劉往觀焉，即所放駝也。夫駱駝一常畜耳，少所見者至尊之爲精，非所謂多所怪乎？汝曹居恒既不耐讀書窮理，款啟之明又復以私智亂之，栩栩自得，不旋踵而壯盛智慧與肌骨潛銷，欲更充學識，難矣。不佞雖與匹夫之至愚者接，不與其退，不保其往，自一面以致十年，凡以誠問者，必以誠對；以禮來者，必以禮往。稍有爲善之心，必多方獎誘之入道，明知其未必聽也。生同斯世，未免有情。又焉知愚不可明，柔不可强，而顧阻人進德耶？知畏虎而不知念犬之義，怖奇石而不知顧畏民嵒，未爲近道。汝比恒議我不可與之言而與之言，夫必待可與言而後言，智者事也，迂且熱中人何忍如此。」

己巳

朝晴暖，暮雲滿室，作焦麯氣，以巨爆擊之不散。爆煙與雲異，不相混也。雲過密則反無雨，令人坐混沌之中，一物不見。闔扉則雲之入者不復出，不闔扉則雲之出者旋復入。口鼻之内無非雲者，窺書不見，因昏昏欲睡，吾今日可謂「雲醉」。

庚午

吾比爲雲醉，乃至失日。剃沐本昨日事，西輔謂昨爲十二，宗慧則謂爲十三，吾則茫無主張，姑兩是之。然終以西輔可信，遂書十二。今晨聞僧房磨豆聲，恍然悟是必作腐，爲中秋大烹之計，宗慧之十三信矣。夫紂爲長夜之飲而失日，彼失日宜也，以其爲長夜飲也。我則何飲，則曰「飲雲」。

朝雲如昨日，仍至文殊崖徘徊遠望。露草濕衣履若洗，未之覺也。亦可謂宿酲未解，又復飲卯酒者矣，其醉而失日，不亦宜乎？

庚申歲臘自北歸，即還靖安謁高曾祖墓，爲遠客久荒拜掃也。禮畢遂遊揚鶴觀，喜其高僻，留信宿度歲。爲道士作春帖十許，其中一聯云：「遥聞爆竹知更歲，偶見梅花覺已春。」頗有「山中無曆日，寒盡不知年」二語之意。乃今於十二、十三斷斷考訂，何予之無進德哉！或謂白香高，非也，昏也。

喜怒哀樂亦雲也，無根而生，由外物之所感而發。當局者迷，遂往往障人靈明，失其常度。故儒以發而中節爲和，佛以絶無明種子爲慧。畢竟照徹無明，非勇決出世人不能。學者但時時内省，事事皆求其中節可耳。

主僧不遵約，饋所市藕餅梨栗，皆固却之，恐其徒或向隅耳。九江諸寺又寄楮素及扇，屬主僧求書，此則不便却，然有愧仙師巧勞智擾之戒。人生但學得無能無求，飽食遨遊，若不繫之舟，便是大本領、大福分，吾已學之二十年，尚未能也。

少時遊秦淮，偶同黄星伯登一酒樓，有妓妝而古貌者，孤坐歎云：「稼既不登，夫子遂迫我爲此。其奈數奇，所遇輒不偶而去，主此匝月，猶未能一失節也。」星伯曰：「幸哉，此妓之節以貌醜全也，乃不知感而歸怨於命。」予笑曰：「新莽一十八年中，夫豈無干禄不得而自歎數奇者乎？光武中興，反疑其守節不仕，亦此妓之流耳。」

雲上屋而檐聲作矣，是猶蒸酒者，氣上升而露始下，亦何必須龍爲也。蓋龍喜乘雲而遊，人或見之，遂有此不虞之譽。

雩而雨，猶不雩而雨也，不幾謂求無益乎？此智者之語，非仁者之語也。仁者雖知其不可，而不忍不爲，故其誠可通於天。智者知其可而後爲之，故其誠不能動物。吾二十前喜言智，三十後始知其非。遂甘犯知其不可而不忍不爲之過，人雖笑其愚，此心則差可無愧。非敢謂此爲仁也，庶幾乎不至於薄，以自補不仁之過而已矣。聖人言觀過知仁，此仁字不必深看，即此之謂也。

任天而動，惟上智與下愚能之。中人則喜鑿混沌之竅，混沌死而心亦與之俱死。哀莫大於心死，愚之人反以爲樂，彌可哀矣。

吾幼極多感，凡四時風雨、蟲鳥、管絃、鈴鐸之類，入聽傷心。但覺桓子野聞清歌始喚奈何，猶非情至。至簞瓢陋巷，不改其樂，則不近人情。由今觀之，凡富貴子弟，懵然但知以服食聲色爲樂者，愚也。絶不以富貴爲樂，而矜尚才美，不可一世，於是乎聞聲感心，悲來無方者，近乎智，亦癡也。風雨自風雨，蟲鳥自蟲鳥，聞如不聞，見如不見，非愚無知，即蒲團得定之士，吾幼時安可及哉，而今而後亦勉求貧賤之樂焉可耳。

一妓以美多金，夫其類之醜者妒且衒曰：「彼雖美，而貞不逮也。」君子曰：「無諸己而後非諸人。」

或問：「燕子樓可謂義乎」？予曰：「可。若豫讓，非忠臣耶？」故君子貴乎晚節。

或問：「騷何故感人最深？」予曰：「虛字多。」「風何故感人最深？」曰：「比興多。」老子云：「當其無，有室之用。」棟宇牆壁，室之體也。有室於此，以沉檀爲柱，雕玉爲牆，乃竟無户牖可入，無隙地可容几榻，亦可以謂之室乎？文章之苦海，何莫不然。

梵唄聲，最靜者也，自知客僧出之，則使人欲怒。甚至拜佛時呵罵弟子，例之以客前叱狗之非禮，不可怒乎？

竟日四山如蒸飯，冷雨。至夜忽月明天心，清澄見髓。如許昏塞，不知都向何處去，要仍向來處去耳。人有積惡著稱，忽然爲善，果非矯飾，其氣象清明，令人刮目，亦正如此。改過則無過，人誰無過，患無改過之志。過豈難改，患有自是及護過之心。有志之士，先自求病根所在，日三省焉。

心不妄動，則動必當理。無時不動者，妄心也。臨大事，必無主張。禁足易，攝心難。生滅心即輪迴種子，一刹那便是一劫，何必真死、真出世始爲劫耶？謂此人斷不可教，便是此人不受我教化之根。謂此邦之民不足愛，便是我不能治民，及民思叛我之根也。

佛者投身飼餓虎，及割肉餧鷹，小慧者觀之，皆似極愚而可笑之事。殊不知正是大悲心中自驗其行力語耳。即如我聖人「一日克己復禮，天下歸仁」之義，本至精至確，倘使小慧者不求真解，泛然以《孔子世家》及三代盛時之治績尺寸而驗之，不甚符也。民溺己溺，亦大悲心耳。即使禹之時有一水鬼，稷之時有一餓鬼，不足爲禹稷病也。不與人爲善，逞私智以谿刻論人，吾所不取。

能使其心如槁木死灰者，發生心也。假之以利權，則天下反受其福。其心如盛夏之熱，無物不生者，多慾心也。假之以利權，則小人得而誘惑之，反足僨事。故求治必先治心，槁木非無情之譬也，寡慾之譬也。無物不生之象在春，則近於仁，盛夏之熱則反近乎多慾矣。

辛未

平明，老僧叩窗而呼曰：「顛仙又驅雲至凌虛臺下，報先生作賦之情矣。」予狂喜，披衣躡屐而往，則此雲之妙更有前賦所未及寫者。西輔適手予自書賦至，對萬里之晴雲朗誦一通，千峰響應，畫眉鳥囀於巖下。木葉不動，寒蟬未嘶。松梢露冷，時滴予茗椀之中，生香沁齒，爲之大樂。令即粘此賦於仙亭右壁，凡七紙，二千餘言。爰戲祝周顛仙曰：「以是報仙人下交之雅，然能爲我驅閒雲補已殘之缺，並湖面而滿之，斯爲盡興。」言始卒，則鐵船峰下雲出如潮，若士馬銜枚疾走，無聲有律。頃刻並江湖遠山皆幻成海，靈峰秀壑，出奇不窮。麗日又焜耀其上，絢發寶光。駭目洞心，神醉腰折，不覺望四仙再拜，復琅琅向壁自誦其賦。遥聞老僧梵唱，祝廬嶽神云「中秋佳節」，予始憶今朝八月望也，則又爲遭逢自慶。夫十二萬年以來，有天地即有廬山，有廬山即有天池，有天池即有雲，有雲即有人，有人即有中秋節。有中秋之名纔不過二千年耳，此二千年中居此寺、度此節、作此賦、觀此雲，未必不有前乎我者。然求其朵朵皆同，字字不異，又適有西輔粘之亭壁，則除是十二萬年後，今日之我方能盡同。然則凡無心巧合之事，無論其人文足重與否，皆堪獨絶。言雖大而理非夸也，生平快意之中秋，今日爲最。

西輔言：「往在黄州，揭東坡《赤壁賦》像，登所謂二賦亭者。檐牙相啄，金碧瑩然，皆賦力也。焉知此亭不且有喜事後賢勒先生賦像於壁。」予不覺大笑。昔潘岳出遊，遊女愛之，聯袂擲果盈其車，爲岳美也。左太沖形貌殊侵，乃不自諒，亦欲效潘岳遨遊，致羣嫗怒而唾面。子乃欲以《天池賦》筑亭勒石，妄擬坡仙，何以異是。不佞生平無寸長，惟自知其陋，未敢竊比中人，何況往哲。幸免唾面者，賴有此也。

西輔竟割雞餉我，並自九江市酒來。登山而踣，罄其瓶，僅存少許。西輔酌一匙，大醉而寢。餘者攜至淩虚臺，對月飲之。予亦醉，乘醉作七言一篇，皆酒力也。往謂不善飲酒莫予若，乃不意更有甚者。《笑林》載一家醼客，皆豪於飲。獨一客唇未嘗濕，然中席推案揮拳，四座辟易，急召其從者詰曰：「汝主人有狂疾乎？」曰：「無之。」「然則何故忽如此？」從者審視其席中餚饌，輾然曰：「無怪我主人今日大醉，蓋緣食此糟魚也。」

又一人終歲沉湎，其父屢戒之，不悛。因怒而浸之酒甕中，壓以磨，加封識焉。誓之曰：「必醉殺乃啟。」其人之妻則未免自憂寡也，背其翁抱甕而泣，忽聞甕中哦吟聲，聽其詞云：「賢妻何必哭哀哉，家父的封條誰敢開。與其死後豬羊祭，不如磨眼裏送些小菜來。」

大和尚既見亭壁《天池賦》中載舒字，笑語西輔：「吾今乃知蕭居士姓舒。比聞山下傳言蕭居士姓王，則又何耶？」予於是大書特書不一「舒」，以證其實未姓王，可謂一姓虛而百姓盡覺可疑，戲言非妄，亦未可輕犯如此。蓋聊以避喧則爲戲，若避債則爲妄矣。

危峰冷月，夜久風淒，恍惚覺此身介乎仙鬼，捫腹而暖，則居然人也。因憶明明有家在豫章城南，何遂忘之。又有詹外甥者，此時正在天香館後種罌粟，普、旗、昌、智、霞馥、萊馥、盼兒等必團團聚觀，或與表兄相喧爭，此殊可樂。人烈、匠臣、懋哲、人煦等即有事於外，亦應歸矣。晴川未歸覲，必看種花。莊谿今夕未必有暇過天香館，修常則持籌而坐，望衡而思，不遑暇食。謙十兄若果來遊，不識可能一醉否，予家無藏酒故耳。家兄姊遠在衢州，與九兄姊丈、長甥、諸姪等對月觀劇，當必念老三何苦，不知在廬山第幾峰也。靖安叔父諸弟姪，或知所在。謙三兄及長德、建侯、春姪等，則仍謂城南酣卧耳，不料予爲樂如此。懋熙、懋修洎恭行尚在矮屋，應未暇念我。唯漚舸此時必當相念，蓋彼欲同遊不果，恒怏怏耳。曾敬修居深山之中，無利祿之念，村塾解館，孑然若枯僧入定，或偶憶庚申中秋出都，日與二三内監共卧予舟中時也。隨筆戲及，以俟相見時驗之。

予自六月入山，至今日始發微汗，亦以著衣多，又亭午登陟，非甚熱也。僧亦爲節忙。往往在揚鶴坪度歲，則道人亦爲年忙。今人值塵事勞擾，動欲作僧道以避，豈其然哉？非僧非道，諸緣可了。三教多情，逸我以老。予蓋以拙爲實耳。

壬申

晴暖，爲諸山作字十餘幅。其紙太澀，羊毫筆入之，如蹇驢負重入天池山也。

癸酉

朝晴。漸熱，只可著絲布四重。宗慧去錦橋市物，歸途汲得甘露泉一瓶。予極賞其慧，以之瀹新茗，徐徐玩味。清碧殆欲過天池，然甘滑沖和之趣，則遠不逮矣。茂林曾謂甘露泉甲於山椒，故宗慧欲吾品第，亦清興也。

人未有生而俗者，有意學清談雅步，自詡風流，反多俗態，不若恂恂然率真而動，不屑屑放利而行。或竟若宗慧蠢蠢無求，亦偶爲名泉息擔，皆可作雅流觀也。

主僧屬予題寺楹，信筆作長短二帖。其詞云：「一水印天心，指月證三生之果；六根無我相，飲泉清萬劫之塵。」又：「天上有池能作雨，人間無地不逢年。」横榜則大書「香雲繡水」，蓋採《天池賦》字，惜紙筆不稱，皆成惡札，不免受遊人謗耳。

午未間，雲霧四塞，雷轟轟欲雨不雨，入夜見月，久忘睡。聞諸僧擊柝巡山，爲尚餘玉米、菘菜之屬，慮其誨盗。寺貧至天池止矣，猶尚如此，而謂厚自封殖，自詡爲泰山之安，得毋未暇深思耶？

甲戌

朝晴，既風起變寒，闔户而坐。夜來夢吾母卧疾，甚委頓，遂驚懼大哭而醒。静中追慕，淚溢不止。吾母棄不孝已十又七年。大事之日，長兄未歸，不孝已驚慟死矣。一切身後禮儀，舉賴魯雲巖、熊大司寇、盧青柯、戈咏思，楊執吾，朱璞心、蔣秋竹、謝大中丞諸君子憫其孤哀，力任而急爲之備。大司寇且毅然語衆：「白香即死不復生，吾以殮吾母之禮殮若母，可對渠兄弟無愧。」夢蘭既甦，聞是説，但稽顙長嘶，不能作感謝語也。凡恩怨久則漸忘，亦恐吾子姪外甥不曾見當時諸戚友恩義，或漸忘也，謹私志之。予極迍賤，無寸長，何敢言報，亦但能矢弗諼耳。

荀子謂禮能化性起僞，蓋未深觀夫制作微旨，實先聖之苦心，第泛然以形迹議之耳。

予少時初讀《喪記》，至踴七踴三之類，艴然不悦，以爲非仁人孝子所忍聞，誠足起僞。既而深思之，先王制禮，爲天下後世中庸之軌。賢者不敢過，不肖者不敢不勉。故其於禮物之繁，節目之細，不妨瑣瑣焉折中爲式，俾確然有所遵守。其用心甚苦，防閑甚微，篤信而勉行之，真能化性。夫行禮無巨無細，以敬畏爲本。敬與僞，相反者也。果能敬事，亦惡自起僞。不能敬事，亦何在非僞，顧漫以是尤《禮經》，可乎？

比僑寓叢林三閱月，見十方行者及諸山禪友相過從，識與不識，朝暮必隨住持僧升堂拜佛，序立誦經至數刻之久，無惰容，無怨色。此所謂《百丈清規》，童而習之，在在皆然，不敢不勉。勉則安，安則無怨。惰慢之氣，邪僻之行，皆可以相觀而化，甚善法也。佛教日衰，諸苾蒭不修禪觀，胸臆中何事不有，苟無此制外養中之法，以糾其惰慢，防其邪僻，其流弊何可勝言。然則彼遯世業空之人，尚須竊先王禮教以永其衣法之傳，何故學校師生反厭薄而不屑講求，恣情傲惰，機械相攻，轉似有呵佛駡祖，立證無生之智，不幾人慾肆而天理滅耶？吾欲英才志士勿自菲薄，羣居講誦，姑以僧之所以奉佛者，敬畏聖言，謙和勤謹。苟居鄉有恂恂之風，庶幾立朝有侃侃之節。蓋不驕乃不諂之符，能孝乃能忠之體，居敬乃立事之本，守禮乃宣化之源。才子若是，始真謂之有才；立志若是，始真謂之有志也。禮失而求諸野，廬山之僧有誰賞勸，尚守其宗法如此，而况蒙養裕作聖之基，學校儲公輔之器，尚冀師若弟借助他山，琢磨加愛，雖欲作珪璋瑚璉，無難也。

有佳木欲其成千章之材，則必出之盆盎，植之深土以暢發其根，遲之歲月以觀其成。至其教養子弟，則異是。見小利而欲速成，不翅移佳木而植之盆，灌以藥汁而速其一花，花盡必枯，即使不枯，亦斷無援地參天之日。是明於愛木，而反昧於愛子弟，惑亦甚矣。吾甥樸園有志于教家成物之學，曾爲發此義，並附録之。

曉起，望雲氣閒淡，若無意於行雨者。俄而雨作，視彼油然布空，震霆飛雹，行人覓蓋，農夫解顔，而卒以飄風散之者，其功德反不倫矣。

卷八　天香隨筆

乙亥

晴寒。忽憶往在都下，偶同胡果泉、吴蘭雪訪方坳堂於徹悟禪房。果泉以上值，不得留宿。予與徹公參所悟，機鋒雲起，午夜不休。坳堂閉目頷首，旁坐而笑。蘭雪時時左右顧，似疑予無意於禪，第喜難名僧、逞辯才者。其實徹公破參人，真能啟予，故樂與之辯。漏四下，始共坳堂、蘭雪連榻西堂。坳堂暮年不易寐，與予卧談，遂各舉《四書》心得相質。

坳堂曰：「予成進士，始立志精讀《論語》。有同學館於僧舍，館上一樓殊淨潔，因就假居。登則命人去其梯，手《論語》一卷，趺坐而敬對之。如是三年，漸覺此心露真實圓相，不至埋頭注下也。」因舉一「舞」字問曰：「公頗悟先王以樂舞教胄微旨乎？戰陣擊刺之事，既不忍明言，又不可不爲之備，於是乎以勺象干戚，童而習之。既足以導樂之和，又可以煉勵筋骸，爲防身禦侮之用，所謂教在此而意在彼，洵良法也。不然者，近乎戲矣。」

予曰：「善。公能讀書求間，可與言者。夢蘭少時亦曾有注外心得一二端，請舉其一。夫祭祀先祖而飾其卿士子弟爲尸，服其服，居其位，卑幼坐於上，達尊拜於下。拜之而誠，則難乎爲尸；拜之而不誠，則不敬其祖，其禮亦幾近於戲。曷若陳宗器，設裳衣，望神主而拜祭，爲心安理得也歟。先儒但釋爲子姓乃祖考之遺，神有所憑，易於昭格。獨不思拜之之人何莫非祖宗遺體，誰不可憑，而獨憑一尸之身。且今年之尸未必即明年之尸，都不敢重輕軒輊，一切以祖宗事之，受拜者未必不怍，拜之者未必不疑。逮夫國家皆然，每祭必然，則無論少長貴賤，咸視爲禮所當然，情所不悖。於是乎受拜者可以不怍，而拜之者亦更無疑。著之爲經，永以爲法。」

「然吾竊以爲，尸之主名雖專屬乎祭，其制作之苦心精義，似不專屬乎祭也。夢蘭好思，思此事至於通夕，豁然悟，怡然笑曰：微乎妙哉，聖人之道，先王之禮，蓋已服羣心，銷逆志於卑幼爲尸之日，而人不覺，所謂可使由而不可使知者也。蓋祭必用尸之深意，實實在維持宗法而固其國本，明其義例。正言之而愚妄之夫未必深信，於是設爲尸以服其祖宗之服，居其祖宗之位，無論其爲臣、爲子、爲諸孫，一旦爲尸，則皆以祖宗事之神之，所憑即吾所當拜，何敢以齒德傲夫尸也。習見乎此而不之怪，則其國其家一旦有孩提嗣爵、宗嫡世禄諸大禮，凡諸尊貴，誰敢不從，亦誰敢不敬。其神明式憑之重，又過於一祭之尸。尸尚受拜而不辭，我且拜之而有素，何況於繼體爲後，正位設朝，祖宗之靈儼如在上，伯叔諸舅敢異議而不屑臣乎？舉朝上下但知有祖宗社稷，神靈所憑依之人，無論其賢愚長幼，皆當敬事如先王、先公、先大夫，無可疑者。於是乎名分定矣，羣心服矣，逆志銷矣，國本有不固者乎？」

「然究其推明義例於無事之時，維持宗法於不言之表，實賴有尸祭之法，潛移默化其強宗尊屬不馴之氣，及奸雄貴戚僭亂之心，於居平祭祖拜尸之日，而習焉不覺，人遂安焉。此聖人之道，先王之禮，所以微妙深遠，而未可以小儒俗學躁心而輕議者也。宗法乃世爵之常經，尸法寓維持之精義，第恐明言之而人或輕尸，則宗法亦因之可廢。聖人憂焉，苦心孤詣，不免假神道設教，以輔相天位，錫福宗藩，尸之義不誠大哉！藉使無尸祭之禮講明其尊祖敬宗之義，惟其位不惟其人，一旦以卑幼之宗子繼統嗣爵，悉尊屬而臣之，竊恐鞅鞅者難爲少主，而聽其驕蹇則傷義，繩之以法則傷恩，必也求所以講之有素，入之最深，無智無愚，皆可以觀感而化，以保全恩義，固我宗盟，有善於尸祭者乎？」

方坳堂喟然歎曰：「不謂吾子少年時一夕之思，能過我三年學也。」明日，徹公語坳堂：「舒居士燦花之論，得未曾有。然欲攜酒入東林，不守戒律，亦此公也。」坳堂以爲然。坳堂，齊人，性廉介，有操守。果泉以同僚相敬，价於予，故得相識，比嘗有唱和之詩。既聞作江蘇藩司，以病乞休，終於家。其風義甚可思也。徹悟，北平人。廿歲出家，猶不識一字，既乃博通教典，深達禪觀。惡衣一食，苦志焚修，成就辨才，教化僧俗，一時王公大人以及諸山道友，罔弗傾向。

怡恭親王始疑其矯，留意察之，知實有出世之志，無好名之心。適都僧掌印缺出，訪於予曰：「公所識諸山苾蒭，有無忝此職者乎？」予對曰：「生平只識一徹和尚，餘無知也。何敢謂更無他人，亦何從辨其優劣。」王曰：「得之矣，吾見亦然。」遂奏補徹悟之名。徹悟聞之，持衣鉢造府力辭。王與予皆勸徹公不可務高名，而坐視其佛法之壞不之救也。徹公數數陳釋子流弊，求道苦心，無力挽回，徒增業障之隱，非敢如俗世好高名也。樂蓮裳時亦在坐，既謂予曰：「吾素不信佛而惡僧，今見徹公，聞其論，頗心儀焉。」其預諸公之遊，仿佛晉名士重支公耳。

外舅李崇漾亦不信佛，然頗欲看姚廣孝所鑄大鐘。與予同車詣覺生，遂參徹悟。恒國公亦適在坐，徹公與予談，崇公與國公啜茗而聽之。良久，恒公告退，合掌向徹公跪拜者三，徹公立受，送之丈室門。既而予揖别，徹公拄杖相送至山門之外，立俟登輿，然後返。崇翁歸語内子曰：「吾往謂今世和尚但勢力耳，安得有此餞唐僧，受公侯之拜無愧色者。今乃親見徹和尚受拜不辭，又能恭送一布衣遠出山門，立俟其登輿乃去。恍然覺虎溪三笑之風，去今未遠。至其辨才之妙，析義之精，雖香郎不能取勝，以是信出類之人，未可以時地量也。」徹公入房山，不知所終。乃今者忽見主僧除草於寺門内外，連日不休。訓其故，則云有郡掾來祭廬嶽，照例宿天池一宿，從者數十，須典納糴米而齋之，猶恐獲戾。予慘然不能置辭，聊復記徹悟之所以爲僧，恒公之禮敬三寶，及坳堂既成進士始敬讀三年《論語》，其人器識，皆未可與俗僧時士同年語也。

西輔問謀生教子之道，予曰：「擇正業以謀生，本義方以教子。所業既正，則謀生而得遂其生，可樂也；謀生而竟不得生，無悔也。教子有義方而其子克肖其成，可樂也；即使無成，無悔也。反是則成敗交譏，君子無取。」

月夕獨坐凌虚臺，見山下火光數處，忽明忽滅。因憶《朱子語録》謂廬山下有寶，故常有光。又嘗遊天池，見崖下光景明滅，頃刻異狀。門下生或疑其妄，朱子曰：「僧言須禱而後見，則似乎妄。然此光亦豈妄耶！」蓋當時呼爲佛燈，故門人闢之。老夫子誠篤虛懷，又不肯厚誣此光，反爲之辯。不審予疇夜所見即此光否。

丙子

陰寒小雨，山徑彌滑。昨聞有承祭掾來，欲遊佛手巖以避其喧，今難果矣。竟有一牡犬求偶於寺，時時喧爭，命逐去而闔其扉。扉又以輿臺憧憧，不能久闔，物故以類聚者哉！吾初謂天池牝犬，不知有牡，乃竟不然，殊自悔譽過其實。今始悟樂道人善，乃謂之益耳。

濛濛雨入暮不歇，所謂掾者竟不能登山，止宿田舍，僧得省米一斗矣。

丁丑

晴。掾至，予得以窺簾看官，聞其説官話，唾官痰，著官衣，雍容緩步詣後山。主祭僕役廿餘人入齋於客堂，則聞戛戛然唇聲、相罵聲、呼嘯之聲、鼾齁聲良久。官自後山還前殿，終不拜佛，蓋亦崇正學，闢異端，有道之士也。亦不屑賞鑑天池，但仰面望鐵瓦問曰：「生鐵乎？熟鐵乎？」僧對曰：「生鐵。」復問：「落雨時池水溢乎？」對曰：「不溢。」官曰：「亦溢耶？」蓋緣僧畏官而喉不響，官傲僧而聽之不卑，故兩誤耳。齋罷即還，竟不暇照例遊山，而主僧之瓶有餘粟，釜有餘羹，並以其餘羹乞我，枯腸得潤，皆郡掾之惠也。謹記其高風遺愛如此。

今人無事不勝於古人，今之庸人皆勝於古之豪傑。故吾不甚畏古之豪傑，而極畏今之庸人。相見輒色沮氣喪，言動失據，非僞也。以其人語言行事之粗迹，反又似乎大聖賢。雖曠古豪傑、命世之才，略其心而觀其迹，皆有不逮，而且必爲所輕忽訕笑，故可畏也。今姑就粗迹衡之。東坡上神宗書有云：「士大夫宣力之餘，亦欲取樂，此人之至情也。」語意極和平，故可以告之君父。且吾儕所樂之事，亦不過數端，内而性情文章，外而山水朋友。富貴則聲妓田獵，貧賤則吟風弄月。境雖不同，其樂亦皆以性情之清妙爲本，文章之風趣爲用。名山勝水，開拓心胸，快友高朋，增長意氣。然而庸庸者不屑爲也，且甚能訾笑以此等爲樂之人，姑就以廬山有情、時代稍近者，略舉一二。

王陽明大豪傑也，居恒倡講學之風，則譏其迂而好名。闡發尊德性、人皆可以爲堯舜之奥，則譏其近於禪家頓悟、立地成佛之旨。至其定宸濠之亂，不過七日，乃駐節廬山之下，恣情登陟。即一天池寺已盤桓許時，石劖諸書非旦夕所能遍也，天池之詩亦非其一時之作也。庸人必譏其軍機大政則草草奏銷，山水閒情則流連忘返，近古士大夫不暇爲也。廬山之下尚有宋牧仲一二石劖，至絶頂則袁石公外，至者蓋鮮。即使奉檄承祭如郡掾，似有清緣，亦但不得已皇皇而來，汲汲而去。彼蓋勤於觀守，惟恐以遊盼分心，有虧臣職。此其人忠純之迹，不遠勝於陽明乎？陽明巡撫贛州，王心齋一鹺賈之子，以賓禮求見，高談四日而後執弟子之禮，終身服事。然方其與布衣小生均禮縱談，庸人必譏其不自貴重，失大臣體；心齋忽不敢自居於客，而退修弟子之儀，則必譏其曳裾侯門，結納顯者。庸人之見必當若是，皆彼所不屑爲也。

朱子知南康軍，則亦第知軍已耳，何必講學。白鹿洞則洞而已矣，又何必改作書院，招集生徒，以犯彼韓老相國之忌。且權相既深惡我，又大聲僞學之禁，相國之教，誰敢不遵？老夫子懵然犯之，識時務者必不爲也。且以守土之貴人，輕身犯險，往往登廬山絶頂，作詩刻字，甚至宿天池僧寺，夜看佛燈，毫不避親近異端之嫌。以視此掾之不肯拜佛，羞與僧言，並不屑賞鑑天池，流連雲壑，庸人之迹，又過先賢朱子矣。

周濂溪亦大儒也，宜朝朝體認經疏，代聖立言，講之作之，津津而説之。那得閒情著愛蓮之説，留心小草，庸人必譏其玩物喪志。陶淵明古豪傑也，家貧，妻子餓，不爲禄仕，已近乎骨肉無情。尤甚者飢至乞食，叩門無辭，但期冥報，庸人必譏其迂誕無恥。所交亦不過劉逸民、周績之一二無志於功名之士，甚至入白蓮之社，與惠遠談空説有，庸人又譏其攻乎異端，近乎邪教，宜乎其不貴達也。且廬山險僻孤危，乃命兩子、一門生舁輿而遊，倘或懸崖一跌，則門生登高臨淵，謂之不孝，而忍令其二子流汗顛躓，亦覺不慈。淵明所爲，皆庸人斷斷不爲者。至若李太白避結交叛藩之難，正當潛蹤思過，乃反高居五老，縱酒賦詩，卒不免夜郎之流，庸人必譏其昧於明哲。白香山謫居江州，禮宜避嫌，勤職以圖開復。乃敢寅夜送客，要茶商之妻奏琵琶，侑觴談情，相對流涕。庸人曰：「挾妓飲酒，律有明條。知法玩法，白某之杖罪的決不貸。」乃香山悍然不顧，復敢作爲《琵琶辭》，越禮驚衆，有玷官箴。今時士大夫絶不爲也，即使偶一爲之，亦必深諱。蓋曾未宣之以口，又何敢筆之於書。人之庸者則且義形於色，詬詈香山犯教而敗俗，其琵琶之辭必當毁板，琵琶之亭及廬山草堂胥拆毁而滅其迹，庶幾乎風流種絶，比户可庸矣。

凡此之類，正不必繁徵遠引，即此昭昭耳目。與廬山往還，有舊君子行樂之事，亦豈有外乎性情文字，山水朋友，以及美人香草，吟風弄月者乎？彼庸人必且不屑行如此之樂，不暇行如此之樂，不敢行如此之樂，猶必輕笑鄙薄古人之行此樂者。彼其中庸之貌，木訥之形，雖孔子割雞之戲言，孟子齊人之諷喻，皆猶似有傷盛德，不形諸口。若第以粗迹觀之，即古聖先賢猶恐不逮，我何人也，而敢不敬，敢不畏，敢不色沮氣喪，言動皆失常度也乎？竊嘗笑言：古昔大人少而小人多，後世小人少而大人多。何以知之？言必信，行必果，硜硜然小人哉！吾勉學之猶未能，然庸人不屑爲也，故小人獨少。夫大人者，言不必信，行不必果。截去下文以觀人，所在不乏，非大人多乎？不誅心而泛論其迹，雖振古豪傑、命世之才，不足刮庸人如豆之目，而動其六竅之心，由來久矣，故子曰「予欲無言」。

戊寅

陰雲滿寺而天不寒。昨晚閒步至山腰「白雲天際」石劖下，往返數里，汗發如浴。今日頭目加爽朗，足信陰寒損人。靜坐時受之不覺，動始覺也。頃細思人之肉體，本庸濁之物，故宜居平原污下之地，則生齒蕃息，膚貌悦澤；高山幽涼奇曠，所生人既稀，且形瘦如鹿豕。亦殆如五穀之喜糞，瓊花之根亦不羞垢穢者哉？抑或造物秘名山，不肯令人煙蕃息，溷彼清奇，空其地以供出世豪傑、蟬蜕形骸者遊眺之樂，未可知也。

或問彭蠡湖深處若干，予曰七千三百五十丈。何以知之，以廬山之高而知之。蓋此一山一水，流峙比和，有艮兑之象，爲江右一大丘壑，毓秀鍾靈，必能相匹。苟有大力者挾廬山以塞彭蠡，凹凸皆平，可以化爲沃野千里，兩郡之居民必富且庶，然而庸人多，奇人少矣，不足爲兩郡之光也。

己卯

旦夕風雨如晦，寒不可禁。絺綌單袷之衣，層累而著至十重，莫能禦。則覆衾晝眠，衾又薄，於是凡琴几詩囊，皆取而覆之衾上，夜始得寐。或問：「子之家未必飢也，乃飢亦不肯捨天池而歸。子之家亦不甚寒，今寒尚不去，何也？」予曰：「飢寒誠可惡，然所惡有甚於飢寒者焉，則寧小耐飢寒也。室家誠可樂，然所樂有甚於室家者，則惟久住天池也。」

今日又有數書生來看鐵瓦，蓋聞其直甚貴重，非陶器所能方價也。

水動則濁，火動則滅，植物動則不能生，干鏌之利，妄動亦折，土地動則百物災。是五行皆以靜爲體，學人不當如是耶？

或問：「天何故健行不息？」予曰：「此純氣之官也。譬諸呼吸，雖病臥，能暫停乎？且彼之動而有常，即靜體也。真習靜人行亦靜，馳馬亦靜，將百萬之衆屠城滅敵，其心亦靜如止水，不妄動也。無學之人，小榮辱得失皆足動夸心，挫英氣，鼻栩栩如蝶翅自鼓，故終不可大受也。」

庚辰

晴寒。久晴當暖，又可以住旬日矣。四仙祠左壁久毁於縊者，驗殮之日，横樑、門軸皆以畏鬼而斫去。諸仙露處，予竊悲焉。今日呼匠至，命其補葺，然後忍釋然歸耳。周仙每驅雲禁風，娛我清矚，惡可恝置。吾之所以不能仙，則又只爲情累耳，他無求也。

天池寺東廊有蜜蜂桶，即所謂採雲蜂也。今夕喚沙彌燭而觀焉，則萬蜂濟濟衛王而宿，秩秩然不亂其行。沙彌言蜂採蘭則戴諸其首，以獻於蜂王，不自食也。並能以翅挹天池之泉，供其王飲。夫蜜蜂一小蟲耳，自食其力，何德於王，而猶能效忠若是，人而仕也，顧可以不如蟲乎？

蜂蟻能忠，烏能孝，鶺鴒知孝悌，鶯猶求友，鴻雁有從一之義，故風人詠而歎之，以敦倫厚俗。是禽蟲皆可師也，是故賢人師聖人，聖人師萬物。

羊豕最無罪而不免於刑，爲其無功無能，饕餮而貌侵。又寡情而太不慧，足以召殺。或曰使牛羊肉味不美，庶幾免乎？然其類絶已久矣，彼蓋以可殺得生，又以虛生招殺也。

予不食牛、犬、驢、馬、駝峰之屬，念其勞也。不食雁，憐其節也。見其死，聞其聲，皆不忍食，所以養惻隱之心也。十歲以前，凡肉食皆厭惡不食，並不食婦人手所作飲食，誤食皆吐，殊不可解。年十六自西塞歸，逆旅多婦人當爐，每坐是忍飢竟日，同行皆竊笑，不能强也。歸至里門，所見中饋皆悃德，不敢不黽勉從衆，久遂安之。食肉而甘，亦成童後事。先是並不衣裘帛，每逢年節易新衣，輒忽忽不樂。或遷怒割毁其裘，往往受先公杖責，終不能悛。是皆十歲時乖謬結習，正不知是何宿業，其不近人情如此。戴殿撰嘗笑語雲巖：「靖安多山，宜必有苦行頭陀潛修石室，既没齒而人不知者，其一生於裘帛甘肥及婦人所作之食飲，何從夢見。不幸而再世還俗，即舒香叔也。」戲筆以供一噱。

頃得譚子受四月九日劍外書，亟喜其通守渝江，清勤自勖，此君有志節人也。因憶出山時别我垂淚，比贈以詩云：「才似相如尚納貲，郎官清瘦且吟詩。蒼生倘欲陳平宰，莫忘枌榆割肉時。」蠶叢萬疊，一雁孤飛，竟能達故園芳訊，陳玉弁力也。

卷九　天香隨筆

辛巳

晨起，寒霧四塞，無復妙雲朗旭，晴暖之娱，再居晨浹都若此，則秋深可知，竟可以浩然歸矣。

比所謂苦行沙彌者舂米於寮，有任勞無怨之色，予於天池僧獨賢此人。今日遂佐之扇米，運其樞則風呼呼生吾肘腋，造化在手，握旋乾轉坤之權。米與糠井井不紊，一若君子各類聚而安其業，莫敢梗吾風化也。夫輪者，轉而已矣。初非有意乎惡米好糠，而沉者自沉，浮者自浮，皆其自取，無所容心。恩怨豈必歸於我，雖專握賞罰之柄，何損吾道。一有心拂逆其輪，則糠與米混，鼎鉉遺覆餗之譏矣。天道運而無所積，而栽培傾覆，無心成化，亦只一大風車耳。佛者輪迴之説，則譬此風輪之下，米斷不至入糠胎，糠亦難强入米胎，同氣相求，如水火流濕就燥，皆非有心，實由自業之善惡，宿根之清濁，理與氣相感召，各成因果，不翅分金爐，五金受鑄，真性畢露，大冶之内，孰敢不以類從。分投六道，其理易明。自創爲閻王小鬼判送入胎之説，以妄證輪迴，窮理者反不肯信，未嘗非畫蛇添足之過。聊於扇米時參悟及之。

食時西輔問：「思先生者，能保無裹糧躡蹻，逾絶壁來訪者乎？」予大笑曰：「豈無其人，所愧予不足訪耳。昔在塞外，番回之富者以谷量馬。每當巖壑中雲雷鬱怒，輒驅其牝馬入壑，以幸蛟龍合之也。偶合孕，則駒必千里。然其貌殊似馬也，不能以口舌辨其駑駿。則有一法，盡縶其數千百駒，而驅諸牝馬高立於萬仞絶頂如天池山者，然後縱羣駒於峻壁下。其母見之，必俯視長嘶，於是乎數千百駒一時皆竭力鼓勇而登，有數仞而即止者焉，數十仞而即止者焉，不足道矣。數百仞而即止矣，亦常馬也。即使其力能造極，而或緩或躓，都非龍種。其所謂巖壑之孕，千里之駒，則矯首一嘶，雲生足下，不喘息而超升萬仞之上。若是者，絶不易得，偶一得之，則獻諸國王。被以錦綺，以筐承矢，以蜃承溺，尊之曰國馬，不必更俟其齒長，計程而念，國之人已深信矣。故大宛之驥，鮮鹽車之厄，以其國能知馬也。脱非置其母於萬仞之山，則力雖能到，足亦不前。空羣之資，豈屑爲三品之料，輕試其絶技者哉！」

客有譏刺老年人不應猶好妓樂者，予曰：「此正老人事，何故譏之。少之時氣血未定，故聖言有戒，既壯，有弟子之職、四方之志，好則分心。且少壯氣盛志驕，所好易溺，往往覆身家有所不顧。老年人必不爾也。苟無力徵歌選妓，則亦已耳，其有樂此不疲者，必貲財能任者也。以多餘之蓄，娱有盡之年，當亦其子孫賓客所樂從者。且老年戒得時也，能不吝金帛之藏以娱情聲妓，則其人不貪。不貪則不刻，亦必能厚於親友，好施樂善。故子孫反受其福，不在多積金錢也。張燕公白頭鶯燕，雖無足稱，至如郭汾陽晚年後房數百，則大有深心妙用。名位全於是，上猜下測之禍機胥泯於是，而子孫之爵土、竹帛之芳聲於是且傳之奕葉，垂之不朽，妓功甚鉅。顧謂老人不應好此，而譏刺之耶？造物者勞人以生，逸人以老，故有道之世，貴老敬老，養老娱老，皆有明文，有深意，以誘啟人民孝悌之思。矧老人平情作好，亦不甚勉强。苟能好妓樂，其人必壽。試觀古昔享大年，創大業，成大名，往往能耄而好色。即如漢武帝、唐明皇，宫人數萬，武帝自謂可三日不食，不可一日無婦人，其好如此。倘如世俗謂老人縱慾，慮或減年，則應戾太子不至不終，楊太真不至賜死，而武、明二帝中年夭矣。故竊以謂若是者反是壽徵，令妻賢子不必爲老人慮也。」

客又曰：「君爲老人謀則誠善矣，其如所好之人何？」予笑曰：「是又不然。彼老人既知好色，既能好色，則其人性情言貌必不甚濁惡龍鍾，家用必饒，亭館必潔，列屋而閒居者必多。其所蓄姬侍亦必皆貧家弱女，父若母既賴以豐閒居，奚怨老人。又竭力以奉衣鮮食肥於雕牆繡闈之内，絲竹詞翰盡足清娱，當亦無意與同列諸姬爭此一夕，不差勝作輿皂妻，飢饉困辱，或復受笞罵，抑鬱而勞苦畢命者乎？且如謝安石、白香山諸老名士也，風流雅達，力小不勝，輒爲開閤以聽其自擇所歸，曾不忍久妨賢路。即使老者不達，然桑榆之易暮，不致『緑葉成蔭子滿枝』，枉樊川翻可無恨於彼姝，不良快耶！又何況紅葉之詩，見諒於唐主；紅拂之逃，無損於隋相。有才識者任自爲之，未爲偏護老人也。」客笑而退。

壬午

天未明即起，以比來恒不易寐，鐘動復思巖下雲或已相待，遂喜夙興，往往卧中呼宗慧看雲起未，宗慧亦漸能見雲而喜，必相報也。

亭午數遊人相過，知客僧延款甚殷。一蝟髯蛙腹者歎曰：「真好廬山。南北行半日不盡，脱可種菽麥，何難致富。敝鄉之山甚宜樹蓺，惜寬廣遜之。故古人獨誇此山。」予聞之甚樂。昔人有酷好鶴而蓄其種者，一貴人見而乞焉，不得已籠獻其一，甚有德色。翌日造請，貴人者殊不稱謝。其人不能耐，遂自誇鶴美，貴人顰蹙搖首曰：「昨已嘗試，味反出雁鵝之下，悉足貴哉？」

黃龍多古藤瘦竹，皆杖材也。老僧選得奇倔者數枝，琢磨爲杖而漆之以硃，出觀於予。予歎息久之，僧遂疑予欲得之也。舉以相贈，予笑却曰：「俟公得方竹橢圓而漆之，乃始乞我，則彌足感耳。」

不知子都之美，謂之無目，亦殊不盡然。西家施，賣薪女也，又嘗浣紗於溪，苧蘿鄰並，豈無居人？脱見者都知傾倒，萬口稱傳，亦寧俟大夫來訪，始聞於王而售其沼吳之技耶？庸庸之目必不能賞鑒奇才，於斯可信。

六客將赴齋，而知客僧之緣簿已出。四人者見機而作，其一湝蛙腹二人遂及於難。予惻然愍之，蓋以腹大行遲也。二人既攢眉忍痛，樂助而已。知客始出其烏金太子，使二客拜而觀焉。客乃踧踖升階，洞洞乎炷香稽首，適適然驚顧相語曰：此烏金也，直不知幾倍赤金。

癸未

晴寒。黎明即起，詣淩虚探雲，曾無一點，或雲尚眠乎？比來諸僧及宗慧都知予但有雲癖，無曉暮敲窗叩門，惟報此事，餘亦無可商量者。予初入山，居此寺，塵根未淨。每聞挂褡僧敲門大呼曰「借歇」，輒驚懼疑爲客來拜呼接帖也。既覺其非，則不免失笑，其畏軒冕客如此。久居心定，遂無此疑。頃戲作一詩，結語云：「歸時倘遇敲門客，却又疑爲挂褡僧。」

西輔曰：「先生漏深始眠，黎明即起，顧獨有長睡不醒之謗，某竊冤之。」予曰：「難白也。比嘗細引諸同鄉證予非夢，諸公亦未必相信。昔米顛朋酒大會，遥呼東坡語曰：『僕殊不顛，乃世人謂我顛，請以質之子瞻。』東坡笑云：『吾從衆。』予竊恐諸公證睡，亦作此語，則冤愈難白。往予客怡邸，恭親王退朝飯罷，每來西園。予猶酣卧，王誡左右勿以告，輒自繞小山一遊。久之侍監白予醒，王乃坐西齋俟予盥漱更衣，始過天香館。笑曰：『睡仙，都城百萬人，考善睡亦當第一。』予不禁呼冤，王徵其説，笑曰：『王以戌正眠，寅正入侍，計所睡不過三十刻。然夢蘭嘗有句云「自幸無官貪夜坐，上牀多在上朝時」，是夢蘭寅正方睡，雖亭午而興，亦不過三十餘刻。顧乃誣爲「睡狀元」，豈非冤哉！』王因謂某朝一人以堅卧不出名於時，遂有誣其三十年未嘗履閾窺户者。其人聞之，亦極口呼冤而辯曰：『十九年前曾送某客至大門柳樹之外，佇望良久，何謂三十年未嘗出户？』然則公既自承亭午起，則其受誣亦與此人等耳。』遂皆大笑。賢如恭王，久如恭王，尚不肯證予非睡，則其冤豈易白哉？惟覺古人有『居山常晏起』之句，殆謂居市朝難晏起耶？僕則反是，是其所以爲迂耳。」

匠者葺築四仙祠，門壁俱完，加堊畫焉，賚而遣之。周顛仙笑容未斂，吾心亦安。西輔戲録予《遊山日記》，已盈八卷，雖不成文，然其勤甚可念也。

日午，一雲遊道人來挂褡，予見其神氣尚清，與之言頗慧。因叩其修煉之功，大半膚雜，心且愍之，爲略指入門之徑。道者瞿然遂造謁，求示津筏。爰歷舉彼法旁門外道以及符籙丹汞種種魔障，欺世造業，無益有損，徒負此百歲仙緣，一生清苦。凡諸惡趣之源流利弊，爲委曲譬而曉之。道士悲泣，亟拜求下手功夫，感其誠而授以存想正訣。登時發願入羅浮某觀，禁足修養，畢此一生，芟除萬念，要求真悟，仰報師恩。堅執弟子禮，四拜而去。

知客僧見道士萍水一遇，已立時悲生悟中，似有所得。於是亦造謁求教，予曰：「吾師鈍根人，貪嗔念重，蒲團上難尋出路。同居兩月，未嘗以正法相規，坐此故耳。但達摩有言，勿輕未悟。我亦平等慈悲，既辱相師，豈忍終棄。」遂教以死心念佛，以觀想眉間白毫，普攝三根，求生淨土之法。頻頻設喻，鑿鑿指點，並示以臨終正念。知客欣然自幸曰：「弟子披緇衣四十年，今始得師。」亦合掌三拜而退。

西輔遂進而請曰：「二氏之學，儒者之所謂異端也。先生不拒而闢之，即已幸矣。乃復現身説法，各袪其習俗之塵，而導以真修之路。意則誠善，不幾速儒生之謗耶？」

予曰：「居，吾語汝。夫二氏之學蔓延中國一二千年，或爲前代所崇，未犯本朝之禁。雖使堯、舜、湯、文復生於二氏盛行之後，其忍無罪而盡誅之乎？抑或能盡使二氏之徒，人人返俗，各授以百畝之産、五畝之宅，以養以教，不至有一夫失所也乎？既無可罪，又無教養之方，彼二氏之流弊既多，真修漸泯，能保無放辟邪侈、以惑民亂法者乎？儼然儒也，人人有師相之責，不此之慮，以求其默化轉移之方，而顧漫然騰口，説闢異端，博正學之虚名，昧經世之大略，未爲通也。」

「且佛者之學近乎墨，而實非墨也。其恩怨、平等、普濟三途，有似墨之兼愛。但墨子之學專務外，不率性以治其心，且欲以其説化民成俗，則足以亂吾教親疏仁愛之等，而示民以難，是故當力拒其説。佛者不然，其志其術，皆非爲生前世法計也，彼蓋有會於殺盜淫邪之惡，皆起於貪嗔癡妄之心。然貪嗔癡妄之内心，實由於利名聲色之外誘，不屏除外誘之私惡，自復本來之善。彼又無孔子爲師，顔子爲友，不能得克己復禮、和平精粹之傳。於是但充其堅忍之力、雄毅之氣，併國城妻子，一切捨棄，獨居於絶無外誘之地，以養其靈明無垢之心，以復其天命無私之性。所性既復，則幽明之理、死生之故、鬼神之情狀，悉能深知。未免慈愍癡愚者之貪殘讎殺，於是始創爲六道輪迴、三生果報之説以牖民覺世，即殷人以神道設教之意也。今儒者果能執堯舜之中，尋孔顔之樂，原可以不信因果，不入輪回，然必欲辭而闢之，如孟子之闢墨，使天下愚夫愚婦皆悍然不畏鬼神，不信因果，肆其貪嗔癡妄之志，於倫常日用之間，毫無忌憚，夫然後從而刑之，亦罔民也。何況釋迦如來實未嘗欲令天下之人皆棄其父母妻子爲僧也。何由知之，吾於其立教之初，不自炊爨，恭率其徒入國城乞食而知之。脱欲使人盡爲僧，則何從乞食。且母亦父之妻也，釋迦倘不欲國人有室，則己亦何必作盂蘭之會報母恩耶？彼蓋自爲其難以深求性與天道，而以其易且粗者作淺説，勸化國民以酬其乞食之惠，而慰其慈愍之心。至其致力之專全在死後，與治世之法絶不相妨。初不似墨子之學，實實欲秉人國鈞，更張成憲，一切以兼愛之飾説，奪仁義之心傳，勢不兩立，故孟子辭而闢之，非得已也。」

「道者之學近乎楊，而實亦非楊。彼其全真葆神，惟求自壽，有似乎楊之爲我。但楊子不能棄妻子，廢人事，而蟬蜕於塵垢之外，復欲以其術變人國俗，將見匹夫匹婦人人但知當爲我，雖君父之恩可以不報，兄弟之親可如路人，師友之琢磨，情禮之施濟，皆無所用，其説行，則天地爲無情之宇，閭閻絶慈讓之風，惡可治世？故孟子辭而闢之，不得已也。道士不然，彼特石隱者流，厭俗出家，而棲遯於山巔水涯，與人無爭，與世無求。而第浮慕夫長生久視，不欲與官骸同朽。是以屏生前之逸樂，固死後之靈明。信能得真傳，修苦行，捨生求道，則譬若水結爲冰，復深藏之九地之下，烈日可以涸溝澮，而一勺之冰能不乾也。江湖可以化桑田，而岷峨之雪可不化也。其理易明，而特以求其道者多屬貪生縱欲之人，又每在富貴滿盈之後，即使真仙相召，未肯捨所樂而從之必矣。乃因其求而不得妄議無仙，是猶取火者不假陽燧而妄億日中無火也，豈通論哉。至道家尸祝老、莊，則其徒好勝爭名，相推爲祖。老、莊之著述，則發明清靜無爲、自然成物之理，以祖述軒黄之治，凡以袪周末文盛之弊而已矣。賢者過之，又多有快意恣情之論，遂越乎中庸之軌，爲後儒所訾。其實皆熱心救世之人，非石隱忘世之人也。道者宗之，其過原不在老、莊，淺學之士，並老莊而闢焉，可乎？《道德》五千，《南華》數卷，人人共見，其間有服食導引、金丹鉛汞之説乎？有畫符誦咒、呼風唤雨之文乎？今人有子孫不肖，尚不可訾議其祖父，又何況非其祖者。且全真棲隱之士，忘世則有之，謂之爲楊朱爲我，壞人世教，則實擬非其倫。何須攻擊，令窮民無所歸哉？至其杜撰諸經，雖無精義，要亦本神道設教，勸人爲善，未嘗無益於夫婦之愚。且二氏書之庸陋者，多屬其徒之贋作，藉以求敬信，廣檀施，未可以是訾佛與仙也。」

「由是觀之，二氏之志術功能，皆在其身死之後，絶不與堯舜孔子爭治世之權，似楊墨而實非楊墨。即使孟子復生，深觀其意，亦不忍辭而闢也。何况吾儕幸生此聖學昌明之世，人人聞道，户户可封，雖有萬千楊墨，家置一喙，亦奚能亂我人心，擾我風化？又何况二氏真傳，已將衰絶。但飢寒之可憫，無恒産以養生。仁人君子尚忍博正學虚名，闢異端以絶人生路，得毋有意驅無告之民，入逋逃之藪，殃民骫法，而後大顯其經濟也哉！吾故望賢士大夫求治者須明大體，救時者須圖遠略，不可似鄉曲小儒，拾古人牙後之餖飣，快口説以誤蒼生，庶其有濟，聊於辨異端及之。」

西輔曰：「二氏各有其真，無損於治，既聞命矣。但頗聞晉宋以來儒有師僧道者矣，未聞僧道之師儒者也。先生反是，毋乃創見，而啟人疑乎？」予曰：「噫，道之所在，師之所在。門户之見，本可不存。轉移之術，於斯可用。所以釋三教聚訟之疑，而共享和平之福也。且釋道尚可爲儒士之師，儒反不可爲釋道師耶？汝何重二氏而輕吾孔子之道？」西輔始悟。

甲申

晴。微暖。欲遊佛手巖，以西輔足疾不果。其疾蓋得之風濕，山居之樂，即苦因也。

乙酉

風寒。薙髮，命宗奴取池中竹筒滌濯之。所貯水尚有竹氣，恐其變水味，當復浸之。澣書衣、被單、汗衫之屬，欲使天池之水盡洗吾垢，庶乎肌骨皆香矣。

晴。風息漸暖，又可小住兹山矣。惜秋衣不耐高寒，又重陽祭掃近，禮必當歸。每對顛仙，惘惘有别離之色，彼土木情猶若是，曷可與生人交也。

丙戌

遣宗慧汲黄龍潭水，遂録近詩二幅貽茂林，以茂林將退院也。

曉起爲西輔煎藥飲之，足疾少瘥。西輔既卧不能起，宗慧及諸僧又各他往，蟬皆蜕去不復鳴，我獨立崖後閒眺。「萬里忽從胸次闊，千峰都向眼中明」，此一境，前乎我者亦未嘗數數到也。

西洋大國有所謂歐羅巴者，去中華九萬里，幅員之廣不亞中華。崇正中利瑪竇者遊小西洋，聞東方有出絲之國，頗通市易，利瑪竇始附賈舶來遊中華。見中華曆法已錯，自請以所學正之。故懷宗館之京師，諮以算學，則千歲之日至了如指掌，於是始延納其徒。迄今欽天監仍用西人，實始於此。予在京邸，曾遊宣武門之所謂天主堂者，即西人事神之所也。國俗所重專在乎此，國王大臣以及於軍民男女在在有堂，七日必一聚。跪於神前，聆神傅講解經訓，大約謂人能不婚不嫁而學道者，死爲天神，享諸福樂。一婚一嫁者，亦可升天，否則墮落。一家三子，則有一二不娶者，專講其道，則國人敬如神明。講之最精，執之最固，爲其衆所推服者，且尊之爲教化之主，位在其國王之上。國王見之必跪禮其足，餘可知矣。其説總以生爲寄，以天爲歸，以絶嗣爲入道之門，以童身爲載道之筏，舉國信之，已成其風俗，千七百年，牢不可破。中國亦漸有信奉之者。予既嘗於相識處借觀其國之圖史經綸，不覺啞然失笑，喟然歎曰：

「譎矣哉西洋國主，蓋忍欺其民而固其位，一姓相傳至一千七百餘載，未嘗有篡奪之禍。蓋惟陽貴其徒，陰斬其嗣，俾其國千七百年未嘗有生齒日繁，衣食不足而爲互相劫殺之慘。倘使其民竊窺其意旨所在，則教必不行。嫁娶既多，生齒必庶。庶則難富，貧則多盜。多盜必相殺，惡有千餘年人不滿、國不敗者。是以其國主旦旦而拜之，捧其足加之以首。其男女之秀慧喜榮貴樂聲譽者，殆絶去嫁娶之念，專心學之。學之既久，復以是教其弟姪。上有好者，下必加甚。風俗既成，誰敢異議。故吾既笑其欺民之譎，未始不諒其安民之心也。中國聖人養欲給求，平情而治，推誠相與，洵爲善道。然從古一治一亂，往往相因，豈盡其君相有司之過哉？生齒蕃則財用乏，稼偶不登，惡能無殍？其所恃以無恐者，『自古皆有死，民無信不立』二語精義，足以永萬年有道之傳耳。」

偶閲前日論二氏無損於治，不妨即其道以治其身。恐迂儒愍其無子，欲令人人返俗，歸入四民，以蕃户籍。將見肆廛壠畝皆人滿而不復相容，然後知食粟用器之家，其名雖四，其實且日見其多，則何也，爲僧尼道士皆相匹而生其子也。不識臆斷者籌及此否？夫理學不可以空談，遈才泥古之士不可以佐治。天下矜辭尚口者，抑又末矣。聊復舉泰西國俗之弊，彼力行之，尚可綿國王之祚，况中國聖人之經哉！

丁亥朔

晴暖。蜂衙忽亂喧，飛滿天井，狀甚驚恐。命沙彌察其蜜桶，則有大黄蜂欲逐其王，沙彌斃之。億萬翃翃始相率入於其桶，殆爭叙勤王功耳。

黄龍潭寺僧削八尺修版爲禪堂、祖堂四楹帖，乞予作新句題之。隨筆書云：「孤月印潭心，鉢裏有龍聽説法；拈花開笑口，坐中多士正參禪。」右禪堂「開山據廬嶽之中峰，本支得地；演法合龍潭之正脈，作祖生天。」右祖堂 又壁障數紙，則其鄰寺所求也。久居不去，當復勞擾，坐是動歸歟之想。

又有數遊客自言以徵租入山，特來隨喜，而僧庖之磨聲復作。沙彌言：「客文人也，頃立四仙祠讀《天池賦》，良久贊曰：『好長！』」

卷十　天香隨筆

戊子

晴，風息。僧與客鬨於東堂，蓋齋罷化緣時耳。予逆料必有此難，而客猶感彼殷勤也。凡人情之加禮於客有多端，惟敬德論交、酬恩道故者無所求，或可以受之不報，此外則當思所以爲報，乃可受耳。客殊夢夢，故與僧鬨。

既不能令，又不受命，此等性習，縱小有才智，入世必窮。人敬我遂輕忽之，人忽我遂怨恨之，此不能進德之驗也。

「敬勝者吉，謙尊而光」，此八字不惟存誠學道人所當書紳，即謀生服賈、垂簾賣卜，凡與世人相接處，要求寡過而樂羣，皆宜三復，西輔識之。

應人求書，至暮猶繼之以燭，所書皆《北山移文》語也。不仕不足高，患所以立，而不敢輕試其學，乃真高耳。

漏三下，烈風撼石墉欲動。靜聽松濤，亦殊有次序。風自下漸至絶頂，息時亦然。故其聲截然止者，又出乎長松上也。澗底之松，雖鬱鬱而少驚恐，未嘗非福。

己丑

風息，雖陰而不寒。茂林長老來取別，兼送予行。有茶筍椿菘之贈，留之小憩。作三緘以附寄諸山，題壁詩皆茂林所樂觀也。

宗慧獻所摘毛栗、山查，食而甘之。渠蓋拾此以歸餉昌、智、盼、霞、萊馥也。西輔足漸健，杖而行之。

庚寅

晴朗可悦，送茂林還山，至厓而返。初擬今日遊五老，明日下山，以西輔足疾改期。西輔必欲踐初約，予曰：「凡事順人情，勿矯强。我亦豈不樂遊者，同遊之人方苦病而不之顧，則謂之無情之遊，正復何樂？且子力疾下危磴，保無顛仆，若躓於户限，傷首時乎？是不惟負氣，使我不安，實自讎耳。和平忠信，守身之印。舉步虚心，爲學始進。」

頃輟筆至後巖閒眺，適濃雲滿壑，自文殊塔西湧如潮，伏流甚駛，白波躍於晴旭下，媚生乎動，又與所歎如錦綿玉山者同妍殊態，可謂出奇不窮矣。以是悟潮秉地氣而親下，故主信而有恒；雲秉天氣而親上，故亦能無心成化，不可測也。潮以方婦人之節，雲以况才子之文。

飯後伴西輔扶杖緩步，以疏其足氣。遂至白鹿升仙臺，視明太祖御製《周顛仙傳》大石碑，高丈二，闊三尺七八，厚七寸。石質堅白而細潤，四百餘年不磷剥。書亦有虞褚筆意，詹希原奉敕書也。碑亭四壁皆闊十餘尺，覆載梁柱，無非石者，又適以山骨爲基，更難傾圮，亦足見當時守臣執事之敬。至是又遣赤脚僧進藥南京愈帝疾，故明祖表彰靈蹟以報其情。可見大英雄、真仙佛皆情種也。天若無情，萬物不生；人若無情，一事不成。

升仙臺望西北湖山，東林寺塔若杯中浮一箬笠耳。自東林南上數里，始抵廬山之麓。壁立而登七千丈，皆砌石層層作磴，行人雖膝與頤接，而履有所受。又可以並行數人，援手拾級同升焉，雖勞不墜。廬山横亘五百里，登山之徑僅有四，惟此爲最。亦緣明初迎御碑，特開鳥道，即此已費不貲矣。交情遺澤，又可以惠我遊人數百年也。

仙臺北望佛手崖，儼若荆關妙繪，眼界一新。於是首崖而步，數百武已憩巖下。仰視其嵌空玲瓏，幽邃窈窕，令人汗不拭而乾，真清境也。巖石層巒，翠碧中界以玉帶，若畫家之冰紋麻皴，横斜錯落，獼露天巧。深入數尋，巖漸低，則有泉乳二滴浮空而落，若疏林雨霽，時復一二點墜陂池者，故名「一滴泉」。又名「雌雄泉」，則以兩聲相應，微有徵宫之别耳。所滴水湛然成池，寺僧煮茗粥，濯澣灌溉，皆賴此一滴之水。竟有湖心見石、溪涸生煙之時，而佛手巖僧仍舊浴香湯消夏，從可悟學貴有源，功貴不息，正不必貪多欲速，而成己成物，皆賴之以不匱明矣。

予有感而悦其泉石之靈，作石罅詩賦數篇。始至僧寮視老僧，則疽發於背，爲之惻然。恐瘍醫妄爲攻下，則僧臘盡矣。遂以詩稿紙爲製一方，以生芪歸黨補正氣，以潰其膿，而佐以清和解毒之藥，並以杖頭錢贈而贖焉。僧意頗感，於是有遲我結茅之意，輒又愧乏買山錢，難踐諾耳。

崖北去亦多奇石，膚色皺秀。衆中一怒躍空際，若石龍之將奮飛者，羅公洪先大書「遊仙石」三字，深刻石唇間。羅固奇士，石工亦不俗人也。天好奇，故生廬山。廬山好奇，故間生一二奇士游咏其上，若名園之蓄仙鶴者。肉食人或譏其瘦，則鶴壽長矣。日晡歸天池，隨筆一笑。

辛卯

晴暖。飯罷書「茂林修竹」四大字及詩扇一，遣使送茂林禪師，就彼乞黄龍潭寶樹子，爲其可種，焚之亦香類旃檀，嘉樹也。

去此廿餘里有碧雲庵者，其主僧聞有蕭居士以愛天池雲久留不去，遂遣一弟子來訪。

目爛爛，面有儒氣，到寺便隨衆上堂誦經，如翻水琅琅可聽。儒家學子過戚里看客，肯入塾背經書乎？習業必專而後成，行止坐卧不離這個，未有愚而不明者。彼沙彌何求於世，而猶若是，何况吾徒，爰記此以爲之勸。

壬辰

晴。碧雲庵沙彌覺意讀四仙祠壁《天池賦》，愛不忍去，立移時始還。呈一詩云：「池生功德水，香滿聚香亭。讀罷天池賦，低頭欲摘星。」价知客求作弟子。予謂之曰：「詩文小道，亦殊障真如之性，原可不學。果能大徹大悟，亦可以不學而能。但既相師，當先從修慧入手，空諸一切有爲相，澄心止觀。如是三數年，然後學支那撰著，正如種桃者意在甘實，亦無難飽看花也。」覺意欣欣然有悟，下拜曰：「弟子今日乃真見祖師。」知客僧退而獨歎，以謂「老衲卓錫半天下，僅得聞居士開示，語語沁心，不枉披緇衣學道矣」。西輔甚嘉其進德，轉述如此。覺意乞書，爲作字數幅而去，於是復欲作碧雲之遊，聞其近上霄峰也。

癸巳

晴暖。遣宗慧汲佛手巖水，一勺之多已不知幾千滴矣。瀑布太奢，此太吝，皆天性也。

不儉不侈，惟吾天池。

甲午

晴暖。遣宗慧詣竹影寺前，取甘露泉水，爲詰旦五老登高瀹杯茗，與匡君取别計也。亦遂將歸，良爲悵然。

飯罷，戲以禿管揮殘墨，題四仙祠壁皆滿之。或仰或坐，以至於伏而書之，大字小字，腰足皆疲。誠苦海，亦殊可樂。

知客僧聞予將歸，依依欲淚。此素所不悦之人，用情若是，彌可感。奈何以好惡臧否人物，學人胸次要覺得人皆可愛，人皆可教，方是見性處。

西輔步履如常矣，重九登五老峰，千古一日，實西輔之疾成之也。劉樵兄弟荷輿至，舁予出遊，情亦可感。淵明二兒一門生，何如我樵。

乙未重九也

晴。雲漾日涼，適可遊。晨餐罷，即詣五老，取徑「白雲天際」、佛手、升仙諸巖壑，迤邐而東。過大林寺，寺毁於火，僧已遁，其址可宅。有小溪，環出其前，捲葉而酌之，殊甘。逾大林則牯牛嶺，登之百仞，又有所謂塔兒嶺，皆可輿度。馬廠一壑最寬平，可容千幕。土人謂明初大戰鄱湖時，曾駐蹕於此，殆野語也。又東南行，入巨壑，七八里長茅没蓋，足所履微淖即礫，輿人苦之。良久至圓覺、萬松二坪，皆謂之五老峰寺。寺僧之鶴其首者，猶未嘗一登絶頂，何况遊客。先是西輔謂五老庵有博徒，亦偶然耳。寺去峰尚逾千仞，壁立如巖牆，了無樵徑。蓋其上多虎，不敢樵也。予初疑峰可聚博，必不高，故久不欲遊，今見其特立如此，何可不一登絶頂，暢我暇矚。奈輿子望之生懼，途人亦諫止其行。適山凹一荷巨木者至，因訊其曾否登陟，則言往隨衆射虎其上，嘗一至焉。徑不受履，有不測之險，似非公所能遊也。予大笑，捨輿而命獵者前導，西輔亦扶杖而從。宗慧挈瓶水荷鍤，因笑語獵人：「脱我跌殺，則就其地埋之耳。」於是乎衆力皆奮，猿引而升。至數里則樵徑已滅，蓬蒿没人。其四旁皆匿蛇虎，不暇顧也。勞倦雨汗，則藉茅小坐，舉瓶泉而飲之。少憩，復登如是，十許刻始造絶頂。則聞虎嘯聲，百谷皆震，予亦和之以狂笑，從者復譁，虎始怖而匿。峰若五指，惟中峰獨高，予據坐中峰絶頂，下臨絶壁。昔人曾於予坐處擲絲繩於壁下量之，得七千六百餘丈，蓋又遠過天池矣。所恨初登時，雲霧四塞，無可觀。西輔甚怏悵，謂六月過峰下，亦即苦霧不見峰，今造極，乃復如此。予遂呼山靈禱焉，祈一覽鄱湖九江山澤之勝，祝已，東南霧拔地平分，若主人之掀幕迎賓。則見長湖千里，亦僅如靈沼澄澈，南康一郡，則沼畔亭也。

白鹿、棲賢諸勝蹟，僅能以樹色辨之，大孤山真隻履耳。游目始竟，則東北雲霧又分擘如簾上鉤，九江條條若繡腸，迴環可數。有直去而氣徑行者，潯陽之八里江也。予庚申乘風而渡，白浪亘空，幾覆舟。今自五老峰絶頂觀之，才匹練耳。置身高處視人低，未始非賢者之過，潯陽江不我嗤也。中峰之左，一懸崖怒立，俯瞰湖漘。往在孤塘，薄暮忽舉頭見此，詫之爲垂天之雲。榜人曰：「五老峰也。」今自中峰俯玩焉，但覺其娟秀可悦。於是徐步而下，左顧而逕造其巔，則有石劖「目無障礙」四字大隸。崖下多石穴，蓋即前虎嘯處也。坐穴上賦詩數篇，噉黄精，飲泉，大樂而長嘯。雲氣復合，峰右如第四指者，高不逮中峰，而石壁奇峭如怪雲，膚色亦媚。青雲故故與之合，其上拄天而聳拔，俶詭森森欲怖人。五老之石皆堅整雄秀，奇崛有勢。無纖塵，木多枯朽不能長。草亦短瘠，則罡風摧折使然也。曩聞遊客謂五老峰上石碎如瓦礫，殊不知牯、塔諸嶺多碎石，峰上則否。豈遊客倦於登陟，想當然乎？

日晡，始揖峰而别，攀援而下。壁草如油不受履，撫獵者司徒全肩，十步一躓，乘勢急趨，每仆輒笑不可止。長茅之中蛇虎奔避，蓋時聞草偃聲也。迨下山至五老峰寺，則衆僧之夕梵已寂，輿者亦飽餐相待，始乘之踏月歸焉。費長房登高以後，誰不於今日嚮高而登？然至若五老峰絶頂之上，則登者蓋鮮，即有之，未必皆重九日也。予至愚且懦，平步一里，輒足弱欲休。今竟能直造峰巔，搴雲霞，覽吴楚，又恰逢九月九日，豈非四十年來，予第一大快事乎！

李太白自謂遊覽天下名山甚富，俊偉詭特，鮮有能過五老者。予則以爲易俊偉以雄秀，始肖峰頭氣象也。圖經載太白情好卓逸，不爲時羈，見五老而奇之，遂卜筑焉。他日將歸中原，猶戀戀不忍去，指山而矢之曰：「期君再會，不敢寒盟。丹崖翠壑，尚其鑒之。」予頃訪太白書堂遺址，了無知者。然揆以地勢，當在峰西北千丈之下，有泉處也。蓋謫仙時尚爲人，不能不飲水。峰下至圓覺、萬松二坪，始有泉脈，故僧寺在焉，豈其書堂故址乎？若在東南則惟白鹿之後，凌霄、九疊諸巖壑或可居耳。太白人品高，後人遂疑非五老之奇，不堪高卧，未暇計飲泉否也。故其詩亦只言「廬山東南五老峰，青天削出金芙蓉。九江秀色可攬結，吾將此地巢雲松」。曰東南，曰青天，曰可，曰將，猶恐是峰下引眺懸想而逆計之辭，未必直造峰巔也。

蘇長公千古奇士，亦未嘗登五老峰絶頂。何以知之？吾於其五老峰詩「偶尋流水上崔嵬」發端一語，已決其倦於登陟。蓋不惟無水可循，且「崔嵬」二字亦太覺擬非其倫。坡仙天才肖物，用字不苟。倘造峰頂，必有奇作，斷不能草草罷也。至若李空同五老峰詩，則猶似湖中仰望之作。試觀「東南濤浪吞，五老古今存。秀色彭湖遠，諸峰廬嶽尊」四語可概見矣。峰頭俯瞰，江湖僅如池沼，何曾見浪濤吞噬與諸峰雄長之勢？即王鳳洲亦僅能一至天池，猶賴郡邑長以多人牽挽其輿，始得上，即夕便返。袁石公奇情健足，有泉石之癖。曾見《遊天池度含鄱遊棲賢三峽》一記，文筆堅潔，幾欲與柳州爭勝。予因是心儀其人，然亦未嘗登五老峰絶頂，何况餘子？石公記事，筆確有宗趣，詩學李昌谷而得其貌，幽怪遜之。

《朱子遊廬山五老峰諸山題志》云：「晦翁與程正思、丁復之、黄直卿俱來覽觀江山之勝，樂之忘歸。」石劖既不在峰頂，且云遊五老峰諸山，諸山云者，非五老峰絶頂可知也。萬松坪下鏡湖庵、象鼻山、青蓮谷、月宫院，雖去峰千丈，然俯視九江、彭蠡，仍如掌紋。《題志》之所謂覽觀江山，未必不在此間耳。

王文成題天池寺爲廬山最高處，其實天池之高較五老峰絶頂猶相亞二三百丈。集中亦不載登五老峰詩，是清雄奇偉如陽明先生，亦未嘗一登絶頂。無怪五老峰之巔，但有虎跡，曾無樵徑。長茅古蘚，滅頂而折屐。吾蓋攀藤援石，頤與膝相拄而登，司徒全從而掖之，猶數數相枕而仆，賴樹根蘿薜掛罥之，不終墮耳。諸公皆振古豪傑，死重於山，誰肯若不肖輕生，蹈此險者，故知其不能遊也。司徒全籍本獵户，往以虎食驛馬，爲有司杖限所迫，羣登此峰殺二虎，折全一臂，爾後亦不復效馮婦矣。前年忽有乘輿客八人至萬松，欲僧導之遊五老，僧不識徑，亦倩司徒全援引而登。輿者二十人，左右扶掖，似不難果此遊矣。乃登未及半，已力竭雨汗，足跕跕望峰而跪，相視歎曰：「休矣乎！即以此爲五老峰絶頂可也。」於是顧問司徒全峰頭所見作何狀，據石而書之於紙，聊以誇示其壯遊而已。方全之樂導予也，逆料其必不能登，則不勞而獲其直。既見予屢仆輒奮進益勇，反有餘力扶其顛，全意始決。然則予兹遊適與全值，謂非幸耶？脱謀之輿子、寺僧，則惟諫阻耳。終其身爲五老峰僧，但知聚博，曾無一人陟峰頂，延覽江山，品又在輿夫下也。

頗憶《太白年譜》載禄山叛後，明皇在蜀，詔藩王某節度東南，王舉兵反。白時卧廬山，王脅致之。已而軍敗，白奔還至松山被獲，繫潯陽獄。宣慰大使崔涣等驗治白，以爲罪薄，且因而薦之於朝，謂白經濟才，請拜官，獻可替否，以光朝列。不報。厥後仍以黨叛事流白夜郎，半道即承恩放還。由是觀之，唐中葉政教雖失，其主臣猶愛才也。夫黨逆重罪也，白雖脅致，不與謀，貸其罪足矣，猶於讞牘薦其才，反請拜官光朝列，乃當宁亦只不報，而不聞責讓涣等，是天澤之氣未嘗離，而求治之誠猶切也。中興之兆，於斯可見。雖不免長流夜郎，又終不果，亦可見當時法網之寬耳。太白恃才氣，傲睨權貴，又拓落放逸，不矜細行，脱生唐末世，難乎免矣。

予弱冠歸寓城南，曾於重九登繩金塔頂，題詩志快，自以爲置身高矣。及今思之，塔不過三二十丈，方之五峰絶頂，僅得三百分之一二而已，何見地之卑且陋耶！雙丰王子往贈予《坤輿全圖》，爲八尺大軸者六，合成兩圜。界以星度，本渾天之三百六十五度有奇，分縮入地毬。形同車轂，則海山國土可計里而畫，不致懸殊。圖中萬國錯錯然，邊幅悉以海爲限。山川人物與風俗寒燠之别，各有紀述。以分野合計中華十八省，暨蒙古、高麗、安南諸外藩，共爲一區，介乎海澨，占地毬二十餘度。然則合大地而視中原，亦猶五峰絶頂之視繩金塔耳。語大莫載，道體之彌綸有何窮極？九萬里風斯在下，正不妨合五峰、邱垤平等觀也。予自得《坤輿全圖》，卧而遊之，覺莊子大鵬之喻，猶在寰中，未離迹象，即釋道之三十三天，亦尚有成數可紀，未爲至詣。必也能復納非想諸天於語小莫破之内，而綽然有餘，庶幾得孔子之心乎？

西洋算法於測高測深，遠如勾股丈量，絲黍不紊。《廬山志》謂七千六百丈，乃昔人於五老峰頭懸崖上墜絲所量，未解測高之法，故云爾也。日星之遠無階可升，其蝕變千古莫遁，非有成數，曷克臻此。是測高奚必繩乎？西洋之山有高至千里及五七百里者，鳥且不能到，何從引繩。非有測高深一定之法，不能量也。彼其視五老真如培塿，然亦未由見大鵬之背自扶摇而上者，視西洋諸山亦培塿耳。怡太賢王妃七旬慶日，諸孫有降襲公爵者，例著方補而龍章，拜於堂下，不覺潸然泣，喟然歎曰：「不謂老身親見其孫著方龍補也。」夫上公，尊爵也。龍補，極品之章也。民公侯得之，尚可以承親之歡，乃太妃不免墮淚。非奢也，生平見夫若子皆四團之龍補，無兩方者，乍見生悲，情所必至。然則彼蒼之視大鵬奮飛，與一蚕一蟲同可悲耳。大小之辨，亦正難索解也。

丙申

雲暖。拜别天池仙若佛，將歸人間，與諸僧揖於雲中。歸途過黄龍，徑行深樹，露下如雨。度蘆林，小憩石上，作一詩據石書之。雲煙滿紙，樵子則隔雲窺焉。既而逾含鄱，下絶壁，足不可停，雲氣亦隨而送之。至歡喜石畔，雲立不行，蓋已去人煙近矣。自此而降，木石禽蟲，卑卑瑣瑣，無事更涴其筆端，於是乎止。憶自出遊到今，正百日也。甲子歲九月十日，靖安舒夢蘭白香隨筆。

卷十一　天香手稿

曉入廬山二首

最喜山迎我，聊攜夢入雲。籃輿收曉翠，高坐揖匡君。水石閟清響，草花揚異芬。從今卧邱壑，遊戲絶聲聞。

其二

七過匡廬下，今朝始入山。此心無一事，身外且偷閒。玉女自殊色，金丹豈駐顔。古來青眼客，都在白雲間。

三峽橋

長湖養風度，三峽衒奇特。千獅伏地吼，真有萬牛力。水石一相鬬，終古怒不息。金井日益深，鐵壁斬然直。輿人亦駭顧，過之生懼色。當其無橋時，欲遊安可得。緣崖溯泉源，支竇皆可塞。胡爲聽其聚，百怪相鼓惑。太息斧無柯，臨流悟剛克。

宿三峽橋寺樓

危樓瞰絶壁，一念不能寂。枕上百雷霆，澗中千霹靂。時時樓欲墜，跕跕身將溺。宿此不成眠，真如對强敵。澶淵可酣睡，信是萊公績。

招隱泉

三峽日喧鬧，此泉無一語。對之消内熱，長夏不知暑。澹蕩比高人，幽閒如静女。我來何必招，知我亦惟汝。橋下瀹新茗，細和山翠煮。試鑑蕭居士，何如陸桑苧。品題居第六，泉心應不許。吾方學沮溺，未暇爲伊吕。

宿棲賢寺北樓

岑樓聚山色，五老北窗東。一榻幾千古，野雲生卧中。月開三峽印，鈴語十方風。那更須禪定，根塵本自空。

棲賢寺北樓晚眺四首

一榻羲皇夢宇寬，醒來雙蝶在欄干。雲中偶見廬峰石，疑是青天補未完。

其二

楞伽院鐘天際聞，寶陀巖下棲殘曛。窗中始識廬山面，回首諸峰又入雲。

其三

滿幅湖山落眼前，佛樓高處畫圖偏。北窗戲枕南華卧，夢入函中至樂篇。

其四

劇憐山色經旬住，喜聽泉聲徹夜醒。第一難爲歸後計，匡廬惟在夢中青。

遊白鹿洞用王文成舒文節兩公獨對亭韻

滴翠滿蘿襟，淩雲一峰見。琴聲雜流水，書幌排晴巘。我本麋鹿姿，喜識匡君面。煙霞恣狡獪，瞬瞬山容變。李郎不終隱，誰入高人傳。忍使鹿無歸，呦呦感殊眷。洞規崇實學，允爲真如勸。得意在鳶魚，何心逞才辯。

萬衫寺和王公十朋韻

藕絲香霧濕輕衫，雲滿僧房翠滿山。天際石幢摇落日，遠峰新霽憶靈巖。

遊秀峰寺用張曲江瀑布泉韻

露草濕高屐，鐘聲出林杪。泉吼百靈懼，雲開萬峰曉。峨峨雙劍石，映日何晶皎。香爐舊鸞鶴，總是能言鳥。梵唱入虛空，曇花芬窈窕。神潭數龍女，各有天人表。風雨聽經來，松濤倍清矯。驪珠向僧吐，一悟諸緣了。

望開先瀑布寄漚舸

瀑布幾千尺，奇觀到此偏。有時雲拂地，翻訝水登天。碧漢亭亭立，驚濤故故懸。靈槎倘能渡，吾欲學張騫。

三峽橋寄内

一藤雙屐出塵寰，君等賢勞我獨閒。三峽泉聲驚客夢，此身真個在廬山。

其二

五老峰頭尚結茅，古來誰似謫仙豪。山妻亦有煙霞癖，慮我驚人不願高。

十三日登廬山絶頂度含鄱嶺

誰傾杯水作湖濤，風起雲中萬籟號。到此欲謙謙不得，衆山惟見我身高。

過蘆林

松杉鬱濃翠，夾道馳蛟螭。碧水自成沼，遠山飛上眉。客來村犬吠，雲過落花知。借問龍潭路，孤僧倚杖時。

宿黄龍寺

棲賢卧旬日，遂作黄龍遊。絶壁七千丈，登之如小樓。人間方六月，天上已三秋。莫訝香山老，長披白布裘。

黄龍潭

萬樹一聲吼，靈山勢欲飛。蟄龍行雨後，斜日帶雲歸。潭水淨如拭，山花紅未稀。我心無住相，何暇印禪機。

即事題茂公方丈

採藥歸來日未曛，靈潭秋思碧沄沄。纖塵不到藏經閣，卧看青山吐白雲。

初至天池望西南諸峰

太乙獨森秀，九奇恣偃蹇。危崖蓄餘怒，虬松媚貞婉。絶壑起炊煙，山農已朝飯。扶桑挂晴旭，左蠡排蒼巘。追憶入林時，聊將學棲遯。心知有此境，必去人寰遠。幽尋快所欲，翻悔入山晚。何故十餘春，看花卧梁苑。

樸園來書謂胡芝雲丈遷楚臬聞而喜之

匡蠡生才定不差，秋卿持節擁高牙。芝雲去作人間雨，我在天池弄月華。

凌虛臺看雨

户牖紛紛似堆絮，濃雲對面移山去。虬松奮鬣作風濤，驚得雷車落何處。山頭雨自湖心來，懶龍欲歸潭霧開。封姨裊娜漸無力，是時我坐凌虛臺。雨罷雲中漏斜日，亂泉聲自雲中起。人間倘欲瀹新萌，早汲清波向彭蠡。

天池七夕

山門與瑶闕，相去尺有咫。我自衣蘿薜，人方闘紈綺。星漢入天池，低頭見牛女。吾家亦七夕，遥爲針神喜。

天池山月夜遥望

璧月不易滿，山陰已黄昏。我來住山上，始覺天有根。遥遥九江水，灩灩浮一罇。鄱湖未歸海，草澤妄自尊。祖龍鞭怪石，砌此萬丈墩。百億凌霄松，龍吟復獅蹲。涼蟾生兔魄，照之清我魂。闌干衆星列，北斗懸寺門。鉤陳落彭蠡，巨魚不敢吞。却笑天池鯽，汝乃齊大鯤。

題天池聚仙亭壁

天池高秀甲廬山，喜見仙祠鶴馭還。萬古清泠一泉水，從無點滴到人間。

其二

香風吹老碧桃枝，戲斸青琳種紫芝。山上月明山下雨，浮雲飛不到天池。

石門澗

向曉微聞上界鐘，青天朵朵玉芙蓉。林梢洞壑煩雲補，澗下香薪仗水舂。石穴生風常卧虎，松陰懸壁學蟠龍。誰人識得蕭居士，已在匡廬第一峰。

山居漫興

蜂衙喧鬨竹窗深，雨後幽花艷石林。目送潯陽孤鳥没，幔開蘿洞晚涼侵。山中蜜有煙霞氣，世外雲無富貴心。雅愛風泉雜仙梵，此間難更覓知音。

天池寺夏坐七首報章門見憶諸君

釋子銜經濟，衙官説清高。都非有道力，易地誇賢豪。我本山中人，卑棲結蓬蒿。所交半麋鹿，執役惟猿猱。愛此百尺松，層層作松濤。虚舟倘能泛，大地同秋毫。巖上綠瞳翁，貽我雙玉桃。一食腰脚建，再食生羽毛。鯤鵬教我飛，萬里殊不勞。六月來天池，涼風日蕭騷。都忘身外事，至樂心陶陶。

其二

飛龍挾雨來，雲勢爲之合。日光時一吐，金鱗射巖壑。雷聲千仞下，雨向人間落。山半挂晴霞，枝頭噪靈鵲。天香倚藤立，多在凌虛閣。却笑老僧忙，攜籃方採藥。

其三

古蘚不粘履，石罅生冒絮。危崖發孤嘯，驚魂失所據。雲上聽泉聲，不見泉流處。聞根自兹淨，寧復競時譽。手把白靈芝，相隨赤松去。

其四

遥嵐飛冷翠，石磴蟬嘶急。徐步入雲中，暗暗衣裳濕。林花時撲面，且在花間立。却悔著衣冠，多年負蓑笠。

其五

松稍挂斜日，天際暮煙起。偃蹇鐵船峰，朝朝澗聲裏。匡君得雲助，面目生歡喜。壁立億千年，截斷江湖水。

其六

潯陽幾千雉，傍水如浮萍。野燒雜漁火，斷續飛殘螢。浩蕩鄱陽湖，黿鼉效英靈。長鯨敢呑月，却畏鉤陳星。天風吹萬舶，仰見匡廬青。誰知絶頂上，有客居南溟。

其七

先秋已黄葉，輕絮不知煖。隨喜出珠林，塵襟借風澣。嵇康眼中事，所剩惟疏懶。午夜一泉鳴，空山月華滿。禪心我能定，綺夢從兹斷。可許白雲峰，補築天香館。

天池寺曉起看雲

居士愛雲如性命，無住心中學禪定。比來枯坐但焚香，消受蓮龕一聲磬。夜分吟卧不易眠，幽涼境中開洞天。長林虎嘯月生魄，松風仍帶飛來泉。山僧叩窗報雲起，跣足下牀忘一履。披衣直上聚仙亭，瓊枝玉葉三千里。我與人間隔此雲，人間富貴徒紛紛。雲端試作蘇門嘯，不是仙靈不與聞。

天人歌

伏日幸小熱，得浴天池泉，甚快。作天人之歌以贈答内外甥姪。

水出天上池，浴吾垢中身。五濁一時盡，依稀似天人。天人在人世，方寸無纖塵。天人作人子，但知慕其親。天人出事君，潔己爲藎臣。天人對尊長，言貌必恂恂。天人處兄弟，怡怡而任真。天人與人交，切偲以温純。天人敬戚族，不分富與貧。天人授生徒，善誘師循循。天人教子姪，好學而親仁。天人遇妻妾，禮意同嘉賓。天人待君子，灑落寓真淳。天人待小人，不喜亦不嗔。天人接民物，煦煦如陽春。天人處得喪，如視山中薪。天人視死生，如轉車下輪。天人修天爵，以覺天之民。

北崖

偃蓋松前試早茶，清涼石畔篆煙斜。天池幾翅神仙蝶，飛去人間學採花。

天池即事

幾人長夏坐涼𩘮，飯罷臨池學右軍。石鼎旃檀烘墨妙，竹林仙梵動鵝羣。巖旁日色下垂地，雨後溪聲上入雲。許借僧廬享清供，有心憐我是匡君。

四仙祠燕坐題壁

龐眉老僧但慵惰，祠壁四穿門不鎖。朅來小憩一蒲團，虎亦參禪背巖坐。我正焚香雲到几，雲歸香亦能行雨。仙人若愛曼殊花，來共天香隔雲語。

聚仙亭曉望

碧落風高夢醒遲，乘鸞人把玉參差。天池萬里無塵翳，滿地晴雲日上時。

文殊塔望東林西林諸寺

溢浦風濤在何許，東林亦只平疇裏。高名幾欲冠廬山，遠公原是知名士。石樓殘照明西峰，塔尖直與銀河通。我在虛空拾瑶草，壺天萬古青濛濛。俯視雲中百泉嘯，斜陽又在長松杪。長松之上萬重山，天香立處無飛鳥。

緣崖望九奇諸峰

山峰藉雲勢，乃欲爭出奇。動靜兩無厭，山行雲不知。我時戴笠遊，手把青竹枝。怪彼飲泉鹿，見此猶生疑。

白雲天際巖

背倚長江面枕湖，風濤難撼是匡廬。尋詩慣坐雲深處，學得松根抱膝書。

尋清涼石不得漫題

聚仙亭下望，那是清涼石。倚杖聽泉聲，陰崖一僧立。

捨身崖獨立有悟

捨身崖下石奇峭，愛之反欲求長生。俯窺跕跕若將墮，達觀事事隨緣輕。萬里忽從胸次闊，千峰都向眼中明。原來怕死必無壽，莫訝名山太不情。

山居夢覺

優曇欲花風籟清，鶴巢籠月松枝明。仙人騎杖下寥廓，銀河落耳生秋聲。夢醒殘鐘隔雲斷，著破雲衣身未煖。沙彌平旦報雲來，呼雲入卧雲猶懶。比來高卧惟弄雲，題詩戲柬雲中君。百年但喜雲中住，猿鳥多情定可羣。

問訪仙亭故址

澗底流雲似渴鹿，壁上古松如怒龍。試問訪仙亭畔路，青蓮歸去倘遺蹤。

白鹿昇仙臺

野人似我真如鹿，六月披裘受清福。興來枕石學雲眠，瑶草琪花相伴宿。飛蝶時時上我身，但見香雲不見人。早知世外容疏懶，悔住塵寰四十春。

南巖

榻上閒雲笑我忙，終朝無夢到羲皇。深溪轉水舂香碓，幾樹蟬聲挂夕陽。

顛仙人碑亭

隨喜入林壑，蜿蜒若無路。巖窮一境現，羣嵐競奔赴。蹴踖立仗馬，高峰乃徐步。俛躬闞絶壁，斬斬欲相怖。倪迂技殊絶，皴染出奇趣。顛仙遯世人，寧復希寵遇。功臣半誅滅，乃竟不忘故。豐碑答靈貺，矗立飽霜露。未隨明社墟，定有神呵護。

中秋凌虚崖望月有憶

中秋月籠千尺松，我坐匡廬第一峰。滿襟收得松花月，懸崖倒影如虬龍。九霄涼露天池瀉，掬水月明秋一把。手揮秋色去人間，家家月浸鴛央瓦。誰知月乃吾所爲，清秋夜長生桂枝。舉頭見月不見我，玲瓏萬户同相思。有情圓月無情霧，隔斷天涯回首處。玉釵横鬢燈垂花，今古紅顔悵零露。我能惜花花故香，彩霞作衣霓作裳。蟲聲滿地月明裏，鏡臺雅稱芙蓉妝。仙人縹緲生秋思，蓋世勳名總無味。風流今夕讓誰多，鑪峰篆作天香字。

偶憩樅封寺寶樹下作

木落葉知本，秋清雲欲高。人間許多事，大半皆徒勞。我非不能爲，所貴齊賢豪。抗志友千古，聲華輕一毛。文章亦多端，雅嗜莊與騷。少小喜放達，萬金等秋毫。三十漸聞道，機心忘桔槔。長思棄家累，偃卧聆松濤。比來入深山，登陟追猿猱。艔封古名寺，壁立荒蓬蒿。惡毀須莫成，既成安可逃。幽蘭慣伍草，亦恥矜高操。何如作寶樹，百丈離喧囂。

佛燈

木韻泉聲溷月明，文殊巖下佛燈青。誰知三昧爲真火，却向雲端訝落星。

羅漢池

碧落在我上，白雲在我下。出世脱塵鞅，乘得無生馬。定關渾不動，一任飛湍瀉。萬壑好松濤，虚聲原是假。

訪仙亭

巖下碧桃花滿枝，長春時節列仙知。壺中日月明於鏡，照破塵心更不疑。

遊仙石

撫松坐危石，下臨不測谿。梵刹出林杪，羣峰爲我低。萬頃一杯水，江雲亦卑棲。枕泉作仙夢，咫尺凌舟梯。

與山僧問答偶成

石林幽邃亂泉多，杖錫雲遊一再過。巖際金光是芝草，不應呼作佛曼陀。

遊佛手巖

深巖鬱靈翠，疑是女媧鑿。石理互方解，横斜成繡錯。條條白玉帶，疊疊相纏絡。不謂亂雲中，藏此一邱壑。

其二

愛彼石膚色，捫之若女手。上方接引佛，巉巉露兩肘。五濁恣貪嗔，人身總辜負。慈聲爲拯溺，化作蒲牢吼。

其三

我坐石罅内，蘸筆泉水中。賦詩不起草，隨意書青空。金仙憩巖端，妙目回方瞳。顧我或微笑，碧霄良易沖。

其四

參差復五指，我在掌中坐。一手擎蒼天，六鼇誰敢惰。崖前千歲柏，悲嘯似憐我。劇悔入山遲，低眉向塵鎖。

佛手巖一滴泉

石沼清見骨，上有一泉滴。緣名一滴泉，迹之聲轉寂。巖中入定僧，聽此如霹靂。天池泉獨仰，相匹爲勍敵。

其二

靈竅不終秘，神髓自吞吐。良久只一滴，一滴乃萬古。恍如新霽後，偶滴疏桐雨。石室絶纖埃，禪心通淨土。

其三

有源則應流，無源則應竭。文章得真趣，變化安可測。我時静聽之，不差亦不息。何當面壁坐，準此製漏刻。

其四

映石一泓清，鑑我如渴鹿。維摩老居士，風趣本不俗。自拾松下柴，僧爐候泉熟。題詩啜茗罷，杖策追樵牧。

留别僧卓巖

秋盡多青雲，歸鴉已成陣。夕照催我行，繁霜點僧鬢。授之蓬島藥，傳以佛心印。無復羡長松，千秋纔一瞬。

凌虛臺看雲戲柬内子

殘月依依傍簷墜，沙彌雅識山人意。林端喚起濂溪雲，石貌泉聲愈清媚。海門日上天境開，罡風吹至凌虛臺。蓮花庵前白鹿卧，芙蓉萬朵姗姗來。雲來我與僧相失，心知我向西峰立。雲行山住我依然，回頭但見僧衣濕。人間見雲不見天，山頭弄雲如白綿。有心攜得雲歸去，把與山妻作被眠。

卷十二　天香手稿

天池賦

天池之山，介乎翼軫之間。月西墜而可捫，日東昇而可攀。跨虹霓而爲梁，倚閶闔而爲關。摘長星之的皪，弄銀漢之潺湲。溯泉源於玉闕，布膏澤於塵寰。面九奇之峰，背石門之澗。左佛手之香巖，右文殊之塔院。慨古刹之荒涼，考前規之輪奂。則有凌虛之閣，飛仙之觀。披雲之亭，赤松之殿。昭明有讀書之臺，洪武勒周顛之傳。詎金石之靡存，等煙飛之易散。其下則有錦澗之橋，繡春之谷。甘露之亭冠其趾，玄猿之洞踞其麓。清涼石罅，幽咽流泉；獅子巖端，砯砰飛瀑。吾嘗捲桐葉而酌，掬漣漪而沐。澆塊壘之胸，洗離朱之目。識廬山之真面，伊豈無人；遂草野之初心，我原麋鹿。

於是躡危磴，牽藤蘿；策笻杖，躋巖阿。怒石騰空而下壓，盤鷹掠展而斜過。嵌瑶纈翠，岌嶪嵯峨。灌莽之深，虎多遺迹；林嵐之險，鵲且難窠。僕夫肝顫而膽落，吾方擊竹而高歌。引首天池，猶作非非之想。竭足力以探奇，喜精神之彌王。既登峰而造極，遂居高而遐望。俯衡嶽之陂陀，挹燕齊之平曠。見岷峨之積雪，若彭蠡之新漲。田疇萬頃，恍龜脊之横紋；巒嶂千重，藐湖漘之疊浪。離黄埃而屏扇，陟丹梯而挾纊。濯予纓於天池，消濁劫之塵障。慨水性之趨下，敬此泉之獨仰。雖旱潦而不變，歷滄桑而無恙。任懷襄之貪嗔，但清澄而廉讓。鄙奔峽之喧豗，嗤飛瀑之擾攘。無一滴之旁流，撫三江而如掌。九河震盪，視同水國之雄；七澤瀰漫，僅屬降王之長。譬洙泗之無波，却淵淵而難量。譬垂拱之無爲，覺太平之有象。譬渭濱之漁父，可投竿而作相。譬淮陰之乞兒，可登壇而拜將。譬淨土之蓮池，映寶欄而清瀁。貯南溟於一鉢，坐須彌於方丈。讀《南華》之《秋水》，勿纖毫之著相。覩金鯽之泳游，悟至樂於濠上。適心性之逢源，忽形神之交暢。觸平生之宿好，寓孤懷之微尚。風前長嘯，召園綺於商山；筆底生花，逐優曇而齊放。舒子於是詣聚仙之亭，踞偃松之前。試龍井之茶，品天池之泉。聽林梢之梵唄，賞木末之吟蟬。發魚山之清悟，聊即景以參禪。

既乃藉野菊之文茵，翳干霄之寶樹。負扶桑之朗旭，裛桂宮之涼露。剪梧葉以爲箋，伐松毛而代兔。捉蟾蜍以研墨，著天池之雲賦。則見翠峰新沐，碧空如洗。巖下白雲，紛紛徐起。皎若凝脂，皓如堆絮。寶日映之，晶瑩化水。雖渤澥之銀濤，猶嫌不靜；即崑崙之艷雪，亦難相擬。其始生之雲，則由淡而濃，姍姍而來。曳裾搔鬢，顧我徘徊。欲窺簾而獻媚，未入抱而先猜。恍玉桃之將葉，悟青蓮之可胎。倚太末而長顰，悵孤亭之摽梅。雲原如夢，我夢如雲。依棲彌月，情倍相親。爰戀我而不去，若知心之友人。我爲雲歌，雲爲我舞。忽裊娜以弄姿，復逡巡而却顧。待舒紈而障面，又淩波而微步。若憐予之修潔，欲相深以情素。破明珠十斛，換絕世之姝。未必若此雲多情，傍三郎而踟躕。散黃金萬億，結豪傑之友。未必若此雲澹蕩，空五蘊而非有。

夫雲性本傲，至天池而忽謙。但容容而下我，未矯矯以穿檐。夫雲動物也，至天池而忽靜。若玉人之曉妝，對明窗而窺鏡。雲又昏物也，至天池而獨清。背晨曦而皎皎，向幽壑而亭亭。雲固高品也，至天池而漸低。若子陵之狂態，遇伯夷與叔齊。雲之心好變者也，至天池而有常。猶蕩子之晚達，比妖姬之暮孀。夫雲慣從龍也，忽起名山之興。薄霖雨而不爲，撼風雷而彌定。樂富貴之浮雲，何若以雲爲富貴。見其聚，則儼若朱提白鏹之充我閭也，却妙無爭奪之虞。見其散，亦奚異金釵珠履之棄我歸也，却免遺貪濁之譏。積四海之木棉，聚三春之柳絮。鋪此崖下，不能百里。兹乃漫漫浩浩，極青目而難窮。奕奕綿綿，亘蒼穹而無際。懸根老松，若怒龍之欲下，攫晴雲而飛入九天也。

雲既爲我而久立巖前，不忍上天池而溷我也。我亦筆不停書，不遑朝餐，猶恐或失雲歡也。雲遷延而繾綣，我揮毫而不倦。我看雲而垂首，雲望我而仰面。我隨意以行文，雲無心而舒卷。雲苟千秋而不散，我亦千秋而不歸。暢予懷之渺渺，適雲性之依依。我書雲而忘餓，雲學我而忘飛。勢將連地軸而不動，伴天香以娛嬉。此吾生之至樂，何衆人之不知。彼浮雲之念重，薄神仙而不爲。繄周顛之仙蹟，卜兹山以爲祠。殆閒雲留之以作主，故明主祀之而不疑。我欹松而操琴，仙飛翔而上枝。我乘雲而冉冉，仙步虚而遲遲。恒相視而莫逆，每裁雲而和詩。更有赤脚天眼，純真導師。皆覷我而旁笑，爲驅雲而不辭。雲乃仙之密友，仙謂我爲云癡。

欲絶粒而餐雲，欲幞被而眠雲。欲編竹而巢雲，欲倚瑟而看雲。欲掃迹以棲雲，欲禁寒以衣雲。欲負耒以犁雲，欲種玉以生雲。欲爲山以興雲，倘作霖以濟物，則幡然我亦行雲。是時也，人間醉夢之翁，若殘雲遇風。昏昏濛濛，不知西東。天涯行役之人，在雲水之濱。車聲轔轔，望此雲而思親。我雖潑墨如彭蠡之湖，不能染白雲而使之烏也。運筆如泰山之峰，不能盡此雲而爲之圖也。讀百城之書，何若看千里之雲。彼多疑而易惑，此一悟而無垠。極文章之妙態，置我身於雲外。倘置我於雲中，便昏迷而興敗。欲訂雲而成譜，恨雲情之狡獪。效機雲之作賦，又迂緩而不快。盍信手以傳真，了今朝之雲債。豈肉眼之所驚，特雲心之所愛。歎陌路之多岐，幸雲衢之無礙。首天閽以翱翔，紉彩霞以爲佩。羌意馬之旁馳，覺雲容之小變。化冰脂爲玉葉，失晴嵐之初面。惜塵世之勞人，望天香而不見。縱撥霧而呼我，隔扶揺之九萬。但引手於雲端，接吾徒之狂狷。天池之雲，自此而香。天池之水，繡我心腸。狀云情於俄頃，奏天籟之宫商。茗椀既罄，爐薰漸稀。衍波都盡，樹影全移。雲窈窕而升崖，若慮我之神疲。始暫與今朝雲别，當更與詰旦雲期。

於是乎投筆大笑，揖雲而歌曰：「雲心兮茫茫，猶眷戀兮天香。何衆草之無知，與崇蘭兮齊芳。欲乘雲兮軒舉，遂遠遊於帝鄉。揮流電之如鞭，約雌霓而爲韁。策斑螭之婉娩，任縹緲以相羊。吸廣寒之月露，酌北斗之瓊漿。洗根塵之宿垢，發心性之靈光。亘萬古而長樂，出生死而徜徉。雲多情而送我，曷同憩於僧房。或暫栖於簷下，或留宿於予牀。吾當抱雲而高卧，作羲皇以上之文章。豈若浪子宋玉，風流楚襄。寄麗情於騷夢，賦雲雨之高唐。犯綺語之大戒，誣神女之貞良也哉！」

天池雜詩

道力驅煩惱，悲歡兩境平。不須存我相，方可學無生。石罅松多偃，雲端水易鳴。晝長天鏡遠，孤坐愛泉清。

其二

竹塢炊煙上蔦蘿，春香樵子一身蓑。峰巒雨亦層層下，登矚人隨代代過。詩力漸於貧後長，愁心偏向客中多。竭來丹碧崖頭望，但有高賢字未磨。

其三

六根無礙即明通，澄澈天池飲玉虹。一扇西窗千尺畫，好山都在夕陽中。

其四

絶頂一泓水，湛然生煖玉。泉味已消渴，山光含寶籙。高松結遥秀，老桂生新緑。我本塵間人，乃向天池浴。何修得此遇，那更知榮辱。却憶萬丈底，秋分暑猶酷。

其五

日光不竭，充塞地天。晝夜輪迴，普曌八埏。分行二道，寒暑遞遷。絲黍不爽，終古無愆。誰實使之，斯豈偶然。得其真宰，是謂玄玄。人生如水，二氣如泉。泉源不涸，萬事涓涓。日兮日兮，吾當愛汝以延年。

其六

罪福因心造，心空報亦空。人天雖有別，終在死生中。

其七

鶴夢先吾覺，琅函枕道書。雨來窗忽暗，雲過竹仍疏。定慧時時長，塵根念念除。但留仙骨在，差許卧匡廬。

其八

落墨無多便欲仙，寶池清冷不生蓮。朝來把筆泉邊坐，悟得詩中一指禪。

其九

俗事不經耳，道心清若秋。何緣古豪傑，汗血思封侯。凡兹共世人，各有飢寒憂。無爲急功利，役彼同犁牛。

其十

且喜天池接帝閽，七香車裏渡天孫。盈盈莫更勞烏鵲，傍水牽牛已候門。

其十一

忍向洪崖又拍肩，俗情都盡即神仙。黄榆紫塞吟魂瘦，早我生天二十年。

其十二

絺綌不成煖，扇中風已涼。天池無熱惱，禪榻有羲皇。翠壑蕃瑶草，鬟雲鬱篆香。塵纓了無垢，朝暮濯滄浪。

其十三

蘭心太幽潔，梅格本孤清。要假冰霜助，無爲怨不情。

其十四

萬籟一時寂，千峰衛旅魂。夜闌鴟搏鼠，風過虎推門。瓦鉢因僧熱，綈袍爲我温。客貧詩境富，巖際寶雲屯。

其十五

記得前生踏踏歌，桃林稀處亂山多。勳名至竟輸牛背，錦片年華但擲梭。

其十六

萬仞秋分後，天池已欲冰。老鴟啼向月，寒鼠夜窺燈。虎過常留跡，雲眠不礙僧。九霄都易到，香夢一層層。

其十七

砌草時時長，爐薰漸漸銷。榮枯皆不息，培覆任人招。

其十八

雅愛匡廬靜，山居已十旬。寺貧僧厭客，燈暗鼠欺人。世味澹於蠟，古歡濃似春。幸無冠冕志，留得薜蘿身。

其十九

遠避高軒入武陵，款關猶自怕人譍。歸時倘遇敲門客，却又疑爲挂褡僧。

其二十

依依又別天池柳，回首丹林尚未空。歎汝一身同落葉，隨風常在去留中。

其二十一

十旬高卧學枯禪，夜夜香雲到枕邊。惜别老僧猶墮淚，情癡何但美人憐。

自天池至五老峰寺示胡生西輔

幽巖適性倦登矚，百日深居若沉醉。時時卧飲雲上泉，非想天中作遊戲。傳言今日是重九，野菊香寒動秋思。僧廬有户未嘗鎖，鳥道無蹤却須記。笠屐翩翩趁瑶鶴，松篁處處生仙吹。塵間五嶽孰從遊，眼底三山我能至。老胡秀才扶杖起，病足貪奇不貪睡。餐霞乘興躡高躅，陟險輕身酬壯志。灌莽没人石齾踝，履外皆空下無地。磨崖大字剥成蘚，卧澗長楹昔爲寺。青蓮谷接凌霄院，五朵芙蓉向空墜。一筇始抵圓覺坪，四壁遥岑耀靈翠。直上猶需萬千步，絶頂方能快吾意。指迷幸遇司徒全，天際清遊自兹遂。

九月九日五老峰登高

萬里一時到，目光真有靈。近顧澄西江，遠盼清南溟。陂陀向東北，九疊開雲屏。犖犖大孤山，隱隱浮一萍。瀕湖兩名郡，各在沙之汀。水亦不敢流，雲亦不敢停。踞坐九霄上，筆鋒點蒼青。艷艷金芙蓉，軒軒入穹冥。海鶴戛然唳，卑飛見霜翎。重陽費長房，縮地非不經。今宵望五老，應傍少微星。

其二

雄秀乃若此，終古足臨眺。蹲獅守靈谷，崩崖露元竅。孰謂鄱湖深，秋波但微妙。虎亦歎奇絶，爲我發長嘯。

其三

晴空戀高躅，四望如琉璃。五老各忻然，速客伸龐眉。中峰遜我坐，四老憑肩窺。風過一聲虎，落筆千行詩。忽起萬丈雲，金光結神芝。懸崖與之合，動靜開雄奇。是真造化文，欲贊翻無辭。

其四

開闢鑿混沌，即應有兹山。白雲來問道，羡我高且閒。揮袖出長風，晴湖呈玉環。人言九江郡，在彼叢樹間。卑卑凌霄峰，數數勞躋攀。從知釣鼇客，乃近蓬萊班。偶與謫仙人，相將戲塵寰。脚踏兜羅綿，八表須臾還。

其五

昔在潯陽舟，仰觀動精魄。棲賢北樓望，疑是補天石。今來絶頂坐，仍敷舊時席。始信薜蘿身，遠隸蓬壺籍。

其六

我初至絶頂，雲霧昏如埃。目下一無見，迷悶生嫌猜。敬祝廬嶽神，氛昏立時開。五峰森怪石，聳秀何雄哉。塵中百丈山，俯伏儕輿臺。鬼工不可畫，女媧洵妙才。區區磊磈胸，萬古同崔嵬。

其七

長雲啟天幕，一勺滄波清。海舶如鳧鳧，歡呼不聞聲。平疇真繡錯，到眼生奇情。條條九江水，濟濟千雉城。三楚一呼吸，飛光躍長鯨。是爲神景通，於焉會無生。我時坐峰頭，飲泉餌黄精。

其八

中峰卓爾立，左右各怒張。石色亘盤古，巖巖競堅蒼。雲本一弱物，傍之皆雄强。偉哉大塊心，造此娱天香。

其九

萬仞一舉足，千巖逐履低。盤鷹見其背，碧落懸丹梯。俯觀桑榆日，指顧高煙迷。我坐虎穴上，巉巉弄虹霓。五峰惟此最，山靈之所棲。照夜自有珠，辟寒自有犀。會當長住此，壽與松喬齊。

醉石

灌纓池畔柳，尚倚陶公石。一醉二千年，何須問今昔。

其二

醉人誰不卧，所貴卧淵明。煉得心如石，壺天萬古清。

留别天池

又避霜風去，炎涼總未勝。擔頭添水竹，雲裏别山僧。石磴累千級，天香杖一藤。但留雙屐在，仙路不難登。

歸途題石

遠寺秋林向客疏，此時猶幸坐匡廬。題詩作别山如夢，我在雲中據石書。

歡喜石

苔痕恍入三生夢，世法都緣一悟輕。愁見半山歡喜石，來時雲在此間迎。

其二

到此輿人笑拍肩，樹根低處起炊煙。石牀小坐生歡喜，回首碧雲高拄天。

雲際下廬山二首

畫理詩情漸不同，眼看凋盡一林楓。亂泉聲裏雲俱濕，懸瀑山頭日又紅。塵事極卑家可念，玉清雖遠路原通。歸來醉卧天香館，夜夜匡廬入夢中。

亞枝風葉學蟬鳴，忽憶前遊動别情。絶頂天池應見日，隔林樵斧但聞聲。籃輿我在雲端坐，峭壁僧從樹杪行。看得須彌同芥子，肯將高手拾浮名。

和陶詩

戊午臘日映雪讀陶詩有感因和飲酒廿首上弘雙丰將軍

其一

暮雪愈明快，遊眺乏所之。朗吟淵明詩，想見傾觴時。八埏曠以潔，酒德良若兹。飲水亦能豪，味道方無疑。慚余不解醉，一編空自持。

其二

採薇亦易飽，寧必登西山。濟世貴崇德，寧必資繁言。先生落塵劫，不欲希長年。詩篇聊寄情，不欲時人傳。

其三

直道共今古，人誰愛其情。末俗飾私智，因之爭利名。孔顏憂世亂，莊老全性生。志業初無殊，寵辱惡能驚。區區小人儒，比比誇宦成。

其四

嚴霜凋弱羽，敢向寥天飛。冥鴻慕高舉，折翅鳴尤悲。孤雲失其羣，雨意將何依。於陵有遺宅，負耒今來歸。耕植雖云勞，精力尚未衰。勉勉百年内，所性期無違。

其五

一雪淨五濁，市聲不敢喧。立賢允若兹，何憂習俗偏。疾風偃萬木，巍然見東山。圍碁未終局，已聽凱歌還。任相得其人，外患奚足言。

其六

衆口鑠堅金，能令非作是。所以志學人，達生齊毀譽。呼牛偏應馬，玩世聊復爾。擁爐看冰山，羊裘傲羅綺。

其七

秋蘭脱豔骨，聊爲衆草英。清霜倘無怨，摧之殊不情。佳人一顰眉，下蔡猶能傾。胡爲兩龍劍，掛壁空悲鳴。掀髯發長嘯，浩氣凌虚生。

其八

獨鶴鎩其羽，終抱沖霄姿。棲烏總無定，繞樹爭一枝。飛潛雖異勢，識者將誰奇。卑卑徇所欲，蠢蠢何能爲。王喬若見招，矯翼離塵羈。

其九

六花無一葉，億萬同時開。天地爲改色，能舒曠士懷。至樂在幽獨，時命何妨乖。鵷鶵思遠害，猶弗羞卑棲。螣蛇雖乘霧，猶尚蟠汙泥。小儒弄章句，動譏世不諧。道爲適治路，語此輒復迷。無怪竹林叟，青盼終難回。

其十

四維何由張，所賴修廉隅。臣貞與婦節，異趣歸同途。林淵忽騰沸，鸇獺爲之驅。試問獺與鸇，果腹應有餘。胡爲亂魚鳥，不使安其居。

其十一

雙公將相才，得力在明道。五十尚無子，蕭然樂貧老。卧疾手一卷，身心任枯槁。我忘公髮白，但覺鬚眉好。魏徵詎嫵媚，忠直爲時寶。矯矯若木枝，獨出青雲表。

其十二

虯松挺勁節，千歲猶四時。炎涼亦常態，霜露皆難辭。人或謂爾拙，至巧良在兹。盛夏不爭妍，後凋奚足疑。回春須大力，弱卉徒自欺。把酒屬蒼松，固窮當共之。

其十三

彭殤原一轍，夢覺爲兩境。四座皆屠沽，莫辨醉與醒。振衣高無難，所貴得要領。不使錐處囊，何從觀脱穎。虎羊若同鞹，寧須誇蔚炳。

其十四

飛霜纔幾時，倏已堅冰至。禦寒乏善策，相恃惟一醉。生死速傳郵，所在皆旅次。可怪暖姝士，但喜身前貴。没世苟無稱，鼎食亦何味。

其十五

吾家業農圃，密邇徐孺宅。湖東颺清風，行吟吊遺迹。賢才僅什一，爵位盈千百。即使官得人，猶難辨黑白。陳蕃亦徒勞，反爲先生惜。

其十六

務本當務農，讀書當讀經。勳業本公物，何必自我成。時平養庸懦，事久生變更。懷襄試經濟，鯀禹分逕庭。重華實潛龍，三載不一鳴。恭默裕霖雨，慰我蒼生情。

其十七

憶昔登嚴陵，緬懷高士風。漢東誠可仕，卒隱漁釣中。顧我何不才，射策求自通。感此擲柔翰，罷獵無須弓。

其十八

弱冠業虛文，亦嘗務苟得。漸知患所立，始悟初心惑。人情惡苛斂，士習矜變塞。民吏既相讎，誰復憂君國。所以陶徵士，銜杯學淵默。

其十九

讀書三十年，不覺臻强仕。禄養已無及，求伸慮枉己。聞道殊未先，雖賤不遑恥。但思春事作，負耒歸田里。農隙戲丹鉛，得善聊私紀。名山詎敢藏，良用師仰止。幸無膏粱癖，一飽尚可恃。

其二十

貧交亦頗衆，難得如公真。聰明不敗道，學養何其淳。追陪逾五年，舊情彌日新。耆灸有同味，何論吳與秦。深心絶淺語，至性離纖塵。於我獨嗜痂，禮貌偏劬勤。慚無分寸長，負此平生親。欲别輒垂淚，遂久迷歸津。公守帶礪盟，我著漉酒巾。雲泥雖異趣，同作升平人。

和淵明雜詩十二首答印香將軍霞軒世子之問兼呈永大貝勒丹益亭上公

丁巳

其一

積善可崇德，山嶽基微塵。無爲小丈夫，汲汲利一身。物我不能化，鄙陋誰與親。孤生亦孤死，骨肉如比鄰。高義久落落，不翅星在晨。何期兩王子，尚友羲皇人。

其二

青松抱奇節，托根在重嶺。雲壑鬱蒼翠，因之點寒景。徘徊聽風濤，日暮衣裳冷。陽春别已久，晷短憐宵永。剪燭各回顧，人人對孤影。結駟擁高牙，壯心思一騁。途窮始聞道，性體原虛靜。

其三

得隴必望蜀，人慾未可量。果傳縮地法，反傲費長房。循環無初終，何者爲中央。太極握元宰，平半分陰陽。治亂古相準，先儒空斷腸。

其四

守雌任自然，吾最服莊老。齒亡舌猶存，壽命可長保。道原同矢直，性本如弓燥。性道不相違，致身何必早。將軍好禪悦，妙理盈襟抱。恥學名都篇，走馬長楸道。

其五

大孝未易稱，厥功在底豫。祥麟與威鳳，德至自騰翥。玉笥黯愁雲，孤翔不忍去。九歌裂金石，短節懷長慮。鄭袖癖申椒，芳蘭豈能如。行吟寄怨慕，卜居商去住。畢竟赴湘流，嗚冤亦無處。何妨學守辱，懵懵銷疑懼。

其六

至樂在平淡，無憂亦無喜。凡愚乏深識，務作驚人事。此得彼必失，稱心緣敗意。榮枯相倚伏，盛年難再值。羲和性浮躁，縱轡各奔駛。勉旃竭吾誠，是非可姑置。

其七

諸賢學强恕，性善非督迫。玉葉離雕鏤，芳聲騰綺陌。我質同蒹葭，蕭條風露白。但覺煙波寬，詎憂雲路窄。感君知我拙，始作王家客。苟弗事忠告，何如反敝宅。

其八

民生無多途，所恃惟農桑。織女安敗絮，農夫咽秕糠。輿臺厭錦綺，犬馬輕芻糧。逐末恐戕本，抑陰當扶陽。文王真聖人，視彼恒如傷。閨門裕身教，雅化流遐方。豳風最宜人，歌此聊稱觴。

其九

爲學始誠意，制之非一端。禮法爲藩籬，勿隨外物遷。念從廣漠起，引至蓬萊巔。腐鼠詎敢嚇，高霞良易滄。聲色固可娛，畢竟多邪緣。吾嘗墮此障，愛玩過詩篇。

其十

麗賦亂人意，荒唐不可稽。楚襄才宋玉，豈盡無顛崖。名流厭卑俗，寄託舒狂懷。猶言芥子内，休休納須彌。詩禪既破參，作語翻迷離。終當意逆志，莫爲塵網羈。吾目爭三光，一指能蔽虧。

其十一

樂生謂蓮裳弟負奇才，歌嘯殊悲涼。著作方鄒枚，先我來遊梁。相視即莫逆，豈僅憐同鄉。君侯幾面失，何况葭中霜。閒平信賢藩，禮士知所長。

其十二

吾王服恭儉，振振大君子。軒軒賢父兄，桓桓自相倚。限韻徵芻蕘，言多愧條理。

和陶詠貧士寄懷葉石屏楊執吾涂西橋三丈

其一

孤雲不出山，何至失所依。無端學爲霖，冉冉彌春暉。飄風殊忌才，吹作旋蓬飛。轉羨樵蘇人，日暮行歌歸。對此發靈悟，至樂忘輖飢。飢寒固可憂，且免岐路悲。

其二

衛公昔好鶴，亦使乘高軒。胡爲學道人，反恥居田園。吾形實委蜕，寧必圖淩煙。志降身始辱，心清理易研。假令身化鶴，乘軒奚足賢。

其三

三子極繡淡，各有無絃琴。南中金石交，獨我知此音。錢神既絶迹，病魔復相尋。憂之不能寐，薄酒聊自斟。慚余拙彌甚，殊負遠朋欽。映雪和陶詩，一寄平生心。

和敬修擬淵明懷古田舍詩韻

其一

華燈照一室，衆星反不如。螢火細已甚，聚之可窺書。從知貴守約，窮大乃失居。吾儕太平民，生涯在犁鋤。鼎烹非所羨，累世甘園蔬。春氣日昌昌，負喧依敝廬。泉聲浣塵耳，聽我言太初。

其二

太初不賤貨，太初不貴德。並無貴賤心，君民如氣血。一體相流通，何須妄分別。羣臣爲股肱，萬物爲毛髮。痛癢無弗同，寧忍互殘滅。慈烏自能孝，孤雁自能節。率性之謂道，經書亦饒舌。暮三與朝四，衆狙已大悅。狙公殊未仁，障目欺明月。

寒夕讀蘇和陶詩歎其知言偶用神釋韻作一首寄長六兩姪

見事貴明決，無微不成著。遠公絶靈運，實以心雜故。典午祚將盡，何勞別攀附。鷹鸇與鸞鶴，詎可同年語。倬彼陶先生，蕭條寄何處。酒德獨無僞，聊向此中住。自謂羲皇人，寧須悲歷數。東坡晚乃悟，貧不賣酒具。死生尚餘事，「生平萬事足，所欠惟一死」，東坡語也。遑復計毀譽。舟楫徒勞勞，終隨逝波去。吾寧學槁木，無喜亦無懼。滄桑一彈指，何從作遠慮。

子由有云：淵明不肯爲五斗米，一束帶見鄉里小兒，而子瞻出仕三十年，爲獄吏所折困，終不能悛，以陷大難。乃欲以桑榆之末景，自托於淵明，其誰信之。嗟乎，子由殆恐後之人議其兄不審進退，故作此悲憤語耳。究之，淵明、東坡遭際不同，出處遂別，所謂曾子、子思易地則皆然者也。吾姪幸勿以躁進訾蘇，亦勿以忘世疑陶，則兩得之矣。叔又筆。

和詠二疏寄兄子長德

太傅好兄子，樂隨家長去。少傅好叔父，獨識止足趣。兩賢志道合，聯翩事高舉。漢宣終有道，二疏猶作傅。若都未出山，寧須問歸路。孟子昔出晝，一宿一回顧。胡爲侈祖帳，略情希令譽。殆以廉勵頑，潔身修本務。淵明殊不爾，不繪以全素。東坡惜早仕，到晚始大悟。雖皆詠二疏，各有傷時慮。吾生太平日，不樂詩名著。

和乞食寄兄子建侯

吾子貧且病，乞食靡所之。肥馬不易逐，風塵安敢辭。衣食固難得，富貴羞儻來。今年壽雙親，歲暮無一杯。癡叔拙彌甚，依人聊賦詩。飢寒亦其分，所愧都非才。刺繡不倚門，伊戚誠自貽。

用陶詩歲暮和張常侍韻呈家兄霎亭小千兼示諸姪

蘇和陶序云：「十二月二十五日，酒盡，取米欲釀，米亦竭。時吴遠遊、陸道士客於余，因讀淵明《歲暮和張常侍》，亦以無酒爲歎。」蘭不飲，不歎無酒，故用其韻而不和。

吾親不及養，歲暮悲窮泉。所懷日萬端，握管無一言。少年苦尚氣，束帶猶厭繁。中年戒覆疏，慮獲乾餱愆。逡巡不敢進，聊復棲小山。淮南共歌嘯，八公資往還。館餐寧所戀，情禮相羈纏。倏忽近强仕，蹉跎將廿年。臨淵愧吕望，繼志非史遷。立言與立功，兩志俱徒然。

和陶述酒韻述懷呈七叔父洎玉書正思兩兄

讀書頗亦久，於道未有聞。漸知學内省，義利隨時分。譬彼月在水，顯晦因流雲。遊心資六藝，好古稽三墳。偃卧或至晡，兀坐恒侵晨。名韁雖易斷，意馬真難馴。職是不敢仕，且務修吾身。阮嵇距疏懶，董賈原忠勤。識高徐處士，節慕陶徵君。養生期淡泊，染翰滋穠薰。寄托偶在兹，豈欲工虚文。遊梁謝枚馬，講學師河汾。天花固寂寞，落蕊良繽紛。守此邱壑情，慰我骨肉親。述懷同述酒，所癖殊伯倫。

和陶公責子誨兒普讀

俗士矜浮華，儒家貴篤實。先生責子意，豈僅在紙筆。要知沮溺輩，本是松喬匹。窮達聽身世，行藏賴經術。怨愁詩莫四，啟發辭皆七。論語譬簫韶，法言方爵栗。體用不相應，胸中定無物。

和癸卯歲始春懷古田舍二首貽敬修居士

其一

寳峰築菟裘，宿諾倘能踐。慧刀割魔事，庶自此生免。力耕情可繫，出世思殊緬。小水不風波，溪流泠然善。騎牛吹笛去，一笠秋聲遠。日落山層層，孤雲亦忘返。羨汝龍邱雙溪之南源，敬修居也。下，垂綸對清淺。

其二

敬修既主我，豁然忘賤貧。荷鋤帶經籍，用力良益勤。不爲俗學牽，刻意追古人。古人骨已朽，咳唾猶光新。世福僅俄頃，富壽非所欣。枯蓬入苦海，豈復知歸津。蕭蕭木石居，依依魚鳥鄰。於斯索性道，尚友無懷民。

還舊居和東舍弟文略

昔者偶出遊，八載尚未歸。新知苦難割，死别旋相悲。人壽若燈光，一滅事事非。情遷動成感，境過皆如遺。是以柴桑君，息交靡所依。吾寧受飢寒，不樂受解推。早爲衣食計，勿待筋力衰。耦耕幸有弟，談麈猶堪揮。

蠟日和東西橋姊丈爲卜隱居

東南有佳境，氣候常清和。山水不改色，草木亦易花。西橋好遠遊，所遇良已多。何村可卜築，足使吾嘯歌。

和陶悲從弟仲德韻悲從兄儼思本立炳文程立寧周翔皋諸先生

近宗本貧弱，羣從復凋零。初心悵仳離，此別悲幽冥。驚禽喜同集，散木欣叢生。秋威假霜立，草德隨風傾。寡嫂目俱槁，諸孤學未成。孰知秉厚性，舉弗臻遐齡。八載屢功縗，頻年多哭聲。矧余守迍賤，何力支門庭。空抱折羽痛，彌傷遊子情。返真定適意，入世徒寓形。淒淒長漏中，耿耿百慮盈。

和陶問來使答荊州將軍來問

書來正雨雪，開緘皎雙目。忽憶送君時，籬邊裊殘菊。麟角毓天章，蘭言當袖馥。江陵好山水，夢裏經行熟。

九日閒居和除夜酬索玉齋額駙

元旦與除夕，欣戚隨境生。所以欲立事，必思先正名。民時始正朔，爕理資欽明。望道恥後塵，裕化基先聲。煌煌稽二典，語語垂千齡。堂堂歲月馳，煦煦葵藿傾。勿興遲暮悲，勿羨朝槿榮。離居易生感，達性期忘情。積學等四序，奈何希速成。

與殷晉安別和除夕酬内兄蠡湖

除夜愈懷舊，客夢良已勤。悠悠總行路，愛我惟交親。寒星射重簾，爆竹喧四鄰。斯時憶天台，在昔悲劉晨。一絲秦晉合，半載人天分。石火僅遺響，鏡花延古春。依依金粟影，黯黯西湖雲。聊酬相攸意，未了平生因。我方學固窮，詎暇憂賤貧。倘能副兄望，不枉勞冰人。

和陶形贈影影答形二首呈徹悟和尚洎坳堂鏡川果泉三丈

其一

影幻形更幻，生滅曾幾時。蕞爾五濁中，遑遑欲何之。業力轉相迫，報緣在今兹。脱復戀此形，輪回無盡期。影反得自然，任運靡所思。愧我恒累汝，悲來共漣洏。荼毗真善法，形影兩不疑。虚空亦粉碎，一笑忘言辭。

其二

影曰吾本無，光明憐汝拙。令我護持汝，終身不相絶。汝若無汝相，我與佛皆悦。和合即苦惱，清涼在離别。勿謂空是壽，頑空亦終滅。三公善知識，入世忘冷熱。昔在徹公坐，舌海都不竭。獨我似孤影，追隨慚薄劣。

和移居二首呈家兄甕亭小千兼酬敬修

其一

忽欲居南城，亦豈卜其宅。樂就吾兩兄，清言永朝夕。嗟余不入世，猶尚爲形役。曷敢云卷懷，所恃心匪席。面膏任盈虧，襟期仍宿昔。笑謂左右手，汝幸無離析。

其二

百事不樂爲，胡爲和陶詩。竊喜斯士吉，雅欲私淑之。一真滅諸妄，萬象成於思。安心守愚賤，便是羲皇時。敬修佐予遷，負笈同來兹。賦此報幽意，片諾曾無欺。

和淵明始作鎮軍參軍經曲阿一首示從孫啟謨呈吾族諸祖父兄 有札

恭王孫頊始嗣爵，差慰歎逝之懷，便擬南下。荆州弘將軍因辟予佐其戎幕，自信迂疏，無所可用，已具箋辭，會須得報乃歸耳。諸父兄既有前聞，度歲内已遲其至，爰寓書啟謨孝廉，俾敬告焉。香叔白。

淵明懶折腰，却肯裁軍書。愧我一無能，學古百不如。何暇釣磻溪，但喜遊康衢。迹雖都市近，意與冠蓋疏。偶感王子勤，暫令歸思紆。果辭赴江陵，到家須閏餘。時平罷草檄，養拙仍閒居。公如上鞲鷹，我若脱網魚。父兄雅相信，度弗疑牽拘。諸孫比松菊，益使懷敝廬。

擬陶詩飲酒八首寄長德建侯　壬子

其一

平生不嗜飲，到今方喜醉。涉世雲浮浮，慮險心惴惴。詭遇多捷徑，從上每顛躓。孫陽譽駑馬，聲價倍騏驥。胡爲不自逸，常抱千里志。頹然一杯盡，聊復成假寐。

其二

從兹志温飽，不樂貴其身。負耒學農事，田園亦已春。畦東一泓水，風動波粼粼。鑑此懷古賢，入世徒損真。

其三

前賢貴勳德，此義該窮通。寧獨無遠志，進取羞雷同。力飲唾面酒，勉栽棲鳳桐。猗獟竹林叟，插翅追晨風。

其四

太平無闕事，處士何必官。城南好耕鑿，得飽殊未難。春釀足餘生，披褐聊禦寒。誰能辨榮辱，百歲如鶩丸。

其五

孤檠照良夜，四壁生光彩。初心本無垢，逆詐意方改。淡定得真吾，虚名偶然在。掩冉受風竹，襟期共瀟灑。

其六

樂事在窮理，用世當寡慾。一身宰萬變，惡可任枵腹。渴飲步兵酒，飽看南村菊。落照生微涼，池臺浮萬緑。

其七

學道如藝蘭，幽香聊自娱。求名似鵜鶘，竭澤乃得魚。忘機最適意，真樂良在余。歡然杖藜行，影動形亦俱。

其八

秋樹護殘葉，摧之傷客心。明河懸屋角，況復多寒砧。嘤嘤當户蟲，盡作哀絃音。感此不成寐，銜杯方苦吟。

藩邸客夜和陶詩擬古九首誠兄子春兼示諸外甥子姪　己未

其一

淮南愛叢桂，並愛先生柳。我自柴桑來，相依日已久。情真類親戚，禮更過賓友。設醴何其勤，憐余不知酒。兩山迓笻屐，每恨遊多負。攀枝才既弱，追馬顔逾厚。竊比河汾儒，王前説三有。

其二

至道本沖漠，無初亦無終。機心涴純白，方寸斯興戎。饋漿諷子聖，執爨誇賢雄。幽蘭質良弱，煦煦生光風。仲子升堂人，猶且商固窮。莫言守節易，過激反非中。

其三

貽謀難備述，試各舉一隅。吾家在東周，失爵始姓舒。初祖提學公出皖山，奉使來匡廬。雙溪美風俗，解組方卜居。宋大觀中也。書田爲世業，迄今未荒蕪。故我惟力耕，汝輩當何如。

其四

高文無實行，書田亦仍荒。甲第非肯構，立德乃肯堂。俗學矜微名，望道殊茫茫。制藝可明經，差勝築詞場。究之視聖學，何翅嵩與邙。儒術慎誠僞，治效分低昂。父師不講此，安能有義方。汝曹失衣珠，忍使吾心傷。

其五

枉道學干禄，節行惡得完。縱使珥貂蟬，何異沐猴冠。爲邦固空談，聖帝師孔顔。周南啟風化，亦只鳩關關。治忽由寸衷，感召非一端。修詞不修身，徒自招譏彈。奈何學鵰鶚，不務爲鵷鸞。園林乏松柏，何以禁歲寒。

其六

高祖文林公勇爲義，所志恒在兹。席豐恥自奉，屢值飢荒時。傾囷濟鄉里，涸鮒甘澠淄。其間一權豪，妒我生嫌疑。公曰拯衆溺，滅頂奚忍辭。曾祖奉直公性仁訥，言動輒再思。屋漏棲明神，雖暗不敢欺。嘗聞拒奔女，村佃某鬻妻爲媵，將行矣，適公過宿，指一囷贖之，其母德公，潛遣婦入侍，拒不納，且教以禮，真盛德事也。厥姑自言之。公轉爲婦諱，是用傳諸詩。

其七

吾祖威遠公兄從祖刺史公，至性真孝和。一乳同日生，鹿鳴同日歌。可憐從祖没，祖淚何其多。辛邑馴傲象，永川有弟訟兄者，吾祖折獄時追念從祖，痛失聲，其弟感泣，卒爲善。載《南州郡志》。箋詩廢棣華。汝曹亦兄弟，視此當云何。

其八

吾父中憲公秉正直，萬里爲宦遊。添孫適同日，春初度適與祖同秋，八月十四日也。時在迪化州。命兄璺亭觀察教爾我，質厚親儒流。問學源六經，博識登九邱。終窮未足恥，顏閔齊伊周。富貴既由天，執鞭亦奚求。

其九

崇蘭只自媚，幽芳我能採。學古但有獲，非之可無改。叔癡比精衛，銜木欲填海。四十未聞道，餘年復何待。所望在汝輩，言行寡尤悔。

和陶詩連雨獨飲懷楊丈少晦 附札

長德書中謂有方其文於楊少晦者，少晦未易才，往見其與蘭雪書，謬稱余詩。余於詩未必知，然其文則誠善矣。以是思見其容貌辭氣、粹然之風，汝識之否？聊復和此章懷之。香叔白。

吾少本末學，賦詩特偶然。放心馳不收，乃在犧農間。一本此韻作聞，或作關，東坡和二首則皆間字。坐此益枯寂，亦匪希神仙。死生僅百歲，今古同一天。區區蟪蛄聲，鼓翼爭相先。斯人遂獨酌，絕迹誰往還。楊子吾神交，識面須何年。名山共風雨，晤對應忘言。

和淵明挽歌三首哭怡恭親王

其一

天容亦愁慘，薤露何繁促。賢王不虛貴，功在名臣録。累葉析桐圭，高霜摧若木。我受東山知，敢忘西州哭。交情忽中斷，幻夢已先覺。平生説忠孝，從不計寵辱。忠孝既無愧，可云萬事足。

其二

隻鷄陳廣殿，我亦奠一觴。祭品縱山積，知王先我嘗。太妃號宫中，三孫跪柩傍。可憐不知哭，兩目睊睊光。王長孫始七歲。見之徒增悲，盍早歸吾鄉。何辭慰王母，此慟殊未央。百日後恩命王長孫襲爵親王，入尚書房讀書，異數也，足慰母心。謹補注於此。

其三

王薨適重九，王生端陽，忌重陽，亦奇。丹林正蕭蕭。既晦遂移殯，悲風號四郊。煙塵遏西山，勢欲爭岧嶤。天聲助人哭，夾道鳴枯條。憶昔從王遊，王殯宫在柏林別墅。過此多春朝。詎知有今秋，爲時曾幾何。世子復先没，慘極恭王家。憂思豈勝言，聊和三挽歌。我轉憐應劉，不幸知東阿。

懷人詩十三首和陶讀山海經韻 並引

家兄小千頃再至京邸，擁爐夜話，屈指四方親舊曾唱和者，或文字相知，或素心相許。交非有爲，義本難忘。短夢重尋，已間生榮落之感。隨所歎憶，聊步韻合綴數言，百無一肖，亦不復詮次齒德，初非有意以山海珍奇喻諸賢也。

其一　宋曜寰師

吾師既遠戍，人事日益疏。被褐懷連城，寶氣盈氈廬。夜雪等身積，肅然方著書。先子攸好德，式之遂停車。片言契金蘭，小酌陳冰蔬。命予執經從，絃誦與道俱。忘年商聖學，抵掌話雄圖。墓柏儵森森，泣拜空漣如。

其二　陳從周明府

陳侯志不朽，積善聊駐顔。愁容勸民心，豈有衰朽年。絃歌對雙溪，面面窺名山。此際足千古，歸來無一言。

其三　李崙漾外舅

嗜學不嗜仕，樂道安林邱。翁家固多才，志節誰與儔。獨行朗玉山，高枕環碧流。飄然遂長逝，五嶽應神遊。

其四　方坳堂方伯胡果泉觀察鄂五峰侍郎

三公不識馬，識詩類孫陽。聯鑣韻苦窄，追和鞭空長。退食日孤吟，粉署凝秋光。人前誦我句，莫辨驪與黄。

其五　王薌南別駕帥丙君姊丈蔡澹薌孝廉周東帆妹婿

志士甘阨窮，偃蹇不自憐。有時同得句，仰眺百丈山。達生良適意，好古斯忘言。醉鄉爲寓公，何暇悲流年。

其六　劉亦尹太史蔡眉山檢討楊雪樵明府

學道既有聞，言行愈訥木。嫋嫋風中蘭，煢煢老空谷。躬耕牛幸肥，婦織蠶始浴。篝燈賦新詩，不羨金蓮燭。

其七　永從公輔國霞軒親王李介夫編修

猗歟兩王子，奕奕來芳陰。怡邸別業。清言漱文玉，好鳥鳴竹林。介夫亦同遊，叩寂求元音。凌空幾笙鶴，渺渺傷余心。

其八　趙漢青許桐柏詹樸園三令尹

漢青羲皇人，作令違所長。桐柏亦豪飲，器識皆非常。樸園千里駒，不聚三月糧。彈琴治小邑，所樂咸未央。

其九　張晏如貢士戈莊谿主簿魯雲巖明經胡黄海廣文

四君絶靜慧，飢驅事奔走。所志雖難同，初心總孤負。閒情繪邱壑，刻露良稀有。好句不逢時，清聲落人後。

其十　鉛山三蔣謂香雪秋竹藕船也

藏園老祖師，一鉢大於海。鯉庭出三宗，禪燈宛如在。詩原喜寒瘦，品自離尤悔。我過東林時，鐘聲遠相待。

其十一　吴茗香蘭雪樂蓮裳三弟

三子並才絶，遠遊爲甘旨。茗香質尤脆，失路已先死。矯矯西江詩，栖栖東郭履。我嘗謂吴樂，名山伊可恃。

其十二　郎蠡湖别駕方瀟堂司馬

蠡公性明達，雅慕古高士。鴟夷泛五湖，風流在知止。司馬負奇識，立志彌卓爾。開遍石門花，春心向才子。

其十三　縷香寶公汪巽泉榜眼

香公襲世爵，綽有翰苑才。巽泉居玉堂，却喜吟歸來。絶倫始超羣，合論何須猜。崎嶇步散韻，即興良悠哉。

官箴詩　有注

己卯夏，吾友胡果泉赴潮陽觀察使任，爲賦十詩，怡王適過予，見而賞之，題曰《官箴》，非不佞敢戲作箴也。夢蘭自注。

其一　端表率

數郡奉一長，言行衆所瞻。察吏苟無術，何貴君獨廉。水懦固溺人，亦勿空炎炎。端居撤障蔽，視聽周閭閻。

其二　獲上下

勢位偶相隔，畢竟同一情。我苟立成見，人心詎能平。鱷魚雖異類，服之以至誠。前賢歷盤錯，游刃何錚錚。

其三　睦同城

相如下廉頗，史稱識大體。文武職雖分，其義猶兄弟。鬩牆招外辱，邊釁於斯起。會當聯以情，又必閑以禮。

其四　修武備

太平雖偃武，兵備却宜修。監司與有責，賣劍兼賣牛。但使賊知改，詎忍言苛求。民心不揚波，大海成金甌。

其五　恤刑獄

捕兵多賊友，所獲半爲賊。俗吏貪此功，鍛煉相羅織。往往殺無辜，真賊反猖獗。吾子善平反，正好培陰德。

其六　務儲蓄

歲終詰倉儲，幾成告朔羊。所貯苟不實，何以備凶荒。彌補亦虚文，適足飽貪囊。苟能禁侵盜，不患無餘糧。

其七　抑浮華

俗奢則易貧，奸盜所由起。要先懲游惰，富庶方可恃。大吏去民遠，教自宰官始。舉措得其人，風聲若流水。

其八　節嗜慾

匹夫縱多慾，所破僅一家。民膏甚有限，何足供爪牙。從古大君子，窮達無少差。良由治此心，不使萌慾芽。

其九　矜細行

賓親期久敬，言動戒輕肆。吏胥日進見，喜怒妨窺伺。博弈可陶情，耽之殊費事。飲酒雖云樂，亦足昏神智。

其十　減僕從

一琴須一童，一鶴乘一軒。琴鶴尚足累，何况獺與鸇。勿爲虎作翼，勿爲棘作根。誰能喚君實，乃可司吾閽。

南征集

庚申八月十二日出都，十一月十五歸至南昌，凡舟中所作詩詞，悉載此集

舟中月下酬戴蓮士先生　是日登舟

今夜張灣月，京華百里明。閣中霖雨意，江上故人情。淡定資禪榻，行藏倚化城。忍將舟與楫，唯自濟浮生。

其二

止水澄秋月，繁霜咽候蟲。幾人清若此，吾意獨明公。去住偶乘興，延緣却望風。感知兼悵别，蕭颯荻蘆中。

中秋日放船

張灣若憶章江水，定有香痕在船底。南雲北樹正中秋，百日之遊自今始。一波一波斷復續，殷勤送我歸桑梓。河伯多情宜致禮，焚香揖拜蘆花裏。嗚鉦發船船乍駛，小監大譁如

見鬼。諸邸遣内監相送，有弱冠不識舟者。憐渠弱冠怯半渡，歎我孩提行萬里。吾生未及晬，從宦出遊玉關。九年垂翅居樊籠，一旦脱鉤同鰋鯉。雙溪冷淡不思海，中有菉蘋交白芷。泠泠恥作出山聲，詎肯輕流入城市。吾思避喧絶塵事，要枕溪流洗雙耳。新春已别薊門柳，只待秋帆送行李。西風的的往東去，北斗年年向南指。況有玉蟾明素心，豈無芝草遲黄綺。平生學步先生後，昨日全非今日是。季鷹江頭鱸正美，元亮籬邊菊垂蕊。戲品名泉常夜坐，爲看好山方早起。還鄉竊比倒食蔗，轉柁真同磨旋蟻。區區一身易托足，落落半生良自喜。回頭笑謝黄金臺，惜汝難留赤松子。

香河道中

水面浮帆影，舟行影亦行。有時驚雁起，無自惹塵生。洛浦但微步，瀟湘增遠情。便當騎鯉去，聯袂入瑶京。

過獅灣寄懷長兄

涉遠可坐至，刳木使風力。明窗豁午眺，中流檣影直。籬落競炊煙，豐年應粒食。雞鳴村市罷，牛卧農工息。羣鴉喧隻鷺，靜躁各有得。遠樹不分行，芊芊弄行色。環顧一舟内，妻孥胥在側。所悵同胞人，迢迢寓京國。

衛河寄兄子懋勳

濁水亦可愛，迴瀾良欲清。滔滔出山遠，汩汩自塵生。舟楫能輸粟，滄浪徒濯纓。當其作泉日，已著濟時聲。

觀穫寄兄子春

一飯豈細物，農功良獨難。肥甘不適口，猶自倦加餐。俗士鄙耕鑿，妖姬輕綺紈。豳風好詩思，休作畫圖看。

遊天津望海寺

海與地爭大，仍附地爲質。魚龍鬱荒怪，雄聲遂洋溢。水氣撼天津，霞光蔽朝日。滅没一帆浮，遥山霧中出。層層喧賈舶，井井開瓊室。夫豈富無教，農商異勞逸。緬懷稷契功，高視坐捫蝨。

舟行即事

流水不欲腐，斷崖將我行。一帆隨照落，雙鷺入煙輕。賈客矜潮信，吴歈重目成。村村黯離思，愁聽暮砧聲。

歸途見農事有感示兒普

三復豳詩已廿年，比來臨飯輒悽然。恫瘝黔首方爲士，愛戀紅塵枉學仙。窮達豈容皆獨善，行藏有據要齊賢。而翁自信無經濟，攜汝歸耕下潩田。

其二

愛汝辛勤授一經，小年吾已愧趨庭。良由學禮承先志，故且乘槎效客星。處士虚聲誰敢信，酒徒沉醉我原醒。多情四海惟漁父，笠下看人眼獨青。

觀水

水性特柔媚，沄沄欲溺人。八年多白眼，流盼一詩新。采石固超逸，汨羅非苦辛。身名豈容垢，聊自濯囂塵。

楊柳青小泊戲爲春詞

楊柳復楊柳，深深見垂首。青青復青青，妙舞爭伶俜。畫樓一角垂楊裏，陌上衣香雜桃李。窗中折柳人不知，嬌波剪斷東流水。蘭舟小泊河之湄，臨風一眄千蛾眉。纖纖聊自折腰步，令人苦憶燕臺詩。楊枝柳枝並娟好，依依送我長亭道。水白沙明見别情，絲裙緑遍隋堤草。

靜海夜泊懷蠡湖明府

黄昏上獨流，使風惟捩柁。十里一炊黍，篙師閒似我。海氣鬱層陰，鳴金警羣惰。喧喧弄長楫，浩浩忽掀簸。雉堞隱波光，濕雲隨處墮。煙村恍蜃市，户牖各關鎖。小雨暗維舟，魚腥雜螢火。蓬窗肅然閉，篝燈獨趺坐。松濤助岑寂，詩禪良印可。所悵寒蛩聲，悲涼入吟舸。

雙塘

瑟瑟枯荷擁楫愁，野塘風景近南州。樓中夕照兼垂柳，見我哦詩一艦秋。

過太公釣臺

行年九十猶釣魚，同輩漸少兒輩疏。諱言此叟胡不殂，懊然向人高捋鬚。出語作事誕且迂，身既不貴心必愚。壯盛有豕尚可屠，筋骸久不勝犁鋤。日持一竿蹲海隅，衰顏照水徒清癯。不知干禄唯著書，當時過此公若孤。華蟲結綬腰麟符，軒車遏雲從者趨。燕人聚觀塞四衢，中間一老行徐徐。怡然冷笑煙霞俱，觀之不翅觀銀鱸。歸來捉鼻謂妻孥，經綸不免終累吾。

峭帆亭晚泊戲贈舟師

一笠荒亭抹斷煙，古來詩思向誰偏。栖鴉落照人爭渡，柳市漁村客繫船。莫任雲情歸逝水，且留風信促離筵。蒲帆葉葉都堪悵，羡汝微醺枕柁眠。

漫興

灑灑清風上藥欄，玉池青鳥怕人看。江南杏子春衫色，日暮香篝悵薄寒。

過青縣弔盤古墓

盤古伊何人，乃亦有陵墓。甲子不可考，勳華無記注。傳言闢六合，悠悠成旅寓。中間何事無，生滅若朝暮。苦海深復深，蚩蚩那能渡。浩然沉濁劫，盡爲公所誤。公亦卒不免，身名等煙霧。空遺此疑冢，亘古蒙霜露。何如不開鑿，混沌作常住。秋風一憑弔，斷碣增禪悟。

北海秋望柬雙丰將軍

水驛風檣一雁孤，片雲西去憶雙鳧。滹沱膽略追王霸，渤海詩才嗣達夫。孝武未須嘗豆粥，高光寧暇祀麻姑。從來勝蹟皆閒事，不比將軍畫戰圖。

其二

日華迢遞將星高，細柳清嚴擁賜貂。吴質自來家上谷，陽城當許卧中條。相思但覺雲泥盡，陪從翻虞咫尺遥。差喜少君甘守約，鹿車歸去侶漁樵。

南園曉發

荻蘆蕭瑟曉風秋，晝舸霜寒擁敝裘。暗浪忽喧驚夢覺，一溪殘月過滄州。

五柳堤避風

卧樹忽羣起，亂雲爭拍水。輕舟欲飛去，繫纜楓林裏。

其二

舟人衆且武，百指牽一纜。秋容亦能怒，莫謂秋容淡。

其三

長松颼穠緑，巨浪鯨鯢吼。却羨打漁船，收罾去沽酒。

其四

日晡暴風息，開帆出淺汀。柳林疏脱處，依舊讓山青。

紀夢寄家弟石生

江上木末呼秋風，夢中得句何忽忽。丹楓白蘋鬭顔色，竹谿花榭遥相通。仙人有意延白日，釵鳳亦欲栖青桐。簾櫳鸚鵡諱言客，菊奴坐我寒香中。樓欄一棧自飛墮，乞余題詠白頭翁。平生未嘗識此鳥，千言立就無雷同。醒來但記此一語，七字莽莽殊不工。重扃落葉涉冥想，繁霜入幕悲吟蟲。人間此景豈易得，賴有夢境爲詩筒。挑燈點筆繪影響，船窗水月方玲瓏。

清風樓寄懷戈莊谿

古歡新醉隔千霜，秋與愁心一樣長。日晚清風樓下過，滿籬黄菊憶柴桑。

其二

五湖煙水苧蘿風，一葦西鄰宋玉東。旅夜淒凉聞遠笛，愁人應在畫樓中。

卮言答甌舸

神仙見人怒，如我觀螳螂。虎豹見美女，如我觀肥羊。小兒愛摶黍，不愛倉與箱。鬼薪畏獄吏，不畏公與王。王衍不名錢，梓人眠破牀。伯樂最知馬，不能辨驪黃。鴟梟得腐鼠，乃敢嚇鳳凰。許由竊皮冠，相信惟陶唐。曾參偏殺人，馬援亦貪贓。凡此不勝笑，病俗同膏肓。鯫生昧遠識，世法迷通方。何從得英才，一與商行藏。

聞雁懷荊州將軍

數到前溪第七帆，片雲隨雁渡層巖。江陵渤海覊潮信，敢爲將軍上捷函。

蓮根拂子歌　並引

拂子柄鑿孔以象藕，故名蓮根。內子出都日喉痛，弘國太藥以山豆根，爰綴彩繪爲此拂，志弗諼也。

玉井之蓮船作藕，花光十色侵南斗。不亞瑶池千歲桃，蟠根欲壽西王母。南山老豆生虯根，雕成碧藕無鑿痕。梓慶削鐻任天巧，神工不畏蛟龍吞。吾持此拂作談柄，豈效東山洛生詠。焚香爲說蓮華經，掃却根塵樂清淨。

東光舟次寄別詹樸園外甥寧陽

天涯相望暮煙凝，甥在雲山第幾層。仍是渭陽珍重別，布帆無恙到安陵。

同函寄帥生師馮

嚴陵別後每相思，甥在寧陽舅未知。雁字一行書片紙，滿村黄葉掛帆時。

德州水次投詩弔魯雲巖

羈魂泊何許，煙水正茫茫。幼子寄他食，老親猶在堂。片帆曾此過，一病已云亡。追憶論文日，臨風涕數行。

舟夜夢霞軒贈王

朱邸繁華事事存，絮袍輕軟翠裘温。與君相易乘驕馬，唤我承歡到寢門。夢王與予易衣被爲别，並起居其太王，故云。世子竟仍居子舍，嗣王今已是王孫。直廬擁被論詩後，腸斷招攜只夢魂。

憶蔬詩

舟夜聞玉章、敬修、西甫諸君言故鄉蔬味之美，各記以詩。

竹筍

通雅莫如竹，霜根有至味。剥之同蕉心，層層鬱光氣。中藏一鉤玉，落鼎新香沸。爲憶此君歸，不數蓴鱸貴。

松菌

松根養茯苓，千歲化琥珀。靈氣蒸成菌，芝形色微赤。煮以沏潭水，和以河豚白。甘芳欲舍命，飽死爲仙伯。

白華菜

雙溪産細菜，碧葉攢玉花。羹藜侑新摘，齒頰生煙霞。西橋學灌園，護此如蘭芽。我時携酒至，舉筯同咨嗟。

菘菜

春菘潑濃翠，採摘通四時。薄粥喜同煮，香色乃益奇。恭王昔語我，菘品方靈芝。惜哉周彦倫，棄之出擁麾。

茶菰

濉鄉多山茶，花時遍巖谷。結實香玲瓏，煎膏作華燭。孤根亦生菌，風味殊不俗。雙公齒獨芬，嚼此如漱玉。

粹齏　即菘所爲

開瓶溢濃香，秋菘雜霜薤。半熟入鹽豉，芳辛久不壞。輿臺矜大嚼，腥羶膾葱芥。見我癖寒齏，攢眉共疑怪。

觀音莧

玉章性清約，不樂求仕宦。常思蘋子粥，佐以觀音莧。此莧味柔美，春生在林澗。我本薄粱肉，食之增傲慢。

長春菜

歲寒有霜蔬，未許傷遲暮。敬修耽淨業，山居每茹素。言此類香芹，入齒生殊趣。何當過龍邱，一摘秋畦露。

苦菜

苦菜入月令，品格殊不卑。只以性寒烈，遂爲俗所嗤。西輔幼失怙，辛苦培根基。食此類嘗膽，無忘霜露慈。

馬齒莧

此莧入周易，所性殊益人。世味尚甘軟，俗物乃亂真。密葉綴紫珠，引蔓延青春。馬齒不徒長，風霜良苦辛。

重九舟次弔懷怡恭親王 王期年忌也

黯黯江雲欲暮天，梧臺風景倍悽然。七年東閣從高會，九日淮南已上仙。園寢未成無宿草，桑榆垂盡有啼鵑。扁舟昨夢猶銅輦，輾轉秋衾淚不眠。

夾馬營覽古

午夜香光遏絳霄，九重檀降不須燒。多虧此地飛龍出，漸使中原殺氣銷。天位既曾歸戚畹，人心當許向陳橋。淮南巢刺悲前史，何幸生同宋祖朝。

石人灣

虬松亂石點蒼苔，取次雲帆落又開。柳市漁灣回棹處，牽船人負夕陽來。

望絃歌臺

九月十日泊武城，同敬修訪絃歌臺。適有人於彼醵客，不欲入，立牆外悵望，賦此並記之。

層臺倚片雲，秋望肅遺文。孤吹不欲朽，衆心如有聞。先賢偶遊戲，垂教寓憂勤。若輩轉能樂，酣歌日又曛。

舟夕次臨清

插花寺裏疏鐘動，寶塔灣頭北斗横。漁火不紅秋漫白，一帆涼月下臨清。

讀淵明太白詩偶作

鏤冰作魂花作骨，鎮日鞭心入詩窟。舉頭猶見晉唐山，一徑峨眉瘦成髮。碧雲插天屹不動，劫風吹合玻璃凍。後賢搔首欲驂鸞，到今仍是釵頭鳳。我曾入山掃殘雪，戲釀梅英飲香潔。老龍醉吟山夜憂，一時笙笛參差裂。雌霓製裳霞製佩，手把芙蓉弄姿態。無絃琴益鮮知音，柴桑本是鄉先輩。

張秋

近水多殘葉，秋山淡欲無。遥砧雙杵急，落日片帆孤。小泊驚蘆雁，長吟累燭奴。鄰船半鹾賈，來自月明沽。地名，產鹽於此。

九日望東昌夜泊柬八九兩兄

金波灎灎湧舟行，上有京華片月明。遥憶西窗同剪燭，良宵思弟到三更。

其二

京塵聚散愁先别，旅夜淒涼況晚秋。繫纜魯連村下柳，慕渠高義薄封侯。

過掛劍閘　即徐君墓田

一劍掛松楸，徐君那及見。所重故人心，不爲生死變。此劍能斷金，此劍能切玉。掛向朋情中，千秋厚風俗。徐君徐君爾不死，何幸得交吴季子。吾家過此慕高義，把盞爭嘗閘中水。

泊沙灣

露冷秋沙白，平疇接遠天。誰家臨水閣，燈火自年年。

遥拜孟子祠

戰國一天民，周王不敢臣。齊宣與梁惠，何幸友斯人。學繼麟經後，功惟禹績均。祠松知衛道，千歲起龍鱗。

開河夜發　是日阻淺

一尺水，三尺泥，牽舟一似牛牽犁。篙師捉篙伏不起，兩手作足行且嘶。我時旁觀悶欲死，恨不化身爲海水。跨山塞河聚水力，閘官之功同大禹。閘水如潮夜深長，膠舟忽卧清波上。敲鉦集衆聲淵淵，羈人又作乘風想。

小長溝敬賦

雲水暮悠悠，遥生萬古愁。相傳獲麟處，今作小長溝。淚盡心偏熱，風酸海逆流。一時雖絶筆，千祀仰春秋。

柳間閘得水漫書

河爲衆水聚，舟亦衆木成。一勺之水舟不行，一木之舟水所輕。水惟持下始歸海，木爲虚中乃能載。舟水相濟汗漫遊，中間各有行人在。吾曾不舉足，坐卧而千里，長路蕭閒對妻子。燕山濟樹入詩囊，揮杯笑謝舟前水。

聞笛憶西橋

畫舫鷫裘帶宿酲，笛奴哀怨曉霜清。蘆花欲白秦蘅老，知是陽關第幾聲。

其二

樓下斑騅送陸郎，柳條纖軟落梅香。朝來弄笛人何處，一處欄杆雁一行。

望先賢曾子故里寄石生弟

傲然視塵寰，過此忽下拜，小兒見之甚疑怪。人禽小異惟寸心，綱常視此占成壞。衰周失教民愚頑，天命大賢生世間。使之不貴復不朽，千秋守道如嚴關。布衣之功過禹稷，孔門高第推曾顏。敵足敵手時，誰言公已薨。吾猶過此聞歌聲，昔之環堵今雕甍，留與人心作長城。

小婢匣蟪蛄懷之深秋夜泊聲啾啾感而有作

秋聲滿襟袖，楚楚一何悲。吾自有千古，君生能幾時。南烏驚旅夢，西夜憶亡兒。四兒旺今秋後三日殤。怕共山妻語，淒涼漫賦詩。

南柳閘使風

岸上居人如走馬，風前忽又飛亭榭。橘來峰去亂紛紛，天河急溜當街瀉。篙師遇風如遇赦，危檣一箭雲中射。兼旬愁水復愁風，誰知倒食今朝蔗。乘船下山屋建瓴，睥睨萬象無瞬停。閘口不闗水，兩耳生雷霆。我舟擊石石髓裂，舟人奪舟一指折。旱蛟得水驕且行，叱咤聲中聞流血。始知快意多險途，乘風不必相歡呼。何似海霧閘前守淺日，沙頭偃臥如羣鳧。

仲家淺　先賢仲子里

濟水滔滔去不休，前賢砥柱在灘頭。仲家淺下河如帶，遮莫長江亦斷流。

祝英臺近詞　棗樹閘弔祝英臺墓

斷紋琴，連理樹。心事但如許。落照飛湍，聲色最淒楚。疏疏幾葉垂楊，愁眉不展，可曾見、比肩人墓。　在何處。試託秋水通辭，泠泠似相語。指點霜林，一棹此中去。任是黄菊開殘，也連根蒂，便都是、祝娘香土。

八角井　在魚臺南，相傳爲五季漢李后舊汲井也

劉郎兩朝僅四載，李娘至今有井在。枯桐百尺無故枝，叩以井所殊不知。人口相傳壽於井，月娥反弄山河影。當時空怨雀兒飛，轉瞬周原同畫餅。

歌風臺　沛縣

祖龍既死赤龍飛，亭長居然作帝歸。園綺寧爲黄鵠羽，蕭樊難解白登圍。徒知猛士能戡亂，忍向遺民更立威。賴有雄風消劫運，歌聲從古大音希。

巨梁閘即事

閘溜如激箭，横衝折吾柁。巨艦飛揚若旋磨，衆手十指無所措，風濤怒吸兩人墮。灘頭一篙忽自起，反刺篙師折其齒。百口大呼水聲裏，老妻稚子怖欲死。我時酣寢竟不聞，微覺南柯鬧羣蟻。平生不易寐，夜坐恒達曉。昨偶醺醺玉山倒，衆心如沸我怡然，醉眠真是蓬萊島。

臺莊酬王别駕見過即題其集句詩後

寒星遠水暮迢迢，牛渚清吟悵寂寥。羡汝輕裘無間色，轉令狐腋傲豐貂。

其二

重陽守淺到初三，破悶多君一笑談。讀罷新詩安卧好，櫓聲摇夢入江南。是夕過林莊，究與徐分界處也。

過下相弔西楚霸王

江山如豆入重瞳，眼底何嘗有沛公。赤帝不難都劍外，錦衣原可王關中。妾能自殉羞人㲋，頭尚多情贈馬童。二十九年千古恨，至今殘照耿丹楓。

長亭怨慢詞 題燕子樓

任飛遍、人間春社，甚處青樓，有他情恨。錦樣年華，十分花貌半愁損。燕儔鸎侶，原没得、鴛鴦分。到死不雙飛，便化作、鴛鴦誰肯。雁陣。每南征北嚮，喜見玉欄遥凴。差池弱羽，轉能傍、畫梁相近。最可愛、兩兩孤棲，不辜負，香泥紅粉。縱寵冠昭陽，應愧伊行輕俊。

弔彭祖墓

二十八萬日，依然一老彭。婚多難卜姓，孫遠不能名。交舊人人夭，滄桑代代更。早知終有墓，何似學無生。

桃山驛寄長姪出宰英德

一邑豈不小，中藏萬家室。一令豈不孤，所恃有仁術。仁術在心無定規，所貴善推其所爲。汝爲民時所屬望於官，勉而行之毋偷安。長吏爲祖汝爲母，兒寧向祖號飢寒。汝食肉，民食糠，便如鼠食官倉糧。汝重裘，民尚絺，便如老蠶不繭無寸絲。生平所學豈章句，吾亦豈汝章句師。汝父吾慈兄，雅慕於陵子。清修不飲盜泉水，禄仕吾徒養口體。頌聲源源入翁耳，吾兄顧兒囅然喜。題詩遥憶嶺南梅，歸舟適過于公里，於戲無忘得句于公里。

初九日渡黄

滴滴崑崙水，滔滔入海流。中原圍一帶，南北界千秋。浪可驅龍虎，崖難辨馬牛。我來當十月，安坐濟方舟。

清河夜泊

水底寒星個個圓，樓臺燈火萬聲喧。多情只有隨舟月，爲彈檣烏欲上弦。

其二

一棹清波萬舶浮，個中誰是五湖舟。清河亦有黄河水，不許朝宗始却流。太平閘引黄水入清河，通運艘也。

舟夕謝制軍費筠浦先生惠酒用登舟日韻

心齋商性學，千里謁陽明。得識環中趣，彌增物外情。故巢依廣厦，當代仰長城。歲歲勞甘雨，耕耘遂我生。

其二

輕颸遥慧海，生意及魚蟲。草野知君實，朝廷重我公。爲消三里霧，仍賜一帆風。洗酌嘗春釀，清河月正中。

漂母祠

石崇齋僧一百萬，不及漂母施人一餐飯。淮陰報母百萬金，不及漂母相憐一寸心。王齊王楚皆大國，漂母之家無儋石。忍飢推食哀王孫，此義惡能論金帛。投金水中母詎知，後人德母爲建祠。濟人之急不望報，惻隱直等天無私。猗與韓侯，生於漂母，殺於吕后，五鼎千鍾竟何有。祠前水亦不平鳴，似恨英雄作功狗。

臨淮覽古寄灌南

楚水寒蛟不易罾，月波樓下望陳登。淮南更有神仙客，欲卧瑶臺最上層。

其二

矯矯張韓尚失時，雄飛雌伏有誰知。君看胯下橋頭水，宛轉低聲入下邳。

其三

柳眼無青橘又黄，南昌亭外北風涼。百錢亦與千金等，所愧晨炊飯不香。

其四

楓葉漁燈擁楫紅，我來憔悴弔西風。伍員舊有鳴珂里，留與張良作寓公。

其五

黄石山頭萬木枯，千金亭畔曉星孤。生前幾日爲丞相，却有人祠陸秀夫。

其六

古苔殘碣葬枚皋，海爲田横日怒濤。才子英雄總多事，劉伶臺上酒旗高。

平橋

疏疏幾株柳，弱弱一帆風。約綽誰家子，花顔映水紅。

其二

郎船猶夕照，儂船已黄昏。未肯張燈坐，應愁客斷魂。

其三

細步踏平沙，紅樓第一家。二分江上月，猶羨妾如花。

其四

有意遲君步，君行殊未悟。小語嗾花尨，邀君一回顧。

其五

鬖髿欹蟬鬢，伶俜柳曳腰。宴花樓下路，南去是平橋。

題胯下橋

一代英雄出吾胯，淮陰市兒好身價。當時立斬市兒頭，楚漢之戰何能休，於戲尺蠖師韓侯。

射陽湖弔陳琳墓

建安詩興射陽雲，窈窕蓬窗向夕曛。一代奇才偏入幕，幾人投筆肯從軍。蕭蕭落木連村見，隱隱疏鐘隔浪聞。我固無憀應弔古，曹瞞多忌且憐君。

淮陰侯釣臺

神魚如劍水如刀，竟改蓑衣作戰袍。遮莫棘津師尚父，釣臺終讓子陵高。

十四夜小雨　寶應

帆落一鷗起，遥山如墨潑。蘆漪詩徑窄，射陂風浪闊。夜寂櫓聲懼，雨暗漁燈活。船頭戴笠人，對酒雙眸豁。

秦郵亭答王石樵司馬

兩堤殘柳一夕煙，畫裏秦郵晚泊船。小婢籠燈看好句，早梅時候月嬋娟。

其二

太虚詞筆子陵風，何幸相逢水驛中。隔舫聯吟紅燭暗，一窗花影月玲瓏。

過高郵夜起望月

丙夜揚帆學御風，爲憐新霽却推篷。銀瓶汲水收明月，戲煮龍團在月中。

其二

遠笛無端起戍樓，落梅聲裏望秦郵。臨風一弔長沙妓，我有新詞繼少游。

其三

璧月孤懸甓社湖，偶懷雙井及龍圖。羨他冰玉論文日，咳唾真成不夜珠。

其四

萬點琪花入夢寒，滿船星斗夜闌干。西窗一片凌波月，細蹙邗溝作錦瀾。

其五

粉堞朱甍望不真，賈船鱗次鼻齁頻。焉知此輩無癡夢，幸我方爲夢外人。

露筋祠

一筋維地道，蚊力大於山。多少金釵客，朱帷向曉閒。

邵伯

月夜一番過，寒江起素波。木蘭宜楚些，魚榜盡吴歌。客去楓猶落，名高事不磨。醉翁攜妓處，曾此摘新荷。

次韻吴瑶圃進士廣陵見和之作

晚霞如綺夢如雲，薄醉披裘帳隙曛。但有離騷同楚客，豈無高論却秦軍。瓊花未必人人見，絲管何堪夜夜聞。辱和新詩當勝地，竹西明月也憐君。

艤舟邗上與敬修西輔論古

梅花時節過真州，何郎死後誰風流。無緣一登壯觀樓，江淮勝概憑空收。回頭却笑宋齊邱，水亭畫灰何所籌。匡廬五老應含羞，鄉賢名宦誰最優，平山只愛歐陽修。此邦亦有數君子，吾服海陵王伯起。著述等身不求仕，意外浮雲冷人齒。縱如王播鎮揚州，碧紗之籠奚足喜。無妨舍宅作僧寺，法雲長望東山履。昭明猶有讀書臺，借問横山何者是。偶然月旦作閒評，勸君滿飲南泠水。

月夜過維揚

竹西歌吹遏行雲，明月今宵足二分。我慕風流賢太守，平山高處醉紅裙。

其二

蕪城西北是迷樓，流水栖鴉動客愁。錦樣江山花樣命，楊郎應死在揚州。

其三

碧火青燐引絳紗，雷塘風過玉鉤斜。香魂艷骨何曾朽，歲歲瓊臺幻作花。

其四

笛裏西風好泛船，玉人何處夜憑軒。眼中多少南朝事，笑殺梅花不肯言。

其五

萬櫓千檣指玉繩，一層帆影一層燈。多情廿四橋邊月，送我歸舟過廣陵。

登高旻寺塔

茱萸泊蘭舫，西灣塔影直。河聲蓋多岐，臨流表衆惑。仰首眺靈鷲，攜兒試登陟。高旻鬱葱葱，層簷紛翼翼。猱升入晴昊，蛇形或匍匐。列炬鼓餘勇，相將造辰極。憑欄豁遠目，賓從皆變色。四顧彌六合，洞洞真叵測。淮揚淨如掌，金焦攬可得。遥山竟天巧，曲水半人力。樓臺竭殊態，旛幢異雕飾。梵唄摇松風，市肆轉淵默。冥搜契真宰，即景證通識。浮生實瘤贅，才華盡荆棘。妻帑立船窗，相視各屏息。吾身在天半，乃始歎奇特。日暮歸塵寰，依依望佛國。

阻風瓜州

瓜步勞勞水，今宵入大江。亂雲欺北固，飛葉達南窗。宿雁驚漁火，栖烏伴佛幢。推篷閒覓句，殘月瀁吴艭。

偶作柬石屏

茱萸灣下採蓮姬，慣著吴綿白苧衣。鎮日當壚笑西子，梧宫秋盡不言歸。

瓜步望金焦二山

他山各徐步，金焦獨奔波。萬古挽頽流，用力何其多。浩浩仍歸海，區區如水何。

涉江望京口

劫裏浮生莫認真，掛帆吟弄妙高雲。扁舟若遇滕元發，轉使金山羡鄂君。

其二

銕甕城高日下遲，一杯遥奠曼卿祠。離騷讀罷仍毫飲，説道人間總不知。

其三

風流吾似六朝僧，綺語參禪得上乘。燕坐魚磯狎鷗鳥，華林西北是莊陵。

過黄天蕩

一葉托衆命，風濤浩無窮。萬帆隨我行，俱在傾危中。亂山欲狂號，天水相戰攻。我時亦起立，肅穆禱蒼穹。平生服忠信，已困哀人窮。倘爲一身謀，何至四壁空。此志江所知，寸誠遥相通。靈鼉息震怒，江豚猶拜風。須臾定掀簸，轉得隨風東。百里去俄頃，千峰碧叢叢。餘敬弗敢衰，賦詩表神功。

燕燕謡

燕燕復燕燕，江頭兩回見。何時飛得來，滄桑凡幾變。草草江南一抔土，銷沉六代風流主。陳郎纔詠後庭花，磯邊已渡韓擒虎。

燕子磯弔古

飛峰肖禽形，遂得烏衣名。削壁競海色，危亭貯天聲。怪樹懸丹崖，層巒衛嚴城。當其據險日，一夫制千兵。下有百丈江，靈鰲戰奔鯨。倏忽日萬狀，大地時時傾。樓船若累卵，俯視誰敢攖。如何南渡主，比比都無成。良由縱驕奢，六賊虧四明。人心默爾去，蕭牆起紛爭。墾土不植德，滄桑殊易更。只今磯前洲，尺土皆耨耕。時清江失險，孤帆亦宵征。嗟爾六朝人，不及觀隆平。

白下西郊

畫鷁爭官渡，蒲帆逐雁羣。斷橋欺遠客，飛葉媚殘曛。竹塢祠靈鬼，池塘養活雲。西郊一徐步，詩思亂紛紛。

即日

石城斜日動林塘，西浦江雲羃建康。無數樓臺無數柳，不知誰是杜蘭香。

晚步貽蔣藹船徵君

晚隨石城步，遥憶秣陵春。此際所觀水，當年曾問津。尋詩向山去，恰遇同舟人。相攜看靈巖，玉葉生魚鱗。

龍江關酬賡大都督

莫悵荆州識面遲，羊公高義久相知。龍關送客朝傳箭，虎帳觀兵晝擁麾。紫極論文懷賀監，白門邀笛遇桓伊。凝香燕寢昇平事，我羨君侯得句時。

雨中過桃葉渡寄黄大星伯

朱樓水榭望猶存，冷雨凄風各閉門。絶似秦淮三月暮，一衫紅淚送桃根。

望鍾山

漁郎偏喜説龍蟠，指引行人看蔣山。王氣疊鍾三國後，風流都盡六朝間。多應傅粉遊金谷，未暇丸泥策玉關。取次降旗渡江水，五雲飛去不知還。

再過青溪

窈窕青溪漾晚晴，樓中時有按歌聲。樊川去後春都盡，怕訪殘花入冶城。

長干橋

筍輿風帽度長干，孫楚樓西落照寒。自是江南重歌舞，竹林如許没人看。

輿中口號

長干南近雨花臺，定有詩人看早梅。最喜肩輿高處去，遠山青上内橋來。

過金陵舊寓

白下秋生木末亭，曉簾風雨不堪聽。竭來武定橋頭望，只有鍾山未改青。

雨中望秦淮憶吴蘭雪弟

辟寒宜酒不須釵，幕府愁雲黯六街。十七年華同逝水，籃輿風雨望秦淮。

其二

靈和春殿鬬蛾眉，張緒重來未必知。疏雨一簾樓下路，竹林青過眼香祠。眼香，祠名，在秦淮之西。

烏江項王廟題壁

朝中一鹿化爲馬，泗上兩蛇爭作龍。項王平地拔山出，風雲叱咤生奇峰。軍門大榜一來字，海内英雄荷戈至。壁上諸侯惴惴觀，帳中美女沈沈醉。故人遮道呼陳涉，草底狐神猶建國。何如五體各封侯，劉郎善報栝羹德。當其楚聲四面起，江東故人滿千里。未肯强顔作天子，棄天下如棄敝屣。酒酣但作虞兮歌，烏江之水生血波。至今廟貌仍巍峨，赤龍其奈烏江何。

采石磯懷古

宫錦袍花潑浪紅，遠山奔走碧葱葱。高雲伴我浮天外，舉世忘君隱醉中。乘興捉將牛渚月，順流驅使石帆風。何嘗正眼看時輩，却肯垂青郭令公。

其二

先生四十始長安，我已江頭把釣竿。知是謫仙何必仕，名爲供奉本非官。相如病託貲郎易，賈誼才勝小相難。莫怪世人皆欲殺，鸒鳩原喜笑鵬摶。

西涼夜泊

遠遠一叢竹，臨江數峰青。愛此命泊船，茅簷依翠屏。居人若飛鳥，顧我真浮萍。何當棄家累，幽棲友仙靈。

過蕪湖悼鮑以堂

昔年相識在蕪城，卧對龍岡聽水聲。孰謂我歸君已没，最傷心是母猶生。從來志士多遺恨，大抵名山總不平。寄語騷魂莫惆悵，鳩兹西顧有長庚。

山谷滴翠軒柬胡果泉觀察

吾鄉此翁最不俗，學識乃在秦以前。文章生硬出奇骨，詩書精鋭能摧堅。好佛乃公見性處，闢佛適見儒者腐。即心即佛性即道，何必紛紛立門户。試問無儒無佛時，天地之間誰是主。猶之兄弟不同母，相猜乃至疑其父。是爲小儒一大惑，即使有功吾不取。蘇黄在宋得何罪，時輩攻之如搏虎。祥麟威鳳每遭厄，妒賢忌才徒自苦。我服先生尺牘文，性情直諒無城府。質厚之中鬱靈怪，赤刀老鈍彌神武。蕪湖尚有滴翠軒，名山疊疊開屏藩。奔濤萬頃瀉奇氣，西江詩派同一源。此中當有先生魂，淵明之後誰獨尊，比來誰是衣缽孫。

荻港驛使風

荻港飛雲裹，遥瞻縹緲臺。三山迎面起，千騎擁帆來。歸興特偶爾，卧遊良快哉。浮邱汝何幸，先我入蓬萊。

過銅陵

乘風過南陵，九華在其東。秋浦碧雲起，遥山與天通。我時披翠裘，吟望船窗中。浮生亦何幸，見此仙芙蓉。恨手不如翼，不得凌青空。

池陽舟中寄藕堂司馬

青蓮遊五松，置酒煙嵐中。詩魂遥望我，一鳥棲樊籠。

其二

黄鶴池邊路，仙踪向何處。不必泛舟歸，雲山多處去。

其三

謫仙不放逐，安得遊九華。妙哉劉夢得，自悔前言誇。

其四

天門鬱嵯峨，石埭環金城。山靈特善畫，萬態隨時生。

其五

葛仙植杏處，飛花作黄雲。遥遥望此山，悵悵思靈芬。

其六

何緣作寓公，得與仙山近。同志有情人，憐余似羅隱。

其七

秋浦方洞庭，列岫開雲屏。昭明垂釣處，猶有翠微亭。

其八

蒼山滚滚去，畫舫軒軒來。晚霞如濯錦，隨意染樓臺。

龍池曉發寄楊執吾孝廉

地不愛其山，朝朝儘客看。亂飄馳怒馬，疊嶂控飛鸞。浪每因人作，霞原任我餐。黑貂雖已敝，相對莫言寒。

過池州

堞上波光漾酒旗，一帆殘照坐題詩。亂峰擁塔徐徐去，我問篙師是貴池。

其二

杏花村外裊炊煙，秋浦樓西泊釣船。山若似雲飛得去，此邦雞犬盡登仙。

烏紗峽

漫誇巖壑憶荆門，水驛煙村望不真。愛極却憎山窈窕，黛眉螺髻惱行人。

其二

坐對船窗喜破顔，終朝吟弄水雲間。我來轉似收山税，不許詩筒悄過關。

宗陽夜泊

遥峰既上天，近嶠欲投江。波心一痕月，瀲灧浮西窗。朔風殊易怒，暗浪真難降。竟夕舟摇摇，霜華凝玉釭。

過亂石磯

玉峰晴翠潑江流，不數三山與十洲。欲倩祖龍驅爾去，免教康樂立船頭。

其二

萬里風塵一笑還，幾年東閣亦偷閒。比來不睡忙何事，旦旦披裘起看山。

太子磯憶印香王子

昭明風格擬朝雲，尚有苔磯濯錦紋。多少閒人從此過，可知吾意獨憐君。

其二

襟期似水真無垢，丘壑如文出更奇。山既有靈應念我，滿江風浪立多時。

李陽驛

間有陂陀出，森蕭萬木枯。荻蘆兼雁遠，村市傍林孤。蕩槳鬚眉活，看山意態殊。漁郎遥語客，西去是南湖。

長風峽

薄霧濃雲逐浪開，大龍三祖近蓬萊。楊槎作客如仙去，我自揚州跨鶴來。

其二

山行如浪浪如山，擘破琉璃一棹寒。繡谷雙峰原入畫，恥來江上要人看。

行次舒州寄呈家伯叔暨玉書正思兩兄

隱几焚香一事無，清緣良近世緣疏。山容水態時時變，笑我詩情總不如。

其二

鎮日篷窗湧翠濤，布帆風正不須篙。遊山最是乘船好，我逸翻憐萬壑勞。

其三

百疊煙嵐畫不如，幾行征雁却能書。禪參既破忘文字，但喜山頭結草廬。

其四

小孤西望二喬村，皖水潺湲漾古春。反照入山何所似，滿堂紅燭看佳人。

其五

潛峰佳構望迢迢，百子龍眠翠不凋。我笑舒王師后稷，却從黄閣種青苗。

其六

殘霞冷淡張紅幕，老樹蕭疏寫黛眉。我愛逃禪今愈瘦，半緣山色半緣詩。

其七

五葉西來發萬花，好憑衣法覓根芽。斜陽未可催行客，我本舒州一舊家。

其八

黄昏浪闊千峰隱，碧落帆高一艦飛。吾祖道山何處是，艤舟遥拜恍如歸。吾祖世昌公本舒州世族，宋大觀中提學江西，始命其子居靖安。家譜載公遺命有「我同安人，當歸骨同安」之語，遂疑公道山在同安橋，殊未考今之安慶即隋之同安，至唐始改爲舒州，則以懷寧北界舒城本舒國舊封故耳。此舒州得名之始，亦吾家得姓之始也。今臨川、進賢諸舒皆世昌公後裔，故譜牒斷爲始祖，至蘭已廿四傳矣。夢蘭謹記。

舟行看山戲作泛舟歌十首寄樂蓮裳譚子受

造物造山時，何嘗屬草稿。隨意塗鴉並娟好，一皴一皺有餘情，分明誘我山中老。終當看盡西南山，舟游仍不勞躋攀。神仙到我尚須學，何能使我陪劉安。山入壽春兮，傳言八公，童顔不借丹砂紅。

其二

江聲不欲盡，山容殊媚人，桃源四季皆如春。遠浦客帆低雁字，晚村楓葉疑花津。艤舟山亦來看客，我本多情何忍别。若都隨我渡西江，又恐吾鄉容不得。

其三

比來我亦如山瘦，不許愁眉學山皺。醉吟聲共水雲寒，惜無好句分山秀。朝霞照玉開紅顔，晴嵐十二堆鴉鬟。捧盤持櫛侍黄綺，靈芝已壓蓬萊班。超超向子平，出世偷安閒，雲遊五嶽無心還。

其四

推篷處處山迎我，何敢公然向山坐。山妻亦愛捲簾看，九華的的如蓮朵。雲鬟何鬖髿，教汝梳頭莫慵惰。試描京兆十眉圖，遠山一綫終婀娜。久欲還山，今秋遂果，清涼遠泛鴟夷舸。江山如許恰歸來，鶼鶼共脱樊籠鎖。

其五

南來最樂乃何事，日煮中泠飲山翠。消除磊磈萬緣空，筆尖著紙生明媚。閉門讀書千百卷，不及長江一洗風塵眼。矮屋作文如作繭，繭中若個能舒展。堂堂七尺軀，何苦爲老蠶，一絲不掛吾心甘。

其六

吾胸有五嶽，與山相競起。鎮日箕踆讀遷史，離騷真似郢中山，南華却比瑶池水。是爲藝林三大宗，高情勝蹟遥相通。文筆若多山水助，臨風一笑皆淩空。我欲藏山兮山點頭，詩名不向人間收。

其七

浮生只有漁樵樂，眼底何人負邱壑。可憐少讀一行書，反艷膏粱愧藜藿。好山盡往西南行，煙霞意重浮雲輕。歸來聊與數君子，秋冬弋釣春力耕。

其八

看書不可少，看山不妨多，二者之外多生魔。此山設使是金玉，至今豈復能嵯峨。千巖萬壑競天巧，萬古千秋不知老。只今思見古文心，秋山妙處尋遺稿。

其九

山若有驕容，吾當與山鑿心胸。須彌擎天無德色，五嶽不喜生奇峰。湘南諸山若驂鸞，遥從碧漢梳煙鬟。天孫帝子作靈匹，一邱一壑生龍顔。蒼穹怒彼不恬退，故常謫使居荆蠻。吾欲戒山兮山宜謙，隱身入地無猜嫌。

其十

風息不生波，山容亦恬静，飄飄顧我如浮梗。半生潦倒車塵中，那知水國多靈境。碧玉千層，琉璃萬頃。歸帆日在芙蓉鏡，山山有我鬚眉影。我欲拔山兮山動摇，洪崖拍手遥相招。

望東流縣

瀟灑東流縣，緣山意不孤。朱甍明萬瓦，粉堞噪羣烏。近水來彭澤，遥峰入太湖。淵明遺菊所，菊所，地名。千載未荒蕪。

過馬當

大江冬不損，聲勢浩無窮。水氣沖霄白，山光潑浪紅。夜吟牛渚月，朝遇馬當風。一壁分吴越，巍然萬頃中。

過彭澤讀歸去來辭

清風灑然至，一葉徐徐行。捲簾看遥山，萬態隨心生。此山亦何幸，曾見陶淵明。

其二

湖山本公物，高賢能有之。醉卧八十日，政事良可知。目既無全牛，牛刀何必施。

其三

猗獱性靈文，如觀三素雲。卷舒特妍妙，上有雲中君。嗟爾後來人，著作何紛紛。

戲題小姑山

碧玉亭亭意態殊，凌波欲渡倩誰扶。推篷却顧山妻笑，卿試回頭看小姑。

潯陽江遇風

昨夜泊沙灣，一賊登我船。聞我讀書聲，怪我夜不眠。久之怏怏去，我意殊歉然。平明得順風，舟師喜欲顛。揚帆看小姑，我尚未暇眠。俄頃數十里，凌虚接飛仙。封姨忽震怒，江波浩無邊。黿鼉擅生殺，司命失其權。眼見一舟覆，十口無半全。同行僅我舟，欲救惡得前。居人視我舟，時時墜深淵。俄復乘浪起，側立崩濤巔。行坐悉傾仆，呼吸通黄泉。同舟各惶顧，誰是張齊賢。斯時欲回舟，萬牛不能牽。遂令拽滿帆，鼓勇濟巨川。孰知背水戰，反得歌凱旋。所覆賈人舶，同行了無愆。族里未相知，凶問當誰傳。涉險博微利，冤魂真可憐。設使是我舟，賤軀頃已捐。昨賊必相笑，負彼空垂涎。幸免莫矜能，臨難莫怨天。生死各安命，吾徒當勉旃。

入湖口答内兄容軒

歸帆泊彭蠡，去家三百里。雖未入章江，已飲章江水。

戲題大姑山

四顧湖光萬頃，中流玉立千尋。莫羡小姑長白，紅塵汝更難侵。

其二

遊人呼作鞋山，錦苔銕繡斑斑。當是達摩一履，渡江飄至湖間。

賦得琵琶妓

一片相思木，三秋薄命花。飄零依錦瑟，哀怨託琵琶。臂冷檀槽滑，釵橫玉燕斜。四絃方按拍，五馬忽停車。舊曲知音少，新詞屬意奢。背燈蓮滴露，移舫月籠沙。白苧遺情種，青衫感歲華。大姑塘下水，辛苦到兒家。

琵琶亭

潯陽千古只東流，緑水朱絃暗結愁。最是客帆容易過，滿江紅樹一亭秋。

大孤塘守風登後山晚眺隨筆

石鐘殊寂寞，石門西向開。湓浦浩無津，吐氣生雄才。柴桑在其北，栗里空蒿萊。間有無山處，疏疏幾雁來。

其二

山如厭人看，不應立湖邊。遥岑幾千疊，並蒂開青蓮。村農倦遊矚，但喜觀腴田。欲共琵琶語，孤亭鎖暮煙。

觀野燒奉懷雙丰公荆州

火龍上山燒暮雲，香楓老桂鬬芳芬。枯枝亂草自遭焚，個中多少佳麗墳。粧樓晚照飛紅裙，臉霞淡淡拖殘醺。杜鵑滿林氣氤氳，酡顔語笑生蘭薰。錦屏鉅製都超羣，鼻端自運成風斤。聲光赫奕真快文，赤壁一掃千人軍。爛斑大樹多奇勳，狼烽十丈平妖氛。紅旗露布來紛紛，泥金星騎賀仁君。

夢徹公醒而有作

終日著山迷，常年爲詩瘦。張緒入靈和，丰姿遠非舊。枯禪若槁木，綺語生苔繡。昨夜夢支公，相期謁靈鷲。

彭蠡道中寄東帆妹聳文略弟

倚檣吟望上霄峰，回首燕山已萬重。我慕濂溪好風月，五雲高處弄芙蓉。

其二

宮亭湖水拍天流，慫慂匡君上十洲。引得瑶池爲瀑布，遠公消受一簾秋。

其三

三峽橋邊潄玉亭，五丁辛苦鑿山靈。歸帆未暇遊仙境，鎮日船頭望落星。

其四

疊嶂參差湧黛鬟，沙棠遊戲翠微間。比來適意無他事，飯罷吟詩飽看山。

舟過廬山

如此一雄奇，人間那不知。觀之再三歎，何暇更吟詩。雲氣亘千古，聲光泯四時。我今山下過，無復憶峨眉。

望五老峰寄法大司成

船窗隱几對爐薰，五老高閑弄白雲。世外偶然歸一我，眼中何可失諸君。青蓮惜別期重會，陶令來遊每半醺。戲把龍泉斫湖水，惱他詩思碧沄沄。

謁墓

輿輹山近雙港劉宅，歸舟過江干，謹率妻子謁二親墓。禮當具祝，用敢以四字斷句著其哀慕，焚諸松楸之下。非敢賦六合，重遺誚也。夢蘭恭紀。

於維我父，殖德罔替。剛介秉直，履信樂義。律躬綦嚴，澤物孔惠。恒若未慊，厥道彌濟。

其二

篤好載籍，遊心藝林。簿書旁午，不輟清吟。適性遺名，動契高深。嗟予不肖，胡能嗣音。

其三

嘗爲委吏，詎自菲薄。守禮不屈，抑强扶弱。職是多忤，屢遭擯却。求退弗得，左遷沙漠。

其四

長吏檄公，送囚就死。不與傳車，命行千里。桁楊躓仆，敗面折齒。公乃縱囚，聽其行止。

其五

六盤崎嶇，風霾晝晦。衆囚散失，法當公代。囚反覓公，爲公負戴。徐皆自至，無一相背。

其六

衆囚就戮，與公對哭。凡所欲言，躬爲記録。瘞囚身首，訪囚邦族。千里不遺，付其親屬。

其七

於戲我父，可謂大慈。於囚若此，爲官可知。孝友之政，罄竹難追。舉一該百，其他可推。

其八

於維我母，延陵嫡裔。降生己酉，與父同歲。媲德齊家，肅雍承祭。事長以敬，睦婣以惠。

其九

婦儀母範，梱内稱傳。博知史事，不喜詩篇。嘗言妻道，無才始賢。以順爲正，無侵外權。

其十

育予兄弟，四殤其二。鞠子彌勞，思兒恒淚。克勤克儉，僅免窮匱。猶然相夫，傾貲爲義。

其十一

萬里從夫，躬操井臼。布衣蔬食，未遑闚牖。意有箴規，語無臧否。凡諸淑女，俱賢我母。

其十二

昔予長兄，出守三衢。稱觴舞綵，仰博歡娱。母皆不樂，攜予鄉居。謂恐勞民，爲兄徭虞。

其十三

皈依回向，不求子官。但求不睹，人世飢寒。於戲此志，士夫所難。生我之夕，夢佛予蘭。

其十四

嗟予不孝，既愚且賤。二十而孤，惟知聖善。戊申孟秋，遭母大變。求死未得，但餘悲戀。

其十五

母知兒拙，不欲兒貴。兒不干禄，母心差慰。所愧遠遊，久荒墓祭。瞻望松楸，五中如沸。

其十六

嗚呼父母，正直靈爽。星落猶明，雷沈方響。夢蘭在此，哀號稽顙。永維二親，來格來饗。

子月望歸至南州

十載依人笑不才，田園歸去總蒿萊。東湖稚柳垂垂老，南浦新梅細細開。弱冠兒童非舊識，功緦兄弟有餘哀。親朋見我仍迍賤，取次相憐送酒來。

自題南征集小稿

諸業悉意造，此集何自來。中秋出都日，此集安在哉。法不孤起，仗境方生。吁嗟好作皆凡情，語言文字所不及，中間乃有元化精。我亦作詩真造業，焦螟自喜巢蚊睫。不妨同夢學莊周，未許人人化蝴蝶。眼前各有扶搖路，千丈紅塵三里霧。直饒吐氣干虹霓，轉瞬烏鴉啼宰樹。作詩特如花笑春，聊以自娱非媚人。西施看花笑花醜，花原不效西施顰。

香詞百選

滿江紅　自題詞集

幾斗才華，只釀得、一腔紅淚。休小看、屈香葩豔，許多情思。騷愛蘭荃皆寄託，詩存鄭衛非譏刺。是文王、纔現美人身，將誰比。　華山下，希夷睡。廬山下，淵明醉。笑神仙高士，也都遊戲。夢裏因緣寧可信，壺中事業差堪記。自莊生、蝴蝶兩相忘，方如此。

玉聯環　過嚴陵釣臺

十載嚴州重到。發一聲長嘯。蓬窗卧看子陵臺，伊尚爲、高名垂釣。　有甚山林廊廟。但從吾好。若將山色傲雲臺，反不免、巢由笑。

賀新涼　驛亭紀夢

玉宇頻回首。驛亭中、離愁別恨，咽成長漏。屋角蛛絲篩明月，並我紗幮涼透。漸醒綠羅襟褋芙蓉袖。再相逢、眉心方展，淚痕如舊。笑語香奩叮嚀語，鸚鵡隔簾聞否。却又恐、槐柯將朽。得、襄陽殘酒。櫪馬啖芻聲最遠，在江南、夢見伊人後。歧路側，尚攜手。箭裏光陰潮外信，誤渠儂、折到蕭蕭柳。秋也去，更消瘦。

洞仙歌　送春

春來幾日，便聞春將去。滿苑鶯花恁憔悴。歎人生好事，多半匆匆，姑且向、離恨天中沉醉。　梨雲原是夢，攬鏡窺簾，十八風鬟傍儂墜。小柳不勝扶，比到腰肢，媚絶處、春心難繫。最可恨、樊川送春時，但綠葉成陰，一衫紅淚。

綺羅香　尋梅不遇

枕上灘聲，簾中柳色，都是别情離緒。暮雨朝雲，恰好玉山深處。記年時、驕馬行春，曾囑付、早梅爲主。試重尋、竹外香魂，蘼蕪一徑王孫去。　誰料巫陽易暮。惟見疏林片月，似他眉嫵。穠李夭桃，紅殺不招人妒。爲關心、前度劉郎，翻誤爾、後來崔護。最淒涼、燕子樓空，但聞新燕語。

南鄉子 常山舟中

終夕爲君愁。愁到天明也便休。貪看梳頭忘早睡，嬌羞。滿鏡芙蓉一笑秋。　五日到衢州。風雨多情阻客舟。聞説順風翻墮淚，難留。浙水緣何不倒流。

翠樓吟 題張星丈姬人度曲圖

紅杏尚書，青衫司馬，晚歲慣修眉譜。遠山如畫裏，只相隔、一層雲母。桐陰方午。坐菡萏香中，情禪初悟。關心處，庾郎詞賦，謝娘歌舞。　偶誤。減字偷聲，被小鬟瞞過，不曾回顧。聰明多喜事，敢私校、曲中魚魯。風流郎主。恐燕燕身輕，乘風飛去。留春住。戲研金碧，築成花塢。

小樓連苑 寄内

月明山寺蕭條，一林黄葉西風緊。簾旌拂地，簷鈴私語，歸鴻成陣。四壁秋蟲，三更杜宇，幾多愁信。歎銀潢如鑑，涼雲似水，照不見、文君影。　憔悴沈腰潘鬢。病相如、哪堪朝請。題橋捧硯，鷫鸘沽酒，有他風韻。枕畔文鴛，釵頭紫燕，雙棲何穩。念卿卿此夜，爲儂惆悵，也應難寢。

減字木蘭花

春寒滿袖。對籠雙手捫誰瘦。莫更捫心。惹得渠儂笑不禁。　衣香誰處。目語雙鬟嗅郎主。若是郎香。好共梅花作一牀。

沁園春　憶別

相見無言，別亦無言，更惱殺人。記凌波顧影，魚猶驚艷，彈箏點拍，雁已銷魂。綺羅身裁，花枝情性，不是巫山莫化雲。粧樓近，便簾垂四面，也露春痕。　真真。一樣花神。又何必、披圖百喚君。縱眼前言外，難尋後約，眉間心上，早悟前塵。三疊陽關，一聲何滿，恍若鈞天夢裏聞。添離恨，怕仙源失路，再見無因。

摸魚兒　秋夕代柬寄樂蓮裳吴下

滿天星、似儂心緒，教從何事書起。牛毛小字星星大，也没那般長紙。雲破處。便瀉盡、銀河不敵懷人淚。難忘舊雨。是梁苑春朝，梧臺秋葉，相對兩無語。　題遊記，絶妙詞方付梓。傳聞君在吴市。英雄各有吹簫恨，豈戀舞衫珠履。常自揣。縱可縮、江湖地入蓬廬裹。孤寒數子。聞黄海、西橋、史根石俱在吴下。恐見愈心酸，何如不見，留得眼中水。

鳳凰臺上憶吹簫

窄窄春衫，寬寬衣袖，姗姗繡佩齊腰。恨碧湘三尺，掩映雙翹。任爾珠圍翠繞，偏只愛、淡抹輕描。人都在，他先迴避，却又偷瞧。　眉梢。一痕柳色，籠兩點秋光，水遠山遥。喜鬢云鬟髻，臉襯紅潮。不信旋螺宜笑，先請看、粉嵌櫻桃。櫻桃破，黄鸝數聲，立地銷魂。

減字木蘭花　寄内

歸雲如紙。我欲題詩遥寄汝。寄到南州。柳外斜陽竹外樓。　簾波細湧。倦倚花闌春日永。怕見黄昏。燕子歸來已閉門。

洞仙歌　風懷

病來幾日，便厭厭如此。切莫甘心爲情死。奈靈犀一點，弱柳三眠，偏不許、二月東風扶起。　重重簾影外，十二屏風，辜負今宵月如水。相見本無因，見亦何妨，却又向、人前迴避。料此意、君家便都知，也未必、公然讓儂憐爾。

又

早梅時節，到孤山前院。簾幕層層暗香滿。任三千珠履，十二金釵，都不及、箇裏春光一線。蓬山纔咫尺，弱水無波，欲渡憑誰問深淺。鸚鵡却多情，錯報儂來，言未了、佩環聲遠。想必悔、衣香被人留，試悄摸花茵，坐間猶煖。

又

龍年虎月，記佳辰廿九。錦繡錢塘慶慈壽。正滿庭珠翠，幾部笙歌，都到了、只有伊人落後。水晶屏六扇，第二窗中，暗裏時時一回首。莫道不留心，左右雙鬟，偏故故、向伊添酒。且笑問、今宵牡丹亭，已唱過還魂，阿姨知否。

又

清明上巳，在今年同日。昨夜淒涼又寒食。料闌干玉軟，錦瑟情長，扶不起、莫笑東風無力。粧樓三面竹，一面桃花，雨後燕支正狼藉。頃又到君家，翡翠屏中，遥望見、玉釭凝碧。若不是、依然夢相尋，幾錯怪卿卿，負儂今夕。

高陽臺　春感

窄徑相逢，衣香難避，登時化作相思。柳絮無情，也還依戀遊絲。莫教今夜簾中月，學初三、飛上蛾眉。一般兒。愁似鸚哥，瘦似花枝。　何年再問桃源渡，悵雙雙粉蝶，個個黃鸝。拍遍欄干，斷魂仍在天涯。崔郎不怕春郊遠，怕東風、落盡燕支。最憐伊。眼底分明，意下參差。

菩薩蠻　望舒樓晚眺

簾櫳各有青山色。黃昏不礙纖纖月。月也莫教多。多時人奈何。　樓中燈一點。望斷深閨眼。愁聽暮蛙聲。宵宵婺女城。

浪淘沙　五月十五夜婺源望舒樓志別

月色滿闌干。無數青山。樓臺都似夢中看。我欲乘鸞飛去也，仙佩珊珊。　來去別俱難。幾疊陽關。一聲長笛五更寒。吹到落花梅已熟，徒自辛酸。

白蘋香　元日戲贈

細葛輕裘易換，朱顔緑鬌難留。寸心容得幾多愁。且解金貂換酒。　柏葉今朝入頌，菱花昨夜梳頭。吴姬十八鬭嬌羞。一旦人人十九。

雙雙燕　效山谷體

那時乍見，在光碧堂中，隔簾遥拜。癡魂失路，已入淚天情海。欲遣微波作介。又恐爾、蓮心不採。無端一縷游絲，掛住彩雲樓外。　難怪。當初未解。你暗裏傷心，人前遮盖。真啼假笑，依舊十分瀟灑。畢竟難欺眉黛。青鏡裏、花容漸改。全憑夢作周旋，夢亦萬千難買。

如夢令　題余秋室學士美人圖

莫笑虎頭癡絶。爭奈者般顔色。春亦不多紅，淡到菊花時節。嬌怯。嬌怯。愁斷一雙新月。

河滿子　元夕和樸園韻

髩影遥憐月樹，春心密赴星橋。遊女莫嫌詞客妬，一年幾度元宵。笛裏誰家梅落，燈前若個魂銷。　可信華顛盖雪，都曾竹馬垂髫。行樂要看新草色，金鞍碧路迢迢。試問探花中酒，何如對鏡吹簫。

陂塘柳　七夕懷舊

悵燕雲、接連飛閣，參差山色圍住。簾櫳不礙纖纖月，一片夜情無主。原可妬。是那日、青苔石畔垂楊渡。桃花幾樹。看點點絲絲，撩人春思，飄落浣紗處。　銷魂路，自此吴歈楚舞。當筵誰肯輕顧。簷鈴未解人離恨，猶效金臺爾汝。憑與訴。便眼下、乘槎直上牽牛渚。秋宵零露。但一水盈盈，雙星脈脈，空對好眉嫵。

荆州亭　即境

樓下一行垂柳。簾外晚霞如繡。小婢學多情，也喜爲儂回首。　花比玉容還醜。眉似楚山常皺。應是背人啼，減却夜來紅袖。

大江東去　過赤壁遭風用坡仙韻

名山名士，最移人青盼，可云尤物。窈窕黄州千雉外，一片紫雲如壁。渺渺江波，依依楊柳，春絮飛成雪。風流恬澹，此翁真是豪傑。　驀地巨浪翻天，長鯨赴海，殺氣乘風發。恍似周郎燒赤壁，萬櫓千檣齊滅。我類曹公，扁舟幸免，生路微於髮。烏棲無定，短歌空對明月。

長亭怨慢　題燕子樓

任採訪、三春風信。甚處青樓，有他情恨。錦樣年華，十分花貌半愁損。燕儔鷃侶，原没得、鴛鴦分。到死不雙飛，便化作、鴛鴦誰肯。　雁陣。每南征北嚮，喜見玉欄遥憑。差池弱羽，轉能傍、畫梁相近。最可愛、兩兩孤棲，不辜負、香泥紅粉。縱寵冠昭陽，應愧伊行輕俊。

奪錦標　虎邱舟中觀競渡戲作

畫鷁淩波，朱旗擁楫，兩岸衣香成霧。幾隊笙歌如沸，翠幰分馳，木蘭爭渡。只蓬窗半面，已默喻、風懷無數。恨龍舟、遮却郎船，忘記今朝端午。　楊柳誰家巷陌，錦樣苔痕，消受許多蓮步。驀地相逢疑夢，飢殺劉晨，渴傷崔護。縱情長似水，也難合、浮萍飛絮。羡橋頭、雁字欄干，恰在藕花深處。

天香　胥山月夕

雲淡於交，星稀似客，淒涼獨坐山館。隱約釵聲，迷離髩影，相隔一層羅幔。花磚幾片，却更比、蟾宫還遠。瑶砌方凝蠟淚，瓊樓又喧歌板。　嫦娥自來斂怨。逞聰明、誤人非淺。若肯未圓先缺，有誰驚艷。故故香濃鏡滿。况久在簾間識儂面。月老無情，天公不管。

洞仙歌　題漚舸《清泠集》

黄昏細雨，正清明時候。打疊愁腸付杯酒。歎年年此日，轉更無聊，魂斷處、偏插幾枝楊柳。　小桃墳上草，遮莫紅心，忍見王孫爲春瘦。我本怕多情，既受伊憐，怎禁得、淚衫青透。敢讀遍、清泠集中詩，已字字行行，滴成簷溜。

剔銀燈　七夕

我在章江南浦。卧見銀河西注。滿眼星星，相看脈脈，揔被風波攔住。有懷難訴。又豈但、天孫情苦。　且幸秋期無阻。却已千年千度。郎既如牛，媒原是鵲，偏尚玉皇公主。姻緣典簿，描錯了、許多眉譜。

桃源憶故人　花仙墓

銷魂最是埋香處。相見當時眉嫵。春意不留人住。一旦成千古。　爲君築個藏春塢。莫被東風吹去。腸斷夕陽歸路。幾點清明雨。

滿江紅　丙午清明

如此清明，已儘彀、愁人消受。况夾岸、長楊掃地，黃昏時候。舞扇歌終花落夜，踏青興盡人歸後。歎西泠、南浦別經年，情依舊。　心頭事，眉峰皺。紅淚濕，青衫透。笑愁潘病沈，那堪消瘦。兩鬢淒風吹暮色，一帆落月催寒漏。恨紙錢、燒盡没魂來，空回首。

減字木蘭花　記良素語

元宵一別。月暈眉痕相對缺。七里桐江。夜夜姮娥影不雙。　花朝已過。雨後落紅猶未果。夢裏呼君。又被同舟小婢聞。

又

春愁如許。閒倚舵樓嬌不語。船若生根。生在嚴州百順門。　綠楊如畫。何處王孫來繫馬。草草相逢。彼此都疑在夢中。

漁家傲

閏到花朝春已半。梨雲夢薄鴛衾暖。玉鏡臺前紅萬點。桃花片。淚痕一樣無深淺。　繡罷支頤拈彩線。香絲合是同心繭。織女黃姑猶可羨。雖難見。簾中更比天河遠。

賀聖朝　題杏林雙燕圖，蘭雪第四妹筆也

折枝莫使胭脂褪。著些些紅粉。簪花筆格散花人，寫花中文杏。　莊姜離緒，謝娘幽韻。比兄才還俊。曲江高會燕差池，是此番風信。

念奴嬌　閨情

滿窗紅日，照春閨處處、晏眠初起。鴛枕未寒香漸歇，愁殺南柯蜂蟻。擁被尋釵，披衣約

素，綃帳明於水。狸奴輕薄，慣從簾底偷覷。　最好雲鬟猶鬆，寶奩斜立，對鏡慵梳洗。十二欄間花欲笑，鸚鵡學人私語。缺月微彎，小山宜淡，刻意修眉史。莫教瞞過，此時都有心事。

賣花聲　懷仙

剪燭看吴鉤。眼底心頭。他生未卜此生休。任爾落花情盡也，畢竟難丟。　好夢不多留。舊恨新愁。太平何忍覓封侯。賴有文章傳姓字，鐵馬悲秋。

瀟湘夜雨

雨打清明，風吹寒食，可憐春色已無多。風風雨雨奈春何。摇得醒、花間蝶夢，降不住、心上愁魔。長亭柳，千絲别淚，一寸横波。　前年今日，去年昨日，都付驪歌。更誰來留戀，粉黛香羅。鸞鏡滿、平分月色，簾影暗、斜抱雲和。相思夜，挑燈點筆，閒譜憶秦娥。

緑意　戲贈

龍涎鳳髓。只暗含不吐，香霧三里。遮莫嬌羞，微轉鶯喉，變盡人間宫徵。眉峰儘彀遥山妬，况别有、秋眸如水。叵耐他、簾底纖纖，纖到芙蕖方蘂。　曾記珠幃怨卧，釵横鬟亂處，越顯姿媚。敢是前身，少欠啼痕，不住要儂瞧爾。蟾蜍直待今宵滿，十五六、象伊年紀。斷送却、幾許雄心，翻欲爲情先死。

羽仙歌　效竹垞

畫廊西去，有薔薇花架。漏板蟾蜍咽遥夜。正貍奴熟睡，仙犬無聲，人到處、一縷香生蘭麝。　疏櫺纔片紙，未肯輕敲，及見相迎反驚怕。含笑欲回身，小語檀郎，敢又是、夢魂來也。試悄向、燈前拜燈花，問不語猩猩，者番真假。

上江紅　寄内

山影迷離，望不見、黛眉深淺。但惆悵、辛壬癸甲，塗山人遠。弱柳依依情似别，平蕪燕燕聲如剪。念粧樓今日亦清明，簾應卷。　西泠下，蓴芽短。南浦外，桃花滿。歎等閒辜負、玉巵檀板。奉母君扶靈壽杖，娱親我築天香館。要萊衣、長似嫁衣紅，交相勉。

憶江南　題蓮臺繡枕四首　繡蓮

芙蓉枕，恰繡臉邊霞。解語停針窺鏡裏，懷人依幕望天涯。蓮子又蓮花。

如夢令　嵌金蘭

怎把金針全度。聊代猗蘭作注。隱谷易傷春，個裏琴心如訴。辜負。辜負。不但美人遲暮。

羅敷媚　綉梅

壽陽公主沉沉睡，額上香痕。被下湘裙。綉作羅浮一片雲。冰肌玉骨原清瘦，莫更傷春。爭奈黄昏。繡到南枝愈斷魂。

巫山一片雲　結繡芍藥

蓮心既寫雙蕖怨。枝頭又喜紅綃綻。花信未全歸。尚開金帶圍。風流宜贈芍。未許輕相謔。春意若闌珊。香魂去不還。

調笑令

粉壁，粉壁。爾也不知迴避。何妨化作玻瓈。照見牆東院西。西院，西院。平白受儂埋怨。

又

莫怪，莫怪。我也出於無奈。誰教鬢影書聲。幻作今宵月明。明月，明月。不管杜鵑啼血。

洞仙歌 元夕憶雪君、西橋、漚舸、敏齋四詞客

元宵燈火，望千門如晝。誰肯空齋坐相守。歎古今良夜，多少情人，都似我、不耐笙歌時候。

迢迢江上月，流照三衢，定有清吟對春酒。應亦各無言，悵惜才名，翻落在、早梅花後。倒不若、黄昏負情儂，好一片明蟾，幾枝新柳。

賀新郎 戴殿撰兄子新婚

百輛笙歌奏。御雕輪、珠鈿翠蓋，文鴛佳偶。步障千尋圍樺燭，霞帔宫袍紅透。恰好似、朱陳華胄。繡毯氍毹交拜處，囑雙鬟、莫報金釵溜。郎本是，探花手。

琵琶弟子今韓壽。羨君家端卿門第，阿咸居首。錦瑟年華消艷福，休誤八磚時候。更喜遇、來朝重九。

玉燕長庚初入夢，笑伊誰、立盡蟾蜍漏。應勸我，茱萸酒。

漁家傲　荆南觀競渡戲作

競渡聲中圍粉黛。胭脂湖上春如海。第一難忘伊姊妹。渾無奈。分明向我深深拜。莫謂同舟都未解。羈人險被遊人怪。感爾衆中佯不睬。垂楊外。回頭却整香羅帶。

聲聲慢　效李易安體

別纔幾日，十二時中，時時在我意裏。自恨春前，無故踏青相遇。便該遠遠迴避，却怎生、目成心許。這一刻，這魂兒、驀地向空飛去。　夢到粧樓窄處。問相思端的、是誰先起。笑倚吟肩，取個鏡兒來比。他偏說他憔悴。到而今、都成病矣。病瘦點，比花間、應益嫵媚。

鷓鴣天

隔幔遥山不肯平。人前秋水但盈盈。弱楊裊娜堆鴉重，落蘂尖纖入掌輕。　難寄語，最關情。兩邊風月共三更。嫦娥亦是銷魂種，永夜淒涼各自明。

玉漏遲

秋山同我瘦。生平最怕，黄昏時候。衰草寒鴉，做弄者般重九。不比當年張緒，尚有那、隋堤楊柳。從此後。任他腸斷，莫輕回首。　　憐渠自小聰明，被月斧風斤，鑿開情竇。覆雨翻雲，誰是補天高手。一霎魂銷玉碎，便來世、相逢難又。香骨朽。依舊化爲紅豆。

安慶摸

惜别

記來時、野梅方笑，疏香林下尋我。鵶翎未整楊枝弱，簾底玉搔應墮。剛病可。寄一紙、新詩句句渠能和。偏教悶坐。看燕子飛飛，桃花片片，春恨兩眉鎖。　　鴟夷舸。且漫停橈轉舵。煙波清興難果。蕉衫透濕懷人淚，因向雨中行過。猜不破。回首處、雙鬟耳語嬌無那。歸帆裊娜。任一水聰明，千山惆悵，終日抱愁卧。

西江月

自湘南歸過西山

漢水不消江漲，西山助我東風。醉吟聲暖浪花融。喜有煙霞迎送。　　去日漫天絮白，歸時夾岸榴紅。端陽何幸在湘中。贏得一船騷夢。

洞仙歌　題湖心灑淚圖

去年今日，記伊來迎接。祖帳賓僚醮桃葉。正笙歌畫舫，楊柳春旗，香動處、驚散一身蝴蝶。

芙蓉三十里，萬頃玻璃，都向紅粧借顏色。彈淚説相思，屈指商量，還剩得、幾多魂魄。且莫怨、生離最傷心，恐再想生離，也應難得。

羅敷艷歌　題詞

伊人韻絶兼才絶，好像梅花。生在林家。冷澹心情不愛奢。　班姬更比文姬媚，玉無瑕。字字籠紗。瘦影香詞記不差。

子夜歌

黄昏樓閣深深院。垂楊碧處簾應捲。山色與誰同。愁眉萬萬重。　雲帆曾幾疊。一舸歸桃葉。却笑浣紗人。空憐鏡裏身。

解佩令　題繡餘宵詠圖

一亭春色，幾層楊柳，剪金蓮、坐聽蟾蜍漏。睡鴨香濃，恰好是、相思時候。捲湘簾、却停針繡。　不修眉史，不修琴譜，展鸞箋、細吟紅豆。如此風情，怎禁得、雙蛾緑皺。儘良宵、任人消瘦。

洞仙歌　元夜

懊儂生性，帶愁根恨果。每到良時淚偷墮。任笙歌結隊，錦翠開屏，翻不抵、獨自剪燈閒坐。　芳鄰貧又樂，冷淡元宵，也要輸錢放煙火。羞殺月中娥，掛起星橋，特地把、雲闗深鎖。但留得、簷聲伴淒涼，使怨妾勞人，却來思我。

又　和答朱雪君外翰

紅情緑意，得詞禪三果。筆底優曇向春墮。便千林貝葉，八部龍天，寫不出、法會拈花趺坐。　吾心惟竹垞，四果圓成，羅漢龕中嗣香火。喜見雪君詞，大振宗風，轉未免、塵羈纓鎖。笑此鉢、偏傳在家僧，到色相空時，莫分人我。

浣溪紗　題扇

十里笙歌擁畫船。秦淮風月浩無邊。殢人春色又今年。　玳瑁香泥煩乳燕，綺羅紅淚屬啼鵑。落花飛絮恨綿綿。

解珮環　題李介夫編脩《情癡印譜》

癡情無據。似一縷游絲，隨風飄去。暮暮朝朝，死死生生，只在綵雲深處。紅箋暗記傷心事，總不外、人間兒女。笑伊行、半世功名，也算花叢霖雨。　任爾雄才大略，便揮戈返日，留春不住。未必情癡，且作情癡，莫遣華年虛度。名山既有千秋筆，落得畫、生前眉嫵。又焉知、蝶夢莊周，不笑文章誤汝。

憶王孫　題禪悦小影

畫橋煙柳羃横塘。水殿風來識妙香。石上青苔坐晚涼。怕昏黄。只見荷花不見郎。

步虛詞　九日慰漚舸落解

天爵不要人爵，才名折算科名。浣花溪上結鷗盟。强似曲江紅杏。　　愛汝詩文並妙，憐余心迹雙清。可來山閣一同登。莫負重陽風景。

長相思

雲有心。月有陰。竹外迴廊聽撫琴。梅花正滿林。　　病已侵。夢難尋。咫尺簾櫳百丈深。看看玉漏沉。

洞仙歌　元日暗記

去年沉醉，到今年方醒。又把椒觴醉春景。看殘蛾未緑，雙臉猶紅，清鏡裏、一朵曼殊花影。　　金釵搖綵勝，髩重蟬輕。髪髻香雲墜鴛領。笑倩人扶，柳樣腰肢，簾幕外、倚風無定。試悄捻、梅梢玉纖纖，隔小袖豐貂，比花還冷。

眉翠。

宴桃源

試問海棠開未。恰似春宵微醉。玉靨不勝顰，遮莫與花同睡。慚愧。慚愧。偎得一痕

祝英臺近　祝英臺墓

斷紋琴，連理樹。心事但如許。落照飛湍，聲色最淒楚。疏疏幾葉垂楊，愁眉不展，可曾見、比肩人墓。在何處。試託秋水通詞，泠泠似相語。指點霜林，一棹此中去。任是黃菊開殘，也連根蔕，便都是、祝娘香土。

解佩環

情碑恨譜。縱没字可摹，心事如訴。麝裏櫻桃，墨裏霜毫，曾記畫伊眉嫵。紅箋自寫崔徽貌，偏姓氏、似他郎主。惜匆匆未敢回書，多恐爲儂嬌怒。　惆悵扁舟别去，望羣山萬壑，荆門何處。莫怪明妃，遠嫁單于，只怕美人遲暮。含羞斂衽殷勤拜，七字外、幽懷全露。且漫誇、筆格簪花，辜負此中辛苦。

小庭花　紀夢

緑柳朱輿妾在門。桃花馬上乍逢君。低鬟無語對斜曛。　弱絮尚憐潘岳鬢，昏鴉應戀苧蘿村。三生猶記石苔痕。

重疊金　題繡帕

越羅輕薄秋雲淡。香痕想是芙蓉汗。巾幗謫仙才。兼工薛夜來。　兩頭排卍字。中有迴文意。可惜竇連波。風情未必多。

浣溪紗　題紈扇蝴蝶

夙世癡憨化作蟲。緑香深處覓殘紅。未妨遊戲是東風。　縱喜癲狂皆慧業，且將文彩奪天工。惹他紈扇撲芳叢。

賀新涼　題芑堂觀察滌暑圖

一扇驅三伏。倩丹青、團團寫出，許多清福。葛履蕉衫欹石榻，繞砌流雲堪掬。聽柳浪、蟬嘶相續。袖裏春風石上起，早吹來、一片荷香緑。梧影外，數竿竹。　十旬河朔傾醽醁。可曾憶、紅兒偷飲，碧筒餘馥。恍似梁園消夏日，同坐芳陰小築。正雪藕冰桃新熟。我弄朱華君照影，看蓮舟、過處涼蟾浴。情化水，面如玉。

摸魚子　題蕉鹿美人圖

最淒涼、緑陰庭院，一窗晴月方午。蕉心有恨何時展，石上紫苔如故。橫笛處。便吹徹、陽關幾疊猶淒楚。者般眉嫵。若見愈魂銷，何如不見，莫怪我無主。　憑誰訴。試各從頭細數。聰明顛倒相誤。阿嬌倘釋長門怨，寧肯百金買賦。原可恕。却不道、甑妃鏤玉天難補。情真夢苦。任被冷蕉殘，心煩鹿渴，淚向枕函注。

憶仙姿　題紈扇美人

眉與竹枝同色。面比梅花還白。爭奈舞衣寒，況是春歸時節。嬌怯。嬌怯。贏得一身香雪。

洞仙歌

去年今日，杜蘭香來過。冉冉紅雲夜深墮。看雨飄鴛瓦，風捲鸞旗，宫扇裏、百寶光生蓮座。　　嫦娥原是月，代汝團圓，戲補情天證因果。含笑剔銀燈，並照菱花，人立處、玉蘭三朵。料此夕，卿卿亦難忘，定小語更闌，倚肩愁坐。

西江月　春日遊三村桃花已謝

十里一篙春水，三村兩岸桃花。美人情態特嬌奢。爛醉錦鴛屏下。　冉冉紅霞欲散，層層緑幔空遮。杜鵑聲裏望天涯。嘶斷踏青驕馬。

洞仙歌　人日戲柬

本年正月，是寅寅當令。月建逢庚歲逢丙。料秋娘未老，春色方濃，新睡覺、一點額梅香影。　椒觴添竹葉，酒泛靈辰。可耐蕭郎爲伊病。剪綵像何人，剪作江波，好迓我、瀫溪煙艇。況復有、才人是同庚，謂漚舸。敢不向花前，惜卿花命。

賣花聲

吳越共黄昏。芳草斜門。棲鴉猶戀苧蘿村。只有垂楊多恨事，春去無痕。　愁見瀫溪雲。灧灧離樽。題襟難寫病時真。望眼不遮山萬疊，誰與招魂。

洞仙歌　杭帥邸秋分寄内

狂風浪雨，正秋分時候。那更孤眠聽殘漏。任金鈴繞閣，畫戟凝香，總不敵、夢裏粧樓如繡。　羅衾隨意薄，枕簟無情，小小淒涼便都透。僥倖不封侯，若早封侯，怎長得、牛衣相守。待收拾、湖山入詩囊，即重擬歸期，菊先梅後。

減字木蘭花　和韻

玉真仙子。不厭長生不嫌死。好似桃花。種在瑶池阿母家。　香痕暗揾。莫是何郎傅金粉。寫韻填詞。却被才華釀作癡。

又

花精月髓。酷似吴城小龍女。詞筆尖新。水樣聰明玉樣人。　爲伊腸斷。斷到無腸伊不管。却待忘情。又恐幽閨淚不晴。

醉太平

愁根恨苗。情真態嬌。夫人恰似藍橋。本琴心自招。　花濃意消。魂輕夢遥。淚珠紅透鮫綃。比瀟湘二姚。

疏影　記舟人語

奴儕固醜。但只取淚珠，量得三斗。妬也多情，怨也多情，爭肯半途分手。將軍尚有慈悲意。不忍折、青青垂柳。怪步兵、管領官厨，反欲樽前逃酒。　僥倖蘭溪已過，命旌旗鼓角，讓儂居後。姊拜封姨，妹拜天妃，最喜風潮狂吼。嚴灘正好垂君釣，直住到、來秋初九。便學他、織女孤棲，差勝隔河相守。

虞美人　戲贈

歌筵覷我聲多誤。贏得將軍顧。篷窗私語没人知，最是月斜風動放船時。　無端姊妹空相妬。不許留誰住。今朝小婢笑鋪牀，却向枕邊同覓夜來香。

摸魚兒

破風情、遍栽楊柳，幾人能遇青眼。蘇堤十里桃花笑，踠地赤繩猶短。塵一點。便許傍、凌波小步彌香艷。那回乍見。正碧玉如瓜，冰紈障水，簾幕晚風捲。　凄涼犯。頗怪魚疏雁懶。歌喉爲我悽斷。揚州舊夢非無據，其奈綺羅雲散。難自遣。是汝輩、芳心不爲年華換。癡魂可念。在紅杏牆頭，青衫馬上，淚近楚天遠。

金縷曲

舊恨如殘月。好長宵、林梢水際，少圓多缺。甚處簾櫳魂亦斷，總爲簫郎愁絶。記那夕、笙歌來接。我共將軍方病酒，奈諸姬、索句無休歇。卿折紙，妹磨墨。　銀燈畫舫吟桃葉。怪伊行、人前忸怩，背人親熱。可歎之江俱下水，況復西風早發。最苦是、匆匆行客。十對金釵三斗淚，負渠儂、五度清秋節。愁未了，又愁別。

攤破浣溪紗

菊幔香衾睡正濃。好憑新夢過牆東。恍憶前年端午節，畫船中。　覓遍人間桃葉渡，總輸林下謝家風。怊悵一聲驚我覺，五更鐘。

感皇恩

荷葉捲心時，玉蟾空照。一片溶溶鏡光曉。碧油青蓋，埋没許多花貌。緑蒲雙浴處、鴛鴦小。　梅子剛酸，木蘭回棹。可惜蓮心爲伊老。幾行愁字、只有斷鴻知道。若還忘記也、天公惱。

減蘭　題定娜殘扇

癡魂怨魄。六度秋風抱殘月。憔悴芳姿。想見桃花落扇時。　憐卿憶我。爲寫閒情付漚舸。並寄羅巾。好向他年索淚痕。

御街行　秋寺和范文正公詞韻

寒螢點點依苔砌。殘月裏、星光碎。禪林孤峭一螺青，但有湖天無地。飛瓊何處，步虚聲到，香霧迷三里。　年年不飲心常醉。頻暗揾、秋衾淚。高眠遲汝夢來尋，細説相思情味。題橋韻險，淩波徑窄，此際應難避。

菩薩蠻　並引

嫵媚，榜人女，有聲於浙。吾友自杭還三衢，嫵媚得載，良自喜。冬日行富春山色之中，晴曦滿窗，舟平如掌。嫵媚曉粧初罷，簪頭真蠟艷艷作羅浮之香。客或謂言：林逋紙帳與黨進羔酒銷金，卿安所擇？嫵媚低聲唱竹枝，微笑指下遊諸峰，遥答云「儂本去孤山不遠」，作小詞記之。

小眉分得吴山黛。輕顰不許遊人愛。疏影入篷窗。花身共一雙。　映簾偷看客。乍見先愁别。却問夢君時。他年未必知。

欸乃曲　並引

某既爲嫵媚作《菩薩蠻》詞，有客至蘭溪相迎，見其稿，因語嫵媚：「卿何修得此？」嫵媚淚涔涔答言：「天既無情，發順風，日且數舍，儂又不先一年死，乃見此郎，郎又不合眷儂癡，如此之恨，與波無際。」客憐其慧，復命作小詞贈焉。

玉釵紅淚逼人寒。濕到鷫裘不易乾。畫舫銀燈照行色，客愁江水共漫漫。

陂塘柳 立秋有感

盼秋涼，立秋時到，簷前已滴秋雨。梧桐未老芭蕉碎，自此伴儂愁起。書片紙。便寫盡相思，畢竟憑誰寄。秋期漫許。正浪闊魚沉，天長雁杳，咫尺恍千里。飄零去，爭奈西風行李。啼粧應愈憔悴。芙蓉不解湘妃怨，終是尋常羅綺。眉月裹。任髩亂釵斜，彈淚看牛女。銷魂有據。在燕子多言，鸚哥薄倖，輕洩懊儂語。

羅敷媚 和霞軒世子梅影詞韻附戲作原賦於後

秋風陣陣催黃葉，雁過南樓。人在西州。鎮日珠簾不上鉤。　淒涼最是重陽雨，滴到心頭。惹起新愁。淚在娘前不敢流。

【附】梅影賦 並序

梅而影，則似梅而實非梅也。賦梅影乎？秦家小女，恰有斯名。竹外斜枝，居然殊色。倚冰霜而獨立，薄桃李而無言。后花朝七日之期，結靈石三生之想。秋眸悄注，湘紋起簾內之波；春士重遊，酒渴動門中之感。不免私停玉勒，試訪金釵；方知瘦損蠻腰，眠殘衛髻。映雙扉而暗泣，指孤燕以明心。郎去何時，一舉步儂都熟記；儂原未語，九迴腸郎豈能知。無由死作啼鵑，也勝夢隨嘶馬。從此短鍼長線，總繡香郎；聊憑淡月疏窗，暫描梅影。本林逋之幻妾兮，曾脱胎于秦觀；效離騷之倩女兮，舞破鏡之孤鸞。附羅浮之皓魄兮，倚庾嶺之琅玕。待巡簷而索笑兮，隔雲漢之漫漫。歎飲香之雖易兮，欲攀折而殊難。當夫雪壓瓊枝，春心微露。意耿耿而參昏，態紛紛而掛樹。讀書燈外，欹紙帳而無言；刺繡窗中，對小星而生妒。過短牆而東望，魂銷金勒王孫；藉長笛以傳情，泣下江城嫠婦。三冬素女，十八封姨。聯成香伴，分繫紅絲。領袖羣花，姓入廣平之賦；横斜一水，名傳和靖之詩。若乃蟾兔將昇，海霞初放。憑蕩婦之粧樓，逐遊春之畫舫。長生殿遠，影招妃子之疑；羔酒更闌，夢入將軍之帳。故因空而生色，亦何色而非空。雖無質而有心，縱有傷而無恙。此西州之花史，爲同心而惆悵者也。藐姑射山人爲之歌曰：鳳城兮南陌，館娃兮宫北。粉瘦兮肌寒，暗香兮虚白。逢驛使兮江皋，渡美人兮蘭檝。行巫雨兮巫雲，迓桃根兮桃葉。今夕兮何夕，看朱兮成碧。沾襟袖兮濃香，步輕塵兮響屧。貯冰雪兮羅亭，望綃裳兮簾額。慮憔悴兮昔容，憶芳姿兮畫箑。楚魂兮莊蝶，湘靈兮蜀魄。春曉兮亭亭，黄昏兮脈脈。固傾城而傾國，惜空花兮難折。

浣溪紗 附戲作小記於後

秋眸如剪淚如泉。剪斷江波不放船。盈盈相望一千年。　驕處石崇休説富，癡時王衍不名錢。拜翁仍倚玉郎肩。

【附】寅寅曲 並記

寅寅，櫂女也。美而驕，見者艷之。私覿，則又皆怨之。一日，兩直指共買其舟致衙官，爭撲落水，聞者笑之。又不禁紛紛效之，然都不能一當也。坐此名大噪於衢。予比自三衢南歸，客有望見寅寅者，歎其美，予曰：「休矣，彼豈有意我曹者。」解舟不數里，風作遂止。遥見一舸亂流，至亦並艤焉，則寅寅舟也。客皆狂喜，更番速寅。寅相過，余亦目逆於門，顧惟一斂衽，酡然却立。命之坐亦坐，飲亦飲。客强之歌，則翳扇，汗涇涇不能發聲，蓋未嘗對客歌也。予謂卿驕名太重，故未敢延訪，乃獨荷遠辱，何耶？問久不答，但垂首匿笑而已。舉坐大惑，胥謂此奇逢，不宜遽散。漏下十數刻，舟人婦誚讓其婢：「汝家小娘不解事，尋常託大，今乃戀戀他人舟，欲留宿耶？」婢乃告阿母催歸，寅寅始潸然稱曰：「耳郎名已久，今日憑窗見馬上一人，訪之鄰，則謂郎也。且徑歸不復來矣。慚愧殺人，不得已白母，欲俟解維後追送一別。今既相依坐許時，可以歸矣。」起立欲拜，吾止之。復微哂曰：「獨不能送我還舟耶？」客咸曰：「禮當於是。」啟篷窗逾舷相送，則見寅寅獨捧眉翁袂請曰：「祖宗般老人，不妨私語。」翁以耳受，頻頻頷且擊節，稱歎其慧。客問何語，翁不答，耳授其奴，奴笑諾去。俄頃，則見諸僕徙予裝，絡繹陳設，趙壁已懸赤幟矣。一舟皆驚，始復譁笑，言十六歲女郎，狡黠如此，苟不重開宴，歌以謝客，吾屬當復徙裝去。於是筵再張，寅寅知勢不可却，乃始回燈障面，徐引其聲，則四座寂然斂容，或按節起舞，沙上禽亦飛鳴相求。眉翁且不免泫然，示衆曰：「歸休，兒癡到此，何忍竭歡，不假方便，來生當亦若香郎，舉體受秋眸之割。」客皆大笑，遂取寅寅手素扇，命予題詞其上，歌以送客。予戲作《浣溪紗》云：「秋眸如剪淚如泉。剪斷江波不放船。盈盈相望一千年。驕處石崇休説富，癡時王衍不名錢。拜翁仍倚玉郎肩。」又明日，泊常山矣。明年，常寧齋遇之蘭溪，奇其色，停槎過訪，欲搜索奩匣，要使一笑。寅寅亟前誡勿啟。寧齋故啟所護，則見什重繡襲中，唯素扇耳，寧齋物色予自《浣溪紗》始。頃忽得寅寅來問餞，末另行注：「黄繡香囊一，奉獻此内香，幸勿忘也。」予疑而拆視其囊，則香髮一紓，有斷痕焉。寅寅不能書，必羞自言剪髮事，以是紿母，故代書云云。丙午秋，白香戲稿。

日落蟬聲裏，蘋藻微風起。含笑看寅寅，芙蕖初出水。飛鴉入雙髩，擠得金釵落。對鏡撲殘蛾，羅衫驚跳脱。朱櫻微語破，兩頰旋螺小。澄碧點秋星，聰明何了了。風前不易走，但覺湘裙皺。剪剪緑波輕，寸寸紅蓮瘦。銀河千尺練，落我疏簾裏。羅幔捲生香，今宵眠處是。誰將卞和璧，琢作鴛鴦翅。腰自楚宫來，偏偏似郎細。桃笙原是竹，美滿瀟湘色。哭到枕成冰，歸心留不得。莎雞怨晴曙，嘶馬迎郎去。山外復生山，絲鞭指何處。昏昏抱云卧，萬頃瑶臺月。愁坐又春殘，蟾蜍向儂缺。萸囊貯香髮，夜夜南州道。等得報章來，秋墳茁吟草。

附：四時曲

右録選詞一百首，適有餘幅，欲附録填詞數篇。盖吾師幼喜製曲，弱冠始究心詞律。謂宋詞縱筆則流，從繩又縛，不比元曲易工也。今特選最初所作《四時曲》，以證斯語。

皂羅袍

燕子依然無恙。還記得、年時王謝雕梁。芭蕉緑透杏花香。屏山夢斷空闈響。紅喧翠嚷。嬌鶯滿窗。碧帷金帳。嬌雲滿牀。春愁暗鎖眉峰上。

一剪梅

平蕪女伴踏春陽。人也雙雙。燕也雙雙。青衫紅袖若成行。水上鴛鴦。岸上鴛鴦。

風來不辨粉花香。賺殺蕭郎。妬殺蕭郎。陳隋煙柳斷人腸。説不思量。怎不思量。

破齊陣

弄玉難逢簫史，藍橋遠隔裴航。薄霧籠花，輕雲漏月，可奈風前惆悵。粉絮一簾遲日上。紅香十里燕飛忙。春歸枉斷腸。

阮郎歸

章臺人去柳絲長。風來没主張。畫梁新燕語雙雙。梅花妬曉粧。羞見枕，怕離牀。酴醾隔幔香。夢中愁遇楚襄王。孤眠錦瑟房。

滿庭芳

寫韻亭閒。落梅風軟。權時小坐花前。日長人懶。無力倚雕欄。遥見一彎新月上，玲瓏照入湘簾。最好是、焚香弄笛，消遣奈何天。

西江月

西苑金釵十二，南朝粉黛三千。木蘭舟楫採新蓮。一帶西山平淺。嘒嘒柳林蟬噪，飄飄羅袂風牽。菱歌清唱夕陽天。一陣陣白鷺沙鷗驚散。

八聲甘州

相思不忍眠。任髻散釵斜，云慵雨倦。衣輕帶緩。閒憑孫楚樓邊。淒淒梅雨咽新蟬。沉沉玉漏催銀箭。誰見。咳辜負了芙蓉一洞天。

北點絳唇

細雨廉纖。珠簾不捲。腰肢倦。小浴溫泉。似水激蓮花顫。

針綫箱

傷感殺、殘陽暮鴉。却又喜、秋容如畫。問蒼天、織女公然嫁。何獨任、嫦娥守寡。請看那、平沙雁落斜陽下。河上碪聲送客槎。真無法。愁和怨，被西風、吹入黄花。

玉交枝

湘簾不掛。怕見那、玄鳥辭家。夢雖長、難及遊人馬。埋怨殺、燕語周遮。青陵已熟邵平瓜。紅樓未合鴛鴦瓦。秋至也、樓頭望他。秋去也、樓頭恨他。

金落索

西風吹髩華。倚望層樓下。遥見那、白雲紅葉圍僧舍。江清菊又花。冷蒹葭。斷橋疏樹繞桑麻。夕陽亭外秋如畫。雁影蟬聲送落霞。牛羊下。晚照裏、空田噪晚鴉。怕只怕、殘砧暮笳。風雨琵琶。我便要、淒涼殺。

七娘子

玳梁秋老燕無家。對孤燈、悄問菱花。粉黛相如，釵裙陸賈。緣何夜守臨邛寡。

錦堂月

雪掩銀山，霜凝玉珮，金爐炭冷煙消。雲凍風寒，樓外冶遊人少。最淒涼、鶴唳猿號。

爲心事、明香暗禱。如何好。已愁殘花貌，瘦損宮腰。

啄木鸝

泥金炕，暖金貂。金鳳金蟬金步摇。睡金閨、夢醒人遥。幸金屋、梅開信早。愁容惟恐梅花笑。纖腰更比梅花小。纔知道。多情易老。難度可憐宵。

山坡羊

淡慘慘、天寒月小。冷清清、鑪紅煙裊。聒刺刺、疏欞紙鳴，一陣陣、簾外霜風峭。儘今宵。心香寸寸燒。自那日、關河雁去朱顏老。愁看暮柳栖鴉，更黄雲白草。蕭條。掃不盡、香閨落燕巢。無聊。睡不着、孤燈長夜挑。

繞池遊

雪嬉梅笑。舊院無人到。怕腸斷、玉關人老。病酒無憀。猗蘭操。淚珠兒、似瀟湘二姚。

梁州序

偷香韓壽。題橋高手。不愧當年紅袖。蓬山有路，今番小杜揚州。自愧我、人非簫史，才乏相如，辜負章臺柳。你看鵲橋遥駕處，渡牽牛。那弄玉文君願已酬。櫻桃破，鴛鴦鬭。今宵始覺梅花瘦。雙蝴蝶，夢莊周。

甘州歌

三杯餞酒。歎浮生漂泊，楚尾吴頭。離亭返轡，忍見依依楊柳。夜闌鵲駕分牛女，春老天台别阮劉。情絲斷，淚珠流。邯鄲枕上夢難留。朝雲散，暮雨收。明月同誰笑倚樓。

皂羅袍

莫謂冰心難動。怕東風解凍。流近牆東。梅花一笑曉雲空。香魂已入羅浮夢。黄昏時節，錦瑟房中。相逢草草，别去匆匆。英雄到此全無用。

醉歸花月渡

東家蝴蝶西家去。隔紗窗、歎息誰知。不勞鸚鵡説相思。紅塵咫尺埋雲子。何事。恨蕭郎、陌路將儂寄。佯迴避，便爾生疑。明心誓水。負心的、心先死。我這裏、黄昏爲你斷腸時。只怕你，羔酒情濃盼漏遲。

錦堂月

冷淡梳妝。癡憨模樣。簾櫳不礙衣香。曲彔闌干，紅藥依然無恙。笑東風、着意輕狂。挑逗得、芳心暗長。金釵響。我這裏銷魂，那邊惆悵。

黄鶯兒 和韻

柳幔織鶯梭。好花枝，不厭多。鞦韆幾處教雲墮。翩翩綺羅。纖纖黛螺。眉間心上都猜破。眄南柯。緑天如夢，其奈落花何。

又

釵冷玉釭昏。掩明蟾，障薄雲。隔簾人遠天涯近。凄涼酒尊。凄惶旅魂。安心且在門中悶。再三捫。碧衫紅袖，俱有濕香痕。

又

孤鶩匹流霞。短因緣，不是家。雙成慣守神仙寡。情根恨芽。金鞍繡車。綠楊官道嘶驕馬。倘尋他。別時紅淚，千里杜鵑花。

又

風過竹蕭騷。撫雕欄，惜夜遥。銀灣冷淡波聲小。心愁自招。心香自燒。絲桐暗譜猗蘭操。盼題橋。蛾眉捧硯，馬上筆鋒高。

附録填詞，得離騷之數，版盡而止。鉽並注。

花仙小志

報謝怡恭親王題花仙像作

慧雲香霧本難消，誰爲靈均賦大招。威鳳也知憐蜀魄，咸池應許和秦簫。陳王美女懷高義，宋玉巫神諷細腰。從此芳名真絶代，碧桃枝折轉夭夭。

耿耿星文夜不刊，梧臺詩思逼高寒。客雖疏放如公幹，時際升平薄建安。八斗才華成賦易，一春花事報恩難。葵心欲化淮南竹，聊與君王作釣竿。

自題花仙照四首

短夢荒祠見已頻，香光離合總難真。仙雲欲散偏臨水，花雨無端又著身。天既不全空煉石，病猶如此倍傷神。可憐夫婿觀遺像，似否翻教質向人。

環佩珊珊入夢遲，披圖多在酒醒時。初心尚慮新婚别，隔世方成卻扇詩。莫笑雎鳩同痦寐，何堪荇菜竟參差。人前未敢悲荀粲，猶恐高堂責畫師。

鐵馬嘶風入洞房，拜君兼拜顧長康。不曾廟見難題主，爲解親憂怕悼亡。恨結三生應化石，書推五勝屬埋香。關雎若鼓湘靈瑟，忍使周官禁嫁殤。

展卷支頤喚不譍，蘭心當有暗香凝。徒令後死成消渴，猶幸先春未泮冰。白石神絃哀紫玉，青溪幽怨託韓憑。癡魂欲共蝶飛去，十二碧樓層更層。

鐵馬辭 並序

宋曜寰先生評先大夫《鐵馬詩》云：「公多情耳，焉知鐵馬不謂公此詩無情。」時予年甚小，不敢問先生「鐵馬」何物，然心疑無情多情之義，何有於鐵，然則非真馬乎？而馬亦何有於情也。秣陵道中，宿句容驛。簷風淅瀝有聲，鏗然自西窗入，非金非石，如泣如訴。當是時，勞人思婦之有所鬱而不能通也，孽子孤臣之遇窮也，車笠之不終也，尺布斗粟之不相容也。吾爲之陟屺岵而學鸛鳴，冠《小弁》之什，採首陽之苓，且化身爲鶺鴒也。一若説法觀音，萬千變像，場中傀儡，舌上蓮華，盡是慈悲眼淚矣。南柯太守立周公廁中，終夕不得投一刺。黎明策蹇去，見簷下懸小物數十，如陶罄而不知其名。秋復深矣，左臂二條脱，一金一玉，解衣就寢，輒相擊有聲，如曩所聞。詰朝問涂子西橋暨唐大覺，曰：「鐵馬也，鐵馬耳。」偶忘考稽，遂滋惑累十餘載。甚且失之覿面，而信矣好問之有益於學也。因序其情作《鐵馬辭》。

秋風吹鐵馬，夜繞黃金屋。碧紗白綺閉紅燭，紫玉樓闌十二曲。少皞西來幾萬里，不得暫入樓中宿。樓中人，有所思，忽聞鐵馬風中馳。孤鸞影對樂昌鏡，但見新月如蛾眉，終夜懷人人不知。一解鐵馬徠，將何爲。吾當爲君作詩，爲君作辭。惟我與爾心相知。夜深慎勿亂吾夢，吾欲夢見吾所思。秋風高，鐵馬不畏關山遥。虚空之中有樓閣，夢魂不到心徒勞。二解秋風嫉菊何若騎鐵馬，磨慧劍，殘月作弓霜作箭。啣枚夜破洛陽城，斬盡秋花花不見。生之何恩，殺之何怨，鐵馬能傲霜，殘其肢體留其香。星與月日爲三光，照臨下土何茫茫。澄潭百尺秋月深。夜哭秋風院。妾心如水易生波，秋風秋風奈爾何。三解秋風何故吹吾心，白雁啣蘆渡湘水，紫荆枝葉高於林。鐵馬雖有聲，相擊而後鳴。子規笑蜀魄，杜宇心不平。比翼鳥，比目魚。飛潛骨肉皆同居，耰鋤布粟何其愚。功名報君國，孝友爲權輿。箕畢雖異好，參商亦相須。伍員倒行而逆施，伍奢偏袒申包胥。四解天地好清寧，故使萬物秋。迫之以威武，以驗剛與柔。朔風夜起繁華收，鐵馬印佩關西侯。大樹將軍棄黃甲，凱歌奏捷鳴羣騶。白虎司良辰，金母方西巡。青女古嫦婦，妬色而寡恩。陰竊其柄殘花神，芳魂沉鬱不得伸。草木有奇節，殺生以成仁。只有松柏非忠臣，春夏同生秋不死，不啻長樂稱老人。五解萬籟皆有聲，鐵馬聲何哀。櫪下無孫陽，誰識千里才。年年七月秋風來，車無輗軏行乎哉。生我者父母，知我者朋友。尾生抱橋非好色，欲塞千古要盟口。富貴之外無陽春，利禄之外無紅塵。封十八姨東家食，卻亦不□西家貧。淒涼破驛風爲鄰，忽聞鐵馬嘶，蕭蕭傷我神。罔兩問影何爲身。烏啼落月策蹇去，仍是天涯淪落人。六解秋風吹落葉，擊紙窗，如大雪。起視階前秋露白，有人夜醉秦淮月。石城花發菖蒲紅，舊院十三樓，盡在笙歌中。只有此地無秋風。曠夫怨女不相識，歎息千古聲皆同。鐵馬鐵馬如有情，當令有心人，一一聞此聲。吾得藉爾通吾誠。鄰家夫婦夢初醒，但云鐵馬聲好聽。七解

湘雲歌　並序

天臺别駕方南屏先生爲舉子時，風流拓落，寄情歌酒。愛湘雲聲色，爲賦其人。以是相慕悦，顛倒京華。縉紳爭羨之，實不翅嗣宗之哭兵女也。繼以讀四庫書，有翰墨勳，不免作吏。今年七月，於錢塘孝廉許公處見予所著《鐵馬辭》，驚焉。且知其猶未室也，謂桐柏曰：「吾姊婿郎侯蠡湖之五女弟字花仙者，絶世獨立，曾見是詩，有太白再生之歎。其殆有天定乎？當與若共媒合之，傳語香郎，但爲作《王湘雲長歌》報我足矣。」予曰：「諾。」俄聞内郎病，念之成疾，輾轉寤寐，遂忘此舉。今日南屏以書來示云：

「崔處士紅旗告捷，將勞彩筆作花信風。」予始大喜，竟一夜賦詩千字。代人説夢，未免掛漏。第以南屏《湘雲賦》洎桐柏《湖舸小志》業俱膾炙人口，予是詩寫意而已。

水結則成冰，雲結則成性。雲心無起止，湘川無究竟。聊藉湘雲圖我情，綵絲繡作方南屏。列炬傳籌宴賓客，唾壺擊出玻瓈聲。星漢夜落口如海，香郎染筆成五彩。藺書蠶紙賦阿嬌，有錢不向相如買。其年月日京華春，勾欄曲院春迷人。雷公打鼓喚風雨，二十四番花樣新。紅走香飛春不管，羅帷翠幕春光暖。莫將頑石補情天，芳心欲鎖金魚斷。貂冠玉帶真珠裘，粉霞綬綰珊瑚鉤。黃金白璧鬬雞狗，豪華意氣輕公侯。是時吾子猶年少，白馬銀鞍踏青草。流鶯飛燕逐遊騎，三三五五長安道。風前撲鼻笙歌香，梨園大宴琅琊王。簇簇胭脂擁環佩，仙雲縹緲來瀟湘。女龍雌鳳金釵客，藕絲綷縩裙腰窄。芙蓉睡起雀屏開，地衣淺印凌波月。步摇綏委雙鬟鴉，翠鈿寶袜籠輕霞。染柳熏梅失顏色，越娥羞見吴宫花。十錦鑾絲繫條脱，禿襟小袖春衫薄。毾㲪吹暖鴨頭香，迴風舞處鸞釵落。徘徊綾扇影嬋娟，鴛鴦飛上琵琶弦。豆蔻唇嬌聲窸窸，虹梁畫棟凝朝煙。軍裝武伎交竿舞，刻玉麒麟搏哮虎。袖鞭裙鐙錦連錢，箙中花箭文牙古。秦簫趙燕歌淫淫，纏頭百萬雕題金。巧笑書空作方字，陽臺誰謂雲無心。清酥白鹿供盤餐，醁醽酒滴珍珠蘭。撾鐘考鼓耳輪熱，杯中日照南屏山。嬌郎倚醉吹横竹，雨簾欄藥參差緑。九枝蜜蠟接黄昏，爲君更譜相思曲。琉璃楚楚瑶殿明，鰥魚渴鳳聲嚶嚀。輕顰假怒捧心立，三百六十愁城傾。褦襶衣冠皆望履，小蠻但愛佳公子。折腰留盼不勝情，癡魂溺死秋波裏。盈盈一水不容刀，靈臺方寸飢猿號。九首熊虺執修綆，鎖人冤魂歸天牢。蕩漾情懷收不得，露庭月井春脈脈。坐中夫婿數千人，只有先生能好色。銅壺漏落蟾蜍吼，樓外七星懸大斗。鴉啼粉堞促人歸，金蓮燭映天街柳。雙扉畫戟關夜闌，簾波風細罘罳寒。漢使支機求石子，無術令彼天河乾。蒼苔小徑作長路，行念洛川相識處。研丹潑墨寫烏絲，感甄人製《湘雲賦》。金蟾呀呀揚高芬，五光十色情生文。何須袂褋遺澧浦，蹇修自達雲中君。蛛絲密字金泥扇，公孫劍光飛白練。劉安私謁宋靈賔，水蕻蘭若垂楊岸。市南曲陌爭相慕，桃葉桃根春喚渡。百勞驚起對月郎，小語紅樓最深處。呢喃燕子不成聲，非若尋常兒女情。清溪白石以神遇，乃能領袖芙蓉城。爲問癡情何所似，落花盡欲隨春死。不然文字有何靈，日與觀音同拜祀。朝朝暮暮蘭臺下，忽驚絡緯啼殘夜。長眉凝望曉瓏璁，孤嚬向壁燈花謝。橫秋銀漢水潺湲，遥聞北斗聲迴環。愛日葵心同蜥蜴，肌香臂冷紅斑斑。爲君爛用水衡錢，菊酒香濃翰墨筵。安得長繩繫烏兔，羲和偏著聰明鞭。流蘇複帳埋煙霧，陸郎走馬應官去。短長亭外鯉魚風，那是江南好雲樹。簾鉤鸚鵡霜華重，愔愔焦桐藏楚弄。蘆洲蓼花老秦蘅，夜夜騷魂繞雲夢。天台雖近蒼梧遠，別駕前車揖劉阮。寧拋鐵網賣珊瑚，自憐身與塘蒲晚。秋風無處寄相思，惟讀香郎鐵馬辭。感君咳唾成珠玉，能令碧鸛牽紅絲。草草長歌報知己，楚南西越雲千里。懷沙人作鷺鷥官，但有閒情似湘水。

祭花仙墓

聘妻郎玉娟墓也，在西湖桃源嶺下

飆風窸窣鳴深夜，蟾蜍漏咽釭花謝。是時仙子已魂來，鰥郎夢見嫦娥寡。嗚呼莫恨身未嫁，焦桐璞玉尤無價。嗚呼莫恨花無枝，姬人所生皆君兒。會當同穴湖之湄，百年旦暮寧徑期。爾時合沓花神祠，羣花艷羨儂與汝。反欲未嫁先別離，題碑三字大如斗。花仙墓上風吹柳，從此湖山入君手。清明鬼唱祭花詩，吴娘淚落春遊後，果能如是君知否。君不見馬嵬坡下楊玉環，猶居海上三神山。但有真情皆不死，矧君本是花中蘭。魂兮有知毋悲辛，汝隨太宜人，定省昏與晨。四郎亦在彼，和樂乃天倫。我事太恭人，尚求汝保佑。保佑太恭人，百年全福壽。我爲孝子，汝爲孝婦，何必人間同白首。君不見琴瑟春風吹緑鬢，尚復淒其茂陵聘。男兒意氣兩心知，天上人間同一鏡。聞君有遺贈，玉容金跳脱。君容供奉天香閣。跳脱□吾肘，不翅攜君手，與君魂夢長相守。畫中人影伴中郎，人間信有神仙偶。君曾謂我太白再生，同訂西樓鐵馬盟。詎知已兆淋鈴聲，淒風楚雨不可聽，香魂水佩寒琤琤。竟牀長簟雙鳳窠，楊花帳隱蟬翼羅。玉鸞聲斷不可續，彩雲易散無消息。吾因念汝得心疾，寢不寐兮飢不食。欲求篙櫓渡吴江，又恐慈暉增慘慼。吾曾寓書蠡湖舅，葬汝西湖高敞處。

以吾之名，題汝之墓，庶幾魂魄有所附。方君許君兩高士，爲君更作花仙賦。汝兄與吾皆至親，誓當愛敬終吾身。並令汝子與兄子，他年更約爲昏姻。聊代汝報兄嫂恩，魂兮有知毋悲辛。兹遣花奴來祭汝，吾欲七月歸章門。章門去吴門，迢迢二千里。聞説陰陽隔片紙，魂兮莫恨死別離，一夜西風可到彼。天涯黑魆魆，魂從何處來。有鬼食人魂，其名爲雄虺。猙獰猰貐號怒雷，萬一遇之當何如。平生負奇氣，鬼物咸畏余，汝第言之當無虞。魂兮慎勿一人行，吾魂送汝歸所居。癡情如許誠奈何，汝散花時，我侍維摩。前身結習兩難盡，理應受此生折磨。渤澥崆峒可填鑿，其如斧爛山無柯。割得柔腸在何許，璁瓏簾影竹波起。後堂鸚鵡聞殘語。珠帷夢斷百勞孤，但餘清淚如鉛水。獸餤依微蝴蝶去，桂欄凝緑香心死。白楊鬼嘯曉風秋，煙花剪作同心字。歔欷噫，嗚呼哀哉，魂兮魂兮，歸來歸來，吾當貯以黄金臺。花仙彌留時，有歸柩靖安之隱，已許之矣。並記於此，香郎自注。

痁語悼亡

病瘧則痁語，多不可解。蘭以悼内郎致病，其狀如瘧，自恐不諱，重貽親憂，隨意作達語，書枕屏上，瘳癡而已。其語無理，且似瘧，故名痁語。

其一

涉世務深入，我獨遊其樊。與運爲委蛇，成見安可存。意念若草木，著地無非根。芟之以秋風，蕭蕭歸玄門。二儀雖狡獪，萬化同一源。高居瞰其極，方寸羅乾坤。生死各須臾，夭壽何足論。

其二

良夜何迢迢，燈光照四壁。披衣聽漏刻，虚堂羅鼠跡。啟關望天宇，落花聲寂寂。歸雲無定期，新月如殘璧。小星徒紛紛，明河空歷歷。寧作共命鳥，靈山長比翼。不樂爲天孫，錦梭和淚織。小别尚如此，此别無消息。淒然搔緑鬢，冷風吹繡袂。

其三

望泰山，泰山高，泰山望我如鴻毛。七尺之軀一寸心，一寸七尺同一勞。百年三萬六千日，今年二十五，已過四之一。其餘七十有五年，不啻白駒馳一驛。百不百，未可必，百之又百亦何益。李賀怕死字長吉，乃僅享年二十七。祝長壽，人動曰彭籛，彭籛已死三千年。聖人竊比於老彭，不因其壽因其賢。負手曳杖時，皆云泰山頽，泰山至今猶巍巍。

其四

養此方寸心，勿使殉物形。萬象各有托，悠然遂其生。惟達可觀化，無毁安有成。鬼神罔端倪，通之以至誠。役物仍殉物，忘情乃得情。山水寂深邃，森森衛百靈。滄海雖變易，此理安可更。

其五

飛鳥與氣遊，常在虚空中。八表本無物，呼吸相流通。達生忘故吾，事變安可窮。夭桃固春色，霜葉何亦紅。静域發真悟，竹柏宜秋風。試看窗外雲，千古無雷同。

其六

鳩唤晴，蟬亦鳴，西堂病卧薰風清。庭花憔悴日亭午，五肢枯槁無人形。閒思往事如夢寐，不覺悵悵生離情。此身與彼蒼，何第萬里遥，達人呼吸通層霄。傲然扶杖笑千古，公等涉世何太勞。次第生死，疊爲賓主。世世爲人作父母，依然獨自歸黄土。不若秦淮水榭無根花，朝歌夜舞爭豪華。晚涼梳洗雙鬟鴉，憑欄倒數青空霞，紅蓮香透瑶窗紗。

其七

鬼狐處虛室，意蓋樂其靜。靜者物之始，於焉悟真性。草木無風時，蕭蕭不可犯。與俗爲逶迤，何心立崖岸。小兒負手立，其指且有爲。動者生機也，無疾安用醫。吾心如槁木，惡聞鬼夜哭。心與神爲徒，終古常穆穆。

其八

平江靜如鏡，遠山低緑眉。池荷發新花，寧必五月時。紿絺能禦風，於冬何不宜。神魂處虛宅，氣化難遷移。勿謂爲空門，事事相維持。收視返聽中，天地爲宗師。一靜止百動，風旛奚足疑。狐禪務寂滅，乃與吾道岐。佛者弗是人，謂彼造物奇。荒城多墓田，姓氏留殘碑。誰實使之然，但有松柏知。

其九

吾文如天籟，勿以章句求。規圓矩方匠石耳，安能空造雲中樓。化工弄爾如獼猴，冠之帶之爲俳優。落溷飄茵不可知，下窮上達皆累囚。羲和鞭日月，昇降如擊毬。三百六十須臾過，火輪過處魚脱鉤。藏澤於山，藏壑於舟，亦當竊去難暫留。不若離爲馬，坎爲牛。健行馴至剛濟柔，不以得失爲喜憂。君不見，穆天子雲中鳴八騶，東遊若木西瀛洲。拾得烏號弓，射斷閻羅頭。木公金母爲婚媾，水火五行斯有壽，世人未必知其由。

其十

人苟無死，寧復樂生。事苟無敗，寧復樂成。人既必死，偷生何益。事既必敗，速成何濟。人之生也，幻影空花。隙駒之中，各私其家。聖賢慈悲，作爲禮法。準情合理，安上全下。揖讓征誅，非得已也。作福作威，非爲己也。聖人天子，以天爲心。中和位育，垂裳鼓琴。薰風南來，解愠阜財。爲今之人，豈不快哉。先民有言，安命聽天。無愧君親，可以永年。

月樓感事

風滿衣衫月滿樓，江天無際思悠悠。蛙聲已入千家夢，樹色翻成五月秋。憔悴扇悲清暑殿，蕭閒人老醉鄉侯。漫燒紅燭尋佳句，刻漏初添第二籌。

其二

徙倚南薰意興孤，輕軀翻仗綺羅扶。樓臺處處藏燈火，風月家家入畫圖。雞犬聲中聽夜色，水晶欄下望啼烏。詩腸探得真消息，動定雲山似有無。

其三

良宵如此奈情何，視聽茫茫感慨多。夜半藏山人負去，晴空無主月相過。别離五色天非石，惆悵雙星淚隔河。欲枕樓闌卧今夕，南風吹夢入南柯。

其四

横塘新漲藕花肥，竹裏人家白板扉。鐵笛倚樓梅夜落，桐絲仍操雉朝飛。可能如燕乘風去，何處招魂跨鶴歸。悵望西湖近時事，空留紅淚濕青衣。

聞花仙歸殯湖上

入夢殘魂淡欲無，挑燈扶病讀醫書。好春日日埋風雨，青塚年年哭鷓鴣。西子淚乾湖水涸，先是得宮明府書，言花仙始病，繼復云：「邇來見湖水化爲平壤，不知西子歸何處矣。」竟成語讖。林逋梅落越山孤。傷心執紼人歸後，但有鴛鴦卧緑蒲。

花忌日有感

彩霓歸路碧迢迢，石爛桑枯恨未消。花月乞靈傳底事，春閨彈淚説今宵。千年渤澥勞精衛，一代湖山貯阿嬌。嘶馬不聞人迹斷，酸風爭射浙江潮。

其二

桃花深處即蓬萊，石上相思滿緑苔。無質欲描難著色，寸心多感易成灰。羊權亦贈金條脱，温嶠應虚玉鏡臺。碧漢有槎同問渡，天風吹我落塵埃。

其三

石井桐烏報夜闌，五銖衣薄不禁寒。驚鴻莫笑填河鵲，垂翅應憐照鏡鸞。冷雨香魂吹易散，風裳水珮杳無端。仙郎若泛湘南棹，竹淚成波渡亦難。

餞春歌　丙午

今年浴佛日酉時始入夏，前此一刻，同郡署諸友登蝶香樓，彈淚極目，無一語，太息而已。春，公物也。寧必我餞，吾自傷意中之春，作長歌聊當哭耳。樓在衢州太守舍最後小山上。

樓頭落日催春歸，稻田水暖楊花飛。此時春亦不忍去，平蕪緑暗牛羊肥。款款秧歌入清水，蒲塘兩背鴛鴦起。可憐憔悴惜花人，綾扇招魂何處是。吴娘鬟亂蠶欲眠，悤悤消受三月天。目送斜暉上簾額，臙脂淚落如啼鵑。送春已至江之湄，欲渡不渡心遲遲。春若無情春不死，落花處處皆如此。昭陽雲瓅栢梁臺，劉郎未是真男子。東郭王孫騎瘦馬，與春哭別西陵下。不憐春去但迎春，茫茫誰是多情者。布穀聲中赤帝來，湘靈瑟撤巫陽臺。試問南園舊桃李，東君去後開不開。殘霞一縷隨孤鶩，冉冉春從此中去。黄昏人倚蝶香樓，任爾魂銷懶回頭。

花燈辭　有引

元夕坐西堂，眉山曰：「舒香郎，爾徒負才情，殊懶作詩。盍爲老友賦花燈辭，留今夕在人間，可乎？」香郎急索酒，浮一大白，辭遂成。

星湖月海山如鼇，火龍飛舞奔怒濤。千巖萬壑燈燭高，踏歌穠李聲嘈嘈。楊家列炬凌絳霄，雲中雙鳳起樓閣，豹螭獅象爭咆哮。香塵暗逐馬蹄飛，銀花錦樹流春輝。金吾放夜不可禁，銅壺漏盡人未歸。廣陵士女舞霓裳，宮奴玉笛偷新腔。禰衡金石撾漁陽，蘇徵安息龍蠟光。一月十五放舍利，巢成帝女昇穹蒼。花奴媚子排數行，鐙輪綺繡千尺長。珊瑚公主珠翠香，誰家明月逐人來。鐵璅夜落星橋開，香車寶輦皆裙釵。尋梅問柳不知處，玉樓綵結金書牌。大婦不合逐紫姑，楚傖貯以神仙臺。青藜太乙照劉向，石渠閣下雞人唱。紅顏白粥祀蠶桑，狄青夜破崑崙將。南油西漆吐鶴燄，端門竊得金盃樣。西涼貿酒驗如意，廣寒歸去增惆悵。漢武駝經勞白馬，東南插柳門相亞。九華初謝百眼收，寂寞情人怨遥夜。犀錢攀櫶王氏兒，吴娘悄煮郎君芋。長春殿前撒荔枝，上元貴戚相餽貽。吾聞鷺轉花，龍吐水，紅幘緑衫宮娥喜。繭絲卜中多吉語，金鼓喧填怪風起。樂昌破鏡今夕圓，萬斛落地皆生蓮。何從乞得女媧石，一補五色離恨天。不妨竟作鶴林遊，趙嘏美妾名莫愁。仙雲縹緲安可留，不能行樂空白頭。天街皓魄爲誰好，五陵公子腰圍小。去年花市約黄昏，燈下别離殊草草。

迎春曲　小年日申時立春

迎春至東郊，春風隨我來。今年閏三月，别我於秦淮。可憐十三樓中花，自君去後都不開。雌雄雖有情，莫上襄王臺，春風春風隨我來。

其二

迎春至東郊，不見春風歸。吴山越山千萬重，相思處處皆斜暉。殘霞映餘雪，寒鴉相隨飛。春心最公，春思何窮，六合之内皆可通。大聲疾呼謂春風，欲令爾脚爲吾脚，一日走遍天地中。

其三

迎春至東郊，春風亦相迎。襟裾飄飄然，揖讓如平生。春風無色而有聲，何當與子話離别，相思萬里同一情。秦皇驅壯士，築石爲長城。不許春風出玉關，明妃墓上草獨青。情之所鍾，貴乎金石，春風歸來入吾室。

其四

一歲之中，春始春終。中間仍復有秋冬，不得常在春風中。春風入閨闈，不見空梁燕。吴姬二八擁金貂，年來解識春風面。春歸何早來何遲，天涯哲士多淫思。春風愛顔色，贈汝同心結。彩絲繫錦囊，春心歸不得。緑蘿紅袖障青山，石榴裙染春鵑血，春歸何處無風月。

其五

春風歸來，與吾有緣，瞬息吹冬上九天。青旗黄牛出東門，迎君燮理陰陽權。四氣之來，惟春最先。萬物得之，以延其年。春曰不然，自然之中有主者。造化尚小兒，春風亦何知，生殺之柄天司之。盈虛二氣如轉輪，今年既早，來年必遲。合而觀之，何喜何悲。芸生不達，機機發發。秋霜亦能生，春風亦能殺。殺不任過，生不任功。自生自殺於其中，八埏四維常苦空。

花生日病中懷舊 鳳凰臺上憶吹簫

章浦花繁，桃源春半，此時分外關情。況掩闉病卧，辜負新晴。莫笑燈花無蒂，纔撥去，頃刻重生。又何必、撲傷粉蝶，哭殺黄鶯。　盈盈一灣春水，廿四番風起，浪打愁城。恨落紅滿徑，咫尺蓬瀛。寂寞馬嵬腸斷，更何堪、夜雨聞鈴。聞鈴夜，芳魂入夢，欲睡還驚。

清明日舟次爲花仙作 滿江紅

如此清明，已僅彀、愁人消受。況夾岸、長楊掃地，黄昏時候。舞扇歌終花落夜，踏青興盡人歸後。歎西泠、南浦别經年，情依舊。

心頭事，眉峰皺。紅淚濕，青衫透。笑愁潘病沈，那堪銷瘦。兩鬢淒風吹暮色，一帆落月催寒漏。恨紙錢、燒盡没魂來，空回首。

緱山集

哭雙丰將軍十首　有注

自注非古也，以所紀皆公言行，非注不能解。凡以徵實，亦所以證非諛也。公宗室王子，諱弘豐，夏日自荊襄移帥兩浙，迂道過南州枉顧，即已抱疾。夢蘭故陪送同行，到官七十日，以疾終。嗚呼惜哉！公性嗜學，瀕没尚手《嘉祐集》一卷。精於史，有大過人之才智，而不假之年，不竟其用，爲可慟也。哭以詩，置公櫬中。公無子，一女始九齡。家四壁立，彌留時，民間見黑雲黯黯罩節署，俄而公薨。壬戌秋九月廿六辰刻也，夢蘭並記。

其一

黑雲如蓋幕軍衙，將士驚聞内監譁。一息僅存猶慮國，公病中時時盼楚蜀大定之捷，謂見此報瞑目矣，臨卒尚云。頻年徙鎮不窺家。襄陽雨淚思羊祜，幕府風秋哭孟嘉。自謂忠魂如有覺，定隨遺表上京華。此亦公卒時語也。公在荆，屢思入覲，既復欲到浙請行，蓋有所獻納，備顧問者。九月十日自知疾難驟愈，仍上書改期來春，其戀闕之忠誠如此。

其二

共説公真柱石才，昔年畿輔忽聞災。憂心敬載嘉謨去，疾首遥需驛騎回。公帥楚時，聞京師水災，憂慮至十數夕不寢。曾會入告弭災之策，上稱善，且慮老臣勞瘁，時問「汝身體好否。」公拜恩必自責衰庸尸素，淚落如雨。賓從見者胥謂然。休戚豈因連桂苑，哀榮應許到泉臺。可憐屬纊心猶熱，尚有恩頒鹿脯來。上秋獨行在所賜也，奉到時公體尚温。夫人又篤病不能拜恩，夢蘭謹哭告而授之公手，此境真不忍詳也。

其三

奇才苦命似君稀，買藥仍須質戰衣。廿載獨逢時相怒，公母福晉有内監高喜者善琵琶，和相欲奪之。公恥以侍母之人媚權要，斷斷不與，以是忤和。二十年百端譖抑，不少屈。人多笑公迂，今上獨以是重公，真聖主也。無怪公死尚感泣，謂當報於來生。高監亦義僕，辭富居貧，和恒命番役狙之邸門。高則二十年不履外户，長齋，繡佛像甚工。誓爲僧，今尚隨任，其哭公亦最哀也。三餐猶念老農饑。官居一品寒如此，爵本元公願已違。承家本鎮國公爵，以兄子之過失之。回首昔遊真慟絶，使人羞見故山薇。夢蘭客怡邸時始識公，即荷錯愛。

恭親王公從子也，竹林之好甚篤。每曲宴觴公，則夢蘭對席，王參之，無雜賓也。王弟永從公邁、王世子綿國公標皆畏愛公，而復與夢蘭最契。王不在座，則兩公必從論史賦詩，殆無虛會。今都已作古人矣，唯夢蘭尚存，又皆一一見其死，能無慟絶。嗟乎，夢蘭特南州一布衣耳，年四十未能聞道，故不敢爲賤貧恥，亦恥言富貴交游，遺誚識者。然感知之心又實難昧，爰彙注之，附公靈以謝諸亡友，於以見盛世賢藩皆能下賤，亦河山帶礪之祥也。

其四

梧臺竹苑盡荒蕪，遥慮公家事事無。賓客漸從貧後散，松楸翻在死前枯。公父王園寢在紅螺山，病中恒歎謂拜掃久闕，祠樹摧圮，邱首之意黯然。往見公爲先王作忌，或歲時伏臘，拜影之日必有淚痕。私心竊爲君國慶，蓋孝子未有不忠者，况宗室乎？閒庭久閉皆因漏，德配雖賢未有孤。自此年年寒食節，白楊風裏但啼烏。

其五

比夜愁聞鼓角聲，爲公長坐到天明。叮嚀遺疏腸應斷，指點歸途道已成。公本章嘉佛弟子，持秘密甚虔。廿五夜疾革，夢蘭尚苦勸進藥，公但曰「且緩」。既悄語張内史云：「香叔藥我意良善，但我凡再出，皆爲所阻。蓋勸其小憩乎？」夢蘭出少選，内呼入救，則頂門劃然作聲，已坐化矣。兩手指各掐辰字，真再來人。海外尚應傳畫筆，寰中誰與對碁枰。公畫法碁品皆國手，予不知碁，見所對奕必高手，都能勝之。曾爲夢蘭畫天香館圖，僅一扉之木，爲四屋之重。中間一窗一几一什物向背光影，悉與予室中所有真贋無分，客來見者，欲入四屋一遊，捫之以手，始覺其爲畫圖也。則皆適適然驚顧變色，謂爲神怪。其學蓋受之泰西，郎世寧九萬里浮海來游，爲西洋第一繪事，中原獨公得其傳，而今亡矣，人間亦僅有天香館矣。天姿絶頂何須壽，粉碎虛空撒手行。

其六

我已歸耕處士廬，感君迂道顧迂儒。行因久旱羞張蓋，食爲祈年命翦蔬。公舍舟陸行，過江浙數郡，在在祈雨。熱殊酷，公性茲恕，謂「民力方病而我取涼，忍乎？司牧者皆蔬食而我食肉，安乎？」却蓋茹蔬，感暑遂病。到官之明日，即疏陳所見災狀，上嘉納焉。僅注及以永明良之譽。敬詣宮牆瞻北闕，幾曾笻屐過西湖。公父乃聖祖皇子，諸侯不敢祖天子，禮也。履任拜恩之次，敬詣湖上舊行宮，禮聖祖遺位，而不敢拜諸私家，其守禮類如此。來時九拜將軍印，病體原須力士扶。

其七

世外空傳叔夜琴，成連死後孰知音。龍山我昔科頭望，虎帳君方擁鼻吟。明日絶糧猶宴客，暮年無子未關心。難忘最是相期語，不作沙門便作霖。予昔聞荆南不靖，即日泛扁舟視公。至則傾城出迎，連榻十九夜，尚論千古。眸光各炯炯，聲震鈴閣。夫人異而詰公：「愛香叔何遽至是？」公歎曰：「巾幗人奚足深語！大抵此郎歸，宿止兩境，餘無可者。不能作霖雨，即高僧也。」夢蘭聞之，雖萬不敢當。然其所以禱天竺，乞身代及。今服心喪，哀慟欲死。實皆愧此義而感之深耳。

其八

西顧長庚向夕紅，別來鬚鬢已成翁。貔貅萬竈行看捷，籌策三年坐鎮功。慶祚方長公遽没，善人無後理難窮。生前最識天文秘，敢有箕星落太空。公精於七政推測及製水火陰晴諸法器，幻怪奇巧，不可思議。善格物，讀書求間。發一難必前古所未聞者，其折福在此。

其九

凌霄甲馬堂堂去，猿鳥悲鳴落照蒼。麾下劇傷慈母逝，民間都歎令公亡。雖無惠績遺天竺，定有雷音達玉潢。百尺相風軍府側，高情原欲比甘棠。公卧疾杭署，每問今日何方風，衆莫對。公因伏榻翦紙作雄雞，而虚其中，受風以尾。命匠者以金範之，立十丈之竿爲鋏樞，置鷄其上，某方風動則尾隨之轉，而鷄首正向其方，八方之風了然在望，巽爲風爲雞，取象亦肖。此公制器之麄而格物之淺者。後賢見之，亦可想委頓之餘，尚不廢學。假之年而久於任，必有爲於是邦明矣。

其十

胥山秋暮起愁雲，地獄天羅慘莫分。百指衣衾倉卒辦，一堂聲淚徹宵聞。懸知絶墓誰爲志，頗欲傳真愧不文。白首郡君方病篤，但憑老友殮將軍。

右予哭將軍十詩，大殮日悲愴促迫，聊藉韻語詮事實，置柩下以代銘誄。都極草率，然不忍竄易原稿，爲存真也。先是將軍疾大漸，倚一監趺坐喘息，忽顧予曰：「舒香叔，昔淵明自作《輓歌》，秦淮海亦嘗《自祭》，老夫爲二監所擾，遂乏閒情。未能免俗，君逸才也，長别後必有輓辭，盍及我生前一覩爲快。」夢蘭方哽塞，涕下如綆。重拂公意，僅口占一楹帖云：「聖祖毓賢孫，六十年儀表宗藩，斧扆勳高天柱立。玉潢應雨泣，四千里憂勞徙鎮，虎林秋老將星沉。」夢蘭坐榻前誦至結語，公猶頷首微笑，謂「真名句，其雅達如此」。並記之以存淚痕，布衣老友舒夢蘭手稿。

觀潮 並引

嘉慶七年八月十八日，雙丰將軍方病瘧於虎林節署。予問疾侍坐，將軍適寒熱交作，忽厲聲曰：「白香，瘧易與耳。君第馳騎至錢塘江觀潮，爲賦其聲勢貽我，瘧當立瘥。且吾過南州相邀，即首以看潮爲約，可交失乎？」夢蘭欣諾，徑詣江樓小閣中，就所覩疾書爲報。並記其情境如此。

海門諸山傍雲立，極目錢江靜如席。長堤萬口不停喧，但有人聲類潮汐。官來祭潮金鼓鳴，拜跪作樂雄風生。無情之物有生日，杭俗謂八月十八爲潮生日。海神欲至江神驚。遥遥天聲結陣來，樓前萬首齊東回。我正科頭吮毫坐，凌空一眺心顔開。狂瀾逆行沙漲黑，層雲倒卷千堆雪。雷車十萬撼堅城，百戰蛟鼉盡流血。盛怒之中藏定力，千人萬人皆屏息。潮頭已過尚虚驚，我愛錢塘射潮客。

即日晡，夢蘭奉稿於候潮門外之臨江閣。

招魂賦　癸亥

九秋廿六，雙丰王子之期年忌也。宿草載黄，覩景懷人，悲由感生。爰爲位於所畫天香館前，酹以絮酒，佑以楮墨，焚諸風中，情同晤語。聊用招魂，何心作賦。其辭曰：

僕有故人，貴而能貧，賢而無子。味道畜德，鏤經繪史。孤嘯一室，寸心千祀。薄富貴於浮雲，視形骸如敝屣。未小屈於權利，立大防於廉恥。守忠孝以爲藩，誓憂勤而没齒。溯舊遊於雙溪，忽枉駕乎千里。感溽暑而致疾，卒寢淫而不起。嗚呼痛哉，方其觸熱遠來，流火飛埃；籃輿夜躓，震厲筋骸。八騶迷而失導，二監藉以爲災。抱新疴而過我，論夙志而增哀。謂重華之在御，偶苗民之逆命。假節鉞以專征，握恩威之大柄。既縻餉乎千億，復瘡痍夫萬姓。幸廟謀之獨斷，獲疆埸之屢勝。仍聚散於崔苻，尚微氛之未淨。恨廉頗之既老，如汲黯之善病。祇坐鎮於荆襄，未冒矢於行陣。復移麾於甌越，實當寧之仁聖。欲鞭策夫駑駘，效馳驅以報稱。助河嶽以涓埃，獻芻蕘於採聽。須吾子之撰著，達下懷之謳詠。請入朝以述職，冀小補於軍政。

於是感公前席，載我後車。單騎並轡，執綏連裾。恣扶病之清談，校行篋之秘書。每耽吟而徹旦，復憂旱而茹蔬。謝臨邛之負弩，詢疾苦於鄉閭。勗所司以調濟，詰賑貸於倉儲。不張蓋以祈雨，遂久瘧而難除。既到官之明日，即疏陳其所見。統江浙之數郡，及漢黄之諸縣。實偏災之已成，冀甘霖之殊眷。沐恩膏之特霈，併暇陬而溥遍。洵主聖而臣直，告嘉猷而樂善。方刻期以北上，詎齎恨以西歸。慕先王而涕泣，授遺書而歔欷。僅左女之扶牀，況山妻之卧帷。拜宸頒之鹿脯，佐含殮之珠璣。是日也，晨星没，層雲黑。南屏震，西泠咽。吴楓丹，霜雁白。慟哭兮三軍，陰霾兮四塞。奠兩楹兮成禮，樹長旌兮表德。

僕乃部勒賓客，激勸將吏。事死如生，酬知尚義。尊人以德，勿徒以位。彼路馬之猶式，矧麟趾之令嗣。每朝暮之奠醊，必肅恭以將事。凡百務以身先，歷九旬而忘寐。幸愚誠之不妄，獲感應之無僞。病垂危而竟瘥，儀及物而未匱。雖故衣與遺劍，必寓目而登記。曉臧獲以恩威，動闍寺以情淚。增德驥之芻糧，固的盧之銜轡。且預籌乎喪葬，及靈輀之所至。悉敬告於夫人，洎將軍之左侍。始哭拜以辭行，庶私衷之稍慰。既還山之隔歲，時夢想乎仙舟。知繼嗣之有無，信孤寡之堪憂。悵逝川之渺渺，似衆情之悠悠。睇雲泥之懸絶，欲勗勦而未由。歎賢愚之同盡，並聲影而難留。但白楊之蕭蕭，又寒蛩之啾啾。倏四序兮既往，亘萬古兮長休。忝性情之深契，禁涕泗之横流。魂有知兮依我，共吟嘯兮斯樓。寄高情於一世，享令名於千秋。

亂曰：秋深兮南浦，悼美人兮黄土。泛桂舟兮蘭檝，載吴歌兮楚舞。流連兮太息，波涔涔兮無際。感寂滅兮精靈，望森蕭兮蘆荻。招魂兮冥冥，奠清醑兮沙汀。慨江風兮易落，悵鄰笛兮不忍聽。

天香館詩三十韻

雙丰將軍以泰西綫法爲余畫《天香館圖》，見者驚爲神品。將軍既薨，斯爲絶筆。嗟乎將軍之精神智慧，偶寄於此，遂可傳世。矧平生蓄積抱負，有什百於此技者哉？姑就繪事舉一隅，以曉識者，非自負其所居也。夢蘭並識。

一扉之木縱五尺，横半之。寫爲屋四重，重各十甎甎尺半。其深乃至六丈奇。就中五几各三尺，鏤金雕漆光陸離。几間地上十餘器，神形位置都相宜。圓者中規方中矩，平立四正無傾欹。門皆七尺楝逾丈，一層一器猶列眉。能縮由旬入膚寸，能使意態相蔽虧。誰能畫鐘畫其響，畫表亦畫陰晴時。泰西凡陰晴寒暑皆以表預測其候，天香館内室門側所畫三白物，即其器也。

高楹廣厦恣軒豁，複壁若有人相窺。主人常坐屋之外，吾廬雖斷春無涯。爐薰時與畫煙接，香雲婀娜疑風吹。向曉天光入板屋，真窗假牖迎朝曦。畫中什物亦姸潔，恍若池壺倒影清漪漪。客來乍見謂真屋，欲入不可方驚疑。詫言何許涉靈境，得非廣寒月浸天香枝。此身非幻亦非夢，却立儻慌都稱奇。將軍治兵類作畫，部署寧復循前規。兩陣之間變機發，龍騰虎躍抽精思。偶以片扉方巨敵，八門萬疊分旌旗。陣雲入墨耀五彩，欃槍掃硯成毛錐。有時千里不血刃，有時巷戰爭毫釐。十日一山何足數，鬼工未許前人知。洗馬之後弄柔翰，與我對榻如奕碁。嘗言爲君畫此館，君當報我題畫詩。豈知王子遽仙去，緱山在望彌增悲。聰明到此那可活，刻劃物理傷心脾。女媧煉石公煉木，補天自寫天人姿。精衛之木尚填海，此木定有神護持。吟情畫意兩憔悴，悲來哽塞難爲辭。吾年想亦不盈百，將軍之壽無窮期。

桐江夜泊酬雙公

夜泊桐廬縣，漁燈繞驛青。急流喧野碓，落木點疏星。舟子眠時醉，鸕鷀過後腥。釣臺何處是，休負草堂靈。

同雙公憶荊南逸事

我憐癡絕楚襄王，夢境無憑亦斷腸。宋玉宅邊遊女過，一般仍作細腰粧。

共説懷王墓已平，章華臺下亦春耕。三間尚有蓬蒿宅，不住啼鵑作恨聲。

徙倚南薰欲暮天，渚宫新月已臨軒。蓮舟亦是纖腰侶，不弔靈王弔屈原。

舟中戲筆酬將軍

浮世虚名漸欲抛，新詩無意復推敲。江陵舊有羅含宅，不種朱華種白茅。

肩輿兩兩趁斜曛，荷芰村南鬢若雲。一樣科頭看山色，誤教人唤小將軍。

漫興呈雙公

魯酒未嘗薄，齊姜空復妍。由來課風雨，同井不同天。

秋日陪雙公抵鎮即事奉和十六韻

荆襄古戰場，虎林亦雄鎮。越帥從楚來，威聲已遐振。前騶擁大纛，寶劍懸金印。麗日耀兜鍪，華旗簇鋒刃。千兵無片語，神鴉結高陣。木葉亦金聲，戟衛真嚴峻。戈鋋倚風勁，鐃鼓方霆震。戍卒望塵伏，水師赴潮信。偏裨盡櫜鞬，拜起猶肅慎。珮馬錦障泥，夾道誇神駿。中軍授頤指，百戰爭奮迅。飛騎傳一箭，十里不過瞬。王子服忠孝，鶴立霜點鬢。宿將作屏藩，三軍彌效順。公誠霍去病，我豈周公瑾。禿筆草軍書，摛辭愧芳潤。

重九代將軍登湖上樓因呈

層樓瞰空翠，聖湖秋最清。煙霞幻成嶺，一鶴松間鳴。蘇堤帶遊騎，老柳生遥情。娟娟南屏鐘，間雜笙歌聲。餘杭十萬户，雞犬無虚驚。六一自高卧，裙釵占太平。

湖上思雙公

冷落西湖上，高樓朔雁多。凍雲思釀雪，寒水怕生波。王粲歸猶滯，潘郎鬢欲皤。將軍有遺劍，彈淚日摩挲。

自題殘燈話別圖 並引

雙丰王子既仙還之再閱月，予始來三衢省兄。石屏、西橋、龔漚舸皆王子所知人也，與予談，輒思王子。時方臘雪，朔風淒然。共坐西堂，殘漏中一燈熒熒，如對鬼火。予且别矣，三子又瑰瑋落魄，無往非淚。其何堪送我行耶？爰創此圖，志悲凉於無盡耳。

人影各在壁，目光如病螢。紙窗同曙色，寒犬多離聲。孤檠亦耽愁，向我釭花生。寂默坐清曉，凍雲方滿城。

題雙丰將軍畫馬二十韻

將軍畫馬别有法，直饒萬古空羣姿。日高月低照廣莫，天山起伏爭權奇。此馬寧堪受羈靮，辱之袴下遭鞭箠。駑駘一日不三舍，鏤膺玉勒矜威儀。主人安坐但垂手，僕夫緩步俱先馳。惡得不誇郎馬好，絶塵有技彌難施。太平儘可畜下駟，獨乘八駿將安之。驥如寡德齒徒長，蹇乃索句行偏遲。天生此馬特名貴，雄視一世誰敢羈。有時得意自馳騁，刷燕秣越同遊嬉。雲騰電邁走没滅，見且弗及何由知。即使孫陽具真賞，欲策而試終無期。將軍骨肉本龍種，畫法傳自西洋師。偶於我扇貌神物，天閑十萬皆低眉。何嘗伏櫪志千里，才氣逼人遭衆疑。

項王五體未遑恤，死猶惓惓爲烏騅。誠能愛馬甚於死，此馬亦樂斯人騎。衝鋒百戰若摧朽，直遭萬仞如彈碁。揮金買骨意殊厚，剖肝結客夫何辭。風前悵憶穆天子，昆崙恍惚通瑶池。

爲雙公禱上天竺

秋容日以老，萬物皆欲成。峨峨秦望山，落照懸孤明。松篁作風濤，緑霧凌虚生。六橋互蜿蜒，三竺相峥嶸。羣峰衛佛地，萬井依巖城。城南别有峰，伍胥重其名。飛來自靈鷲，可悟山原輕。

至荆日和雙丰將軍見迎之作

驛使傳言到戟門，衙官銜令出紛紛。艅艎遠逆東湖浪，冠蓋仍連息壤雲。愧感八騶迎處士，雅宜長揖報將軍。亥唐疏食王生韈，高義於今久不聞。

其二

卧鎮荆襄撫百蠻，嘉謨猶自動天顔。樓船未上黄牛峽，戎纛經臨白虎關。堂下固應飛絳雪，窗前仍不礙巴山。春時我在滕王閣，遠憶章華暮靄間。

其三

桓公輕杖拂雲根，留與荆襄作淚痕。一柱已過初立觀，三間應斷後來魂。招尋宋玉清波宅，悵望明妃緑柳村。又見科頭香處士，龍山高揖聖王孫。龍山在荆州城西南。

其四

漢水巴江靖不波，三軍無復枕琱戈。娱賓但舞羊公鶴，奉使終停織女梭。此夜聯牀誠慰甚，比年懸榻奈愁何。鹿溪幽邃仍言别，我愧高人陸法和。

留别雙公

西陵風雨洞庭舟，不聽哀猿亦白頭。學圃要栽千歲草，酬知仍賦仲宣樓。星槎遲我遊三峽，羽節陪公駐十洲。爲愛匡山離熱惱，五峰高處擅吟秋。

大江東去詞　過赤壁遭風戲柬雙公用蘇韻

名山名士，最移人青盼、可云尤物。窈窕黄州千雉外，一片紫雲如壁。渺渺江波，依依楊柳，春絮飛成雪。風流恬澹，此翁真是豪傑。　霎時巨浪排空，長鯨赴海，殺氣乘風發。恍似周郎燒赤壁，萬艫千檣齊滅。我類曹公，扁舟幸免，生路微於髮。烏棲無定，短歌空對明月。

過黄樓却寄雙公

萬頃潭潭片葉浮，三旬兩度過斯樓。更無好句追黄鶴，但有閒情寄白鷗。御蓋祇應榮陸遜，元戎誰肯破曹休。南征我愛温司馬，轉勝江東第一流。

癸亥八月十五夜種罌粟花　並序

余生長西塞，南服花卉多未見。獨愛罌粟之燦然豐艷，得春最多。弱冠歸東南，繼遊薊北。始見所謂牡丹芍藥者，皆似罌粟，而牡丹之植數年始花。芍藥在豐臺最盛，不及花已隨賣菜傭人入市論值，而售賤同倡優。又皆不著子，若飛燕玉環之無結果也。罌粟則秋日種而春花，且實不邇炎夏，不畏嚴冬。折之則摧殘自隕，豈肯媚人。根本之戀，確乎不二。而色又妍絶，隨所植嫣然自適蓬蒿間，更不須碧闌寶砌助聲光也。余以是方之西施、緑珠未嫁時，芳名尚嗇，其實尤美。庸俗貴耳而賤目，一若非姑蘇之館、金谷之園，不能使二子絶代也者。抑何不自立而希榮於富貴人哉！《花譜》言宜中秋月下種，又言須婦人好女艷飾清歌而佈其種，則花色出奇不窮。是此花冷淡風流，居然名士。結實又玲瓏虛心，玉孕千粟，以之飼雞雛，則終小如鶯，雄聲而隼疾，若將沖舉。其餘力猶能使禽蟲變化氣質，故又名鶯粟。鶯粟乎，其草木之才情艷異者乎？世之人不相知重，競筑名園，蒔鹿韭將離，媚人取悦，甘心作花奴不悔。可謂雷同好惡，不知止也。或曰：「人之所好足以定其人志節，故淵明好菊獨能傲霜，和靖好梅清癯流芳，茂叔好蓮不污行藏。今子獨好此無名小草，不幾爲世詬謗乎？」余曰：「詩有之『豈必食魚，必河之魴。豈必娶妻，必齊之姜。』子殆慕孟光之賢而專求醜婦之不妝者也？凡物宜古拙樸老，獨花與美人反是。古者時之，拙者巧之，樸者華之，老者少之。菊有寒相，蓮性趨炎。林家伉儷，色太孤嚴。吾寧作苧蘿贅婿，不爲金谷藁砧也。」客笑而退。於是乎呼童荷鋤，詣天香閣下，劚地一畦，布種其子。子蓋雙公帥楚時所寄，謂有十色。聊欲藉以永故人之思。既種釋鋤，慨然握管爲之序，並系以詩。

劚月滿天井，露華生晚秋。天香荷鋤立，北斗懸高樓。笠下有癡雲，花間無瘠土，生長細腰宫，當能作楚舞。遥想著花日，萬態羅一身。十色耀五光，占盡南州春。何妨愛鶯粟，出奇方脱俗。誰拜米家山，惟知拜金玉。

甲子浴佛日雨中鶯粟始花

小粟秋方孕，深紅夏始酣。此花真佛子，疑汝是優曇。露重彌增態，嬌多不忍簪。雙丰依淨域，相向一和南。

其二

不借三春色，偏開一尺紅。披香新博士，墮淚老元戎。弄玉難爲壻，阿房但有宫。藥欄矜晚節，應悔嫁東風。

其三

舟載輪臺月，先君帶笑看。先考《西園雜詠》有《罌粟花詩》，官塞外時作。龍沙春不遠，貂錦夏猶寒。大樹垂垂老，芳心世世丹。好將金粟淚，長對落英彈。

其四

猛雨摧貞魄，當熊恨倢伃。花龕千佛現，塵界萬緣虚。玉粉飛成蝶，紅香綰作裾。寶蓮新出水，端可悟真如。

詹晴川塾師既和予罌粟四首疊韻奉酬兼寄示樸園外甥

晴川真國士，詩興儘清酣。我幸交徐穉，誰能薦李曇。採芝聊果腹，散髮易抽簪。肯挾宜僚技，窮居老市南。

其二

筆擬夫渠艷，花分舍利紅。竹林推阮籍，蘭槳迓王戎。方遣舟迎樸園也。宅喜三公相，儒慙一畝官。好連罌粟句，爲助錦帆風。

其三

啜茗聞花發，停杯握手看。亞枝金色重，高閣雨聲寒。我意憐罌粟，人知愛牡丹。嵇琴猶有和，無負廣陵彈。

其四

紈扇方宜夏，無須感倢伃。文章君有用，聲譽我原虛。雨解靈均佩，風牽子晳裾。惜花頻貰酒，寧效馬相如。

三疊前韻報晴川孝廉

雨過新紅墜，池平晚緑酣。荷錢紛疊疊，柳蓋蔚曇曇。步障疑施錦，遊蜂欲上簪。遠尋優鉢種，雪北與香南。

其二

新詩兼雅艷，感遇惜殘紅。我懶嵇中散，君才鄭小戎。霧迷桃葉渡，春盡館娃宫。賴有遊仙句，無難學御風。

其三

詩來含笑讀，花謝帶愁看。宿雨新苔滑，危樓夕照寒。禪爲投老境，春是返魂丹。好句貽佳卉，隋珠不妄彈。

闔呼兒子囡，楚謂大人伢。粟乃罌中實，花名信不虛。醉吟君岸幘，題壁我牽裾。點綴楊雄宅，清貧意泊如。

其四

罌粟已謝復登樓悵望作轉韻三十二句

樓前野水連天闊，樓下飛花歎摇落。樓中有客坐題詩，戲捲江聲上簾箔。秋分種花望花生，先春茁茁才數莖。浴佛之辰一花發，題詩反作春鵑鳴。初開已墮懷人淚，何況殘英向風墜。飛花無力上高樓，闌干幾疊西山翠。山下夕陽江上紅，楚天萬里青濛濛。雙公愛此寄花種，使我悼花兼悼公。滕王昔時工畫蝶，款款香魂迷屧廊。别情何似古人深，南浦波光在城堞。噫嘻罌粟著花仍著子，將軍乃僅遺孤女。英雄苦命不如花，悠悠悵望樓前水。富貴了如江上潮，一時見長一時消。交情詎肯隨潮去，歲歲花前賦大招。市聲喧處濃雲起，楊柳笙歌畫船裏。高樓怨妾隔花愁，簾櫳幾點黄昏雨。

乙丑對罌粟有懷雙公 並引

天香館罌粟去年頗盛，今年浴佛日遊富家園亭，見所蒔罌粟且罷，而敝館則後二十日始放一花，孱顏露立，如對寒女。雙丰之裔乃至是乎，感之有作。

攢眉看新花，未開紅已稀。黯淡不能艷，王孫方式微。豪家備五濁，植花偏欲肥。先時鬬錦綺，金帶都成圍。慧眼觀俗情，盡然無足譏。膏粱蓄紈袴，糞穢生芳菲。豈知榮樂遇，却與性靈違。五葉共一華，乃是真禪機。留春過小滿，不逐東君歸。蜀魂有餘哀，孤鳴復孤飛。彈指一聲淚，霏香濺舞衣。

丙寅三月望罌粟爭花五光十色如濯新錦爲賦長歌十二韻

小草著花大盈尺，况復明艷同海榴。滿欄新蘂翠方滴，幾朵濕紅嬌欲流。蒼公有意衒奇麗，酡顔得與春綢繆。朝開暮落所當惜，詎料浹旬花愈稠。夏首風微日光薄，緑陰冉冉雲油油。芳心悦此益多態，使我夙興揩倦眸。貧家舉目但蓬蓽，富貴乃向花神求。姚黄歐碧苦難購，美人入市殊堪羞。中人十户怨傾國，老圃四時爭自售。何如罌粟遠聲利，靜專不二真好逑。赤龍長女特窈窕，擇壻宜嫁松滋侯。驚才絶艷喜相匹，和鳴豈讓關關鳩。疇能失身配厮養，黄裏緑衣生暮愁。吟詩酹酒索花笑，齲齒欲言香更幽。是人是花那復辨，籬落一卮相勸酬。他年何幸筑廣厦，種花十畝當我樓。危欄幾曲琢紅玉，高柳數行嘶紫騮。寶刀賓席淨於水，錦里麥風清若秋。歌應屢和韻休險，色既不衰春可留。嚴妝百對金釵客，羯鼓一催花滿頭。

餞秋歌　雙公忌日作也，有引

今日之申正二刻立冬，適以表測申方中，於是登天香之閣，憑欄握管，西顧太息。有笛聲隔水嗚咽，若將助我悲秋者。曲罷詩成，秋亦徑去，惟殘陽掛樹而已。世俗喜迎春，無餞春者，況秋乎？古昔昏禮不賀，而於其先生故人之别，祖帳特盛。至若會葬，則往往千里畢至，車數百輛。以是知古人必喜餞秋，第少見之篇什耳。秋最能益人清氣，使我幽涼閒曠，不沉溺於世俗之爲，恩逾故舊。其去也，曷可不餞。聊同束晳《補亡》，爲餞秋之作。《帝典》曰：「寅，餞納日」，餞義本此。

樓中客愁坐，衰草一千里。雉堞亂鴉飛，高城暮砧起。家家有離思，檻外征帆是。幾日薊門秋，又看章江水。

其二

秋來便岑寂，何待今日愁。岑寂尚難久，繁華寧久留。凝雲抱春泣，落花曾不休。誰知看紅葉，亦正登斯樓。

其三

西山吾主客，樓在西山東。酌酒勸山醉，暮霞當面紅。閒愁付秋去，落木寧知風。人煙遍今古，爨者將毋同。送別不同別，離憂應易窮。

其四

天幕四方垂，白藏已命駕。繞簷鳴瓦雀，朔吹驚飛榭。蟋蟀不成聲，江雲向樓瀉。暮色速吾歸，危梯竹中下。石磴護殘菊，依依不肯謝。傳語夢中人，今宵是冬夜。

其五

歸來坐斗室，自剪西窗燭。秋去即從東，衆生真録録。千年不憚煩，四序爭相續。長生有何味，我笑彭籛俗。萬物與人身，皆如太倉粟。米粟或相傲，詹詹辨榮辱。庸知食粟人，所愛惟珠玉。

其六

秋去了無痕，秋心的的明。秋來許多日，秋聽夜蟲聲。曷若冬忘情，萬物皆不生。不生亦不滅，翻覺得其平。

其七

吾自爲墨戲，何與秋冬事。終歲若東風，必疑春諂媚。人情久斯厭，别乃生愁思。不覩歲寒松，那有千秋志。

雙丰將軍遺硯歌 並引

甲戌之夏，黄仲實落第將歸。雙公夫人遺内監授以此硯，託之曰：「先將軍戎幕所用，謹以代報章寄贈香叔。置之棐几，仍如老友對談也。」余拜受匣藏，至壬午九秋廿六公忌日，始以試墨。則膩如紫玉，下墨無聲，實端溪之上品。因憶曩遊，賦詩志慨。

雙公硯池森八角，紫玉方方受雕琢。中央平似戰場沙，海馬金鼇爭卓犖。苗民逆命龍蛇年，將軍出鎮荆襄邊。筆底千行經略字，硯中一滴聰明泉。鬼燐魅火焚鄉邑，多少冤魂環硯泣。將軍白髮愁不眠，月冷霜高銅柱立。貔貅萬幕嚴刁斗，戰鼓遥遥作雷吼。籌筆宵分硯未乾，研朱又點渠魁首。捷書露布馳紛紛，硯山已勝鵶兒軍。洗兵洗硯若無事，帳中仍注天河文。征帆昔過江州界，元禮輕裝迎郭泰。虎林秋病尚吟詩，相期本在浮雲外。我時投筆佩干將，燕寢猶聞畫戟香。今日著書憑此硯，也應文字出光芒。

【按】以下原書有缺頁。

湘舟漫録

余以庚午九秋爲南嶽之遊，因而之桂林永福視從甥詹堅，堅與我甚相好也。明年二月，復由八桂浮三湘，歸至於家。凡費日百有五十，得詩亦百有五十。老妻言昌黎韓公嘗謂湘南江山勝於驂鸞仙去，余兩得遊，殊羡甚。遂題其稿爲「百五驂鸞之集」，所以志也。同遊者龔漚舸鉽，漚舸以受湘南講席聘，未同歸去云。嘉慶辛未春社日，天香居士舒夢蘭自識。

卷一

湘水發源興安，至永州與瀟水合流，故名瀟湘，凡九折於衡嶽之南。《湘中記》「帆隨湘轉，望衡九面」，正謂此也。湘源既灑以二妃之淚，湘流復澄以三閭之心，清聲泠泠，一碧千里，吾舟在鏡中游耳。

榜人華先言其同業一人甚奇，終日力勤而寡言，不食十許日始一餐，白飯亦不過米二升耳。坐此，舟師爭客之，嘗自言前世學道，已能辟穀矣。以宿業墮落至是，猶幸不昧宿因，堅持正念，故能如此。其同列皆禮敬焉。夜亦不眠，無衾枕，但攜一坐具，一蒻笠，其傭直亦與衆同。不爭不狎，言後事亦偶有驗。某年米最貴，相率而爭僱此傭，致鬬詈者比比也。今已出家爲道士，雲遊湖湘，其同業猶多見之。

得天氣之最清者，見理必深入性海。故上智講學易近於禪，非敢立異，其實生學困知。行雖一得，力有勞逸之分。聖人持中正之衡，若無餘涅槃，一切普度，則惟曰學爲中庸而已。王文成良知之説，雖泛指本然之善，畢竟氣稟至濁者，學且不移。若更廢而不講，寧有冀也。文成上智人，學本生知，故易視道問學耳。高處在此，過乎中庸亦在此。

黄龍寺晦堂長老嘗問山谷以「吾無隱乎爾」之義，山谷詮釋再三，晦堂不答。時暑退涼生，秋香滿院，晦堂因問：「聞木犀香乎？」山谷曰：「聞。」晦堂曰：「吾無隱乎爾。」山谷乃服。昨秋寓都昌南山，一夕與五黄散步溪橋，問仲實問「風流」二字究作何解？予曰：「此君子無入而不自得之象也，被有文無行人影射壞了。柳下惠、曾皙、莊子、諸葛亮、陶靖節及宋之周、邵、蘇、黄，乃所謂真風流耳。」吉人以爲然。晦堂以禪趣釋經，吾以經義訓疑諺，故牽連書之。

漢蘇純性彊切而持毁譽，士友咸憚之。謂見既患其相責，不見又復相思，故三輔號爲「大人」，即此可想見漢季風俗之厚。桓公與其友皆君子也，愛人之心出於誠，則稱許可樂，責讓可感。否則避去惟恐不速，庸復思耶！當時李元禮亦此等節概，故爲之御者亦私幸焉。大人者，大丈夫也，豈後世尊官之謂乎？

少聞老儒言晉人以清談誤國，竊疑其所談得毋亦如諸市儈談飲博乎？然何以謂之清也，將謂崇尚莊老，不屑屑於禮樂刑政之修，則亦當深觀其人之心術、學識、誠僞、義利而褒貶之，方爲篤論，未可以「清言」二字通抹煞也。夫憂國之志，實元氣之主宰，而老莊清靜放達之旨，亦實患得患失之鄙夫俗吏對症藥也。人苟有志憂時，不免出仕，又值晉偏安多故之秋，不相與勘破生死、藐視富貴，則志氣不剛。志氣不剛則節義不立，節義不立則四維不張，矧復臨之以强敵，怵之以危亡？其尚能守此偏隅，固百歲衣冠之圉，未必非清談豪傑回元氣於無何有之鄉，而繫人心於不可知之際，顧以爲誤國，苛矣。吾性好夜坐，吟詩以達旦，諫者甚衆，以謂必耗神而戕生。脱使命當早夭，則夜坐傷人之説必家户引以爲戒，亦猶士大夫戒清談矣。殊不知三十年來，流寓南朔，或舟車數旬，絶未受穿窬之害，未始非清吟達旦之功。乃妻孥受庇而不知，盜賊窺伺而不覺，則又似東山裙屐助八公草木之兵矣。特患士大夫不解清談，了無風尚，但相與卑飛忍辱於利禄之場。泛觀亦民吏相安，禦辱則身家念重。雖日講禮樂之外貌，刑政之具文，究何補於危亡耶？觀人論世，總貴能略迹原心，深悉其執政大臣志行本末，苟志在綱常民物，雖不能有利無病，君子人也。志苟在身家榮寵，患得患失，雖不能甚病民誤國，亦小人耳。喻義喻利，在發念之微，雅俗斯判。有德者必有言，清流名士好清言，何嘗誤國。有言者不必有德，夫既無德，則見利忘義，百弊叢生，亦何必罪清談耶？

人苟性好清言，其志行必超，氣味必恬澹不俗。以之任職，差免貪濁。然必其誠於好也，若有心慕效清流，肺肝如見，反爲貪濁之尤，不可不辨。吾幼喜金背蒼蠅，以爲其性必修潔，既觀所嗜，反有甚於常蠅者。始命奴見必撲殺，然則小人之掩著亦奚益哉！蜂能螫而性乃嗜花，吾幼反憐而宥之。清濁之變，視乎心，不視乎迹，有如是耳。

《晉書》謂刁協博涉好學，中興制度皆稟於協，累遷尚書令，帝信重之。惟帝欲舍長立幼，大臣皆爭，協獨阿旨，時論少之。故世謂周伯仁在省暴病，協營救達旦，始泣告周弟仲智。仲智手批協且詈兒曰：「君在中朝，與和長輿齊名，何至與佞人刁協有情？」竟不問兄疾而去。夫仲智火攻伯仁，固傲狠之狂士，無足取者。然足徵當時士夫所重，在名節不在資階，故雖跋扈如王敦、桓温，强敵至，投鞭斷流而士氣不衰，國維仍固。若徒矜博學高官，不修名節，乃真誤國人耳。

王孝孫尼本兵家子，初入洛，爲護軍府養馬之卒。一日，護軍聞胡毋彦國、王澄、傅暢、劉輿、荀邃、裴遐諸名士共齎羊酒至軍門，大驚喜，以爲詣己，乃見共詣馬廄中，與王尼炙羊飲酒，醉飽而去。護軍始不敢以廄卒視尼，即與長假。此事與王裒步擔乾飯兒負鹽豉到縣，送所役門生之行。縣令亦以爲詣己，整衣出迎，乃見裒在土牛傍磬折立，不敢當禮，第與所送生握手泣别而去。縣令大慚，即不譴此生充役之情略相類。足見魏晉時雅重名節，此護軍及縣令皆非有學識聲望之人，亦能知敬畏如此，畏清議也，畏不爲朝賢齒也。脱遇武夫俗吏，即使彦國等養馬，而執王偉元充役，亦胡不可。人但能昏無忌憚，便有似無礙菩提，神通莫測，情禮悉無如之何。然則使之牧民，則必瘧其民，即使養馬亦必餓其馬，豈非所謂不待教而可誅者哉？

今人看石崇，一財主耳。殊不知當時才望，有清流所未到者。渡江後賢或以王逸少擬石季倫，逸少有喜色。從可見本朝月旦，初不以豪富少之，其才望可想。賦詩則詠王明君，而又能殺妾勸酒。既能殺妾勸酒矣，而又不肯以緑珠媚貴，且能使珠爲己死，藉非有奇情盛氣，狡獪之才，詎能爾耶？崇不學無術，以貨色自戕則有之，實清流一名士也。是故清如右軍，亦不以見擬爲辱。試思斬首亦可痛之事，尚能與潘岳清言商量詩讖，趙王聞之，當亦毁多此一殺，爲鬼揶揄矣。

富貴不足爲有道人重，蓋必合乎義，而得行其道，始樂受也。貪人之財，若巨無霸之糞，未有兼數人之饌而糞不多者。鄙夫之禄，若陸鴻漸之溺，未有品天下之泉而溺不長者。

或問：「蘇秦十上書而不得禄，呻其佔畢爲揣摩，至引錐自刺其股，可謂爲好學者乎？」

余曰：「楚靈王好細腰，宫妾望幸，多束縛其腰。或忍飢祈瘦，甘困餓而至於死，亦可謂之好學也哉？凡挾所長以干時媚貴，以希弋獲其身家之榮，皆細腰宫妾之志也。孟子謂公孫衍、張儀乃妾婦之道，殊非過論。天下豈有志學明道，任一代安危之丈夫，而肯降志辱身，揣摩投好，爲枉尋直尺之舉者？圣門三千之衆，獨以好學推顔子，其所學不遷怒也，不貳過也。設使爲邦，則不遷怒之極，功可至於風不鳴條，海不揚波。不貳過之極，功可至於致君堯舜，兵刑措而不復用其所好之學。功用若此，故聖人喟然稱之。不謂後世師若弟，乃竟以干禄爲學，以揣摩一時之所尚，兀兀窮年爲好學。迨夫既得人爵，并此學亦不復好，而所好之物概可知矣。噫歙陋哉，未必非蘇秦之徒作之俑也。雖然彼其所獲，視胼胝之農、負販之賈，爲利夥矣。仍謂之好利可也。」

謝太傅與王文度詣郗超所，久不得見，王怒欲去，謝曰：「獨不能爲性命忍須臾耶？」蓋超方得寵桓温，專生殺耳。然謝能遏温逆志，神色不變，反屈節於温家用事之人。將毋亦同蕭居士不畏虎而反畏犬，不畏龍而反畏蛇，不畏王公君子而畏駔儈小人之意哉！夫死與屈節亦各有重於泰山、輕於鴻毛之别，惟智者可與權也。

《後漢書》「時月之間不見黄生，則鄙吝之萌復存於心」，是陳蕃、周舉相謂語。《世説》則謂周子居常云：「吾時月不見叔度，則鄙吝之心已復生矣。」或疑誤以「舉」作「柔」，余謂目果有珠，識得黃叔度，則無論周舉、周柔，皆必有自慚鄙吝之想。故狂如戴良，見憲則悵然自失，以致其母問「汝復從牛醫兒來邪？」是叔度之德容精論，真有能厭服人心，變化人氣質之妙。荀季和擬之顏子，豈面諛哉！郭林宗詣袁奉高，車不停軌；詣黃則彌日信宿，不能舍去，有「汪汪萬頃」之歎。凡諸傾倒叔度者，皆當時大名士也。故不必有位於朝，有功於世，有文章勳業遺贈後人，而後人愛慕稱傳，如出一口，則所謂觀人取友，信必端也。且漢晉之際重族望，叔度則牛醫之子。重名宦，則叔度無官。重文章，則叔度曾無著述，所傳《天祿閣外史》之屬，才識不高，終疑僞託。然當時名士傾倒其人，至於如此，是必有奇才絕德，大畏乎時賢之志，斷可知也。使叔度生於世家，受知當寧，倘無建白，雖極力以綸綍褒之，反不過一代之榮，何足傳者。雖然，世苟無汝潁諸賢，則雖真顏子，亦虛生耳，況黃生耶？

世家子專趨勢利，則必墜家聲。蓋可以世其家者，仁義忠孝廉節也。趨勢利則不遑務此，家聲必墜。若其子若父本無道德，第專以富貴利達貽厥孫謀，則仍爲克肖其先耳。

東海王司馬越鎮許昌時，以王安期爲記室參軍，雅相知重。敕世子毗曰：「夫學之所益者淺，體之所安者深。閑習禮度，不如式瞻儀形；諷味遺言，不如親承音旨。王參軍人倫之表，汝其師之。」足見晉世帝王之學，雖近靡華，而爲子擇師，尚知重人倫儀表，未可輕也。然則觀人子弟所師之賢不肖，可以知其父兄矣。

王平子行經陳留，太守譴小吏迎之。王問吏曰：「此郡人之望爲誰？」吏曰：「有蔡子尼、江應元。」時陳留多居大位者，王歷舉其名，問吏曰：「是皆非此郡人乎？」吏曰：「向謂君侯問人，不謂問官位。」王笑而止。到郡以語太守曰：「舊聞此郡有風俗，良然。雖小吏，亦復知此。」然則泛然以大官高第爲郡望者，風俗可知，幾何不爲此吏笑也。

氾毓家世敦睦，客居青州已七世。兒無常父，衣無常主。余謂此家風最可欣慕，覺民物之胞與，甚近桃源之雞犬皆仙。百忍之堂，翻多語病，不逮此也。

陸慧曉清介正直，然僚佐造見，必起送之。自謂惡人，無禮不容，不以禮處人，此真清介正直也。惟忠斯恕，吾惡乎自矜正直。而傲慢不恭者，其諸類乎色厲而内荏者歟？

夫禮自卑以尊人，未聞自大以藐人者也。凡屬吏之謁長官，書銜名以小爲敬，是尊爵宜敬。則師賓齒德之尊者，亦當以小書作刺將吾敬，其禮甚明。往予答樂蓮裳拜，投刺者入，即見蓮裳持予刺濃笑出迎，相謂曰：「狂哉香叔，何至必用顯微鏡，乃見君名。」余笑曰：「書小敬也，今尚乎大泰也。雖違衆，吾從小。且彼貴官書大字，或別有先聖之經，不敢議。至若吾儕野人，居鄉黨之地，一桑一梓皆當敬式，而况於人乎？况於其先施下教之賓乎？僕刺何敢不小，而顧疑其狂，則非知己矣。」拙性又迂謹而率真，苟非其素相敬信之友，性情之交，則雖極少賤無知，苟一下顧，則亦必送迎答拜，未敢有惰慢之容，但木訥無多言耳。

詹樸園昔嘗主我榻前廳之西，每聞客至，予肅逆而不敢諱者，樸園輒偃卧室中，不窺其户。其或聞余讙然出，雜坐雄談，不復拘主賓之禮，則樸園欣欣出，問客何名，必佳士也，以此爲驗。漚舸聞其説，疑詰予曰：「吾子待賓友之禮，得無僞乎？某也少賤，某也愚，其相遇敬畏若彼。某也賢，某貴且老，乃先生不惟不加禮，且責善儼如師生，甚至於送迎酬答之儀，往往闕略。而其人亦都相諒，得毋有術焉，以顛倒豪傑而復邀譽於鄉人耶？」予曰：「善哉問，微子之慧，亦不足以語。夫禮意，經權之道也。王文成公《答儲罐論交際》云：『君子與人，惟義所在，厚薄輕重，己無所私焉。夫大賢吾師，次賢吾友，此天理自然之則，豈以是爲炎涼之嫌哉？吾兄以僕於今之公卿若某之賢者，則稱謂以友生；若某與某之賢不及於某者，則稱謂以侍生，豈以矯時俗炎涼之弊，非也。夫彼可以爲吾友，而吾可以友之，吾安得而弗友之。彼不可以爲吾友，而吾不可以友之。彼又不吾友也，吾安得而友之。夫友者以道也，以德也，天下莫大於道，莫貴於德，道德之所在，齒與位不得而干焉。僕於某之謂矣，彼其無道與德，而徒有其貴與齒，則亦貴齒之而已。然若此者，與之見亦寡矣，非以事相臨，不往見也。若此者與凡交游之隨俗而侍生而來者，亦隨俗而侍生之所謂事之無害於義者，從俗可也。千乘之君，求與之友而不可得，非在我有所不屑乎？吾兄又以僕於後進之來，其質美而才者，多以先後輩相處。其庸下者，反待以客禮，疑僕别有一道，是道也，奚有於別。後進之來，其質美而才者，皆有志於斯道者也，吾安得不以斯道處之；其庸下者，不過世俗泛然一接，吾亦世俗泛然待之如鄉人而已。昔伊川初與吕希哲爲同舍友，待之友也。既而希哲師事伊川，待之弟子也。謂敬於同舍而慢於弟子，可乎？孔子待陽貨以大夫，待回、賜以弟子，謂待回、賜不若陽貨，可乎？師友道廢已久，後進之中有聰明特達者，頗知求道，往往又爲先輩待之不誠，不諒其心，而務假以虚禮以取悦於後進，干待士之譽，此正所謂病於夏畦者也。《傳》曰「師嚴然後道尊，道尊然後民知敬學。」夫人必有所嚴憚，然後言之而聽之也審，施之而承之也肅。凡若此者，皆求以明道，皆循理而行，非有容私於其間也。』文成公之所論如此，亦豈有術焉，駕馭豪傑而復沽譽於後生庸下之人乎？彼以客自居，則待之以客禮。或以爵齒自高，有挾而問，而吾亦惟謙謙焉敬謝不敏而已，曷敢不隨俗以禮容相接。至若性情道義、知己之交，聞聲相訪，則義重五倫，業均千古，脱形骸而吐肝膽，惟恐不盡。其相進以德，相責以善，惟恐其不爲聖賢，不爲天下後世之所敬所思，而顧忍相對齷齪，爲俗禮，道寒暄，面如死人，以坐失千秋一刻，如之何其不至躍且譁耶？此不佞率真敬德之至，忘形爾汝之時也。苟其人見不及此，疑吾不敬，則亦惟隨俗加禮，如文成所謂『泛然相敬若鄉人而已』。蓋禮者自卑以尊人，未聞反自大以藐人者也。且儀文與禮意各不相妨，知禮意者方可以脱略儀文，率真相與，即如馬伏波乃梁松父執，松已尚主，伏波仍立受松拜而不答。當是時，松猶愿謹，故伏波以受拜爲敬，此禮之權，禮意也。」漚舸始悦。

竊謂以仁義爲城池，以禮法爲介胄，則外侮不侵，侵之者必佞人。晉高坐道人在丞相坐，恒偃卧不恭，見卞令輒肅然改容，曰「彼是禮法人。」然則禮法之威權過丞相矣。至若己不能以禮處人，而斷斷然責人無禮，則又適足取怨謗而已。釋氏之守戒律者，無放逸志，無惰慢容。高坐之流，特宗門一慧魔耳。三教源頭共一誠，無二道也。

《笑林》有老人八反之謔，如目見遠不見近，記遠事不記近事，哭無淚而笑反有淚，坐時瞌而睡反不能寐，不愛子愛孫之類，皆反乎常情之謂也。余自笑亦有八反，姑戲疏之：雖喜讀四方妙悟之書，然總未持齋佞佛。雅愛述南華明道之論，却深惡受籙燒丹。亦頗能制曲知音，然日下朱邸名伶鮮識吾面。非不樂恣情柔翰，自來金紫貴目罕覯予文。足迹滿天涯，然試數寒舍花甎，有平生未履之地。綺語遍人口，却似東牆宋玉，有三年不顧之鄰。睡名蓋世，而實則長夜無眠。傲骨凌霄，而心則後生皆畏。正八反也。吾少時即患此病，由是而推之，耄老之後，殆有不勝其可笑者矣。

心苟能寂然不動，則至樂生焉，所樂即寂然不動之心也。

喜怒哀樂皆動心所爲，隨感而發，有和合相。世法舉不能出此，是以無真實不壞之體，其體即佛者真如之謂也。六塵因六根而生，斷一根則斷一塵，知見倘不離根塵，愈多愈病，病至心死而後已。何謂心死，雞鳴而起，孳孳爲利者是也。何謂心生，隨分辨人事，其心皆寂然不動之謂也。

靜常役動，柔常制剛，無形者有形之宰。故君子不器，器乃無量。小才自衒，畢竟無成，其器小也。

或問：「小才之人，事事自矜，居之不疑，而人亦藉藉稱美之。至若高士，志行却往往不理於口，令人難堪，其説安在？」余答言：「淺水多聲，危峰露骨，理勢然也。」賈思伯「衰至便驕」之説，真是名言。大凡福德厚、才識遠者，必無自滿之色。器小易盈，必生驕態。夫既盈，便當衰耳。才美如周公，尚戒此習，人生亦豈有可驕時耶？

南嶽廟香火最盛，夏季至九秋禱祀者日以萬計。寓公之館環嶽廟，儼如蜂房。更有張幕野處者，泥首於途，接人之踵，洞洞乎莫敢避也，亦可謂大畏民志者矣。其鬻宿之廬則榜曰「安寓」，香客錢曰「香錢」，榻曰「香榻」。以迄夫水火茶飯什器之名，罔弗香者。吾始至，寓欞星門，李永泰家呼我以香客，私幸其切予名也，輒欲刻小印志之。

卷二

《南嶽志》有龐居士庵，《衡州府志》亦載「龐蘊，襄陽人，侍父任衡州，流寓於此。後舍宅爲能仁寺。」故《廣輿》記衡州古迹，亦大書「龐居士庵」於石鼓書院之後。予因憶先廿世祖雙峰公亦曾任衡州，有善政，崇祀於石鼓書院。湘舟小泊，欲往謁而阻於雨，良爲悵然。伏念公與紫陽道契，仕學兼優，復有德於斯土，反不若淨業居士流寓之庵，志乘班班耀人目，則甚矣人之好異，而不思崇德報功也。雖然，居士在日，能自沉鉅萬家貲於江，以去心之累，壹意精求出生死，得無上正覺。其道譽直接維摩，洵出世之豪傑，而棗梨閥閲、衣鉢兒孫亦所以報其誠矣。

比舟行未載書簏，偶一吟諷，亦多屬自作之詩，脱遇謝鎮西一流清客，必疑我步趨袁虎，則齒冷矣。語云「莫辱於庸人之譽」，蓋知擬必非其倫矣。

或問：「爇楮鏹衣紙而祭，果有益於亡者乎？」予曰：「誠則有益，僞則否。」曰：「何以知其益也？」殊不知仁人之心，視化者終身如在。而祀奉必虔，其信厚之德已日進於無疆矣。矧彼化者又復有死而不亡之益乎？子祭不誠，則其親真死，兩無益矣。

士大夫之孝，莫大於立身行道，揚名顯親。蓋口體之奉有時而窮，榮名則與天地無際。父母之恩既罔極，則所以圖報亦當罔極。吾少嘗謁崇聖殿，見宋時諸子之父皆配享焉，不覺淚下。夫人之父母亦豈有不慈者哉！子不能立身行道以顯之，雖列鼎而食，重茵而坐，耳目不絶於歌舞之娱，壟墓不缺於金石之表，未爲孝也。

古人積德有至數十世而後報者，是遠祖與孫猶一體也。身食其報，而祭無追遠之誠，可云孝乎？

范孟博稱郭林宗「隱不違親，貞不絶俗。天子不得臣，諸侯不得友。」夫隱而違親，非隱也。貞而絶俗，非貞也。天子雖未得而臣，然後世録漢名臣，皆特録泰之言行以激勵頽俗，是泰仍當世功臣也。漢末諸侯倘能多有李元禮、范孟博一流豪傑，亦疇不得而友之哉？郭林宗之真面目如此。

阮仲容任達不拘，當世甚怪其所爲，然山公啟事目咸曰「清真寡欲，萬物不能移也。」夫濤爲良輔，豈妄舉非類者哉！《竹林七賢論》謂山濤之舉阮咸，固知上不能用，蓋惜曠世之儁，莫識其意故耳。然則麻衣追婢女，及乃叔之居喪飲酒，實無異原壤登木之歌。悲憤已極，反至於越禮驚衆，聖人愍其志，又未易與俗人言。且其狀究不可訓，故聊以親故之説解嘲而已。竹林七子，皆圣門進道之狂也。志氣迴不可一世，俗世又俗不可醫，徒負雄才，岸然終老，如之何其不悲哉！

蔡洪論吴中舊姓所尚，有「談論爲華，忠恕爲寶，謙虚爲席，義讓爲帷，修道德爲廣宅」等語，士習如此，風俗吏治有不淳不厚者乎？莫笑六朝浮薄也。

吴隱之爲謝石主簿，謝知其貧潔，適吴嫁女，謝令移厨帳助之，至則吴之婢方牽犬出賣。故今世貧士嫁女，謙用此典。然非謝都督知敬，此簿亦不能傳此犬也。

劉真長不受小人之餐，謂不可與之作緣，良有遠識。至若王修齡却陶範之米，直揮斥以謂自當就仁祖索食，則過矣。且範乃名父之子，無貪狡之行，何可輕也。

朱百年貧時，殮母無絮，百年自此不衣綿。醉卧，孔氏偶覆衾，覺即引去，悲慟曰：「綿果奇温」，孔思遠亦爲感泣。此一境較世傳卧冰之孝尤爲純至。蓋一時之激勵猶易，而終身之孺慕爲難也。

庸拙之夫多福禄，殆天之所以矜全也。天至公而有心，計一物之生，則思所以安全之，樂育之，不少偏也。動物之至庸拙莫如螺蚌，而天並室廬而予之。附室於躬，戴廬而行，宿既無寒暑之干，鬭亦有甲盾之備，恩至厚也。而蚌不知感，故可殺。禽獸之巧過於螺蚌，天則奪其廬而僅與之衣，俾自覓食。人最巧矣，天並其毛羽褫之。既懲其黠，又因而困勉激勵，以成其參贊之功，是天之遇人尤厚也。然庸人之福，特螺蚌之室廬，又何羨焉。

往予客餘杭逆旅，主人有内姻之會。一富家媪至，貌甚老醜，羣婢嫗脅肩趨之。主人之嬌女視之，蔑如也。一郡夫人至，貌益侵，主婦則再拜，逆諸輿前。嬌女者掩袂而笑。俄而一貧家好女風鬟荔裳，襹襹乎映籬而窺，主婦不爲禮，婢嫗且怒之以目。所謂嬌女則出席斂衽而招之矣。由是觀之，英才寒士不見重於庸俗之人，無足怪也。

王右軍嘗語劉尹：「當共推安石。」劉尹曰：「若安石東山志立，當與天下共推之。」王世懋謂劉尹不饒人着，意蓋訾安石不應晚出也。須知此三人所見皆非至詣。右軍之推服安石，究亦猶齊國之士不得不推仲子耳。安石清操衆望，坐鎮雅俗，才氣雖有餘，而憂勤之學、啟沃之功及恥其君與民不若三代之志，則殊多未立。若右軍不以此責望安石，而欲共推之，可云謙恕，亦豈遂爲通論哉！劉尹不責其不立此志，而望其立志終隱，是重視安石之名，而輕視斯民之瘼，亦非通論。至謂其不饒人着，則又重視乎富貴顯榮，以凡民遇安石矣，尤未通也。

大抵隱居而不能求志獨善者，作相亦不能達道兼善，此觀人一定之衡也。方安石在東山畜妓之時，簡文帝曰：「安石必出。夫既與人同樂，亦不得不與人同憂。」言似近理，惜其觀古人之憂樂太膚淺耳。人苟以畜妓爲樂，必不暇以天下爲憂，且亦必先憂後樂，未聞先樂後憂也。不得不與人同憂，是其所憂非道也，非當世之蒼生也。未必不憂其蓄妓東山之樂，值亂離，或難常享，不得已出而救之。是其憂不誠，憂不誠則德不盛而業不大，惡足以語夫窮達一致、憂樂同民之道，而允爲天下共推之耶？初安石家於上虞，悠遊山林，行年四十，徵召不起。雖彈奏禁錮而晏然不屑，故桓温在鎮，欽其盛名，諷朝廷請爲司馬。安石之幡然出仕，實始乎此。夫不應朝命之徵，而遠應藩鎮之辟。其東山高卧，不專爲求志可知。

假使桓温得安時，結以恩，以威挾之舉重兵，内行禪奪，恐安石之功亦與王景略、劉穆之、趙、韓、王諸人等耳。惟其後身受晉恩，爲宰輔於新亭之會，竟能坦然置禍福生死於度外，以遏抑温之逆志。則所謂真名士，殆天授也。又非齷蹉講學，循例入官人所敢望耳。

大抵論時賢不可不恕，論史事不得不苛。不恕則阻人爲善之心，不苛又莫正《春秋》之義。天下無事，諸庸人履珠炊玉，共享其福。謝安石何妨終隱，迨如晉既東遷，求賢若渴，人材得失若大旱之雲霓，矧王謝世受國恩，休戚與共，果負治安之略，而夷然坐視，挾妓遊山，於心何忍。抑或天子不知，宰相不問，士羞自獻，故當以肥遁爲高。安石不然，舉朝君若臣殆未嘗一飯相忘。屢徵不就，晚歲乃獨應桓温之辟。劉尹不知，訾及此，而望其終隱東山，是未達《春秋》責備之權也。至勝國世風偷薄，竟不免重視富貴，輕疑安石，又不值一噱者耳。且王猛與桓温傾蓋之交，尚知其不足有爲，不肯南渡。而安石卧龍，反爲之起，吾故敢窺其意之微耳。若謂予苛論衰季，不應以三代之英出處大節責望其救時之相，則亦殊不然。世有污隆，人無大小。夫漢非衰季乎？舉世皆趨勢逐利，如恐不及。諸葛公獨無一營，若不勝其慵放者，而克復之功，當世之務，皆熟籌而得其要，實憂勤求志之儒也。假使昭烈不三聘，吴蜀不三分，隆中志立，仍當與天下共推之耳。

或問：「何以知諸葛公能克己復禮？」余曰：「澹泊以明志，即克己也；寧静以致遠，則復禮矣。大凡命世之才，必有生知之學，正無事以印版詮疏曲繩之耳。」

東坡有言：「天下之所少者，非才也，氣也。何謂氣，是不可名者也。若有鬼神焉，而陰陽之氣之所加，則己大而物小。於是乎受其至大而不爲之驚，享其至小而不爲之蕩。是氣也，受之於天，得之於不可知之間。傑然有以蓋天下之人，而出萬物之上，非有君長之位，殺奪施與之權，而天下環嚮而歸之，此必有所得者矣。」彼其所謂不可知之間，即釋氏之所謂宿根也。附質而彰謂之氣，所性而具謂之根。虎與牛同一獸耳，而三日之虎，氣可食牛。牛畏之，畏其氣，即畏其可以食牛之性也。有是性則有是形，形氣生而宿根露，真氣所召，則相求相應之類不期然而環嚮歸之，非偶然也。非不可名而莫得名，其狀非不可知而卒莫知其所以然。偉哉造化，殊未易窺其迹也。孟子之所謂「浩然之氣」，雖集義所生，亦實兼東坡此氣之理。程子謂魏公閒氣，正謂此不可知者，不盡關乎集義也。夫顔子之學，何啻孟子，其集義所生之氣，宜無不同。然一則陋巷如愚，一則大人可藐，其氣象迴乎各異。從可悟壽夭之數、窮達之遭，皆人人宿根所具，而莫得以後天人事增減者也。蛇雉交而孕，生其子值震霆而深入土中，化爲蛟，伐之者得而脯也。一日形全而氣盛，將出爲災，則山澗之水皆逆流而赴其處，土與石劃然摧崩。怪物出而水隨之立，往往高至數十丈，没人田廬，其殺人動數以千計。夫豈是造物者好生之心哉，亦氣所爲也。若有鬼神焉，而陰相之，其氣所加，真足以拔山而蓋世，而無知之水亦逆流環嚮而迎之。若蒼生之慕安石，亦非獨其才情使然也，氣也。東坡之所謂得之於不可知之間者是也，故申論之。

李密乘黃牛讀《漢書》，可謂有不可一世之氣，楊越公見而奇之。殊不知太原公子却不作此驚人態，故密亦終爲公子擒也。越公識李密於途，而失李靖於坐談之久，未爲能識英雄也。從古真英雄必多韜晦，故光武之柔，見忽於諸母；子房之貌，見疑於史遷，皮相之失人夥矣。魏武資貌短小，故令崔季珪代見蕃使，而身自捉刀立牀頭。乃蕃使識爲英雄，此真神相，未易爲俗人言也。《相經》貴神有餘而形不足，又云「五小多貴」，殆謂形小者神易餘乎？

萬緣萬事皆起於一念之微，一念善即生善緣，成善事，不善反是。故聖學極重誠意，而釋氏亦極戒意惡。皆所謂獨知之地，屋漏所司，可不慎歟？有大智大根器人，必能勇猛精進於此地，日修省焉。真積日久，而盛德之光輝自能感物而成務。試觀古德之内成舍利者，亦必有塔廟香火以壽之？何況任民社、有事權之誠心忠愛者哉！

均是人也，而彼則民物胞與，我則肝膽楚越。不是之恥，而恥其境遇章甫之不逮，亦可謂不善恥者矣。試彊恕而存公善之心，行公善之事，向之所謂楚越者皆肝膽矣，斷斷然也。

滬舸問士所當務，予曰數年前吾邑李秀才克寬曾發此問，予敬謝曰：「先聖有言：『述而不作，若僕者，誠何敢述。伏承下問，請誦「端木子問士」一章。』夫孝弟，美德也。忠信，盛節也。皆次於『行己有恥』之後，不似違輕重之權乎？蓋學莫大於不自欺，不自欺，慎獨事也。有恥無恥，皆辨於己所獨知、人所不知之地，則學可幾於誠意。自誠意而力行之，雖欲平天下不難。是爲士之全體，大用實基乎此，故首舉以詔高賢耳。天下亦豈有念念謹獨而或不孝親，不敬長，言不信而行不果者，無有也。有之，則無恥而自欺者也。斗筲之人，雖從政而不可爲士則。士之爲士，不恃乎人爵明矣。」克寬以爲然。滬舸則謂「毛大可《論語稽求》竊議此章失倫序，惜未有以先生此説發其蒙者」，遂補録於衡陽舟中。

聖賢千萬語，不過望學人存理遏欲，以公善安百姓耳。且如老吾老、幼吾幼，本人性固有之善，而及人之老、及人之幼，則所謂公善是也。吾故以公善詮仁，章句訓詁師多不肯信，試思《論語》中「仁」字包括天人，統攝性命，亦豈僅昌黎「博愛」與「心德愛理」之義所能詮發，必公善始無疵。夫仁乃天德，春生仁，秋殺亦仁，公善也。仁乃王道，彰善仁，彰惡亦仁，公善也。孟子善學孔子，恐淺儒誤會「仁」字，故言仁必輔以義。義，公也；仁，善也。公善之旨，吾蓋會通《論》、《孟》後，玩索得之。以語同學，輒皆以宋儒未嘗作是解，不敢相信。殊不知《程子語録》亦曾疑愛人之義不足詮仁，似嘗有「公」字之訓。夢蘭則益之以善，爲公字補腦，非作也，所以闡仁量之全，而遠述聖賢之心也。公善則民胞物與，私惡則骨肉相仇。仁與不仁，是人獸之別，生死之關。故聖學首重此字，惟顏子有志爲仁，而聖人告之以「克己復禮」，非所謂存理遏欲，以公善安百姓乎？若徒以博愛愛理言之，亦何須克復而爲耶？姑淺言之，惟「仁者能惡人」「我欲仁而斯仁至矣」「不仁者不可以久處約樂」及「求生害仁，殺生成仁」「未有小人而仁」「殷有三仁」「求仁而得仁」之類諸「仁」字，以博愛愛理之義推詳玩味，悉犁然當於心否？若都以公善作解，則如土委地，一喝心通，非不佞敢饒舌也。予四十始悟「仁」字，亦間以質之同學，無信受者。故嘗欲專輯《論語》中一切「仁」字，偏全鉅細，逐一分疏，而奠以公善爲仁之説，以發明先儒未發之旨。既而思之，良復一笑，是亦何異於愚之人與其父敘親者哉！陽明子於致知之中增一「良」字，已聚訟二百餘年。我又何人，敢爲仁説。亦聊以自勖，可耳。

何謂大方，公善正直之謂也。何謂小巧，務私利而工於趨避之謂也。從其大體爲大人，故顏子雖夭，與天地同壽。從其小體爲小人，故桀紂雖貴，爲人所輕，斷斷然也。

古之人大有德者，其言行偶有可疑。當時必有難白之隱，不得已之情，而後其所言所行微有可議，不足爲賢者病也。吾少讀歐陽文忠公《瀧岡阡表》，計崇國公薨，公甫四齡。既孤二十年，公始得禄。又十二年，官於朝。又十年而太夫人終，享年七十二。然則崇公歿時，太夫人年未三十，而崇公則已五十九，是父年長母一倍矣，即使太夫人及笄而嫁，而崇公已近五旬始受室耶？ 且崇公並非寒士，其在真宗咸平初，即已通籍爲道州判官，泗、綿二州推官，又爲泰州判官，豈有仕宦如許年而未婚者，是文忠之必有前母決然可信。 然文中殊未敘及此，在當時世俗人必有訾議，吾以爲不足病也。 宣聖前母施育至九女，亦劬矣。然諱徵諱在，不聞更有所諱。 恩義所獨至，雖厚不偏，即如聖人哭顔子過於其子，而子貢之喪夫子過於其父，亦豈敢議爲偏耶？ 印版之禮爲庸人而設，夫既緣情而制，則情所獨至，禮亦當因之，而隆迹似過中而實始有當乎？ 無過不及之中，真未易爲俗庸人道也。

偶見宋人説部有議歐陽公生平僅一至瀧岡拜掃，及晚歲更流寓潁州，不復歸廬陵，爲可怪者。 此殆有難白之隱，不得已之情，非忘本也。 且公能使千古後廬陵一邑享文物之盛名，是有功於廬陵不小，奚必老是鄉耶？ 又能使歐陽一姓據廬陵而有之，雖非本宗，居他郡亦榜曰廬陵世家，是有功於歐陽氏。 尤非若解推施濟之惠於其族者可同日而語，又何必共邱首耶？ 至謂公畢世僅一至瀧岡祭墓，則恐屬鄉人之謗。 且即使卒於京洛，不得屢省。然使千百年後讀《阡表》如禮道山，觀典型，雙親長在，不亦可與古孝子廬墓終者，同顯揚而無憾哉！ 大抵賢哲人志高行潔，生前多不理於口，身後則反都相諒。 今試以歐陽文忠盜甥之謗，質之於里巷小兒，亦必深信其冤，而當時舉朝士大夫反多疑義，則何耶？ 嫉其賢而得君也，有盛名也，惡其直也，不無愠於羣小也耳。 宋玉有言「世俗之人亦安知臣之所爲哉」，竊謂歐陽公亦當云耳。

丁卯歲九月三日，豫章城南作圃人掘井至十餘尺，得古塚並列三槨。若捲蓬之橋，半没於水，洞其中，不復有棺及殉物。但取槨間一甎出，予索觀之。一旁「晉故蔡」三字甚明，其下已剥落，似有合墓。一旁「太寧元年葬」五字，惟元字小損，微似「六」字耳。按「太寧」乃東晉肅宗明皇帝紀年，歲在癸未，三月朔始改是元。閲二年乙酉閏月已崩，太子衍改元咸和，是太寧無六年明甚。而五季石晉又無復太寧之號，然此甎竟已歷千五百歲而印文宛然，豈不可寶？三年爲石槨，千金求志銘，何如深刻一甎模，四旁印年代姓名爵里之字，舉槨皆同，竟可保三二千年。祖無遺墓，士大夫有志報本，當留意焉。吾故追録太寧甎文字始末，以勸仁者。至墓中之水，則坐地卑濕。未免見伐，則坐近城池，皆古葬所宜避者。蔡氏能至慎於槨，而卒不免嬰此二患，其殆惑於形家之言乎？甎易製也，火無質，土無力，火土相鍛，壽乃無敵。雖浸以水，至千禩猶不能潰，非物理之可恃者哉！其甎長倍今製，擊之鏗然。捫之則寒浸肌骨，色澤斑斑。周銅漢玉多贋物，何似太寧真古甎。

竊謂凡事物必三合而後成，不惟固國傳家必兼天時地利人和也。即細而至於一几之上，金缸茗盌，莫不皆然。火有光，膏有澤，不附於草木之質，則燈無由發。茗有香，泉有味，不烹以火，則終不可啜，何况其大焉者乎？

習鑿齒受知桓温，一歲便用至荆州治中。後以譽相王忤温旨，左遷衡陽太守。在郡著《漢晉春秋》，蓋斥温覬覦之心也。然則鑿齒之名，實成於温之疏謫。因憶在都下時，雙丰將軍讀《通鑑綱目》，至朱子贊荀文若語，忽問予曰：「荀文若果忠漢乎？」予笑對曰：「謂他人不知魏武之素志，猶或可也。文若死節，實《漢晉春秋》之倡耳。」雙丰將軍以爲知言。

卷三

吾年十九，泝湘江而遊。舟中見竹筏無數，横截如梁，問年長始知爲漉魚子。蓋春漲，衆流東滙，魚方産子，浮漲沫之中。筏者以密罾取之，貯於甕，養以活水，始生魚。細於毫末，擊鐘鼓以驚之使游，則漸長，謂之魚苗。競分載而遠鬻之，大江以南數千里池沼所畜，皆莫非此魚苗也。利亦薄矣，然其獲亦幾細矣。民亦勞矣，而年年若是，不約而同者數十百里，則甚矣斯民生計之艱也。苟有迂儒繩之以「數罟不入」之義，而禁絶其利，是非以王政病民也哉！古今之治不必其迹相襲也，而因民之所利而利之，則視乎公善之心，誠求之耳。

又一年與涂姊丈西橋泊舟虎邱，時值五月朔，吴人方大張水戲，競渡山塘，凡六日。余舟前未嘗見水，蓋畫鷁游舫、歌舞之舲日以萬計，進退皆銜尾。百卉千鶯，充塞耳目，水盡伏流船下。西橋歎曰：「是無益之舉，日損民財不勝數。使吾爲政，必當嚴禁，吾白香以爲如何？」余曰：「不然。使吾爲政，必多爲佳節勝遊，與民同樂。」

西橋艴然不悦，曰：「吾子自命爲三代之英，乃作此奢縱厲民之語，抑何悖耶？」余笑曰：「三代之治，非欲民均則無貧，不相攘奪，熙熙然各食其利，以共樂生平也耶？抑必欲富者日富，貧者日貧，絶裒多益寡之利，以深其相驕相嫉之讎。或至悍然相賊相殺，不可復制，而後爲三代之治乎？自井田學校之廢二千年矣，奸商猾吏，巧取百端，民生日蹙。有田自給之户百不一二，不得已而苦身鬻技，爲淫巧百戲以供人耳目口體之娱，情已悲矣。降而至於倚市門爲乞丐，情尤可愍。彼獨非吾民哉，將欲人人而濟之，則堯舜其猶病。將欲强奸商猾吏各疏其悖入之資，以活吾飢寒赤子，雖霸術亦有所難。何況姑蘇爲天下富商大賈之所聚，亦疲癃殘廢惸獨無告之民所雜處也。平時相向乞一錢，尚遭詬詈。迨其媚妻妾泛舟冶遊，同富相耀，破慳爭勝，不至於幃錦丸金而不已。則凡百技藝以迨夫歌兒丐婦，有不沐釵裙餘潤者乎？亦且施者無德色，受者無愧容，甚善舉也。奈之欲嚴禁之，使貧富日益不能均，而阻遏其向善樂生之路，得又非以王政病民也耶？古今之治，不必其迹相襲也，因民之所利而利。時地不同，惟盡其公善之心，誠求可耳。此兩事極細，而人易忽者，其關繫民生尚如此，何況其焉者乎！」

驩虞之治象不逮皞，皞固未可同日而語，其實亦衹在有欲無欲之分耳。王者之養欲非嗜欲也，給求非偏私也。雨暘若而黎倫敘，生順没寧，普天下悉登仁壽，朝野相忘，故「帝力何有」之歌，正熙皞之實象，不必感恩頌德也。驩虞則異是，夫父母於子可謂至矣，而踞至親之足者，未嘗謝也。謝則以市人視親，不孝滋甚。是故誠於孝者，不失其赤子之容。誠於忠者，不忘其責難之敬，士君子所當務也。

袁司徒稱傅茂遠謂「經其户，寂若無人；披其帷，其人斯在，豈得非名賢。」意蓋以泊然靜處、不妄交游爲賢也。夫奔趨勢力之徒，固無論矣。近古名士則每以廣交聲勢爲賢，殊不耐泊然靜處，尚友古人，終亦鮮能受直諒多聞之益。至若頽然放逸，或枯坐一如朽株，了無精進，袁景倩亦豈復經其户哉？靜尤貴心不貴貌，心體交靜，萬里如鏡。

安石在東山時，與孫、王諸人泛舟戲。風起浪湧，諸人喧動不肯坐。謝乃徐云：「如此將無歸」，衆人即承響而還。於是審其量足以鎮安朝野。吾謂此雅量尚不難學，若宋文帝賜王景文死時，方與客碁，看敕訖，仍恬然對局。爭劫盡，斂子入奩，舉賜鴆謂客曰：「奉敕賜死，此酒似不可相勸。」遂仰飲而絶，此等量却是難學。可惜景文之死，非成仁取義、立萬古綱常之節也。至若嵇叔夜爲小人所陷，臨行但惜《廣陵散》不傳，尤爲雅達。蓋禽獸不足訾，妄人不足怒，正以不論不議爲高耳。

雅達亦何與康濟之學，而儒術重之。蓋雅者賤貨貴德，達則慕義輕生，故可重也。如世俗以詩酒書畫爲雅，以不拘行檢爲達，至於出處趣向、義利生死之關，仍録録茫無擇執，亦俗物耳，何雅達之有？

臨桂蕭明府，卓犖人也。能文，善書畫，偶以職事來永福，與予談三日而去。留一札與樸園云：「王子猷何必見戴，得與若舅談三日，真如坐我春風中，惜官厨酒不佳耳。」若舅書法亦超妙絶倫，幸爲轉乞三二紙以贖酒過。」其狂直有趣如此。樸園因笑言：「咸齋舊貽我數幅淞絹，乃反欲抽分之耶？」予愛其才，遂爲臨右軍數帖，付樸園遺之。

樸園師我，遂至大貧。巖邑當衢，典衣應客。軍流過境，又往往賙之以錢。兵米既取給鄰邑，徵解亦不過千金。故余戲筆詩有「米甕作倉箱作庫，燈籠爲屋鼎爲牀」之句。蓋每織疏籬，障之以楮，謂之屋，夜視之，全似燈籠。而余所卧一官牀，僅得三足，故美其名爲「鼎牀」耳。樸園貧若是，而操守廉潔，不名一錢。又不習水土，多病，予安得不往視之。小歲日，山蔬土酒，相對怡然，予益歎吾甥可愛。

頃忽夢與小松親家聯句賦詩，各書於扇絡之上，惟自記結二語云「瀟湘萬古青衫色，不及灕江别意深」。不知何故不書於扇而書於絡，真夢境也。殆以此遊清興實始於君，故夢中猶惜别耳。陬月十七日解舟時筆。

「精義，美人也。才子之筆，則名畫師也。美人常有，名畫師絶不易得。是故作史者最難，其選一代之明良俊傑，顯晦因之，文章之關係重矣。」在永福樸園案頭見一册詩文，皆予手稿。中有此等語十數，絶不復記是何時何爲而發。然則已往之吾，真路人耳。今特記録三二則，以志舊遊。

「人事有萬端，此心持一衡。無取亦無舍，時中得其半。民胞物吾與，普濟須忘情。譬彼水能照，無心生妙明。有心斯著相，至樂何由生。」此舊和樸園詩也。

爲學人氣象胸襟，總貴得温風涼月之趣，以應事格物，方有進益。不然則記問日博，器識愈隘，何從變化氣質也。薄暮攜樸園登閣偶書。

喜怒哀樂皆出於至誠，充以浩氣，則可以感物而動衆。輔以德位，如火得風，風化有不行者乎？故古之大人喜如陽春，怒如烈日，哀如凜秋，樂如時雨。與天下共之，亦即皆公善之仁也。

午夜夢回，偶憶儒與釋相發明處，所在多有。第文貌不同，人易忽耳。即如「貧而樂，富而好禮」，便是《金剛經》「不住相布施，遠勝恒沙博濟」也。

要知博施濟衆，乃堯舜猶病之事。樂道與好禮之效，可以萬古治安而不亂。就世法之輕重衡之，利亦如此。

頗憶日本國《論語》作「貧而樂道，富而好禮者也」，與《史記》引《論語》文正同其文。義似更圓，蓋貧所樂非道，亦奚足貴。

謝鯤有勝情遠概，爲朝廷之望，故當時以庾亮方之。明帝問鯤：「君自謂何如庾亮？」對曰：「端委廟堂，使百僚準則，臣不如亮。一丘一壑，自謂過之。」然鯤與王澄之徒慕竹林七賢，箕踞佯狂，謂之「八達」，至鄰女折其兩齒，猶自云不廢嘯歌，則譬諸其父報讎，子且行劫，習氣之流弊如此。善學古人者，原其心而略其迹，諱其短而學其長可也。

吾江有温太真廟，香火頗盛。廟後巍然一大塚，相傳葬公之衣冠，其真墓不在此。温公豪傑，有偉略勝情，其食報固宜如此。然晉世月旦謂是過江第二流之高者，故當時名輩共説人物至第一將盡之間，温常失色。抑何玉鏡之臺，反不逮折齒之梭耶？晉時風尚重標格而薄勳勞，其蔽也足以失英雄之心，而長横議之習，不可訓也。

殷仲文被寵，桓玄通賄賂，窮極奢麗，絲竹之音不絶於耳。既而桓敗，投義軍，復遷爲宋武侍中。勸帝蓄妓，帝曰：「我不解聲。」仲文曰：「但蓄自解。」帝曰：「畏解，故不蓄。」此五字可謂要言不煩，真創業英雄語也。《桃花扇傳奇》載福邸之居攝南都也，上元朝會，有憂色。其近臣請問所憂，王曰：「非憂國也，梨園無佳弟子耳。」聞者絶倒。興廢之際，其人物器識至相反如是如是。

庾肩吾有子庾信，可謂才人有種。然信既留周不歸，仕進通顯，心恒鬱鬱，惟寒山一片石堪共語耳。王昭君既出塞爲單于閼氏，所以奉之者諒無不至，而亦復騷怨不樂。「惟才子與美人爲難養也，貴之且不樂，寵之且怨，當爲奈何。」竊謂惟真能貴德賤貨、去讒遠色之邦，不難養耳。

劉真長爲丹陽尹，許元度出都就劉宿，牀帷新麗，飲食豐甘。許曰：「若保全此處，殊勝東山。」劉曰：「卿若知吉凶由人，吾安得不保全。」王逸少在坐，曰：「令巢、許遇稷、契，當無此言。」二人並有愧色，逸少清真直諒，不難作此語。所恨者劉許高情，尚不免懷居之志，無怪其有愧色也。然亦惟心知可愧，故可以托迹清流，不可不恕。

支道林一闍黎也，東晉名士皆與之遊，欽其勝理。至擬之王、謝高流，猶往往以爲不逮，其清真寡欲可想。故好馬亦惟愛其神駿，好鶴亦終欲縱之高飛。且有怪貌能驚人，不妄許可。想必能堅守淨戒，絶非若近世酒肉和尚遊朱門、獵聲利者。然已爲真正禪師所輕，桓靈寶既宿遠公，出山語左右曰：「實乃生所未見。」其所歎服，又不僅勝理機鋒之妙。是支遁之不逮惠遠，不翅端木子之不敢仰望顏子也。雖小道必有高下，特非淺嘗躁進、不識甘苦人所能定耳。

臘日同漚舸遊隱山六洞，途長腹餒，乞食於僧。僧但煮薄粥啖之，人各一甌，覺稻米真有至味。啜已，解杖頭百錢稱謝而返。明日，僧忽欵關謁，兼饋八珍粥一鉢，予峻却之。彼蓋見予啜粥時歎美稱謝，遂疑其專受粥耳。

又一日與漚舸、小谷泛舟遊山，過桂關，日將夕矣。關吏索税錢，實不攜一錢，遂相與舍舟登陸，詠而歸。官吏錯愕，相與曰：「不意此數客竟無行李。」

桂林環郡皆石山，削立如筍。大半虚其腹，以受遊客，故巖洞尤妙。予恨爲人事所奪，未遑周覽。歸舟忽忽，一寢食則追思之。嘗自笑心爲「洞迷」，漚舸則對以「雲醉」，蓋用予《遊山日記》中語。「洞迷」「雲醉」，與仲實「買泉賣雲」處，皆不俗語也。

《唐書》：田游巖補太學生，罷歸，遊太白，愛其林泉，遂隱居不出。高宗幸嵩山，親至其門，游巖野服出拜，儀止謹樸。帝問：「先生佳否？」游巖對曰：「臣所謂泉石膏肓，煙霞痼疾。」後入箕山，筑室於許由廟東。帝亦於其側營奉天宫，特令勿毁，仍題曰「處士田游巖宅」。夫邱園肥遁之士，亦何補於當世之治，而唐主重之如此？豈專欲以貴下賤，大得民乎？蓋禮義廉恥，國之四維。士苟能固窮樂道，高尚可風。張四維而勵士節，廉頑立懦，厥功甚鉅，固可以失其心耶？

唐明皇獨惡琴，歐陽公不喜杜詩，李泰伯不服孟子，俱是怪事。蓋明皇好樂知音，歐公能詩，泰伯亦好古講學之人也，斯可怪耳。然明皇性行終不韻，而歐公之詩亦未入盛唐之室。至若泰伯學術，本膚雜而未之醇。頗憶其文謂「禮」字可括五性，其不耐深體聖言可知矣。凡人好惡之偏，可驗其性之通塞，亦觀過知仁之類也。

客言有人作《弔黃祖文》，惜未見其稿。余曰：「此必傲慢之狂士，效禰衡而畏人殺者，故弔祖以自固耳。彼黃祖苟不殺衡，今且未必知其名，何有於弔？是兩人相賴以傳也。」客曰：「子謂祖當殺衡乎？」余曰：「年少且賤，恃小慧而悖大經，逢人輒侮，勢不至於殺其身不自已也。孟子之謂盆成括小有才而未聞道，即衡等耳。且即所傳《鸚鵡賦》，亦豈足傲人者哉！衡之可傳在所輕所罵皆當時貴要，跋扈而擅專生殺之人。毅然犯之，雖殺身而不之懼，其氣可佳耳。倘見可以殺己者，亦復知畏不敢侮，而肆意輕侮其賤貧謹恪之親交，則不足膏人斧矣。」

千里約言而不失期，今賈客之信於會計者，猶或有之。若士友相約爲登堂拜親之會，則無論二年前千里剋日，即比閭信宿，有遺忘而不踐者矣。宜乎范巨卿信義之名著於千古。然張元伯與巨卿知己交也，其死生之際，赴期不爽。信義敦篤者，猶或能之。至若陳平子與巨卿生未相識，但欽其名，瀕歿遺書，以妻子相托。巨卿亦感愴流涕，身護其喪還臨湘，委素書於柩上而去。此延陵掛劍之風，古人所難。則信矣范式之名，不可不傳於後也。

人性中有五常之德，克復兼盡而無疵者，謂之聖人。下此則性習少偏，或難盡善。亦必有一二專嗜獨到之處，始可以立德成名。如墨翟之仁，魯連之義，龔勝之禮，張良之智，范式之信，類如此者，雖未必盡合中庸，而當時真實無妄之心，與後世上論思齊之志，自然相感而不著其名也。若有所爲，而勉强一時行一事，雖偶合五者之經，而意既不誠，又不能真積日久，則其傳惡可必哉！誠於復性者，惟盡吾職所當爲，一息不懈，傳不傳又不屑計耳。

五倫之重，惟父子一倫尤關至極。故《孝經》謂「資於事父以事君而敬同，資於事父以事母而愛同」也。一自瞽瞍底豫，而天下之爲父子者定，雖唐虞禪授之大，亦資於此，而況於觀人取友之間乎？予少好褚遂良書，每臨習之。一日見唐人雜記謂其父褚亮尚在，遂良乃別開一門。敕嘗有賜於遂良，由正門入，亮出曰：「渠自有門。」讀至此，遂不樂臨橅褚帖。遂良乃貞觀名臣，爲諫議大夫、中書令時，多建白高宗册立武昭儀。又能固執不從而受貶，不可謂不賢者矣。且別開一門，或偶以宅廣事繁，騶從多，取便出入。又非若父子析居之真不孝者已。令千載後學書之人生輕怠之念，則信矣不順乎親，不信乎友，斷斷然也。觀人取友於文章政事，反不如宗黨輿論得其情耳。

詩文之工，雖智者之事，然不仁不傳，不義不傳，無禮不傳，無信不傳。是五性之德雖可以分著其能，亦必互爲其根也。古今有文無行人，當時或豔述，而没則泯然澌滅者，豈少也哉？

凡作人及作文字，總要能自知病處，便有進步。沾沾自喜者，皆不欲聞過者也，修心學道人必領是説。

作字不知用筆，作詩不知興趣，作文不知立機杼法律，作人不知存養性情風義，雖加倍用力，終不得出人頭地。事不師古，徒然辛苦，有味語也。

或問：「南人有譏人作事孟浪爲『筍氣』者，其義奚取？」予答曰：「胸無成竹。」

吾靖安神祠最夥，而見收於《廣輿記》者惟昭靈一祠。昭靈祠，屈原廟也。夫原特周時南楚一孤臣耳，生不見容於宗國，又愚忠不忍忘君。遭讒放逐，憤鬱沉湘而溺死。當其死時，諸讒諂而富貴者，未嘗不笑原之癡，負才虚生，不識時務。不知取悦其君，固榮寵而横罹疏，謫死雖冤，亦徒死耳。孰知楚祀絶而原廟興，浸假而至於二千年後。吾靖安山僻小邑，亦俎豆而尸祝之。是知吴越楚粤之所建昭靈侯廟，不勝數也。大江以南諸澤國，凡午節必有龍舟，既皆知爲弔屈原。端午彩絲角黍之供，則周秦以來，徧天下傳爲故事。猗歟盛哉！古忠臣烈士之没身清流者亦不少矣，而至今弔祭相沿成令節，則終天萬古獨知有屈原死期。死而若此，亦誰不樂其死者。雖然，有意好名而求死，則其死傳亦不久。惟生前祇求自盡其憂國愛君之誠，發爲文章，聲情絶妙。雖放逐而不自疏，至死不改，正所謂其智可及也，其愚不可及也。天下之歷劫不壞者，愚誠而已。人若不肯愚，而競尚乎智，亦只快其身世之圖耳，與天下後世之名教何涉？而妄欲人祀己也，有是理哉！功在天下者，受天下之奉；功在綱常名教者，受後世之享。原之廟宜其多宜其久也。

歲乙未，吾年十七，自高昌萬里遷至靖安。值午節，隨父兄出觀競渡於金沙之洲。初聞弄舟人歌「大夫何在」一語，曼聲感聽。作詩曰：「雙溪潺湲自東流，羣觀競渡雙龍舟。鐃鼓淵淵櫂歌起，十八蘭橈齊拍水。中有一人呼大夫，汨羅江遠忠魂孤。楚王園寢但荆棘，楚人猶弔屈三閭。撫長劍，神如電，金銅玉石何從辨。寵時忠愛棄時疏，誰能到死心無變。大夫今日誠何在，大夫今日誠如在。芝蘭作佩芙蓉裳，知君志在簪纓外。世人皆濁君獨清，世人皆醉君獨醒。世人皆死君獨生，至今二千四百歲，周師尚解呼君名。」詩雖初學，其弔古之志則已悲矣。辛未中和節，泊舟於衡陽湘水之湄，追憶並録。

李三十六丈壽序

余以南嶽之遊，遂來永福。與陳君滌崖相遇於興安舟中，守淺夜話，各舉其鄉之敦行孝弟、信義長者。輒爲其舅氏李秋山翁屈一指，予徵其説。滌崖曰：「吾舅臨川楊溪世族也，行三十六，爲吾母同胞之弟。其事親之孝，宗黨知之。然不及吾晨昏問所聞於吾母之詳，言未可以燭跋盡，姑即所以敬於其宗而友於兄弟，則試舉一二端顯易見者。吾舅一從嫂苦節無子，性剛烈，於責望不無嚴苛。舅始終敬而養之，許以己子孝廉澳爲從兄後，以表揚其節。從嫂卒以旌榮終，而所嗣之子又以能孝事節母稱於其族。於戲，不亦皆近古士夫難能者哉！舅少喜讀書，能文多藝。家苦貧，無以爲養，不得已負笈遠遊。之桂林依從父資政公學，而兼爲從父總持其鹽榷轉輸之事，數十年勤勤焉，井井焉。才智爲之經，而信厚爲之緯，而業日以興。資政公倚爲右手，翁亦坐此不得遂故山耕讀之志。以迄於今，華其顛而豁其齒，猶日孜孜焉攢眉蒿目於百冗籌簿之間。辭其俸而任其勞，不肯徇諸郎歸養之請，豈爲私哉？實以資政公豪傑好義，壽幾百齡，蓋已手揮數百萬。今子孫益多貴顯，則名日增而利日損，所受業又漸不如前。脱無老成善其後，其何能繼。翁不忍去，所以酬從父知己之恩，而報其彌留之命也。不亦可謂敬其宗而敦行信義者乎？至其處華膴之地，出納億萬，而身及妻子布衣蔬食如貧時。執事敬而謀人忠，接物謙和而當禮，此又其德容外著，人共知者。凡四子，伯仲舉於鄉。翁猶不數日同課其文，誨之曰：『吾非欲汝等詩文之工，擢上第也。其亦庶幾日體會於聖賢之言，交相策勵以收其放心而已乎！』」

滌崖辭未畢，夢蘭已肅然起敬，還語曰：「信也吾少子之外舅。李司馬環塘爲翁之從子，昔嘗爲我稱歎其三十六叔之賢，亦正如君屈指者。信矣如翁言行乃始足爲鄉先生，以裨益乎人倫學校也矣。」過桂林，遂以外姻禮謁翁暨翁之從兄韋廬太僕。太僕博雅工文詩，其五言獨步當世。於僕有知己之言，故同拜謁。相見各歡甚，疊飲之久。太僕侃侃搜名山，目空前古，氣真而語直。翁則藹藹然慧盈於目，笑語曰：「吾比事彌冗，然每夜漏數十刻，猶必登廬山絶頂，與君劇談。」因例舉吾《遊山日記》中極纖瑣可笑之事，以供杯酌。翁其好察邇言歟！是多藝能文之稱，於斯益信。滌崖誠似舅，敦篤不妄，宜有聞於庠序中也。予頃既還自永福，將東歸，維舟灘江。滌崖來别，爲其舅之子宗淇、宗澳兩孝廉致聲請曰：「翁今歲六月十九爲六旬慶日，年家姻婭多製錦爲翁壽者，翁皆固却，且自疚事親之時，貧不能廣羅觴祝，以娱親之心。觸景追慕，輒爲黯然。則尋常頌禱之辭，度未足以承翁歡。舒叔子非諛人者，盍求其文以敘翁生平之志，必吾翁所樂觀也。」

余既愧辭不獲命，又倉促無以爲文，爰直書興安舟中所聞於滌崖之言，及吾拜訪時樽前情話。不增飾以存真，就一斑以窺豹，聊以概其生平耳。夫德爲福基，壽乃無量，期頤何足爲翁多。第以翁德器才識，有恒之心，忠厚之性，設使遭際如古人得志之時，發爲事業，銘之鼎鐘，小人儒必大稱異。其實亦祇此孝友義讓之實心餘力推暨而成，窮達一致，正於翁無加損也。而顧重勳華而略潛德，幾何得免通儒笑乎？書至是，湘帆已發，遂復爲欸乃之曲屬滌崖云：「粤山依舊喜相從，來似驂鸞去似龍。總讓韋廬好韋石，直參南嶽祝融峰。」以謝太僕，即以介翁眉壽焉。嘉慶辛未春正月既望，靖安舒夢蘭白香甫書。

驂鸞集

卷一

出遊

忽聞漚舸欲浮湘，籬落花間便束裝。乘興只裁三尺錦，遠遊同製一詩囊。千秋敢望賢人業，五嶽應憐我輩狂。高坐芙蓉見南斗，洞庭煙水暮蒼蒼。

登舟夜留别莊翁

老友獨相送，暮江深復深。閒雲無定向，遠水帶歸心。别酒不成醉，秋聲已到碪。感懷南浦月，憔悴出楓林。

戲答老妻兼寄姪長德建侯

斷槳殘帆送客行，此身原比白鷗輕。時將嫁女遊南嶽，我更高於向子平。三女旗馥今冬歸婺源程兆麐也。

豐城夜泊贈滬舸

買棹看秋色，澄江入夜深。潛虬應在水，高鳥亦投林。劍氣空南北，燈光聚古今。莫教文字障，遮斷出塵心。

過樟樹鎮

化梭亭畔水，應許到龍堂。遠渚一鷗白，秋林萬葉香。人心本恬澹，俗病乃膏肓。試訪蕭娘墓，峰青橘柚黃。

舟夜

避俗聊爲別，看山可當歸。燈花喜人聚，霜葉效蟬飛。活水鳴幽磵，遥嵐拱少微。漫充南嶽隱，須採北山薇。

宿臨江聞雁

倦客先鷗睡，孥音入夜稀。泊舟灘石嘴，應是釣人磯。被冷知霜重，酒醒聞雁歸。數行天末字，珍重莫教違。

偶同龔鉽入新喻縣城有懷惲子居明府

城池依水竹，村落好林巒。此地曾爲宰，伊人合在山。暮蟬哀落葉，斜日警衰顏。我最憐潘岳，愁多鬢已斑。

曉發分宜

篷隙披衣望，曉寒秋更清。石梁能濟物，猶有故鄉名。

過袁州

落水荒江日下遲，浮香樓外竹差差。重陽我在滕王閣，猶想昌黎作記時。

宜陽晚眺

彭雲垂釣處，知是詔君巖。身世果能達，聲名定不凡。山城落斜照，歸翼帶高帆。我亦百無事，閒情未暇芟。

蘆溪山市見人肩數十鸚鵡作一架奮飛不得聲情可憐爲賦詩

莫作能言鳥，人前得罪多。黨援徒自困，羈旅奈愁何。遠舉鴻難弋，工諛鵲免羅。文章真負爾，機械且由佗。

代簡寄西橋丈人

荻蘆溪上雨濛濛，鎮日懷人倚釣篷。尺半鯉魚空有意，報書傳不到湘中。

周子監税碑

去蘆溪數里，道旁立豐碑，大書深刻云「周濂溪夫子監税處」，予爲之下輿敬觀，徘徊感歎，賦小詩題碑陰焉。

先生尚監稅，况乃重儒時。不受外家癊，應無此地碑。職原因道重，山貴勒名遲。我但爲頑石，鐫磨總莫施。

過蘆溪山

蜿蜒一山六十里，鎮日行人動如蟻。擔頭挑盡海山春，多爲浮生六根起。色聲香味衆所貪，物力雖竭心無慙。須知富貴徒增慾，藜藿糟糠味獨甘。

宿萍鄉

茆店終宵月，籃輿復此鄉。林嵐通鳥道，闤闠列蜂房。水驛連吴蜀，雷封溯漢唐。獨憐萍上實，愁殺楚昭王。

次湘東

哽咽湘東水，淒涼楚客船。日斜烏榜外，秋盡白雲邊。浣女多垂鬢，疏楊也帶蟬。暮碪寒更急，歸雁已旲天。

過醴陵

十里江亭日又斜，年時曾此泊歸槎。雲屏夜飲笙歌散，怊悵簾櫳薄命花。

珠亭夜泊

竹樹騷騷夜，湘波澮澮秋。更無花照眼，只有客維舟。蘆雁不辭水，酒人多在樓。屈潭應未遠，空倚暮雲愁。

舟中櫛沐

衰鬢如黄葉，深秋落更多。疏慵從我慣，輕脆奈伊何。涉世船中客，浮名水上波。出遊忘遠近，隨地築行窩。

望嶽

湘流九曲望衡山，面面芙蓉簇黛鬟。名士固宜鍾屈宋，畫師誰與覓荆關。黄花漲遠千帆過，碧落峰高一雁還。欲向星沙煉雲母，好傾南斗鑄童顔。

舟中曉起入南嶽

茅屋雞聲遠，篷窗客夢回。曉星猶未落，宿霧幾時開。既蠟遊山屐，宜登望日臺。扶桑新霽色，葱翠自東來。

南嶽道中

尋山獨起早，冒暗已朝食。菰篷泊溪南，籃輿度嶺北。曲徑何逶迤，層崖屢登陟。有時落平疇，頗慮田塍仄。栝巖盤鳥道，下顧險不測。山家亦將飯，峭壁炊煙直。雞犬無競心，松杉猶古色。是皆葛天民，與日相作息。生男學耕稼，生女學蠶織。世世無飢寒，何心慕樂國。慚予卜居志，十載無一得。空憶武陵源，迢迢安可即。

由蓮子洞度松崖

假寐肩輿上，溪聲最可聽。石橋連水碓，花塢隔茆亭。淺草疑霜白，長松引路青。西峰迎曉日，南嶽倍精靈。

南嶽廟題壁

衆山如凡民，五嶽如高賢。形骸亦相類，志氣通於天。根柢極深厚，中立無欹偏。人苟不自畫，直造朱霞顛。古帝獨登封，命意非徒然。

其二

吾今至南嶽，初望覽山小。即之甚寬厚，中有凌雲道。高峻則難登，靈變則傷巧。人情本閒靜，入世乃紛擾。何緣居絶頂，餐霞種瑶草。緊彼桂林峰，反似蓬萊島。

其三

我昔遊匡廬，必到五老峰。良由太孤峭，欲絶行人蹤。所以古豪士，往往褰衣從。直與罡風會，一蕩雲海胸。西廬信奇特，南嶽殊中庸。舜禹既封禪，斯爲衆山宗。

其四

南嶽亦稱帝，隱然如尉佗。越山似錢鏐，吴山似夫差。各各霸一方，趁時作風波。匡廬似靖節，峨眉似東坡。清名聊自娛，不受嵩恒訶。

其五

嶽廟極崇奂，俯臨衆山低。我來一瞻眺，志與天柱齊。朱楹列九筵，丹樓闢重闈。秋禋日萬人，香煙貫虹霓。危峰七十二，一一勞攀躋。從來喜事賢，所至皆留題。讀之眼欲昏，記之心轉迷。不如不識字，反得青雲梯。

其六

昌黎昔來遊，欲登望日臺。先時亦陰晦，默禱雲方開。我初擇今旦，昨晚猶風霾。舟師幸其阻，老僕生疑猜。詎知終日晴，得暢思齊懷。神前再三拜，感謝真無涯。

其七

五嶽四河北，東南惟此嶽。是以名獨尊，巍巍似先覺。李杜各題句，朱張曾講學。七祖懷讓師，住此傳衣缽。仙姑王妙想，亦駕朱陵鶴。名山豈不貴，世味豈不薄。何幸絶塵緣，永踐諸賢約。

其八

長源亦仙才，少作東宮友。肅宗果相信，何須避讒口。歸隱衡廬下，好種先生柳。如何代德間，乃試經綸手。不仕固無義，苟禄亦顔厚。晚始判觀察，吾心竊蒙垢。耕莘與築巖，釋耒即大受。三朝國士知，反落廷臣後。何如老是山，抱膝看南斗。

其九

懶殘弄狡獪，嬉遊祕密藏。玩世作風魔，偶露前知狀。能食糞中芋，方能作時相。君看大歷後，何似開元上。幸有康濟心，不失蒼生望。三公視五嶽，豈必矜高尚。志氣苟卑柔，功名即魔障。

其十

李靖獻西嶽，書辭大不恭。後人重其名，集字雕崇墉。負氣若乳虎，乃心非卧龍。彼卧不欲起，此猶卜遭逢。與爲隋季將，寧作羲皇農。我來百無求，但欲訪赤松。陰霖頓開霽，殿閣金重重。旭日耀丹崖，爛漫千芙蓉。

玉皇閣題壁

檢點青詞和彩鸞，步虛聲小竹平安。通靈醮滿香煙聚，宿衛星高劍履寒。萬壑有情朝玉闕，十洲無事瀆金鑾。仙家富貴人間樂，只欠擎霄露一盤。

磨鏡臺二十二韻

磨磚作鏡固不能，磚鏡不須分愛憎。利根鈍根兩無礙，用志不紛神乃凝。五葉一花都結果，作佛豈是參禪僧。吾師得鉢住南嶽，一語妙義該三乘。江西馬祖善知識，本如大鯤將化鵬。聞言一笑下禪榻，夢已覺時呼即膺。翻江倒海捉明月，到手仍是菩提燈。即心即佛佛無我，非心非佛心難憑。人天小果欠真實，死生大事誰擔承。粉碎空中露圓相，見之立地同飛昇。我心似磚亦似鏡，頑塵幻影滅復興。漫誇才智比滄海，管教業障逾丘陵。六道輪迴似車軸，七情糾結同麻繩。欲求解脱那得脱，如鳥在篋魚在罾。識浪何曾有涯涘，滔滔逐臭同癡蠅。食報終須由宿業，巧難趨避動難增。當頭磨此慧中劍，一力斬斷相思藤。九面衡山湘作鏡，壓肩灌頂吾能勝。畢竟磨磚亦多事，嚴寒滴水皆成冰。李唐迄兹滿千歲，八祖悟後今誰曾。天雨曼陀下南嶽，高臺一望春層層。

七祖塔

菩提心德普人天，舍利仍開造福田。往劫傳衣今禮塔，三生彈指一千年。

南嶽魏夫人黄庭觀

黄庭真誥壓仙曹，觀起名山鎮六鰲。瑶草春生雙鶴睡，碧虚風定一松高。靈飛讀罷朝金母，妙想歸來薦玉桃。敢與夫人弔湘月，二妃陵寢竹蕭騷。

懊儂百韻

生小同名玉，相聞已暗憐。泛槎來弱水，流寓近于闐。縹瓦輝金屋，雕甍隱畫椽。舍南神女閣，池北子雲廛。記换桃符日，閒看竹馬年。一堂曾拜母，兩美恰齊肩。桂戚均王謝，門楣埒竇田。風流希晉宋，吐屬總幽燕。絶塞雲連幕，深閨雪映氈。鴨爐烘獸炭，花貌擁貂蟬。齲齒驕孫壽，揚蛾妒麗娟。藐姑真綽約，飛燕亦褊褼。髮重皆垂鬢，頤豐不露顴。玉塵香寸寸，朱舄帛戔戔。止水清難繪，遥岑秀可鐫。凝脂蒙越練，新笋束吴綿。螓領鵝肪膩，櫻脣鶴頂鮮。髻鬆疑墮馬，裙縐欲留仙。意結安仁果，心胎淨域蓮。緑茵晴鬭草，華燭夜攤錢。爲煉芙蓉粉，頻燒石髓鉛。燃燈銷臘鳳，鏤綵製風鳶。罷繡談彌韻，耽吟性所便。茱萸朝賦鏡，玳瑁晚開筵。珥墮琴書畔，觴飛壺閫前。廨廊春寂寂，簷溜暮濺濺。蘭茝洵同臭，娥英愈慕羶。艷情資慧業，幽恨託芳荃。魏后將遺枕，陳王定感甄。對研潘谷墨，分擘薛濤箋。脱口珠成串，拈毫璧盡聯。寫生臨孟頫，摹帖仿僧虔。詠絮徒矜博，知音詎足賢。也曾聆樂妙，隨意撥鵾絃。雁柱聲聲合，鶯喉嚦嚦圓。暗香聞荳蔻，餘暖摸鞦韆。偶詣摩尼寺，偕參默悟禪。翠圍金犢幰，爐爇鷓鴣煎。款段桃花騎，輕明杏葉韉。六鈞誰共挽，七札我能穿。射雉邀雙笑，追風僅一鞭。崔徽誇驥駿，蘇蕙喜秋妍。密網煩蛛織，疏帷待月褰。瓜梨文木豆，棗栗瑞筠籩。乞巧針三口，思歸路十千。蟾蜍雖易缺，蜥蜴了無愆。福命偏居後，才情合讓先。伴啼憎朗旭，交衽卜靈篿。衣鉢拋迦葉，丹符誑偓佺。謝莊仍落拓，秦淑倍屯邅。弱質彌增感，沉思豈易蠲。唾凝紅葉砌，羅印碧苔甎。骨漸花枝瘦，心逾舍利堅。劃堦迴日馭，扶婢數星躔。良劑空盈盞，香餳不下咽。崆峒疇敢鑿，渤澥竟難填。淚已成湘竹，魂應作杜鵑。凌波風嫋嫋，煙柳態躚躚。午夜來芸館，澄霄落鳳軿。玦貽清暑玉，瓊報辟寒鈿。握手腸堪斷，持巾笑復嫣。謂當諧靜好，寧貴結塵緣。子夜誠無變，庚申守必專。盍歸三島苑，休上五湖船。鸚鵡宜皈佛，鴛鴦且避鸇。叮嚀期後會，珍重約喬遷。烏鵲方南繞，仙輿始右還。孰知蟬已蜕，只道病都痊。龍女原通法，媧皇善補天。離魂非偶爾，當日最悽然。遮莫疑爲夢，分明坐未眠。臺高銅雀立，秋老玉繩懸。倚檻悲孫楚，登樓祖仲宣。短襟情鬱鬱，長路草芊芊。想像經通谷，懷憂濟洛川。背人歌薤露，剪紙弔靈阡。職是甘愁病，胡能釋忿悁。岐軒醫閥閲，針灸藥蹄筌。石闕生唇内，銜碑在口邊。瑶池宫窈窕，牛渚浪漪漣。雉尾裝車蓋，魚鬚飾旆旃。封姨排鶴駕，花氣雜龍涎。下士惡從到，高真信達權。楚山青未了，吴岫黛相連。障礙憑伊掃，根塵稍自湔。寢堂人沸沸，官閣鼓淵淵。既覺身非蝶，方驚事太玄。寐時蟾尚滿，醒夕月重弦。敢謂幽冥録，胥爲寄託編。石簪磨已折，瓶綆汲猶牽。蜜熟蜂衙散，衡高雁陣旋。别離神罔罔，徙倚致翩翩。錦瑟魂難返，青禽信復傳。黄鐘纔應律，紫玉又成煙。痛惜珠雙隕，深慚瓦獨全。昔迷三里霧，今隔九重泉。宿草終千劫，癡霓亘八埏。曷嘗如李靖，真個似張騫。涉世羞彈鋏，浮湘樂扣舷。有誰哀屈宋，聊賦懊儂篇。

桂陽河口

桂水東來味獨甘，每因靈壽憶蘇耽。匡廬杖得天池竹，我與仙人共一龕。

山村

山村作優戲，婦子各傾倒。韶護享爰居，翻令鳥煩惱。漢皇並六合，不能徵四皓。小儒得高第，便已輕師保。良由器識卑，何日得聞道。耳目不外騖，聲色等枯草。養氣如洪河，萬古春浩浩。乘槎入雲漢，飽噉安期棗。

舟次答滬舸

吾儕無學術，□□愈艱難。器大識方遠，雲高蔭必寬。情深堪作雨，浪急恐成灘。何似迴瀾處，偷閒把釣竿。

泊祁陽縣

斜日波光堞上浮，檣烏飛過曝衣樓。纖纖綺幔圍山色，處處碪聲動客愁。潘鬢漸隨秋葉落，湘帆爭向暮雲收。渡香橋與浯溪近，我欲題詩謁道州。

灘上語滬舸

人心若湘水，悠悠日東向。一爲風所激，處處興波浪。是豈水之性，風息浪何往。可悟貪嗔癡，逐念皆魔障。小智輒自喜，大儒無我相。請看灘下舟，爭先誰肯讓。大艑獨落後，中船亦惆悵。區區諸舴艋，已在青雲上。

舟次寄家姪凝之慎符及從孫恭裕恭襲

聰明如水銀，得孔無不入。惟其無不入，是以百憂集。遇事必營營，私心恒悒悒。有涯隨無涯，徒勞那能及。鼻息一朝斷，但有妻兒泣。聰明不學道，易如水就濕。庸有向上心，貪嗔日不給。從古大豪傑，得善彌固執。須先制此心，有若驪龍蟄。任公不能釣，劉累不能縶。風波帖帖碧湫寒，一口西江卧中吸。

寄建侯六姪

濁水生魚分外肥，清流人採北山薇。從知造物多公道，千歲桃花結子稀。

卷二

永州懷古

奇峰插天無媚色，唐宋諸賢屢遷謫。瀟湘樓下萬煙稠，那是清風漫郎宅。粲粲孰如元道州，舂陵有疾偏能瘳。磨崖不朽浯溪頌，魯公大字懸銀鉤。文章又得柳司馬，一縷明河筆端瀉。愚溪鈷鉧石潺潺，到今誰是知音者。中條隱人真丈夫，不因職貢求侏儒。羣玉山頭試延望，家家愛子呼陽侯古韻叶胡。萊公魏公兩人傑，流香谷暖忠腸熱。九疑山自永陵高，芙蓉別館生秋月。茂叔反以廕得官，中天理學生孤寒。所以邵程輕甲第，單微一綫聯儒冠。南遷既謫楊萬里，洮洮清詩若瀟水。獨持半刺張公堂，白首甘心稱弟子。思范堂前鏡石明，愛蓮池水清復清。巖中斑竹已多淚，渡日香橋空復情。包茅可貢蛇可殺，石燕應巢懷素塔。却憐何氏有仙姑，好向山崖來掛搭。

湘口

我自衡山來，灘灘泝流急。雁聲常在水，雲過衣衫濕。撑船入湘口，人在鏡中立。沉沉古潭下，定有寒蛟蟄。遠漲白於沙，危嵐翠堪拾。頻摩竹根杖，倒著松花笠。揮手欲凌霄，浮邱相對揖。

眉頭灣

一灣何事像眉頭，果有遥峰伴客愁。此夜懷人通不寐，灘聲都向故鄉流。

全州感舊

漱玉巖前日又西，越王城畔鷓鴣啼。安輿我侍雙親過，爛漫飛花趁馬蹄。

瀟湘二妃廟

二妃才識絶仙寰，帝女同心降一鰥。琴案百年應白首，玉祠千古尚紅顔。湘蘭爲寫眉間緑，鳳竹猶生涙後斑。悵望蒼梧雲似海，杜鵑聲裏萬重山。

唐家司後山奇石

秀穴奇峰没草萊，惜儂衫窄不堪懷。多情倘遇襄陽老，管許移歸寶晉齋。

入興安陡河

船來須水送，船去須水迎。兩水不相接，一船終日横。陡夫猶德色，官水作人情。笑問河陽宰，聲名若個清。

馬頭山

七十二溪灣，灣灣見此山。玉簪初上髻，瑶笴不能班。獨立風塵裏，居人耳目間。幾多征戍士，馬首拂刀鐶。

舟中望桂林山城

環山築城山絶奇，城邊一水清漪漪。舟中有人向山笑，倏已身到蓬萊池。靈巖秀峰重復重，碧玉削出千芙蓉。造化胡爲弄斯巧，使我罷睡來追從。兒時過此已知愛，有如舊書須誦背。典衣温得桂林山，强似胸中添累塊。

獨秀峰題石

靈鷲飛來石，浮圖象獨全。孤高能拔地，森秀欲參天。萬井煙同直，中衢月對圓。餘峰皆護法，羅立化城邊。

顏延年讀書巖

石室藏書未必牢，何如飲酒讀離騷。七賢不取山王輩，可證先生器識高。

伯夷叔齊廟　有引

夷齊廟在桂林城北，銕佛寺之東衢。鑄比肩二像，美鬚眉，衮冕執圭若王者，南面而坐。意蓋取孟子「得國而君，可王天下」之義。然左个配以關帝，右个配以財神，則殊覺祀非其倫。得毋疑世俗畏威好利，配以能作威福之神，斯二聖之廟食庶幾可久，作俑者其殆有陽秋之意乎？余偶同漚舸訪銕佛後巖之洞，過祠下，遂同入謁。因憶自廬山歸時，一夕忽夢古衣冠丈夫，神宇秀發，擎松華之蓋，謂是伯夷，指開先顧予言曰：「瀑泉水宜少飲，性與蟹同，似寒而實熱，子其志之。」予聳然敬諾而拜。既覺歎異，曾筆寄於漚舸。今始展謁清風，頓悟前夢，附釋於題壁詩中，志弗諼也。

桂山清徹骨，桂水清徹髓。亘古絶纖埃，神似兩君子。是以桂林賢，鑄像崇禋祀。廉頑而立懦，功德疇堪比。生平服公義，具瞻心獨喜。肅謁廟堂下，真如親杖履。憶昔夢中見，鬚眉正如此。温顏獨誨我，少飲瀑泉水。瀑泉益聲勢，貪泉損廉恥。兩泉俱不飲，始是真高士。

伏波巖題石

雲臺何必署公銜，薏苡無防獨受讒。事有不平功益著，飛鳶猶繞伏波巖。

遊隱山六洞

巉巉一山環六洞，海蜃爲樓雲作棟。鬼工雕出玉玲瓏，不許羅浮重入夢。朝陽恰似紫極宫，連琳碧宇將毋同。來遊我在冰霜後，八桂煙嵐一嘯空。

疊綵巖風洞

綯石真疑綵疊成，晚霞如綺羃春城。樓臺幾處驚鴻影，巖壑應聞按拍聲。白下東山無此勝，武林西竺亦虛名。湘南信有驂鸞路，我欲乘風上八瀛。

和答李松甫先生見贈之作

全憑真意作真詩，高格於翁僅見之。入夢關河愁隔面，到門笻屐慰相思。山中隱相推貞白，畫裏奇峰屬大癡。我欲聯吟破岑寂，雪江歸棹不妨遲。

飲次述懷疊前韻

漫漫秋漲好尋詩，一棹無心任所之。望嶽襟懷誰共賞，此江名字恰相思。桂林有相思江。連連雞黍難爲報，瑣瑣商量漸覺癡。愧感丈人真且厚，肯將農圃教樊遲。

將之永福縣再疊前韻

一杯清酒一篇詩，我與先生共樂之。適意無如從所好，看山隨處繫人思。南征薏苡猶招謗，韋廬正對伏波巖。北海疏狂未必癡。惆悵浹旬將小别，尋春相約莫教遲。

次韻酬松甫先生

我正披裘負暄卧，巖前一陣寒香過。只道梅花驛使來，詩翁折簡徵清課。七寶青蓮作化身，才華學養精且醇。灕江十五日同醉，高誼何須讓古人。

故鏡詩　並序

余年未弱冠，侍父母就養於兄慶遠署。代守何公炌自都還郡，贈玻璃鏡二。其一始拜受，即隕於地而碎之。今行篋此鏡，亦其一也。舟車南北三十年，所照山河人物半天下，而完美如故，何異孿生二子，一夭，一壽且康强逢吉者哉！庚午冬重至粵西，睹物懷舊，爲賦詩一篇。

此鏡見吾少年日，一枝玉樹當春立。此鏡見吾侍雙親，華筵綵服相鮮新。不虞始壯即永感，從此鏡中無笑臉。天邊有月自初三，不見蛾眉向儂展。人生只有親堪慕，白楊總是傷心樹。但思長睡畢餘齡，縱有童顔何必駐。鏡本無心曾不老，人生憂喜唯心造。與其貂錦娱僕妾，何似鶉衣奉親好。鏡能見我髮全白，我但長愁子孫悦。今我何如故我真，癡心更比初心拙。鏡能鑑面不鑑心，相交雖久非知音。然吾此鏡實堪寶，見吾三世抽冠簪。鏡兮鏡兮莫相欺，吾生醜態君必知。倘能顯切攻吾過，庶有桑榆進德時。

宿蘇橋驛

相思江上草離離，破驛寒燈獨咏時。却憶湘春樓外月，杜鵑聲滿二妃祠。

横塘驛感舊寄家兄燹亭先生

蘇橋南去是横塘，回首青春鬢欲霜。記得兄扶靈壽杖，鳳巢山下看鴛鴦。

其二

奉母曾遊百壽巖，嬉春樓外燕呢喃。一雙兄弟騎驕馬，九朵靈芝繡作衫。

寄内

八桂奇峰玉筍排，爲儂多寄踏青鞋。明年攜得春歸去，不枉同心貿燕釵。

其二

老懶何堪復賃舂，勞君廡下事梁鴻。洞天此地知多少，盡可全家作寓公。

初至永福題詹甥樸園廳事壁

萬峰環小邑，民樂宰官貧。狌犴常生草，牛羊不避人。玉蔬霜后緑，溪柳臘前春。鳳鳥曾雙至，風高俗易醇。

其二

此邑栽花令，吾家從姊甥。出身同進士，嗜學老書生。比户催科拙，看山得句清。迂疏良似舅，辛苦不求名。

得劉星槎司馬京口書却寄

使君昔過我，日昃尚酣睡。呼之襲裘出，未及看名刺。相視已莫逆，接談愈心醉。不必審官閥，懸知是循吏。淮海多勝流，家聲擅風義。志行踵前哲，文章擢高第。名公盡推服，君子但謙畏。於我獨嗜痂，論交寓深意。司馬見寄有「非常寶氣横秋水，無敵文思倚暮雲」之句，彌愧感也。贈行三尺劍，惜别數行淚。八口倘無飢，一官原可棄。其如居澤國，耕稼良不易。未妨重出山，何損煙霞志。

和答帥師馮外甥題拙集三首

眼底浮雲一笑空，蒼霖徒自惜殘虹。才人莫使歸廝養，忍使邯鄲唱惱公。

其二

趁此閒身學散仙，飛昇當在老夫前。南榮一枕羲皇夢，管汝詩名五百年。

其三

策蹇搜吟漸覺難，吾甥三十已登壇。鳳巢山下龍溪長，謂樸園。留得詩人作幕官。

小除日題永福詹甥署齋

風聲驚夢覺，木葉滿牀飛。冷署莫貪睡，高齋不掩扉。蹉跎年易暮，迂懶事多違。戲把梅花笑，清寒似汝稀。

小歲夜同温舸師馮樸園小飲

遠客憐君瘦，閒遊笑我狂。官厨能淡泊，杯酒共淒涼。剪燭聽殘漏，哦詩憶故鄉。何如志温飽，同井課農桑。

樸園廿五日出迎方伯郡邑長又多來會予反代樸園應客戲柬樸園

我來方信宿，郵傳屢經過。月爲勞人缺，星如節使多。宦途原曲折，驢背且蹉跎。敢自求安樂，堯夫幸有窩。

除前夕聽雨有感與漚舸敘别

風雨蕭森逼歲除，紙窗燈盡懶窺書。斑斑帝典空陳迹，耿耿心光接太初。且幸生涯圍蠹簡，莫嫌歸夢繞匡廬。新春我泛瀟湘棹，欲訪君山更卜居。

和萬松門見贈

洞天雲卧碧苔衣，乳鳳巢邊朔雁飛。我溯三湘遊八桂，却來永福迓春歸。

和答帥師馮惜别

相依坐寒夜，刻漏與愁深。和汝題襟句，傷吾賦别心。剪燈揩倦目，擁鼻事長吟。自笑鶯求友，殊慙鶴在陰。

其二

有甥能學舅，相勗在千秋。月旦宗三代，風騷第一流。名山聊自壽，客路枉多愁。莫悵歸帆杳，須憐往事悠。

永福至桂林輿中漫與寄樸園

龍沙歸思渭陽情，目送千巖赴永寧。一自板輿山下過，迢迢三十二年青。家兄牧永寧，奉二親曾過永福。

其二

伏龍溪枕鳳凰巢，竹影松聲伴寂寥。却爲新春來永福，上旬燈鼓達元宵。

其三

好山森立玉芙蓉，絕似高人倚瘦筇。晚飯一盤青竹笋，笑余吞却許多峰。

其四

碧油如洗黑貂寒，身在蘇橋細雨間。行過五塘烏石舖，輿前都是米家山。

其五

兩行松蓋鬱亭亭，過眼奇峰萬个青。我在四人肩上睡，舉頭常悔不長醒。

其六

籃輿春倦覺途長，八桂山稠暮靄蒼。撲面梨花香又冷，已隨風雨到沙塘。

旅夜立春

漏聲寒欲盡，山郭已春來。凍雨不成雪，暗香先到梅。道心窮始固，雲路霽時開。好泛瀟湘去，撑船入鏡臺。

寄舍姪位三

千言難寫别時情，呵手題詩又不成。慎默持躬謙接物，汝當師事樸園兄。

寄帥甥師馮

綵衣華鬢帥馮郎，冷笑清吟不礙狂。貧到一生無尺錦，白麻粗布作詩囊。

却寄胡瑞亭甥聳

瑞郎飲我衡陽酒，七寶辛盤薦菘韭。官梅偷得頰邊紅，却向天涯屢回首。絲蘿情緒本相親，况復同爲悵别人。臨岐奉報無多語，勉附松筠作好春。樸園一字松筠。

立春日還至桂林别韋盧太僕

恰好隨春至，相思已隔年。賦詩梅樹下，分袂晚風前。老輩交情重，名山意味偏。悵懷南浦月，歸路各三千。

其二

有誰知李郭，無意識張金。萬事不掛眼，幾人同此心。雪消三徑滑，門掩七松深。翁自號七松老人。夜雨他年夢，蕭騷八桂林。

韋廬丈以迎撫軍不得重别殊悵惜清流名士處境之艱爲賦此

青蓮居士人中龍，反欲一見韓朝宗。莫將詞賦傲金紫，須知楚漢輕黄農。忽忽未和樽前句，惘惘同看郭外峰。没世重名生重爵，吾儕何去復何從。

影語 爲王子樂林作

寒宵虚度梅花月，袖手遥芳不堪擷。撥爐龍腦欲生雲，撼壁霜風未成雪。人間何處不酣睡，漏引蟾蜍向空咽。莫疑銀漢水潺湲，衹見金釭燄明滅。先生默然顧影笑，我幸對君無愧色。可曾累汝炎中趨，可曾累汝腰頻折。夏畦之間百怪聚，壟斷之旁萬眉結。可曾上書干執政，歷亂火城分蹩躠。日高相伴兀然起，燈灺何嘗遽言别。周旋到我良迂疏，冷淡如君信孤潔。百年已半未全老，一事無成真大拙。終南捷徑行不由，世襲青氈坐成銕。王公倒爲特偶爾，寵辱難驚亦奇絶。保身差許學慵惰，踐形豈謂非明哲。我縱飢寒影詎羞，影縱飛騰我寧悦。何似梅花月下不相離，緩步追蹤陶靖節。

卷三

睡草　一名醉草，握之則酣睡不醒，仙草也，出桂林

睡名蓋世夜不眠，滴酒不嘗稱醉仙。人間怪事每如此，王衍室中無一錢。此土相傳生睡草，握之濃睡不知曉。居平最苦是長醒，醉睡鄉中少煩惱。我欲睡草爲茵槽作枕，八桂林邊伴花寢。

相思江　並引

灕江下數里爲相思江，蓋古今送别處也。灕水自湘源分流入桂，不復合，義取諸離，故遂名相思江耳。效土歌作小詩五首。

相思江畔草，偏到别時青。目斷迢迢水，蘭橈不肯停。

其二

郎住湘江南，儂住灘江北。江江碧玉波，畫作淒涼色。

其三

灘水别瀟湘，孤行更不雙。相思明月夜，流到緑珠江。

其四

溶溶千頃翠，似汝蕉衫淚。展得緑波心，相思好名字。

其五

柳色偷江色，郎心似妾心。相思幾千歲，盤古到而今。

和黄小谷 並序

小谷，臨川人也，其父祖皆登甲科。祖爲武進令，最有善政，民稱之。小谷少孤貧，其母夫人親自教之，涉獵書史而不事科舉之學，蓋知廉吏不可爲，不廉吏更不可爲，故不欲子之貴耳。比見其母詩集中有「種樹十年心」之句，始深知其務本者歟。小谷既長，好遊覽名山勝迹，訪求遺逸，故嘗之吴越，之秦，之晉，之齊、魯、趙、燕、薊通都之間。所至輒聞有稱及舒白香者，遂妄儗不肖爲畸人高流。戊午、庚申，過南昌尋訪至再，皆不值。傾聞予來遊桂林，小谷肅衣冠，投刺旅邸，遇漚舸於門，揖之曰：「君莫非龔季子乎？」漚舸問故，則得之王樂林也。小谷好爲古樂府，頗有才調。論史諸文亦間有新穎之識。惜用心不精，少師資耳。小谷坐是師事我，固辭不當，無已，則教以謹身節用，竭力養母而終天年，而於其所問天人性命數理之奥，則姑置不與講也。小谷憮然，爲閒自疚其窮大失居，欲身牧豕、妻任舂以供子職。予始欣然和其詩，並敍其交際如此。

獨秀峰頭望，中天一少微。光芒聊自衛，躔度莫相違。隱形培心德，虚名伏禍機。未宜嘲燕雀，鴻鵠枉高飛。

元夜七星巖記遊八首　並引

予頃自桂林登舟，阻雨未發，泊灕江之南。翌晡，龔漚舸重來取别，遂同遊。遊矚與詩皆得之倉猝中也。三天門、倒插須彌山、飛龍潭、觀音柳皆洞中名物，燭人莫玉隨所至而指目之者。

灕江春始動，蟄雷已飛聲。唤起巖上雲，作雨留我行。推篷望西山，漸見斜陽傾。聊復著高屐，攜賓娛晚晴。

其二

行行至棲霞，暴雨復來集。阿香作鄉導，得觀爭先入。爰登聽月亭，暗躡梯雲級。我與七星官，同在雨中立。

其三

避雨陟西巖，風吹路燈滅。一叟籠燭至，導我入巖穴。穴既窈而深，玲瓏復幽潔。詎知煩惱後，乃更生禪悅。

其四

燭人謂我言，此是三天門。重重折腰入，益信天可捫。倒插須彌山，遥遥作天根。誰知閶闔下，有我笻屐痕。

其五

行至飛龍潭，崎嶇徑彌仄。足外二分垂，沉沉真叵測。雷雨尚難入，但有風相接。萬古不天明，燃膏亦昏黑。

其六

老僕忽驚叫，謂孫貴。奔濤觸其首。迫視乃鍾乳，滴作觀音柳。遥看易殘燭，恍若開松牖。遺跋石間明，翻疑見南斗。

其七

名山樂虚受，志與崆峒齊。靈秀欲生髓，蜿蜒孕虹霓。如穿九曲珠，頓使七聖迷。入骨既有竅，上天豈無梯。

其八

數里出北洞，一月懸松顛。雲雷盡何往，方知别有天。白晝既須燈，何如夜遊便。僧雛反驚顧，訝我爲洞仙。

遊棲霞夜歸立船頭贈别漚舸

桂林山色濃於酒，醉得遊人不肯眠。天既多情春日閏，月猶深恨别時圓。甘心貧賤仍難聚，肆力詩書未覺偏。草上燭光波上動，船頭分袂又今年。

元夕歸舟阻風寄懷詹樸園永福

章門同憶好元宵，杯酒聯吟破寂寥。遶膝兒童紛索笑，迎門燈鼓各相邀。鰲山映水成花市，璧月隨春上柳條。無故做官兼作客，一聲風樹兩蕭蕭。

千秋峽大風撼舟不得寐却寄漚舸

灘雷樹雨不停聲，舵鼓舷鉦擊到明。雲裏素娥賫恨落，客中霜鬢帶愁生。行纔兩舍頻回首，峽有千秋浪得名。戲把龍泉斫流水，好傳新句入春城。

阻風戲筆

流光急似下灘水，世事艱於上閘船。倘有裴航舊仙侶，何妨留滯一千年。

其二

石尤雖妒頗多情，爲阻鄰舟亦不行。深夜月明風漸息，依稀猶有琵琶聲。

龍頭灘坐風

昏昏隙中坐，時羨客舟過。風葉漸成雨，霜林漸改柯。急流爭地險，高鳥得天多。欲假雙飛翼，凌霄遣睡魔。

畫眉塘戲筆

向曉船窻好畫眉，柳條羅幔緑參差。郎心却似東流水，流到灘前帝女祠。

再過陡河

借得公家水，居然讓我行。一窻茅屋影，二面搗衣聲。山勢嶙峋直，溪流曲折清。人工喜疏鑿，辛苦得河名。

宿分水塘

兩水各趨下，危檣欲上天。湘江櫂歌有云「一灘高一尺，十灘高一丈，高到興安在天上」，蓋楚粵最高處也。隔峰聞犬吠，擁絮伴雲眠。夜久霜侵幕，風高月滿船。廣寒應未遠，清夢落誰邊。

柳浦

幾疊蒼煙裏，依依柳萬條。行人攀不住，空折小蠻腰。

大花塘

芳草蜨飛紅雨外，畫眉人坐緑窻中。須知此際通禪觀，一偈花枝蓋面紅。

其二

簾櫳不礙青青草，蛺蜨分探艷艷花。獨坐船窗參妙諦，楞嚴端地似南華。

衡湘道中

濃睡不知午，船窗日又中。怪渠行順水，猶自望南風。涉世須知足，安禪可固窮。能仁應有寺，吾欲謁龐公。龐居士庵在衡州，曾施作能仁寺也。

衡陽春望

雉堞臨流半倚山，人家多住水雲間。酃湖萬頃桃花色，釀作春風潑玉顔。

其二

思杜亭邊草倍青，桓伊山下水泠泠。衡湘舊是風騷境，楚些吴歈尚可聽。

雁峰寺

嶽麓堂堂寺，湘波灎灎春。樓臺三世佛，舟楫十方人。水驛仍斜照，風旛似宿因。廿年曾此過，登眺已傷神。

戲贈榜人

生平未相識，敬我如師長。凌晨呵手起，力蕩風中槳。終日不辭勞，勤修似吾黨。誰能不舉足，楚粵頻來往。千里夢中家，在君指間掌。脱非心慕利，豈可輕言賞。

淥口

兩溪襟帶一洲斜，柳市漁村數十家。近水歌聲傳玉笥，遠峰形勢像琵琶。江山欸欸將迴棹，桃李青青欲作花。讀罷治安思賈誼，薄雲疏雨望長沙。

銕石橋

硯池猶是瀟湘水，墨瀋新題銕石橋。飛鳥不如人意速，一帆風雨路迢迢。

再過醴陵

御虛樓閣枕溪橋，霧雨纖纖晝不消。絶好簾櫳山色裏，有人春倦學吹簫。

其二

臨湘東望好池臺，多少垂楊別後栽。二十年前三月暮，我曾親見碧桃開。

歸舟至萍鄉

又泊萍鄉縣，陰晴便不同。虹橋煙雨上，城闕櫓聲中。嫩柳緣溪緑，夭桃倚市紅。故巢新燕子，相對語東風。

陽春曲

花朝泊袁江，去年漚舸見桃葉渡江處也。戲爲小樂府遣悶。

嬌鶯乳燕嬉青春，清波偶見桃花身。陰陰緑樹通斜門，沉舲桂楫迎洛神。霓旌綵旆何紛紛，輕嚬淺笑羅釵裙。洞房晴日生蘭薰，象牀犀帖如爛銀。箜篌卧聽了不聞，茱萸鏡匣空埃塵，翠蛾忍改當時顰。秦臺渴鳳愁暮雲，柳惲洲前生白蘋。

久不食土鐵思之作詩

海濱白螺細於指，象形有似彈箏甲。呼之土鐵義何取，笑渠永墮恒沙劫。天生爲人作口味，我最耽之過羊胛。桂林以北竟無此，轉欲移家近苕霅。若曹原住水晶宫，幻軀頗類琉璃匣。大鯤千里却無用，小白一鱗真所乏。佐酒足勝金屈巵，唾地猶成玉蝴蝶。食此應如食酥酪，仍可書經貝多葉。生平不鈞比目魚，興來亦射能言鴨。歸舟幸已得糟蟹，來時韋廬丈贈此蟹也。浪與酒人誇醉頰。那復有錢市他味，市此應堪用榆莢。吴宫春醼百珍羅，想見西施笑時靨。

阻風戲筆

歸舟十日九風雨，無以自娱聊賦詩。長年笑問此何樂，莫似揚帆守舵時。

其二

作詩必是詩，未必非書癡。作詩不似詩，却有詩人知。詩人之心同活雲，隨風蕩漾皆成文。精神反在長流水，似有清聲不可聞。

其三

石尤生性特嬌癡，反妒封家十八姨。去既不前歸又阻，會時空早別應遲。芳林落照仍依水，畫閣遥山恰在眉。可憶隔年秋最好，一簾紅葉看題詩。

其四

中秋月倍明，半夏日方烈。不受九冬寒，難禁三伏熱。

其五

窈窕菰篷一線春，隔溪遥羨採花人。漁家眷屬風流甚，只見清波不見塵。

其六

學書學劍皆第一，不以萬物易蜩翼。有人問我百不知，但倚孤篷坐吹笛。眼中高鳥飛復飛，所志不外巢與飢。原來腐鼠無佳味，不飽鵷鶵飽餓鴟。

其七

瓊花既隕方成觀，芝草無根倍覺祥。屈在生前伸在後，不須華閥佐榮光。

其八

閟客倚篷坐，鄰舟弄胡琴。因憶陳子昂，所志非元音。古詩風格雖不卑，志氣不高空爾爲。大鵬直上九萬里，肯受藩籬燕雀知。

其九

深夜焚香坐，中心一念無。對燈燒字紙，須著不燒書。

其十

著書即多事，不著又無事。自著還自燒，始合真如意。

其十一

蠅營狗苟劇堪憐，逐臭何如蟻慕羶。欲中琉球人嗜好，鄧家銅鑄沈郎錢。

其十二

緑窗輕嗽怕人知，愁在天涯恨在眉。轉羨落花隨意好，已隨驕馬去多時。

其十三

日月自遊戲，人在中間老。根塵原假合，一切惟心造。貪生厭世皆嗔癡，我來暫與烏兔嬉。要知精進非修福，只許維摩大士知。

其十四

百日不作詩，一日作百篇，作與不作皆偶然。若將文字干時譽，何似舟師枕舵眠。

風止夜發

春水如潮夜夜添，滿江星月已開船。擼聲摇入千家夢，訝我尋詩到枕邊。

清江

雪花吹浪打吴艭，向曉披裘望水窗。到眼樓臺閒松竹，早春寒雨過清江。

歸舟寄漚舸

四大無端合成我，五倫攸敘方成人。鬚眉如戟不足畏，胸中要有萬斛春。公善在心權在手，如舟濟川麯作酒。不然我亦一常人，誰肯甘心立吾後。矜榮衒寵俱厚顔，所事不比爲抱關。人皆欲得我獨得，豈可一念忘痌瘝。當位則貴否則賤，眼底浮雲惡可戀。喪師失道李將軍，反比衛青高一間。

江行

船頭水面得天多，一卷羲文養太和。看到六爻無象處，章江如鏡不生波。

春社日還家戲呈諸友

平生私幸在無才，志本迂疏老更灰。衡嶽既慚懷讓塔，桂林虛度孔明臺。名僧名士差堪弔，浮利浮名究可哀。笑我身輕如燕子，故園春社恰歸來。

佛手杖銘

在廬山時，胡西輔爲作五杖，其一琢其端爲佛手者，予攜之來遊桂林。韋廬太僕過寓齋，把玩不釋手，予遂銘其杖而贈之，太僕因屬錢大中丞作小隸鐫竹根焉。其銘云「如佛之手，杖之者壽」，旁注兩行「此五老峰頭竹也」。舒白香銘。

古南餘話

卷一

古南，寺名也。在都昌之南山，蘇長公「水隔南山人不渡，東風吹老碧桃花」一絶石刻在焉。想當年即名南寺，坡仙嘗寓宿，故曾見萬家燈火，一水樓台，撫景留題。集中無稿，都昌后賢愛其人，遂傳其詩，而寺亦因以不廢。古南之額，殆始於重建時乎？余於嘉慶己巳秋分後，泛舟迎涼，欲復爲匡廬之遊。黄仲實欣然同載，時多北風，信宿西山樵舍。間曾作十五韻别惲侯子居，子居有「全身似糠粃，一客共掀簸」及「暮鼓隔江聞，千舟散漁火」之句，閎懷可想。

風止，達吴城。劉水部星槎權守是鎮，此最通雅名士也。年來屢見訪，義當報謁，且託寄惲子居之詩。主客相見各歡甚。即遣校迎仲實入廨，又相携緩步通衢，尋僧竹院，暢談小飲，燒燭夜歸。水部復追送入舟，煮茗清話，蘆雁亦嗈嗈和鳴，洵可樂也。比作小詩相贈云：「琵琶司馬賽神仙，也上潯陽送别船。絶似今宵劉水部，惱他蘆雁不成眠。」明日始東渡鄱湖，泊古南寺前，聊復登眺。山半得一泉，石劖其名曰「野老」，字用坡法，殆亦坡仙所題乎？汲之以煎茶，色味近佛手巖水。而西顧長湖，萬里如鏡，余心識焉。遂假廬于僧，下西廂一榻。仲實則附舟歸覲，詰旦來也。即晡戲書云：「夢想天池別後雲，古南精舍卧黄昏。竭來野老泉邊坐，目送牛歸穲稏村。」

余既寓都昌南山，五黄來謁。貌甚恭，俊達且爲之流涕。五黄者，吾亡友黄公星伯之五子也，名曰慎言，曰有華，曰慎修，曰慎德，曰有章。伯仲舉孝廉，其三人皆爲博士弟子。孝友，文質彬彬然。余夙愛五黄皆才，各就其名爲表字，長吉人，次即仲實，次叔道，次季通，少曰俊達。俊達至是始見余，蓋因拜父執而追慕其父，不覺淚下。其天性淳厚如此，竊深器之。聞俊達新婦將免身，太恭人亦亟望幼孫得男，余曰：「果男也，可名嗣香。其冠也，可字天賜。以志吾慶慰之心焉。」

余《初至古南》詩云：「瘦藤相倚入禪關，石徑苔紋繡作斑。花雨一天聞梵唄，佛樓千古聚湖山。扁舟別我依依去，朔雁隨風陣陣還。遥憶碧桃臨水日，髯蘇高坐緑雲間。」蓋即用石刻詩事。寺楹一帖，鐫趙松雪名，書既太拙，乃以「知己客」、「會心友」相對作句。仲實每見則笑不可止，欲削去之，余曰止。故以楮薄粘其背，而易以「花雨佛樓」之句，俾暫愈士龍笑疾可也。仲實從之，並次韻：「此心於事不相關，坐石衣留碧蘚斑。倦客塵襟依故里，名流風節近秋山。紛紛樵斧行歌去，泛泛漁舟載月還。千樹桃花一湖水，幾人身到白雲間。」

寒露始降，秋霖徹宵。湖濤洶洶，魚梁盡没，則依然水撼南山矣。與仲實隔籬聽雨，作詩云：「卧聽南山雨，秋衾悵薄寒。一卷青石下，千里白波寬。夜壑藏舟易，風塵出世難。竹林依古刹，聊與共平安。」明日晚霽，登後巖清隱之庵，落葉未掃，殘霞在壁。俯瞰都村，萬户遶郭，千峰淨如新沐，意欣然，復題小律：「掃地收殘葉，焚香坐晚晴。石樓千佛暗，山郭一輪明。遠水漾斜日，歸鴉逐浪聲。幽居了無事，杯茗味泉清。」

仲實與余有性情之契，不徒以世交文事喜從遊也。丁卯四月，余曾至金衢省兄，仲實命舟追及之，同遊兩月，得詩一卷，龔漚舸和而梓之。溧陽史根石、吴江郭頻伽及胡蔚卿解首、家姪長德、建侯皆和韻，亦清遊也。故余舊臘《寄仲實都下》一篇云：「幾行歸雁過南州，錦字番番寄客愁。弱翰未題金瑣闥，堅霜應透黑貂裘。難忘坐卧遊千里，伴我淒涼共一舟。繡淡通明擬黄仲，臘梅枝上月如鉤。」仲實得是詩良喜，覆書有云：「臘梅似黄繡，而鉤月果通明，先生其傳我神耶？」仲實蓋自戊辰春落第留京，候其兄吉人同試，復落，今秋乃歸。歸而即訪我章門，相邀赴五老之約，可謂健於遊矣。余頃北樓晚眺，戲用坡公韻贈仲實云：「隔水樓臺抹斷霞，炊煙濃處是吾家。多應悔作京華夢，辜負碧桃無數花。」仲實亦次韻見答：「練樣湖光綺樣霞，此中差稱野人家。種桃居士今何在？惆悵年年二月花。」然此山竟無碧桃也，當補種之。

野老泉出南山石罅，甘洌震齒，宜坡仙愛而品之。今石刻大字，尚有蘇意，或仍即當年書乎？此泉之左數十步，亂石層起，荆榛蒙密。予搜之得二泉脈，相去不數尺，匯入蹄涔。因語仲實：「盍相與疏而砌之若目鏡，題其石曰『二老泉』，以匹野老。」仲實曰：「某不敢老，即先生亦未嘗老。盍摹劉時庵相國所書精舍，榜曰『白香』二字，刻兩泉之上，則『白泉』、『香泉』皆可名也。即謂之爲『白香泉』無不可也。」蓋「白香」與「野老」本自無别，故可同味清流耳。

秋分時，得家姪長德紫陽來書，言重九前後解館歸。欲從我遊於西山，兼欲其弟建侯來章門，同遊爲樂。余比以其書寄示建侯，仍覆長德，申仲實匡廬之約，囑其歸舟過都昌，探我所在。建侯阻風雨，雖尚未來，是兩姪皆必來也。南山絶頂有方石，可坐八人，邑志名爲八仙石。余頃同五黄登眺其上，見鄱陽吴鎮來船紛紛，皆若有長德、建侯自蓬窗遥望我者。因戲語黄氏昆季，脱吾兩姪今日至，恰符八數，當挈榼共飲石上，深劖其石爲「八仙」，而銘其後云：「南山之陽，晴湖可觴。八仙爲誰，三舒五黄。」聊用八野老占此頑石，或可博仙人笑乎？俊達善鐵筆，樂成吾語，竟磨崖礪刃以待，真快友也。仲實詩云：「從遊無定向，尋樂非尋詩。巖上日斜處，山中雲起時。深林啼鳥静，平水去帆遲。一片神仙石，千秋屬我師。」

季通云：「晴湖會觴詠，師弟列仙班。石骨三生瘦，雲心一片閒。題詩霜葉醉，點筆繡苔斑。劖得天香字，千秋占此山。」

余比過吴鎮望湖亭，與仲實小憩其上，即景作七言聯句。附録其稿：「千江之水匯於此，粉碎玻璃幻明水。舒 維舟且上望湖亭，小坐危欄鏡光裏。黄 鬚眉直欲撼廬嶽，面目居然在彭蠡。舒 乘風檣艫破空出，狎水蛟鼉踏波起。黄 捫天引臂入寥廓，俛首拏雲纔咫尺。舒 誰能濯足向滄浪，我欲乘槎問涯涘。黄 天河落處雁排陣，織女機邊霞作綺。舒 横江孤鶩一痕白，返照西山萬峰紫。黄 由來浩蕩比胸襟，直瀉波瀾入文史。舒 騁懷汗漫得無礙，醮筆空青發狂喜。黄 樽前鱸膾只雙腮，眼底蓴羹亦千里。舒 戲把漁竿放歌去，待溯伊人竟誰是。黄 蒹葭彌望樹蒼蒼，怪石銜波青齒齒。舒 氣摩空處浪吞月，勢涌亭如磨旋螘。黄 勞勞九派各朝宗，我在湖壖擷蘭芷。舒」

南山之西南數里，瀕湖有「石壁精舍」四大字，即謝靈運題詩處也。後人愛其詩，補劖其額入石壁，不復可朽。余觀《都昌志》所收藝文，莫善於此。如此清才，以心雜不得入遠公之社。淵明則雖復載酒，亦必招致之，不敢逸也，遠公其真有鑒裁者乎？遊山詩間入理語，而復幽秀無腐氣，謝優爲之。陶公則自抒清抱，莫非名理外，與湖山相映發，而天然之好句出焉。先生豈屑以詩名者哉！淵明之曾祖陶公侃舊宅與南山相近，布衣時釣魚湖上，得一梭，化龍而去。既貴則人競傳之，遂名其地曰「釣磯」，與南山相望，姑俟長德、建侯至，一往遊也。

羅隱墓，亦在都昌湖濱一小阜。邑志名「羅星墩」，蓋形家以水中之山爲「羅星」，而羅墓適居其上，遂疑墩以隱得名，其實非也。都昌才人往往攜樽酹隱墓，求得佳句，多有踵而修葺者。墓遂巍然與陶侃磯山並峙，其譽詩人之遺澤如此。顧生前類多不遇，亦無足憾。東坡跋陶詩有云：「飢寒常在身前，功名常在身後，二者不相待，此士之所以窮也。」羅隱不肯受朱梁官禄，與淵明不耐折腰時高志略同，余亦將俟兩姪來弔其墓也。

今日重九矣，初以仲實言是日多客，猶欲登他山以避之。乃以連日雨，秋漫四白，車馬不通，轉更蕭寂。遥嵐晚霽，與仲實方登後山，則季通、俊達竟已繞重岡曲折來會，相見歡然。吴太恭人且賜酌，拜而飲之。遂復登南山絕頂，窮其幽，佳境屢現。少倦，則選石而坐，掬泉而飲，至足樂也。乃爲諸君言甲子九日五峰之遊，一嘯風生，長雲四開，兩郡之形勝了如掌紋。若南山者，誠不足當吾一盼，然究之五峰，南山高卑已定，初與遊人無涉也。以彼傲此，得無爲山靈笑乎？

當吾踞五老中峰之時，目空萬里，俄復濃雲塞軀，又恍若南山霧豹，利乎隱者。是日虎雖嘯，仍匿深巖。吾猶爇巨爆屢擲虎穴，皆不鳴。西輔急摇首吐舌目止之，謂「勿作劇，是幸皆不鳴，鳴則虎驚懼出奔，傷吾徒矣。得亦非山之靈乎？」季通、俊達皆謂然。旋復北顧指城中夏屋炊煙而笑曰：「西王母望八仙矣。」出紅箋索句，歸謝王母。予即景爲賦詩云：「征帆旅雁去堂堂，五老峰頭暮靄蒼。我憶年時雲際坐，恍疑身在霧中藏。石城斜日翻鴉背，左蠡秋聲上女牆。雅愛君家有間樂，菊花香裏度重陽。」五黄各有和，敘録于左：

「偃松深竹對書堂，風雨初停霽色蒼。高士從來喜吟嘯，閒雲原不礙行藏。寒花插帽宜霜鬢，片月銜山度粉牆。節序良由别荆楚，先生分得好重陽。」右吉人

「落木深蕭古佛堂，城南山色鬱蒼蒼。從教令節歸黄菊，莫爲秋聲賦白藏。高會不須人送酒，聯吟差許月窺牆。茱萸筵上思佳客，小阮多應别紫陽。」右仲實

「蕭蕭木葉下禪堂，有客高吟逼昊蒼。佳節大都宜酩酊，醉鄉何用卜行藏。微雲不礙羣鴉背，返照猶明百雉牆。老輩風流名勝地，鄱陽湖上度重陽。」右叔道

「篆煙清磬出禪堂，望裏山容入暮蒼。蠟屐偶停花霧重，香庵尤愛緑雲藏。最宜賭酒屏圍菊，正好聯吟月過牆。自此名山歸太白，不須五老伴重陽。」右季通

「碧水寒花衛草堂，古南香篆接青蒼。風回左蠡千帆出，霧隱層巖一豹藏。兩世交親延古道，連宵風雨隔重牆。名山又喜添新句，不止夭桃鬭艷陽。」右俊達

夜漏十數刻，宗慧獲松鼠來獻，秉燭觀之，慨然有感於貪縱之失，爰戲作《松鼠賦》云：

「九月十日，與仲實散步於南山後巖。澗底長松，搏雲作蓋。龍鱗鬱起，鳳尾凝黛。竅穴蒼深，是生幽籟。厥有文鼠，高巢其內。既三窟之交營，遂羣遊而作隊。逞跳梁之神速，竟飛鳥之莫逮。纖蘿薜而如梭，藐僧雛之苦芥。良得力于庇蔭，益爭施其狡獪。聲呦呦而中節，尾毿毿而可愛。彼倉鼠之饕餮，實無恥而有害。即廁鼠之堪羞，已聲名之俱穢。唯社鼠之可惡，倚城狐而作怪。雖相鼠之有禮，亦徒尋夫冠帶。繄松鼠之足樂，肆形骸於物外。既相觀而不厭，欲得之而始快。恨狸奴之力小，洎犛牛之軀大。雖可執而不能，乃乞靈于機械。明日之夜，竟獲一鼠。潔若豐貂，長逾尺五。錦章玉腹，修毫楚楚。惜誤中於機辟，竟亡身於網罟。先生乃潸然自悔，執松鼠而悼之曰：噫歎，惜哉！以子之才而不能自免於災，實內傷於所恃，而外召夫疑猜。我以愛而成殺，子以樂而生哀。象有齒而焚身，漆可割而自摧。信華巧之速禍，動機智以相媒。自當食松花，飲蟬露。趁黑夜以潛遊，隱南山之密霧。雖無文豹之姿，差免弋人之慕。奈何矜五技，昧三緘。既自鳴其得意，復遠出乎層巖。見香餌之可悅，遂恣情而爲貪。況飲河而欲飽，縱果腹其何甘。且子身列夫地支之首，則彼十一物皆應爲友。當見賢而思齊，勿忌才而比醜。牛以蠢而得用，子以黠而得咎。虎負嵎以悍患，子輕出而見誘。兔唇缺而寡言，子無牙而多口。龍爲霖而功大，子素餐而顏厚。蛇五毒以戕身，子兩端而畏首。馬任重而致遠，子狂奔而落後。羊猶跪乳，何況哀猿。雞雖禽而不翔，子小獸而高騫。犬食穢以守宅，子好潔而穿垣。豕最無能，殺雖自召。子尤負固，誅之宜早。乃命宗慧剥其皮而楦以草，垂戒乎物之貪縱而銜其巧者。區區松鼠，豈真足悼。」

是日因仲實有事入城，予獨坐無可消夜，遂戲爲松鼠作賦，即夕授宗慧，命詰旦獻捷於城。五黄得賦，皆大樂。吉人與季通拏舟來觀，因留共飯。飯已，僧雛復譁言又獲一鼠，且跳擲於罝，必生鼠也。相與出視，命縛以繩，籠蓄之。明日，季通亦刺船來看松鼠，且言仲實寄聲求新作。予笑謂：「本擬再作，恐人目之爲《前松鼠賦》、《後松鼠賦》，則真絶倒矣。」於是攜季通遊於後巖。望湖水新漲，漫漫浸山，若高坐鏡臺中者。季通出素扇，索予題句，漫書云：「湖水昨夜長，繞山生白浪。雲中一犬吠，知有客來訪。樂哉黄季通，獨刺尋詩舫。登山一長嘯，已在青霞上。」相攜陟後巖，極目賞秋漲。羣峰若賓從，引首各環向。城堙亦新水，樓閣遠相望。安知吾輩樂，心迹總幽曠。裴迪輞川遊，今兹不多讓。」季通和云：「山前一痕月，水底千層浪。夫子謫仙人，龍天盡參訪。競和白雲謡，還乘青雀舫。相將讀餘話，志在羲軒上。勢壓廣陵濤，氣蒸彭澤漲。序事過遷史，經術鄙劉向。倚空發長嘯，五老遥相望。我幸得從遊，一葦凌虚曠。希心輞川迪，未敢云多讓。」詩罷送之野老、白、香三泉之間，澣手而别。則見一人荷擔喘息來，季通遥識之，笑曰：「王母命奚奴送米至矣。」遂同入寺，命奴携松鼠以歸。諸小郎聚觀譁笑，可承母歡，野人之獻只此耳。

僧僕皆寢，寥天四鏡。竹林下湖水通明，佛書有琉璃世界，當不亞此，而顧酣眠坐失乎？徘徊月下，聊復作五言記之：清泉不可失，深山坐長夜。月中無片雲，涼露向空瀉。寒蛩上苔砌，落葉滿僧舍。蕩蕩晴湖波，明明竹窗下。風濤與蟲豸，聲籟孰真假。我亦徹宵吟，坐見燈花謝。

秋中與仲實登舟之夕，莊谿秉燭相送，别思耿然。頃作寄懷二絶句：「眼底征帆葉葉平，多應來自豫章城。船頭定是江頭水，果與莊谿一樣清。」「老厭風波輟釣竿，筆鋒猶自敵申韓。却憐好女多陪嫁，酷似才人作幕官。」仲實次韻：「息廬難忘暮雲平，萬葉殘秋一片城。絶似籠燈相送夜，繞船明月照霜清。」「高士橋邊把釣竿，多君無意學蕭韓。芳鄰最近天香閣，可信才人不耐官。」

來時不及别漚舸，與仲實談次，輒憶其人，得句云：「絶妙閒情似白鷗，喜將秋水换離愁。漫漫一舸尋詩去，不吐心肝不轉頭。」「又典青衫爲阿誰，紅梨新版白香詞。玉臺選得秋多少，更把霜毫學畫眉。」仲實亦次韻：「漫漫秋漲泛沙鷗，欲託微波寄客愁。可憶年時玉溪上，片帆風雨下吴頭。」「邇來才筆更伊誰，一瓣天香百選詞。絶似王孫李昌谷，滿簾新月照通眉。」

客有携琴來遊者，鼓於佛閣。松風泠然，寂若太古。余與吉人坐複室，相視無言，啜茗微笑，作詩云：「落葉不須掃，山禽寂無喧。禪堂坐幽客，撫琴作琴言。松風出懷袖，謖謖清心魂。古寺石骨瘦，修石藏雲根。匡廬厭滄桑，湖光媚朝昏。往事若過鳥，啾啾漸無痕。琴師重有慨，微吟三峽猿。忽復在湘水，泛音哀屈原。平沙數行雁，飛鳴溯星源。洗我激烈腸，能使神氣温。涼秋木葉脱，虚窗見孤村。若有遯世翁，尋聲來叩門。」吉人和云：「古寺嵌絶壁，陰崖鬱靈怪。座客寂無言，窗竹發虚籟。何人弄緑綺，琴心滿香界。蕭蕭萬葉秋，漫漫九江派。今古一逝水，乾坤眇纖芥。遊神入汗漫，心魂了無礙。風泉有時落，和以松間瀨。恍與羲皇人，相期白雲外。」

祭黄吉人文

維嘉慶十七年，歲次壬申，七月辛未朔二十五日乙未。靖安老友舒夢蘭謹以隻雞斗酒，致寄於都昌孝廉黄長君吉人親家墓下。嗚呼，君之終已百日矣。知子彌留，遺命速葬，恐祖母及母見君之柩而益增悲愴。即是以思其生平仁孝之行，豈文字之所能狀。嗚呼慟哉！吾夏末始聞君喪，兼旬忽忽，若遺若忘。哀哲人之不壽，歎絶學之將荒。君容靜默，終日無言。及其侍八十祖母，寒宵久立，笑語若嬰兒之喧。君性高懶，足不出户。吾嘗避迹南山，則竹徑松蹊，時接幽人之武。或危坐而聽琴，或拏舟而弔古。恒相視而莫逆，若有懷而難吐。竊謂君真有德而清畏人知，君豈無才而恥與俗接。文筆得曾王之神，書法仿歐虞之帖。僅僅一舉，隕如秋葉，嗚呼慟哉！君兄弟以師禮事其先友，我故以季女許字開瑞，侍仲實以承歡祖母。是橋梓之交情，結絲蘿而愈厚；感汪洋之易涸，於潤澤兮何有。雖然，人誰不死，死貴千秋。吾爲此文，弔君松楸。松楸蕭騷，悲烏羣號。吟魂安在，吾爲君勞。嗚呼哀哉，尚饗。

卷二

偶於仲實牀頭見毛西河《論語稽求》一編，其駁朱子注「爲政以德」章，謂不應引證無爲而治，直譬諸驢頭馬嘴，抑何其不知道耶？夫子何不言「以德爲政」，而必言「爲政以德」，意者慮後世浮慕功名，不專教養，則君日聖而民日勞，天澤離矣。夫教本於身，而養本於穡。故《大學》「天子、庶人一切以修身爲本」，而孟子以養生送死無憾爲王道之本，二本立而天下平矣。西河亦嘗思夫德也者，有外於修身者乎？夫政也者，有外於養民者乎？何故以衆星比政，謂以德爲政，則綱舉目張，振裘挈領，斷斷然以政舉釋拱，力攻朱注，是西河重視乎政，專意以有爲爲治，幾何不如王荆公錯會《官禮》，反害政而殃民也乎？且妄議「無爲」二字，乃漢儒摻和黄老之言。程朱既自命大儒，不應傅會，直斥爲華山道者之徒。是西河不但不知道，並不潛心讀書，惡乎可也。試思天生烝民而立之君師，司其教養。故必有其德，則教本於身，有其位則政行於國。政者，正也，所謂「其身正，不令而行；其身不正，雖令不從。」

然則爲政者以德可耳，何貴張皇制誥，詹詹焉述《官禮》耶？夫子贊唐虞治象之極功，亦祇以民無能名及無爲而治擬諸形容，泛觀之亦似黄老，而後儒不敢輕議者，爲聖人言也。要之人存政舉，人亡政息，正謂德也。道以德而齊以禮，夫何爲哉而有恥且格，即衆星拱北辰耳。若徒以政擬衆星，則雖能綱舉目張，挈裘以領，而藏身不恕，寧喻諸人，亦正復何補于治。且即以黄老而論，漢景因母后服膺其説，信而行之，居然致刑措之治，以漢景有其德也。南宋好名之主，藐襲醇儒，身無實踐，其治迹反多不逮，則何也？爲政以德，則衆星拱之，不以德則衆星不拱，有斷然者。故《大學》一書，首重明德以親民，不言明德以爲政。奈之何「爲政以德」當解作「以德爲政」，而義主於「爲」，「拱」當訓「舉」，諄諄謂政必有爲，必不可無爲而治，何弗潛心味道耶？

大抵記問考訂之學，固未嘗無益於經，然實無補於身心政事，故大儒不屑爲之。程子刻意修辭，亦幾於玩物喪志，非過論也。西河衒博而好爭，略禮意而重詮疏，其説愈多，其心愈放。故其攻訐朱注，不留餘力，亦豈無一二真得解者。要亦思先儒苦心在明道而不在考文，即偶未確，功多過少。顧悍然以記誦詞章之學，與躬行君子隔世而爭名，非好勝乎？僕雖未學，亦不禁以管見折之。竊謂西河實亦經生中一豪傑也，脱使師事程朱，磨礱圭角，歛浮華而求實踐，進德亦豈可量哉？未易才也。隨筆著論，並成二詩：「天籟有時寂，人心何自平。只因都好勝，安可説無爭。作息友羣動，漁樵悟達生。斯民本三代，何貴立功名。」「山鳥哢晴翠，野花剛欲黄。比來無個事，杯茗對湖光。萬理畢方寸，小詩纔數行。自書還自誦，翹首望蒼蒼。」

偶憶弱冠時，長兄作三衢太守，夢蘭奉母居郡治。時值府考，兄命余董其試事，一人校閲五屬卷，多至數千，未免需時，則外間洶洶疑謗，謂將通賂。且余亦殊慮諸生貧穉，久候損資，或致受奸胥之誑。欲速發案，則倉卒草定，恐多屈遺，幸前列則久選矣。一日向暮，召一老吏入後衙，命録五屬前十名，先行榜示，以杜弊釋疑，節人旅費。吏固請，從無此例，不可行。余笑曰：「夫例所以防弊也，苟取舍不公，則破例而行。」衆愈不服，然此案非其他比也。筆示一小引，趣使之書。吏逡巡却顧，宅門已閉，無可推，攢眉按五邑，各填十名。逾刻畢，鈐以印，立召功曹實貼之。時已二鼓，觀者始擊節而散，此事雖極小，亦可證苟無慚德，即反經行權，衆心亦服。拱不拱，實基乎德不德也。

既而竇東皋宗伯按臨衢郡，時家兄有事於杭，首邑代提調，爲大興黄侯宗伊。試始三二邑，即咨黄曰：「貴府試何人閲卷？」黄以太守之弟對，宗伯曰：「舒白香耶？不料此少年廉慎如此，三十名外竟都無可録。其論題守法，不倍先正。吾試竣當拜訪之。」先太恭人聞其説，語夢蘭曰：「竇先生有知己之言，兒當往送於舟，以請問爲學之要。庶公私兩無礙也。」故余俟祖道者散，始入謁。宗伯卧其手，語從官曰：「急解纜，泛乎中流。」然後亹亹言文家得失，注疏得失，殆多否而少可，萬言不絶。忽曰：「舒先生，汝卒以伊誰詮疏爲曲肖聖人之言？」余笑對曰：「執事所駁書，某多未見，亦何敢妄議臧否。但愚見主人對面，圖狀可略，不若以白文解白文，一悟便了，何事紛紛辯駁乎？」宗伯憮然爲間曰：「我弗如也。」時舟已行十餘里，黄侯遣小艇追迎。宗伯始相送過艇，答其禮，珍重而别。此公亦考訂經疏中一豪傑也。顧不以少年放論爲飾説，而歎昧其旨，恐西河未必然也。

《獨夜偶述呈山靈兼示同學》：「古寺踞石罅，複道瞰巖城。遥遥望燈火，隔水聞市聲。徘徊竹間月，西顧湖波清。老樹多風枝，蕭蕭和泉鳴。幽人愛岑寂，聽此如吹笙。偷閒適野性，亦匪耽道情。趣舍不自重，行藏皆可輕，嗟余百無知，曷敢求令名。」其一「雙溪吾故鄉，負郭久無田。南州作流寓，卅載守一廛。兒多米日貴，欲去無可遷。將謂折此腰，亦可爲乘田。其如迂且拙，豈復能執鞭。惟期率妻子，躬耕或逢年。到死不飢寒，便是人中仙。」其二

「少時行萬里，不亞門前戲。中年客貴邸，乃亦只酣睡。四十還江鄉，門前柳生翠。豈無車馬客，未敢求一醉。」其三「一醉詎傷廉，求之面猶丹。矧彼爵與禄，豈可虚辭干。我昔童子時，弄筆如弄丸。不知患所立，但喜爲大官。既見當時賢，峨峨肅高冠。身雖絳灌列，志在皋夔間。自愧非賈生，惡敢談治安。」其四「治安亦何難，但各求此心。此心不負國，片念千黄金。嗷嗷失羣鴻，飢饉相悲吟。天豈不樂雨，雲豈不成陰。儒臣數行淚，滴滴皆甘霖。」其五「爲學立志功，所志亦已浮。顔曾只憂道，不作身世憂。吾身果良藥，民瘼方可瘳。吾樂苟未良，得用反足羞。是以三日省，先言爲人謀。謀人倘不忠，豈能立功不。」其六「菲才極無用，五十不聞道。故此樂山居，幽巖媚芳草。匡廬七千丈，終古未嘗老。人身僅七尺，豈不爲山笑。吾曾立峰頭，未覺形軀小。」其七「南山弋真人，未知何代仙。夢中相伴吟，笑拍天香肩。靈祇本英傑，亦喜高名傳。用述鯫生懷，投諸野老泉。」其八此篇蓋因余夜來夢一羽客翛然下顧，自言弋陽人，居此山數百年矣。喜聽余清吟之聲，袖出一詩，有句云「竹葉破窗生緑雲」，余歎賞之，羽客拍余肩大笑而去。既覺而思其儀觀甚清，聲如雲鶴，必仙也。仲實言都昌降乩，相傳有南山弋真人者屢著靈蹟。邑士人多知其名，得匪即羽衣者耶？披衣起坐，默感生平，走筆爲八詩，焚諸月下，而灌以野泉之水報仙人焉。

余初入山時，午夜夢覺，得詩云：「真醉亦須酒，曼殊秋始花。古禪燈作伴，香草夢爲家。石鏡掛殘月，玉潢横一槎。九州三萬里，何地不天涯。」夢中亦似與羽客金仙高談出世，故思徑不甚淺俗。補録於此。

常人心中多爲欲勞，其死也，神識易滅。聖賢則克己存誠，神識不朽。仙與佛亦皆絶欲，欲淨而理復與天地日月合德合明，其何能昧。余至不才，成童時即悟此理。故不欲分心利禄，溷我靈明，非不能也。儕輩多憫余之窮，而惜余之懶，良亦感之，其惟弋真人不我嗤耳。

天何故青，無欲故青。地何故寧，無欲故寧。日月何故明，無欲故明。道何自成，無欲則成。天下何自平，無欲則平。無欲之心，道之衡也。

仲實負夕陽還山，我在雲中摘茅栗，相視而笑。仲實問：「先生日來岑寂否？」余曰：「惟岑寂，故樂。若好鬧，不居此矣。且世之極好動者莫如水，而有靜象焉。極靜者亦莫如山，而饒有動勢。余介乎山水之間，動静相養，樂乃無極。奚悶乎？」

月既望，有客爲子祈福者，齋僧於堂。僧爲之禮懺諷經，鐃鼓競作。季通、俊達適載菊來訪，對語不相聞，頗生厭色。因語仲實：「余昔居黄龍天池，朝暮聞梵唱，但覺其静。此不勝喧鬧，何也？」仲實曰：「彼無爲而爲之，如秋樹讀書。此有爲而爲之，如村塾訓蒙。其意趣本已不侔。感召遂别。」余因憶六姪建侯資最高，能抉理障，嘗言：「觀人有能無所爲而爲善，而善又不欲人知者，君子人也。」斯言近之。

「漚舸之文，如曲廊洞房，間以泉石。哀筝緑鳥，時弄好音。」余昔評龔鉽文中語也。頃偶憶「哀筝緑鳥」四字，極生煉而似覺有情。昨聞黄季通謂「晴湖可觴」，四字千古，亦生煉而有情語也。

仲實《村郊》詩有「煙雨鵓鳩天」，余大稱賞。漚舸少作有句云「草花香馬蹄」，余圈出之，漚舸始自覺其妙。禪老機鋒須印合，亦正如此。

「文章本天成，妙手偶得之」，洵爲通論。蓋文至妙合天成，則天下後世，人人共賞。亦即爲天下後世人人心中所欲得而猶未得者，特妙手先得之耳。顧可私爲己有而謂人皆不可得，隘亦甚矣。天下惟不妙之文，則恒視其人學與才識，表里合撰，手口雷同，己始得而私之耳。

凡生物之尤異者，其山川國土，亦不得私爲己力。夫靈芝何根？醴泉何源？瓊花何種？美人何族？吾嘗遊浙之諸暨、楚之荆門、粤西之博白，欲求所謂西施、王嬙、緑珠者，雖仿佛其形，似不可得也。然則謂聖賢之學，必在東魯；詞賦之雄，必産西蜀，豈盡然哉？

吾少嘗小立郊垌，見一丐婦僂而跛，二子從之，一以其所乞餅餌趨出母前，置諸吻，母扶杖笑而受之，則次子又飼。且行且啜，兩子皆不敢自啜也。吾觀之泣下，自歎其不能如丐。既而聞一鄉宦家爲母慶壽，樂作於庭，賓從蝗附，廣筵豐饌，猶其母所督作也。蓋其兒婦方陪醼會，以同博孝養之聲焉。

毛西河駁朱注，至於「犬馬皆能有養」，當解作犬馬服役於人，亦即能養人也，然不知敬。以及烏反哺、羊跪乳，且並能孝養其親，此解似能得聖言本旨。吾髫齡初讀《論語》，即有此疑，不應以犬馬與大親並論，今見毛説，果然也。

小有才而不聞道，佯狂悖繆，吝己驕人，皆禍水也。亦不知我有才氣，於人何補，而作態驕之，安能免禍？盆成括之神情狀貌，可想見也。

蘭少遭先公之喪，居廬於外。室隔委巷，行道之屐聲人語，歷歷皆聞。歲已再除，櫬猶在殯。泣涕偃卧，身境皆窮。覺四鄰歌吹，益我牢愁，且增哀怨。既聞兩瞽丐杖策徐行過牆外，一自矜曰：「汝曹亦安敢望我，我今度歲，竟積得三十文錢。」其一不信，且疑詰而譏之，若未敢肩隨行者。余不覺破涕爲笑，因憶傳聞某貴人除日不懌，如有隱憂。其賓從曲意承歡，問之不答，一愛妾私叩得之，語人曰：「相公藏金已滿千萬，欲足數而度此歲，始快心耳。」於是媚竈者爭先饋歲，皆易璧以金，至午夜方足千萬。而貴人自矜之情，得意之樂，亦只與此丐同耳。竊以爲猶不逮也，三十文之爲數極少，而丐已甚樂，是凡加乎此數者皆樂境也。若積金而幾及千萬，亦極多矣，而尚以爲憂，至午夜方得一樂，然則不滿二千萬又必憂也。

丐之樂與貴人之憂，豈復有窮期者哉！唐相牛奇章，精禱華嶽，求見毛女。久乃見之，如大玃，毵毵怖人。奇章伏謁求道要，毛女曰：「萬不爲有餘，一不爲不足。」吾嘗有味乎斯二語也，聊取丐之樂與貴人之憂河漢相反，是有餘不足在乎心不在乎境。夫廣厦千間，夜眠八尺，萬不爲有餘也。曲肱而枕，樂在其中，一不爲不足也。日食萬錢，無下箸處，萬不爲有餘也。簞食瓢飲，不改其樂，一不爲不足也。韓熙載後房，數百乞食歌姬，萬豈有餘。皋伯通廡下，雙星齊眉舉案，一豈不足。他如集千狐之腋以成裘，蒙茸招謗，是萬反不足。懸百結之鶉而蔽體，襤褸鳴高，則一反有餘。是有餘不足之喻，萬有不齊，正未可更僕而數。即進以德量道體，形容其妙，則舜禹之有天下也，而不與焉。孔子曰：吾有知乎哉，皆萬不有餘之象，而夫婦之愚能知能行，蟲蟻之微，反多先覺，亦豈一而不足哉！吾是夕窮得此理，哀樂俱平，夷然遂寐。迄今偶念及，信不誣也。

十八日，吉人遣其弟俊達送普兒稟至，累累然一巨函也。仲實譁曰先拆視長德、建侯之書，有仙緣否，遂首發之。始知長德上月末徑渡鄱陽，而不知余在此山，蓋未得余前書耳。建侯且欲入靖安南山，轉望余籃輿往遊，既聞仲實在南州，始欲來會，豈料我兩人已復居此數舍之地。動輒相左。意必者抑何不達。余時憂建侯之疾，今見其爲吾從嫂徐十孺人冥壽日作告佛之文，意幽辭鍊，居然合作，粲然語仲實曰：「吾阿六心氣若此，竟可長壽，復何憂焉。十二姪凝之亦有書，言比至靖安雲峰寺，靜若太古。王陽明先生曾此寓宿，有「孤月山窗夜氣虛」之句，馬大寂亦嘗掛褡，一儒一釋，各有千古，企余往遊，意欣然許之。惟見凝之哭子詩，爲泫然耳。

讀長兄八月十日杭州書，知七月竟未入覲，以留署按察使也。公私寧謐，則爲之喜。讀果泉親家八月三日靜海書，知其任漕運總督，僅旬日而詿誤落職，仍督運迎候代者，始赴南河。其書末云：「力纖任鉅，咎重罰輕，仍荷聖慈，録觀後效，感惕深矣。惟進不能效忠，退不能歸養，此則負疚神明，無以對我知己者。」讀至此，愀然不樂。此吾親交中一豪傑也，少登甲科，司選舉，皆符物望，而不樂以文章自雄。洊歷中外廿餘年，致位通顯，未嘗有驕吝之色。典金數百萬而不名一錢，事親五十年而晚更竭力，其心術政治概可知矣。今年四月，普兒率新婦歸自蘇臺，始聞其外舅内轉司寇，不數旬又遷總督，吾即語兒婦曰：「《漢書》云物忌太盛，人事亦不喜太順。」竊爲之憂，而不謂便已落職。夫既非自作之過，則俯仰無慚，窮通皆適。吾所憂亦凡情耳。李容軒内兄、徐瑩石甥聓、李秀才克寬、外甥玉甫、武承皆有書。武承言靖安重修文廟，馬老邑尊欲命余作《縣學記》，屬爲寓聲，因語仲實，明府蓋深於文者，謙讓若此，余何敢當。且此題亦豈易搆，敬當先事力辭耳，並記於此。

靖安縣學記（代）

學者學爲人而已矣。人既賦天理以生，具五常之悳，任五倫之重。聖人者，人倫之宗也。其所以憲章删述，而力行於身前，垂訓於天下萬世。亦祇爲天生烝民立修道之教，復性盡倫，以蕲各踐其形耳。故三代盛時，比户可封，實由於君子小人皆知學道，凡所以學爲人者重以周也。自周秦之際，王道熄，經籍災，選舉僞，仕學分，而士不知學，民不興行，彝倫攸斁。兩漢英主，汲汲於孝弟力田之中，舉賢良方正之士作民司牧，以教以養，而人之所以爲人者不至終失。降至六代、隋唐，辭章之習盛而根柢之教衰，風俗偷矣。趙宋真儒輩出，聖人之籍昭如日星。本朝因之，表彰彌善，凡郡邑莫不有學以廟祀孔子及歷代聖人之徒。推崇至矣，禮制備矣，討論詳矣，是可不待記而明其所以繼往聖、開來學，以牖民覺世，期復其天性之良，以各盡人倫之職者，則猶是三代聖王之治，而先師孔子之心也。然而殿庭之制，必崇奂而後可以肅觀感，禮樂之器必粲備而後可以資考肄，庶幾其奉祀也虔而講貫也精，繹遺經而窺絶學，明明德以作新民，皆於是基之效焉。

廷燮懵學寡識，簡命爲靖安邑長，於兹七年。竊歎其風俗淳古，人心向學。良由我國家崇儒重道，治化之隆，上媲三代，雖小邑可覘大同。是則王道之成，實基於學校之興，而學校之興不繫乎學爲文者之衆，而繫乎學爲人者之專也。人倫之至，宗師也哉！爰謹於歲豐民樂之時，捐薄俸勸修聖廟，士民之秀且饒者同心竭力，庀材鳩工，共輸金若干，分董其事而合著其功，爲鐫經費於碑陰以旌善士。凡《會典》所載應建之殿閣、廊廡、庭堂、祠沼，於舊制闕者增之，廢者興之，隘者廣之，殘敗者葺而新之，輪乎奐哉！廷燮不敏，敢陪奉邑之師儒，躬率其父老子弟，瞻拜乎聖人之居，講明其修道之教，以仰副聖人天子，祖述堯舜，牖民向學之盛心，而疏而記之於石，而修身踐行、窮經致用之士其益知所先務矣。嘉慶十五年歲在庚午，皋月既望，知縣事河間馬廷燮敬撰。

代柬答徐瑩甥聳："徐郎清瘦亦清才，雅有新吟續玉臺。細疊紅箋書萬福，木樨香裹一緘開。"答涂玉甫："每從雙井憶三洪，玉甫風標更不同。我便諸般愧山谷，却須甥等學涪翁。"答武承德："匆匆又上浙西船，兩地思親各泫然。何日得陪甥父母，渠儂高卧汝耕田。"又答萸房、鶴坪、凝之三從子："登高我正盼萸房，孰意先期别紫陽。爰汝念[一]年成進士，抬頭仍是一書箱。""婺源風景亦關情，雲抱青山水抱城。最是一年春意好，採茶娘子聽書聲。"

[一]"念"，即"廿"，係"廿"之大寫。

右長姪：「沈郎清瘦莫耽吟，省得悲秋淚一襟。獨坐古南恒憶汝，去年西竺好禪林。」「暮秋殘月禮空王，舉念家聲鬢欲霜。愿汝一生爲病鶴，只教年命比人長。」昨秋與六姪曾寓西竺，故云。「憔悴吾家十二郎，小齋孤坐一林霜。鰥魚欲下童烏淚，感我秋聲雁幾行。」「兩年長伴讀書螢，每向深宵倒玉瓶。愛汝胸中無俗態，能令老阮目長青。」右凝之。

余偶愛南山一泉，乃並其山土木石，以四萬五千錢買而得之，欲筑室著書其間。雅聞廬山僧囊雲而賣以給食，因爲仲實題山房之榜曰「買泉賣雲處」。倘能居泉上作此生涯，亦庶乎其不飢耳。嘗笑語仲實：「慈、儉、不敢先爲老氏三寶，佛、法、僧爲釋氏三寶，吾何寶焉？但欲終吾身，飽眠飽飯飽看山耳，亦可謂『南泉三飽』」。

卷三

余既不肯作《後松鼠賦》，而仲實嗜痂之意，恒若未足。今夕見叢桂始花，慨然有感，聊爲作《晚桂賦》云：大士成道日，桂始得志。一寸百蕊，燦若金粟。如來化身萬億，濃香激射，八通四溢。僧雛折多枝，環榻而植。繁霜入幕，涼蟾欲昇。蒲牢乍吼，梵唱始寂。舒子卷篘簾，望秋宇。湖光媚空，優曇繞膝，蓋身坐叢花中也。憮然太息，語黄仲實曰：「君亦知草木之至性，能補天乎？夫霜爲衆草之仇，而露乃百花之禄。恥競進以趨時，蓋知榮而守辱。信比節於喬松，更齊名於修竹。然彼質而不文，亦只清而不馥。若乃中秋之艷，邁德重陽。笑朱樨之先槁，掩黃菊之後芳。倚寒巖而獨秀，代落木而爭光。又豈非花中之魯連，而桂中之楚狂也哉！矧此天香，脫胎蟾窟。葉藏仙露，枝吐明月。早歲知名，深秋始發。繼泉石之雅韻，煉冰霜之傲骨。色遲暮而愈豐，氣氤氳而彌烈。既層霄之可干，自孤高而難折。若東山之謝傅，洎山東之李白。懶晚景之榮華，冠千秋而奇崛。殆造物有意老其材而大其用，厄其遇以成其節。視浮名之過眼，等沸湯之融雪。受彭蠡之清供，味補陀之禪悅。豈凡民之敢餐，但仰觀而咋舌。並南山而馳譽，猶西風之所難。舉愛桃之色碧，酬賞桂之心丹。方羣葩之奪目，料孤芳之易殘。喜匠石之不顧，養福慧於梅檀。守堅貞以勵志，固深山而自蟠。別小山之貴族，尋隱谷之幽蘭。爽素娥之舊約，結青女之新歡。攬晴湖其若鏡，浸皓魄而如盤。憫春嬌之黛蹙，幸老驥之途寬。待飛香於萬里，振晚節之孤寒。覺四時之可備，豈三秋之足歎。念彼淮南，昔嘗招隱。隔芳訊之雖遥，幸蟾宮之相近。命婆娑之白兔，擣玄〔一〕霜而爲粉。儲壽樂於寰區，普慈雲而無盡。」仲實曰：「先生休矣，桂可延年，其誰可信。何如自媚，抱香而寢。」

〔一〕「玄」，底本作「元」，係避康熙帝諱，今回改。

廿一日，吉人、季通、俊達以舟來迎，余遂偕仲實出遊湖上。晴嵐四照，一葦乘風，八仙又作五老矣。先至謝康樂石壁精舍，石上字漫滅久矣。削立數百尺，倒影翻空，幻成靈境。既登絶頂，出山背，有坡可宅，戲語同人「此千歲之後白香精舍遺址也」，相與大笑。自灊山得徑東南行，入一巖穴，石紫翠，皴疊可愛。而中正一庵嵌石壁上，宗慧猿升立其中，居然似石劖神像。因念言，若有餘力，當就此庵刻觀音法身，而衛以楊枝紫竹，複其道而門其洞，額之曰「小普陀巖」，則彭蠡香煙亦應不亞南海矣。仲實謂此山果有清緣，筑白香精舍，亦何難辦此，輒又都愧無錢耳。陶公侃釣磯去精舍不過數里，所謂大磯山、小磯山，皆相因而得其名者。一帆遍歷，或目先而足後，亦志帥而氣從，致可樂也。

舟中作紀遊詩云：「霜晨弄扁舟，瀕湖訪精舍。數里激風籟，松濤向人瀉。斷崖爭辟易，遠岫獨休暇。高鳥巢木末，幽泉鳴石罅。巉巖釣磯山，漁梭轉能化。灊龍得飛將，即境表身價。蒼蒼太古石，壁立不相下。臨淵既思陶，屬句亦懷謝。功名自有真，利禄豈非假。石壁廠東广，高曠擬臺榭。精舍倘若是，洵堪結長夏。吾生絶迂懶，昏睡失晝夜。一豪恒謗議，三黨或嘲罵。輕笑所不恤，飢凍亦可怕。良思率妻子，隱此學耕稼。西疇蓺稌稻，南澗植桑柘。晚歲足温飽，真如倒食蔗。靖節羲皇人，多應不吾訝。」

詩罷，復舍舟步行，度大磯之腰西北數里，至羅隱墓，日將夕矣。墓碑刻重修後學，有仲實名，余歎賞其喜事，相率而揖拜墓前。吉人曰：「先生拜此墓，不可無詩。」因詰以應作何體，吉人謂羅善七律，當和之。余笑語吉人：「僕何敢與羅公比，然莫爲之後，亦不顯前人工耳。」遂題一律：「三唐五季各成塵，轉使先生姓字新。科第到頭雙白眼，兵戈滿地一閒身。湘中有賦難忘楚，圯上無書莫報秦。我亦扶笻向山去，夕陽衰草拜詩人。」仲實亦次韻一篇：「殘唐一夢已浮塵，宿草千年尚欲新。好句能消闉闍恨，虛名難致薜蘿身。江東譽望猶航海，南越衣冠且避秦。悵憶先生最蕭瑟，白頭辛苦作詩人。」季通和云：「浮雲過眼悉成塵，留得殘碑字獨新。萬里長風供點筆，五朝羈宦幾抽身。但餘詩骨終名世，何必桃源遠避秦。今日香師是知己，一般才命兩仙人。」且並欲鐫諸石也。將復拜陶母之墓，則天幕已下，昏暗遄返，至南山，以杖測徑，猿引而登。仍復有「我行星光中，四山如潑墨」之句，亦可謂健於吟矣。弁記之以存一笑。

古南住持僧友三，法名能宣，竟頗守戒少貪嗔，亦無誑語。比夜以仲實入城，偶來陪話。言頃一狐爲獵人所逐，入於水，適漁人網而得之。獵與漁爭狐而鬬，途人解紛。或曰狐山獸，漁安可爭。或曰網中物，獵安得有。於是救鬬者復相與鬬，不可解也。僧立觀音閣前巖石上，遥語之曰：「獵人得皮，漁人食肉。旁人無干，不可遷怒。」藐姑射仙人聞而笑曰：「皮耶肉耶，豈可饒舌。何如豐干，靜觀守默。」

友三言往自村墟歸，至野老泉下，遥見一狐低頭作禹步，規行若環。而寺門一雞即奮飛入其環中，爲狐攫去，僧號逐不釋。然則祝由治病，厭勝殺人，及飛頭换腿之術，咸不誣矣。

怡恭親王昔嘗爲余言醫學十三科，惟祝由近乎神怪。爲世子時，一小監患對口惡毒，諸醫束手。有侍衛稱善祝由，王召使視可治乎？對曰：「可。」「須幾時？」曰：「片時耳。」王命其當面作法，欲窮其詐。侍衛索杯水，向日吸氣呵水中，戟指而篆之，乃噀入小監對口，護以紙，半跪請曰：「乞使睡片時方愈。」王命即伏足几上，昏昏已寐。一炊許，見其指爬搔患處，言甚痒，覆紙既落，雪膚瑩然，竟若忘其曾病者。王大奇，厚賜侍衛。余雖不敢疑，然多年未信其理。今聞山僧述狐召雞事，是畜尚能耳，何况人，特患習者心不誠，技不精耳。然則方士招魂魄，亦真是李夫人乎？安得起漢武而問之。

友三又言古南松鼠多而詐，竹初生則折其筍，栗未熟則毁其房。彼觀狸如奴，視犬如僕，毫不畏。一日有獵人牽犬，憩所巢樹下，仰見鼠，怒躍而號，松鼠竟直墮其前，不敢遁也。昔雙丰將軍問余《陰符經》「禽之制在氣」作何解？余以樓煩善射，項王叱之皆反走，及羣象之受制一獅，猛虎之受制於豺，蜎見乾鵲而仰腹受啄，貓見訓狐而洗腸就范，類如此者。反能小制大，寡制衆，弱制强，豈力也哉！禽之制在氣，不在力也。雙公以爲然。今友三所見犬之善者制黠鼠於百尺之上，其不善者不能也。是禽之相制，亦不徒視其形骸明矣。我氣盛則敵氣衰，我志一則敵心亂，以誠一之志帥敢死之氣，信賞罰而同甘苦，雖寡弱可制强大，故《陰符》以禽喻之，解者乃或以龜雀龍虎及旺相休囚等陣圖方向，附會而神乎其說，則反空亡，不若以氣言爲有據也。

友三嘗篩米樹下，一梟栖木末，俯視目眩，直墮篩中，因被擒。佃人病頭眩，乞其梟殺而食之，眩疾愈。余笑曰：「理當益眩，何忽得愈。然則使醉人扶醉人，反不顛耶？劉伯伶有言，一石已醉，五斗解酲。是則以眩梟醫眩人耳。」吾問以梟食母事，友三謂一孚兩子，子大則共食其父母。余曰：「不然，是人間只一梟矣，何寶刹梟聲之多耶？蓋亦猶人中之禽，偶一不孝，輒並其兄弟疑之，不盡然也。梟如能孝，吾且令烏爲之友。」

古南寺林木鬱茂，山鳳成羣，修尾赤喙，翼備五彩，乃緘口不鳴，若畏人之相嫉者。於是乎梟聲羣起，聲又能百變不窮，皆可厭也。山鳳亦豈堪終不鳴乎？鳴謙貞吉，括囊無咎，可並行不悖耳。

簷溜相續，如萬丈長繩，終日不絕，其實一寸寸皆非舊雨。人日四萬八千息，其實一息皆非故吾。以是思夢幻浮塵，亦何事可容我相。愚之人自昏溯旦，一我相横於胸中，啟口則我言獨是，動筆則我文獨工，不知人意中謂我何耳。我相立而機械生，人相空而機械滅，故孔聖無我。《金剛經》曰「無我相」，《莊子》曰「至人無己」，冬烘先生一聞無我無己，則怒而闢曰「此異端之言」，却不料手中朱筆頭，日日點過，夫堯舜心傳十六字之所謂人心，即我也己也。故孔顔心法在克己復禮，己，人心也；禮，道心也。克己復禮爲仁，即精一執中之能也。克復執中則無我矣。舜以命禹，故禹亦功名蓋世，不矜不伐。愚夫愚婦，一能勝予，而謂諸聖人有我相乎？有己乎？藥雖不同，同期愈病。道雖不同，同期心正。主心正而天下平，職是故耳。冬烘先生試思之。

山晴水乾，攜仲實緩步入城。省其王母，母扶杖慰勞於堂。壽八十二矣，髮猶未白，慈祥可敬，宜子孫多賢才也。起居之下，輒思亡友，心神黯然，故亦未敢數求見。吾生惟事長懷德之際，不敢放達，餘事則笑言啞啞，情同孺子，皆率性而爲耳之。

叔道重陽時率新婦歸寧父母於建昌，別余留句：「不共羣仙醉晚霞，緑蓑人問白鷗家。片帆今夜泊何處，開遍江頭蘆荻花。」即用南山石刻詩韻。余和之云：「繡羅帆影入流霞，好共鴛鴦作一家。緩緩歸來儂未去，也應開到早梅花。」因問叔道之外舅何氏，始知其太姑郭恭人亦九十餘矣，康强逢吉，子孫皆賢。詹甥堅曾屢稱郭氏母德，謂慈明儉肅，諸子雖貴，不敢奢。娶婦不得用綵輿，内外勤業，無敢嬉。余歎曰：「此春秋敬姜之徒也，女中豪傑當師郭母。」母長子名祚熾，君子人也。掌教豫章時曾一往還，質直好禮，無墮容，吾默然歎賢母之教，信有徵也。今證以黄氏太母及鄉先賢陶公母，而益信皇天無親，惟善是福。雖處閨閣，可不修心尚德哉！

吉人款余坐東齋，出所藏董華亭墨跡《麗人行》，謂多有疑爲贋書者，余觀之甚樂，因語吉人：「佳雖不甚佳，贋則非贋。」吉人問故，余笑指壁間帖曰：「此豈佳哉？要真是白香書耳。右軍五十三而後成家，先是所書，必更多於五十後，豈盡無可議者耶？且即以《蘭亭》而論，在唐初尚有數本，惟太宗命官所竊僧人本，爲亭中所書，神理精妙，千古第一。他本皆日後補書，未免有心，反多人巧，所謂事貴天成也。然人工終不可廢者，譬如聖學，學至大人，亦不過不失赤子之心，藉使不學，則此心牿亡久矣，亦安問大人之學哉！書家之臨摹猶聖學之祖述憲章也。迨夫學古有獲，卓然成家，雖直謂孔子賢於堯舜，亦何不可者。董華亭筆姿秀潤，少時應試，以書拙見遺，既乃臨摹數十年，工日深而性日露，故其書視元明諸家最爲清渾。實本其天資超妙，不僅以功力見勝也，豈少臨池數十年，摹仿數十家而終於平實無奇，又誰之咎？」吉人頷之。

仲實問杜陵《麗人行》似亦樸拙，無奇麗高華之風。余曰：「此仿《詩》『君子偕老』及陳思《美女》諸篇，正以癡憨寓諷，拙樸藏秀，不貴乎有警句也。通首平平措意，曲曲寫生，至結處『炙手可熱』、『愼莫近前』，始露其諷諫貴戚之隱，亦遂不復下轉語，是樂府高格，不可不知。少陵五七樂府，如《垂老》、《新婚》、《哀王孫》、前後《出塞》皆愈拙愈秀，愈樸愈華，搖筆弄姿者往往忽略，皆未必深於此也。至若五言短律，惟杜公獨步千古，且美不勝收，余少曾手選二百餘篇，點識其精神所在，題爲《杜少陵五律專選》，詹樸園嘗欲付雕，余曰：『蓮根詩社人私淑可耳。鄙夫獨智，恐不足爲大方笑也。』」

李長吉才情哀艷，過於少陵，故其《榮華樂》一篇，亦是借梁冀諷貴戚者，便寫出如許聲光，然恣肆而不傷格。試觀「將迴日月先反掌，欲作江河惟畫地」二語，將旋乾轉坤之勢與興波作瀾之罪，十四字渾然詮出。怨而不怒，所謂風人之旨也。至寫其夜飲朝眠，深居宴樂，則以「誰知花雨夜來過，但見池臺春草長」二句，旁敲隱刺，妙不容指。非深於《離騷》、《九歌》旨趣者不能賞也。吾少見長吉之詩，而歎其善學《楚詞》，試將《招魂》、《大招》中「些」「只」語助點去，以七字斷句，不全似長吉樂府之聲乎？唐時人多被瞞過，反共目之爲斬然新聲，得毋受彼揶揄耶？至若杜樊川作《長吉詩序》，又病其少理，謂少加以理，雖奴僕命騷可也。余少時讀之，不覺大笑，謂樊川絕代才子，乃竟不能讀《離騷》。夫《騷》正越理攄情之經也。有娀之女可求乎？鴆可爲媒乎？魚可媵乎？天可沖乎？水中可筑室而芙蓉可爲裳乎？類如此者，其理安在？而顧以少理議賀，復謂可奴僕命騷，是樊川竟未讀《騷》，直以才名相賞耳。詩騷之學，貴聲情而略辭理。辭理雖善而聲情不妙，不傳也。苟聲情妙合，犁然有當於衆人之心，辭理亦未有不美善者。吾仲實聰明絶代，試博識而深思之。

仲實問：「荆公謂太白人品甚卑，十句九句説婦人，然否？」余曰：「王荆公學識太高，故嘗笑《春秋》爲斷爛朝報。夫風騷之旨，豈有它哉？婦人而已矣。地道也，妻道也，臣道也，子若弟，道亦均也。五倫正變之際，難言之矣。愛成仇而忠見謗，古人所遭，往往有同世不知、後賢不諒之隱，亦遂不能已於言。然而直言近訐，比興多風。故每寄託於兒女相思、美人香草，此正其用心之厚而人品之所以高也。試思七子賦詩，亦何取蔓草、零露，豈有各誦其國人淫奔之什，以贈答其鄰封者。風人之旨，概可窺矣。至若屈子見放，厥有《楚辭》，竟體香艷，幸已見諒於後之賢者，尊之爲經。假使當日不沉湘，司馬子長又不爲立傳以發明孤臣志士之隱。又焉知好議之口，不疑其人品卑哉！今有人動筆啟口，輒稱忠孝，而處心制行都不外妻子利禄之間，則亦可目爲高品人乎？癡人之前不可説夢，類有然也。且風人托物起興，不貴遠引，亦不貴泛作莊語。試思《周南》之首，美開國聖母之德，亦止以小鳥起興，而竟目之爲窈窕淑女，至文王求女不得，則直書其輾轉反側。脱泛以字面訾之，雖直坐之以不敬聖母、譏誹文王之罪，恐詩人亦無辭也。雎鳩則曰關關矣，荇菜則曰參差矣，採之則曰左右矣，求之則曰寤寐矣，重重複複，只此數句，又全無節義高品之言，微乎妙哉！正所謂風也，聲也，如絲桐之泛音也。意篤而語重，言近而旨遠。夫近莫近於兒女之情，而遠莫遠於周南之化，皆婦人也。故吾謂風騷之旨，不出閨房，亦不貴引莊論也。假使冬烘作此詩，則必曰『關關鳳凰，聖女端莊。求之不得，寐無反側』，豈不令人腸痛哉！」

吾少有《詩騷雙字訣》一編，教人悟聲詩節拍，風騷意態，久失其稿。其實人人案頭有此書，姑即頃所言窈窕、寤寐、參差、左右及關關、採採之類，略其意而尋其聲，思過半矣。且如風雨、雞鳴則義也，而蕭蕭、嘐嘐則聲也。感人之深在乎聲不在乎義，假使重經義而不知音，硬撰七言作「風雨雞鳴念君子，既見君子我心喜」，豈不噴飯。用經如杜公《出塞》「馬鳴風蕭蕭」，加一「風」字倒煉之，便寫出絶塞邊聲，真乃妙筆。詩忌用經語，忌陳實也。能化陳爲新，翻空數典，亦正何害，才非他，一枝筆耳。

吴長公挈榼惠顧，嘉魚玉麪，潤我枯腸。一畢論心，十年如夢。憶自庚申秋泊舟臺莊，長公與石樵明府聯刺見訪，空谷之音，歡倍平日。而後水宿，則倚檣相語，若鄰居然。至邗上，有賡都督者遣校相迎，始别長公，渡揚子，遊金陵，遂成契闊三千餘日，回憶真如昨夢耳。五黄之母吴縣君，即長公伯姊，勉齋太翁長女也，福德爲姻婭所欽。同懷弟四人，又皆賢孝，太翁今年八十一，康强樂善，期頤可卜，竊爲五黄慶母壽，必肖太翁，則亦五世同堂矣。積善之家必有餘慶，於斯益信。飯罷，成二律答謝長公，兼敘兩家世澤焉：「同行過濟北，相識在淮南。快聚思萍葉，悲歌拂劍鐔。荻蘆秋瑟瑟，堤柳夜毵毵。檥櫂論交處，潛虬蟄暮潭。」

「邗溝一輪月，隨我下江寧。此地別吾子，鍾山面面青。客窗懷舊雨，交道本晨星。忽憶傳書雁，相看涕欲零。」結韻指庚申所寓書也。

卷四

少陵才筆不逮青蓮，而力學苦吟則過之。故凡屬風騷樂府之體，李無不妙，五律則遠不逮杜。七絶本唐時樂章，杜集竟絶無佳者。七律則風骨堅蒼，又非青蓮所及矣。皆才子也，智水仁山殊其樂，簸風畢雨殊其好，能自得師，無往非道。

仲實問王、孟優劣，余曰：「輞川得味禪悦，深達性旨，故其詩繡淡通明，若雲英化水，了無塵障，亦其晚年得罪後，頓悟真如、直超賢劫之驗，不可以鬱輪躁進少年事議其人品，此正如鎖子菩薩，雖曾作妓，仙骨猶存，亦何礙於西昇耶？襄陽終不仕，人品固高，第觀『不才明主棄』及『端居恥聖明』『徒有羨魚情』流露諸語，似亦非淵明、和靖一流高士。然其詩亦清妙矣，『還君玳瑁雙淚垂，何不相逢未嫁時』，擬諸襄陽，殆亦多情節女也。」

仲實問高岑何如？余曰：「高才大而氣盛，風格蒼老。固須晚成，非早年不能詩也。嘉州縝密矜持，音節入細，似欲過高，然正以是遜之耳。

問元白，曰：「元才新，白才清。元性忌，白性和。元懼聲名之不立，白憂時事之多艱。

其識趣分矣。元不如白，不僅以詩歌定也。試觀白之新樂府《琵琶行》，草草勞人，未嘗忘國，不可重風乎？」

歸舟過琵琶亭時，戲語敬修：「有一司馬，江頭送客，聞茶商之妾夜彈琵琶，乃登其舟，再三求見，求其彈，並對之作詩流涕，久坐談情。其夫若還舟見之，怒否？」敬修曰：「何處有此繆官耶？」余笑指：「即此是。」

陸龜蒙《書李賀傳後》，文最幽秀，余自幼喜之。既見石庵先生書余扇，竟録此文十數語，書亦媚絶，足見其天趣之高，鑒古有識。杜牧、李商隱、陸龜蒙皆才子也，固宜敘賀詩、立傳題後。龜蒙有言「淫畋漁者謂之暴天物，天物既不可暴，又可抉摘刻削，露其情狀乎？使自萌卵至於槁死，不能隱伏，天能不致罰耶？長吉夭，東野窮，玉溪生官不掛朝藉而死，正坐是哉！」其實正龜蒙自況語耳。唐主好名，故如龜蒙、飛卿一般名士終窮者，死後猶補賜及第，以收文望。即李太白之翰林供奉亦身後贈官，翰林反引以爲重，類如此者。適足延世主之譽，爲後人攀附之榮。傳不傳定在生前，遇不遇何關死後，虛獎妄歎，與諸賢正何補也。

仲實誦范文正公《御街行》詞：「紛紛墮葉飄香砌。夜寂靜，寒聲碎。真珠簾捲玉樓空，天淡銀河垂地。年年今夜，月華如練，長是人千里。愁腸已斷無由醉。酒未到，先成淚。殘燈明滅枕頭攲，諳盡孤眠滋味。都來此事，眉間心上，無計相迴避。」謂聲情到此，可云妙絶。第終似意有所屬，抑仍是戲效風騷之旨。余曰：「此正素以爲絢之喻也，但公亦何妨意有所屬。」

談次，爰戲作《感皇恩》：「荷葉捲心時，玉蟾空照。一片溶溶鏡光曉。碧油青蓋，埋没許多花貌。緑蒲雙浴處、鴛鴦小。　梅子剛酸，木蘭迴棹。可惜蓮心爲伊老。幾行愁字、只有斷鴻知道。若還忘記也、天公惱。」又《減字木蘭花》：「花精月髓。酷似吴城小龍女。詞筆尖新，水樣聰明玉樣人。　爲伊腸斷。斷到無腸伊不管。却待忘情，又恐幽閨淚不晴。」又《攤破浣溪沙》：「菊幔香衾睡正濃。好憑新夢過牆東。恍憶前年端午節，畫船中。　覓遍人間桃葉渡，總輸林下謝家風。怊悵一聲驚我覺，五更鐘。」又《醉太平》：「愁根恨苗。情真態妖。夫人恰似藍橋。本琴心自招。　花濃意消。魂輕夢遥。淚珠紅透鮫綃。比瀟湘二姚。」又《和范文正御街行韻》：「寒螢點點依苔砌。殘月裏、星光碎。禪林孤峭一螺青，但有湖天無地。飛瓊何處，步虚聲到，香霧迷三里。　年年不飲心常醉。頻暗揾、秋衾淚。高眠遲汝夢來尋，細説相思情味。題橋韻險，淩波徑窄，此際應難避。」

彭蠡秋清，倚聲消夜，遂逾五闋，聊復破綺語之戒，效西子之顰，知不免冬烘笑耳。仲實和《攤破浣溪沙》云：「妙墨清香細細濃，也曾親到宋家東。何處癡魂銷不得，畫簾中。　爐篆裊殘香鬢霧，竹林敲徹佩環風。剛喜夢中人未遠，又聞鐘。」又《減蘭》：「寥天片月。曾向盈川照離别。月尚依然，不似人心舊日圓。紅燈緑穗。一點秋深愁裏味。天壤迢迢，只有相思夢不遥。」

余昨宵夢金陵舊寓，曾作詩云：「重簾深柳碧迢迢，弱水蓬山未覺遥。璞玉有情原可種，紫煙雖恨不能消。破窗花氣寒仍媚，向曉燈光淡欲遥。私喜夢中年尚小，眼香祠下望紅橋。」仲實謂此詩欲過羅隱，且言《全唐詩話》載唐相鄭畋之女劇愛隱詩，欲嫁之。既見隱貌侵，竟焚其稿。余曰：「此終非愛才女也。」往歲龔漚舸著《三衢尚友編》，欲入李易安小傳，問余可否。余曰：「武周十亂，猶有婦人。吾子既尚友古人，亦何嫌之避。且才如易安，自有千古，雖以明誠爲之夫，清獻爲之舅，不能少減其俊逸之情。今雖數百歲，正可作同輩少年觀耳。貌侵愛弛，終非愛才。」今歲花生日，與楊執吾之同年友飲三村西竺寺，戲作《桃鬟曲》，中間有語意可證此者，附録之：「宿酲未醒春未晚，竹外黄鸝向儂囀。渡船輕比過江雲，好縱三村看花眼。千枝萬枝擁楫紅，酒人偃卧春波中。不緣崔護抱奇渴，豈有仙源容再通。桃鬟柳腰漫相倚，嬌姿總落清樽裏。雨師風伯即情魔，能使花心爲伊死。艤櫂扶笻上西竺，溈山亦有多情悟。樓欄如憑散花仙，我便依僧作常住。諸君惜花謂花好，果是情癡轉煩惱。長江東去不回頭，幾輩英雄爲花老。小鳥呼羣似留客，淒涼滿地胭脂雪。瑶池偷取一千春，施作禪林二三月。」

仲實問：「詩餘小詞，自唐宋以迄元明，可云燦備。鮮有不借徑兒女相思之情者，冬烘往往腹誹之，謂恐有妨於學道。其説然與？」余曰：「天有風月，地有花柳，與人之歌舞，其理相近。假使風月下旗鼓角逐，花柳中呵導排衙，不殺風景乎？天下不過兩種人，非男即女，今必欲删却一種，以一種自説自扮，不成戲也。故雖學如文正公，亦復有兒女相思之句。正所謂曲近人情，真道學也。道學之理，不知何時竟講成塵飯塗羹。致南宋奸黨，直詆爲無用之尤，肆意輕侮，亦豈非冬烘妄測之過哉！夫道學，所以正心術、平天下也。苟好惡不近人情，則心術僞矣。亦惡能得人之情，平人之心。《詩》之教，化行南國，始自閨房。《書》之教，協帝重華，基於嬀汭，理必然也。而况歌詞乃導揚和氣，調燮陰陽之理，而顧諱言兒女乎？故自《十九首》以及蘇李贈答、魏晉樂章。其寓託如出一口，良由發乎性情耳。姑專就小詞而論，才如蘇公，猶不免鐵板之誚。謂其逞才氣、著議論也。詞家風趣，寧癡勿達，寧纖勿壯，寧小巧勿粗豪。故不忌兒女相思，反不貴英雄豁達。其聲哀以思，其義幽以怨，蓋變風之流也。其體在有韻之文最爲卑近，再降而至於填詞止矣。原可不學，學之不可不求合拍。李後主、姜鄱陽、易安居士，一君一民一婦人，終始北宋，聲態絶嫵。秦七、黄九皆深於情者，語多入破。柳七雖雅擅騷名，未免俗豔。玉田尚矣，近今惟竹垞老人遠紹此脈。善手雖衆，鮮能度越諸賢者。各就所得名之篇，注意之旨，揣聲而學之，有餘師矣。怡恭親王昔重刻《白香詞譜》時，問所訂有遺憾否。余笑對言：「有兩事惜難補作，似有憾。一欲代朱夫子補作一詞，一欲代姜鄱陽補捐一監。」聞者絶倒。

秋寺讀王嬙小傳，有感而作：「寒山暮鼓催黄葉，楓林一片淒涼月。香庵幾點佛燈青，伴我孤吟倍愁絶。撾鐘殺牛徵艷曲，萬幕刀光衛紅玉。角聲悲咽塞雲低，何似禪牀對修竹。昭妃有貌良自矜，豐貂壓眉秋不勝。當時倘肯媚天子，白首專房渠亦能。」

廿四日下春，與仲實遊眺後巖，望匡廬弔古感舊。仲實曰：「先生少時才氣洶不可一世，舉筆千言，上下千古，若汗血之駿，晨燕暮越，滅没權奇不可羈，於七古一體，尤爲盡興。中年則漸覺短歌微吟不能長，固自有説？抑豈江郎才盡耶？」余笑曰：「長不難，節短而意不盡，風格高渾，始爲難耳。試仿少作爲吾子作《廬山之歌》：「一壁已萬古，西南插天生。此山應見始開闢，混沌既鑿六合成。洪濤大地互激觸，骨堅者壽難頹傾。後人見其高巍巍，遂以隱士標其名。匡君在時甚寂寞，誰知竟作兹山靈，朝雲暮霞日吞吐，彭湖向口如杯羹。東匯横流入禹貢，能令澤國皆深耕。此功救世不爲小，東南曾主諸侯盟。詞人墨客豈知務，或復疑彼爲匡衡。儒生所恃筆端舌，祇堪幸免秦皇阬。秦皇漢武昔封禪，心雖雜霸殊多情。此山與有故人義，五老十目今猶青。既見九江英布等，紛紛佐漢殲秦嬴。爾時西嶽亦減色，那堪目送孺子嬰。漢晉之間苦多事，此山屢厭孫吴兵。徒令六代樂歌舞，直如巨浸潛鯢鯨。

到頭揚鬣入於海，此山獨立仍峥嶸。巖巖怪石七千丈，環瑋絶特真難平。五丁欲鑿不敢動，六鰲着力方能擎。上界仙官駐鸞鶴，中宵海日窺滄溟。峨眉作妻婺作妾，天目爲弟衡爲兄。永與嵩恒作藩衛，直參泰華分光榮。才人好名喜相訪，馬遷太白真豪英。詩文各各吐奇氣，松濤萬壑相和鳴。香山老子亦標致，山前戲作琵琶行。錦雲容容若沉醉，王喬窸窸來吹笙。兩宋耆儒半師友，亦嘗勝國交陽明。白下東山實培塿，紅牙翠管啼嬌鶯。此山裙屐不可上，鬱鬱寶氣迷陰晴。好遊雖稱謝康樂，亦恐僅得山之形。吾曾褰裳陟五老，極目萬里開雲屏。倚天擊石發長嘯，層巖伏虎皆震驚。是時天宇最澄闊，鄱陽一鑑何晶瑩。千峰萬峰侍几席，長雲拂袖懸霓旌。平生至此略快意，吟詩一篇飲一觥。嚴霜落木騁秋望，前人事業徒縱横。心眼空空復何有，聲名更比浮埃輕。别來面目兩消瘦，相期志節同堅貞。納得須彌入芥子，管教片石沾連城。噫嘘嚱，爲山當爲匡廬山，不然便作承露莖。能令吟者八千歲，一勺天漿萬葉清。」呼燈脱稿，與仲實一笑而已。

晉陶公侃，鄱陽人，後分邑隸今都昌，故陶母之墓在石壁瀕湖處。唐舒公元輿爲作墳版文，謂慈母兼教以成其子之令德者，孟母之後，僅見陶母。雖然，父母亦豈有不慈者哉！子不能立身行道，揚名顯親，則父母雖賢，亦因以不顯于後，可勝歎哉！作《陶母墓》時：「瀕湖作墓墓不崩，千古石花穿繡藤。潛虬踏雲未敢升，磯前白波如素綾。於戲教子何兢兢，婦人千秋獨著稱。古之豪傑猶難能，老蛟過此恒畏謵。叩頟向梭梭欲騰，母之令德龍所憑。長沙威侯夜朝母，牙旗甲馬明千燈。」

余頃過陶公侃廟作詩云：「天門八翼古疑團，謗口何從入夢看。半壁江山移鼎易，十全忠孝似公難。勞兼運甓過諸葛，義主歸藩愧阿瞞。倘憶龍梭少年事，也應追惜舊漁竿。」朱子知南康時，申請朝廷賜陶公廟額，《狀》中載劉仲義所撰公《贊》有云：「晉太尉陶威公侃有大功於晉，倡義於武昌，破石頭，斬蘇峻，何其壯也。東坡蘇公嘗爲余言威公忠義之節，横秋霜，貫白日，昔史書折翼事，豈有是哉！即其説考之，威公夢生八翼，登天門九重，至其八，閽者以杖擊之墜地，折左翼。及握强兵居上流，潛有窺覦之志，輒思折翼之祥，自抑而止。心之所寓者爲志，神之所寓者爲夢，何自而知其然哉！至其稱威公，機神明鑒似魏武，忠順勤勞似孔明，則信然耳。」又撫州布衣吴澥所著《辨》亦謂：「覽庾亮之傳、應瞻之書，則有疑陶有跋扈之心。觀温嶠之舉、毛寶之謀，則疑侃有顧望之跡。至灑血成文，登天折翼，動可疑怪，豈有是事哉！此蓋行高於人，衆必非之。加之蘇峻誅庾亮，恥爲之屈。陶公後嗣零落而庾氏世總朝權，其志一逞，遂從而誣謗之耳。秉史筆者既有所畏，何所求而不得哉！方公義旗既建，一麾東下，子喪不臨，直趨蔡州。勤王之師，蔑有先者。暨元勳克集，賓主斯盟，而退然不有。旋師歸藩，既坐擁八州，據上游。己重泰山，晉輕鴻毛。移其宗社，曾不反掌，而臣節益修，未始擅作威福，以自封殖。朝廷忌勳名，每加疑猜，公泰然不介胸次。末年卧疾，封府庫登舟，舉賢自代，視去方伯之重，不啻脱屣。其臣節始終、夷險無一可訾，窮晉二百年間，卓然獨出，不忠之迹，果安在哉！自古欲誣人而不得者，必誣以閫房之事，以其難明故也。今《晉史》欲誣陶公，而乃以夢寐之祥，是其難明，殆有甚於閫房者矣。若陶公果懷異志，則如此夢寐之祥，正合自知耳，人安得而知之。」蓋當時物議，或有據《晉史》以疑公者，故朱子《狀》中，詳列二人之辨，冀朝廷賜額，褒忠賢耳。

目含萬象而不見睫毛，吾足迹幾半天下，寒家老屋數椽，居止半生，猶有未嘗經歷處。詳於遠而略於近，往往如此。今寓古南寺已終月矣，近郊祠墓古迹，一筇所到，輒以小詩記其勝。惟野老之泉，朝暮淪甘茗，佐吟眺，交情太密，反未有題贈之篇，我則無禮，泉如有靈，得無齒冷，今自罰於寺門舉步向泉行，數十步中必成一詩，題蘇公石劖之下。詩不成者，飲寒泉三杯：「石罅一泓明似玉，曾洗坡仙倦遊目。壁間題作野老泉，自喜身名雜樵牧。」「我後公生七百年，亦來卧飲雲上泉。湖光萬頃入杯水，却是黄花九月天。」蓋石刻蘇詩有「吹老碧桃」之句，必春時寓此山耳。季通和云：「山腰一片泠泠玉，淨洗吾師看山目。羣推節操比陶潛，我道風流兼杜牧。」「晉唐人物各千年，霖語無根未若泉。南山一勺南溟水，照見恒河沙數天。」

黄俊達以所藏高麗繭紙乞余書八屏一額，且不欲陳言，意求龜鑑，遂題額爲「晚桂軒」，即以新作《晚桂賦》書其繭屏。因語俊達凡物之晚成者壽，故桂葉不凋，菊英不落。松栢可以回春，故聖人稱之。竹食可飼鳳，故名士愛之，皆壽物也。吾於始至，即賞子天性之厚，器識之遠，月來復殷殷過從，有屈志老成之意，義堪久要。聊爲書此，蓋不欲其早成也。子氣稟素弱，母嘗憂之，則節慮守身以却病，乃養志之大者。身外之求，得失有命，不可以逆境傷心。且聞子性剛腸熱，路見不平，按劍而起，此子路未見夫子時氣象，果志於學，後當勿爾。遂銘其晚桂軒云：「巖桂心堅，故能晚發。知榮守辱，以期俊達。」

每見自來修邑志，無論有古迹與否，皆必杜撰作十景八景，其景又必皆四字成文，覽之失笑。頃閲《都昌志》亦載八景，其目爲：石壁精舍、野老巖泉、陶侃釣磯、蘇仙劍池、磯山樵唱、彭蠡漁歌、南寺曉鐘、西河晚渡，文雖落套，古迹殊真，各就其目爲小詩八首，與五黄作别，欲秋杪入廬山也。「驚濤撼危石，萬古不能墮。上有一詩魂，心情閒似我。」其一「東坡既謫，自命爲野老。白水鑑衰顔，何如在山好。」其二「陶侃釣梭日，已是破江山。何如竟攀龍，直上排九關。」其三「蘇仙猶洗劍，欲斬神蛟首。我亦趁秋宵，山池摘星斗。」其四「黄花青竹葉，染得肩背香。應有柘枝姬，羡爾樵哥郎。」其五「漫漫秋漲裏，乃有人唱歌。我若得如此，豈非張志和。」其六「獨卧南山寺，高秋聽曉鐘。竹窗詩夢覺，殘月在西峰。」其七「晚渡西

河日，他年憶别時。可能如謝客，鐫我數行詩。」其八

余嘗戲作《睡仙頌》，頃書寺壁，其文云：睡仙，忘其名，蓋升平安分之民也。高枕敗絮，四時如春。其俗悶悶，其心醇醇。魂魄與飛仙遨遊，軀幹與木石同卧。雪三尺而無寒，日一餐而無餓。市聲喧而不聞，夢境高而不墮。家不中貲，一事不爲。藏書萬卷，一字不知。人或毁之，仙曰：「愛我哉，能攻吾過。」人或譽之，仙曰：「妬我哉，乃忘吾疵。」自信其無所可用，而養拙於夢。七尺橫眠，終身不動。家偶斷炊，則曰以是代不耕之飢。妻或號寒，則曰以是愧不織而衣。於是乎老妻操作，稚子娱嬉。一室之内，雍雍熙熙。不慕三代，不知否泰。人皆有才，我獨無礙。蕭條四壁，俯仰千年。一二交舊，都如散仙。偶來卧室，相見無言。非醒非睡，其樂陶然。

卷五

仲實問《史》、《漢》得失，余曰：「《史》氣盛而聲奇，故當勝。後人謂固密遷疏，未爲無見。第疏密猶指義法，於聲氣之源未能深悟，不足以折服孟堅之心。試取《漢書》前《史記》原文之間有增減數字者，對觀而詠味之，其奇聲必偶，盛氣斯衰，於義法殊無關係。是孟堅文章之雄，猶或未深明逆順奇偶之故，况餘子哉！簡淡至《論語》、《檀弓》，醇茂至《孟子》、

《左傳》，奇麗至莊生、屈原，止矣。有弗盛其氣以奇其聲，而平平説理者乎？無有也。氣何由盛，多讀書而窮理以培之則盛，氣盛則聲必奇。然奇不徒奇，必有偶以行其奇，而奇乃得勢。旨哉昌黎之言曰：『氣猶水也，言浮物也。氣盛則言之短長與聲之高下皆宜。』子欲定馬班優劣，盍遵乎是道求之。」仲實曰：「然則義與法可不講乎？」殊不知義法易指授而聲氣難形容，故韓子論文，務抉其深且難者以昭示來許。猶之乎《詩》美倩盼而略乎膏沐之容，非不講也。余昔題簡堂文集詩序云：「文章者，應有之義與自然之聲皆合乎逆順奇偶之節，則人人視之而眼明，聽之而心通耳順，遂相與詠歎而傳之。傳世之文，如是焉已矣。逆順屬義，用筆之百千意外巧妙，而仍在人人意中者是也。奇偶屬聲，偶則滯，奇則行，一足之夔，通身之神力注焉。文者之人，仰觀俯察，叩寂寞而求之，得乎心而著於手。曼衍滑稽，義與聲適當其可，而卒又不逾乎規矩之外，斯得之矣。吾友惲子居獨能如此，其文章必可傳世，同世之人，鮮能知者。比見所爲文，歎美賦詩：「長擎不自照，明鏡不自娱。佳人對面有知己，一事不精非碩儒。我自靈山入東土，老卧龍吟瘦蛟舞。黑洋渾似硯池冰，萬里黄雲筆花吐。後世聖人作書契，雨粟天中鬼流涕。鰍生觀義不觀音，苦海千年乏精衛。真宰失傳文苑荒，蓬蒿不剪秋無光。萬竅悲歌待風發，太虚有籟非笙簧。嗚呼！此事到頭知者誰，生氣入花無醜枝。佳人獨夜空援鏡，比似春嬌雨後時。」是詩與所問可相發明，遂牽連書之。

西輔攜酒饌來訪，與季通、俊達同飲薄醉。日將夕，拄杖送三人至野老泉下。竚立目送過小橋之西，則已月掛松梢矣。作小詩用酬西輔：「感爾攜樽慰寂寥，古南風竹正蕭蕭。黄昏獨倚松梢月，目送歸人過石橋。」「西顧廬山煞有情，幾年同上最高層。多君病足猶扶我，不帶仙緣恐未能。」胡西輔次韻：「一笠煙雲下碧寥，禪林風景最森蕭。香師亦有如龍杖，擲向南湖作板橋。」「匡君應笑我多情，又立南山上上層。欲和新詩無好句，八仙之外有誰能。」季通次韻：「禪林風趣逼參寥，居士曾聞姓是蕭。獨向萬松高處立，看人擔月過溪橋。」「一片心香再世情，相攜同上白雲層。從今不羨龍山會，六代勳名本易能。」俊達次韻：「紅樹參差碧漢寥，石林疏影夜蕭蕭。而今買得彭湖月，只隔天香一渡橋。」「匡廬別後總關情，詩思仍居第一層。但許名山作常住，梯雲航海亦都能。」

吴長公瑶圃，信厚君子，庚申南歸於舟次識之。訊知爲吾友星伯翁至戚，乞爲通書，孰知書到，已不及相見。今日晤長公，追述舊事，良爲泫然，得句云：「信陵原上草，衰腐亦多情。一劍空南北，難忘是友生。」

黄氏穀詒堂錦屏十二，書太母八秩介壽之文，余舊作也。仲實屬西輔録入《餘話》，以彰示王母訓辭，其文云：

嘉慶丁卯長至月廿又二日，爲都昌黄母吴太君八旬初度。太君止一子，曰映台，與夢蘭爲兄弟交。不幸早厭世，遺孤五人，叔事我，我故當母事太君。前期數旬，諸子之省事歸者，預白余有往祝意。太君瞿然召諸孫而命之曰：「慎言，汝五人其各爲汝父之一體者也。何不養吾之志，乃竟如世俗常禮，開樽醮客，是益我悲也。吾見吾父宰德平而力於其政，若慈母然，未嘗以生日耗民財也。既歸汝祖，汝祖治蒲而蒲治，守太原而太原治。三十年所屬吏與所部之民，蓋未嘗知其生日，又何況吾？迨乎汝父，絶仕進，壹意事我。我喜則繞膝啞啞作孺子笑，我病而呻，則汝父亦呻，聽其呻，美若簫韶；啜其菽，甘若醴酒。吾殆不病樂，雖病亦樂。五十年中萬餘日，皆生日也。今汝曹幸同志學，以力行孝弟之事繼父志而仁於祖，吾以是慰懷遺憂，延其暮景，又焉知不至百年。而顧汲汲於食貧未禄之時，拮据壽我，以世樂聒其煩心，吾轉增悶。傳語香叔勿遠來，第述吾誨汝之言，揭諸廳事，以著吾兩族敦樸之風，垂示來裔，雖萬人觴我，不逮也。」慎言、有華、慎修、慎德、有章五孫者長跪而諾，謹受命而寓書於余，達此意。夢蘭聞之喜，喟然歎曰：「賢哉太君，更何事於祝，即此可以壽千秋，昌百世矣。」」謹序録以爲吾世母壽焉。

其旁壁障小書數十幅，則三江兩浙賢士女寄祝歌詩，多合作。嘉興朱雪君太博暨其儷汪澹薌夫人二詩尤善。雪君詩云：「作賦洪都郡，稱觴江夏門。頌聲傳壽母，才調識文孫。晉爵簪裾盛，含飴笑語温。無由親獻祝，僅此侑瑶尊。」薌夫人則五言選體十六韻：「在昔聞諶母，仙蹟垂丹陽。厥子修孝道，天神授靈章。至今千仞峰，九凰鳴樂方。又有盱母井，清冽遥相望。彼皆列仙籙，長生壽無疆。仰之不可企，頌之豈尋常。恭維江夏郡，太母壽且康。八徵叶休瑞，五世占繁昌。名孫繼養志，取友盈川鄉。徵詩及閫内，譜誼稔厥詳。顔色類嬰少，雲氣含景光。琪花擷芳果，靈藥被絳囊。此即地行仙，無殊鸞鶴翔。内史紀懿行，彤管職所當。鄙人昧婦學，豈敢頌珩璜。聊擬賡法曲，持兹侑清觴。」意度雅潔，風神殊妙，然此猶應酬作耳。

甲子丙寅間，金衢名士爲詩會，謬以余略解聲律，每糊名寄質於余，次第其名，多澹薌第一。時余兄子婿裘敏齋欣然謂漚舸曰：「吾比疑高淡至天香止矣，猶不免狥名取士，今無憾矣。」敏齋蓋疑余詩評每艷稱雪君伉儷之才耳。先是雙丰公夫人以蓮根詩社授内子，謂「語香郎以是代西來一鉢，主盟南服爲江西詩派，別創一宗，亦一韻事。」蓋夫人之父開尚書泰爲典試總裁最久，内子諸父多出其門，以世誼文史相敬愛，若姑姪焉。

雙公出帥荆襄時，曾用泰西線法爲余畫天香館圖，並以泰西字題蓮根拂子之四角，而鈐以豐卦小印，謂余曰：「天香之門，有入詩禪三昧、證四果、登正覺者，以詩柄授之。一花五葉後，柄止不傳，始藏於社。」余笑受曰：「恐不達之摩無法可説，亦無人斷臂求耳。」桂陽周素夫客南州時，欲於東湖創蓮根詩社，以藏拂子，余愧不敢當。然同人竊疑詩柄必授龔、黄，蓋指漚舸、仲實也。至是，薌夫人屢冠諸賢，遂有稱爲迦葉者，而轉抑雪君爲阿難，余聞之，笑語同社：「雪君畏友，恐北秀猶遜南能，至若澹薌之才，吾直當北面事之，顧敢屈爲迦葉耶？」

内人八姊妹常喜誦澹薌《剔銀燈》詞，謂不亞易安居士。余曰：「易安才調固佳，恐癡情豔骨，猶有不逮。其詞云：『秋士已愁風雨。又送那人歸去。人便輕離，愁偏牢繫。顛倒此情誰主。柳煙南浦。有多少柔絲綰住。　一縷香風難度。九曲迴腸頻數。司馬青衫，芳姿白扇，試問銷魂幾許。最關心處，是臨别悄然無語。』」又題龔黄所撰《瀫溪遊戲録》、《減蘭》詞云：「美人才子。甘在天香門下死。妙處拈花。微笑情知是一家。　羅巾頻揾。半幅啼痕半紅粉。錦字香詞。不負才情不會癡。」内人亦聯句次韻一首：「蓮根拂子。不見伊人心不死。七寶雙花。我本青蓮一世家。湘絃　香腮暗揾。不比南朝艷金粉。只愛新詞。並蒂花嬌蝶更癡。潮音」文詞皆丁卯年作，余頃有寄内《如夢令》云：「遥憶天香高處。吟望蓼洲官渡。本約菊花歸，又被好山留住。秋暮。秋暮。惆悵一江紅樹。」亦望其相屬和也。

李容軒内兄有杜預之癖，善左氏學，亦喜爲詩詞，書法李北海，蓋家學也。頃有書告其三郎當納婦，聊於家信附小詩作答：「東山北海舊家風，滿腹春秋七尺笻。尋到菊花應憶我，古南煙樹一重重。」「鴛鴦相唤雁相呼，畫出君家綵服圖。却羡慈烏似邛嫂，伯鸞夫子鳳凰雛。」

來時阻風，偶泊少日春遊處，不覺誦坡公「小樓依舊斜陽裏，不見樓中人垂手」之句。仲實因笑言：「昭明太子風流人物，何故序《陶淵明集》，乃謂其《閑情》一賦，可以不作？」余曰：「此選樓門面語也。鍾伯敬最薄《文選》，其評昭明『含情默坐夜相思』之句，謂蕭郎能作此語，不應選諸笨文。意殆謂昭明有妙情而無妙識也。夫長桑之術，必能見垣一方人，而後於臟腑癥結洞若觀火。選家亦然，太子誠未免賞心笨伯，則《閑情》之議固其宜耳。蓬窗弄筆，爰戲效淵明《閑情》作七言近體十二首：「片帆斜日好樓臺，六六巫雲不厭釵。相識半生惟目語，懺除前業只心齋。長顰忍背青銅鏡，小立偏宜碧玉階。一水便同天樣遠，也隨明月入君懷。」其一「我欲全身化作雲，半遮樓閣半遮君。西泠共憶年時別，朔雁何堪子夜聞。修到梅花難比韻，剪開湘水莫傷裙。私心又羨南華蝶，夢與香魂兩不分。」其二「別來更漏比愁長，我與孤舟共一雙。湘管即今摇樺燭，玉釵應亦剔金缸。曾經酒醉歌紅拂，偶辨蕉聲到緑窗。鸜鵒不言春脈脈，畫樓依舊枕西江。」其三「斷紋橫竹不勝情，記得西風隔院聽。坐月我憐雙鬢影，浣花君悵一池星。團團小扇圍紅燭，欵欵飛蛾入畫屏。可是看儂新樂府，最無人處目常青。」其四「雲心千疊至難窺，我事渠偏不要知。乞巧暫隨穿線月，倚樓潛聽讀書時。漫漫照夜星如海，歲歲成橋鵲繞枝。二八流光重七夕，可憐殘黛鎖通眉。」其五「惱春偏是並頭花，只戀東風不戀家。交甫尚能懷玉珮，天台應許飯胡麻。由來傍水多殊色，等到遮樓即斷霞。輸與漢初刀筆吏，霽紅盤浸邵平瓜。」其六「一重簾箔一重山，悄立蘆花水月間。悵惜沙棠風露冷，懸知粧閣剪刀閒。茶經我品應嘗試，詩被君吟不忍删。情似杜秋寧復老，莫將風月比紅顔。」其七「尋常文字總關心，惹得秋宵淚一襟。到底不知江幾闊，比年方覺海原深。曇花自識西來意，雁足猶傳北塞音。反似臨邛醉司馬，巧將詞筆代瑶琴。」其八「行行新雁掛欄干，白紵輕明怯暮寒。指汝得儂凉露句，被人扶病隔花看。經珠恰好香成串，月貌多應玉作團。我比長康更癡絶，未曾相識畫尤難。」其九「小水清吟字字新，凌波何處得生塵。玉階有怨侵羅襪，金鏤無緣壓繡茵。逸少自甘稱弟子，羊欣差可學夫人。龍天會上推因果，知汝前身是洛神。」其十「南泉新筑傍南柯，暫屈喬松附女蘿。剪得秋江無寄處，選成春夢奈伊何。忘情莫訝三分月，有福難消一寸波。僅荷昭儀夸沈宋，五雲箋賦感恩多。」其十一「繞屋琅玕傍水亭，眼前山在别時青。便隨龍女居吴鎮，也憶王孫泛越舲。處士虚聲宜遠避，才人癡夢莫教醒。何妨共採閑情句，繡作香閨十二屏。」其十二

余少作《閒情集序》，萬芝堂太史亟賞之，歎以爲得未曾有。仲實因閒情戲稿，索觀此序，謂少時落拓之狀，於斯可見，欲附録以存笑柄，其文云：情之正者，日用於倫常之中，惟恐不足，惡得閒。然竊謂飢與穀相需，而先生之饌乃尚饎脯。所居不過容榻，而文王之囿半

於國中。是閒復倍於正者，何也？吾立於是，四旁皆閒地耳。使掘其四旁若塹，則立者以懼。當暑而裸，冠服皆閒物耳。苟並其衺而毁棄，則裸者以憂。蓋懼無餘地，而憂或過時，亦閒情耳。堯舜以箕潁爲閒情，巢由亦以揖遜爲閒情。夷齊以征伐爲閒情，武周亦以餓死爲閒情。將謂餓死爲閒情，彼餓死何汲汲也。謂箕潁爲閒情，彼遁世何無悶也。

由是觀之，無正非閒，無閒非正。身世之所遭，智力之所及，慘澹經營，都求善美。逮夫事往情移，夢回神往，即一身之中，旬日之内，所言所行，不翅秦人視越人之肥瘠，又何況於局外閒觀者哉！某甲謂某乙所爲非是，吾頷之；某乙謂某甲所爲非是，吾頷之。某甲某乙相見，謂吾頷非是，是吾聞而亦頷之。嗚呼，是非之途，不以辯勝，以不辯勝。《春秋》不作，誰能誅心。吾故常默然也，不言人過失，人本無過失也。不言時務，天下有道則庶人不議也。道聽途説，又恐傳聞失實也。然則終默然無一言乎？吾幼好鬬雞馳馬，不喜學詩。稍長，復專攻制舉之文，不暇學詩。夫既不學，則無師妄作，雖多奚爲？聊以達意所欲言，偷閒自適。積之數年，亦頗不少，皆閒情所偶寄也。

歲甲辰，翠華南幸，學使以余從宦久，語音不濁，録以應迎鑾之試。例得作詩，於是乎詩日益多，所謂閒情者忽成急務。凡諸所作，録爲一編。從兄小千偶挾之遊於會稽，不戒於火，並裝篋而焚之。則所急所閒同歸於盡，世法中事當皆作如是觀也。余今年二十七矣，脱使夭同李賀，則身且長閒於地下，盍姑作地上閒人，蕭條自適，達意之言亦可不作。涂姊丈西橋則曰：「君固不耽作詩人，然追尋往蹟，賴是可徵什一焉。矧童謠里諺，貢入採風，則閒文化爲莊論。典謨雅頌，帖爲經藝，則正訓化爲閒文。且萍實商羊，猶資聖學。美人香草，足慰忠魂。見志之言，雖閒可味，則亦奚必議扶寸之朽於千章之林。溝澮易涸，聊相濡以沫可乎？」於是凡西橋篋中所收拙稿，搜輯而鈔爲小集，應試之文皆不載，故曰《閒情》。不計臧否，何論毀譽。惟興自適，羣辯可泯。若謂有好名之心，則西橋恥之，吾亦恥之。

「石壁下危蹬，林巒既暝色。扶攜入扁舟，促膝坐昏黑。延緣泊蘆漪，謂是古南側。吟筇復登岸，韻險詩徑仄。我行星光中，四山如潑墨。老桂尚芬馥，巖泉亦幽咽。鼻耳皆識途，何須仗目力。」此《夜遊石壁精舍歸南山》詩也，頃薄暮，五黄下山，立五老泉上目送之。適羣雁横斜山腰，飛鳴過我，口占云：「山前目送五黄歸，山半一行秋雁飛。回頭試望古南寺，幾點禪燈拱少微。」季通和云：「一路香光送我歸，佛燈高處雁南飛。回頭却愧無仙骨，未得從師立翠微。」

九日，季通、俊達載盆菊來訪，置余榻畔兩旬矣。秋事將盡，吾亦將重尋五老，而菊猶爭花，可云康壽。爲賦《晚菊》詩一篇，留别古南諸友：「家家籬落有重陽，羨汝南山菊命長。秋到十分猶弄色，夢回三徑也聞香。孤寒處士心心傲，遲暮佳人面面狂。我欲揚帆向彭澤，並收陶謝入詩囊。」仲實和云：「取次嬌紅委洛陽，羡渠秋色較春長。生依老圃何嫌淡，揉到餘枝也自香。晚節盡容彭澤傲，深心差比接輿狂。天公珍重長生藥，留與仙人貯錦囊。」季通云：「記得前遊負夕陽，遶籬松菊影偏長。靈根自有千年壽，慧業誰承一瓣香。薄酒尚能分月淡，殘枝應不畏風狂。先生本是羲皇侶，錦句黄花著枕囊。」

古南寺坐擁全湖，立參五老，江西兩大觀。日陪几杖，使人意消。爲留彌月，仲實置此册於几，備余遊息之餘創吟草，紀閒話，率皆膚雜不成文。五黄見之，輒分輯傳抄，互供娱笑。三旬來，各得一卷，共目曰《古南餘話》。然則既别古南後遊觀所得，悉不應附此編矣。時嘉慶十四年九月三十日，靖安舒夢蘭白香甫自識。

婺舲餘稿

自序

吾生萬八千日矣，自計食粟已三四百斛，而腹仍枵然。於道罔獲，云胡不憂。然大均鑄物，所性俱足。蜉蝣蟪蛄，亦止有少壯而老之漸，二蟲視我，已不翅螟蛉大椿，以此自幸，云胡不樂。今年初度，未免有束帶之勞，豫思引避。適長姪主婺源講，六姪建侯欲省兄，因遊黄山，遂同舟而往。及至婺，諸生之歲試已歸，未便攜其師遠出盤遊。所寓一樓，豈宜長夏，興盡而返。中間與兩姪北窗高談，上際羲皇，深彌性海，多才術之士所不樂聞者，殆此遊之正文也。名心既盡，寧暇記録。資人口業，耗我心精，兩無所取。惟去住舟中樓上遊戲諸作，建侯輯録爲此編，屬爲題序，命之曰《婺舲餘稿》。夫餘每勝正，吾鄉可徵。陳司徒憂時力政，僅傳一榻。白司馬愛君遭讒，僅傳一亭。名士美人，始足雪兩賢之涕，亦餘稿耳。壽夭窮達，又奚論焉。香叔夢蘭識。

春日如婺源留别諸友

未肯長辭便作仙，何曾辛苦事田園。平生戀戀惟知己，小語詹詹愧立言。心地詎容清濁溷，耳根無奈利名喧。輕舟一樣乘春水，不在桃源在婺源。

同六姪登舟

攜手出春城，居然事遠行。爲憐伊善病，相伴我逃生。時以避生日之喧，故有此謔。風樹隨雲偃，江潮帶月鳴。壯懷同可笑，身世一舟輕。

梅尉宅

獅子身上蝨，虎且不敢攖。小人在高位，賢者皆低聲。當昔漢永始，四維已暗傾。君心向王氏，豈獨公與卿。卓哉梅子真，乃心在朝廷。忘身斥權貴，抗疏與天爭。吾謂帝與鳳，當必怒梅生。乃亦聽其去，足見時尚平。不難上一書，所難在逃名。超然棄濁世，氣與元化並。當時宅中蒿，大於百尺楹。一寸莫教朽，九重良易撑。

寧作十三首

寧作牡丹面，莫作幽蘭心。有心惜香被香誤，尼山一操誰知音。知音不知音，泛泛奚足歎。許多騷雅士，自命能愛蘭，蘭既有心良亦歡。紅塵十里長安陌，却又隨人看牡丹。

其二

寧作田舍翁，不作劉太公。高祖一栖如踐諾，誰來玉食遊新豐。生子不須豪且賢，但須勤謹能力田。孫樵婦饁柴門閉，白首翁姑果腹眠。

其三

寧作黄石友，莫作赤帝師，韓彭葅醢誰不疑。臣良自幼狎天子，博浪曾經戲鐵椎。帷幄安閒戰陣勞，功名反比諸將高。全身賴有飛昇術，羽翼成時便可逃。

其四

寧作幕上燕，不作金臺客，郭隗詎有興王策。主臣空詡好名心，秦關一夜烏頭白。華堂錦幕垂青春，營巢暫且栖吾身。飢來倘食東君粟，瓦雀無知亦笑人。

其五

寧作司馬牛，莫作東阿侯。同胞滿四海，引罪責躬兄不悔。生兒偏得兩才人，玩世翻成三傀儡。老曹奸，大曹貪，小曹鬱鬱難爲歡。辛勤竊國遺驕子，銅雀春衾更不寒。

其六

寧作卓家琴，莫作蘇家機。郎不愛才專好色，迴文肯望同車歸。王孫有女麗且情，錦江又喜生長卿。驚才絶艷已相遇，安能不和求凰聲。君不見，張負女孫凡五嫁，甘貧樂賤依陳平。

其七

寧作澗中石，莫作花上香。寧作粉蝶翅，莫作羅衣裳。水流石常在，幾見落花香不改。蝶翅翩翩死亦雙，羅衣秋至無光彩。

其八

寧作斬馬劍，莫作續命絲，屈原在日誰憐之。玉笥雲煙悲著作，金閨嬖寵笑狂癡。何似朱雲折檻犯天子，幾曾觸劍含冤死。當時猶得直臣名，汨羅但有淒涼水。

其九

寧作路傍草，莫作空山蘭。露草猶能傍裙屐，美人欲到空山難。寶欄玉墀羅繡茵，看花服佩相鮮新。方知艷妓千金笑，只爲金多不爲人。

其十

寧作林逋妾，莫作吴王妃。鴟夷一舸逐流水，落梅終傍孤亭飛。倘能愛花兼愛葉，處士多妻更多妾。倘能愛妃兼愛民，梧宫苧花秋復春。

其十一

寧作釣魚竿，莫作車前笠，何必煩君下車揖。子陵即使佐中興，不過雲臺增一席。何似一竿張四維，廉頑立懦皆漁磯。交情若只論功利，莫笑蒼蠅逐臭飛。

其十二

寧作秋蟲聲，不作驚人鳴。有意驚人皆我相，何能一德相治平。君子之德風，聲光即雷電，保赤誠求功立見。人心本似一溪雲，水面無波雲不變。

其十三

寧作陋巷瓢，不作衰周鼎，瓢重鼎輕人不省。卜年卜世半虛名，鼎湖但鑄山河影。楚人問鼎不問瓢，春秋未作强侯驕。瓢中甘露隨人酌，一滴能令萬劫消。

萬年松葉歌　即廬山所得峨眉雷洞之松也

澗底之松一千丈，但能鬱鬱生悲風。上古之椿八千歲，此葉視彼猶兒童。蒼虬一鬣已萬古，雷洞殷殷伐鼉鼓。靈潭三尺伏龍唫，劍池幾隊神魚舞。峨眉插天開凍雲，寒濤萬壑徒紛紛。維摩瘦骨卧藤榻，梅花紙帳生禪熏。揭來我病如殘葉，枕破南華化蝴蝶。長松追憶五陵遊，輕騎曾圍玉關獵。封侯自許如吹毛，眼中不知華嶽高。無端使我弄柔翰，毬場射圃荒蓬蒿。在山遠志空如此，松濤淨洗風塵耳。笈中不竇黄石書，圯上先逢赤松子。竹帛千秋同一笑，峨眉遠黛堪偕老。冰瓷碧葉已長春，菩提至竟非煩惱。

舟次望梅嶺

近水遥山共一篙，梅仙功不亞蕭曹。官銜偶遇真名士，少府參軍亦覺高。

舟夜

良夜剪燈坐，燈花閒似我。寧可客無眠，莫使燈花墮。

泊田家

茅屋纇多春雨色，竹籬常帶野花香。耕牛得用軀偏瘦，社樹非材壽獨長。日月有恒分晝夜，風雲無定作炎涼。吾生只合扁舟去，一領煙蓑客異鄉。

東坡嘗自言平生有三不如人謂著碁吃酒唱曲也後世專攻此三事以名其家者蓋不乏矣僕則萬事不如人何獨三姑戲作三不如詩

我不如碁童，猶能角技以自雄。局中高下各了了，黑白不分何必工。文章得失反無定，得不由人却由命。蒼公弄爾若圍碁，不必求高但求勝。

其二

我不如醉人，萬緣不擾胸中春。幕天席地日高卧，一豪敢笑無懷民。嗟我一生名好睡，長宵屢墮親交淚。倘能酣飲或忘憂，形骸免受多情累。

其三

我不如曲師，喉音尚有伶人知。窮年兀兀手一卷，高吟反畏鄰家嗤。東坡自謙實自矜，我學東坡萬不能。何如飲博歌姬院，却悟蓮華最上乘。

夢中偶得

碧空如酒月如螺，醉眼青回一寸波。應憶天香好池館，藕花深處夜涼多。

漁父

小水逆行人負縴，大江西去客呼風。從來勢力紛相角，遜汝煙波一釣篷。

芝陽夜泊

繫棹蛙聲裏，羈人不耐聽。衆流爭夜壑，高樹落殘星。避俗身非隱，安禪醉亦醒。船頭成獨坐，的的數飛螢。

無相偈 戲筆，並引

或謂予頭顱環瑋，面重頤，目爛爛如巖下電，準隆而耳白，眉長鬚清，法當富貴。予曰：非相，非非相，相其所相，吾以不住相布施普濟諸苦，其爲富貴也大矣。況如來真面本自無物，何有於分段。作無相偈。

四大好假合，偶然得人身。謂此爲我身，誰則謂非我。人人各自念，我必當富貴。富貴亦假合，誰復堪賤貧。且彼欲富貴，多爲養六賊。六賊戕此心，四端一時喪。是名爲行尸，人理無復有。然則不富貴，真面乃得全。固宜有貴骨，目宜有真光。耳宜白於面，隆準而方頤。修髯映犀角，種種妙好相。發育菩提心，甘貧而樂賤。守先以待發，庶幾佛種子。不絶於人内，假使得窮相。必思享福樂，以娱六種賊。喪彼真如面，四大分張時。一毫將不去，隻身爲苦鬼。豈非真賤貧，安得有奇表。

戲筆柬温舸

古人讀書不求解，都知意在文章外。後人字字能稽古，只有身心却無主。筆底千篇白雪辭，胸中萬斛黄金土。黄金之臺高又高，時時欲登殊太勞。播間只有賢妻妾，得饜肥甘亦自豪。

其二

古人在時亦三餐，餐餐不忘人飢寒。先憂後樂固虚語，若更不爾心何安。農在田，女在機，僅能糲食粗布衣。輕裘怒馬饜粱肉，多是貴家厮養兒。

其三

古人何嘗不虚生，徒令後世知其名。後人何嘗不好古，往往聲名竟同腐。誠耶僞耶於是分，身耶名耶皆可親。不能殺身以成仁，胡爲殺人以利身。愛身愛名兼愛死，只可修身作貧士。

薦福寺南池

是日未同遊，建侯獨稱其南池芝山，聊爲賦此

萬古文心亦劫灰，閑愁如草不須栽。擎天事業遺青塚，謂寺門桓公墓。没地龜趺長緑苔。人物盡隨江水去，聲名翻自口碑來。芝山别有峨眉色，玉沼芙蓉作鏡臺。

即物二首

家家食海水，舌端能有幾。何故賣鹽人，利盡東南美。

其二

天邊煮木葉，皆作武夷香。青蚨不翅飛，何曾設茶商。

偶得

養心貴寡欲，心乃欲之巢。巢中如縱火，大樹連根燒。

其二

六賊得所欲，一心乃無主。嗟爾貪癡人，空留一抔土。

十九日泊樂平城西十里塔寄内

遠樹天燈出，村村犬吠聲。上流孤塔暗，斜月半窗明。白石知郎意，青溪動客情。聽蛙同憶别，迢遞豫章城。

述志貽六姪兼寄示普昌智昐十八首

萬事不關心，一生惟靜卧。春風與秋月，取次牀前過。

其二

歲月坐成老，疏慵釀作貧。兩般皆已得，不敢讓他人。

其三

人間許多事，一理居其要。欲明理外理，須尋竅中竅。

其四

此竅作何狀，略與無極同。萬籟一時寂，身心齊太空。

其五

太空亦何有，真宰卒無昧。笑渠春去後，却問春來未。

其六

熟眠新覺後，真是太平象。上理乏功能，中和自相養。

其七

我觀聖無爲，但有憂勤色。百穀自豐登，那見耰鋤德。

其八

聰明是魔障，莫被聰明誤。踏破九疑山，頓消三里霧。

其九

我詩不須和，但須真點頭。欲見山外山，先登樓上樓。

其十

百事不能爲，萬緣都易斷。却憐曹孟德，是個癡騃漢。

其十一

形分理各具，愛憎於此異。要同爐與篚，相非不相棄。

其十二

人亦不可輕，神亦不可靈。秋宵一輪月，埋没許多星。

其十三

是非本難定，毁譽何須計。吾自問吾心，孜孜在何事。

其十四

義公而利私，義辛而利甘。何妨矜物命，蔬食效瞿曇。

其十五

甘苦亦同盡，四大無常主。多謝後來人，殷勤弔香土。

其十六

若思身後名，亦是一癡病。復我性之善，報彼天之命。

其十七

乾坤如許大，我相何其小。欲與天地參，根塵一齊掃。

其十八

由是而成佛，因之可希聖。自餘皆影事，如攬鏡中鏡。

靜中示六姪

天牖不可塞，多聞即塵障。冥心即返德，空際發靈響。婆娑廣莫樹，本自無根相。一涉斧斤緣，枝枝爲人長。風來樹悲嘯，風息聲何往。何如學道人，反作虛名想。

其二

我愛姪枯寂，宵宵作深語。語亦何必深，清音瀉名理。斯民本無過，皆自妄心起。欲且不能遏，遑言慕沖舉。莫疑甘淡泊，或匪奇傑士。不求聞達人，乃肯致身死。

爲六姪説詩

好句得之無意中，塵緣稀處性靈通。南威面與西施面，可愛雖同美不同。

自題墨蘭

好春纔吐兩三花，管領香雲入髻鴉。却笑牡丹妖孽重，一叢深色破人家。

廿二日入婺源境與建侯小飲

天西日落天東霧，船檥花香鳥鳴處。醉中收得一衫雲，攜向天涯覓常住。深杯已貯江南酒，坐吮霜毫笑揮手。誰家雞犬不能仙，莫使驂鸞落人後。千峰萬峰攢一河，婺中山似髻鬟多。蓮舟倘遇纖腰伴，爲譜新詩作櫂歌。

野泊

風起麥生浪，村鳩時一鳴。田家好新婦，蓬首饁春耕。

廿三日太白渡曉望二首

曉色雞聲裏，炊煙已隔河。四山排霧出，平水得帆多。廢寺古如此，野花春奈何。此鄉安樂甚，吾欲築行窩。

其二

幾處柴門閉，秧歌昨夜歸。牛羊上山去，鷗鷺傍船飛。瀑布易成響，層嵐爭合圍。紅塵那能到，高卧羡漁磯。

生辰自述文

夢蘭廿一而孤，三十失恃。人生過此，皆屬餘年。何況不肖，奉親無狀，養志彌歉。故凡初度之辰，輒增永感之恨。方兹五旬，戚里將賀，脱使攢眉醼客，則令人寡歡；强笑娱賓，則拂其恒性。適長姪萸房佐教紫陽，審我素志，相迓爲黄山之遊，訪白猿之道。刺舫徑去，與春俱行。四月廿三日，泊婺源太白之渡，層嵐到眼，曲水堪抱。雛鶯學語，矜彼綿蠻。雙鷺窺船，羡我閒逸。六姪建侯携山蔬，市村酒，酹青蓮之祠，介白香之壽，蘧然對酌，嘿爾至若信爲士德，四端所基。力行仁義禮智之事，以全其子臣弟友之分。一誠不至，五常俱僞。即或單辭片語，亦應量力所勝。苟且面從，翻形腹誹。硜硜小人，切切兹誼。此又言不信之所當疾者。

凡此五疾，根於性而成於習。遇可終窮，志難中易。欲改初服，身反如病。以故年介大衍，事無小成。内鮮一得，外叨三幸。倘能力反所疾，爲欣慕之緣，則壽富康寧，不難備享，禄位名譽，亦當遠到。我之所謂三幸者，人且羡爲三不朽；而子之所歎四癡者，人且美爲四可法。亦奚暇栖栖與子泛葦葉，溯星源，酹大白之祠，拜朱子之像，以自慰其生日也哉！

時無古今，士各有志。道齊通塞，學貴躬行。彼朱子大賢，試僅五甲，立於朝者四十日。太白奇才，官無一命，蹇於遇者六十年。當時秉軸羣公，亦嘗迂笑，而後世流寓所在，轉相尸祝。豈後人識鑒超夫古人哉？猶之乎和璧在璞，適招刖足，楚龜留骨，始可自神，勢使然也。予極迍賤，亦何敢妄希賢哲，特自惟迂難速化，學日以荒，窮尚可原，達反滋戾。良由五疾，獲此三幸。三幸既得，一壥可老。結水竹之清緣，適鳶魚之野性。子勿我慼，吾爲子歌。歌曰：

性量兮靡涯，毋自囿兮身家。農力穡兮猶飢，吾高餓兮何嗟。天蒼蒼兮四維，人默默兮相持。果廉頑兮立懦，斯志學兮無欺。若相誘以浮榮，誰復安其樸誠。雖骨肉兮可薄，能與世兮無爭。是所賴於吾徒，守斯道於蓬廬。化千秋之壽鶴，報百歲之慈烏。

二十四日同建侯喜晤長德兼示從孫恭受

小聚章門亦斷蓬，風來隨意各西東。何期谷雨兼旬後，共卧煙嵐萬疊中。南國於斯方曲阜，北窗應許夢周公。一叢三世平安竹，不羨王家有阿戎。

至婺源長姪講堂止宿樓上

莧房此間客，吾至反如歸。深柳藏書閣，空船泊釣磯。蚺溪隨堞轉，山鳥帶云飛。會向星源隱，高樓賦少微。

婺源城東訪故人黄海不遇

恍似尋春不見梅，扶筇搔首自徘徊。門前老柳垂垂緑，舍後晴嵐面面開。人海僅能知我拙，士林誰復比君才。紅箋奉寄青絲履，好踏歸雲入夢來。

望舒樓燕坐有感

炊煙與宿霧，不欲山城曉。濛濛萬瓦伏，漠漠亂峰小。中有一危樓，託身松竹杪。八窗羅色相，五濁空懷抱。遠水浴朝日，征帆帶沙鳥。茅屋得天和，書聲滿晴昊。於兹袪六蔽，奚翅持三寶。憂勤守恬澹，定慧絶機巧。爲逃珠履客，對此侵階草。前賢鬱悲淚，没齒甘枯槁。誘汝莫干禄，收心喜聞道。庶令飢溺民，共入蓬萊島。

菩薩蠻詞　望舒樓晚眺

簾櫳各有青山色。黄昏不礙纖纖月。月也莫教多。多時人奈何。　樓中燈一點。望斷深閨眼。愁聽暮蛙聲。宵宵婺女城。

詠蝶

淺草浮香蝶，依依向落花。昨宵風雨後，勞汝到天涯。

緋塘

十里緋塘半是梅，溪山如鏡不須臺。何年築个天香館，萬樹琪花一笑開。

天香亭晚眺

危樓高聚一溪雲，吴楚山川四望分。最愛星源好風水，不教南渡喪斯文。

同長姪看雨

雨中飛鷺白於洗，溪上好山青似螺。坐倚樓欄望城郭，此鄉花木得春多。

藏書閣

藏書萬卷不能讀，何異千倉儲腐粟。讀書萬卷不能文，何異不雨空行雲。方寸不曾容一卷，架上琳瑯耀人眼。何如閉目觀我心，漢武秦皇不相遠。焚書之時書可藏，壁中塚上生光芒。求書之後書日僞，廷獻家修皆有爲。卒之言行不相符，轉使編氓薄文字。嗚呼上古聖賢讀何書，至今咳唾成璣珠。

寄凝之姪

旦夕書聲入小樓，此心難放不須收。星源舊是文章海，眼底千巖勝十洲。

婺源端午

何須競渡作繁華，靜啟疏窗讀楚些。坐此朝餐渾忘却，一杯香茗對煙霞。

樓中憶此邦故人

層層山館拂雲開，靜爇爐熏掃緑苔。底事吴儂好遊冶，年年驅馬上金臺。

憶江南詞

柯山好，好豈在神仙。最愛新詞三兩闋，也須酬和一千年。還怕不成篇。

又

難著墨，山似越中多。意外翻新成萬疊，寫來依舊是雙蛾。無須黛一螺。

同長德書堂憶舊

繡水從教入硯池，錦屏斜日共題詩。雙橈未指洋娥渡，隻雁先過婺女祠。太末有樓花爛爛，小山無恙竹差差。去年此日在三衢也。連年兩地尋兄姪，正是梅黃酒熟時。

寄懷同社

笠屐江頭送我行，春山難效眼波青。婺源好是西流水，流到東湖夢莫醒。

觀書

觀書無目力，不如閉目坐。登山無足力，不如展足臥。妄思身後名，不如思己過。自我居人寰，孤吟恒寡和。高天下地雲層層，一月空傳萬古燈。迂儒僞釋更相笑，擔荷乾坤總未能。

菩薩蠻詞

黄昏樓閣深深院。垂楊碧處簾應捲。山色與誰同。愁眉萬萬重。雲帆曾幾疊。

一舸歸桃葉。却笑浣紗人。空憐鏡裏身。

星源竹枝

滿滿春回璧月門，梅花千樹各成村。長橋一帶彎環水，鏡裏濃香欲斷魂。春

菡萏欲花榴欲紅，柘枝蓮葉摇薰風。日暮錦屏門外望，浣紗人坐緑香中。夏

鴻雁高高一字飛，絃歌門外看秋歸。星妃婺女風流甚，盡把香雲畫作衣。秋

來蘇門掩凍雲深，立雪人多傍竹林。只有書聲寒亦好，梅花先得聖賢心。冬

賣花聲詞

吴越共黄昏。芳草斜門。棲鴉猶戀苧蘿村。只有垂楊多恨事，春去無痕。愁見瀫溪雲。灔灔離樽。題襟難寫病時真。望眼不遮山萬疊，誰與招魂。

遊宜園題壁

山禽唤我來，落日催我去。潺潺石上泉，似共幽人語。

望舒樓夜坐惜别

深宵對月開樓坐，我與嫦娥人兩個。戲將明水浸池臺，山亦和衣蓋雲卧。學山豈但如山高，要自生來根器牢。不須浮慕嶽中岱，一簣未成心枉勞。人間何處無良夜，可惜星妃秋始嫁。無緣吸得天河乾，一片支機坐長夏。閑愁每自天涯起，説到離情月無語。千門萬户鼾齁聲，莫笑羣蛙唱溝水。芰荷香暖禪心破，冉冉梨雲夢中墮。聰明誰似月光多，敝帚家家作奇貨。鳩盤自矜顔色殊，我對鳩盤一句無。有時捉筆數千字，却向虚空信手書。獨醒本是淒涼境，四顧蕭蕭鬈華影。木魅巢中碧火飛，銅壺漏歇青蓮静。涼蟾欲轉凌波步，别淚涔涔化零露。我欲來宵載月歸，回頭總是相思路。上天下地燈一擎，婺女當窗看客星。人生只合昏昏睡，莫更霄霄抱月醒。

減字木蘭花詞

星源瀫水。只隔銀河三百里。却又迢迢。雁去鴻來一字遥。新詞難和。減字偷聲淚潸墮。樓上黄昏。憶事懷人總斷魂。

又

玉真仙子。不厭長生不嫌死。好似桃花。種在瑤池阿母家。　香痕暗揾。莫是何郎傅金粉。寫韻填詞。却被才華釀作癡。

又

去年今日。快睹新題字猶濕。忒煞聰明。假手檀郎不署名。　香雲一朵。散作驪珠三十顆。龍女天仙。唱和華嚴法會前。

寄別大郭山　時欲遊此山未果

聞説大郭高入雲，欲遊未果情倍親。丹崖翠壑如相憶，也算神交一故人。

題長德姪探梅圖照

寒香動幽思，屐齒生吟草。探得一枝春，清言滿懷抱。吾家竹林彥，著爾梅間好。所悵朔風時，負米長安道。

浪淘沙詞 望舒樓夜月題壁

月色滿欄干。無數青山。樓臺都似夢中看。我欲乘鸞飛去也，仙佩珊珊。來去別俱難。幾疊陽關。一聲長笛五更寒。吹到落花梅已熟，徒自辛酸。

別婺源三首

眼中樓閣壁間詩，惜別重過婺女祠。回望山城如畫裏，有人窺我掛帆時。

其二

黛髻羅鬟送我行，一枝柔櫓破煙輕。今宵好傍西巖宿，卧聽飛泉濺月聲。

其三

偶來遊戲亦前因，眼底浮雲莫認真。太白於今猶有渡，當時也是一閒人。

曉過饒州東鏡川高丈

練湖晴月一帆開，高卧懸知夢未回。弱水不前風引去，滿天星斗望蓬萊。

章江夜泊

繫櫂沙堤白，高槐散緑陰。星辰平野闊，昏暮大江深。浩蕩朝宗意，蒼茫遠客心。何當倚滕閣，千古一長吟。

歸來

一笠荷風月，雙屐弄雲水。隨身竹根杖，即此是行李。聞説黄山高，東向輾然喜。乘興遂遠涉，興盡遂中止。歸來亦無事，偃卧北窗裏。却笑商山翁，空爲儲君起。

送六姪建侯習靜西竺

一牀藤簟一函書，高枕南華樂太初。涉世當如雲渡水，順流能卷逆能舒。

李恭人輓辭録

天香居士既喪其耦，其長子未歸，猶未敢訃告親友。然至交至戚已有聞聲來奠者，堂中輓聯以龔西原太守爲最，其文云：「仙去何之，燒鼎白雲棲斷壑；神傷已甚，著書黄葉冷空山。」真才子筆也。陳果堂親家凡三致奠，撫六雄之背哭甚哀，並惠楹帖：「千佛禮鳩摩，名士案頭賡味旦；五更驚蜕羽，天香館畔咽秋風。」權轉運觀察程公亦兩次惠奠，題楹云：「韻歇瑶琴，無端幻夢成蕉鹿；風吹慈竹，何限哀思廢蓼莪。」蓋公撝謙以世誼稍晚，故云爾耳。蔣權伯世長云：「仙家眷屬，高人伉儷，在天在地鮮不慕文軒之韻；潘鬢蕭疏，元詩悲悼，於古於今亦都慕德配之賢。」

九月四日長子普自安慶奔喪抵家，出其外舅胡果泉中丞寄輓長句：「蟾鏡掩清輝，歎當年玉宇瓊樓，難覓靈丸延壽藥；鹿車隨大隱，知此後故奩遺掛，重哦寒夜悼亡詩。」明日，李容軒内兄遣使來奠，有「慈輝共指中秋月，淨土應開上品蓮」之句，蓋亡室一生誦《金經》，求生淨土。嘗自言壽盡之時，無疾坐化，室有香光，始是往生真證據，孰意中秋日所言皆驗。故郡司馬劉公星槎輓詞亦云：「家有詩仙，惜到處名山未能偕隱；身常禮佛，覺往生淨土確有明徵。」悉傳其趺坐西歸之異。而吴鎮守惲公子居之所撰「五三蟾月留清影，重疊花雲發異香」，及黄仲實孝廉「七寶青蓮作化身，始一現玉宇金臺，跏趺歸去；中秋皓月留遺像，結千古名閨淑媛，禮拜因緣。」則皆本化期立論。

五七日，涂西橋姊丈自雙溪來，適倩僧禮佛，遂上經堂帖子云：「夫節擬梁公，歎從來偕隱偕藏，難得安人師德耀；婦賢逾管仲，看今日營齋營奠，宛然松雪禮中峰。」與桐城方植之：「女德傳歸劉子政，母儀碑待蔡中郎。」拙甫陳解首：「著書可復青燈佐，出世還看紫竹生。」皆屬對驚切可鐫者。

先是，芑堂觀察以忌在中秋，欲用素娥奔月事，或謂其所天不善，不果用。偶以語吴中翰蘭雪，蘭雪曰：「何傷？吾固欲用姮娥，以别非羿妻之倫。」故中翰題楹句云：「奔月訪姮娥，忍令天香虚舊館；持花歸淨土，好憑慈福蔭佳兒。」靖安侯梅亭馬公既撤棘來弔，復製聯額奠之云：「秋聲乍起遽乘鸞，看潘岳鬢絲如許；書草未完驚别鶴，覺莊周情緒難忘。」所謂書草，蓋併記山妻長逝之頃，猶商撰始祖墓碑文也。凡諸高義，與汪巽泉學士「仙娥明月是前身，想歸真翠水丹林，桂蘂靈香同鬱烈；名士秋風添别恨，漫寄意繩牀經案，蟲絲落葉共淒清」之䫉，可云妙臻矣。

厥後果堂復自遠來奠，手集《法華經》語，金書祭帳，並繪塑菩薩金剛，以祈冥福。而賻以經紼之資，情禮甚厚。其詞云：「姻翁舒白香之德配李夫人爲小女之姑，賢聲夙著。某以至戚稔知之，已再三致奠，猶不足以罄其誠。方玆七七仙辰，敬集《法華經》語以申回向，並分疏其懿徽焉。嘉慶癸酉陽月朔閲四日丁酉，姻愚小叔陳守譽拜撰：如是我聞，以慈修身。善入佛慧，告於天人。常樂靜處，待說所因。志念堅固，退轉法輪。曾修梵行，於未來世。已得涅槃，真實無異。一心同聲，如來之慧。以此因緣，常能審諦。貴賤上下，咸發敬心。祥雲含潤，卉木叢林。福不唐捐，羣生類深。普告大衆，以一妙音。爾時諸子，歡喜踴躍。如所生子，坦然快樂。種種籌量，聲聞緣覺。侍立左右，華香瓔珞。聆娑辛苦，五十餘年。不以爲累，此非小緣。多所饒益，無黨無偏。知明行足，升於梵天。解無上士，常住一相。調御丈夫，安樂供養。修攝其心，無礙無障。所以者何，慈悲仁讓。勤行精進，壽命無量。所得功德，已趣道場。具八解脱，在妙法堂。清淨常體，身出妙香。大乘之法，得此三昧。除諸幽冥，離諸懺悔。善逝世間，以及所在。蓮花化生，無垢世界。」

十月廿六日，門人黄仰陶自宜黄遣信使設奠，書唁極肫懇，並寄輓對，有「立雪來思，猶欽䂓教；望風隕涕，轉爲萱憂」之語。蓋亡室本臨川舊家，夙聞詩禮，數十年手未釋卷，仰陶嘗爲李氏師，孰知其有賢譽耳。歲暮，詹樸園進士自永福遣使來奠，上兩楹長帖，其文云：「抱明月以長終，仙珮難留，子舍徒歌瞻屺句；望孤雲而隕涕，慈暉宛在，天涯空訴渭陽淸。」蓋老妻在日，雅重此甥，嘗謂樸園眞道器，故其辭沉痛如此。少子盼之外舅環塘李公分守杭州，得訃最晚。頃亦遣公子補奠，其聯云：「人歸兜率宮中，看霽月光圓，正資羽化；琴斷天香館内，歎等身著作，誰與商量。」繼此復荷楊邁公方伯遠貽厚賻，書辭甚恭，而副以「來儀南國無雙士，歸侍西那第一仙」之句，彌愧感也。

楊叔子少晦先生唁書云：「蕺頓首敬啟白香先生閣下：前聞姻叔母夫人之喪，方切驚怛。續聞長君親家又於哀疚之中悼喪淑儷，蓋不期月而大故迭嬰，且逝者又皆淑慎賢明，備母儀婦順之德，其爲慘割，如何可言。雖先生抗襟物外，而喪紀之哀乃人情之實，自有不能已者，尚冀强飯，以資珍攝。論者以先生清修學道，宜膺百福，不當有是，是固然。然此推理而言之者也，蕺敢言夫數以廣尊者之意，可乎？蓋理主乎修悖者也，而數參乎盈虛者也。凡此有所贏則彼有所絀，此物理之自然也。從古磊落奇偉之材，其文章足以垂世行遠，而福澤兼焉者，十不一二。自昔左氏、屈氏、漢之司馬氏、賈氏，類多窮阨，唐宋以來，更不可僕數。近如今代，國初亭林、竹垞、獲庵、恕谷、西河諸君子，其通今學古，度越勝朝。著述所留，長存天壤，而生平所遭骨肉之戚，彼此略同。度其並世安享富貴、婦子寧止之人，無慮恒河沙數，而諸君子曾不得與之比。蓋天之甚愛者名，予人以名，十百於予人富貴。庸福者，天之所以豢衆人也。奇偉磊落之才，既獲没世之名，則庸福固不得而兼者。此亦此有所贏則彼有所絀之道也。今先生之名，舊滿海内，其所爲詩文，皆足傳於後，則所得於造物者已多。中年哀樂之傷，似盈虚之數，所不能無，或亦可不戚戚存殁以損其天和也已。惟詼以姻屬子姓，不獲恭親奠醊且助執紼，於禮已乖，乃不自責而反以此言仰瀆，未有不斥其謬妄者，冀先生原於世法之外耳。謹肅奉啟，祗請德安。詼頓首。」是書真絶妙之文，不刊之義，惜不肖擬非倫耳。

小除日，家從子長德、建侯自潮陽遣信寄賻百金，唁書謂：「官齋眷屬得凶聞，驚痛如割，别未一期，變故種種，乃竟禍延慈嬸耶！伏念吾嬸母坤道克全，淑惠賢能備至，應享世福，爲門内女婦宗師，何遽厭塵寰仙去。然傳説中秋祀祖，猶視蘋蘩，理家政，諸端就緒，趺坐而瞑，則信是持《金經》往生淨土之明驗，差可慰姪等悲慕之懷耳。」其詞悱惻，並録之。繫以詩云：「夜闌趺坐入金臺，九品青蓮上上胎。如此受生雖可慰，卒然長别愈堪哀。身嘗諱疾非憎藥，意恐居貧或費財。況復連年慟兒女，幾曾眉向案頭開。」其一「書香好女嫁黔婁，一笑浮雲片片收。操作昔年真克孝，賤貧終世不關愁。持家動欲稽三禮，舉念都能到十洲。記得新婚曾屬句，喜儂夫婿薄封侯。」其二「嬌兒最憶鐵頭陀，西夜南烏喚奈何。慧絶貞馨神似母，達生雖實驗非訛。誰知福德兼人少，汝幸慈悲得譽多。自此中秋成恨節，子孫垂淚拜嫦娥。」杖期生舒夢蘭述。

書致胡中丞代訪先始祖道山碓址

姻愚弟舒夢蘭拜啟果泉大中丞姻翁閣下：季夏徐泰歸，奉到手誨。知爾時有述職之行，嘉猷入告，聖眷彌隆，諸當如意，計此時還治疆矣。弟有疚心事，耿耿多年。今欲藉甘棠之蔭，固桑梓之根。事不難爲，所難在真確不訛，堪垂信耳。先始祖世昌公諱達先，懷寧人也。宋大觀中登進士，累官隆興道儒學提舉。時迫靖康，國事可想。偶因按部過靖安，樂其迂僻，遂棄官家焉。遺命其子歸葬於安慶府城落花門外，舒惟政公墓之左，面湖向池州諸山。族譜有圖，曩曾命普摹一紙，兹謹納上。寒族譜例，不攀附世系難稽之祖，故以世昌公爲第一世。至夢蘭二十四傳，凡諸祖墓皆有祭，惟兹第一祖以隔省之遥，難於拜掃。闔族子孫，心皆歉慕。且公止一子，既命其留居靖安，何難於靖營菟裘爲嬴博之計，而必歸葬懷寧者，蓋欲子孫源源歸省，兼祭其身所自出，以示不忘本根也。孰謂祖不欲忘其本，而復置子孫於安樂之鄉，子孫乃漸以代遠途長之故，遂相與共忘其本，於義安乎？乾隆丁丑，族孫承烈侍同上公車諸老過安慶，曾按圖往祭於墓，已見碑趺將入土。今又隔卅餘年矣，若不按圖詳考世昌公塋兆確址，立豐碑表而志之，則歲月滋深，彌難蹤跡。夢蘭於世無求，心如廢井，惟此事常在胸中。今適老姻翁巡撫是邦，兒子普又方隨侍，此時訪求真墓，斷不差訛。爲此敬求執事者即轉託懷寧明府及兩學師儒，訪之於舒族在庠及宗室之司祀事者，稽諸譜牒，有宋時所謂克俊、惟政二公之墓確在何處，兩墓必有子孫，豈無祭掃？按圖皆在先始祖世昌公右，彼二祖碑碣如存，即可按譜圖之湖山塔廟印證墳基，不難於二墓左方得其遺址。則雖承烈所見之碑趺已殁，亦可以信非訛矣。代訪既確，然后乞命小兒普齋潔往祭。即購豐碑，大書深刻云「江西靖安舒氏之始祖奉議大夫世昌公墓」，旁注「靖安二十五世孫普同合族長幼公立並書」。刻其碑陰云：「靖安舒氏幾萬人，皆吾世昌公一體之遺也。貽厥之謀既遠，則報本之義宜專。豈可以世易途遥，遂久致墳塋荒廢。夢蘭憂焉。嘉慶癸酉，適兒普之外舅胡果泉先生巡撫安徽，爰命其隨侍外舅如懷寧，因以尋祖世昌公墓。今既按譜圖求而得之，且修復表章之矣。自時厥後，凡靖安舒氏之與計偕過安慶者，家祠預給以祭儀若干，到此必齋宿治饌，恭祭始祖。兼酹克俊、惟政二公之墓，一如靖安春祭禮。然後用墨搨碑陰此文，繳祠存據。庶幾三年中必有一祭，吾族公車不乏人，而始祖斯墓亦永不絶祭掃，豈非合族所同慰，而化行追遠正熙朝厚俗之仁也。靖安二十四世孫舒夢蘭謹撰，兒子普書丹。」如此則先始祖之道山永固，而衆孫枝之根本長榮，寒族萬家悉感姻翁德庇矣。

早欲著徐泰上謁辦此事，因羣從子孫應鄉試，移居試館，命徐泰服事終場，望後乃發。一切避水遷歸及牽蘿補屋可哂之狀，度能面稟，並可於普諭悉之。所喜歸來後，女疾漸愈，老妻舊恙不復發，同叩祝壽慈萬福。剪燈揮汗，蚊聲若雷。目睆睆草上此狀，率瀆愧悚，惟原察感幸。不宣。中秋前一夕。

八月十四日，先父生辰也。亡室湘絃猶在庖治饌爲享，而已則陪侍家姊飯蔬食，以是日齋也。漏二下，吾自外入，亡室指所備節物，欣然語曰：「明日遣六雄謁其外舅，獻此可乎？」復言欲遣僕視冢婦，余遂與之商訪墓原委及表墓之文，猶歎「此舉大佳，盍速就夜涼書之？」吾始出前除，草成此札。忽聞内室驚呼言：「安人頃趺坐於牀，氣已絶矣。」嗚呼異哉！其生平孝友勤儉，憂愛兒姪外甥及姻黨之善而窮者，極誠且厚。故所感哭聲甚真，猶足慘聽。尋當立傳載家乘，姑先記其令終之期於是書之末，蓋嘉慶癸酉八月十五日丑時也。夢蘭自識。

覆胡中丞書

夢蘭揮涕上復果泉親翁大人閣下：前月譚使還，曾肅謝來辱之義。既得郎君與普書，知吾家冢婦疾甚篤，吾心大戚。欲命普變服往省，普泣對言：「母柩未殯而奪情省妻，非禮也。」弟哀其誠，爰急於百日之内卜期。十一月十二出厝亡室於畫山之陽，然後即命普戴髮就道，計到彼已逾百日，可以從吉謁謝矣。孰意出殯之夕，復得吾家冢婦疾終之訃。閫室尊幼，罔弗大慟徹宵，至於嘶聲淚竭，弗能已也。嗚呼痛哉！弟薄殖多愆，殃及兒婦。且以是累慈父母，百方療治至數月之久，費金數十百萬。重以壽慈八座震悼之，靡所弗至。如此恩義，百生難報。而魂卒難返，實緣弟不善餘殃所由致也，復何言哉！痛憶數十年前因緣嘉會，遂如是而止，真令人哽塞氣盡，亦實以兒婦賢孝罕有倫匹。生兩月即字吾兒，故其姑之愛此婦過於兒女。吾又與其父爲束髮至交，婦自孩提父事我，今日之慟，廿五年之恩義使之然也。吾更何以報兒婦而違其不瞑之心。訃到之頃，正爲乃姑禮佛懺誦經，爰即於疏中附薦招魂，同歸淨域。老舅奉瓣香祝其魂云：「兒婦含英，毋嗟造化之不情。汝雖再産而未育，至悼痛以戕其生。吾當令汝之身後多子復多譽，以報汝賢孝之誠。汝姑服闋，吾欲購村農處女爲汝夫之妾，代汝廣身後之嗣，而泯其前母之稱，汝子孫雖至百世，亦知吾果泉先生爲其外祖。而即有貤贈，無繼配以分其榮。至汝之衣釵鏡硯，不許汝妾殘毀。俟汝之小姑出嫁，及汝子之婚，吾分賜之以彰汝慈惠之美。普之事外舅本如事父，則汝身雖没，無遺憾於事親之禮。吾雖老病，而相者謂其有壽。是吾今慰汝之言，可必兒孫之長守。更於《追遠録》爲汝立傳以傳信於不朽。吾既充仲子之操，又不欲兒干禄仕，則汝雖白髮，亦必終窮於世，福兮何有。曷若身逝而名存，竟否先而泰後也哉！矧已定汝姑殯室之中，虚其左以遲汝之柩。汝雖不及執亡姑含殮之禮，而同厝一室，亦可以魂靈相守。當即命汝夫迎汝歸來，以俟彼百年同穴，仍爲嘉耦。」親翁閣下覽此祝，可略減掌珠之痛否？弟三載之内，最先失女孫及二女子、一上殤之男、一妾。金秋老妻下世，兹復遭冢婦之變，喪凡七見，淚眼雙枯，生平至此已極矣。然終未嘗有怨尤之語，忮求之念，所抱歉者，於兒婦之疾病、葠藥及殮殯儀物皆非夙備，大損清俸。而弟又不敢於至親之前輕言報謝，亦實何能報德也，愧感而已。奴子言賢女初喪，閣下雖督師遠出，而文武大屏，胥蒙賜奠。固出嚴君之芘，實亦冢婦之榮。兹遣兒子普往迎婦喪，叩謝恩德，及諸尊屬之降禮者。瀕行草此，唯起居倍常加攝，以需百禄。匆匆，不具。姻愚弟期舒夢蘭再拜。

天香日記

正月廿七日雪霽，劉司馬扶病過我，談甚快。見嘯松所送竹爐，有歎羨之色。明日遂遣狀以竹爐贈之，戲作詩云：「竹爐爲香篝，薰被殊清幽。朝來炙手坐，雪色侵雙眸。寒宵喜聞折竹聲，燈花向壁生孤明。此時懷抱各千古，眼底竹爐真有情。先生到門聞剥啄，我正提爐坐茅屋。相逢無語但圍爐，共羨此君能免俗。君歸我對月相思，持贈此爐君莫辭。佗年淮海高寒地，好憶天香話别時。」蓋司馬受督運之檄，且有歸途乞休意，故結韻及之。司馬得是詩，良喜，猶欲見和。廿九日晡，予往視，則閽者垂泣奔而出，驚相告曰：「郎主氣絶矣。」余乃大哭而入拜牀下，一少年哭拜於旁，則其從姪寶琭也。始知司馬得余詩，即夕夢得一仙官之詩，有黄鶴催班之兆。覺而語從子，屬以後事。且曰：「我既不克終運事，篋中千金，可以助繼吾任者。」即日没。嗚呼賢矣。余率普爲之治喪，一切如禮。既殮，爲服緦，撫其棺哭而祭之，並題楹云：「學究天人，祇曾博文章一第；才堪公輔，僅試官司馬三年。」嗚呼，斯詎足傳吾亡友之真耶？司馬諱台斗，字星槎，實應進士，官虞曹。以治河功，外轉守吴鎮，有聲循吏也。甲戌二月朔，白香舒夢蘭筆。

方普之迎婦柩也，乏資斧不能成行。司馬賚之五十金，吾固却焉。且曰：「公非有餘，第爲我轉貸百金授兒僕。」吾因納券，迨普行而司馬焚券。余曰：「辭五十而受百金，名爲貸而實則賚，豈復成我輩交乎？券雖焚，金必償也。」既而司馬病，厮僕已有欺其病而乾没其贈人金者，余心皇然。適家姪長德自潮陽寄賻百金奠亡室，因即以付之司馬，屬償前負。司馬怒其使而不肯受，余遂持長德來書，往白其不忍不受，必藉是以酬兒迎婦之金，方鄭重耳，司馬始慨然受之。孰謂逾旬竟長别，豈不痛哉！並記此以彰其濟急之仁。夢蘭又筆。

亡男昌壙記

余長子普生九歲猶未有弟，其母李禱於蓍室，得晉象，有錫馬蕃庶、晝日三接之象。既而余夢見奇獸似駝者三，高數尋，交頸而過於牆外，俯其首延緣内顧，心異之。詰旦以語霞軒親王，王曰：「《楚騷·大司命》謂『高駝兮冲天』，得匪君夢中所似駝者耶？其數三，其象交頸，豈錫馬三接之徵乎？」明年丁巳，一歲而得三男子。曰恒，正月二日生。次昌，正月八日乙酉戌時生。次旺，十一月六日生。王皆與湯餅之會，且自詡曰：「此吾所釋夢之詹與卦之象也。」余愀然對曰：「高駝雖瞰室而終隔於垣，吾但見其頭角耳，果必成耶？」然蓄則蓄矣，不可謂王言無驗。不再期而恒以痘殤，庚申立秋，旺亦殤。老妻大怖，其愛慮昌靡弗至，以爲吾一歲而得三男也，已殤其二，雖繼此又得兩子，合長子而爲四，不符三接之占。

昌性絶孝謹温厚，十六年中未嘗以疾聲厲色加厮僕，無論儕輩。得食物則盡分弟妹，往往握空拳自給其口作啖狀，恐受者有怍容也。其天性慈讓類如此。辛未冬仲，獨橅帖於東廡室隅，日且暮，忽見赤面金甲人跪捧其足，驚而譁，即夕患咯血。闔家憂焉，禱神求醫二百日。七月驚鄰火，内宅幾焚，賴反風得遷湖上，病日劇。迨夫重九，昌忽起坐，掐指節問：「子丑寅卯辰巳，巳時乎？吾去矣。」其母驚且號，其從兄懋熙應聲入，垂泣思救。昌猶目逆呼「十二哥哥」，俄遂瞑。嗚呼慟哉，何去住之了無礙也。吾不忍見，爰哭避於堂之西。長子普、中子智、少子盼皆立而哭於旁，不禁恍然有會於筮夢之語。夫晝日，終養也，接數三，普、智、盼也。駝馬屬錫馬，雖蓄，則所夢交頸三駝也。豈即《大司命》之所謂高駝沖天者乎？抑釋氏所謂借徑轉輪，以償其宿世之緣者？子雖殤，仍子也。自後世而觀之，則彭祖與殤子同壽矣。且人之可貴莫如德，殤子無失德，其天爵最貴。殤子易升天，以人欲最輕。彼三駝者兆於蓍，復兆於夢，則其爲吾子有夙緣也。而又皆夭死，豈非不欲壽以全其貴壽之天乎？未可以其夭謂非幸耶？

昌病十閱月，骨柴立而静默自守，無怨苦之言。惟屢白母：「兒久病，不得讀書，書漸生，奈何。」其母憂疾時，每述此語輒涕泣。今更不忍詳他事，但記其生殁之異，藏壙中而不之銘，不欲文也。昌生年十六，以壬申歲九月九日戊寅卒，禮爲上觴。字文耀，靖安舒氏譜於名派當從懋，五服兄弟行豫二十四。同懷弟呼之三哥，以次恒先旺故也。十月己卯卜葬於章城南廟巷來家溝，癸山丁向，與其長姊貞馨墓碣相望云。靖安舒夢蘭白香父記。

昌生母萬氏，維揚人。爲其嫡媵二十年，貞順儉訥。無失禮，門内悉憐而重之。後昌十七日乙未，亦以疾殁。已擇章城南華家山地卜日安葬，更詳志其生忌云。九月晦白香又筆。

中元夕感事寄懷龔漚舸桂林三十韻　辛未

荒齋砌蟲語，枕簟生秋涼。輾轉不成眠，側耳聽後堂。山荆時啜泣，煮藥聲在鐺。病女時一啼，七歲女晟馥已成痼疾。憂之煎我腸。今年運彌蹇，僕婢皆罹殃。僅僅一女孫，閏月亦已殤。少女復遘疾，厭厭入膏肓。嗚呼貧士女，服食無一臧。既乏養生具，又無起死方。可憐病未篤，尚製芻銀囊。爲中元祀先禮也。雙眸映犀角，森秀羅英光。好潔不嬉戲，酷暑恒衣裳。痼疾倘難愈，老懷彌痛傷。矧兹幻泡軀，孑若孤雲翔。悠悠總行路，事事無可商。季子夙憐我，迢遥寄他鄉。焉知明月夜，不夢遊天香。一葉墮西嶺，七星指南昌。飄飄度衡嶽，渺渺浮瀟湘。掉臂入煙霞，懷袖生文章。魂來慰寂寞，魂至翻悽惶。徹宵聞歎息，四壁吟寒蛩。夢中如見我，涕泗空浪浪。豈料薜蘿襟，掛此荆棘埸。三時入漏卮，一夏猶探湯。欲避無所避，欲忘惡忍忘。却悔在南嶽，不應理歸裝。日掃讓公塔，夜宿懶僧房。芙蓉一峰月，洞庭千里霜。青青八桂林，終古遥相望。此詩作二日，晟女已殤。最慘壙中楮鏹，猶病中所自製也。

移居日題天香館壁　壬申七月十一夜，毁於鄰火，暫移居湖上故也

鄰舍成灰此壁存，遷居人拜反風恩。衣仍可典庸非幸，宅苟全燒詎忍論。雀鼠有情應戀我，蟰蛸無主合當門。他年補筑天香館，須傍城南柿葉村。

城南老柿，先公所憩也。不肖卅年來依栖城南，戀此樹耳。往歲孫蓮水赴江撫幕，溧陽史根石語之曰：「江西兩大觀，不可不到。」謂廬山與天香館也，余聞之面赤汗下。夫室廬之陋，至鄙館止矣，江南名士乃謬與匡廬並稱，云胡不愧。今則數椽老屋且不能守，而避壓徙去，其能無動於衷耶？瀕行題壁，聊以著反風之仁，報祝融耳。舒白香夢蘭又筆。

覆丹貝勒書

南州布衣友舒夢蘭頓首載拜上覆大貝勒丹王閣下：睽違道範十有三年，雖自安處士之

分，不輕易與貴遊通書，然曩昔一二知交如閣下之忠勇義烈、豁達雄才，則未嘗一日去諸心，亦未嘗不於清流雅集時稱諸同志，特未肯與俗人言耳。至若邸抄所載，綸綍所褒，士林咸擬諸倢伃之熊，侍中之血，允堪千古。夢蘭則以謂此特忠孝至性中猝然流露之一端，猶不欲受人知者。在昔尊太福晉仙還時，見公毀瘠，已逆料必以忠顯。從古大君子求賢取友，悉遵是道，不必有徵方信也。六月廿二日，嶺南驛使汪炳過章門，得奉到貝勒閣下先施之教，殷殷垂問，亹亹攄情，並望其重赴京華，共慰契闊。高情盛意，感何可言。且閣下年來侍從賢勞，身兼衆職，夙夜在公，猶復不能忘數千里外十餘年枯朽交舊，而惠之以書，覺晉平公之下賤，楚元王之設醴，以視此謙厚文情，殆難專美。輒又愧夢蘭不學，非亥唐、穆生之比耳。伏讀來誨，具審貴邸安和，天心福善，允符祝頌之誠，健羨健羨。至夢蘭自信無能，不敢妄干禄仕者三十年矣。一昨於陵茅舍爲鄰火延燒，將移居南昌城内，貧病多災，皆由自孽。生平無忮無求，正復何尤何怨。惟思課耕勉學，畢此餘齡。利禄之營，終非所樂。此不佞硜硜所自信，亦當代仁賢所共知者。偶緣賜問須酬，用敢附陳近況，仍不啻昔年華屋抵掌閒談，不足慮也。餘惟貝勒閣下慎起居，加餐節用，竭忠報主，以福蒼生。草莽之交，即已叨庇，何慰如之。昨夏僖親王福晉暨尊妗福晉曾寄賜山荊書物，拜受經年，無從報謝。兹並託來友寄呈二函，不敢徑達，求閣下即命内監轉送西府後府兩慈侍收覽，倘有覆諭，並希傳示。恃愛瑣瀆，曷禁惶感。夢蘭載拜。

祭女文　歸程氏，女辛未臘八日卒於其家

維嘉慶十七年歲次壬申，陬月乙亥朔八日壬午，夢莊老人白香父以清酌庶羞致祭於婺源亡女舒象威程三孺人之靈。惟汝孝敬，幼儀貞淑。字以象威，名曰旗馥。寬和靜默，族黨咸稱。驪珠在掌，璞玉如冰。我賤且貧，祗存傲骨。爲女擇對，不歆華閥。汝舅尚德，勤求汝婚。謂汝克孝，堪匹名門。我感其誠，方愛其禮。汝婿温良，實吾心許。隱之嫁女，惟犬可牽。母命之禮，翁何豫焉。故偶出遊，暫登南嶽。訪友探奇，遂之西粵。欲歸觀醮，途隔三千。危峰遠睇，爲汝潸然。獻歲遄返，抵家春暮。即遣老僕，視汝婺源。僕既歸止，稱汝姑賢。舅敦古道，婿又相憐。吾心慰悦，謂汝得所。俟汝兄歸，命來迎汝。孰意我家，運臻極否。喪汝一妹，及汝姪女。下逮僕婢，期月七喪。我復善病，家人皇皇。汝弟臘日，夢汝來歸。仙姬翼衛，玉綵金翬。言已得度，來別慈幃。相持痛哭，覺尚歔欷。日望汝耗，歷夏徂冬。忽喜得問，乃云報凶。意外之慘，如錐刺胸。闔家號慟，霜雲改容。嗚呼哀哉，未聞其疾，忽聞其變。且已出殯，於何設奠。汝舅娱親，欲開春醼。慈以孝奪，汝當無怨。我即躬往，棺猶難見。淚雨浪浪，椒盤愁薦。兹遣吾姪，代行哀禮。貧無可將，炙雞絮水。酹汝

之墓，弔汝夫子。魂而有知，毋傷早死。所可恃者，程乃書香。汝夫好義，忍薄糟糠。螽蕣宜男，汝後必昌。追遠之祀，食福方長。疇云不壽，壽反難量。嗚呼哀哉，尚饗！

哭亡子旺　有引

第四兒旺，小名鐵頭陀，生嘉慶丁巳十一月六日巳時，庚申歲六月二十日殤於京師。哭以詩，用坡仙哭幹兒韻。

兒本再來人，不幸作吾子。峥嶸好頭角，兄弟皆不似。晬盤覘所好，遂已耽文史。呼翁偶不應，輒自赧然恥。每聞吾讀書，躍躍生歡喜。危坐弄短筆，諸兄爭效爾。羣嬉或一躓，汝反提兄耳。兒同母說虎，清聲若懸水。

其二

兒病不能藥，兒死何能忘。可憐母卧疾，悔不先汝亡。撫汝啼嗚嗚，血淚滲繩牀。兒時絶復蘇，昵母㫁且僵。一躍氣始盡，此境惡忍詳。兒魂幸依母，伴我歸南方。或復爲母子，續彼哀猿腸。不然貧老婦，何恃療憂傷。

題舊本文選恨賦後示從子象泰

前年今日，偕從兄炳文如浙江。舟次信州之黄金埠，晨餐果腹，朝曦滿窗。因共爇爐熏，分讀《文選》。從兄手《恨賦》，喟然歎曰：「逝者川乎？晝夜皆然。人生恨事，亦猶是焉。椎魯愚賤之夫，寧無恨哉！憐由感生，不類者雖恨無取。以類相悲，未必與吾屬有異情也。水石相擊，恨乃成聲。荒雞暮號，遊子宵征。寒雲悽悽，隨風改形。劫灰散聚，旋死旋生。秦趙之君，美人名士，何幸而適與文通值也。」言訖淚下。

余慨然掩卷，對曰：「先生之論，近乎達而恨莫勝焉。陰陽狡獪，偶幻爲人。如弄傀儡，初無成心。傀儡何知，謬相驕矜。貴己賤物，慮毁希成。境與心違，怨恨叢生。《恨賦》也者，猶飄風之人於竅而寫其聲也，果恨聲乎？焉知彼蒼不且爲樂聞其聲，而使之然耶？安吾窮而樂吾道，視肉如土，視血如水，視筋骸如木石，視精神如光氣。吾直以身爲傀儡之肆，而因而戲焉。順逆之境，猶晴雨也。喜晴而惡雨，如稼穡，何喜雨而惡晴？如日月，何嘗惡夫遺矢之穢，而求所以絶之之術，則莫如絶粒，絶粒可乎？抑弗絶而安其常也？恨之爲累也，殆與穢等。無往非穢，即無往非恨，恨有窮乎？以穢還穢，以恨還恨，恨無窮乎？我所恨而人反快者有之，則恨無定形。人所恨而我或快者有之，則恨無專屬。古今人不相謀也，文通之賦，特自恨耳。女媧煉石，精衛填海，天地尚然，人獨不爾哉！《恨賦》之傳，傳其快也。讀其文而恨生焉，快於何有？古今多恨事，故多快文。讀快文而恨焉，可乎？讀恨文而快焉，可耳。」

言未卒，兄粲然命題是籤，並識其月日所至，爲追考之據。明年四月，兄賫恨歿於嚴州，余廢是書不忍讀。歲再周矣，京城僕僕者又復經年。逝者與川無盡矣，而我猶悼之，是兄已悟而我不達也。偶檢是書，適當此日，悲從中來，不能自已。爰記録其所以廣兄者，聊自廣焉。兼以示兄之孤子，其所以解親之恨，當何如也。癸丑涂月十八日，十四叔夢蘭題。

從姪婦余孺人墓志

從姪懋熙字凝之，吾長兄省軒兄少子也。初娶安義詹進士訾臯翁女，生男女二人。男恭表甚岐嶷，八歲而殤，其外祖哭之最慟。然凝之既鰥，又喪子，義不可不求繼室。諸父兄爲之慎擇賢女，得同邑舊族余氏者。十年待字，方相攸，聞凝之以孝友嗜學有聲於庠，遂許字焉。余氏之父名光定，初侍厥考諱謹者宧青州時生是女。女母漆氏又旋卒，祖若父彌愛重之。余氏既生長齊魯大邦，熟聞古烈女賢婦禮教容止，嫺中匱織紝之事，故其父擇對綦嚴。遂歷多載，年廿六始歸吾姪。既成婦，見夫婿惟知讀書，家日落，慨然去新婦之飾，衣敝食菲，且暮操作，績紡至夜分不休。積勞致疾，仍諱之。如是經年，始娠身，娠十月，免身得男，即已備甚，然猶力疾乳嬰兒，澣濯烹飪以款接内姻之賀洗兒者。甫彌一月，方抱兒就榻欲卧，一蹶而殞，兒尚呱呱索乳啼。噫歔慘矣！吾姪懋熙劇憐其適丁家運之窮，又劬勞而凶短折，苦倍前室，故乞予志其墓耳。

按余氏爲父母長女，生乾隆丁未十二月十六未時，殁于嘉慶甲戌年六月四日癸亥子時，得年二十有八歲。生一子，命名恭恃，以其方滿月而遽失恃，志弗諼也。辛未月十日己巳卜葬尖山之麓丑未向。嗟乎！榮啟期以幸爲男子，又無疾而壽爲三樂。然則不幸生爲女，又嫁爲窮秀才妻，操作勞苦，晝夜不息。如是而娠，如是而生子，仍力疾不少將息，以至於卒然夭死於産月之中，備諸苦矣。然絶無怨苦之言，猶復歉歉顧四壁，若愧無以相其夫而竟其學者，不亦可謂之賢婦也哉！無怪吾姪於其死倍神傷也。靖安舒夢蘭香叔子撰。

讀李廣傳書後

春雪夜寒，手一爐讀《李將軍傳》，至文帝謂廣曰：「惜乎子不遇時，子當高帝時，萬户侯豈足道哉？」爲之墮主臣知己之淚。廣爲上谷太守日，與匈奴戰。典屬國公孫昆邪爲上泣曰：「李廣才氣，天下無雙，自負其能，數與虜敵戰，恐亡之。」於是徙廣爲上郡太守。爲之墮友朋知己之淚。廣既贖爲庶人，家居涉獵南山中，嘗夜從一騎，過霸陵，亭尉呵止之，宿亭下。是時故將軍竟無如之何，爲之墮英雄失時之淚。廣之居右北平也，匈奴號曰飛將軍，避數歲不敢入塞。何故元朔六年獨命廣爲後將軍，從衛青出定襄。諸將在前者多中首虜功爲侯，而廣獨無功，爲之淚。北平之役，博望侯將萬騎不前，廣所將四千騎耳。左賢王以四萬騎圍廣，急擊矢如雨，士死過半。廣猶能身殺數將，意氣彌盛。虜卒解去，而廣亦無功，爲之淚。廣之從弟李蔡者，下中人也。名聲出廣下甚遠，乃蔡以功封樂安侯，爲丞相。廣所部之軍吏士卒，從廣與匈奴戰而封侯者數十人，廣終不侯，爲之淚。元狩中大擊匈奴，廣自請爲前將軍，既出塞矣，衛青欲自以精兵當單于，改命廣並於右軍，出東道，迂遠以奪前軍之功。廣自願居前先死，乃卒不得請，而右軍復以亡導失道。衛青小人，乃欲以失道小過折辱廣，廣謂其麾下曰：「廣結髮與匈奴大小七十餘戰，今幸從大將軍爲前部。又徙廣右軍，迂迴失道。且廣年六十餘矣，終不能復對刀筆之吏。」遂引刀自頸，廣軍士大夫一軍皆哭。百姓聞之，知與不知，無老壯皆爲垂淚。嗚呼痛哉！使文帝及見其死，不知作何等語也。吾蓋讀至廣九死一生之戰皆無功，輒爲一淚。至其冤死，且不免失聲而哭，則信矣奇才之士，數必奇也。

雖然，讀其追殺射雕者三人，無一失。獨以百騎當數千，解鞍却敵，且得勝，則爲一快。

爲虜生得，仍斷縛奪馬，馳還於萬軍之中。射殺追騎，雖坐此得罪，而敗亦可喜，爲一快。起復守右北平，即請霸陵尉與俱，至軍中而斬之，爲一快。廣所居郡聞有虎，嘗自射之。及居右北平射虎，虎騰傷廣，廣亦竟射殺之，爲一快。射虎誤射石，石仍没鏃，則又快。廣子當户，於帝前擊嬖臣韓嫣，亦云快矣。少子敢復以父讎，手擊傷衛大將軍，大快人意。何物去病，乃以擊青故陰射殺敢。天子幸衛、霍而諱其事，謂敢爲鹿觸殺之。虎且不能殺其父，鹿乃殺敢？噫，李將軍父子無事不快，足償僕寒宵雨淚之多。夫不快何淚焉，不淚亦何足快焉。世之碌碌以生，無一言一行快人意，不自到而貴壽者豈少也哉！舒叔子夢蘭偶書。

甲申人日智盼爲其母諷經接七因屬句悼亡焚以代祝

莊生蝴蝶兩非非，織女星原近少微。愧我不農兼不仕，累君愁病復愁飢。安貧到老無華服，尚典遺簪制殮衣。所幸生前輕芍藥，憫伊金帶枉成圍。

一犗安能釣六鰲，何須飲酒讀離騷。梧桐半死徒悽咽，石鏡三生倍鬱陶。諱疾只緣醫藥貴，病軀猶爲子孫勞。泉臺姊妹應相慰，廡下先生未改操。

翰墨琴棋夙所耽，組紃紝紡却能兼。幽閒性喜行其素，樸儉心劬助我廉。夫拙自羞言利禄，婦才誰肯飫齏鹽。春宵豈少儒家儷，貂錦明粧傲彩蟾。

妻喪召奠原非禮，蓽户軒車況莫容。三徑未看新茁筍，兩楹空對後凋松。戾庨哀怨譏前哲，井臼荒寒悼宿舂。人日定逢萊馥女，是渠生忌好相從。亡室第二女萊馥絶明慧，及笄而夭。以嘉慶辛酉人日生，乙亥人日殁，亦異事也，並記之。

歸舟雜詠

信陽，名郡也。山多瘦秀，水復澄潔。舟行其間，如觀畫圖，雅愛好之。予頃至三衢省兄，快聚一月。時届小暑，難禁大被。既未果靈巖之遊，遂復反章江之櫂。天風滿帆，地籟盈耳。披襟夜吟，雜綴成什。二客又書而和之，計舟行才五日耳。噫嘻，藏山於澤，可負而趨。小水相屬，不絶終古。惜流光於漏卮，競浮譽於苦海。人或未達，僕何可堪。是猶鳴蜩，聊相應候，二客亦可予言也。丁卯六月五日，天香居士舒夢蘭自題於木樨之灣。

晚涼溪上試輕帆，蝶翅荷花剪作衫。溽暑未濃歸正好，却從香館憶靈巖。是日得英房《靈巖洞記》

碧天如鏡一帆開，引得千峰入座來。各有名山藏姓字，此身何必畫雲臺。

涉世艱於上水船，此心無牽不須牽。翻愁急溜張帆去，篙櫓雖多用得偏。此二首示華與漚

舸者也

水閣風來桂殿香，爲憐清節憶降王。蓮華倘似妻妃面，應認南州作故鄉。寧庶人妻妃，上饒人

懷玉山前憶舊遊，吟詩曾坐翠微樓。癡魂却似西流水，不到章江不轉頭。

影裏梅花鏡裏春，别時風景最愁人。輸他子建偏能賦，不表甄妃表洛神。

振古人欽大丈夫，象山衣鉢貯鵝湖。中天不産王新建，幾認先生作僞儒。過象山作

竹裏鐘聲柳外蟬，江雲如幔我高眠。鵝湖倒影千峰曙，萬頃芙蓉一睡仙。

少小長乘萬里槎，比年惟夢到天涯。扁舟忽問金衢渡，惱殺碧蓮無數花。

別情遊興一齊删，我自三衢掛席還。何處歸程最涼適，信陽風雨弋陽山。

綺語重重慧業多，頻勞天女供維摩。歸舟細展楞嚴讀，反爲阿難唤奈何。

鷹爪潭中鴨正肥，黄金埠前魚翠飛。風流我自甘蔬水，五鼎千鍾半殺機。

人世須防水下灘，順流雖快泝流難。何如白鷺磯邊坐，緑柳陰陰一釣竿。

玉水西來不斷流，好從香界泝瀛洲。上清果有凌虚路，我與裴航共一舟。望龍虎山

千騎河干枉送行，一絲誰似柳條青。安排淚眼看新句，滿畫青山十二屏。

玉光亭下水連天，買得山陰訪戴船。縱有知交何必見，不親車蓋即神仙。

溪聲斷處有横橋，又見歸舟擁暮潮。記得將軍同此過，一林旌旆馬蕭蕭。此下三首用壬戌

陪雙丰王子入越事

長松高柳拂牙旗，鼓角弓刀夾路馳。最喜吴娃看王子，不嫌人在衆中窺。

從此西湖不耐看，重扃高館任孤寒。英雄别恨兼兒女，有淚無妨一指彈。

一度年華淚一襟，板輿歸後到而今。當時尚有猗蘭操，此日空爲擁鼻吟。

附聯句

别情歸思滿篷窗，鉽 帆影蟬聲入暮江。有華 扶病不來儂又去，雙雙艇上憶雙雙。天香

雙雙，榜人女，愛漚舸之才而物色之，殊賞其慧。壬戌，价憐憐曾送余别，能作折腰步，笑輒齲齒。時漚舸握余詩箋，雙雙戲奪之，至今猶什襲藏也。頃同漚舸、仲實入歸舟，即雙雙之艇。蓋方以渴疾就醫清湖，而留其畫艇相送。舊題宛在，塵瑟悽然，不覺口占結二語。龔黄遂聯句，書之於油壁。未審歸讀左扉詩，病何如耳？天香並識。

附録一　集外詩文

觀音土詩　並引

嘉慶壬戌，歲饉民飢，相率掘山土，和糠覈而糜之，過食輒殺人，人猶譽爲觀音土，情彌可悲，作詩二章，以貽守土之憂民者。

謂土可食，稼穡可以廢。謂土不可食，胡爲羹泥而脯塊。去年春稼没於水，秋苗始生復無雨，烈日曝秧煙焰起。可憐老農看秧對秧哭，日暮荒厨無冷粥。一粒不到肚，食土之民色如土。昔賢憂民有菜色，欲求菜色安可得。老成之民知愛國，領賑歸來宣上德。吾儕雖飢莫歎息，不聞劍南隴西與蜀北，連年憂荒復憂賊。

秋屏閣醼集

嵐光入坐秋聲起，目送殘陽渡江水。閣中山色已年年，十二屏開畫闌裏。茶煙篆影臨風斜，綿津好句皆籠紗。洪崖洞口但雲霧，靈運臺前猶雨花。鸞崗鵠嶺窺瑶席，楝花坪上蘼蕪碧。籃輿小駐蟹泉清，弱柳千行森畫戟。

秋夜山行即事

秋氣清，秋色明。蒼山月冷鴟鴞鳴，霜華滿地村煙平。秋風緊，秋欲歸，秋風欺我身單衣。蹇驢破帽風中走，松濤夾道虬龍飛。石古路細多荆棘，僕夫困憊驢無力。山下欲聞雞犬聲，款關暫寄茆檐息。主人引我宿空房，五更被中聞飯香。勞人得飽豈非福，晨曦未亮燈無光。今宵何敢求安逸，鄰家尚在牛衣泣。借問鄰家泣何事，女歸痛母無衣食。

見獵思舊遊

十歲能騎馬，同人獵玉關。白鷹雙翅雪，蒼鹿幾重山。日暮悲笳急，沙明斷鏃殷。單于森萬幕，曾此獵生還。

傳舍題壁

匆匆三月暮，逆旅易爲春。旦夕有來往，其如皆路人。風塵應厭客，山水不嫌貧。明日瀟湘去，臨流弔逐臣。

旅夜

四壁朔風裏，羈人念敝廬。夜長燈作伴，家遠夢爲書。雪壓先生柳，門回長者車。遊觀荒著述，應愧子雲居。

題德勝同守署壁

四望層層起巖壑，中間處處莿桑麻。城頭日暮惟吹角，陌上春歸尚有花。紫燕多情巢成幕，黄牛無事入官衙。此邦雅有煙霞興，正好聯吟學謝家。

東湖柳枝詞

蘇鄉堤上白鷗飛，百花洲畔遊人歸。青草緑波春瀲灧，滿湖煙雨鯽魚肥。

湖上人家半竹籬，旗亭新譜餞春詞。花花草草各歡喜，只有垂楊悵別離。

白馬祠前一雁過，鯉魚風細滿湖波。蕭蕭楊柳中秋夜，高士橋邊月最多。

鏡里湖光浸畫樓，柳娘腰細不勝秋。徐亭三面都臨水，幾樹棲鴉一釣舟。

況公祠

太守祠前面女牆，城南猶認況家坊。況家在城南面外，舊名況家巷。姑蘇逸事鄉人道，兩字青天萬古香。

天澤池 一名衙背塘，靖安舒氏始祖居也。

山廓千家淨曉煙，午衙無事宰官眠。横塘舊是雙丰宅，今有兒孫種白蓮。

立夏閨詞

春風眼底即天涯，半臂新裁杏子紗。簾幕晝長無個事，比鄰相鬬七家茶。

七夕閨詞

星期三四恰新秋，穀版花瓜賀女牛。各有私心求喜字，蛛絲偏繞曝衣樓。

靖邑環城石路記

設使有人媚權相，筑沙堤，耗金萬鎰，又或有人與石崇角富，製錦步障五十里，此二人者一無恥，一暴殄作孽，適以爲人心風俗之蠹，薦紳先生羞言之。曾不若十室忠信之士造一梁，培一徑，以濟彼病涉塗足之人，爲有德而可風也。吾家居靖安西城外，憶自十七歲歸自玉關，始僑寓豫章城南。每有事，渡江而西還故鄉，多以夜至，必由東迤北，環城而走，雨後轍泥塗没脛，余坐輿中，惕惕然若將陷也，如是者三十年。一旦雨中歸，方憂是險，則見環邑城石路四達，如砥如矢。輿者競相稱頌曰：「此舒敬修太翁一人之力所經營也。」並緬述某橋某堰咸賴翁樂助而成，余心義焉。翁諱丙杜，族最長，於夢蘭爲曾大父行。翁之長孫婦涂氏，吾出也，故與其小郎淳之有過從之舊。淳之好學而仁於祖，述其父叔從兄之命，屬予作《靖邑環城石路記》。余喟然曰：翁之職不過半刺，恒產亦不過萬金，而志在濟人，好行其德。至考終之歲，猶創此正直坦途，爲勞者百年之利。其視古庸庸伴食，靦然日行於沙堤之上，與夫恃悖逆之財，逞僭侈之欲之無善狀而不知恥者，詎可與淳之之祖同年語哉！石路基深七尺，闊十尺。内外以隍爲度，自東而南千十尺，南而西千三十尺，東而北千七百五十尺。創始於嘉慶乙丑歲四月朔日，畢工於丙寅之夏。其費傭力以萬計，金以千計。至行於此路之人恒河沙數，彼其足之所履，意之所許，以蘄食報於翁子孫者，環轉無盡，又未可以道里計矣。翁之長嗣森、季嗣彬、孫鳳鳴、致堯俱樂善不倦，能繼先志者也，例得並書。

以上詩文録自《（同治）靖安縣志·藝文卷》

減字木蘭花

綠楊如畫。何處王孫來繫馬。草草相逢。彼此都疑在夢中。　春愁如許。閒倚舵樓嬌不語。欲去難留。浙水生憎不倒流。

長相思

雲陰陰。月陰陰。竹外迴廊水撫琴。梅花香滿林。　漏沈沈。院沈沈。咫尺簾櫳百丈深。墜歡何處尋。

以上兩詞録自丁紹儀《國朝詞綜補》卷三十二

《庚甲類鈔》題詞

予遊荆南再閲月，每與人說詩，至深秘不可理解處，輒或疑其禪而妄也。予輒不禁懷適父不置。適父與諸博士比，屢冠其曹，而三十不第，今且澹然無營，壹意於古，吾竊爲斯文幸矣。作一偈寄之。壬戌五月十一日，舟次黄州並序記。

坡仙在黄日所作《魚枕冠》諸頌，戲用偈子體，挺脱自在。如古德參破後語，非文士所能，心竊好之。頃過赤壁，遂仿其意書一通，强名曰偈。時舟方逆風使帆，傾側不定。予亦箕踞左右望，身如委蜕，遑恤其書之劣也。白香舒夢蘭。

《九逸詩壽戈丈莊谿六十生日》評語

諸篇引據，序次有清尚，筆亦老潔，得之壽詩尤難。香叔識。

且凡作爲詩文，亦誰無命意遣辭之旨要，難易好醜反在此外，則所謂氣格是也。比見漚可留意在此不在彼，前期所到，遂未可以世測也。香叔又白。

以上録自龔鉽《歐可詩鈔》

歐可文存序

文非他，志而已矣。古昔有志乎立德立功之彦，未嘗不賴文者之人各就其性情言行之清濁誠僞以觀其志，而驗其生平出處、趣舍學術，以信其能立與否。故又貴乎能立言，爲三不朽。然則立言者欲驗其志之所立，亦不外乎其文集而已。歐可先輩將除校官幕，隱於吉之廬陵。有同學才子愛其文，擇所心嗜者梓而存之若干卷。歐可固工於代經立言，揣摩時尚，都不存稿。殆以其文皆有爲而爲，近乎俳者之作僞，未足存歐可之真性情、真志識耳。

噫嘻，僕老矣，年垂七十，無所知能。惟以不耕獵而飽暖酣眠爲自愧，又何知見志之言。歐可乃折節下交三十年，情禮益厚，是有志乎安吾老而敬吾窮也。憶昔深歎吾歐可事親之孝，事兄之友，與持躬之清儉恭廉，内行甚潔，其諸有志乎修言行以立德者歟？寒畯士三年一比，比而見遺，則復隱於幕，亦何從立功。至若訓詁雖極博，孰能見其才可庸，制義雖極工，亦誰信其行必果。故反不若覘其志於居遊弄筆之時，文酒會心之際，偶然流露，真我斯存。諸君子之評贊其文，殆不專賞其氣格之清高，師承之古雅，志之所鬱，良亦驚焉。正無俟老夫妄歎，而後心知其意也。

小疾漸愈，適令子叔原秀才以初刷本傳書徵序，雖不文，何敢辭也。姑就其卮言日出之見諸選者，窺其志於寓託之外，其庶幾不愧爲歐公所可者歟！道光丁亥歲陽月下澣，同社生舒夢蘭白香敬識。

録自龔鉽《歐可文鈔》卷首

題漚舸和舒詩

季適與余交十年，詩文凡數變。最初所質甚繁華，意在干禄，余笑謝焉。既而介家姪頻頻問業，方寄語曰：「吾季資高志大，固可褰文物之林。然未肯盡除結習，而復分心毁譽間，難精進也。賢者不可測，竟舉其廿年所得悉焚之，一意以古人爲師，不舍晝夜。月有異而歲不同，虎豹之章，羣驚善變。於是三吴兩浙諸名士多延訪者。吾季乃益拳拳焉，惟恐其名不稱實，下問彌謙。」

余始肅然起敬，勉之曰：「詩文善矣，是亦豈吾輩所謂學哉，藝而已矣。以此爲學，不惟其既得人爵，無具酬知，徒自取德不稱位之誚；即使幸而不達，竊遺賢之名，然處士之性行，無聞識者已逆料有才之人未必有德，而且高談名理，顯倍真修，尤足恥也。大學之目，人誰不知。知之而不志於學，學之而不力於行，與不知等耳。求志於獨知之地，力行其當盡之職。資之以學術，存之以敬畏。窮耶達耶，猶寒暑之代謝耶？生耶没耶，猶寢興之晝夜耶？天不變，志亦不變，而身外之遭不與焉。我輩之學，務完其所性之良，無愧而已，敢自賢乎？若夫氣數之命之所宰，豐嗇不齊，窮通萬狀。然得志而欲其功蓋天下，澤流後世，舍此學不能爲也。此學何學也，道也。何道也，即人之所得於天，以全乎人之所以爲人者。三尺童子，熟章句，皆能言之。試各使反躬内驗，而確確自信其所志之學，惟先慎獨，所欲之善，祇務躬行，恐舉國難其選也。僕何人，敢言勸學，惟吾季子勉焉可耳。」

季適聞此語，遂不復以才名寄傲，恒覺於子臣弟友之職惕惕焉，不敢自寬，日求其道。余始以國士奇之，此志此器，非復可以一世量一藝顯也。苟能充之，亦豈可測其賢哉！寒宵點筆，閱所和拙詩，已畢二卷，多可喜之作。因憶初交之時，僅僅求工於此藝也，不謂其志學求道進無已也。詩文善變，吾喜之。好學之心，力行之志，則矢終此身堅持不變，不佞當益喜之也。勉旃季適，其勿忘老友之言。香叔子舒夢蘭識。

録自龔鉽《歐可文鈔》卷首

香巖詞約序

《離騷》，三百之餘也。六朝古樂府，漢魏之餘也。宋元詞曲，唐詩之餘也。故世謂詞爲詩餘，餘之云者，猶歲序之有閏，無閏則四時不成，非謂閏爲餘日也。然則非詩人不能爲詞，非有得於《離騷》、古樂府，尤未可與言詞旨也。詞豈詩人餘事哉！顧其人取徑在美人香草之間，言多比興，色尚鮮明。其感諷更捷於詩，而所謂温柔敦厚之情則微有間耳。

曉日方厲，與吾友雲巖暴背簷下，所言甚迂闊，不能禦寒，乃各手詩餘一編，遇佳詞輒曼聲歌之。覺春由齒際入心脾，四肢都煖。雲巖曰：「吾儕寒士，無從得銷金軟玉、羔酒温香也，盍於詞乎寄之？詞必有譜，譜各異調，每調譜一詞足矣。詞佳而調拙者勿録，調佳而名俚者亦勿録。」篝曦既暮，凡得詞百首，命曰《詞約》。「約」之云者，謂佳詞不止是也。丁未冬白香舒夢蘭。

録自《香巖詞約》卷首

白香詞譜跋

《白香詞譜》一卷，《四聲韻》一卷，去年秋怡恭親王手序而合梓之。版成多誤，王復命綿國公校對重鐫，未及成而世子公卒。因循至重九，王復薨矣。傾梓人以竣工來告，夢蘭歎逝感知，不忍視成物中毀，失王雅意，因代償鐫直，存二版於行篋之中，志弗諼也。己未冬日白香舒夢蘭手校並跋。

録自嘉慶三年訥齋重刻本《白香詞譜》卷末

銅鼓齋詞題詞

雪舫孝廉以縹緲之思，而出以清新俊逸之筆。高者直接清真，次者亦與夢窗、草窗相埒。近時纖靡淫艷家數，對此有上下牀之別。江右白香舒夢蘭。

録自《清詞序跋彙編》卷十一

附録二　諸集序跋

遊山日記序

黄有華

舒天香先生將夏坐於廬山絶頂，華欲從遊。先生則謂華兄弟五人，四人應鄉舉，華必當留侍重闈，不從其請。獨攜胡西輔蠟屐入山，蔬食寺宿，踞石披雲，静觀有會，亦間與管城對語，丹崖碧葉上，戲墨殊多，西輔輒從而録之。九秋始返，凡得日記文十卷，詩賦二卷。頃華與計偕，舟過章門，詹樸園進士，先生甥也，出是編相示。且謂言：「吾舅老友見及者，各具品目。彭丈秋潭歎此文不亞《志林》，惲丈子居則歎爲苦心喻道，識解圓通，滑稽曼衍中淚痕斯在。晴川季父復稱其精理妙筆，一切以邇言寓之，司馬子長之酒肉帳也。吾仲實雅有鑒裁，以爲孰當？」華受讀，樂而忘寢。詰旦語吾友龔漚舸曰：「文者見之謂之文，道者見之謂之道。諸前輩於先生之文無間然矣。吾與若同事先生，所收録詩文草稿，不難俟他年共輯成書。是編特偶然遊戲之作耳，言者無心，聽者可味。即使不文者嗤爲口業，亦祇如《艾子雜説》，不足爲坡仙文璧之瑕。而况乎微諷曲譬，力倍磏礲，未始不可爲瑚璉助也。」是用同樸園、漚舸命梓人倍工鋟之，兼旬可畢。印數本，載諸行篋，雖未得從遊廬山，今且攜廬山從我遊矣，豈不快哉！嘉慶九年仲冬既望，受業都昌黄有華仲實甫敬書。

遊山日記題識

黄有華

先生少作以才勝，騷豔絶倫。凡數變而至於《和陶》，海内名公悉稱之。李繡子有言「真實本領，尤在《和陶》一集」，惟先生胸次空洞，上下千古，乃遂與之頡頏也。華今讀廬山諸詩，則謂惟藐姑射之神人，冰肌雪膚，吸風飲露，可僻其性情芳潔。詩格之變，至是殆幾於化矣。受業黄有華敬識。

甲子歲仲冬八日，讀《遊山日記》十二卷，步步引人入勝，至《天池》一賦，直欲僕《騷》，尋當讀萬萬遍也。謹記其年月於此。有華又識。

遊山日記跋

樂　鈞

《遊山日記》匯儒釋於寸心，窮天人於尺素。無上無等，獨往獨來。夙根既淨，今悟益徹。粹語神解，經疏也，内典也，名臣奏議也，高僧語録也，座右銘也，四萬八千偈也。文筆之妙，水淨林空，冰瑩雪化。題曰《遊山日記》者，謙也。然雄心遠慨，不屑不恭，時復一露。

不異疇昔挑燈對榻時語，雖無損於性情，猶未平於嬉笑。印心同弊，遂不免責善獨嚴，然乎？否也！蓮裳愚弟樂鈞書於吴門寓盧。

和陶詩序

曾　煜

吾鄉賢之稱詩者夥矣，而莫尚於陶。和陶者亦不尠矣，於宋則莫善於蘇，後此所見，似無逾香叔此卷。故余特愛而梓之，然未敢贊一辭也。原稿有諸賢題跋評點之處，悉附録焉。聊以志非小子煜標榜其鄉人云爾。庚申春日南州曾煜敬脩氏書。

題和陶詩

王芑孫

讀《和飲酒》二十篇，以蘇公儁爽之筆，寫陶公蕭淡之神。於蘇得其趣，於陶公得其真，世間無此作久矣。然不獨韻境高遠，其中杰然有識時之言，渺然有天際真人之想，又當別領意言之外。歎絶歎絶。乙未二月長州王芑孫識。

燈下讀此，輒爲點識精神所在，至於詩趣之淵妙，則非此可盡也。鐵夫王芑孫又識。

和陶詩跋

法式善

昔讀白香《送胡果泉觀察粵東》詩，服其理足識足，筆墨得柴桑真趣。今玩《飲酒》二十章，即陶即蘇，非陶非蘇，真白香詩也。吾友王惕甫誦之，以爲三百年無此作，並世有是人，恨相見之晚。惕甫論士，古道自矢，弗徇俗阿好，於白香傾倒若是，益信余之稱白香非沾沾一人之私見也。詩龕居士法式善拜跋。

題和陶詩

永　邁

白香先生於性命之學，可云「吾無間然矣」。竊嘗疑後儒聚訟，各立門户，浸以多岐，幾忘天德王道實人人性中固有之物，但求自慊，何暇立異沽名哉？馬大寂即心即佛，如是如是。印香道人永邁識。

評和陶詩

綿　標

詩格之高，有目者所共欣賞。難得陶淵明於一千年前預選諸韻，逐一合吾兄意所欲言。錯雜觀之，轉恐似陶和舒也。霞軒綿標戲評。

和陶詩記

郎賡

香郎少作動千言，倏忽百變似太白，既乃抑塞騷怨，短歌微吟不能長。議者多疑其瓣香二李，其實與玉溪、昌谷同師三間，遂不無兄弟之狀耳。癸丑，予降官入都，讀其詩復近王、孟，今於敬修齋見所和陶詩一卷，枝葉殆盡，古香奇情，多有未經人道語，斯爲極則。東坡論陶詩有云：「人言靖節不知道，吾不信也。」後賢謂香郎，倘其然乎？仁和郎賡蠡湖記。

和陶詩記

弘豐

白香與予交數年，論古多識，頗不喜言詩。既乃稍稍相贈答，始歎異之，殊愧知白香不盡。蓋無意求工於文，而自寫其胸臆者也。陶靖節亦正如此。雙丰道人弘豐點定併記。

和陶詩跋

曾煜

法大司成謂是詩得柴桑真趣，故並梓之。相馬者不辨驪黄，知音者得之絃外，矧古人和聲擬格，不落言詮，真賞者以神遇耳。賢王稱賞，殆亦知經濟良材，轉不樂仕，古今人不甚相遠，然則即謂此爲《和陶詩》，亦無不可也。曾煜跋並題詞。

湘衡看九面，高處畏人知。彭澤歸雖早，閒雲出更遲。白香先生既不肯應舉求徵，諸欲助爲貲郎者，復笑謝焉。客遊雖久，正不必以早賦歸來爲高也。八年藩邸客，一卷和陶詩。欲識羲皇趣，梁園卧雪時。

和陶詩題詞

法式善

子瞻不羈才，追和淵明篇。用世抱隱憂，心苦詞纏綿。君挾一枝筆，攻陷陶蘇堅。憶昔官箴詩，君有《官箴》十章，余所推服者。讀罷情油然。我時擬柴桑，意已忘蹄筌。停雲肆高詠，雪館孤燈圓。古今遥唱和，前後誰媸妍。道味溢楮墨，逸響鏗風泉。清曠自絶俗，一氣空中旋。縹緲匡廬峰，竹柏青娟娟。花氣四時永，春雨東林偏。君雖不飲酒，酒德君獨全。君雖不著書，書理君獨研。浸淫而酣適，糟粕胥棄捐。看魚至濠上，叱犢來中田。狂吟叫明月，高枕梅花眠。

白香先生以和陶集見示，奉題一詩以當跋詞。雖其微妙不能言語形容，而相知以心，有弗能恝然者，尚祈正而和之。詩龕居士法式善手稿並識。

南征集序

曾煜

《楚辭》「獻歲發春兮，汩余南征」，征，行也。煜與舒白香先生同舟南行，三閲月始達故里。中間阻風守淺，登臨憑眺，先生輒紀之以詩，煜隨在收其草稿，以次輯録，得二百二十三首。先生本欲新春歸，逮秋始果。故自題曰《南征集》，原騷意紀程而已。嘉慶庚申十一月既望里人曾煜輯並識。

南征集序

龔鉽

《南征集》，白香先生南歸紀行詩也。鉽與其羣從交，耳其言行，心儀之。昨冬先生歸，始得相見數晨夕，如平生歡。受讀此集，人亦多欲傳鈔者。莊谿戈丈遂以鋟家集餘工，付之梓。先生蓋舟行九十三日，凡一水一山一亭驛，地有其人，人有其可慕者，輙流連不能去心。或臨不測溪、履危石，追逐雲霞，不足日而載之詩，顧欲棄百事而長此遊也。噫，詩云乎哉！辛酉年長夏南州龔鉽書。

香詞百選序

龔鉽

秋宵弄筆，隨意選録天香先生所作詞一編，以百首爲限，遂題曰《香詞百選》。適有良梓，命即以拙書録之。惲子居師嘗言天香館詩餘亦空前絶後，黎湛溪師以爲然。吴蘭雪中翰至謂讀舒詞能令人甘爲情死，其見賞於知音若是。然則鉽之斯選也，雖有愧博採精鑑，或亦可持贈當今才子，共先睹而爲快者乎？時嘉慶己巳歲菊秋之望南州龔鉽適甫書。

香詞百選題識

黄有華

嘗讀宋廣平《梅花賦》、張乖厓《小英詩》，與其人剛腸烈性絶不相類，心竊疑焉。既而讀吾師天香先生所作詞，乃竟有湯休綺語。未破之參，一指當心，三生頓悟。天花亂落，人口俱香，亦與其風節不類。廣平、乖厓正應作如是觀也。有華下第歸，謁師南州，適吾友漚舸選録此詞，將付梓，不禁有「高辛先我」之歎。因笑五上春官數萬言，不及吾季公選樓一夕之譽。聊用附名簡端爾。都昌黄有華。

香詞百選題詞

洞仙歌 用集中和雪君韻

婺源胡翔雲黄海

章江一棹，悵重遊難果。忽覩郇雲向空墮。有烏絲百疊，紅豆千枚，真不愧，獨占詞壇高坐。　知音曾有幾，兩地相思，不了因緣證香火。聽徹洞仙歌，拚醉天香，頓脱却、風塵關鎖。待他日、南泉續清吟，想鐵棹齊鳴，箇中添我。

百字令

董邦超夢堂

洪厓山下，見人間杜牧，是真才子。載酒江湖攜筆硯，一卷烏絲闌紙。楚尾吴頭，燕南趙北，處處牽情思。香詞數闋，櫂歌應有人記。　疑是九轉迴腸，三生夙慧，百八牟尼似。欲向青天搔首問，咄咄逼人如此。竹垞云遥，銅絃已歇，作者今無幾。高歌擊節，一杯聊酹江水。

洞仙歌

董鍊金牧堂

清詞萬疊，是仙家眷屬。咳唾隨風灑珠玉。向梁園歸後，寫韻軒開，紅燭下、譜遍人間當年門弟子，妙選新聲，珍重明珠幾千斛。特亮此天才，結夏招提，消受了、人天清福。爲再問、五老卧遊時，想神馬尻輪，可曾招僕。絲竹。

賀新涼　二首

董桂洲　薌泉

記買星江舸。歎因緣、巫山咫尺，霎時相左。惆悵望舒樓前月，留得新詞婀娜。向壁上、猜詳猶可。疑是玉皇香案吏，儘風流不爲浮名鎖。温一點，佛龕火。

效顰自笑渾無那。不名家、絃么徵急，拾人餘唾。坐此無成芳春去，懊惱秋娘老大。快百琲、珍珠遺我。一字一縑酬不得，是陽春白雪皆難和。吹鐵笛，恐應破。

慣唱旗亭柳。譜風懷、屯田柳七，涪翁黄九。蔣宋以來無其豔，否或前身石帚。付剞刻，居然不朽。未免有情誰遣此，漫沉吟豈落風詩後。甘死者，早知否。

人生難得唯嘉耦。要修成、文簫眷屬，彩鸞夫婦。小别千年滄桑换，又向人間沽酒。乍半醉、填成紅豆。分付小紅爲我拍，把良宵風月休孤負。歌一闋，一迴首。

滿江紅　用題中自題詞韻

董桂山小叢

司馬青衫，揾不盡、滿襟珠淚。須細看、偷聲減字，幾多離思。蓉舫香囊紈扇引，蓮臺繡枕神鍼刺。想空江、紅袖寄烏絲，天仙比。　巫山夢，瞢騰睡。臨邛酒，模糊醉。任淺斟低唱，等閒遊戲。燕子樓頭翻舊譜，桃花障面添新記。付雙鬟，齊拍入琵琶，清如此。

解佩環

三瀧王　塤樂林

紅酣緑醉。似玉國梅花，美人標致。數點芳心，一縷柔情，領徧春風滋味。更憐嫵媚寅寅曲，早賺得、謝孃簪髻。想當時、紅豆屏風，定有人兒偷記。　說甚銅絃鐵板，笑髯坡强事，粗豪自喜。怎比香詞，僕柳奴秦，真個芳華竟體。胸羅五色生花管，却散作、天葩遊戲。看許多、碎錦斕斑，都帶飄飄仙氣。

花仙小志序

方維翰

花仙者，余姊婿郎公蠡湖之女弟，行五。襁褓中余即見之，迄今二十年矣。故於其全於四德，知之最悉。因蘭仙入夢而生，且愛嗜無過花者，姊若妹號之「花仙」。余嘗謂蠡湖曰：

「今豈復生潘宋者，花仙將誰與爲偶哉？」且夫余固不知香郎爲何許人也，初且不知桐柏爲何許人也。乙巳春，因蠡湖交桐柏，蠡湖爲治太宜人葬事來武林，攜眷寓西湖陸氏之樓。時余判台州，膺濬湖之役。六月暑溽，嘗得近憩。一日見几上置小軸整潔可愛，異而視之，爲香郎賦《鐵馬》七解，墨無浮采，筆有餘情。玩其文辭，覺耳畔凜凜有風起水湧、甲兵交擊之狀。是古之豪士歟？抑神仙才子耶？不然，世豈有若而人哉？蠡湖告余爲桐柏之友舒白香也。花仙見此文，亦曾有太白再生之歎。余聞之驚而起舞，慊焉若狂。世果有若而人者，殆天之所以偶花仙也。遂以執柯自任，速桐柏遺書致之來。桐柏召余與蠡湖會於其家，香郎翩翩而來，容光其圭璧也，風神其梅鶴也。舉止吐屬，其玉山行而珠璣落也。是真今之潘宋也，非花仙誰與爲偶哉！即席與蠡湖定盟。於戲！造物亦大矣，其生物必有偶。世有花仙，即有香郎，癡兒女之煦煦於情固不足言矣。識花仙者爲花仙幸得偶，識香郎者爲香郎幸得偶。抑知天生兩人爲之偶，而能爲天偶其偶者，則余與桐柏與《鐵馬辭》也，然則之三子者，可交相幸耶？

花仙小志序

李三晉

乾隆丙午仲春既望，莪洲歸自燕臺，二兄桐柏先生出示《鐵馬緣記》並和韻詩，因得讀香郎先生《鐵馬》原作，意韻高閎，雅近漢魏人吐屬。其與桐柏訂交之密，不啻叔安、莪洲三數人也。桐柏强莪洲同作，莪洲芒鞋竹杖，負土山中，不遑及此，書數語於幀末，以爲詩券。幸致聲香郎先生，異日扁舟奉訪，當不吝大集益我耳。

重刻花仙小志序

黄有華

吾師天香先生少負奇才，曾以《鐵馬辭》受知仙媛。是故許進士、方别駕樂爲之媒。將成禮矣，會太夫人病，先生即輟吉遄歸。而所聘則憂姑之憂，因而亦病。明年，太君愈而嫁娘殤矣，惟玉照尚存香館。其才其匹，其天資之美，絶世獨立。十年相攸，一字而夭。至不得與廟見之婦祔主而祀，何數之奇也。吴越多才，同聲扼腕，一時慶輓佳篇，後先酬答，許進士輯而梓之，名曰《花仙小志》，志美人名士之窮也。

事隔廿餘年，漸無知者。一昨劉丈恕堂謂馬丈梅亭言：「比見浙人文選有蔡太史《花仙》一傳，事甚雅而情可悲。且作合之禮成於《詩》，而愆期之疾本於孝。詩禮孝淑，於義可風。其志既曾有歸柩之請，公盍以雙溪淨土，築花仙之墓，表彰潛德，宏奬風流，正賢倿事也。《周禮》禁遷葬與嫁殤者，殆周時禮耳。今遷葬在在行之，於嫁殤何有。且西江名墓如澹臺子羽，傅會也，温太真墓，衣冠也。高賢名士尚可以分塚流芳，供人吟眺，山川於是乎有靈，志乘於是乎生色，顧忍坐失傳文乎？彼西施沼吴，鴟夷再辱，徒以色而苧蘿傳焉。昭君文姬，非節也，而或傳青塚，或傳笳拍。緑珠之井，既不終湮；玉環之韈，且難終瘞。甚至訪文君之壚，表桃葉之渡，弔朝雲之墓，構琵琶之亭，於義奚取？然而古今名輩，鮮不欲流連賦詠，附之而傳，則何也？蓋奇忠顯節，古有常旌，隱秀幽芳，賴兹風雅。嗇於遇者豐於名，爵其身者榮其墓。盈虚倚伏，天道宜然。文章者，五色石乎？不有其蹟，何從詠懷？」

梅亭丈極快其説，因索觀吾師《鐵馬》舊辭，則已失其稿。有華曾收得《小志》殘板，用重刷而增序之，以答二大夫採風尚德之意，兼以玉墓之成也。二大夫與吾師至交，夙稱其清風素履，不愧澹臺。而兹集締姻之雅，更有過於温家玉鏡。是則南州兩名墓，流風韻事，萃於斯舉。若果成之，則陳蕃有榻，孺子有亭，當與二大夫芳名同壽，不亦善乎？

有華何幸，與漚舸公車同載，過西湖，展仙厝。返王喬之玉棺，埋繡谷之香土。庶曇花一現之因，肇於方、許；而佛國三生之果，證自龔、黄。不佞且欲學填詞，譜佳話，並傳吾師李夫人媲德之美。以證夫數之奇者，終必能偶，信煉石能補天也。增刻之意，且欲藉是以廣徵題詞，並垂不朽，二大夫之仁言溥矣。嘉慶十二年春月都昌黄有華敬書。

花仙小志跋

舒　春

家叔父與許桐柏先生爲文章知己，每有唱和，輒命春録而藏之。自念魯稺，亦漸有向學之志。此册乃叔母仙蹟，先生合梓以慰叔父而傳無窮，可謂愛人以德矣。時叔父已還江右，亞廷夫子感其義，命春書數語敬謝先生，且志竹林孺慕焉。舒春謹跋。

緱山集序

馬廷燮

原夫楚臺善怨，皆景差、唐勒之徒；梁苑工詞，盡枚乘、鄒陽之筆。是以淮南傳内，尚友者八公；建安集中，詠懷者七子。况復惠施化而莊生寢説，鍾期殁而伯牙輟絃。彈指京塵，回頭漢月。自應對將軍之樹，笳管生愁；能不聞帝子之笙，關河共愴也哉！靖安舒白香先生裁花作骨，浣雪爲腸。代傳馴雁之遺，早有雕龍之譽。二萬里彎弓紫塞，寶劍贈人；三十年執耳詞壇，袈裟選佛。洎陸機之入洛，比郭隗之投燕。騰驤則騄耳隨塵，焕匣則青萍奪色。唱微雲與紅杏，半是宫鴉；讀《子虚》與《上林》，喧傳内使。遂有天家祭酒，宗室上公，當縞袂之初通，已買絲而欲繡。西清掃徑，衆裹候車；東閣延賓，席間設醴。貽美人兮瓊玖，思公子兮杜蘅。訂三生香火之緣，敦布衣昆弟之誼。

先生之與雙丰將軍有夙契也。迨夫長卿辭漢而返，湘東秉鉞而南。移楚國之旌麾，作錢塘之保障。維舟章浦，再尋徐穉於蓬蒿；駐馬草堂，特屈少陵於幕府。一路營安細柳，雷令嚴明；沿堤水泛芙蓉，風神旖旎。貂裘草檄，都知從事之能；麈尾談兵，快領書生之論。封章屢上，天子爲之頷頤；膏澤頻施，軍士儼如挾纊。此其傾誠相報，借箸而謀。王仲宣未足比其才華，李玉溪亦殊少此榮遇矣。誰料馬援離塞，香櫝如龍；庾信入關，黑輪似霧。虎帳牙旂之壘，月墮將星；濤山浪屋之區，雲翳帥府。可憐梓樹，竟天道之難論；忍聽鵑聲，況家山其未遠。先生屏營其側，經紀其喪。凡玉魚金盌之需，積倉裹糧之計，莫不詳籌身後，周慮事先。夜雨招魂，秋燈送柩。哭寢之誼斯摯，歲寒之盟勿踰。然而華堂客散，尚裊垂楊；山館人空，更淒鄰笛。覽嘉祐之聖迹，功勒麐圖；輯瑣闥之名言，書陳鴻寶。爲之略綜梗概，彷彿生平。盤硬繭以横飛，醮渴毫而記注。雪爪認香泥路上，涼蟬抱落葉枝頭。體仿《七哀》，詞申《九辨》。半幅葡萄之錦，織成哀淚千絲；幾聯芍藥之詩，結得愁腸一縷。字同金簡，秘爲禹穴珍藏；帖是蘭亭，化作唐陵舊物。古稱知己，其在斯乎？

廷燮緑野春農，青衫秋士。識荆燕市，低徊扣筑之歌；飲水雙溪，密邇棲霞之室。聆龜兹而心醉，望海若以神驚。知風雅的有傳人，歎《離騷》真爲情種。而燮一官落拓，兩鬢蕭疏。汲愁古井之深，墨爲磨人而短。借酒盃以澆塊壘，撫瑶瑟以貺湘靈。發篋細哦，慨焉三歎。兹因賢阮，欲付剞人。用綴蕪詞，弁諸簡首。敲殘鐵如意，寒生夢裏陽關；擊碎玉唾壺，淚落尊前河滿。嗟乎！翻爲雲而覆爲雨，相逢草草，幾曾尋碧海鷗盟；沅有芷而江有蘺，對此茫茫，猶想見緱山鶴唳。嘉慶十二年秋月欒城愚弟馬廷燮梅亭拜撰。

緱山集題識

舒懋勳

右吾邑舊尹梅亭馬公題《緱山集》序也。歲在丁卯，舍弟懋熙、懋修曾共輯録家季父與雙丰王子京邸唱酬洎哀挽悼懷之作爲一鰐，梅亭公見而賞之，題其編曰《緱山集》，爲作駢體長序千餘言，寄家兄萸房紫陽書院，屬爲删潤。家兄敬爲節其冗，轉呈季父，此稿尚存。頃見勳翻刻輓詩，復續梓雙公出鎮楚越後贈悼諸篇代補注，而兩弟昔年所輯詩亦多匯於此。梅亭公則已歸道山，宿草難割。故仍目曰《緱山集》，而冠以原序，志弗諼也。梓成日，鶴坪舒懋勳又識。

緱山集題識

陳守謽

白香先生於此集發抒忠愛之仁與哭寢之義，聞琴痛切，掛劍悲深。令讀者掩卷欲泣，更有流聲指外者。成連徑去，獨鶴南飛，王子晉名彌不朽。姻愚弟陳守謽敬識。

題緜山集

李秉禮

慷慨平生誼，淒涼不朽文。誰能知國士，空復弔將軍。夢冷西湖月，魂依北闕雲。惟餘弱女在，歲歲哭孤墳。　松甫李秉禮題。

湘舟漫録序

龔鉽

昌黎《讀荀》，以孟子與揚雄並稱，以爲尊聖人者孟氏。又曰存而醇者，孟某氏而止耳，揚雄氏而止耳。夫雄奚能與孟子比哉？雄之《草玄》、《法言》，亦祇擬經自豪耳。雖曰知道，無志躬行，惡所謂存而醇也。鉽於文好讀《孟子》，士可希賢，無嫌儗似。竊謂善學孟子者，其惟吾白香師乎？師雄於文，聞道之後，絶不干禄。所日與二三從學言者，皆玄也，所日著於楮墨間者，皆法言也。雖亦嘗十載遊梁，然祇戀楚元設醴之情，實非有郭隗黄金之慕。諸貴介與之遊者，靡不增孝謹之譽，正所謂不素餐矣。脱帽友王公，敝屣視功利。不肯暫折腰而拾青紫，惟知秉直道以扶綱常。當其抵掌華屋，妙諦環生，覺六經翻爲注脚，而百家盡作衙官，氣象巖巖，令人自失，殆亦所謂善養其浩然者歟？海内豪俊無顯晦，皆知其名，惜乎詩人則但知其詩，而文人亦但知其文，與夫識時務、通古今高世之士，則亦但知其品學而已，皆未必深知其志實恥躬不逮其言者。故孝悌之行稱於族黨，忠恕之德信於交遊，又不徒以公善爲仁之説繼先賢性善之功矣。

嗟乎！匪知之艱，行之爲艱。夫揚氏《美新》之文，韓公三書之旨，未必絶無干禄意，以視終老客卿，抑功利而伸仁義，其志行果何如哉！孟子語句踐以好遊，而謂「人知之亦囂囂，人不知亦囂囂」，吾師之遊，真得囂囂之旨者。歲庚午九月，鉽獨從遊，泝三湘，登八桂，吾師有湘舟之録、驂鸞之詩，皆偶筆於舟中旅次者也。鉽與永福詹侯堅爲同門友，遂相與編而梓之爲六卷，詹侯已敘於詩矣。昔張子韶《無垢語録編》，傳心者其甥于恕也。《記日新録》者，則其門人郎昱也。鉽例宜有言，於是併述吾師生平志行似孟子者爲《漫録》文序，會心人不我嗤也。嘉慶辛未長至南昌龔鉽謹書於桂林講舍。

湘舟漫録序

詹　堅

天香夫子登南嶽，遂來視堅。堅遣人迎於桂林，則方與松甫先生論交聯吟，文酒無間。留匝月，始至永福。偶題廳事壁有「狴犴常生草，牛羊不避人」之句，逼肖此邑。竊謂自有永福來，方寫照也。堅爲夫子甥，苦無佳句似其舅。而吾友漚舸則性行反能肖夫子，爰輯所和《驂鸞詩》編之集後，同人梓焉。吾舅歸途又得《湘舟漫録》三卷，松甫先生歎味之，殆亦諸名士樂觀者歟？受業甥詹堅謹序。

古南餘話序

龔文虎

都昌五黄皆師事吾友天香先生，故不佞久知其名。今年秋，適權知是郡，以禮羅之。四君來謁，則所謂仲實、叔道、季通、俊達其人也。手一卷屬余作序，蓋其師寓古南日詩話草稿，五黄所輯録藏於家者。吉人孝廉既不幸捐館，諸弟悲愴，求所以慰伯氏而卹遺孤，惟是編與吉人《聽琴》一詩，可以寄子敬人琴之痛。遂謀付梓，乞鄙言敘其情耳。嗟乎！蘭亭上巳，輞川秋月，追繪作圖，已歷千載，吾輩嘗卧遊其間，晉唐如在。然則黄伯子吉人之琴，未必亡也。何況四君子爲天香高弟，孝友才藝，鄉評夙優，兹復恭其兄而習其所傳，敦篤若是，由是而進德修業，何道弗成。將見五黄之譽，可以繼馬之五常、竇之五桂，著芳聲於廬嶽間矣。嘉慶壬申元月望，南康假守吉原龔文虎西原氏撰。

古南餘話題詞引

董鍊金

白香先生天才特亮，偶一謦欬，皆超超玄箸。無一語一字不出人意表，却無一語一字不入人意中。然後知先生之文，乃千萬人共有之文，非先生一人之所得而私。然千萬人雖有而終不能道其隻字，斯乃真先生一人之文，而非千萬人之文也。拜服拜服。緣題拙句，冀附名於簡末而已。

古南餘話評識

陳守譽

有尚友千古之識，具勘破世情之眼。上下千載，俱歸一縷心思中，而字字句句，現身説法，指示迷途，覺悟學者。人見爲慈惠婆心，我欽其苦心孤詣。昔坡公《上舉主梅直講書》云「乃今知周公之富貴，有不如夫子之貧賤」者，誠以與其徒自足以相樂也。吾於先生此册亦云。姻愚弟陳守譽拜識。

古南餘話評識

胡翔雲

太史公足跡遍天下，故其文章疏宕有奇氣。是文章之奇，多出於山水之助，信矣。然使支筇孤往，唱和無儔，則奇莫與賞，求如是之往復流連、層見疊出者，終不可得也。白香先生負奇俊之才，探古南奇勝之窟，又有龔、黄諸奇士從遊其間。意有所適，夢亦同趣，一時伸紙落墨，奇氣横出。《餘話》五卷，作一部奇書讀可也。他日買泉賣雲處倘許分咫尺之地，雲當擺脱塵海，憬然以從，風雨名山，少佐奇談於萬一，應不爲先生所擯也。黄海胡翔雲書。

古南餘話評識

董桂洲

讀《古南餘話》一編，想見白香先生天懷活潑，夙慧通靈，雋旨清思，益人神智，知非自怡悦己也。詞則東坡之替人，詩則青蓮之嗣響，先生其兼兩謫仙而有之者耶？當與漁洋諸編並傳不朽。婺源董桂洲拜識。

古南餘話評識

高　瀐

捧讀《古南餘話》一集，可謂蓮花作字，玉局爲文。佛既多情，仙猶絶俗。向謂宋以後詩話傳本，亦豈乏名篇通論，往往以敘述冗弱，風格遂卑，文筆之所關鉅矣。白香夫子著書等身，笻屐所經，必留鴻迹。曾寓古南四十日，五黄從遊，遂輯得《詩話》五卷。其間論古極精，體物攄情，悉臻化境。吾師妙筆已直破蘇、黄，悟後參也。唐人以「羚羊掛角，無迹可尋」爲詩家三昧，竊嘗持此説以求詩，千百不得一。《古南》諸什，其殆庶幾乎？瀐既分注其末，復疏其管見如此。壬申端陽前二日鐵嶺門人高瀐謹識於南州公寓。

古南餘話跋

惲　敬

《古南餘話》五卷，吾友白香先生遊都昌古南寺隨筆所劄記也。寺刻蘇長公詩而集無之，其諸所遺逸者歟？野老泉在蜀中，而寺以名其泉。或長公懷舊居自名，或後人名之，未可知也。白香之學，無所不窺，而性情最近《南華》、《離騷》二經。故下筆超宕清麗，非尋常畦徑所能到，讀者嘗鼎之一臠，可以知全鼎矣。陽湖惲敬子居甫書。

古南餘話題後

王　塤

話何以餘乎？雜説叢談之末也。餘何以話哉？娱閒消暇之譚也。然無山水清音、觴歌雅韻以助之，雖有話，亦俚而不文；話有餘，亦淡而乏趣。若乃風雨名山，素心樂數，驅煙墨，商略蟲魚，以此爲餘，洵稱佳話矣。雖然，話亦未易言也。藉使無士衡之多才、元龍之豪氣、文通之才筆、太白之錦心，即有孝先腹笥、長吉奚囊，惡足道哉？天香先生既挾山水而遊，復結友生之契，佐以才華學識，慧舌靈心，此《古南餘話》之所由作也。蓋以三旬之餘，而編千秋之話，夫豈尋常？此其中能闡經義、辨史誣者，則話之能裨身心、翊世教者，則話之能摹妙景、攄微情者，則話之托物言懷、持衡立論，諧曼郎之謔語，寓莊生之微辭。或話之詩文，或話之詞賦。其餘雖多，不可以話。吾嘗伏而讀之，其吐辭在是意非意之間，其措思若有謂無謂之妙。娟秀如春月柳，藴藉如平遠山。豪放則渴驥奔騰，細膩則美人熨貼。帆隨湘轉，其旁通也，水流花開，其靜致也。美善兼盡，夫復何言！雖自以爲餘話，而予則謂奇談也。方今白露既零，涼風洊至，亦拄頰看山時矣。想其雁渚茗譚，桂巖琴詠，雖事過境遷，而手此一卷，猶彷彿餘音之在耳云。嘉慶癸酉秋仲望前三日，南州寄客王塤樂林謹題。

古南餘話題後

曹　虎

虎拜事天香先生有年矣，其始隨舅氏宦遊燕薊，所在聞先生才名。及見所爲詩文詞，心悦而好之，意其人必易得禄。於所知考其行事，則又絶意於仕進已久。雖客京師，無勢交，不名一錢。苟與之風義契合，則趙孟失其貴，陶朱失其富，魯連、吴札亦自失其豪且賢，而相與莫逆爲友。虎拜始企慕其人，甘爲弟子。迨還豫章，敬以詩投謁於門。先生時卧疾，覆手劄誘而獎之。虎拜摹其書，弁諸行卷，因執贄而受業焉。親炙既久，於先生之動靜語默，熟察而詳記之。始知其不求仕進非高也，於斯之未能信也。工詩文非好名也，偶書其見志之言也。至賢豪貴顯樂與之交，則亦人之好善耳。先生取其心，不取其迹，且與子言孝，與臣言忠，與宰官言民疾苦，正所以成其公善之仁，而已無與焉。然則以才人、異人、高尚之人目先生，皆非知己。先生蓋憂勤自勵，念念求無愧之人也。故其粹容精論，真有厭服人心，變化人氣質之妙。識者儗之郭林宗、黄叔度，差爲近似。然竊謂體用之學，猶或過之。又未易爲鯫生道矣。都昌黄氏有才子五人，皆師門高足，所藏有《古南餘話》五卷，類爾日閒談戲筆，顧已多漢晉名流未發之義，有目者當能共賞。今既付梓，虎拜以同社例得附名，用敢題後。天香弟子曹虎拜。

婺舲餘稿序

劉夢蓮

《婺舲餘稿》，吾師舒白香先生舊遊草也。蓮曩讀先生《古南雜詩》，有《寄紫陽山長萸房姪》第二篇云：「婺源風景亦關情，雲抱青山水抱城。最是一年春意好，採茶娘子聽書聲。」蓋「婺源茅屋書聲起」，古鄉評也。山又多茶，遂撰成絶妙《竹枝》之聲，是真才子。而婺邑弦歌之俗，衍自先賢，亦堪風世。蓮頃得遊先生之門，竊窺所學，恍如望洋，莫可測度。姑即以詞翰而論，同社梓行者皆其外集，尚有未刻詩文百餘卷。先生既潔比羊裘，又不肯以豬肝累安邑，致令脈望飽食神仙，殊堪悵惜。偶見《婺舲餘稿》中《自述文》一篇，貌襲六朝，志追三代，先生之性行出處全體畢肖，同時後世皆可據此文以論定其人，而蓮之所謂望洋莫測者，亦即是而得南車矣。詩文僅一卷，工費無多，故梓之以貽同志。上章執徐之余月，左蠡受業劉夢蓮香亭謹序。

婺舲餘稿題識

舒　普等

從祖兄萸房、建侯兩先生少於家大人皆只數歲，其得聞家學最早，竹林之愛敬亦最深。故此番避喧出遊，迎送者亦兩兄也。普於時録存遊草，並附録兩兄《呈別》、《護行》諸作而藏之。年逾一紀，香亭、淳之兩先生欲共鋟大人《婺舲餘稿》以問世，辭不獲命。智、盼始敬襄校字之役，因念家兩兄著述雖富，而附見大人諸集者似不可少，遂併録而續梓之。舒十八普、廿五智、廿七盼仝識。

婺舲餘稿跋

舒淳之

天香先生爲吾族名德之望，致堯自幼私淑而宗師之者。顧以十世來名派皆同上一字，先生見吾刺，輒慼容却立不敢受，問字之謁，如是有年。既而來肄業豫章書院，與劉君香亭同舍館，香亭亦瓣香奉先生者，遂相介而改名，同受業焉。先生曰：「師不必賢于弟子，藉使弟子爲尸，原可受父兄之拜，吾弟以尸自解耳。」即此愈服其敦本敬族，執德之謙，舉堪厚俗。香亭尚德而多才，自忘其貧，尤喜事。一日見先生《婺舲餘稿》，極歎賞其《自述文》，以謂此大人之學、仁人之言，而達以風人之旨，辭婉意篤，可正人心，其他遊戲歌詩，亦多藥石，不可不梓以壽世。遂同校録而鋟之，用書其後。受業致堯淳之甫敬跋。

秋心集序

舒懋熙

秋有心乎？心有秋也。蟋蟀在壁，秋聲滿耳。牢愁萬端，寸心如結。静念吾從父天香先生以知希不愠之懷，值人所難堪之境，三年之中，七見慘割。老淚欲竭，我勞如何。矧不肖亦喪其耦，從父且爲之志墓。骨肉不朽，文章有靈。附尾以行，千里可至。緣輯録從母仙還之日，諸名士弔挽文辭及已殤弟妹歎逝之作，凡可以悼慰存歿，繪曇花、延電光者，悉壽諸梓，而題其編曰《秋心集》，「秋心」之象，破「愁」云爾。甲戌壯月，靖安舒懋熙敬序於硯冰之齋。

秋心集跋

舒懋璠

八月廿三日，亡弟懋承以疾卒，懋璠哭之慟。尋復爲七絶五十餘篇，有「秋若有心排雁字，不成行處盡成愁」之句。既而得家十二兄豫章來問，附所輯《秋心集》稿，讀之酸鼻。因念承弟孝於親而仁於祖，爲伯父小千之嗣，居貧力行，有老成所難及者。不謂年廿二未婚已夭，優曇易謝，靈芝鮮根，勢必與草木同朽。興思到此，寸腸九折。且兄集秋心，我題愁句，不相謀而適相合，得非吾十四叔母慈雲默芘，有以啟其衷而附之傳者。爰敬書淚墨數行於《秋心集》後，以志原鴿永痛焉。甲戌九秋舒懋璠。

歸舟雜詠跋

黄有華

吾師天香先生性畏熱而惡蚊，故嘗於甲子夏秋居廬山之天池百日，避此喧也。今年復欲假省兄之便，出衢入婺，遊靈巖，因而度夏。有華聞之，深喜結清緣，祛熱惱，刺舫追從始相及。孰意至金衢使院，則花蔦壎篪，沸喧彌月。熱客又如墻而進，酒食之困，筆札之繁，甚於蚊蚋，吾師大窘。遂相留不許入山，不得已託辭返棹，漚舸亦因而同歸。清遊未果，別恨翻頻。一篷新涼，八窗晴翠。惱人天氣與潄石溪聲，發爲吟嘯，故唱和不無綺語也。吾師既雅達，吾兩人未免疏狂，遂相與集而存之。月既望，有華告歸，吾師贈以長句云：「小聚六十日，薄遊兩千里。閉目想所歷，西南好山水。山勢欲流水欲渟，雲煙萬態懸丹青。紛紛繡被覆才子，處處吴娃上越舲。姮娥莫更誇殊色，吾嘗白眼看明月。但須脂粉媚途人，何曾倩盼能傾國。文章風格寧不然，車塵之會無飛仙。硯中香霧結成綵，陌上柳花輕若綿。愛君重君惜君别，吾心肯爲時人説。綈袍難御六親寒，逃禪只畏三途熱。生前勢位衆所尊，死後榮名已不聞。褒譏要自輿情出，義利須從獨念分。蓬瀛未必皆仙境，富貴原來似花影。遠遊身卧木蘭舟，還家夢立梧桐井。」有華讀是詩，恍然悟過眼紛華，胥同幻泡。高翔者不如偃卧，虚往者竟得實歸。閲歷漸深，真覺世味淡而凡骨輕矣。吾兄漚舸梓是集，寓書索跋，爰補志其顛末如此。嘉慶十二年七月七日都昌黄有華敬書。

聯璧詩鈔序

宋　昱

歲己丑，昱既謫烏魯木齊，安置寧邊廳，掌高昌書院。守中舒六丈來權判事，過我傾談，不盟而好，命公子夢蘭問學於昱。先是六丈著《西園雜詠》，昱跋其末，羨其摹唐音而得乎變化不傳之秘，意必有家法淵源，非僅天才俊逸也。既復示《詩鈔》二卷，云伯考東軒、考補亭兩先生生同乳，舉孝廉又同科，文集盈案，無能遠來，僅録兒時所記誦二老舊作各百首，欲併其雜詠梓之。昱讀東軒詩濯秀含和，神清意遠，補亭詩英風豪氣，筆可干雲，遂應之曰，《禮》有之：「先人有善而弗知，不明也；知而弗傳，不仁也。」吉光片羽，其在多乎？且三蘇之文，其體格雖殊，而東坡、穎濱並列有宋大家之選。程子明道與弟穎川氣象亦别矣，然學道者同宗之。蓋不同之同，所以同也。何况生同日，舉同年，又若天之默示以大同者。六丈頷之。爰題曰《聯璧詩鈔》，時則乾隆壬辰歲首也。北平宋昱撰。

附録三　傳記及年譜

舒夢蘭傳

舒夢蘭，字香叔，一字白香，晚號天香居士。采願第三子，誕時母夢大士予蘭，故名。甫晬，父挈之隨甘肅渠寧司巡檢任，繼遷烏魯木齊呼圖壁。夢蘭長於邊塞，自幼有星心月口之思，父母絶鍾愛之。塞外罕師，有北平名進士宋曜寰，緣事謫口，因請受業。師見其英慧絶倫，大器異之。爲講貫經傳，過目即識大意。課以文，千言立就。瀾翻花燦，不主故常。性嗜《莊》、《騷》、《史記》，兼通内典。旁及詩歌，側艷諸體，彌不工妙。師語之曰：「子殆異才，不可測也。然他日成就亦非科名利禄所能縛，子善行其志，可耳。」

年及冠，隨父南歸，命入監讀書，應乾隆丁酉鄉試，薦而未售。己亥恩科，錢籜石學士載典試江西，閲首場夢蘭卷，擊賞擬元，以磨勘策語微疵見擯。甲辰赴南京召試，三江名士雲集，盡得納交。歸過秣陵驛舍，秋風起，作《鐵馬辭》樂府七解，寄託遥深，詩名日著。時兄慶雲守三衢，往署佐理。西泠俊侶聞聲相思，招集湖上，探勝題襟，一時佳話爭傳。良緣終厄，士女同聲歎惜焉。既而奉母還南昌，里居習靜，執友過從，則有鉛山三蔣、東鄉二吴輩，並時鉅公長德，交相引重，宏獎風雅，所學亦進。

自十年來二親見背，無心再踏省闈。姻友胡部郎克家惜其才未早達，屢書招往就試京兆。壬子始一赴約，抵都已後場期，僦居京邸，與故人晨夕論文。未幾，怡恭親王聞其名，以禮聘爲上客，一見促膝。世子霞軒主人引爲兄弟交，繪《槐陰清話圖》，主客忘形。雖在王門，翛然有塵外遠致。另闢一小精舍，俾之夏課，亦冀其才爲世用也。旋應北闈秋試，首題「周有八士」，文闈中加墨圈遍，後搜二三場不獲知，以病未終試矣。夢蘭自稔數奇，回憶曩日宋師所言，早具先識。宋已賜環歸卒，家在玉田。乃恭往拜墓，存卹其後，求得遺稿以還。時有愿效將伯勸其納貲爲郎者，堅謝曰：「早欲言歸，以主我縶維，厚意難遽舍耳。」會世子得疾尋殂，越歲怡親王薨逝，慟無以報。至是絶計歸來，和陶詩終卷，法梧門祭酒採入詩龕，長州王鐵夫芑孫見之稱賞，謂世間無此作久矣，不獨詩境高遠，其中杰然有識時之言，渺然有天際真人之想，識者韙之。

一夕買舟由潞河南下，實庚申秋八月，計客藩邸八載矣。歲暮抵章門，舊巢重掃，三徑未荒，戢影天香館。時與子姪門人商量舊學，證以新知。其於性命，淵旨窮究，體用一源。教人認公善爲仁，孜孜不倦，入其室者如坐温風涼月中也。荊州將軍宗室雙峰公本怡邸道義交，壬戌春移節杭州，特迂道過洪都，招同赴浙。凡牋奏事悉以任之，相得益彰。至秋雙峰公病瘧甚厲，亟延蘇州名醫薛公望療治，良藥罔效。疾革，執夢蘭手屬以後事，蓋將軍尚無嗣息，情更慘傷。自照視醫藥至護理喪事累月，鬚鬢爲白，作輓歌十首志哀。昔韓昌黎未及四十，而哭北平王三世，兹又過之矣。自念平生知己凋謝過半，入世之心益灰。每歲裹糧遊山，曾住匡廬天池寺百日，著《遊山日記》十二卷。過都昌訪故交黄氏，有《古南餘話》五卷。餘如《湘舟漫録》、《驂鸞集》、《婺舲餘稿》皆頻年西南遊踪所紀，多不勝書。

嗣是晚年好静，杜門却掃，然户外車轍常滿，欲逃名而名反盛。時黎襄勤爲南昌縣，每懸一榻待之。當世賢士大夫爭以識面爲幸。惲子居敬、彭秋潭淑，一雄於古文，一以詩鳴，均不輕許可，獨來天香館輒相視而笑，縱談日夕不休。繼蓮龕方伯顔薇垣書舍曰「三壽作朋齋」，謂與天香居士暨豫章掌教董筱槎太史三人談詩處也。方伯知其窮，間有所饋，却之。因貽書云：「吾亦謝仁祖粟，何竣拒乃爾。」始笑受焉。夢蘭家不中資，而性好濟物，故自三黨窮乏及婚喪不能舉者，無不被其實惠。至老自困日甚，恒酣卧怡然而已。年七十九卒，子三，其季盼慧而好學，甫食餼夭折，士林惜之。其門下高足南昌龔鉽作《行狀》，宜黄大令楊振剛有《祭文》一首，極真切。上高李孝廉祖陶《書行狀後》，論頗允當，附録傳後。

李祖陶《書行狀後》曰：白香先生一代才士，亦一代逸人也。能文章而不求科目，負才略而自甘退藏。求之二者，鄉前輩靖節先生之流亞也。然爲肥遯而不爲系遯，爲通隱而不爲石隱。醉醒皆宜，身名俱泰。則生逢盛世，其遭遇實爲過之。故從容七十餘年，而怡然涣然，其心迹一無所累也。予昔時讀其《和陶詩》，即深向往。後館洪都，叩其門而先生已病，生後十餘年居僅二百里，竟不獲一睹其風采，接其言論，深爲缺然。今讀歐可學博所爲先生行狀，皆足見其人之全神。予雖未睹其人，亦可以無憾矣。歷代史家例有文苑、隱逸二傳，然文苑易得，隱逸難求，《明史·隱逸傳序》謂承平既久，士皆趨於科目，隱逸幾無其人，而以陳繼儒足之。論者謂其人迹隱而心競，實不足稱。若先生友王公如布素，居都市如山林，談賓悉賢豪，學侶半科第，與物無競，與世無爭，風流自足，映照一代。後有修國史而作隱逸傳，知堯舜之代有先生其人，而不僅以文苑目之矣。

録自舒孔恂、徐佳瀛編《(同治)靖安縣志》

舒夢蘭簡譜

陸坤

乾隆二十四年己卯（一七五九）　一歲

四月廿三日，公生。《遊山日記》卷三載公自述云：「夢蘭己卯生。」又《婺舲餘稿》載嘉慶十三年（一八〇八）四月廿三日爲公「五旬生辰」，撰有《生辰自述文》，可知生於本年是日無疑。因所生之夕，母吴太恭人夢佛贈蘭，故名夢蘭，字白香，又字香叔。《南征集·謁墓》其十三云：「皈依回向，不求子官。但求不睹，人世飢寒。於戲此志，士夫所難。生我之夕，夢佛予蘭。」《（同治）靖安縣志·舒夢蘭傳》云：「誕時母夢大士予蘭，故名。」

乾隆二十五年庚辰（一七六〇）　二歲

公幼年隨父親舒采頫輾轉宦居於甘肅及新疆等地，生長邊塞。《南征集·中秋日放船》自注云：「吾生未及晬，從宦出遊玉關。」《（同治）靖安縣志·舒夢蘭傳》云：「甫晬，父挈之隨甘肅渠寧司巡檢任，繼遷烏魯木齊呼圖壁。夢蘭長於邊塞，自幼有星心月口之思，父母絶鍾愛之。」《南征集·謁墓》其三稱舒采頫「嘗爲委吏，詎自菲薄。守禮不屈，抑强扶弱。職是多忤，屢遭擯却。求退弗得，左遷沙漠」。

按：舒采頫字守中，號保齋。曾任甘肅渠寧司巡檢、新疆烏魯木齊呼圖壁巡檢等職，以政有功，誥封中憲大夫。舒夢蘭爲其第三子。楊護《舒保齋中憲公逸事》云：「公諱采頫，字守中，派行六。

性剛直有膽勇，敦信樂義，見親舊之急難，每稱貸以營救之。」《（同治）靖安縣志·選舉卷》「舒采願」條云：「由監生遵例官甘肅中衛縣渠寧司巡檢，調呼圖壁巡檢，有傳。」又《（同治）靖安縣志·舒采願傳》云：「三子舒夢蘭著述甚富，負盛名於時，人以爲清德之報。」

乾隆二十九年甲申（一七六四）　六歲

是年，舉家老少皆患大疫，仲兄地官、四弟寧安保相繼夭折。《遊山日記》卷三云：「予兄弟本四人也，仲兄小名地官，譜名克敘。與季弟寧安保，一下殤，一不成殤，又皆隨任歿塞長城外，故鄉族戚鮮有知其名次者。及見先二人塞外歸來，膝下唯長兄慶雲及不孝夢蘭而已。輒疑其所以行三，殆以涂氏姊比肩排第，未知長兄之上有長姊，小字銘姑。七歲殤。脱共男女相次第，則長兄尚居其二，何況夢蘭。」「家長兄霽亭，辛未生。歸西橋涂氏二姊，癸酉生。仲兄地官則生於丙子，歿於甲申。是時先考官寧夏，舉室無老少皆患大疫。」「夢蘭己卯生。四弟寧安保生壬午正月，亦與仲兄同年歿。」《南征集·謁墓》其十云：「育予兄弟，四殤其二。鞠子彌勞，思兒恒淚。克勤克儉，僅勉窮匱。猶然相夫，傾貲爲義。」

乾隆三十四年己丑（一七六九）　十一歲

自是年始，從學於玉田名進士宋昱。宋昱字曜寰，與舒采願爲詩文交，愛公不啻己出。

宋昱《聯壁詩鈔序》云：「歲己丑，昱既謫烏魯木齊，安置寧邊廳，掌高昌書院。守中舒六丈來權判事，過我傾談，不盟而好，命公子夢蘭問學於昱。」《（同治）靖安縣志·舒夢蘭傳》云：「塞外罕師，有北平名進士宋曜寰，緣事謫口，因請受業。師見其英慧絶倫，大器異之。爲講貫經傳，過目即識大意。課以文，千言立就。瀾翻花燦，不主故常。性嗜《莊》、《騷》、《史記》，兼通内典。旁及詩歌、側艷諸體，彌不工妙。師語之曰：『子殆異才，不可測也。然他日成就亦非科名利禄所能縛，子善行其志，可耳。』」

乾隆三十五年庚寅（一七七〇） 十二歲

是年，長兄舒慶雲於烏魯木齊成親。《遊山日記》卷五云：「家兄受室在烏魯木齊，予年十二，追隨父兄醼姚氏嫂家。姚伯握手遍示諸客，曰：『未見此兒手乃竟無骨。』紀曉嵐丈亦在坐，奪予手就目觀之，予始覺紀丈近視。此會倏忽卅餘年，屈指坐中賓主，尚存者愚兄弟外，僅紀丈一人而已。曩疑無骨者，今且露骨，見予手之不足恃也。」

按：舒慶雲字興虞，號㜷亭，累官至浙江衢州知府。舒慶雲爲舒采頤長子，長公九歲。《（同治）靖安縣志·舒慶雲傳》云：「舒慶雲字興虞，號㜷亭，采頤長子。生而骨相英偉，少隨父宦邊塞，佐理屯政。勾稽精細，猾胥不能欺父，父愛其才，謂可出爲世用。」

乾隆三十六年辛卯（一七七一） 十三歲

秋，舒采頤《西園雜詠》刻成。宋昱撰《跋》云：「舒保齋先生好古而厭俗，移官絶塞，仍於署西築小圃，雜莳土花，一老僕一鹿，遊息其間，即物寫心，興寄豪逸。寓大智於小草，花中有我，空外無天，可謂得詩之三昧矣。使居京洛名園，平章萬卉，篇什之富當復不異《山海經》，莫名其寶，花固有幸不幸哉！」《南征集》載公《謁墓》詩，其二云：「篤好載藉，遊心藝林。簿書旁午，不輟清吟。適性遺名，動契高深。嗟予不肖，胡能嗣音。」

乾隆三十七年壬辰（一七七二） 十四歲

春，公祖舒亮衮及從祖舒亮袠之合刻詩集編成，舒采頤求序於宋昱，宋昱題爲《聯璧詩鈔》。《聯璧詩鈔序》云：「先是六丈著《西園雜詠》，昱跋其末，羡其摹唐音而得乎變化不傳之秘，意必有家法淵源，非僅天才俊逸也。既復示《詩》二卷，云伯考東軒、考補亭兩先生生同乳，舉孝廉又同科，文集盈案，無能遠來，僅録兒時所記誦二老舊作各百首，欲併其雜詠梓之。昰讀東軒詩濯秀含和，神清意遠，補亭詩英風豪氣，筆可干雲，遂應之曰，《禮》有之：『先人有善而弗知，不明也；知而弗傳，不仁也。』吉光片羽，其在多乎？且三蘇之文，其體格雖殊，而東坡、潁濱並列；有宋大家之選。程子明道與弟潁川氣象亦別矣，然學道者同宗之。蓋不同之同，所以同也。何況生同日，舉同年，又若天之默示以大同者。六丈領之。爰題曰《聯璧詩鈔》，時則乾隆壬辰歲首也。」

按：舒亮衮字龍章，號補亭。曾任四川永川及威遠等地知縣，政聲清廉。兼善文辭，撰有《補亭詩》、《補亭語録》等。舒亮褒字松齡，號東軒，著有《東軒詩》。兩人爲孿生兄弟，同舉孝廉。《和陶詩·藩邸客夜和陶詩擬古九首誠兄子春兼示諸外甥子姪》其七云：「一乳同日生，鹿鳴同日歌。」《（同治）靖安縣志·舒亮衮傳》云：「舒亮衮字龍章，號補亭，與兄亮褒一乳生，同中雍正癸卯舉人。」

乾隆三十九年甲午（一七七四）　十六歲

約於是年隨父兄還自新疆。《遊山日記》卷八云：「年十六，自西塞歸。」舒振甲《聯璧詩鈔跋》云：「守中六弟，叔父之第五子也，一行作吏，萬里分飛，不相見者二十載。六弟聞五弟終於山舟，遂棄官往迎其柩，送歸南州。」

乾隆四十年乙未（一七七五）　十七歲

夏，歸至靖安。《湘舟漫録》卷三云：「歲乙未，吾年十七，自高昌萬里還至靖安。值端午節，隨父兄出觀競渡於金沙之洲。」《（同治）靖安縣志·靖邑環城石路記》：「吾家居靖安西城外，憶自十七歲歸自玉關，始僑寓豫章城南。每有事，渡江而西還故鄉。」

乾隆四十一年丙申（一七七六）　十八歲

是年長兄舒慶雲任官廣西，公侍父母就養於廣西慶遠署中。《驂鸞集》卷二載《故鏡詩》序云：「余年未弱冠，侍父母就養於兄慶遠署。」《（同治）靖安縣志・舒慶雲傳》云：「二十七，選授廣西慶遠德勝鎮同知，旋署永寧州牧。」

乾隆四十二年丁酉（一七七七）　十九歲

是年應鄉試，不中。《（同治）靖安縣志・舒夢蘭傳》云：「年及冠，隨父南歸，命入監讀書，應乾隆丁酉鄉試，薦而未售。」

乾隆四十三年戊戌（一七七八）　二十歲

是年舒慶雲任衢州太守，公奉母居郡治，間亦佐理政事。《南征集・謁墓》其十二云：「昔予長兄，出守三衢。稱觴舞綵，仰博歡娛。母皆不樂，攜予鄉居。謂恐勞民，爲兄愆虞。」《古南餘話》卷二云：「偶憶弱冠時，長兄作三衢太守，夢蘭奉母居郡治。時值府考，兄命余董其試事。」《緱山集》載《癸亥八月十五夜種罌粟花》詩序云：「余生長西塞，……弱冠歸東南，繼遊薊北。」

乾隆四十四年己亥（一七七九）　二十一歲

是年恩科，錢載（字坤一）典試江西，閱公卷，大爲擊賞，然終亦落榜。《（同治）靖安縣志・舒夢蘭傳》云：「己亥恩科，錢籜石學士載典試江西，閱首場夢蘭卷，擊賞擬元，以磨勘策語微疵見擯。」

七月廿一日，舒采頤去世，得年五十一。是時公應舉未歸，遂致抱終天永恨。《遊山日記》

卷四云：「先二人同生己酉，府君終己亥，僅享年五十一耳。時以長兄牧永寧，迎養入粵。」又云：「此日猶記是科試卷以錢坤一先生搜遺得薦，時餘額俱足，惟領解尚闕其名。是用搜遺，頗蒙繆賞其四股義法，欲使充解。既見五策太冗長，有迂闊之論。乃復大索，得陳君解焉。孰知數千里外已遭慘變十餘日，夢蘭尚懵然爲此，悔恨何窮。故從此絶意省闈，不敢以不孝之軀儕多士矣。」故《婺舲餘稿》載其《生辰自述文》云：「夢蘭廿一而孤，三十失恃。人生過此，皆屬餘年。」

秋，與長兄舒慶雲重刻《聯璧詩鈔》，附梓其父舒采願《西園雜詠》。舒慶雲跋云：「家大人遠宦輪臺，有《西園雜詠》之作，附録《聯璧詩鈔》後，版已漫闕不可讀。予頃受襄事棘闈之檄，簿書稍暇，遂校録而重梓之，以寄示子弟之學爲詩者。乾隆四十四年立秋日霻亭舒慶雲敬識于永寧牧舍之萊服堂。」舒振甲《聯璧詩鈔跋》云：「八姪居廬，梓適成，不敢有述，敬爲之跋，以志三世淚痕焉。己亥冬日慕庭舒振甲書。」

乾隆四十六年辛丑（一七八一）　二十三歲

是年，宋昱去世於北京。公以少時從學問道，故感懷至深。後作《懷人詩》即以宋昱居其首，尊所學也。《和陶詩·懷人詩十三首和陶讀山海經韻》其一云：「吾師既遠戍，人事日益疏。被褐懷連城，寶氣盈氍廬。夜雪等身積，肅然方著書。先子攸好德，式之遂停車。片言契金蘭，小酌陳冰蔬。命予執經從，絃誦與道俱。忘年商聖學，抵掌話雄圖。墓柏儵森森，泣拜空漣如。」

乾隆四十九年甲辰（一七八四）　二十六歲

春，乾隆南巡，公時在南京，有迎鑾之試，得以結交三江名士。《古南餘話》卷五云：「歲甲辰，翠華南幸，學使以余從宦久，語音不濁，録以應迎鑾之試。」《（同治）靖安縣志·舒夢蘭傳》云：「甲辰赴南京召試，三江名士雲集，盡得納交。歸過秣陵驛舍，秋風起，作《鐵馬辭》樂府七解，寄託遥深，詩名日著。」

同年秋，落第，於南京驛中聞秋聲鐵馬之聲，作古樂府《鐵馬辭》七解。花仙從其兄郎賡處獲見此詩，驚歎爲太白再世。兩家親友欲成就兩人姻緣，遂通媒定親。方維翰《花仙小志序》：「花仙見此文，亦曾有太白再生之歎。」黄有華《重刻花仙小志序》云：「吾師天香先生少負奇才，曾以《鐵馬辭》受知仙媛。是故許進士、方别駕樂爲之媒。」

乾隆五十一年丙午（一七八六）　二十八歲

居舒長兄慶雲衢州幕，佐理署中政事。《（同治）靖安縣志・舒夢蘭傳》云：「時兄慶雲守三衢，往署佐理。西泠俊侣聞聲相思，招集湖上，探勝題襟，一時佳話爭傳。」

正月六日，聘妻郎花仙病逝，得年二十一。葬西湖桃源嶺下，公有《祭花仙墓》詩等哀悼作品。黄有華《重刻花仙小志序》云：「將成禮矣，會太夫人病，先生即輟吉遄歸。而所聘則憂姑之憂，因而亦病。明年，太君愈而嫁娘殤矣，惟玉照尚存香館。其才甚匹，其天資之美，絶世獨立。十年相攸，一字而夭。至不得與廟見之婦祔主而祀，何數之奇也。」《花仙小志》載《祭花仙墓》自注云：「聘妻郎玉娟墓也，在西湖桃源嶺下。」

清明，復作《滿江紅》詞等悼念花仙。友人許元淮匯輯公及諸友人的各類悼念文章爲《花仙小志》一集，梓而傳之。舒春《花仙小志跋》云：「家叔父與許桐柏先生爲文章知己，每有唱和，輒命春録而藏之。自念魯稗，亦漸有向學之志。此册乃叔母仙跡，先生合梓以慰叔父而傳無窮，可謂愛人以德矣。」黄有華《重刻花仙小志序》云：「吴越多才，同聲扼腕。一時慶挽佳篇，後先酬答，許進士輯而梓之，名曰《花仙小志》，志美人名士之窮也。」

乾隆五十二年丁未（一七八七）　二十九歲

十二月，與友人魯邦詹（號雲巖）合編《香巖詞約》成，並撰序。該書或爲《白香詞譜》之雛形。《香巖詞約序》云：「曉日方厲，與吾友雲巖暴背簷下，所言甚迂闊，不能禦寒，乃各手詩餘一編，遇佳詞輒曼聲歌之。覺春由齒際入心脾，四肢都煖。雲巖曰：『吾儕寒士，無從得銷金軟玉、羔酒温香也，盍於詞乎寄之。詞必有譜，譜各異調。每調譜一詞足矣。詞佳而調拙者勿録，調佳而名俚者亦勿録。』簷曦既暮，凡得詞百首，命曰『詞約』。『約』之云者，謂佳詞不止是也。丁未冬白香舒夢蘭。」

乾隆五十三年戊申（一七八八）　三十歲

八月四日，母吴太恭人去世，得年五十九，公哀毁不堪。《謁墓》其十四云：「戊申孟秋，遭母大變。求死不得，但餘悲戀。」《遊山日記》卷三「四日庚寅」條云：「先母吴太恭人忌也。齋沐回向，謁觀音大士勢，至九叩首焉。先二人隱德慈恩，夢蘭即畢生述之，亦何能罄其萬一。曩不幸於行狀墓志中約略陳啟，家有藏本，兒子姪甥輩尚不難讀而知之。」《遊山日記》卷七「甲戌」條云：「大事之日，長兄未歸，不孝已驚慟死矣。一切身後禮儀，舉賴魯雲巖、熊大司寇、盧青柯、戈詠思、楊軌吾、朱璞心、蔣秋竹、謝大中丞諸君子憫其孤哀，力任而爲之備。」《遊山日記》卷二「丁亥朔」一條云：「先二人忌辰皆同在此月，觸序驚心，不免翹勤淨域，祈冥福耳。卦氣消長，於七月爲否。追惟少壯，凡十載之間，兩遭屠割，不孝私衷敢目爲否月也。」

乾隆五十七年壬子（一七九二）　三十四歲

是年公應友人胡克家之請，赴京應試。既誤場期，乃僦居京邸，與故人晨夕論文。未幾怡恭親王永琅聞公名，禮爲上客。《（同治）靖安縣志·舒夢蘭傳》云：「姻友胡部郎克家惜其才未早達，屢書招往就試京兆。壬子始一赴約，抵都已後場期，僦居京邸，與故人晨夕論文。未幾怡恭親王聞其名，以禮聘爲上客，一見促膝。世子霞軒主人引爲兄弟交，繪《槐陰清話圖》，主客忘形。雖在王門，翛然有塵外遠致。另闢一小精舍俾之夏課，亦冀其才爲世用也。」龔鉽《湘舟漫録序》：「師雄於文，聞道之後，絶不干禄。所日與二三從學言者，皆玄也。所日著於楮墨間者，皆法言也。雖亦嘗十載遊梁，然祇戀楚元設醴之情，實非有郭隗黄金之慕。諸貴介與之遊者，靡不增孝謹之譽，正所謂不素餐矣。脱帽友王公，敝屣視功利。不肯暫折腰而拾青紫，惟知秉直道以扶綱常。當其抵掌華屋，妙諦環生，覺六經翻爲注脚，而百家盡作衙官。氣象巖巖，令人自失，殆亦所謂善養其浩然者歟？」

三月二十六日，三女旗馥生。《秋心集》載《祭女文》云：「惟汝孝敬，幼儀貞淑。字以象威，名曰旗馥。寬和静默，族黨咸稱。驪珠在掌，璞玉如冰。」

按：永琅號訥齋，怡僖親王弘曉次子。乾隆三十年封爲三等鎮國將軍，乾隆四十三年襲怡親王，嘉慶四年薨，謚曰恭。子綿標號霞軒，嘉慶三年卒，嘉慶四年追封怡親王。父子兩人均與公友善。《遊山日記》卷五云：「昔在怡邸，恭王之始不過以文士遇我，故我於館餐則受，金璧則辭。蓋我固不文，而王亦非以文爲重者。無補於人而受厚惠，義不安也。明年知漸深，有加禮。不唯設醴，雖廁牏之褻，亦命其世子親視，世子又賢兄事我，我何敢與朋友之父論布衣之交，故至是我益敬畏。」

乾隆五十八年癸丑（一七九三）　三十五歲

客居怡邸。期間結識樂鈞等人，有文酒相歡之樂。《遊山日記》卷五云：「往初入都，因吴茗香、蘭雪而識樂蓮裳。三子者或同來，或一二人來，談則達旦。」《和陶詩・和淵明雜詩十二首》其十一云：「樂生負奇才，歌嘯殊悲涼。著作方鄒枚，先我來遊梁。相視即莫逆，豈僅憐同鄉。君侯幾面失，何況葭中霜。閒平信賢藩，禮士知所長。」

按：樂鈞字元淑，号蓮裳，江西臨川人。曾受聘爲怡親王府教席。長於詩文，有《青芝山館詩集》、《斷水詞》等。與公既屬同鄉，又爲同好。

乾隆五十九年甲寅（一七九四）　三十六歲

正月，怡恭親王永琅題原聘花仙遺像，公有報謝之作，自比鄴下諸子。《花仙小志》載《報謝怡恭親王題花仙像作》云：「耿耿星文夜不刊，梧臺詩思逼高寒。客雖疏放如公幹，時際升平薄建安。八斗才華成賦易，一春花事報恩難。葵心欲化淮南竹，聊與君王作釣竿。」

乾隆六十年乙卯（一七九五）　三十七歲

夏，胡克家赴潮陽觀察使任，公爲賦詩十首。其一言端表率、其二言獲上下、其三言睦同城、其四言修武備、其言五恤刑獄、其六言務儲蓄、其七言抑浮華、其八節嗜欲、其九言矜細行、其十言減僕從。怡恭親王見而賞之，題爲《官箴詩》。《和陶詩》載《官箴詩》注云：「乙卯夏，吾友胡果泉赴潮陽觀察使任，爲賦十詩，怡王適過予，見而賞之，題曰《官箴》，非不佞敢戲作箴也。夢蘭自注。」

按：胡克家字果泉，江西鄱陽人，歷任安徽、江蘇等地巡撫。曾刊刻《文選》、《資治通鑑》等書，均爲善本。公與胡克家爲束髮至交，兒子舒普又娶胡克家女爲妻。兩人情兼師友，誼屬姻親。《古南餘話》卷五云：「吾親交中一豪傑也。少登甲科，司選舉，皆符物望。而不樂以文章自雄。洊歷中外廿餘年，致位通顯，未嘗有驕吝之色。典金數百萬而不名一錢。事親五十年而晚更竭力。其心術政治，概可知矣。」

嘉慶二年丁巳（一七九七）　三十九歲

是年正月二日，男恒生。正月八日，男昌生。十一月六日，男旺生。《秋心集》載《亡男昌壙記》：余長子普生九歲猶未有弟，其母李禱於蓍室，得晉象，有錫馬蕃庶、晝日三接之象。既而余夢見奇獸似駝者三，高數尋，交頸而過於牆外，俯其首延緣內顧，心異之。詰旦以語霞軒親王，王曰：「《楚騷・大司命》謂高駝沖天，得匪君夢中所似駝者耶？其數三，其象交頸，豈錫馬三接之徵乎？」明年丁巳，一歲而得三男子。曰恒，正月二日生。次昌，正月八日乙酉戌時生。次旺，十一月六日生。王皆與湯餅之會，且自詡曰：「此吾所釋夢之詹與卦之象也。」

嘉慶三年戊午（一七九八）　四十歲

秋，怡恭親王永琅着手重刻《白香詞譜》，卷後附《晚翠軒詞韻》。永琅《白香詞譜序》云：「吾友舒白香頗留意聲律之學，會選佳詞一百篇，篇各異調，於其旁逐字訂譜，宜平宜仄及可平可仄之辨，一望犂然。然上去入雖皆仄聲，亦各有音節，所宜證以佳詞，舉堪意會，於初學者不無小補。白香囊贈予一編，輿中馬上，偶譜新聲，檢閲良便。惜其版乃南土所鋟，遠莫能致，爰命梓人仍舊式重鐫，合小軒《詞韻》爲二卷。扶寸一帙，不盈握而百調四聲胥如指掌，用以持贈知音，易微雲紅杏之句，亦詞壇之嚆矢也。嘉慶戊午秋日怡親王訥齋甫書。」

是年，男恒患痘夭折。《亡男昌壙記》：「不再期而恒以痘殤，庚申立秋旺亦殤。」

嘉慶四年己未（一七九九）　四十一歲

夏，永琅子綿標去世。公《白香詞譜跋》云：「《白香詞譜》一卷，《四聲韻》一卷，去年秋怡恭親王手序而合梓之。版成多誤，王復命綿國公校對重鐫，未及成而世子公卒。因循至重九，王復薨矣。」

七月十二日，僖太妃贈桃。《遊山日記》卷四「戊戌」條云：「己未今日，僖太妃遣監賚内子緋桃，印香手植也，予受拜之。」

重陽，怡恭親王永琅去世，公撰有《和淵明挽歌三首哭怡恭親王》詩以志哀衷。其三云：「王薨適重九，丹林正蕭蕭。既晦遂移殯，悲風號四郊。煙塵過西山，勢欲爭岧嶤。天聲助人哭，夾道鳴枯條。憶昔從王遊，過此多春朝。詎知有今秋，爲時曾幾何。世子復先没，慘極恭王家。憂思豈勝言，聊和三挽歌。我轉憐應劉，不幸知東阿。」自注云：「王生端陽，忌重陽，亦奇。」

十二月，綿標長子奕勳襲和碩怡親王爵，公時已有南歸之意。《和陶詩》載《和淵明始作鎮軍參軍經曲阿一首示從孫啟謨呈吾族諸祖父兄》序云：「恭王孫頃始嗣爵，差慰歎逝之懷。便擬南下，荆州弘將軍因辟予佐其戎幕，自信迂疏，無所可用，已具牋辭，會須得報，乃歸耳。」又《和淵明挽歌三首哭怡恭親王》其二自注云：「王長孫始七歲。……百日後恩命王長孫襲爵親王，入尚書房讀書，異數也。」《南征集》載《舟夜夢霞軒贈王》云：「朱邸繁華事事存，絮袍輕軟翠裘温。與君相易乘驕馬，喚我承歡到寢門。世子竟仍居子舍，嗣王今已是王孫。直廬擁被論詩後，腸斷招攜只夢魂。」

冬，公校正《白香詞譜》並撰跋。其文云：「頃梓人以竣工來告，夢蘭歎逝感知，不忍視成物中毁，失王雅意，因代償鐫直，存二版於行篋之中，志弗諼也。己未冬日白香舒夢蘭手校並跋。」

嘉慶五年庚申（一八〇〇）　四十二歲

春，《和陶詩》刻成，頗受友朋推重，法式善採入詩龕，王芑孫見而稱賞。《（同治）靖安縣志·舒夢蘭傳》云：「會世子得疾尋殂，越歲怡親王薨逝，慟無以報。至是絶計歸來，和陶詩終卷，法梧門祭酒採入詩龕，長州王鐵夫芑孫見之稱賞，謂世間無此作久矣，不獨詩境高遠，其中杰然有識時之言，渺然有天際真人之想，識者韙之。」曾煜《和陶詩序》云：「吾鄉賢之稱詩者夥矣，而莫尚於陶。和陶者亦不尠矣，於宋則莫善於蘇，後此所見，似無逾香叔此卷。故余特愛而梓之，然未敢贊一辭也。原稿有諸賢題跋評點之處，悉附録焉。聊以志非小子煥標榜其鄉人云爾。庚申春日南州曾煜敬脩氏書。」王芑孫《題和陶詩》云：「讀《飲酒》詩二十篇，以蘇公雋爽之筆，寫陶公蕭淡之神。於蘇得其趣，於陶公得其真，世間無此作久矣。然不獨韻高境遠，其中杰然有識時之言，渺然有天際真人之想，又當别領意言之外。歎絶歎絶。乙未二月長州王芑孫識。」

六月二十日，四子旺殤於京師。公《哭亡子旺》引言云：「第四兒旺小名鐵頭陀，生嘉慶丁巳十一月六日巳時，庚申歲六月二十日殤於京師。哭以詩，用坡仙哭幹兒詩韻。」

八月十二日，攜家室離京，與同鄉曾煜等乘舟南下，十一月十五日抵達南昌，歷時兩月。曾煜輯録公期間所作紀行詩爲《南征集》。曾煜《南征集序》：「《楚辭》『獻歲發春兮，汩余南征』，征，行也。煥與舒白香先生同舟南行，閲三月始達故里。中間阻風守淺，登臨憑眺，先生輒紀之以詩，煥隨在收其草稿，以次輯録，得二百二十三首。先生本欲新春歸，逮秋始果。故自題曰《南征集》，原騷意紀程而已。嘉慶庚申十一月既望里人曾煜輯並識。」

重陽，怡恭親王期年忌日，公於舟次中作弔懷詩一首。《南征集》載《重九舟次弔懷怡恭親王》云：「黯黯江雲欲暮天，梧臺風景倍悽然。七年東閣從高會，九日淮南已上仙。園寢未成無宿草，桑榆垂盡有啼鵑。扁舟昨夢猶銅輦，輾轉秋衾淚不眠。」

十二月抵達靖安，攜家人拜掃父祖墳塋，作有《謁墓》詩十六首以追遠詠懷。考公自壬子北上，庚申南歸，期間寓居怡邸近八年，故《南征集》載《子月望歸至南州》有「十載依人笑不才，田園歸去總蒿萊」之歎。十年，概言其久也，非實指也。《遊山日記》卷七云：「庚申歲臘自北歸，即還靖安謁高曾祖墓，爲遠客久荒拜掃也。」《南征集·謁墓》自注云：「輿輹山近雙港劉宅，歸舟過江干，謹率妻子謁二親墓。禮當具祝，用敢以四字斷句著其哀慕，焚諸松楸之下。非敢賦六合，重遺誚也。夢蘭恭紀。」又《古南餘話》卷二載公自述詩云：「少時行萬里，不亞門前戲。中年客貴邸，乃亦只酣睡。四十還江鄉，門前柳生翠。豈無車馬客，未敢求一醉。」

惲敬於是年五月調任新喻知縣，間至南昌，與公交往甚厚。惲敬字子居，陽湖人，曾於江西瑞金、新喻、南昌等地任官多年。雄于古文，著有《大雲山房文稿》等。

嘉慶六年辛酉（一八〇一） 四十三歲

正月七日，女萊馥生。《秋心集》載《甲申人日智盼爲其母諷經接七因屬句悼亡焚以代祝》，自注云：「亡室第二女萊馥絕明慧，及笄而夭。以嘉慶辛酉人日生，乙亥人日歿，亦異事也，並記之。」

十一月，《南征集》刊刻，凡舟中所作詩詞，悉載此集。龔鉽《南征集序》云：「《南征集》，白香先生南歸紀行詩也。錻與其羣從交，耳其言行，心儀之。昨冬先生歸，始得相見數晨夕，如平生歡。受讀此集，人亦多欲傳鈔者。莊谿戈丈遂以録家集餘工，付之梓。」

龔錻自此師事先生。龔錻，字適甫，一字歐可，一作漚舸，南昌人。撰有《歐可詩鈔》、《歐可文鈔》等。《遊山日記》卷四云：「龔漚舸，本字適甫。立志修言行，文學益進。」梁增愷《和駼鸞集序》云：「竊聞吾師自辛酉事白香先生，壬戌遂就館於浙。中間聚散都不久，其得陪杖履、進毫牘，追隨唱和於清溪秀壑之間逾百日者，自《駼鸞集》始。」

嘉慶七年壬戌（一八〇二）　四十四歲

春夏間，荆州將軍弘豐轉鎮杭州，迂道過南昌來訪，相邀作西湖之遊。公感其恩誼，允與同行。居署數月，禮遇尤厚，凡奏議表啟諸事，多有代任。嘉慶九年所撰《遊山日記》云：「前年雙丰將軍忽迂道來訪，相邀作西湖之遊。予謂遊固所樂，但不樂暑中騎馬。將軍遂假輿於黎侯，載我同去。」馬廷燮《緱山集序》云：「先生之與雙丰將軍有夙契也，迨夫長卿辭漢而返，湘東秉鉞而南。移楚國之旌麾，作錢塘之保障。維舟章浦，再尋徐稚於蓬蒿；駐馬草堂，特屈少陵於幕府。一路營安細柳，雷令嚴明；沿堤水泛芙蓉，風神旖旎。貂裘草檄，都知從事之能；麈尾談兵，快領書生之論。封章屢上，天子爲之頷頤；膏澤頻施，軍士儼如挾纊。此其傾誠相報，借箸而謀。王仲宣未足比其才華，李玉溪亦殊少此榮遇矣。」

夏，靖安大旱致災，飢民至食觀音土，公有《觀音土》詩記其事。《觀音土詩》引云：「嘉慶壬戌，歲饉民飢，相率掘山土，和糠覈而糜之，過食輒殺人，人猶譽爲觀音土，情彌可悲，作詩二章，以貽守土之憂民者。」

八月，弘豐患瘧嚴重，公爲賦觀潮以起其病。《緱山集》載《觀潮》引云：「嘉慶七年八月十八日，雙丰將軍方病瘧於虎林節署。予問疾侍坐，將軍適寒熱交作，忽厲聲曰：『白香，瘧易易耳。君第馳騎至錢塘江觀潮，爲賦其聲勢貽我，瘧當立瘥。且吾過南州相邀，即首以觀潮爲約，可交失乎？』夢蘭欣諾，徑詣江樓小閣中，就所覩疾書爲報。並記其情境如此。」

九月，弘豐病逝，公總持其事，經紀其喪，歷時凡兩月之久。《緱山集》載《哭雙丰將軍十首》序云：「公宗室王子，諱弘豐。夏日自荆襄移帥兩浙，迂道過南州枉顧，即已抱疾，夢蘭故陪送同行，到官七十日，以疾終。」又《招魂賦》云：「僕乃部勒賓客，激勸將吏。事死如生，酬知尚義。尊人以德，勿徒以位。彼路馬之猶式，矧麟趾之令嗣。每朝暮之奠醊，必肅恭以將事。凡百務以身先，歷九旬而忘寐。幸愚誠之不妄，獲感應之無僞。病垂危而竟瘥，儀及物而未匱。雖故衣與遺劍，必寓目而登記。曉臧獲以恩威，動闍寺以情淚。增德驥之芻糧，固的盧之銜轡。且預籌乎喪葬，及靈輀之所至。悉敬告於夫人，洎將軍之左侍。始哭拜以辭行，庶私衷之稍慰。」

十二月，公往衢州省長兄舒慶雲。《緱山集》載《自題殘燈話别圖》引云：「雙丰王子既仙還之再閲月，予始來三衢省兄。」

按：弘豐，號雙丰主人，胤祜子，弘曉弟，怡恭親王永琅從父。封一等輔國將軍。通西學，善書畫，曾以泰西畫法爲公繪製《天香館圖》，見者驚爲神品。《緱山集》載《哭雙丰將軍十首》自注云：「夢蘭客怡邸時始識公，即荷錯愛。恭親王，公從子也，竹林之好甚篤。每曲宴觴公，則夢蘭對席，王参之，無雜賓也。王弟永從公邁、王世子綿國公皆畏愛公，而復與夢蘭最契。王不在坐，則兩公必從論史賦詩，殆無虚會。今都已作古人矣，惟夢蘭尚存，又皆一一見其死，能無慟絶。嗟乎，夢蘭特南州一布衣耳，年四十未能聞道，故不敢爲賤貧恥，亦恥言富貴交游，遺誚識者。然感知之心，又實難昧。爰匯注之，附公靈以謝諸亡友，於以見盛世賢藩皆能下賤，亦河山帶礪之祥也。」《（同治）靖安縣志·舒夢蘭傳》云：「荆州將軍宗室雙丰公本怡邸道義交，壬戌春移節杭州，特迂道過洪都，招同赴浙。凡牋奏事悉以任之，相得益彰。」

嘉慶八年癸亥（一八〇三）　四十五歲

閒居南昌天香館，平日與友人學生等人論文談藝，闡揚教家成物之學。《覆丹貝勒書》自謂：「生平無忮無求，正復何尤何怨。惟思課耕勉學，畢此餘齡。利禄之營，終非所樂。」《（同治）靖安縣志·舒夢蘭傳》言其「時與子姪門人商量舊學，證以新知。其於性命，淵旨窮究，體用一源。教人認公善爲仁，孜孜不倦，入其室者如坐温風涼月中也。」《遊山日記》卷三「丁酉」條云：「吾比在家，雖亦孤陋，然日夕窮經考古，則有晴川塾師，講求時務，則有樸園外甥。莊谿相過，則研理析疑，風趣横生。修常若來，則商榷齊家，和平精實。至若語文字用筆之妙，論詩歌聲態之精，則如龔滬舸、黄仲實二三同學。偶一過從，或緘書質難，發函啟口，動足移情。諸戚友皆賢才也，故能益我知，能消我鄙吝。」《遊山日記》卷四「庚戌」條云：「吾比年交游散落，索居寡歡，惟莊谿近在比鄰，常枉顧。」

九月廿六日，弘豐周年忌日，作《招魂賦》。《緱山集》載《招魂賦》序云：「九秋廿六，雙丰王子之期年忌也。宿草載黄，覩景懷人，悲由感生。爰爲位於所畫天香館前，酹以絮酒，佑以楮墨，焚諸風中，情同晤語。聊用招魂，何心作賦。」

嘉慶九年甲子（一八〇四） 四十六歲

六月一日，作廬山之遊，從之者有胡宫罃及僕人宗慧。《遊山日記》卷一「嘉靖九年六月一日戊午」條云：「偶攜胡生西輔、倉頭宗慧爲匡廬之遊。」九月十日，遊廬山結束。歷時凡百日，得日記文十卷，詩賦二卷，匯爲《遊山日記》。《遊山日記》卷十「丙申」條：「憶自出遊到今，正百日也。甲子歲九月十日，靖安舒夢蘭白香隨筆。」黄有華《遊山日記序》云：「舒天香先生將夏坐於廬山絶頂，華欲從遊。先生則謂華兄弟五人，四人應鄉舉，華必當留侍重闈，不從其請。獨攜胡西輔蠟屐入山，蔬食寺宿，踞石披雲，静觀有會，亦間與管城對語。丹崖碧葉上，戲墨殊多，西輔輒從而録之。九秋始返，凡得日記文十卷，詩賦二卷。」

十一月，詹堅、龔鉽、戈模、黄有華等人合力將其隨筆與手稿校刻爲《遊山日記》，總計十二卷。其中詹堅字樸園，公之外甥。戈模字莊谿，公之摯友。黄有華字仲實，公之學生。黄有華《遊山日記序》云：「是編特偶然遊戲之作耳。言者無心，聽者可味。即使不文者嗤爲口業，亦衹如《艾子雜説》，不足爲坡仙文壁之瑕。而况乎微諷曲譬，力倍礷礵，未始不可爲瑚璉助也。」「是用同樸園、漚舸命梓人倍工鋟之，兼句可畢。印數本載諸行篋，雖未得從遊廬山，今且攜廬山從我遊矣，豈不快哉！嘉慶九年仲冬既望，受業都昌黄有華仲實甫敬書。」

是年，伍驤雲爲公作肖像一幅，公命從子舒懋禧撰題詞云：「求志於誠，力行夫清。學皆有用，才不希榮。貌同叔夜，神似淵明。伊誰知真，天香先生。」心迹學行，由此可見一斑。

嘉慶十一年丙寅（一八〇六） 四十八歲

十月二十六日，惲敬過南昌，宿天香館。惲敬《大雲山房文稿初集》卷三《東路記》云：「嘉慶十一年，十月二十六日己亥，奉回任檄，出進賢門，宿舒白香天香館，寢甚安。」

夏，靖安環城石路築成，屬公作記。《（同治）靖安縣志》載《靖邑環城石路記》云：「（石路）創始於嘉慶乙丑歲四月朔日，畢工於丙寅之夏。其費傭力以萬計，金以千計。」

十一月，得惲敬書。惲敬《大雲山房文稿》卷一載《與舒白香書》其一云：「前登舟之後，復得天香館暢飲。坐中蓮水、楷屏又俱雅流，可謂快意。越日發棹，爲風水所阻，不及二十里便泊舟，每日如是。至前月初三日方至南城，十五日方至寧都，二十日至瑞金。溽暑奔馳，面目可想。惟得免分校，不至再勞往返。而途至廣昌，得家慈書，精神如常，仍能燈下讀書。一家細弱俱平善，可慰仁弟記注耳。」又《與舒白香書》其二云：「前月天香鄰館飲酒之後，即解舟東還，果堂先生來，始知仁弟復有敗意事。天既置白香於愉適之外，今乃置白香於憂患之中，如之何，如之何？嵇生有言『又讀老莊，重增其放』，敬以爲善老莊者，愉適憂患不能干之。則性情則本然者耳。得其和者則有之，豈至增其放哉！仁弟於老莊，可謂善矣，以鄙言爲何如？近有調蔣權伯詩，無一語是老莊，然得老莊至處，録呈是正，可爲知者道耳。二十三日，往潯陽，歸途遊天池，視壁間第一語，即知爲仁弟詩，二僧同行，皆大笑也。」

是年，公曾應邀評點詩會作品。《古南餘話》卷五云：「甲子丙寅間，金衢名士爲詩會，謬以余略解聲律，每糊名寄質於余，次第其名，多澹薌第一。」

嘉慶十二年丁卯（一八〇七）　四十九歲

春，黄有華重刻《花仙小志》，卷首補刻題詞數種。黄有華《重刻花仙小志序》云：「有華曾收得《小志》殘板，用重刷而增序之。……不佞且欲學填詞，譜佳話，並傳吾師李夫人媿德之美。以證夫數之奇者，終必能偶，信煉石能補天也。增刻之意，且欲藉是以廣征題詞，並垂不朽，二大夫之仁言溥矣。嘉慶十二年春月都昌黄有華敬書。」

四月，往衢州省兄舒慶雲。黄有華等人同行，漫遊兩月，歸途中得詩一卷，題爲《歸舟雜詠》。龔鉽、黄有華各有和韻。《古南餘話》卷一云：「仲實與余有性情之契，不徒以世交文事喜從遊也。丁卯四月，余曾至金衢省兄，仲實命舟追及之，同遊兩月，得詩一卷，龔漚舸和而梓之。溧陽史根石、吴江郭頻伽及胡蔚卿解首、家姪長德、建侯皆和韻，亦清遊也。」

六月廿二日，史蟠根至南昌，公過訪，並以《歸舟雜詠》手稿相示，史有和作二十首。龔鉽《歐可詩鈔》載史蟠根《和歸舟雜詠二十首》引云：「丁卯六月二十二日至南昌，僦居惠民門内。承白香先生過訪，出示近製，言言秘諦，字字古香。只宜鑄金，疇敢學步。顧不自揣，輒於燈下依韻勉賡，即事指情，略少銓次，資大雅一噱耳。録示請削，並祈漚舸、仲實兩兄同政。溧陽史蟠根石甫拜稿。」

七月，龔鉽刊刻《歸舟雜詠》，黄有華撰跋。黄有華《歸舟雜詠跋》云：「吾兄漚舸梓是集，寓書索跋，爰補志其顛末如此。嘉慶十二年七月七日都昌黄有華敬書。」

秋，《緱山集》刻成，集中所載均爲追悼雙丰將軍詩文，知縣馬廷燮撰序。舒懋勳《緱山集題識》云：「歲在丁卯，舍弟懋熙、懋修曾共輯録家季父與雙丰王子京邸唱酬洎哀挽悼懷之作爲一豒，梅亭公見而賞之，題其編曰《緱山集》，爲作駢體長序千餘言……」陳守譽《題緱山集題識》云：「白香先生於此集發抒忠愛之仁與哭寢之義，聞琴痛切，掛劍悲深。令讀者掩卷欲泣，更有流聲指外者。」

嘉慶十三年戊辰（一八〇八）　五十歲

四月廿三日爲公五旬生辰，爲回避親友慶賀之喧，公於此前數日攜姪子舒懋動作婺源之遊，謂之「逃生」。舟次中所作詩文頗多，舒懋動輯録爲《婺舲餘稿》。《婺舲餘稿》載公《生辰自述文》云：「夢蘭廿一而孤，三十失恃。人生過此，皆屬餘年。何況不肖，奉親無狀，養志彌歉。故凡初度之辰，輒增詠感之恨。方兹五旬，戚里將賀，脱使攢眉醼客，則令人寡歡；强笑娛賓，則拂其恒性。適長姪萸房佐教紫陽，審我素志，相迓爲黄山之遊，訪白猿之道。刺舫徑去，與春俱行。四月廿三日，泊婺源太白之渡，層嵐到眼，曲水堪抱，雛鶯學語，矜彼綿蠻，雙鷺窺船，羡我閒逸。」

是年，舒慶雲受科場案牽連，降職查處。其後不復出仕，與公閒居娛老。《（同治）靖安縣志·舒慶雲傳》云：「因屬監有科場失檢事，提調坐失查處，分降兩級調用。前後兩任府道俱原失察被議，雖屬公罪，亦數奇使然。至是年已六十，遂不再出。家本僑寓南昌，日與同懷弟夢蘭歌詠太平，間回故里，招父老兄弟置酒言歡。」

嘉慶十四年己巳（一八〇九）　五十一歲

秋分後，公欲復爲匡廬之遊未果，而寓都昌古南寺四十餘日，從遊者为黄有华兄弟，期間所撰詩文隨筆，輯爲《古南餘話》。《古南餘話》卷末載公自識云：「古南寺坐擁全湖，立參五老，江西兩大觀。日陪几杖，使人意消。爲留彌月，仲實置此册於几，備余遊息之餘，創吟草，紀閒話，率皆膚雜不成文。五黄見之，輒分輯傳抄，互供娛笑。三旬來，各得一卷，共目曰《古南餘話》。然則既别古南後，遊觀所得，悉不應附此編矣。時嘉慶十四年九月三十日，靖安舒夢蘭白香甫自識。」

八月十八日，得胡克家及舒慶雲來書。《古南餘話》卷五云：「讀長兄八月十日杭州書，知七月竟未入覲，以留署按察使也。公私寧謐，則爲之喜。讀果泉親家八月三日靜海書，知其任漕運總督，僅旬日而誤落職，仍督運迎候代者，始赴南河。其書末云：『力纖任鉅，咎重罰輕，仍荷聖慈，録觀後效。感惕深矣。惟進不能效忠，退不能歸養，此則負疚神明，無以對我知己者。』讀至此，愀然不樂。」

九月，《香詞百選》刻成，選録者爲學生龔鉽。龔鉽《香詞百選序》云：「秋宵弄筆，隨意選録天香先生所作詞一編，以百首爲限，遂題曰《香詞百選》。適有良梓，命即以拙書鋟之。惲子居師嘗言天香館詩餘亦空前絶後，黎湛溪師以爲然。吴蘭雪中翰至謂讀舒詞能令人甘爲情死，其見賞於知音若是。然則鉽之斯選也，雖有愧博採精鑑，或亦可持贈當今才子，共先睹而爲快者乎？時嘉慶己巳歲菊秋之望南州龔鉽適甫書。」

嘉慶十五年庚午（一八一〇）　五十二歲

五月，靖安重修文廟，公應邀代知縣馬廷燮撰《靖安縣學記》。馬廷燮，字梅亭，獻縣人。乾隆丙午舉人，時任靖安知縣。《（同治）靖安縣志·職官卷》稱其「好培植士類」，「倡捐修文廟，恭親督治，規制一新，增書院膏火，立定章程，今尚循其法。」《古南餘話》卷二云：「靖安重修文廟，馬老邑尊欲命余作《縣學記》，屬爲寓聲。因語仲實，明府蓋深于文者，謙讓若此，余何敢當。且此題亦豈易構，敬當先事力辭耳，並記於此。」《（同治）靖安縣志·藝文卷》載馬廷燮《重修縣學宫門記》云：「余癸亥夏來涖兹土，嘗語於學博李君臨川，欲諏日而修葺之者數矣。時下車伊始，簿書叢集，志焉未逮。戊辰春奉檄重來，六七年間益覺欹仄不支，爰進邑紳士而謀焉。」

九月，作桂林之遊，舟次中撰有吟草《驂鸞集》與隨筆集《湘舟漫録》。詹堅《湘舟漫録序》云：「天香夫子登南嶽，遂來視堅。堅請人迎於桂林，則方與松甫先生論交聯吟，文酒無閒。留匝月，始至永福。偶題廳事壁，有『猙犴常生草，牛羊不避人』之句，逼肖此邑。竊謂自有永福來，方寫照也。堅爲夫子甥，苦無佳句似其舅。而吾友漚舸則性行反能肖夫子，爰輯所和《驂鸞詩》編之集後，同人梓焉。吾舅歸途又得《湘舟漫録》三卷，松甫先生歎味之，殆亦諸名士樂觀者歟？受業甥詹堅謹序。」

冬，三女旗馥嫁婺源程兆麐。《驂鸞集》卷一載《戲答老妻兼寄姪長德建侯》云：「斷槳殘帆送客行，此身遠比白鷗輕。時將嫁女遊南嶽，我更高於向子平。」自注云：「三女旗馥今冬歸婺源程兆麐也。」又《秋心集》載《祭女文》云：「我賤且貧，秖存傲骨。爲女擇對，不歆華閥。汝舅尚德，勤求汝婚。謂汝克孝，堪匹名門。我感其誠，方愛其禮。汝婿温良，實吾心許。隱之嫁女，惟犬可牽。」

嘉慶十六年辛未（一八一一）　五十三歲

正月，應邀撰《李三三十六丈壽序》。《湘舟漫録》卷三載此文云：「予頃既還自永福，將東歸，維舟灕江。滌崖來別，爲其舅之子宗淇、宗澳兩孝廉致聲請曰：『翁今歲六月十九爲六旬慶日，年家姻婭多制錦爲翁壽者，翁皆固却，且自疚事親之時，貧不能廣羅觴祝，以娱親之心。觸景追慕，輒爲黯然。則尋常頌禱之辭，度未足以承翁歡。舒叔子非諛人者，盍求其文以敘翁生平之志，必吾翁所樂觀也。』余既愧辭不獲命，又倉促無以爲文，爰直書與安舟中所聞於滌崖之言，及吾拜訪時樽前情話。不增飾以存真，就一斑以窺豹，聊以概其生平耳。……嘉慶辛未春正月既望，靖安舒夢蘭白香甫書。」

二月，結束桂林之遊，取道湖南返家。《湘舟漫録》載公自序云：「余以庚午九秋爲南嶽之遊，因而之桂林永福視從甥詹堅，堅與我甚相好也。明年二月，復由八桂浮三湘，歸至於家。凡費日百有五十，得詩亦百有五十。老妻言昌黎韓公嘗謂湘南江山勝於驂鸞仙去，余兩得遊，殊羨甚。遂題其稿爲『百五驂鸞之集』，所以志也。同遊者龔漚舸鉽，漚舸以受湘南講席聘，未同歸去云。」

七月十七日，七歲女晟馥病亡。《秋心集》載公《中元夕感事寄懷龔漚舸桂林三十韻（辛未）》云：「今年運彌蹇，僕婢皆罹殃。僅僅一女孫，閏月亦已殤。少女復遘疾，厭厭入膏肓。嗚呼貧士女，服食無一臧。既乏養生具，又無起死方。可憐病未篤，尚製剪銀囊。」自注云：「此詩作二日，晟女已殤。最慘壙中楮鏹，猶病中所自製也。」

秋，《湘舟漫録》三卷、《驂鸞集》三卷刻成，龔鉽、詹堅同編。龔鉽《湘舟漫録序》云：「歲庚午九月，鉽獨從遊，泝三湘，登八桂，吾師有《湘舟》之録、《驂鸞》之詩，皆偶筆於舟中旅次者也。鉽與永福詹侯堅爲同門友，遂相與編而梓之爲六卷，詹侯已敘於詩矣。昔張子韶《無垢語録編》，傳心者其甥于恕也，《記日新録》者，則其門人郎昱也。鉽例宜有言，於是併述吾師生平志行似孟子者爲《漫録》文序，會心人不我嗤也。嘉慶辛未長至南昌龔鉽謹書於桂林講舍。」

臘月八日，三女旗馥卒於婺源，年僅二十。《秋心集》載公《祭女文》自注云：「歸程氏女辛未臘八日卒於其家。」

嘉慶十七年壬申（一八一二）　五十四歲

正月八日，撰《祭女文》。《秋心集》載《祭女文》云：「維嘉慶十七年歲次壬申，陬月乙亥朔八日壬午，夢莊老人白香父以清酌庶羞致祭於婺源亡女舒象威程三孺人之靈。」

七月十一日夜，天香館毁於鄰火，暫移居於湖上。公有《移居日題天香館壁》記其事。

天香館，位於豫章（南昌）城南，館旁有柿樹。《秋心集》載《移居日題天香館壁》自注云：「城南老柿，先公所憩也。不肖卅年來依栖城南，戀此樹耳。往歲孫蓮水赴江撫幕，溧陽史根石語之曰：『江西兩大觀，不可不到。』謂盧山與天香館也，余聞之面赤汗下。夫室廬之陋，至鄙館止矣。江南名士乃謬與匡盧並稱，云胡不愧。今則數椽老屋且不能守，而避壓徙去，其能無動於衷耶？瀕行題壁，聊以著反風之仁，報祝融耳。」又《（同治）靖安縣志》載公《靖邑環城石路記》云：「吾家居靖安西城外，憶自十七歲歸自玉關，始僑寓豫章城南。」

七月二十五日，撰《祭黄吉人文》。黄吉人，字慎言，都昌人，黄有華長兄。《古南餘話》卷一載《祭黄吉人文》云：「維嘉慶十七年，歲次壬申，七月辛未朔二十五日乙未。靖安老友舒夢蘭謹以隻雞斗酒，致祭於都昌孝廉黄長君吉人親家墓下。」《古南餘話》卷一又云：「五黄者，吾亡友黄星伯之五子也，名曰慎言，曰有華，曰慎修，曰慎德，曰有章。伯仲舉孝廉，其三人皆爲博士弟子。孝友，文質彬彬然。余素愛五黄皆才，各就其名爲表字，長吉人，次即仲實，次叔道，次季通，少曰俊達。」

九月九日，男舒昌病亡，年十六歲，撰《亡男昌壙記》以哀之。《秋心集》載《亡男昌壙記》云：「昌生年十六，以壬申歲九月九日戊寅卒。禮爲上殤。字文耀，靖安舒氏譜於名派當從懋，五服兄弟行豫二十四。同懷弟呼之三哥，以次恒先旺故也。十月己卯，卜葬於章城南廟巷來家溝，癸山丁向，與其長姊貞馨墓碣相望云。」又云：「昌生母萬氏，維揚人。爲其嫡媵二十年，貞順儉訥，無失禮，門内悉憐而重之。後昌十七日乙未，亦以疾殁。已擇章城南華家山地卜日安葬，更詳志其生忌云。九月晦白香又筆。」

秋，《古南餘話》五卷刻成，凡遊都昌古南寺時所作詩文隨筆，悉載此集。惲敬《古南餘話跋》

云：「《古南餘話》五卷，吾友白香先生遊都昌古南寺隨筆所劄記也。」龔文虎《古南餘話序》云：「都昌五黄皆師事吾友天香先生，故不佞久知其名。今年秋，適權知是郡，以禮羅之。四君來謁，則所謂仲實、叔道、季通、俊達其人也。手一卷屬余作序，蓋其師寓古南日詩話草稿，五黄所輯録藏於家者。吉人孝廉既不幸捐館，諸弟悲愴，求所以慰伯氏而勖遺孤，惟是編與吉人《聽琴》一詩，可以寄子敬人琴之痛。遂謀付梓，乞鄙言敘其情耳。……嘉慶壬申元月望，南康假守吉原龔文虎西原氏撰。」

嘉慶十八年癸酉（一八一三）　五十五歲

四月，龔鉽《和驂鸞集》、《續和驂鸞集》刻成，撰《題漚舸和舒詩後》以勉之。龔鉽《和驂鸞集自序》云：「人多不喜和韻，以爲古大家集中所不見。吾師白香先生亦言不宜多作，恐脂粉涴天姿耳。然而蘇黄唱和，累牘連篇，一韻或至數疊。余性最喜學之，每覺難中見易，恒於險處得平，私心好之，不自知其醜也。吾師效坡公和陶，吾亦效吾師和蘇，至滿兩卷。至於吾師《歸舟詩》則和之，《嫠舲詩》則和之。庚午九秋從遊桂林，又和其《驂鸞》之集，仍餘一卷者，則不獲從遊歸也。兹既至桂林言歸，攜兒課讀之餘，爰續和之。一路行吟，春風滿艙，覺在在有侍側聯牀之樂。雖不克追蹤坡仙，又何古人之不相若也。……嘉慶癸酉四月初吉，南昌龔季子鉽書於玉蔬軒之艮齋。」梁增愷《和驂鸞集序》云：「《驂鸞集》之有和詩，吾師季適甫從白香先生紀遊之作也。」

八月十四日，致書胡克家，代訪始祖世昌公墓址。時胡巡撫安徽，舒普隨侍在側。舒普字仲博，號松庵，曾官廣東海山場鹽課大使。其妻爲胡克家女。《秋心集》載《書致胡中丞代訪先始祖道山確址》云：「乾隆丁丑，族孫承烈侍同上公車諸老過安慶，曾按圖往祭於墓，已見碑趺將入土。今又隔卅餘年矣，若不按圖詳考世昌公塋兆確址，立豐碑表而志之，則歲月滋深，彌難蹤跡。夢蘭於世無求，心如廢井，惟此事常在胸中。今適室第二女萊馥絕明慧，及笄而夭。以嘉慶辛酉人日生，乙亥人日歿，亦異事也，並記之。」

嘉慶二十五年庚辰（一八二〇）　六十二歲

學生劉夢蓮刻《婺舲餘稿》。劉夢蓮《婺舲餘稿序》云：「偶見《婺舲餘稿》中《自述文》一篇，貌襲六朝，志追三代，先生之性行出處全體畢肖，同時後世皆可據此文以論定其人，而蓮之所謂望洋莫測者，亦即是而得南車矣。詩文僅一卷，工費無多，故梓之以貽同志。上章執徐之余月，左蠡受業劉夢蓮香亭謹序。」

道光六年丙戌（一八二六）　六十八歲

四月，龔鉽《和婺舲詩》刊刻，所載皆和公《婺舲餘稿》作品。鄭廷桂《和婺舲詩跋》云：「夏雨初霽，新綠滿窗。因展《和婺舲詩》，焚香細讀，不覺蕭然意遠。曩嘗讀君《和蘇詩》及《和驂鸞詩》，俱如雲錦七襄，天衣無縫。今讀此集，與天香師同一才調，另一機杼。……時道光丙戌四月小滿日問谷鄭廷桂拜跋。」

道光七年丁亥（一八二七）　六十九歲

十月，小疾初愈，爲龔鉽文集作序。《歐可文存序》云：「小疾漸愈，適令子叔原秀才以初刷本傳書徵序，雖不文，何敢辭也。姑就其卮言日出之見諸選者，窺其志於寓託之外，其庶幾不愧爲歐公所可者歟。道光丁亥歲陽月下澣，同社生舒夢蘭白香敬識。」

道光六年丙戌（一八二六）　六十八歲

道光八年，長兄舒慶雲以親見五世同堂，獲賜匾額。《（同治）靖安縣志·舒慶雲傳》云：「（慶雲）親見嫡長相傳，一堂五代，躬沐旌典『七葉衍祥』匾額。」

道光十七年丁巳(一八三七)　七十九歲

公晚年閒居天香館,以課教子孫爲主。悠閒樂道,頤養天年。於道光十七年冬去世,享年七十九歲。方東樹《保齋逸事記》云:「道光十七年,余在兩粤制府幕,而普仕爲廣東鹽場大使,示余以楊中丞所爲《保齋逸事記》,余因爲點竄爲《保齋家傳》。是年冬十二月,白香卒。」《(同治)靖安縣志·舒夢蘭傳》亦言其「年七十九卒」,兩處所載一致。